끝나지 않은 서점의 노래

1900-1942 石鼎

"석정이라 할 것이네, 돌 석石에 솥 정鼎을 쓰네.
독립운동을 하는 모든 이들이 굶지 않도록 밥해 주는 돌솥이 될 것이야."

끝나지 않은 석정의 노래

최필숙

지앤유

차례

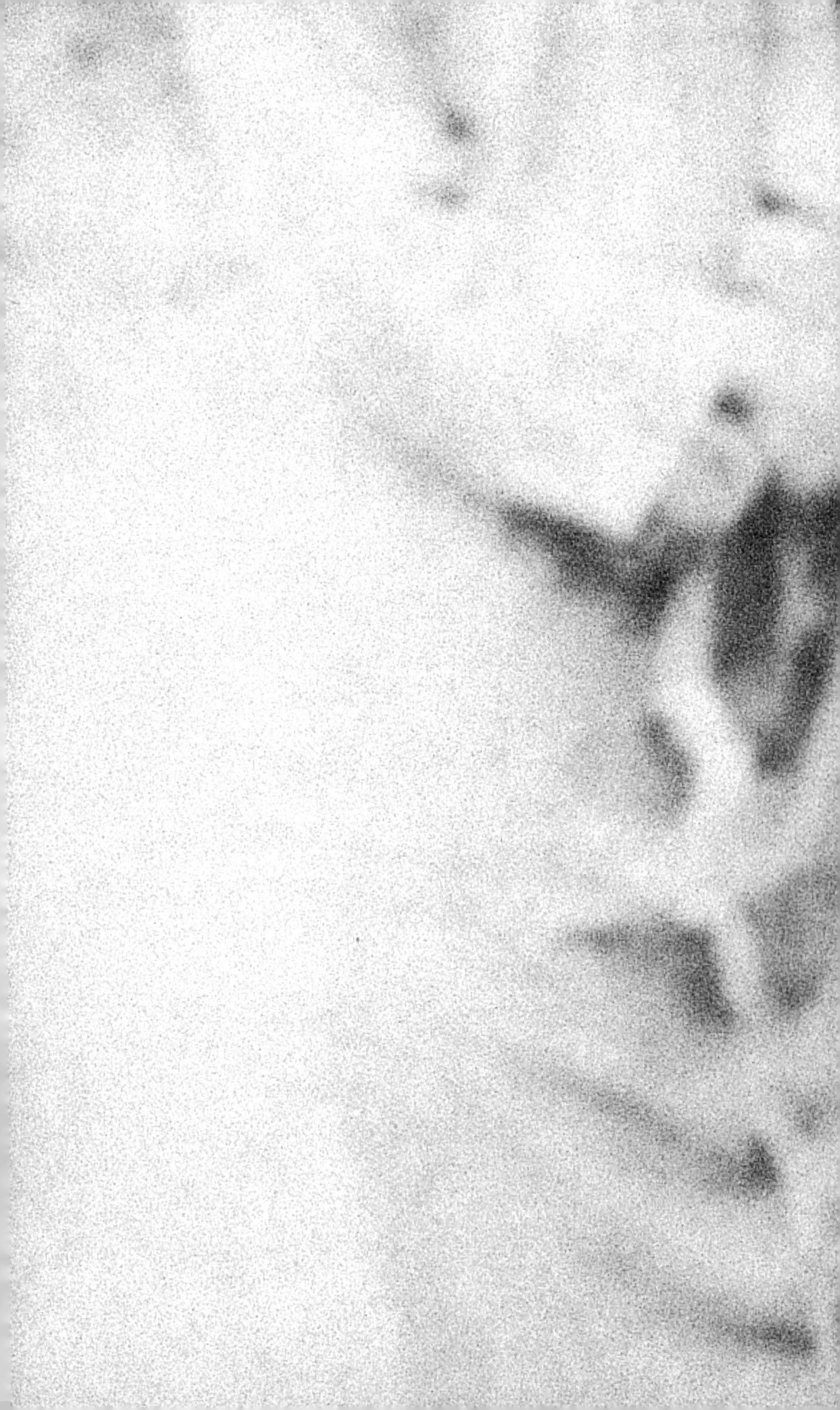

1부

새야새야 파랑새야
녹두밭에 앉지 마라
녹두꽃이 떨어지면
청포장수 울고간다

1

새야새야 파랑새야
녹두밭에 앉지 마라
녹두꽃이 떨어지면
청포장수 울고간다

골목에서 들려오는 노랫소리에 담뱃대로 애꿎은 재떨이를 탕탕 친다.

몇 년 전 병과에 합격했으나 중앙에 나아가지 못하고 지역 관아에서 서리로 복무하고 있던 윤희규는 철없는 아이들이 부르는 가락 소리에 '어찌 이 노래가 이곳 밀양에서조차 불리는지'가 의아했다. 몇 년 전 을강 전홍표가 자신을 찾아온 적이 있었다. 그동안 깊은 대화가 없었던 그가 찾아왔을 때 무슨 일인지 궁금했다. 다가앉은 그가 속삭이듯 말했다.

"우리도 함께해야 하지 않겠습니꺼?"

"뜬금없이 무슨 말씀인가?"

"형님! 전라도에서 동학교도들이 봉기했다는 소식은 들으셨지예. 그 대장이 전봉준이라는 자인데, 그가 '사람이 하늘이다'라고 하고 모든 사람은 하늘과 같은 대접을 받아 마땅하다며, 어린 아한테도 높임말을 하며 존중한다고 칸다 아입니꺼. 그가 뜻을 같이 하는 사람을 모아 신분제도를 없애고, 과부도 재가시키자고 한답니더. 게다가 땅도 똑같이 나누자고 했다는데 사실인지 모르겠습니더. 그 사람이 난을 일으켜 전라도 지역을 점령했다는 것은 익히 알고 계실 겁니더. 그런데 최근 일본군이 궁중을 점령하고 청일전쟁을 일으킨 것도 아시지예. 전라도 지역에서 집강소인지 뭔지를 만들어서 개혁한다 카더니, 일본에 대항해서 다시 난을 일으켰다고 합니더. 많은 사람이 그와 뜻을 같이해 도와주고 있다고 안 합니꺼. 다른 거는 몰라도 일본놈하고 싸우는데 우리도 도와주어야 안 되겠습니꺼?"

"글쎄, 지금 막 들은 이야기라 뭐라 할 말이 없네만 생각을 좀 해보아야겠네. 그런데 동학 무리는 나라에서도 금하는 사교 집단이 아닌가?"

"그렇지 않습니더. 처음 봉기했을 때는 조병갑의 횡포 때문에 일어난 농민이 대부분이었습니더. 그런데 제대로 조사하지도 않고 동학교도들이 일을 도모했다고 그들을 잡아 가뒀다고 합니더. 그래서 그들이 일어난 거라예. 그런데 지금은 일본놈들의 횡포에 반대해서 다시 일어난 것이라 뜻을 같이하는 사람이 많이 있는가 봅니더."

"아무튼 생각 좀 함세."

그렇게 아무런 결정도 못 하고 전홍표를 돌려보낸 얼마 뒤, 전봉준이 잡혀 교수형을 당했다는 소식을 들었다. 믿지 못할 이야기지만 그의 목이 저잣거리에 걸려 조롱거리가 되었다는 이야기도 있었다. 전봉준이 죽고 난 뒤 누가 지었는지 알 수 없으나 사람들이 노래하기 시작했다. 그런데 그 노래를 지금 밀양의 아이들이 부르는 것이 아닌가.

동학은 경주 출신인 최제우가 내세운 종교다. 그는 본래 이름인 재선에서 '어리석은 인간을 구제한다'며 이름을 제우로 바꾸고, 그가 체험하면서 만났다는 한울을 모시는 종교를 창시했다. 어떤 이는 서학에 반대해서 만든 종교라 하고, 어떤 이는 실상은 그렇지 않다고 한다. 우리 고유의 신, 농경을 주관하는 한울을 모시고 그와 일체하기 위해 인격을 수련하고 올바르게 살아가는 것이 동학이라 했다. 사람은 이 한울님을 위해 살아가는 존재이므로 평등하다. 수운 최제우는 두 사람의 노비를 해방하고 그중 한 명은 양딸로, 다른 한 명은 며느리로 삼았다. 사람 대우를 받지 못했던 여성에 대한 최고의 예우였다. 종교를 만든 교조가 실천을 통해 직접 보여주었다. 최제우는 종교를 만든 지 사 년 만에 혹세무민한다고 처형당했다. 그의 뜻을 이은 전봉준도 모든 사람이 한울님처럼 살게 하고자 난을 일으켰다. 그리고 죽었다.

전봉준은 죽었으나 농민 봉기에 대한 공포는 날로 늘었다. 나라법은 물론 심지어 일본마저도 동학을 사교로 규정하여 교도를 처벌한다. 그러나 전봉준을 기억하는 사람은 나날이 늘었다. 괴이하다. 참으로 괴이하다! 이 남녘에서도 노래가 불리고 있으니, 전봉준의 뜻이 하늘에 닿았나 보다. 모든 사람이 한울님처럼 대접받아야 한다는 그의 뜻이 나라 법에 영향을 끼쳐 끝내 신분제가 폐지되었다. 개혁 과정에 일본의 압력이 있었다고 하나, 사람으로 태어나 누구는 양반으로 누구는 상놈으로 구분되어 차별받는 세상은 없어졌다. 그러나 신분에 따른 차별은 법에서만 없어졌고 현실에서는 남아 있다.

윤희규의 집에도 몇몇 노비가 있다. 나랏법에 따라 그들에게 종놈의 굴레에서 벗어나 자유롭게 살기를 권했으나, 떠나지 않으려는 그들을 강제로 쫓아낼 수 없었다. 그래서 그들은 지금 이 집에 기거하고 있다. 그들이 말했다.

"가진 것 하나 없이 몸뚱어리밖에 없는 우리가 집도 절도 없이 어찌 사람 행세를 한단 말입니꺼? 그냥 마님 모시고 이곳에서 등 따습고 배부르게 살랍니더."

그렇지. 가진 것 없는 그들이 어디서 무얼 먹고 산단 말인가? 그렇다고 자신이 갖고 있던 땅덩어리를 떼어줄 수도 없으니, 그들의 처지도 딱하다. 나랏법이 아무리 지엄해도 목숨만큼이야 하겠냐는 애원에 윤희규는 그들을 눌러 앉혔다. 윤희규도 지방 관아에서 일한다고 하나 녹봉이 따로 있을 리 없고, 중앙으로 올라가지 않은 환곡의 이자로 먹고사는 처지다. 그렇다고 해서 굶고 살지는 않는다. 다른 집보다는 넉넉한 편이다. 그래서 그들을 매몰차게 내몰 수 없다.

그렇게 눌러앉은 김 서방이 좀 전에 달려와 '안방마님에게 산기가 있다'고 알렸다. 처음 아이가 생겼다는 이야기를 들었을 때, 마흔이 넘은 나이에다 큰아들이 장가까지 간 이후라 민망함을 감출 수 없었다. 그러나 이 나이에 아들이 하나 더 있었으면, 아니 예쁜 딸이라도 태어났으면 하는 바람도 있었고, 아직 자신이 젊었다는 것에 흡족하여 어깨에 힘이 들어갔다.

아이들이 부르는 노랫소리가 또 들려온다.

'녹두꽃이 떨어지면 청포장수 울고 간다'

청포 입은 장수는 나라를 뒤엎는 혁명가를 지칭하는 것이 아닌가! 그래서 이 노래는 위험한 노래다. 그런데도 사람들은 이 노래를 부른다. 뜻을 알고 부르는 것인가.

녹두장군 전봉준이 바란 세상은 어떤 것이었을까? 어떤 세상이길래 목숨까지 바쳤을까? 그의 죽음 뒤 조선은 폭풍 속에 있다. 왕비가 궁중에서 일본 낭인들에 의해 목숨을 잃었고, 궁궐에 갇히다시피 한 상감은 결국 궁녀의 치마 밑에 몸을 숨기고 러시아 공사관으로 도망갔다. 이후 나라의 각종 이권이 다른 나라의 먹이로 팔렸다. 말이 팔렸다는 것이지 빼앗긴 것이나 진배없었다. 두만강과 압록강 강변의 나무와 울릉도의 수목을 모두 가져간 러시아놈, 이에 질세라 철도를 만들 것이라며 땅을 빼앗은 일본놈, 게다가 온 산을 휘저으며 광물을 앗아간 서양놈들. 나라 전체가 도적이 들끓는 세상이 되어버렸다.

남의 집 사랑방에 억지로 눌러앉은 것처럼 러시아 공사관에서 빌어먹듯 지내면서 도적놈들이 내민 문서에 옥새를 눌러 찍었을 상감이 애잔하게 느껴졌다. 그런데 그 상감이 황제가 되었다. 독립협회인지 뭔지 하는 단체가 생기더니 러시아로부터 독립하여 이권을 더 이상 빼앗기지 말아야 한다고 했다. 또 어떤 이들은 황제가 없으면 독립도 없다며 상감을 황제로 만들었다. 황제가 기거할 황궁우를 만들고, 원구단이라는 제단을 세워 그곳에서 즉위식을 거행했다. 상감마마의 복장이 아니라 러시아 황제 같은 복장을 하고 있다는 소문이 들렸다. 중국의 천자만 황제가 되는 줄 알았는데, 우리 조선도 황제국이 될 수 있다는 것이 신기했다. 하기야 일본놈도 그들의 천자라며 왕을 천황이라 하지 않았는가. 세상이 어떻게 돌아가는 것인지 요지경이다.

황후도 없이 황제는 경운궁에서 나날을 보내고 있다. 자신의 아버지 흥선대원군이 수많은 사람의 비난을 받으며 세운 경복궁은 비워두었다. 경운궁에서 주변의 외국 공사관에 의지하고, 한편으로는 외국 공사들을 두려워하며 지낸다. 가배라 불리는 서양 차를 즐겨 마시면서 말이다. 한 번도 마셔본 적이 없는 그 차를 황제가 좋아한다니 요상키도 하다. 한편으로는 '좋아하는 차라도 마시면서 지내시는 게 낫겠다' 라는 부질없는 생각도 했다. 희미하게 아내의 신음이 들렸다.

'아직인가?'

윤희규는 아내의 출산 소식을 기다리며 담뱃대에 담배를 소복이 담았다. 그리고 불을 붙였다. 깊게 한 모금 빨고는 길게 연기를 내뿜었다. 아른거리는 연기를 보니 며칠 전 관아에 찾아온 사람들의 걱정 어린 말이 생각났다. 밀양에도 일본인들이 나타나기 시작했다는 것이다. 일본 상인들은 장날마다 나타나 쌀을 흥정했다. 그런데 가을걷이가 시작되자 그들은 매일 나타났다. 온 들판을 휘젓고 다니며 서 있는 벼를 흥정했다. 자식들을 굶길 수 없어 봄에 장리쌀을 내었던 농민들은 하는 수 없이 일본 상인에게 싼값으로 벼를 넘겼다. 내년 봄에 또다시 쌀을 꾸지 않으면 안 되는 처지임을 알면서도 싸게 팔아넘긴 그들의 주름진 얼굴이 서글프다. 세상이 어찌 되려고 이러나.

이웃에 있는 삼랑진에는 일본인들이 아예 집을 짓고 산다고 한다. 세 곳의 물길이 만나는 곳! 그래서 예로부터 삼랑이라 했다. 물길이 발달해 다른 지역으로 이동하기 좋은 곳이라 일본으로 가는 배가 이곳을 수없이 드나든다고 한다. 강을 통해 실어 나르는 벼가 어마어마하다는 소문이 들리는 것으로 보아, 일본인들은 우리 조선의 쌀을 매우 좋아하나 보다. 하기야 일본은 화산인지 지진인지 때문에 부석부석한 재만 날리는 땅이라 하니 쌀에 기름기나 있겠나. 그러니 조선 쌀에 맛 들이고는 저리 환장하는 것이지.

끼니 굶는 사람을 보면 밥술깨나 먹고 사는 자신이 결코 자랑스럽지 않았다. 그렇다고 해서 자식들을 생각하면 굶는 사람에게 성큼 곡식을 나누어줄 수도 없다. 그런데 녹두장군 전봉준은 굶고 있는 사람을 위해 자신의 목숨을 내놓았다. 폭정을 일삼은 고부군수 조병갑에게 반기를 들었다. 고부관아를 점령하고, 창고를 열어 백성들에게 곡식을 골고루 나누었다. 일이 끝나고 집으로 돌아가 농사지으며 조용히 살았다. 그런데 중앙에서 내려온 안핵사 이용태는 조병갑의 학정과 농민의 억울한 사정을 살핀 것이 아니라, 농민들이 일으킨 봉기를 동학이라는 종교 집단의 소행으로 몰았다. 동학교도를 보복의 대상으로 삼았다. 이후 농민 봉기와 관련 없는 다른 지방의 동학도까지 휘둘려 잡혀갔다. 처음으로 인간 대접을 받았다고 좋아했던 사람이 이제는 까닭 모를 죄인이 되었다.

그들은 다시 모였고, 이번에는 전주 감영을 향했다. 전봉준과 뜻을 같이한 김개남, 손화중이 선봉대장이 되었다. 황토현 싸움에서 동학교도들은 동지의 시신을 밟고 밟으며 전주성을 향해 천천히, 아주 천천히 나아갔다. 장태라 불리는 긴 방패를 굴리면서, 죽창을 들었다. 자식들에게 자신보다 나은 세상에서 살게 해주겠다는 일념으로 전진, 또 전진했다. 마침내 전주성을 점령했다. 놀란 정부는 종주국이라 믿었던 청에 도움을 청했다. 청의 군대만이 아니라, 갑신정변 당시 맺었던 텐진(천진)조약에 의해 일본 군대도 조선에 들어왔다. 청군은 동학도를 물리치기 위해 충청도 아산만에 상륙했으나, 일본군은 인천항에 군사를 집결시켰다. 동학도를 몰아내는 것이 아니라 서울을 점령하려는 의도를 그대로 보였다.

일본 군인의 출동에 위협을 느낀 왕은 전봉준에게 사람을 보내

화해를 청했다. 정부와 전봉준 일당은 전주화약을 체결했다. 전라도 전 지역을 동학도들이 통치하도록 왕에게 허락받았다. 전봉준은 전라도 지역에 집강소를 설치하고, 농민에 의해 농민을 위한 정치를 시작했다. 얼마나 애타게 꿈꾸던 세상이던가!

그 뒤 왕은 일본군과 청군에게 철군을 요구하였다. 청군은 순순히 물러갔다. 일본군은 이를 거절하고 경복궁을 점령하고, 다음날 철수하는 청군을 뒤에서 공격했다. 선전포고 없이 청과 일본의 전쟁은 시작되었다. 갑신정변 이후 이 전쟁을 위해 10년 동안이나 준비에 준비를 거듭한 일본이 승리를 거두었다.

청일전쟁의 원인이 자신들 때문이라고 생각한 녹두장군은 다시 봉기하여 일본군과 싸웠다. 그러나 공주 우금치에서 크게 패했다. 패했다는 말로는 표현할 수 없었다. 몰살당했다. 그들의 피가 우금치 골짜기에 넘쳐흘렀으나, 일본놈 총에 비해 그들이 든 죽창은 쓸모없었다. 게다가 그들 중 배상금에 눈이 먼 자가 있어, 장수가 부하들에 의해 목숨을 잃었다. 전봉준도 자신이 가장 믿었던 사람에게 배신당하고 체포되었다. 죽음을 맞이한 그는 목숨을 구걸하지 않고 당당하게 죽었다. 그리고 노래가 생겼다. 누가 처음 불렀는지 아무도 모른다. 지금은 모두가 이 노래를 알고 있다. 더러는 자신도 모르게 흥얼거리며 부른다. 그의 넋을 위로하는 것인지, 일본놈들이 날뛰고 있는 현실이 힘들어서인지 노래는 날개 달린 듯 전국에 울려 퍼졌다.

그를 따르던 무리는 단발령과 왕비 시해 이후 의병에 합류했다. 유인석 등 당시 유림 의병장이 임금의 해산 명령에 따라 의병을 해산할 때, 동학도들은 갈 곳이 없었던 터라 산속에 숨어 활빈당을 만들어 전봉준의 뜻을 이었다. 처음으로 자신들을 사람 대접해준 전봉준에 대한 의리 때문인지, 일본군을 피해 목숨을 부지하기 위해서였는지 그 누구도 모른다. 조선 땅 민초들은 전봉준의 뜻을 이어가는 사람이 산속에 있다는 소문에 희망의 끈을 놓지 않았다. 청포 입은 장수가 또 있을 것이라는 믿음, 그 작은 믿음이 삶을 지탱하는 불씨가 되었다.

안채의 사정을 살피러 간 김 서방이 조르르 달려왔다.

"마님, 영감마님! 아들이라 캅니더, 아들."

얼굴에 웃음이 저절로 번졌다.

"그래, 안방마님 건강은 괜찮다고 하더냐?"

"예, 무사하시답니다요."

세 살이나 많은 아내가 노산임에도 아무 일 없다고 하니 안심이다.

"알겠다. 조리 잘하시라 여쭙거라."

"예, 알겠습니다요."

안심한 윤희규는 담뱃대를 들고 자리에서 일어났다. 그제서야 오뉴월의 더위가 느껴졌다. '그렇지, 오늘이 유월 스무나흘이지'. 단기로는 사천이백삼십삼 년이고, 일본놈이 말하는 서기로는 천구백 년이다.

책장 위에 놓인 부채를 손에 들고 툇마루에 내려섰다. 강한 햇살에 눈이 찡그려져 실눈이 되었다. 부채를 이마에 대고 대문을 나서자, 옆집에 사는 김주익이 해자에서 손을 씻다 일어나 인사를 건넸다.

"어르신 안녕하십니꺼?"

"자네는 들에 나갔다 왔는가?"

"야! 땅뎅이 좀 있는 거 모내기하고 보니까, 피도 많고 해서 잠시 나가 뽑고 왔습니더. 참, 아침에 안방마님 산기가 있다 하더마는 우째 되었습니꺼?"

"아들이라 카네. 아들!"

답하는 윤희규의 얼굴에 울음이 넘쳐났다. 민망한 마음이 들었는지 윤희규는 김주익에게 물었다.

"자네 아들 원봉이도 잘 크재?"

"예. 날만 새면 밖으로 나갈라 해서 지 에미가 고생이 많습니더. 커서 뭐가 될라고 그러는지 묻는 것도 참으로 많은 거라예. 이것저것 물어보는 통에 지도 공부한다 아입니꺼."

"으뜸 원(元)에 봉황 봉(鳳), 내가 지어준 이름이었지! 똘망똘망한 눈망울이 어찌나 깜고 맑든지, 아이 얼굴을 보는 순간 그 이름이 떠올랐지 뭔가. 방금 태어난 우리 집 놈도 이름을 지어야 할 낀데."

"어르신, 우리 아들놈과 사이좋게 지내야 항께 원봉이랑 어울리는 이름을 지어 주이소."

"으응? 그래 볼까!"

둘은 서로 쳐다보며 한참이나 웃었다.

윤희규는 김주익이 찾아와 태어난 지 얼마 되지 않은 아들 이름을 부탁했을 때, 그의 품에 안겨 있던 원봉이를 떠올렸다. 그 맑은 눈이 어찌나 곱던지. 오늘 태어난 내 아들도 그럴까? 아직 얼굴을 보지 못한 아들이 떠올랐다. 늦둥이로 태어난 아들놈이 원봉이랑 짝이 되어 잘 지냈으면 좋겠다. 윤희규는 가벼운 발걸음으로 집 앞에 길게 나 있는 해자를 따라 강 쪽으로 걸었다. 강에는 멱감는 아이들의 소리가 왁자지껄했다. 응천강으로 연결된 해자 끝머리는 진흙탕이다. 다른 곳은 모래가 있어 아이들의 놀이터가 되었으나, 해자에서 내려오는 물길에 파인 끝자락은 아이들도 피하는 곳이다.

밀양성을 휘돌아 흐르는 강의 이름은 응천강이다. 주변의 큰 산에서 모여든 물이 서로 어울려 하나의 천을 이루었다고 이름 붙은 응천! 그 크기가 강에 견줄 수 있으니 응천강이라 불린다. 천과 강이 붙어 있어 어떤 이는 그냥 응천이라 불렀다. 많은 냇물이 하나로 모인 강이니, 응천강으로 부르는 것이 맞겠다.

해자 끝을 지나는 길은 언제나 조심스럽다. 하얀 모시 두루마기에 행여 흙탕물이 튀면 어쩌나. 비가 오면 더욱 질퍽거려 다니기 불편하다. 그래서 사람들은 이곳을 엉망진창이라며 '진장'이라고 한다. 실제는 적의 침략을 막는 진이 설치되어 진장이지만 엉망이라는 의미로 사용할 만큼 질퍽하다. 그러나 아이들은 이곳을 지나 응천강에 몸을 던졌다. 바로 앞에 있는 작은 모래섬에 건너가 놀고, 조금 더 큰 아이들은 제법 긴 강을 헤엄쳐 삼문섬으로 건너간다. 밤나무와 뽕나무 천지인 삼문리는 섬이기 때문에 배를 타고 건너가야 한다. 그러나 아이들은 헤엄쳐 건너가 그곳에서 놀다 해 질 녘에 집으로 돌아온다. 성내에는 아이들이 놀 만한 곳이 많지 않으니, 모래톱 아니면 삼문섬이 아이들의 놀이터다. 아이들도 영남루에서 놀고 싶으나, 그곳은 어른들의 사랑방 같은 곳이다. 그래서 아이들은 강 건너 삼문섬이나 아복산에서 뛰어놀았다.

윤희규는 강에서 물장구치며 노는 아이들을 보며 영남루를 향해 걸었다. 남문을 지나 영남루에 이르니 많은 사람이 더위를 피해 올라 있었다. 강바람이 탁 트인 영남루를 휘감고 있어 그 시원함은 말로 표현할 수 없다. 그래서 지금처럼 더운 여름이면 읍내 사람들은 영남루에 올라 강을 바라보며 앉아 있는 것을 가장 좋아한다. 주로 양반들의 공간이었으나, 지금은 읍민들 모두 사용한다. 그래도 중앙에는 양반이던 사람들이 차지하고, 일반 사람들은 누 구석에서 강을 바라보며 시원함을 즐긴다. 신선이 따로 없다. 바람과 강, 영남루가 어우러진 풍광 속에 신선이 되어, 배흘림기둥에 기대 있으면 이보다 좋은 것이 있으랴. 아침밥 한술 뜨고 나면 너도나도 영남루에 오른다. 그러다 보니 이곳에는 온갖 이야기가 나돌았다. 청일전쟁이 일어나 일본이 막대한 배상금을 받았다는 이야기도, 일본을 견제하기 위해 러시아가 독일과 프랑스를 끌어들여 일본에게 굴욕감을 주었다는 것도, 왕비가 어떻게 죽음을 맞이했는지, 독립협회가 어떻게 없어지게 되었는지도, 영남루의 이야기 무대는 끝이 없다.

모든 밀양인의 자존심인 영남루는 오십여 년 전인 1844년에 지어졌다. 부사로 왔던 이인재가 영남루를 복원하기 위해 진주에 있는 촉석루의 설계도를 활용했다고 한다. 웅장한 기둥과 용의 머리로 장식된 지붕, 윗물을 막는다는 능파각과 아랫물의 거스름을 다스리는 침류각을 좌우 날개로 거느린 영남루는 밀양인의 자랑이다. 특히 침류각으로 내려가는 층층루 계단은 감탄이 절로 난다. 지붕과 계단이 마치 달 월(月) 자를 눕혀 놓은 것 같다 해서 월자형(월형) 계단이라고 부른다. 조선의 3대 누각이라 부르는 곳이니, 영남루에 대한 밀양인의 애정은 각별하다.

이 영남루에 영의정이던 귤산 이유원이 다녀갔다. 누 뒷마당 객사 부속건물인 공신관에서 하늘에 올리는 어천대제와 개천대제에 초헌관을 맡기 위해서였다. 이유원은 영남루와 어우러진 응천의 아름다움을 보고 '강좌웅부(江左雄府-낙동강 좌에서 가장 웅장한 고을)와 교남명루(嶠南名樓-교남 남쪽 가장 빼어난 루)'라는 현판을 썼다. 이것은 사람이 주로 다니는 누의 뒤쪽에 걸려 있다. 이것만으로도 영남루의 이름은 조선 팔도에서 유명해졌다.

윤희규도 다른 사람들처럼 누에 올랐다. 시원한 바람에 부채질을 멈추고 강을 내려다보았다. 삼문섬으로 건너가는 사람을 태우고 배를 띄운 뱃사공의 모습이 보였다. 이 더운 여름날 웃통을 벗고 있는 그의 까만 몸은 살점이라고는 하나 없이 앙상한 뼈를 드러내고 있다. 지켜보기 민망한 듯 윤희규는 눈길을 돌려 누 아래를 내려다보았다. 그곳에는 아낙들이 집에서 빚은 술을 갖고 나와 팔고 있다. 안주라야 무엇이 있을까마는 막술 한 사발에 많은 이야기가 오가는 듯 웃음소리가 누까지 올라왔다. 그 앞에는 물고기를 잡는 사람도 보인다. 새우를 잡는지 작은 그물을 손에 들고 연신 강물에 손을 담갔다 건어 올리는 아이도 있다. 특별한 반찬이 없는 터라 잡은 새우에 소금 넣고 고춧가루 조금 쳐서 졸이면 이것도 훌륭한 반찬이다.

고기를 먹는 것은 명절에나 있는 일이다. 특히 생선은 제삿날에나 구경한다. 그래서 아이들은 논고동이나 강에서 건진 새우를 별난 먹거리로 여긴다. 꼭꼭 씹으면 그 고소함이 입안을 가득 채운다. 저 아이도 고기 구경하는 것이 하늘의 별 따는 것만큼 어려울 것이다. 그나마 넉넉한 살림을 지키고 있어 자식들에게는 배고픔을 모르게 한 것이 다행이라면 다행이다. 윤희규는 마흔둘에 아들을 얻은 까닭인지 생각이 많아졌다.

"나으리! 잘 지내십니까요?"

누군가 인사를 건네길래 뒤돌아보니 자신의 땅을 소작하고 있는 박 서방이다.

"아 자넨가! 자네도 잘 지내고 있는가?"

"예, 지는 별일 없습니다요. 그런데 마님한테는 소식이 없습니꺼? 김 서방이 산달이라고 이바구하는 걸 들었는데예."

"아, 좀 전에 낳았다네. 아들이라고 하더마."

"아이고, 축하드립니다요. 좋겠십니더! 안방마님의 건강은 괜찮으십니꺼?"

"걱정해 줘서 고맙네. 다행히 별일 없다고 하네."

이 사람도 아내의 나이가 걱정이었나 보다.

"아이 얼굴은 보셨십니꺼?"

"좀 있다, 산모도 몸을 좀 추스르고 나면 보려고…."

"답답해서 강바람 쐬러 나오셨는갑네예. 그래도 얼릉 들어가 보이소. 아이 얼굴도 보시고예."

"그럼쎄. 담에 또 보게나."

민망함과 아내에 대한 미안함 때문인지, 왠지 모를 기분에 부채를 펼치며 계단을 내려왔다. 누에서 성내로 내려오는 길이 제법 가팔라서 조심해야 한다. 윤희규는 나무를 잡고 서서 성내를 내려다보았다. 저녁 시간이 되었는데도 연기가 오른 집이 별로 없다. 늘 가난에 찌든 사람들은 여름에는 푸성귀로 끼니를 때우는 일이 많다고 하더니 그래서인가?

크지 않은 고을이지만 밀양은 왜놈의 침략에 대응하느라 제법 큰 성이 만들어졌다. 윤희규의 집 앞에 있는 해자도 적의 침략을 막기 위해 만들어진 것이다. 그런데 임진, 정유의 왜란 이후 왜놈의 침략이 없었다. 보수하지 않아 성벽이 군데군데 허물어졌고, 해자도 그 본연의 역할보다 주민들의 생활에 필요한 도구가 되었다. 아낙네들은 빨래하고 아이들은 멱감고 소에겐 마실 물이 되었다. 그리고 해자의 튼튼한 기초는 그곳에 집을 집을 수 있는 초석이 되었다. 윤희규의 집도 해자에 바짝 붙어 있었고 자신이 기거하는 사랑채에서는 해자에 흐르는 물소리를 들을 수 있다.

적의 침략이 잦으면 해자도 제구실하겠지만, 통신사가 오가면서 일본과의 전쟁이 없어졌다. 밀양 사람들은 이곳 출신 사명당 송운대사가 일본으로 건너가 에도막부와 교섭을 잘하여 전쟁 없는 평화의 시기가 되었다고 믿고 있다. 일본에 건너가 담판을 지을 때 송운대사의 이마에 땀이 흘렀다, 턱에 고드름이 달렸다 등 여러 믿지 못할 이야기가 이곳에서는 사실로 여겨졌다. 그리고 송운대사를 기리기 위해 세운 비석에서 나라에 큰일이 생기면 땀이 흘러내려 그에 대한 믿음은 더욱 굳건했다. 나라님이 황제가 될 때도 많은 땀이 흘러 사람들 사이에서 이것이 상스러운 것인지 불길한 것인지 한동안 이야기가 많았다. 사명당의 도력과 민족을 위하는 마음을 잘 알고 있는 사람들은 일본인들이 가장 두려워하는 존재가 사명당이라고 믿고 있다.

성안을 거쳐 서문으로 향하던 윤희규는 삼 년 전 성안에 세워진 개창학교를 지났다. 이 학교는 문산 손정현과 뜻을 같이하는 사람들이 이 지역에서 가장 먼저 세운 신식 학교다. 이곳에 학교가 들어서고 신교육을 한다고 하니 사람들이 의아해했다. 서당에서 배우면 될 것을 왜 신식 교육이 필요하냐고 했다. 그러나 이내 학생들로 가득 찼다. 윤희규의 아들도 이곳에 다니고 있다. 교사들의 열정이 대단하다는 소문이 났다. 가르치는 과목이 논어나 맹자가 아닌 남의 나라 글을 가르친다고 하고, 또 상인들이 배우던 산수도 가르친다고 하니, 정말 새로운 세상이 열리는가 보다. 어쩌면 오늘 태어난 아들놈도 이곳에서 공부하겠지. 여러 생각 속에 걷다 보니 어느새 서문 앞이다.

해자를 지나는 문은 두 곳인데 서문은 사람들이 다니는 곳이고, 응천강 가까이에 있는 작은 문은 성내에서 사람이 죽으면 시신을 내보내는 시구문이다. 늘 닫혀 있는 시구문은 삶과 죽음을 생각하게 하는 묘한 힘이 있다. 아들이 태어난 후 응천강을 향했을 때도 그는 시구문을 거쳐 지나갔다. 그때도 태어난 아들과 언젠가 아들과 헤어질 자신의 죽음이 자연스레 떠올랐다.

서문을 지나면서 마른기침했다. 늘 그렇듯이 김 서방에게 집 가까이 왔음을 알리는 일종의 신호다. 벌써 김 서방이 달려오고 있다.

"이제 오십니꺼, 안방마님께서 안채로 오셔도 된다고 하십니더."

"그래, 아무리 한 여름이라도 방 따시게 군불이나 잘 보거라."

"예, 염려 놓으시고 얼른 들어가 보이소."

안방 문 앞에서 '으흠' 하고 방문을 열었다. 마흔다섯의 나이에다 칠 년 만에 출산한 아내는 몸을 제대로 가누지 못했다. 겨우 눈만 뜨고 쳐다볼 뿐이다. 그 옆에 누워 잠들어 있는 아이는 붉은 피부에 머리숱이 거의 없이 새근새근 숨소리만 들려준다.

"고생했소."

미안한 마음에 더 이상을 다른 말을 할 수 없었다. 한참이나 힘없는 아내와 잠든 아이를 번갈아 바라보던 윤희규는

"아이 이름이나 찾아보리다."

하고 방문을 열고 나왔다.

아이를 보는 순간 어쩌면 저 아이는 옆집의 원봉이와 함께할 운명인지도 모르겠다는 생각이 들었다. 김주익을 만나서 그런가? 원봉이를 처음 만났을 때의 느낌이 있어 그런가? 왠지 모를 감정이 윤희규를 삼켰다.

아이 이름을 무엇이라 할까? 이 생각만 하면 옆집의 원봉이가 떠오른다. 그러자 윤희규는 봉황과 용, '그래 서로 쌍벽을 이루어 세상에서 큰일 한 번 하거라' 생각하며 아들의 이름을 룡(龍)이라 부르기로 했다. 작을 소(小) 용 룡(龍), 소룡이라 하자. 결심한 윤희규는 족보에 기재할 이름은 항렬을 따르기로 하고 아명으로 소룡이라 하였다. 사랑스러울 정도로 작지만, 똬리를 틀어 승천할 수 있는 용이 되길 기원했다.

그러나 막상 족보에 적을 때에도 형들 이름(치장, 치선, 치견)과는 달리 세주(世冑)라 불렀다. 세상 속 작은 우주! 아들만의 세상을 잘 만들어 가길 바랐다.

밀양 관아의 서리로 근무하던 희규는 아들 소룡이 태어난 뒤 가세도 늘고 서울로 올라가 복무할 기회도 얻었다. 그래서인지 그의 막내아들에 대한 사랑은 말로 하지 못할 정도로 깊었다.

을사늑약 체결 이후, 그에게 통정대부가 되어 황실 시종원에서

황제를 경호하라는 교지가 내려왔다. 늦은 나이에 조정에 나가는 것이 부담이었으나, 장남 치장이 어엿하니 믿고 서울행을 택했다. 소룡의 나이 일곱 살이었다.

조선은 러일전쟁을 겪었고, 전쟁 와중에 물자를 실어 나르기 위해 철도가 건설되었다. 밀양도 예외일 수 없었다. 철도를 부설하기 위한 받침돌이 부족해지자, 밀양성의 벽을 부수었다. 소룡이 살고 있던 서문 근처의 성벽도 허물어졌다.

프랑스 여행가 샤를바라는 밀양성의 남문을 독일의 뉘른베르크 성 다음으로 아름다운 건축물이라고 감탄했다. 그 성벽의 돌은 기차 밑에 깔리는 하찮은 돌이 되어버렸고, 성문도 철길 바닥에 놓였다. 성내에 살던 사람들에게는 성벽과 성문이 사라지는 것이 자기 집 담벼락 무너지는 것처럼 안타까웠다.

기차가 선다는 가곡리는 더 난리였다. 주변 토지를 싼값에 뺏다시피 가져가거나, 끝까지 반대하면 강제로 빼앗아 돈도 주지 않았다. 그리고 역 건물을 지으면서 주변 사람에게 노역을 강요했다. 매일 들려오는 쇳소리에 양반골이라 꽤나 알려진 밀양에서는 철도 건설을 반대하는 목소리가 높았다. 철길도 지역 유림과 마찰을 불러 왔다. 산의 맥을 끊는다고 반대하는 사람, 그들을 위협하는 일본 경찰, 매일 보는 풍경이 되었다. 게다가 역 주변에는 일본인들이 맘 놓고 장사하며 살 수 있는 구역이 만들어졌다. 역을 중심으로 일본 상품을 가져와 팔고 대신 우리 쌀을 바꾸어 갔다. 더불어 굶는 사람이 늘었다.

토지를 빼앗긴 농민들이 저항하자 그들을 총살했다는 소문과 철도 공사에 강제로 동원된 사람을 학대한 이야기도 여기저기서 들렸다.

서울역과 평양역은 일본인들이 거주하도록 필요한 토지보다 더 많은 면적의 토지를 빼앗았다는 이야기도 있다. 러일전쟁에서 이긴 일본이 조선을 집어삼키는 것은 시간문제라고 했다. 어떤 사람은 일본이 러시아와 전쟁하도록 뒤에서 조종한 나라가 영국과 미국이라고 했다. 하지만 그 이유를 알 수 없다. 러시아의 힘을 가늠하기 위해 일본을 앞세웠다고 하는 이가 있는가 하면, 거중조정(조약 당사국 중 한 나라라도 불행한 일이 생기면 도와준다는 내용)안을 통상조약에서 제일로 삼은 미국이 설마 뒤에서 일본을 도와주는 파렴치한 행동을 했겠느냐는 사람도 있다. 그렇지만 전쟁 중에 미국과 영국은 각각 일본과 조약을 체결하여 조선에 대한 우위권을 보장해 주었다는 소문이 돌았다. 확실한 것은 청일전쟁과는 달리 러일전쟁에서 승리한 일본에게 승리의 열매를 완전히 주지 않았다는 것이다. 배상금도 없으며, 조선을 완전히 삼키지도 못하도록 하고 외교권만 갖게 했다는 것이다. 어떤 소문이 옳든 간에 조선의 운명은 늘 외세의 바람에 흔들리는 등불, 아니 호롱불이었다.

을사년에 일본과 늑약이 체결되자, 조약 체결에 앞장선 사람들을 죽이겠다는 암살단이 조직되었다. 조약 체결을 부끄러워하는 사람은 자정순국을 택하였다. 피 토하듯 이 사실을 언론에 알리는 사람, 조약 체결에 앞장선 이완용을 죽이겠다는 사람, 이 일을 도모한 외교 고문을 죽여야 한다고 주장하는 사람 등 많은 일이 조선을 들끓게 했다. 이 사실을 외국에도 알려야 한다며 헤이그에서 열리는 만국평화회의에 이상설, 이준, 이위종이 대표 자격으로 갔으나, 뜻을 이루지 못하고 그곳에서 이준이 죽었다는 소식도 있다.

민영환이라는 사람이 자결하였는데, 그가 기거하던 방에 빨간 핏빛 대나무가 피었다는 소문이 이곳까지 들려왔으니, 정말 일본에게 나라를 빼앗기는 것은 아닌지 걱정하는 사람이 늘어갔다. 일본에 의해 나라의 문이 열린 뒤 너무 많은 일이 일어났다. 서울에서 먼 이곳 밀양에서는 '카더라' 소문에 의해 주워듣는 일이 대부분이었다.

언제 꺼질지 모르는 조선의 운명 속에 까만 피부를 하고, 모래톱에서 돼지 오줌보로 공차기하는 원봉과 소룡은 세상 즐겁게 나날을 보내고 있었다.

"너그 아부지 언제 서울에서 오신다 카더노?"

"잘은 모르겠는데 황제 마마가 쫓겨났다 카니까 곧 오시겠지."

열 살의 나이답지 않게 제법 의젓한 원봉은 자신의 이름을 지어주었다는 옆집 윤희규 어르신의 거취가 궁금했는지 소룡에게 물어보았다. 사랑방에 모인 어른들이 이야기했다. 군대가 해산되었다, 황제가 쫓겨났다, 정미 7조약이 체결되었는데 을사늑약보다 더 한 내용이 있어 정부의 모든 권한이 일본인 차관의 손에 놀아난다는 등의 소식을 귀로 동냥하였다. 원봉은 황제의 시종으로 있던 윤희규가 다시 낙향한다는 소식이 있어 소룡에게 확인했다.

소룡은 원봉이 형이 자기 친형이라도 되는 듯 언제나 붙어 다녔다. 양쪽 집 어른들 모두 걱정할 정도로 둘은 함께하는 시간이 많다. 큰형 치장이 소룡을 붙들고 소학이라도 가르치려고 하면 귀를 쫑긋하여 원봉이의 목소리에 신경을 곤두세웠다. 집중하지 않는다고 호통을 치고 싶어도 그럴 수 없다. 한 번 들으면 다 외워버린다. 형도 동생의 총명함에 놀라 원봉과 붙어 다니는 세주를 더 이상 나무랄 수 없었다.

원봉이는 아버지 김주익이 세운 야학에서 공부했다. 그곳에는 백민이라 불리는 선생이 있다. '백의민족'에서 호를 지었다고 하는 그는 나이가 많지 않음에도 불구하고 아이들을 가르치는 일에 진심이었고 능력도 있었다. 자신이 지었다고 하는 역사책으로 학생들을 가르쳤다. 원봉은 집에 돌아오면 아버지께 그 선생에 대해 이야기했다. 식구들이 서운해할 정도였다. 원봉은 그 선생님을 학교로 모셔 온 사람이 자신의 아버지라는 사실이 자랑스럽까지 했으니, 선생의 일거수일투족을 아버지에게 낱낱이 보고하듯 고했다. 그럴 때마다 옆에서 다소곳이 듣고 있는 원봉의 고모 김시악은 자신도 모르게 얼굴을 붉혔다. 이를 눈치챈 김주익은 은근히 백민 황상규를 칭찬하며 여동생의 표정을 살폈다. 딸이 없어 사위로 삼을 순 없으나, 여동생의 남편이 된다면 이보다 더 좋을 수 없다. 더더욱 여동생이 황상규에게 호감을 갖고 있으니 말이다. 김주익은 황상규와 여동생의 혼인을 적극 추진했다.

원봉은 소룡에게 백민 선생에 대해 이야기하며 어린 나이지만 함께 배울 것을 권했다. 소룡은 원봉 형이 하는 일이라면 무엇이든 함께하고 싶어 흔쾌히 대답했다.

둘은 이른 저녁밥을 먹고 야학에 가는 것이 너무 즐겁다. 황상규 선생이 가르쳐 주는 동국사략에 흠뻑 빠져들었다. 우리 역사가 얼마나 장구하며 위대한지를 설명하시는 선생님의 표정과 목소리가 어린 원봉과 소룡을 사로잡았다. 원봉과 소룡은 주변에 살고 있는 친구들에게 야학을 권하였다. 상득이 형, 장수 형과 함께 세주와 원봉이는 성내에 있는 야학에 가기 위해 저녁마다 서문을 통과했다.

아홉 살이 된 소룡은 야학에서 백민의 수업을 듣는 것이 일상화 되었다. 추운 날씨에도 어린 소룡은 맨 앞에 앉아 스승의 눈빛을 따라 동공을 움직이며 열중했다. 황상규 선생이 '일본이 제국주의화 되면서 조선을 집어삼키려는 수작을 펼치고 있다'고 하며, '이에 대항하기 위해 힘을 키워야 한다'고 소리 높여 말하자 긴장했다. '해산당한 군인들도 의병을 일으켜 서울로 진격하는 작전을 펼치며 일본군과 대항하고 있다'는 말씀과 함께 어린 학우들에게 외쳤다.

"너희는 총칼을 들지 못하지만 적을 알고 나를 알면 반드시 적을 이길 수 있으니, 그들보다 더 많이 배우고 익혀 실력을 키워야 한다. 그리고 어른이 되면 언젠가 총을 들어야 하므로 체력도 길러라. 밀정이 있으니, 자신을 스스로 경계하고 사람을 분별할 수 있는 눈을 길러라. 일본에 아부하거나 도움을 주지 말아라. 민족을 배반하는 행동과 말은 절대로 해선 안 된다"

어린 소룡은 감동받았다.

얼른 커서 일본과 직접 싸우는 사람이 되고 싶은 마음에 두 주먹을 불끈 쥐었다. 매일매일 선생님의 강의를 들으며 아홉 살 나이에 어울리지 않게 사색에 잠긴 모습도 보였다. 이런 소룡을 바라보는 가족들은 원봉이와 어울리는 것이 달갑지만은 않았다. 그러나 소룡은 눈만 뜨면 원봉을 찾았다. 그들은 해자 끝에 있는 모래톱에서 공을 찼다. 체력이 필요하다는 선생의 말에 어른들도 꺼리는 냉수마찰도 흉내 냈다.

서울로 진격하던 13도 창의군의 허위 참모장이 잡혔다는 불길한 소식과 일본이 만든 동양 최대의 감옥인 경성감옥에 갇혔다는 소문이 들렸다. 머지않아 죽임을 당할 수도 있다는 소식에 이 나라의 주인인 우리가 왜 일본놈들에게 죽임을 당하는 것인지 알 수 없다며 울분을 삼켰다. 서울에 진격하자던 창의군 대장 이인영은 부친상을 당해 낙향했다는 소문이 있었으나, 그도 일본군에 체포되어 경성감옥에 갇혔다고 한다. 도대체 나라라는 게 있는 것인지?

일본이 우리나라에 경성감옥이라는 어마어마한 감옥을 만들었다는 것이 도무지 믿기지 않았다. 그것도 동양에서 가장 크다고 하지 않나. 이것이 가능한 일인가? 동경도 아니고 서울 한복판에 조선인을 잡아 가둘 감옥을 일본놈이 만들다니!

어린 원봉과 소룡은 이해할 수 없었다. 나라를 빼앗긴 것도 아닌데 왜 일본이 감옥을 만들고 군대를 보내는 걸까?

밀양에 거주하는 일본인들의 수가 많아지자, 그들을 두려워하는 사람도 늘었다. 그들이 나타나면 사람들은 슬금슬금 피한다. 주인인 조선인들이 이민자인 일본인을 피해 다니는 것이 괴이하기만 한 어린 소룡은 아버지에게 물었다.

"아부지, 와 자꾸 일본 사람들이 많아집니꺼? 역 주변에는 억수로 많다 캅니더."

"글쎄다, 뭐라고 해야 되겠노. 일본이 우리나라를 집어삼키는 것이 그들 뜻인 것 같구나. 일본인들이 조선 땅에 많이 살고 있어야 조선을 지배하는 데 도움이 되는 기라. 사람이 적으면 조선을 다스리는 것이 쉽지 않겠지. 그래서 역 주변에 일본놈들이 살도록 하는 게지. 그런데 일본놈들이 와서 살 땅을 줘야 하는데, 땅이 없으니 그 구실로 역을 만든다고 카면서 땅을 빼앗은 것이제. 그라고 역 근처가 아니라도 싼값에 땅을 사들여서 일본 사람이 많이 살게 할라꼬 안 그러나. 봄에 굶고 있는 사람을 꼬여 비싼 이자로 돈을 빌려주고, 가을이 되어도 갚지 못하면 땅을 빼앗아 버리는 거야. 이 놈들이 아예 조선 전체를 먹으려고 하는 것 같아 걱정이 이만저만 아이다."

"안 그래도 백민 선생님이 곧 그럴 날이 온다고 안 캅니꺼. 체력도 키우고 공부도 열심히 하라고 말씀하시는 데, 지도 꼭 그렇게 할 껍니더."

"세주야! 니 방금 뭐라 캤노? 니 이제 아홉 살이다. 니가 뭐를 할 수 있다고 이 난리고!"

"아입니더. 지도 뭘 해야 할지 아는 나이입니더. 원봉이 행님이랑 냉수마찰도 하고, 공도 차며 체력을 키우고 있습니더. 그라고 강의 시간에도 졸지 않고 열심히 배우고 있습니더. 선생님이 어린아가 열심히 듣는다고 칭찬도 해줬습니더."

마치 투사가 된 듯한 표정에 초롱한 눈빛을 더한 아들을 바라보던 윤희규는 막둥이가 큰일을 낼 것 같아 걱정이다.

"공부나 열심히 하거라! 아버지는 이미 나이 들었고 하니 큰형 말씀 잘 듣고"

"예. 알겠습니더. 그런데 아부지! 요 앞에 있는 동화학교 아시지예. 지도 그곳에서 공부하고 싶습니더. 원봉이 행님도 내년에 그 학교에 간다고 캅니더. 원봉이 행님이 그곳은 밀양의 어르신들이 돈을 모아 만든 학교라고 카던데예."

"또 원봉이가. 니는 원봉이 가는 곳이면 다 따라 갈끼가?"

"예. 행님이랑 평생 함께하기로 맹세했다 아입니꺼."

조금의 망설임도 없이 답하는 막내아들을 보며 윤희규는 숨을 길게 뱉었다.

동화학교는 무송 윤씨 집안사람이 앞장서서 만든 학교다. 윤병연, 윤희영에 이어 지금은 을강 전홍표가 교장을 맡고 있다. 개창학교가 공립학교로 바뀌게 되자 사립학교를 세우기 위해 윤씨 가문과 지역 유지들이 돈을 내어 학교를 설립했다. 운영에 도움 줄 사람을 모으기 위해 신문에 광고를 낸 적도 있다. 조선왕조 시기 군사 업무를 맡았던 군관청 자리에 세운 이 학교는 집안의 자랑거리다. 그러니 그곳에 가지 말라 할 수도 없는 노릇이다. 윤희규는 눈에 넣어도 아프지 않을 막둥이를 그윽이 바라보았다.

'내가 이 둘을 원봉이와 소룡이라 이름 지었지. 그때 이미 이런 일을 예견했는지도 모르겠구나.'

윤희규는 나라님을 모시고 있던 시기에 일본놈들의 만행을 지켜본 적이 있었다. 조선을 삼키려는 그들의 욕망은 절대로 막을 수 없을 것이다. 다만 힘없는 백성이 무슨 일을 할 수 있을까? 걱정이다. 그런데 어린 아들놈이 결심한 듯 무엇이라도 하겠다고 나서는 것을 보니 일본이 그리 쉽게 조선을 점령할 수 없을 뿐더러 점령한다고 해도 쉬이 지배하지 못할 것이라는 생각이 들었다. 이 시골 촌구석에서 무엇을 할 수 있을까마는 그래도 저리 배우겠다고 하니 이름값이나 하게 뒤를 봐주어야겠다고 마음을 굳혔다.

원봉이는 그 용모가 더욱 출중해지고 있었다. 미동이라 할 만큼 잘생긴 얼굴뿐만 아니라 나이답지 않은 신중한 언행이 어른을 놀라게 했다. 지어미가 죽고 새엄마가 들어온 뒤 이놈은 더욱 말이 없어졌다. 깊은 고민에 빠진 듯한 모습을 보일 때도 많고, 고모부인 황상규와 이야기하는 것이 자주 목격되었다. 그런 원봉이를 친형 이상으로 따르는 소룡을 어찌해야 하나? 윤희규는 이제 소룡이라는 아명을 거두고 족보의 이름인 세주로 불러야겠다고 생각하며, 장남인 치장을 불러 집안 식구들에게 이 사실을 알리도록 했다. 막내아들의 어리광은 이것으로 끝인가? 늙은 아버지의 눈이 슬퍼 보였다.

야학에서 학생들을 가르치던 황상규가 동화학교 교사로 임명되었다. 원봉이와 세주도 존경하는 선생을 따라 동화학교에 갈 것이다.

봄이 되어 동화학교에 입학한 세주는 아침마다 목이 터져라 원봉이 형을 부르며 함께 학교 가자고 닦달했다. 골목에서 자신을 부르는 세주의 목소리가 들려오면 밥 먹던 수저를 놓고 자리에서 일어난다. 이런 원봉이를 보고 새어머니는 한 숟가락이라도 더 먹고 가라고 하지만

"됩습니더. 저놈은 내가 나올 때까지 소리 지를 낍니더. 그래서 가 봐야 합니더. 학교 댕겨 오겠십니더."

고개를 꾸벅이며 마루를 내려서서 짚신을 찾아 신었다. 고무신이 귀하여 누구나 신을 수 있는 것은 아니지만, 김주익은 장남인 원봉이에게만은 고무신을 사주었다. '새엄마 밑에서 살고 있어서 고무신도 없다고 동네 사람이 흉보면 어쩌나'라는 아내의 생각이 담겨 있는 고무신이다. 그러나 원봉은 친구들이 짚신 신고 다닌다며 고무신은 집에다 두고 짚신을 신고 나갔다.

"청산 속에 묻힌 옥도 갈아야만 광채 나네. 낙락장송 큰 나무도

깎아야만 동량 되네."

둘은 최근 학생들이 많이 부르는 학도가를 내지르며 학교로 향했다. 언제나 학교 문 앞에는 전홍표 교장 선생님이 서 계셨다.

"원봉이랑 세주구나. 밥은 묵었나?"

"지는 세주가 보채는 바람에 많이 못 묵었습니더. 세주는 학교에 오는 게 저리 좋은가 봅니더. 눈만 뜨면 학교 가자고 난리입니더."

"행님이 더 좋아하면서 그라네. 선생님! 원봉이 행님은 선생님 말씀 듣는 게 제일 좋다고 캅니더."

"그래? 고맙구나. 자 들어가자."

동화학교는 군관청 자리에 세워진 학교여서 건물은 튼튼한 편이다. 아이들은 듬성듬성 칸막이를 만든 교실에 앉았다. 제대로 된 책상이나 의자도 없이 바닥에 앉은 아이도 있고 책상 하나에 여러 명이 함께 머리를 맞대고 글을 쓰기도 한다.

장난치며 놀던 아이들이 갑작스레 나타난 교장 선생님 때문에 동작을 멈췄다. 조례 시간이 아닌데 교장이 교실에 들어오는 경우는 별로 없었다. 아이들이 긴장했다. 무슨 일일까?

"밥은 묵고 학교에 왔나 모르겠네. 음음. 잠시 하던 것 멈추고 내 말 좀 들어보거래이. 니들이 어리지만 고민 끝에 이야기를 해줘야겠다고 결정했다."

모두 동작을 멈추고 교장의 입만 쳐다보았다. 무슨 일인데 저토록 비장한 모습인가?

"너그들도 이야기를 들었을 끼다. 을사년에 일본이 우리의 외교권을 빼앗아 갔다는 것과 외교 문제를 해결하기 위해 통감부를 설치해서 외교뿐만 아니라 다른 일에도 간섭한다는 사실을 말이다. 그때 통감으로 처음 부임한 놈이 이토 히로부미(이등박문)라 카는 자이다. 그런데 그놈이 얼마 전 러시아 땅 하얼빈에서 안중근이라는 카는 의병대장이 쏜 총에 맞아 죽었다. 안중근은 그자를 쏘아 죽인 뒤에 두 손을 번쩍 들고 '꼬레아 우레'라고 외쳤다고 칸다. 우리말로 하자면 '대한 만세'라는 뜻이지. 안중근 대장은 이등박문을 죽일 때까지 투쟁할 것을 맹세하면서 동지들과 단지동맹을 맺었던 기라. 왼손의 약지를 잘라 맹세했지. 절대 뜻을 굽히지 않겠다는 의지를 보여준 거지. 내가 어린 너희한테 이런 이야기를 하는 것은 안중근 대장과 같은 마음으로 강도 일본과 싸우지 않으면 절대 저 놈들을 몰아낼 수 없기 때문이다. 알겠제?"

원봉이가 손을 번쩍 들었다.

"교장 선생님 그러면 안중근이라 카는 사람은 일본놈한테 재판받아야 합니꺼? 러시아 땅에서 이등박문을 쏘았으면 러시아 법을 따라야 하는 거 아입니꺼?"

"니 말이 맞다. 그러나 일본놈들은 절대로 러시아 법정에 안중근 대장을 맡기지 않을 끼다. 본보기로 보이기 위해서라도 반드시 죽이려고 할 끼다. 그런데 안중근 대장은 당당히 대한제국 의병장으로 죽게 해달라고 했다 카네. 이 말은 교수형이 아닌 총살형을 시켜달라는 말인 기라. 대한제국의 군인으로 당당하게 죽겠다는 뜻이제."

"지도 안중근 대장처럼 할 낍니더."

김원봉은 두 주먹을 쥐어 보였다. 옆에 있는 아이들도 원봉을 보며 자기 주먹을 들어 보였다. 동화학교 교실이 단지동맹 체결 장소로 느껴질 정도였다.

교장 선생님의 말씀에 숙연해진 아이들 앞에 김대지 선생이 오셨다. 그는 대한매일신보에 실렸다는 신채호의 글을 읽어 주었다.

"전국의 동전과 금전을 모두 외국인이 거두어 가면 그 나라는 아주 멸망하는 것일까? 이것으로는 아주 멸망하리라 할 수 없다. 전국의 육, 수산물을 외국인이 모두 빼앗아 가면 그 나라는 아주 멸망하는 것일까? 이것으로는 아주 멸망하리라 할 수 없다. 전국의 한 자 한 치만 한 토지도 모두 외국인이 점령하면 그 나라는 아주 멸망하는 것일까? 이것으로는 아주 멸망이라 할 수 없으리라. 그런즉 어떠한 나라를 망국이라 할 수 있을까? 오직 국민의 정신이 모두 외국인에게 팔린 바 되고 보면, 그제야 망국이라 하리로다."

여기까지 읽은 김대지는 아이들을 향해 진지하게 물었다.

"이 글이 뜻하는 바를 알겠느냐?"

아이들은 고개를 끄덕였다. 김대지가 이어 말했다.

"나라는 외면에서 보이는 것이 없어졌을 때 망하는 것이 아니란다. 마음이 무너져 버릴 때 망한다. 지금 일본이 우리 것을 앗아가고 있으나, 우리 마음을 빼앗기지 않으면 그들은 우리나라를 가져갈 수 없는 것이다. 혹 일본이 우리의 주권을 박탈하는 날이 올지라도 우리는 정신을 지켜야 한다. 이 말을 꼭 명심하거라."

어린 나임에도 아이들은 장차 나라에 좋지 않은 일이 생길 것을 예감했다. 그런 날이 오더라도 꼭 나라를 지킬 수 있도록 마음을 다잡을 것이라 다짐했다.

경술년이 되면서 일본은 대한제국의 모든 분야를 차지했다. 작년에 기유각서를 체결하여 사법권을 가져가더니 올해는 경찰권마저 없앴고, 두 나라를 하나로 합치는 조약을 체결하려고 한다. 일진회 회원들이 빨리 합방을 해달라고 요청했다. 이완용이 이를 거부하는 대신 자신이 만든 합방 서류를 가지고 두 나라를 영원히 하나로 합치려고 한다. 나라를 팔아먹는 데 이용익과 이완용이 경쟁을 한다고 사람들이 수군거렸다. 을사늑약 때도 정미 7조약에도 이름을 올렸던 이완용은 나라를 파는 일에 누구한테도 뒤질 수 없다고 여긴 듯했다. 이완용은 자신을 노론의 마지막 수장이라고 생각한다. 인조반정 이후부터 정치적 실권을 놓친 적 없는 노론이다. 작금에 이르러 그 힘을 잃어버릴 수 없다고 결심한 듯 발악하며 일본 정권에 아부하고 있었다. 대한제국을 통째로 일본에 갖다 바치겠다고 날뛰는 이완용과 그를 따르는 짐승의 무리가 조약문을 논의했다. 마침내 이완용은 집안 조카인 이인직을 시켜서 조문을 작성토록 했다. 이인직은 이미 글을 쓰는 사람으로 알려져 있다. 새로운 형식의 글이라고 자랑하는 '혈의 누'가 잡지 만세보에 연재되었다. 그가 글의 제목을 '혈루'라 하면 될 것을 '혈의 루'라 하여 피눈물을 굳이 '피의 눈물'로 만든 것 자체가 일본인들의 필법을 따른 것이라는 비판이 있었다. 그 내용에서도 청일전쟁 당시 일본군을 좋게, 청군을 나쁘게 표현했다고 사람들이 수군거렸다. 그런데 그 사람이 조약문을 만들었다. 보지 않아도 내용을 짐작할 수 있다. 영구히 대한제국을 일본에 팔아넘기는 조약에 국새를 찍어야 하는 운명의 황제는 대신들의 얼굴을 뚫어져라 쳐다보았을 것이다.

'너희는 어느 나라 신하인지? 누구의 종인지?'

2

뜨거운 여름의 햇살이 살갗을 태우고 있을 때, 아버지 윤희규가 세주에게 공립보통학교로 전학할 것을 종용하였다. 사법권을 빼앗은 일본의 만행이 노골화될 즈음 전홍표의 가르침을 걱정하던 아버지가 세주에게 전학을 권했다. 아니 명령했다. 전홍표나 황상규, 김대지 등 동화학교 교사들의 가르침은 학생들을 위험에 빠뜨릴 수 있다. 아버지 윤희규의 판단이다. 그래서 막내아들을 동화학교에 둘 수 없었다. 세주는 아버지의 강압에 못 이겨 10살의 나이에 공립보통학교 1학년으로 전학하였다. 공립보통학교는 당시 대부분의 아이가 다니는 학교였으나, 동화학교 선생들의 가르침을 사모하던 원봉은 전학을 미루고 있었다.

다음 해인 경술년 4월 7일, 원봉이도 공립보통학교로 전학했다. 전학하기 며칠 전 을강 교장이 '안중근이 끝내 교수형을 당했다' 라고 알려 주었다. 그 말은 대한제국의 군인으로 순국한 것이 아니라, 보안법 위반으로 사형되었음을 의미했다. 사형을 선고받은 안중근 대장에게 그의 어머니가 '일본 법정에 목숨을 구걸하지 말고 대한의 아들답게 당당히 죽으라고 했다' 라며 '이런 어머니가 대한의 어머니' 라고 했다. 원봉이는 자신이 안중근의 원수를 꼭 갚아주겠다고 다짐했다.

원봉이와 세주는 공립보통학교 2학년에서 함께 공부하게 되었다. 동화학교에서도 보통학교에서도 둘은 여전히 단짝이었다. 그러던 중 8월이 되자 일본이 대한제국을 통합했다. 아니 강제로 일본이 대한제국을 병탄(倂呑)한 것이다. 이에 울분을 참지 못해 자정순국하는 사람들이 늘어났다. 안동 지역의 누구누구, 산청에서 누구누구 등 매일 순국하는 사람의 소식이 전해졌다. 원봉이와 세주도 귀 기울여 많은 이야기를 들었다.

9월이 되자 일본인 교장이 부임하고 일본인 교사들이 임명되었다. 과목명도 바뀌었다. 국어로 배우는 우리글은 외국의 글로 바뀌고 일본어가 국어가 되었다. 일본어 시간에는 둘이 머리를 맞대고 수군거리느라 수업에 집중하지 않았다. 교사가 화를 내어도 둘은 뭐가 그리 즐거운지 싱글벙글 웃어넘겼다.

둘은 이미 가정에서 한자를 배웠다. 백민에게서 역사와 신학문을 배웠고, 을강으로부터 민족정신을 배웠다. 동화학교를 졸업한 뒤 교사가 된 김대지의 가르침도 받았다. 새삼스러운 것이 없다. 일본인 교사가 가르치는 역사는 '조선인과 일본은 같은 조상'이라는 것이고, 모두 천황의 신하라는 것이다. 맘대로 들어와 나라를 뺏고도 모자라 이제는 역사를 마음대로 고치려 한다.

보통학교 3학년이 되었다. 하굣길에 남문에 올랐다. 원봉이와 세주, 그리고 몇 몇의 친구들은 말이 없었다. 전처럼 강이 아름답지 않았다. 강변에 피어나는 버들강아지의 연두빛 잎들이 서글퍼 보였다. 아직 찬 바람에 고개를 내민 그 잎은 추위에 몸을 옴츠리는 모양새가 갈수록 일본의 역사나 일본어를 강요하는 교실에 초라하게 앉은 자신들 같았다.

종남산 중턱, 불긋한 진달래가 보인다. 꽃이 핀 뒤 잎이 나오는 진달래는 잎이 나온 뒤 피는 철쭉(연달래)과는 다르다. 배고픈 아이들은 꽃잎이 먼저 나오는 진달래는 먹을 수 있어서 참꽃이라고 하고, 잎이 난 뒤의 꽃은 독이 있어 먹을 수 없으므로 가짜 꽃인 개꽃이라 불렀다. 종남산 진달래의 꽃잎 자리에 잎이 자라면 연달래가 온 산을 붉게 물들인다. 마치 산이 불타는 듯하다. 밀양 사람들은 종남산의 변화를 통해 봄을 안다. 철쭉이 피기 시작하면 못자리를 만들고 한 해 농사를 시작한다. 그런데 종남산의 진달래를 보아도 아이들이 달려가지 않았다. 뭔가 모를 중압감이 이들을 짓누른 듯 한숨지었다. 대신 자주 강가에 앉아 이야기를 나누었다.

나라를 잃은 지 1년이 지나도 어른들이 무심한 듯 지나는 것이 의아한 원봉은 조심스럽게 고모부이자 스승인 백민 황상규에게 여쭈었다.

"고모 아재예, 일본놈들이 나라를 뺏아 갔는데 어른들은 와 가만히 있습니꺼?"

"아이고 우리 원봉이 다 컸네. 벌써 열네 살이제? 그러면 나라 걱정할 때도 되었구나. 대한 사람들이 누고. 걱정하지 말거라. 뜻 있는 사람들이 조직도 만들고 일본놈들 몰아낼 방도를 연구 중이다."

"진짭니꺼?"

"그래 걱정 말거래이. 일본놈들이 헌병을 앞세워 통치하고 있어 겉으로는 드러나지 않지만, 전국에 많은 비밀결사가 만들어져 있는 기라. 그 사람들이 각자의 방도대로 무관학교를 만들자고 하고, 학교를 세워 인재를 키우자고 하고, 폭탄을 만들어서 던지자 칸다 아이가. 그러니 니는 공부만 하거라."

"밀양에서 만든 단체도 있습니꺼?"

"하모, 있제!"

"참말로예?"

"와? 고모부가 거짓말하는 것 같나. 진짜로 있다. 그런데 니는 아직 어려서 안 된다. 우선 어른들이 먼저 나선 기고. 조금 더 크면 그때 너들이 책임지고 일본놈과 싸워야 된데이, 우리 어른이 못하면 할 수 없이 니들이 해야지."

"지도 열네 살이니 뭐든 할 수 있습니더. 지도 넣어 주이소."

"그래 다른 회원들에게 물어보마. 그래도 니는 공부하는 것에 집중해라. 알겠제?"

"지는 일본인 선생한테 배우는 게 싫습니더. 전처럼 고모부께 배우고, 을강 선생님께 배우고 싶습니더. 그라고 고모부가 만든 단체에도 들어가고 싶습니더. 저보다 쪼매 더 어린 세주도 함께 가입할 낍니더."

백민은 원봉이의 머리를 쓰다듬으며 말했다.

"어른들이 너그를 잘 지켜줘야 할 낀데"

"고모부! 우리도 뭔가 해볼라꼬 캅니더."

"어린 너들이 뭘 할 수 있겠노?"

"상득이랑 재호 그라고 상이, 세주와 함께 의논했습니더. 보통학교에 계속 다니면서 일본말을 국어라 카면서 배우는 게 맞나 싶어예. 학교를 그만두더라도 뭔가 해보고 그만두자고 의논했습니더."

의아한 눈으로 황상규는 원봉이를 쳐다보았다.

"11월 3일은 메이지 왕의 생일 아입니꺼. 그날에 아이들끼리 일장기를 똥통에 빠뜨리고 길거리에서 개천가를 부를라꼬 계획하고 있습니더."

"그 사실이 알려지면 큰일 날 낀데, 조용히 잘 진행할 수 있겠나?"

"예. 걱정 붙들어 매이소. 우리 중에는 아무도 입을 열지 않을 낍니더. 그리고 저는 그때부터 보통학교는 안 갈 낍니더. 표충사에 들어가 무술을 배워볼까 합니더."

"뭐라꼬? 무술을?"

"예. 제 한 몸 지킬 수 있어야 나라도 구하지 않겠습니꺼. 그래서 저는 몸을 단련하기 위해 절에 가서 스님께 무술이나 배울랍니더."

밀양의 젊은 청년들은 나라를 되찾기 위해 무엇을 할 것인가 고민하다 청춘의 일편단심을 다해 나라를 구하겠다며 '입합사'를 조직했다. 황상규와 김대지, 윤치형 등이 중심이었다. 조직이 있다고 어린아이에게 알려줄 수는 없는 일, 황상규는 생질 원봉이를 돌려보내고 한참이나 고심했다. 이런 아이들도 나라를 찾기 위해, 밟히면 꿈틀거리는 지렁이라도 되기 위해 천장절에 일장기를 학교 변소에 넣겠다지 않는가. 그런데 청년들은 조직만 만들고 놓고 아무 일도 하지 않고 있으니 얼마나 부끄러운가. 이 조직에 저 아이들을 합류시켜도 좋을 것이다.

날씨가 제법 쌀쌀해지자 영남루에 모이던 사람들의 수가 점점 줄었다. 대신 보통학교 학생 네댓 명이 영남루에 올랐다. 김원봉과 윤세주 그리고 김상득과 김상이, 권재호였다. 원봉이가 주위를 살피며 말을 건넸다.

"야들아! 11월 3일이 무슨 날인지 알제?"

"누가 모르겠노. 매일 교장 놈이 떠들고 다니는데."

"맞다. 저그 천황이면 천황이지 우리 황제도 아닌데. 맨날 천황

생일이 어쩌고저쩌고 떠드는데 누가 모르겠노."

"그래, 맞다. 그날 우리 가만히 있어 가 되겠나? 작은 고추가 맵다는 거 보여줘야 안 되겠나?"

"행님아! 무슨 좋은 수가 있나? 안 그래도 그날을 일본놈 뜻대로 보내면 안 되겠다는 생각을 늘 하고 있었다 아이가"

세주가 원봉이 곁으로 다가앉으며 말했다. 원봉이는 입술을 깨물고 있다가 결심한 듯 입을 열었다.

"내가 곰곰이 생각해 보았는데 우리가 할 수 있는 게 별로 없는 기라. 그래도 뭔가 해야 안 되겠나. 생각한 게 있는데 한번 들어 볼래? 행사 며칠 전부터 교장이 일장기를 우리에게 나누어 준다고 안 카더나. 그것 들고 만세를 불러야 된다고 말이다. 그 일장기를 천장절에 학교 변소에 빠뜨리면 어떻겠노?"

"진짜? 그것 좋은 생각이데이. 일본놈에게 모욕감을 줄 수 있는 데다가 교장이 미쳐 날뛰는 꼴도 볼 수 있겠다. 그쟈!"

"그라면 그날 일장기를 들고 변소 옆에서 만나는데, 만약 나중에 일장기를 갖고 있지 않다고 우리 일이 탄로 날 수 있으니 친구 것 중 여러 개를 슬쩍해라. 잃어버린 친구들은 연습 중에 찢어졌다며 또 선생님께 달라고 하겠지 뭐."

"만약 교장하고 선생이 혼을 내도 절대 불면 안 된데이. 약속하자! 우리는 사나이인 기라. 그것도 대한의 사나이. 알겠제!"

아이들은 고개를 끄덕였다. 그리고 1911년 11월 3일, 메이지 왕이 태어났다는 그날에 아이들은 일장기를 똥통에 빠뜨리고 뿜어 나오는 웃음을 참으며 교실로 돌아왔다. 잠시 후 학교를 뒤흔드는 교장의 고함에도 그들은 고개 숙여 웃음을 참았다. 고래고래 소리치며 교실을 돌아다니는 교장과 훈육 주임은 3학년 교실에 와서도 난리를 떨었다. 그러나 아이들은 책상 위에 일장기를 올려놓고 아무렇지도 않은 듯 그들을 쳐다보았다. 매로 아이들을 구타했으나 입을 열지 않았다. 경남도청에서 조선어를 아는 일본 교사를 보내 으름장을 놓았으나, 끝내 범인을 잡지 못했다. 교장은 인근에 사는 어른들이 벌인 일일 것이라 결론지었고, 아이들은 학교에 남게 되었다. 그러나 원봉이와 김상득은 결국 학교를 떠나기로 결심했다. 노예 교육을 시키는 학교가 싫어서다. 등교는 물론 시험에도 응하지 않았다. 둘은 보기 좋게 퇴학당했다. 평안감사도 자신이 싫다면 그만두는 것이 아닌가!

원봉은 퇴학 후 동화농업학교에 편입학하였다. 그 사이 동화학교가 동화농업학교로 바뀌면서 중학 과정이 되었다. 이 과정을 주도한 사람은 세주의 아버지 윤희규였다. 1910년 농업학교로 변경되었을 때 윤희규는 교장이었다. 지금은 전홍표가 교장이다.

세주는 보통학교에 가지 않았다. 매일 아침 닦달하는 아버지의 잔소리에도 이불을 뒤집어쓰고 듣지 않았다. 원봉이와 함께 학교를 그만두고 싶었으나 아버지의 반대로 그러지 못했다. 분가해서 살고 있던 큰형 치장이 아버지의 걱정 때문에 불려 왔다. 그리고 세주를 자기 집에 데려가 돌보겠다고 했다. 세주는 형의 집에서 아버지의 눈을 피해 원봉이가 다니고 있는 동화농업학교에서 수업을 들었다. 보통학교를 졸업하지 않은 그들에게 중학 과정에서 공부할 수 있도록 한 것은 교장 전홍표가 그들의 애국심을 인정했기 때문이다. 그러나 세주의 학적은 그대로 보통학교에 남아 있다. 보통학교에 미련이 없는 세주는 등교를 거부했고, 아버지는 교장을 찾아가 세주의 졸업을 부탁했다.

그런 와중에 동화학교에 문제가 생겼다. 하얀 두루마기를 입고 조례 시간마다

"빼앗긴 국토를 다시 찾고 잃어버린 주권을 회복하기 전에는 우리는 언제나 슬프고 비참하다. 그러기에 우리의 목숨이 살아 있는 동안은 강도인 일본과의 투쟁을 한시도 게을리할 수 없다. 미래는 너희 것이다. 너희가 분기하지 않고 대체 누가 조국광복의 대업을 이룰 것이냐?"

라며 울부짖던 을강 선생이 전교생을 운동장에 모았다.

"학생 제군 여러분! 이제 우리 동화학교는 문을 닫아야 합니다. 일본이 법으로 우리 학교를 인정하지 않습니다. 제군들에게 하고픈 말은 많지만 다하지 못함을 알아 주시고, 조국의 앞날이 여러분 어깨에 달려 있다는 사실을 명심, 또 명심해 주길 바랍니다. 못난 어른들이 여러분들의 암울한 미래를 만들었지만, 여러분이 일본으로부터 우리 조국을 되찾고, 민족을 해방시킬 것이라 확신합니다. 학생 제군은 반드시 조국광복의 대업을 이루는 주역이 되십시오"

끝내 말을 잇지 못하던 을강은 학교가 법인이 아니어서 폐교한다고 말했다. 아이들은 재정이 열악하여 학교가 문을 닫는다고 여겼다. 그들은 집에 돌아가 부모님을 설득하고 집안일을 스스로 했다. 이에 대한 대가로 받은 돈을 모았다. 열댓 명의 학생은 자신들이 모은 80원을 들고 을강 스승을 찾아갔다. 해자 끝자락 강 가까이에 있는 스승의 집을 방문한 아이들은 을강의 손에 돈 80원을 올려놓았다. 스승은 그 돈을 쳐다보며 물었다.

"이게 무슨 돈이고?"

원봉이가 앞에 나섰다.

"선생님! 우리 학교가 돈이 부족해 문을 닫게 생겼다 아입니꺼. 그래서 친구들이 적지만 이렇게 돈을 모았습니더. 이 돈으로 학교에서 계속 공부하게 해주이소."

을강은 아이들을 두 팔로 끌어안으며 눈물지었다. 어른보다 기특한 아이들! 이런 아이들이 있어 이 나라는 반드시 광복될 것이라 믿었다.

"얘들아! 우리 학교는 돈 때문에 문을 닫는 게 아니다. 배일 감정 때문에 일본놈들이 문을 닫으라고 해서 할 수 없이 문을 닫았다. 그러나 학교의 문을 닫을 수 있을지 몰라도 너그들 마음을 닫을 수 없듯이, 이 나라를 아무리 지배할라 캐도 우리 마음까지 지배하지는 못할 끼다. 그래서 우리는 끝내 나라를 되찾을 끼다. 특히 니들 같은 아이들이 있으니 우리는 반드시 광복할 거다. 고맙데이. 스승보다 뛰어난 제자들이구나! 선생님도 이날을 반드시 기억하고 있으마. 니들도 꼭 기억하거라. 장하고 장하다! 니들이 있기에 나는 지금 죽어도 여한이 없다."

두 주먹을 불끈 쥔 아이들의 눈에도 눈물이 고였다. 스승의 가르침을 잊지 않겠다는 다짐과 함께 조국광복을 위해서라면 어떤 일이라도 하겠다는 결기를 다졌다.

학교도 문을 닫았으니 가야 할 길이 막막하다. 원봉은 표충사로 발길을 돌렸다. 스님을 통해 자신의 마음은 물론 이후 어떤 상황이 닥치더라도 이겨낼 수 있는 체력과 무예를 배우고자 길을 나섰다.

세주는 아직도 보통학교에 적을 두고 있었으니, 보통학교 4학년에서 자리만 때우고 앉아 있다가 3월에 졸업했다. 그사이 잠시 만난 원봉이 형은 서울에 있는 학교로 진학할 뜻을 밝혔다. 세주도 서울로 갈 결심을 했다. 그러나 아버지는 밀양에서 진학하길 원했다. 9월이 되자 6개월 과정의 간이농업학교에 입학했다. 아버지의 눈을 속이기 위한 진학이었다. 표충사에 있던 원봉이 형이 서울에 있는 중앙학교에 진학했다는 소식을 들은 세주는 자신도 서울에 있는 학교에 진학하기 위해 아버지와 형의 권유를 뿌리치지 않았다.

원봉 형이 중앙학교에 진학하였다는 소식을 들었다. 그러나 세주는 간이농업학교를 졸업했으나 바로 진학하지 못했다. 집에 있으면서 어머니와 많은 시간을 보냈다.

다음 해에 오성학교에 진학했다. 서울 낙원동에 있는 오성학교를 선택한 것은 인근 계동에 있는 중앙학교와 가까워 원봉이 형과 함께 지낼 수 있어서이다. 서울에서 만난 원봉이 형은 말수가 더 줄었고, 뭔가 결심한 듯한 눈빛이었다. 아버지는 원봉이 형과 가까이 지내는 것을 염려했지만 둘은 언제나처럼 함께였다. 원봉이도 세주도 서울에 있는 친척 집에서 기거했고, 특히 세주는 간섭을 심하게 받았다. 아버지의 부탁 때문이라는 걸 왜 모를까?

오성학교는 1908년 서북학회가 세웠던 협성학교의 후신이다. 평안도 지역 사람들이 인재 육성을 위해 애국계몽운동 차원에서 설립한 학교다. 당연히 반일 감정이 강하다. 중학 과정이므로, 이 학교를 졸업하면 관리라도 될 수 있으리라 생각한 아버지의 뜻이 있어 입학하였다. 그러나 세주는 관리가 되겠다는 생각이 없었다. 그가 서울에 있는 학교에 진학한 것은 원봉이 형과 앞으로 어떤 활동을 할 것인가 의논하고 뜻을 세우기 위해서였다.

학교에 적응하느라 시간을 보낸 늦봄, 세주는 원봉이 형을 만나기 위해 종로에 갔다. 반가움에 손짓하려는 순간 다른 두 사람이 함께 있는 것이 보였다. 약간 어색했으나 세주는 원봉이 형에게 생각이 있어 낯선 사람과 함께 왔는가 보다 여기며, 두 사람 옆에 앉았다. 한 사람은 백민 스승과 비슷한 나이처럼 보여 놀랐다. 형이 이런 분과 함께 공부하고 있다니! 옆에 앉은 사람은 세주보다 더 어려 보였다. 전혀 어울리지 않는 세 사람이 마음을 열고 친구처럼 지낸다고 하니 의아했다.

나이 많아 보이는 사람의 이름은 김두전이라 했다. 1890년 생이라고 하니 백민 선생과 동갑이다. 원봉이 형은 고모부와 같은 또래의 사람과 호형호제하고 있다. 김두전은 부산 동래 출신이며 경성공업학교를 졸업하고 일본에 유학까지 갔다 온 사람이다.

옆의 어린 친구는 세주보다 한 살 적었다. 이름은 이명건이고, 고향이 경북 칠곡이라 했다. 왕산 허위 선생과 동향이다. 아버지한테서 들었던 왕산 허위는 경성감옥 최초의 사형수였다. 그와 동향이라니! 백민 스승과 교류하는 박상진과도 인연이 있을 듯했다.

왕산 허위의 학문을 흠모한 박상진이 울산에서 올라와 왕산의 문하생이 되었다. 허위가 순국한 뒤 박상진은 스승의 뜻을 이어 대구에서 단체를 만들었다고 들었다. 비밀결사로 만들어진 것이라 드러낼 수 없으나, 백민 스승도 동참하고 있다는 사실을 알고 있었기에 반가움이 앞섰다.

원봉이는 옆에 있는 김두전을 약수 형이라 불렀다. 그러자 김두전은 원봉이를 약산 아우라 칭했다. 의아해진 세주가 물었다.

"약산과 약수라, 무슨 의미를 지니는 듯한 데예. 형님이 좀 설명해도."

"아, 니는 잘 모르겠구나. 세주야 니가 보다시피 우리 세 사람이 항상 붙어 다닌다 아이가. 고모부께서 이런 우리를 보시더니 호를 지어 주셨지. 두전 형님에게는 '물과 같아라' 해서 약수, 나는 '산과 같아라' 해서 약산, 여기 이 친구는 '별과 같아라' 해서 여성이라고 부른다. 니랑 함께 있지 않아서 백민 선생님이 우리에게만 호를 지어 주셨구나. 미안해서 우짜노?"

"아이다. 괜찮다! 나도 언젠가 내가 생각하는 호를 사용할 끼다."

"니가 생각해 놓은 게 있나?"

"그래, 있다. 다음에 내가 그것을 쓸 때까지 궁금해도 참아도"

"그래 알겠다. 니는 심지가 깊으니 니한테 꼭 맞는 호를 지었을 것이라 믿는다. 기대하고 기다리지!"

네 사람은 최근 구라파에서 벌어지고 있는 전쟁에 관해 이야기했다. 독일이 이탈리아, 오스트리아와 힘을 합해 전쟁을 일으켰고, 이에 맞서 영국과 프랑스, 러시아가 다른 진영을 이루어 싸우고 있다. 그런데 독일이 최근 최신 무기인 잠수함이라는 것을 만들었다. 그 무기로 인해 연합국이 고전을 하고 있다. 그러면 우리도 독일의 기술을 배워야만 일본을 몰아낼 수 있는 것이 아닌가? 이 전쟁에 일본도 참여하고 있는데 영일동맹이 있어서인지 영국 편에 가담했다. 일본이 무슨 속셈으로 연합국 편에 섰는지가 의심스럽다. 아마 독일이 전쟁에서 지면 그들이 차지하고 있던 중국의 산동 지역을 차지하려는 속셈이 아닐까? 일본은 자나 깨나 중국을 먹으려고 하는데, 저 멀리서 벌어진 전쟁에 굳이 동참의 뜻을 밝히는 것을 보면, 독일이 전쟁에서 지면 산둥반도를 차지할 속셈이 맞을 것 같다. 그런데 이 전쟁은 아시아와 아프리카의 많은 나라를 영국과 프랑스가 식민지로 만들면서, 뒤늦게 자본주의에 뛰어든 독일이 식민지가 부족해 영국과 프랑스가 가진 식민지를 빼앗기 위해 일으켰다. 이 전쟁의 원인은 제국주의 때문이다. 그래도 독일의 야심이 너무 큰 것 같다. 영국과 프랑스를 상대로 전쟁을 일으키다니. 그런데 새로운 무기를 개발하여 영국과 프랑스에 타격을 주고 있으니 대단하지 않으냐?

이들의 이야기는 끝이 없다. 마침내 원봉이 입을 열었다.

"독일이 가진 무기 기술을 배워야만 일본을 이길 수 있지 않을까? 그러려면 독일어를 배우러 중국 가는 것은 어떨까요?"

약수 김두전이 답했다.

"너무 갑작스럽기는 한데 그것도 좋은 생각인 것 같다. 근데 나는 일본에서 돌아온 지 얼마 되지 않았고, 고향에서도 다른 일을 하려고 뜻을 품고 있어서 동행할 수는 없을 것 같네. 백민과 나는 이전에 서울에서 만나 의기투합하였고, 최근 그가 하는 일에 동참하기로 했네. 그래서 고향에서 뜻을 펴 나갈 것이니, 약산 아우는 아우 뜻대로 하시게."

"세주나 명건이는 아직 어리니 너무 고민하지 말거라."

원봉은 두 사람을 보며 서둘러 말했다. 혹시나 혼자 가게 될 것을 걱정하여 함께할 것이라 말할 것을 미리 막았다.

"백민 스승님과 벌써 그런 약조를 하셨다니 뜻대로 하십시오. 저는 괜찮습니다. 형님은 고향에서, 저는 중국에서 노력하다 보면 언젠가는 만날 것입니다. 강도 일본을 몰아내겠다는 마음만 변치 않는다면, 어느 곳에서 어떤 일을 할지라도 서로에 대해 굳게 믿으면 될 것입니다. 저는 아무 일도 하지 않고 공부한답시고 이렇게 하루하루를 보내는 것이 정말 견디기 힘듭니다. 어느 날 제가 사라지면 중국으로 갔다고 생각하십시오."

그들의 대화를 듣고 있던 세주는 원봉이와 함께 가겠다고 선뜻 나설 수가 없었다. 마음은 굴뚝 같지만, 부모님 생각에 머뭇거렸다. 이런 세주의 생각을 아는 듯 원봉이가 세주의 어깨에 손을 얹었다. 그리고 지그시 눌렀다. 때가 되면 함께하는 날이 오리라는 것을 둘은 이미 알고 있었다.

원봉이 조선을 떠나 중국으로 갈 것이라는 사실에 고민이 깊어진 세주는 학교에 가는 날보다 탑골공원이나 인사동 거리를 헤매는 날이 많았다. 조선의 수도였던 서울은 이제 일본의 경성이 되었다. 신작로가 생기고 미스코시 오복점도 생겨 일본 상품뿐만 아니라 전 세계 상품이 넘쳐났다. 무엇보다 돈이 대접받는 세상이다. 일본의 자본주의가 뿌리를 내리는 듯, 모두 경쟁의 출발점에서 남보다 빨리 출발하려고 몸부림친다. 부정 출발은 괘념치 않았다. 이길 수 있다면, 아니 돈이 된다면 무엇이든 할 기세다. 돈은 사람의 지위도 바꾸었다. 신분 대신 돈이 그 자리를 차지했다. 돈은 가게 점원의 태도부터 달라지게 한다. 몸에 걸친 것이 값나가는 것이면, 점원은 허리를 접어 인사한다. 세계의 질서도 이럴 것이다.

지친 발걸음으로 친척 집에 돌아오는 세주 앞에 원봉이가 기다리고 있었다.

"힝야!"

반가움에 사투리가 튀어나왔다.

"그 소리 참 반갑네."

"이렇게 날 찾아온 것을 보니 결심했나 보네."

"그래, 떠날 거다. 떠나기 전에 니 얼굴은 보고 가야지."

잠시 머뭇거리넌 세주가 힘주어 말했다.

"이제부터 형님이라 부를 겁니더. 형님은 내게 친형보다 가까운 사람입니더. 평생 형님과 함께 일본놈 쫓아내는 일에 목숨까지 바치기로 맹세하였지만, 지금은 같이 갈 수 없습니더. 어머니 연세가 벌써 육순이니, 뜻을 잠시 미루어야 할 것 같습니더. 제 마음 아시지예?"

"니 맘 누구보다 잘 안다. 나는 집안의 장남이지만 우리 아버지는 나를 포기하셨을 것이다. 새어머니와 이복동생 틈에서 눈치 보느니 나가 살길 원했지. 그리고 사나이로 태어나 나라를 위해 일하는 것은 당연하다고 생각하시지. 이것이 우리 밀양인의 정신 아이가! 아버지도 내 뜻을 존중해 주셨다. 그래서 쉬이 결정할 수 있었지. 다만 니가 섣불리 나를 따라 나설까 걱정이다. 내가 먼저 가서 덕화학당에서 독일어를 배우고 국제정세를 알아볼 테니, 너는 여기서 뜻을 꺾지 말고 기다리고 있어라. 형이 언젠가 너를 부르기 위해 사람을 보낼 것이다. 너는 니가 있는 곳에서 할 수 있는 것을 하거라."

"알겠습니더. 형님! 그런데 여비는 충분합니꺼?"

"내가 이번에 밀양에 갔다 왔다. 혹 돌아오지 못할 수도 있으니, 아버지도 뵙고 스승님도 뵙고 왔다. 니 아버지도 뵙고 왔지. 내게 이런 운명을 살도록 이름 지어 주신 분 아이가. 니 안부를 물으시길래 잘 지낸다고 말했다. 아 참, 니도 가곡리에 살고 있는 봉인이 알제? 공립보통학교에서 같이 공부하던 내 친구 말이다."

"알지예. 봉근이 형님 동생 아입니꺼."

"맞다. 그 친구가 삼촌 가게에서 일하는데, 삼촌 몰래 돈을 빼돌려서 중국 가는 데 보태라고 나한테 줬다. 봉인이도 어느 정도 돈을 모아서 중국에 오겠다면서 나보고 먼저 가 있으라 안카나. 그래서 여비 걱정은 안 해도 된다. 알겠제!"

"나도 아버지께서 주신 돈이 있어 형님에게 드리고 싶습니더. 이것마저도 안 받으시면 정말 서운합니더."

"그래, 고맙다. 우리 세주가 주는 돈이니 고맙게 받아야지. 그리고 죽을 만큼 열심히 공부할 끼다. 내가 어떤 사람인지, 우리 밀양 사람이 얼마나 끈질긴지 보여줄 끼다"

"형님! 잘 챙겨 드시고 몸 건강히 계시이소. 제가 곧 찾아가겠습니더."

"그래, 우리 세주를 보면 내가 힘이 난다. 너는 나보다 어리지만 늘 친구 같고 피를 나눈 쌍둥이 같은 느낌이다. 니도 건강 잘 지키고 있거라. 내가 독일어를 얼마나 잘하는지 니한테 제일 먼저 보여줄게. 알겠제!"

둘은 긴 포옹을 했다. 서로의 마음이 심장을 통해 전해졌다. 홀로 떠나는 원봉, 홀로 남게 된 세주! 둘은 하염없이 서로를 쳐다보았다. 먼저 돌아서기가 두려웠다. 이것이 혹 마지막이 될까 봐.

오성학교를 졸업한 세주가 밀양으로 돌아왔다. 원봉이 중국으로 떠났다는 사실을 알고 있던 윤희규는 눈에 넣어도 아프지 않을 막내아들이 혹 중국으로 가 버릴까 노심초사했다. 장남 치장과 의논하여 세주를 장가들이는 것이 좋겠다고 결정했다. 색싯감을 수소문하여 창녕에 사는 하씨 집안의 처자를 맞아들이기로 했다. 사돈 될 하동윤은 지역에서 이름난 명문가 사람으로 지역민에게 존경받고 있다. 그의 딸을 며느리로 맞이하면 집안의 명성에도 도움이 될 것이고, 더구나 며느리가 막내아들의 마음을 잡아 중국으로 떠나지 못하게 하면 이보다 더 좋은 일이 없다.

사실 집안 어른들이 이렇게 혼인을 서두르는 데는 까닭이 있다. 중국 갔던 원봉 형이 얼마 전, 밀양을 다녀갔다. 세계 전쟁이 끝났으나 승자는 독일이 아닌 미국이었다. 원봉 형이 말했다. 이제 독일어가 아닌 미국말을 배우기 위해 다시 중국에 간다. 남경에는 여운형이 영문학을 공부한 금릉대학이 있다며, 형도 그곳에 간다고 했다. 세주는 마음이 답답했다. 아무것도 결정하지 못한 세주에 비해 원봉 형은 나라를 위해 무엇이라도 해야겠다며 동분서주한다. 그리고 다시 중국으로 간다. 함께 가고 싶은 마음은 굴뚝 같지만, 세주는 결정하지 못했다.

"형님! 이제 가시면 언제 뵐지 모르겠으나 언젠가 저도 형님을 찾아가겠습니다."

"그래 세주야! 너와 함께 강도 일본을 쫓아낼 때가 반드시 올 거야. 나도 중국에서 열심히 공부하고 있으마. 이번에는 전에 니가 만났던 약수 형님과 여성 아우도 함께 갈 거야. 셋이 뜻을 같이하니 더 힘이 날 거다. 너도 와서 힘을 합치면 좋겠구나! 이곳에서도 뜻을 세우고, 늘 준비하고 있어라."

원봉과 세주는 굳게 잡은 손을 쉬이 놓을 수가 없었다.

"세주야! 내가 중국에서 자리 잡으면 너에게 사람을 보내마."

"알겠습니다. 형님! 곧 만날 수 있을 것입니다."

형이 떠난 뒤 세주는 생각에 빠져 있다. 윤희규는 세주를 붙잡을 구실을 찾았다.

원봉이는 세주를 뒤로 하고 상행선 열차에 몸을 실었다. 언제 다시 올지 모를 고향 산천을 올려다보는 원봉이의 눈은 어느새 촉촉이 젖어 들었다. 이 아름다운 산야에서 반드시 일본놈들을 몰아내겠다고 다짐하며 입술을 깨물었다. 이 년여 만에 고향에 돌아오니 스승 김대지는 조직이 탄로나 일본 경찰에 체포되어 사 개월 동안 감옥에 계셨다고 한다. 고모부도 칠곡 출신 장승원을 암살한 일에 연루되어 국외로 떠났다. 아마 대한광복회 만주 지부가 있는 길림으로 가셨을 것이다. 가곡동에 사시던 이병철 형님도 함께 갔다고 하니 그곳에서 분명 새로운 일을 도모하고 계시리라. 언젠가 그곳을 찾아가야 한다. 그러나 먼저 약수, 여성과 함께 영어를 배울 것이다. 새로운 무기 기술을 익히고, 무장투쟁에 필요한 물자를 사들이기 위한 통역 역할을 하기 위해서다. 남경으로 가는 것이 옳을 것이다. 드러내지 않았지만, 세주도 스승님과 관련된 단체에서 활동하며 자신을 단련하고 있는 듯 보여 원봉은 안심했다.

원봉과 두 번째로 헤어진 세주의 마음은 복잡하다. 혼인을 바라는 부모의 간청을 거절할 수 없다. 일본과 싸울 방도도 찾아야 한다. 언젠가 원봉이 형과 함께 투쟁하기 위해 중국으로 가야 한다. 그러나 무엇보다 어머니의 건강이 걱정이다. 자신이 떠나고 나면 어머니를 영원히 뵙지 못할 수 있다. 게다가 어머니의 소원이 막내며느리를 맞이하는 것이다. 세주는 결혼을 결심했다. 집안 어른들끼리 정한 혼사이지만, 자기 뜻을 이해하는 각시일 것이라 스스로 위로했다.

아침저녁으로 찬 기운이 도는 9월 초하루, 그날 세주는 혼인한다. 혼인을 앞둔 세주는 신부를 맞으러 창녕에 가야 한다. 혼인 며칠 전 부북면으로 향했다. 무안을 통해 가는 길이 아니라 부북을 거쳐 창녕으로 가는 길을 택했다. 창녕읍까지 팔십 리 길을 걸어가려면 하루 종일 걸어도 힘들다. 그래서 쉬엄쉬엄 가기 위해 넉넉한 날에 출발했다. 부북면에 가면 자신이 태어나던 해에 지어졌다는 완재정이 있다. 그곳에 들러 잠시 쉬었다 갈 것이다. 학산 권삼변의 유지를 받들기 위해 후손들이 위양지 한가운데 있는 인공섬에 정자를 세웠다. 250년 전, 학산 권삼변이 부탁했던 이름대로 완재정을 만들었다. 그곳에는 여러 학자의 명문 현판이 있고 주변의 풍광이 최고라고 한다.

밀양의 북쪽에 있는 부북에도 꽤 넓은 평야가 있다. 밀양의 주산인 화악산이 있어 북으로 나아가는 것은 무척 힘들다. 화악산이 민족의 정기가 흐르는 명산이라 여긴 일본인들이 산 정상부터 줄기를 따라 쇠말뚝을 박았다는 소문이 나돌았다. 호랑이를 닮았다고 하여 지역민들은 호랑이 산으로 부른다. 호랑이의 앞발에 위치한 위양지는 신라시대에 만들어진 인공 연못이다. 위(爲) 양(良), 백성을 위해 만들었다는 연못, 안동 권씨 일족이 임진왜란 직전 이곳에 정착했다. 왜란 당시 포로로 잡혀 있다 풀려난 학산 권삼변이 터를 잡았고, 후손들이 지켜온 땅이다. 처음 정착한 학산은 이곳에서 일본과 싸워 이길 인재를 기르기 위해 학산정사라는 학교를 세웠다. 학산정사에서 내려다보는 위양지는 아름답기 그지없다. 다만 그 연못에 정자가 하나 있다면 모든 것이 완벽해질 것 같았다. 그래서 학산은 시경의 구절을 따서 '완재정'이라는 정자의 이름을 지어 놓았다. 살아생전 자신이 완재정을 조성하리라 다짐하였으나 그러지 못했다. 이백오십 년이 지난 1900년에 정자가 만들어졌다. 다섯 개의 인공섬을 정비하여 서로를 감싸게 하고, 그 한가운데 섬에 정자를 지었다. 그리고 학산의 유지대로 완재정이라 했다. 정자가 완성되자 초대된 학자들이 완재정기를 썼고, 그 현판이 정자 곳곳에 걸려 있다. 향산 이만도의 글도 있다. 아름답기가 영남루 못지않다는 이야기에 세주는 위양지에 들러 완재정을 돌아보고 싶었다.

향산 이만도는 일본이 나라를 빼앗자, 자정순국했다. 스무나흘을 자리에 앉아 먹을 것을 거부한 그는 안동 진성 이씨 집안의 자존심이었다. 그 죽음이 가져올 파장이 두려웠던 일본은 그에게 강제로 미음을 먹이려 했으나, 호통치며 거부하였다고 전해진다. 그런 어른이 계신 집안이 부럽다.

완재정은 지은 지 얼마 되지 않아서인지 단청도 고와서 단풍 드는 주변 나무들과 잘 어울렸다. 신라시대에 만들어진 연못이라 그런지 주변에는 큰 나무들이 많았다. 세주의 키 수십 배가 될 듯 자란 나무도 있다. 위양지의 오랜 역사를 나무들이 함께하고 있었다. 봄이면 이팝나무꽃이 매우 아름답다고 완재정을 지키는 후손이 말했다. 하얀 꽃이 정자 주변에 피면 의병 무리가 창의하여 창과 칼을 높이 들고 서 있는 모습처럼 장엄하고도 숭고하다고 했다. 학산의 뜻을 이은 후손이라 이러한 해석을 하는가 하며 그를 쳐다보았다.

연못 속에 비친 완재정과 고목들, 응천강에 비친 영남루의 아름다움도 이보다 못할 것이다. 백성을 위해 만든 위양지! 농경사회를 지탱해 온 산 역사다.

위양을 돌아 퇴로에 이르니 여주 이씨의 위상이 느껴졌다. 곳곳에 보이는 웅장한 기와집들, 화악산이 바로 등 뒤에 있어 그 위용을 더했다. 이곳에도 정진의숙이라는 학교가 있었다. 밀양에서는 이른 시기에 세워진 신식 학교였다. 그러나 지금은 동화학교처럼 폐교되어 잡초만 무성하다. 세주는 '머지않아 이곳에도 뜻있는 지사가 학교를 다시 세울 것이라'며, 누렇게 익어가는 볏논 길을 따라 대항으로 향했다.

아직도 동성마을이 주를 이루고 있어 장씨, 황씨, 하씨 마을을 지나 청도로 향했다. 이곳 청도는 화악산으로 가로막혀 경북 청도 지방에서 분리되어 밀양에 포함된 지역이다. 김씨들이 많이 살고 있다. 세주는 고개 너머에 있는 이곳에 처음 왔다. 완재정에서 보낸 시간이 있어, 해질녘이 되어서야 주막에 들렀다. 늦은 점심을 저녁과 겸해서 먹었다. 창녕으로 가기에는 마땅치 않은 시간이다. 세주는 주변 당숲을 돌아보았다. 청도에 속했다가 밀양에 속한 마을의 운명이 우리나라의 운명처럼 느껴져 맘이 답답했다.

이른 새벽, 창녕읍 술정리로 향했다. 신부가 어떤 사람이든 간에 세주의 가슴에 품은 뜻을 알아주면 좋으련만. 이런 생각 때문에 그녀의 생김에 대한 궁금증은 사그라들었다.

고갯길이 꼬불꼬불하다. 끝없는 오르막에 지쳐 바위에 앉았다. 사방을 둘러보아도 산만 보이는 이곳은 옛날 가야 땅이다. 가야를 점령한 신라 진흥왕이 이곳을 둘러보고 척경비를 세웠다. 이번 기회에 그 비도 보고 석빙고에도 가볼 생각이다. 밀양이나 창녕 모두 산이 많다. 이 지역들은 신라의 일부였는데 경주에 있던 조정이 어떤 방법으로 이곳 주민을 다스렸을까 하는 의문이 들었다. 당시 수도와 지역을 연결하여 다스리는 통치술에는 지금 우리가 알지 못하는 탁월한 방법이 있었을 것이다. 걷은 세곡은 어떻게 운송했을 것이며, 전쟁을 수행하기 위한 모병은 어떻게 이루어졌을까? 모병을 피하기 위해 이런 깊은 산속에 숨으면 찾아낼 수 있었을까? 온갖 생각 끝에 어쩌면 일본군을 피해 이곳 산속에 숨어 활빈당처럼 활동해도 되겠다는 생각마저 들었다.

초록이 지쳐 단풍 드는 계곡을 따라 창녕의 주산인 화왕산 자락을 내려갔다. 처가가 될 집이 있는 읍내로 향했다.

이제 세주도 어른이 된다. 그러나 마음은 중국에 있는 원봉 형에게 가 있어 아내 될 사람에게 미안할 따름이다. 언젠가 자신이 떠나면 그녀는 어떻게 버틸 것인가.

3

세주의 아내 하소악은 무던한 성격이다. 세주가 종일 한마디 하지 않아도 말을 걸지 않는다. 중채에 기거하며 시댁에 적응하느라 부단히 노력했다. 양반 가문으로 알려진 친정에 누를 끼치지 않으려고 새벽부터 밤늦게까지 시어른 모시는 일과 집안일에 최선을 다했다. 세주는 무슨 고민이 그리 많은지 늘 밖에서 지냈다. 늦은 밤이 되어야 돌아오는 세주가 혹 독립운동한다며 자신을 떠나지 않을까? 소악은 노심초사하였다.

스무 살이 된 세주는 약관의 나이에도 아무 일도 결정하지 못하는 자신이 미웠다. 정월도 하순으로 접어들 무렵 사랑채에 계신 아버지가 세주를 불렀다.

"세주야! 니가 나 대신 서울 좀 다녀와야겠다."

"갑자기 무슨 말씀이신지…."

"고종 폐하께서 승하하셨다는구나. 니가 서울로 가 문상을 하고 와야겠다. 이 애비는 서울까지 다녀올 만큼 건강이 좋지 못하구나. 대신 니가 문상하고 오너라. 혼자 가기 어려우니 니 육촌 형 치형이도 함께 가라고 말해 뒀다."

일 년 전 서울을 떠났으므로 친구의 안부도 궁금하고 세계 정세가 어떻게 변하는지 알아야겠다고 생각하고 있던 터라 세주는 쉬이 응했다.

이월 초이튿날이 인산일이다. 서울에서 만나고 싶은 친구도 있고 찾아뵐 스승도 계시니 며칠 앞서 출발했다. 밀양역까지 가려면 두 갈래의 응천강을 건너야 한다. 응천강은 섬이 된 삼문리를 돌아 남쪽으로 나아가기 때문이다. 배를 타고 다니던 영남루 앞에는 나룻배를 엮은 다리가 만들어졌다. 사람들은 이를 두고 뱃다리라 불렀다. 정조 왕이 아버지 사도세자를 참배하러 갈 때, 한강을 건너기 위해 정약용이 설계했다는 다리도 바로 주교(舟橋)였다. 가곡리로 가는 반대편에는 물길이 깊지 않아 사람들은 걸어서 강을 건넜다. 세주와 치형은 뱃다리를 건너고 삼문리를 지나 군데군데 얼음이 보이는 용두목 아래 깊은 소(沼) 옆을 조심스레 걸어서 밀양역에 도착했다. 역 주변에 부쩍 많아진 일본식 건물이 눈에 거슬렸다. 가곡리 중심지에는 일본식 이층집이 늘어섰다. 지역의 중심지를 야금야금 먹어 들어오는 저들을 어떻게 막아야 하나.

밀양역에서 기차에 오른 두 사람이 서울역에 도착하려면 열세 시간 정도 걸릴 것이다. 한숨 자고 일어나도 남을 시간이다. 그런데 잠이 오지 않았다. 오성학교에 입학하기 위해 기차를 처음 탔을 때는 무서웠다. 일본이 가진 힘이 기차처럼 덮쳐 오는 느낌이었다. 이제는 이 기차를 통해 조선의 많은 물산을 강탈해 간다고 생각하니 무서움보다 결기가 생겼다. 정차하는 역마다 많은 사람이 내리고 탔다. 일본은 이를 보고 조선의 발전을 위해 철도를 건설했다고 주장한다. 일본 때문에 생활이 얼마나 편리한지 자랑하는 것 중 제일이 바로 이 철도다. 반대로 우리 쌀과 면화가 얼마나 많이 현해탄을 건너가고 있을까? 일본은 나라 구석구석에 간이 철길을 만들어 우리 물산을 빼앗는 데 혈안이 되었다. 옆에 있는 치형이 형도 생각이 많은지 열차 내에서 일본어가 들릴 때마다 표정이 일그러졌다. 거만한 자세로 앉아 우리 민족을 불쌍하다는 듯 쳐다보는 일본놈이 꼴보기 싫어 둘은 억지로 눈을 감았다. 배고픔도 잊을 만큼 머릿속은 복잡했다. 창밖의 풍경도 정겹지 않았다. 일본인이 쫓아낸 임금이 죽었다. 나라를 잃은 백성이지만 임금을 어버이로 여기는 민족이라 그런지 기차에는 흰옷 입은 사람들이 늘어났다. 그 무리 속에 밀양의 두 사람도 섞여 있다.

서울역은 일본 근대 건물의 상징처럼 지어졌다. 일본은 조선에 거대한 역 건물을 지어 자신들의 힘을 과시했다. 아치형 문을 지나 돔식 지붕 위에 첨탑처럼 뾰족한 철심을 박아 놓았다. 마치 심장에 꽂은 칼처럼 섬뜩하다.

인산일을 며칠 앞두고 있어 그런지 서울 시내에는 묘한 분위기가 느껴졌다. 삼삼오오 모여 앉아 곁눈질하며 속삭이는 모습이 여기저기 보였다. 세주와 치형은 지친 몸을 쉬는 척하며 곁에 앉아 그들의 이야기에 귀를 모았다. 고종이 독살되었다고 하는 이야기도 있고, 일본에서 한국 학생들이 만세시위를 일으켰다는 이야기도 들렸다. 둘의 눈이 휘둥그레 커졌다. 이것이 무슨 말인가? 금릉대학으로 떠나기 전 밀양에 왔던 원봉이 형이 한 말이 생각났다.

"세계 전쟁이 끝나고 난 뒤 불란서의 파리에서 강화회의가 열리고 있다. 그 회의의 기본 원칙으로 채택된 것이 있는데, 그것은 미국 대통령인 윌슨이 제안한 것이다. 그중에서 민족자결주의라는 것이 있다. 이 말은 민족의 운명을 민족 스스로 결정할 수 있다는 것이다. 그래서 우리 민족도 일본으로부터 해방할 수 있도록 여러 나라의 도움을 요청하기 위해 김규식이라는 사람을 보냈다. 그 회의에서 우리의 뜻을 받아주면 좋겠지만 그럴 가능성이 별로 높지 않다. 그리고 그 회의에서 우리의 목소리가 힘을 얻으려면 우리 민족이 일본에 대항해 투쟁하는 모습을 보여야 한다. 그러한 일이 많지 않으니 어렵지 않을까?"

세주는 생각했다. 파리에 도착했던 김규식은 민족자결주의 원칙이 우리 민족에게도 적용되길 요구했을 것이다. 그러나 회의에 참석한 다른 나라 대표들은 한국에서 일본에 대한 저항이 없었다고 했을 것이다. 그들에게 우리의 저항하는 모습을 보여줄 필요가 있다고 생각한 김규식은 자신을 파리로 보낸 여운형에게 도움을 요청하고, 여운형은 국내에 있는 동지들에게 김규식의 뜻을 전달하여 행동을 요구했을 것이다. 동학이 그 이름을 바꾼 천도교에서 여운형과 소통했고, 때마침 고종이 승하하자 이를 기회로 일본에 저항하는 모습을 연출할지도 모른다. 도쿄에서 저항한 우리 유학생의 선언도 그리고 그 선언문을 가지고 국내로 학생들이 들어왔다는 소문도 있으니, 무엇인가 터질 것만 같아 긴장되었다.

"형님! 뭔가 일어날 것 같지 않습니까?"

"뭔가 분위기가 이상하구나. 무슨 일일까?"

"제가 아는 사람을 찾아가 볼까 합니다. 오성학교에 다닐 때 저를 가르쳤던 스승님입니다. 그 분이면 뭔가 알고 계실 겁니다."

"그래, 가보자."

둘은 바삐 자리를 떴다. 무엇이라도 먹어야 하는데 그럴 새도 없이 전차에 올랐다.

다음 날 여관에서 눈을 뜬 세주는 벌써 일어나 앉은 치형이를 보며

"형님 일찍 일어나셨네예. 잘 주무셨습니꺼?"

"글쎄 자는 둥 마는 둥하다 보니 벌써 날이 샜네."

"저도 새벽녘에야 겨우 잠이 들었습니더."

"진짜 오늘 탑골공원에서 무슨 일이 일어나겠냐?"

"저도 반신반의했지만 10년간 지배를 받은 민족적 모욕을 이제는 벗어야 하지 않겠습니까? 이런 생각이 있는 사람이 많으니 그냥 지나가진 않을 겁니다. 사람들이 모여도 황제의 인산에 참석하기 위해 서울로 왔고, 참배하기 위해 모인 것이라 여길 테니 좋은 기회가 아니겠습니까? 우리도 빨리 나가 보입시다."

오후에 모이기로 약속했다는 사실을 알고 있었음에도 두 사람

은 아침 일찍 탑골공원 근처에 갔다. 우동이라는 일본 음식으로 끼니를 때우고, 산책하는 사람을 가장해 기다렸다. 사람들이 하나둘 모여들었다. 모두 비장한 얼굴이다. 어린 학생의 모습도 보인다. 군중 틈에 있던 몇몇 학생이 품속에서 무엇인가를 꺼내 사람들에게 나누어 주었다. 세주도 얼른 가 학생의 손에서 종이 몇 장을 받아 들었다. 기미독립선언서다. 가슴 뛰는 글이 눈에 들어왔다. 치형은 옆의 학생에게서 태극기도 건네받았다.

'독립! 독립! 그래, 이렇게 우리는 일본과 싸우는 거야.' 솟는 기백이 두 사람의 주먹을 불끈 쥐게 했다.

약속된 두 시가 되었다. 그러나 독립선언서 끄트머리에 서명한 사람들의 모습이 나타나지 않았다. 웅성거리는 사람들 틈에 교복 입은 학생들이 부산하게 움직였다.

"요 옆에 있는 태화관에 민족 지도자분들이 계신답니다. 제가 다녀오겠습니다."

똘망한 학생이 사람들을 향해 외쳤다. 그러고는 태화관을 향해 달려갔다. 뒤를 이어 몇 명의 학생들도 뛰었다. '모여라'라고 외친 지도부가 보이지 않자, 중력이 사라진 듯 사람들은 허공을 떠도는 느낌이다.

"일본놈의 속임수 아냐? 함정을 파놓고 우리를 잡으려고 하는 것인지도 모르겠다. 도망가야 하는 것 같은데."

"설마? 학생들이 갔으니 조금만 기다려 보자."

많은 사람이 많은 이야기를 쏟아냈다.

좀 전에 갔던 학생들이 얼굴을 훔치며 걸어오고 있었다. 울음을 참는 듯한 모습에 사람들은 긴장했다.

"무슨 일이고?" "왜 그러냐?"

급한 마음에 여기저기서 질문이 날아왔다. 처음 달려갔던 학생이 단상에 올랐다.

"이 일을 주동한 지도자분들이 태화관에 계십니다. 모두 오신 것도 아니고 스물아홉 분만 계시는데, 이곳에 오지 않겠답니다. 이유를 여쭈었더니 사람들이 너무 많아 자칫하면 사고로 이어질 수 있다고 합니다. 그분들은 우리 민족의 운명을 우리가 결정하고 싶다는 의지를 세계만방에 알리기 위한 목적으로 이 일을 기획하였는데, 너무 많은 사람이 참여하여 일본이 물리적으로 대응하면 사상자가 발생할 수 있으므로, 그곳에서 독립선언서를 낭독한다고 합니다. 그렇지만 그분들이 안 계신다고 우리가 그냥 있어서야 되겠습니까?"

이곳저곳에서 말도 안 되는 소리라며 지도자를 욕하는 소리가 들렸다. 그 학생이 다시 외쳤다.

"제가 대신 하겠습니다. 그렇게 해도 되겠습니까?"

"당연하지, 빨리합시다."

여기저기서 소리쳤다.

"우리는 오늘 조선이 자주독립국임과 조선인이 자주민임을 선언하노라…."

세주는 독립선언서를 낭독하는 학생을 알아보았다. 자신보다 몇 살 많은 그 학생은 경성의전에 다니는 한위건이다. 오성학교 3학년 때 잠시 만난 적이 있었다. 함경도 출신으로 세주처럼 막내아들이라고 했다. 일본과 싸우는 일에 목숨을 걸었다던 그 기백을 오늘 다시 확인했다.

'많은 사람 앞에서 저렇게 당당하게 선언서를 낭독하다니.'

선언서 낭독이 끝나자 한위건이 선창했다. 사람들은 그를 따라 죽어라 소리쳤다.

"대한독립만세!"

"대한독립만세!"

"대한독립만세!"

하늘을 찌르는 소리에 일본 헌병들이 달려왔다. 사람들이 흩어졌다. 그러나 무서워서 피하는 모습이 아니었다. 사람이 모이면 혼자 하지 못하는 일도 할 수 있다는 것을 깨달았다. 뛰면서 그들은 다음을 약속했다. 이후 분명 전국에 만세 바람이 불어닥칠 것이다. 뒤로 물러나는 사람들의 눈빛이 그렇게 말하고 있었다.

세주는 몸을 피하는 한위건을 뒤따랐다. 골목길에 들어서 숨을 몰아쉬는 위건을 부르자 놀라 돌아보았다.

"아니 이게 누구신가? 밀양 사람 윤세주 아닌가. 맞지?"

"예 형님! 맞습니다. 세줍니다. 대단하십니다."

"아휴, 말도 마. 오늘 이런 일이 일어날 것이라고 꿈에라도 생각했겠냐? 그 어르신들이 나타나지 않으니 어쩔 수 없었지. 사실 태화관에서 같이 간 친구들이 눈물로 호소했지. 그러나 그분들은 일이 커지는 걸 원치 않으셨다. 그래서 나라도 나서야겠다고 결심한 것뿐이야."

"그래도 형님이 아니면 이 상황을 아무도 정리하지 못했을 겁니다. 역시 형님이십니다."

"세주야! 나는 이 일로 인해 조국을 떠날지도 모르겠다. 다시 만날 수 있을지 모르지만 너도 몸 조심하고. 나는 친구들과 서울을 다시 한번 뒤집어 놓고 중국으로 떠날까 한다. 다음에 보자꾸나!"

"예 형님. 저도 고향에 내려가면 만세시위를 할 겁니다. 밀양에서도 일본에 반대하는 목소리가 얼마나 큰지 보여줄 겁니다."

"그래, 장하다. 세주야! 오늘 처음 발간한 조선독립신문도 있고 인쇄한 독립선언문도 있으니, 그것들을 가져가거라. 전에 우리가 만났던 장소 알지? 저녁에 그곳에서 만나자."

"예, 알겠습니다. 얼른 피하십시오."

세주는 한위건을 보며 학생일 때 울분에 차서 일본과 싸우겠다고 큰소리치는 것이 아니라, 좀 전의 한위건처럼 각자의 몫을 감당하면 일본은 반드시 물러날 것임을 깨달았다. 이 탑골공원의 만세 물결이 전국으로 퍼져 나가면, 일본에 대한 두려움보다 싸울 용기를 갖게 될 것이다. 밀양에서도 이 불씨를 피워야 한다. 세주는 한위건의 뒷모습이 사라질 때까지 지켜보았다.

고종의 인산 행렬을 따르는 세주의 머릿속은 복잡했다. 전해받은 독립신문과 선언서를 품고 있는 가슴이 마구 뛰었다. 걷고 있는 모든 사람이 세주처럼 선언서를 갖고 있으리라. 그리고 고향에 돌아가 사람들을 모을 것이다. 그러면 일본놈들은 꽁지 빠지게 도망갈 것이다. 빨리 밀양에 가야 한다는 생각에 행렬이 어디를 지나고 있는지도 몰랐다.

옆에서 지켜보던 치형도 세주와 같은 마음이다. 일본 상인들의 횡포와 땅을 사려고 설치는 꼴을 더 이상 지켜볼 수 없다. 가난한 농민을 살살 꾀어 고율의 장리쌀을 빌려주고 갚지 못하면 바로 땅을 뺏는, 피도 눈물도 없는 그놈들을 쫓아낼 수 있다면 무슨 일이든 할 것이다.

참례를 마친 둘은 하향길을 서둘렀다. 옆 사람이 듣지 못하도록 귓속말로 소곤거리며 의논했다. 둘은 중국으로 떠난 황상규와 김대지의 부재를 아쉬워하며 대신 을강 전홍표를 찾아가기로 합의하였다. 밀양에 도착하려면 아직 멀었다. 눈을 감고 팔짱을 꼈다. 가슴에 품은 독립선언서의 무게감이 꽤 크다. 이 한 장의 종이가 우리 민족 모두를 일어나게 할 것이다. 더 이상 일본의 만행을 지켜보지만 않을 것이다. 이제 시작이다. 저들은 우리 민족의 저력을 경험하게 될 것이다. 세주와 치형의 감은 눈은 잠을 청할 수 없다. 해야 할 일들이 스치고 있다.

이른 새벽 밀양역에 도착했으나, 이들은 집으로 바로 들어갈 수 없었다. 바람이 쌀쌀하다. 여기저기서 짓는 개소리를 들으며 가곡리를 지났다. 밀양은 비가 많이 오는 지역이 아니다. 특히 봄 가뭄이 잦은 곳이라 강물이 깊지 않았다. 그러나 며칠 전 건널 때는 한낮이었으나 새벽 강은 만만치 않았다. 아직 찬 물에 둘은 바지를 걷어 올리고 건넜다. 시린 발을 닦고 버선을 신었다. 영남루를 향해 걸으면서 최근 삼문리에 집이 늘고 있음을 절감했다. 버려진 땅처럼 여겨졌던 이곳에 뱃다리가 생기니, 사람들이 삶의 터전으로 삼았다. 일찍 일어난 아낙이 물동이를 이고 걸어가고 있다. 부지런한 삶을 강요받는 것 같은 모습이다. 아내도 벌써 일어나 물을 긷고 있을지도 모를 일이다.

뱃다리를 건너 전홍표의 집으로 발걸음을 돌린 둘은 순간 서로의 얼굴을 보며 웃었다. 이 새벽에 스승을 찾아야겠다고 동시에 생각한 것이 미소를 불렀다.

"기침하셨겠제?"

"얼마나 부지런한 분이신데, 벌써 기침하셨을 겁니더."

"그래, 가보자. 놀라시겠지만 그래도 스승님은 우리의 뜻을 지지해 주실 거다."

"맞습니더. 분명 함께해 주실 것입니더. 조례 시간마다 피 토하던 선생님의 목소리가 항상 저를 일깨워 주고 있습니더. 어제 만난 위건이 형도 그렇고, 중국으로 떠난 원봉이 형도 그렇고. 모두 자신의 위치에서 최선을 다하고 있는데, 저만 맨날 이렇게 있어 되겠나 걱정하고 있었습니더. 이제 저도 뭔가 할 수 있다는 것이 기쁩니더. 게다가 형님께서 이렇게 뜻을 함께해 주시니 억수로 좋습니더."

"나는 어린 니가 이런 일을 하려고 하는 것이 기특하다. 내가 조금이라도 도움이 된다면 앞장서야지. 사실 너도 눈치채고 있겠지만 밀양에는 일합사라는 단체가 있었다. 백민 형님이 너한테도 알려줬제? 니가 하는 것을 보니 알고 있는 것 같더라. 그 단체에 속했던 사람들도 이번 일에 앞장서도록 내가 설득하꾸마."

어느새 둘은 전홍표의 집 앞에 섰다. 전홍표의 집은 주변과는 달리 기와로 되어 있다. 크지 않지만 단아한 모습이다. 어릴 때 돈을 들고 찾아왔던 느낌과는 달랐다. 새벽녘 해자의 잔잔한 물소리와 더불어 서 있는 두 사람은 소박한 솟을대문을 살짝 밀었다.

"선생님! 계십니꺼?"

"누고?"

집안의 하인을 가장 먼저 해방시킨 을강 전홍표는 손수 대문을 열었다.

"치형이 하고 세주 아이가. 이 새벽에 무슨 일이고? 와 무슨 일

있나?"

사랑에 둘러앉자마자 치형이 말했다.

"선생님, 아직 소문 못 들으셨지예. 서울에서 난리가 났습니더."

"다짜고짜 이게 무슨 소리고?"

"선생님, 형님하고 저하고 이번에 폐하 인산에 다니러 갔다 아입니꺼. 그런데 인산 이틀 전 탑골공원에서 수많은 사람이 모여 만세를 불렀습니더. 말도 못하게 사람이 많았습니더. 서른세 분이 주도했다고 하는데 그분들은 현장에 오지도 않았습니더. 대신 제가 아는 선배님이 독립선언서를 읽었다 아입니꺼. 이거라예."

세주가 품속에서 독립선언서를 꺼내 보였다. 말없이 선언서를 집어 든 전홍표는

"그래서 이 새벽에 우리 집부터 찾아왔나?"

"예, 선생님께서 좋은 방도를 마련해주실 것이라 믿고 찾아왔습니더."

"무슨 소린지 알겠다. 그런데 진짜로 사람들이 그리 많더나?"

"말도 못합니더. 대한독립만세라고 외치는데 천지가 떠나가는 줄 알았습니더. 선생님께서 그 광경을 보셨다면 놀랬을 겁니더."

"지도 독립선언서를 품속에 넣어 왔는데 그날 현장에 있었던 많은 사람이 저처럼 선언서를 챙겨 갔으니 조만간 전국에서 만세시위가 일어날 겁니더. 우리 밀양도 가만 있어 가 되겠습니꺼?"

"우리도 해야 안 되겠습니꺼? 그래서 기차에서 내리자마자 이렇게 선생님을 찾아온 겁니더. 말도 안 했는데 동시에 이곳으로 발길을 옮겼습니더."

"해야제, 우리도 해야제. 이 세월을 우째 견뎠는데. 치형아 세주

야! 너들이 모을 수 있는 사람들이 얼마나 되겠노? 나는 지역 유지들과 의논해 보마. 어른들이 돈이라도 보태야 물감도 사고 종이도 살 것 아니겠나."

"동화학교 친구들은 모두 함께할 겁니더. 다 선생님의 말씀을 듣고 자랐으니 말입니더."

"그래도 조심해야 할 것이야. 잘못하다간 일을 진행하기도 전에 잡혀갈지도 모르니 말이다. 어떻게 진행할 것인지를 다시 의논하자꾸나. 오늘은 좀 쉬고 내일 밤에 모을 수 있는 사람을 모아 우리 집에 다시 오너라."

"알겠습니더. 내일 밤에 다시 오겠습니더."

"그래, 피곤할 낀데 가서 좀 쉬거라."

둘을 돌려보낸 전홍표는 담뱃대에 불을 붙였다. 새벽 담배는 몸에 해롭다고 안 사람이 난리를 피우겠지만, 마음을 진정시키기 위해 한 모금 길게 들여 마셨다.

'만세시위라!'

동학도들이 세상을 바꾸겠다고 했을 때 을강은 그들을 돕고 싶었다. 몇몇 어르신들과 동료들을 만났다. 거병하려면 많은 돈과 식량, 병력이 필요한데 어느 것 하나 준비해 둔 것이 없어 안타깝기만 했다. 일을 도모하느라 쫓아다니다 보니 어느새 동학도들은 잡혔고, 전봉준은 죽었다. 그것이 늘 마음의 빚으로 남았다. 전봉준이 죽은 지 이십 년도 더 지났다. 그런데 지금도 마찬가지다. 아무것도 준비하지 못했다. 이런 날이 오리라는 것을 믿고 있었으나, 지금도 대비하지 못한 자신을 탓했다. 이번에는 절대로 뒤로 물러나지 않으리라. 그리고 보여주리라. 덧문을 열고 차가운 바람을 쐬었다. 해자에 빨래하러 온 여인이 보였다. 저 차가운 물에 빨래하면 손이 얼마나 시릴까? 그런데 그녀는 용감하게 빨래를 시작했다. 맞다! 저 여인은 물이 차다는 것을 이미 알고 있었기 때문에 주저함 없이 저렇게 시작할 수 있는 것이다. 언제든 기회는 올 것이기 때문에 나도 저 마음을 갖고 있어야 했다.

준비가 부족하다. 그렇지만 제자들이 나를 찾아온 것도 하나의 준비였다. 저들이 저렇게 장하게 자랐다는 것도 전홍표가 꿈꾼 미래를 위한 준비였다. 너무 자책하지 말고 이 일에 최선을 다해 보자. 을강의 가슴이 오랜만에 마구 뛰었다.

다음 날 밤, 치형을 선두로 열댓 명의 청년이 을강의 사랑에 모였다. 좌장이 된 전홍표는 모인 사람들 모두 자기 제자인 것을 확인하자 눈시울이 붉어졌다.

'내가 헛되이 살지는 않았나 보다!'

을강이 말했다.

"너그들 모두를 믿는다. 절대 배신자가 나와서는 안 되며 함부로 발설해서도 안 된다. 알겠제?"

모두 대답했다. 결코 그런 일이 없을 것이라고.

그래도 필요하다며 윤치형이 눈짓하자 세주가 연판장을 내놓았다. 그리고 자신의 이름을 맨 위에 써 넣었다. 결코 배신하지 않겠다는 맹서에 서명한 것이다. 아무도 주저하지 않았다. 이제 본격적인 의논이 시작되었다. 가장 중요한 것은 시위를 일으킬 날이다. 날이 정해지면 사람을 어떻게 동원할 것인가? 그리고 그들에게 줄 독립선언서와 태극기 제작과 배포 문제를 결정해야 한다.

"언제가 좋겠노?"

을강이 물었다.

"장날이 안 좋겠습니꺼? 그래야 사람들이 많이 모일 것이고."

치형이 대답했다.

모두 고개를 끄덕여 동의했다.

"이번 칠일장은 준비하려면 힘들겠다. 다음 장인 열이틀은 어떻노? 그날까지 준비되겠나?"

"그 정도 기간이 있어야 준비할 수 있을 겁니더. 12일 장이 좋겠습니더."

세주가 답했다. 날이 정해졌으니 독립선언서를 인쇄할 곳, 태극기를 만들 곳이 필요하다. 독립선언서를 인쇄하려면 독특한 냄새 때문이라도 일반 집에서 하기는 곤란하다. 아복산으로 결정했다. 누에가 알을 품고 있는 형국이라 하여 아복산이라 불리는 곳이다. 누에는 용을 상징하므로 용의 배에 여의주가 있는 형국의 산이다. 그러나 일본놈들이 들어와 행정구역을 정비한답시고 개편했다. 아복산은 관아 북쪽 산이라는 이름으로 아북산이라 했다. 그전에는 후동산이라 하더니 지네들 맘대로 바꿔버렸다.

영남루가 있는 산은 무봉산이다. 신라 경덕왕 때 이곳을 소한산이라 하였으나, 혜공왕 시기에 참배하러 온 법조선사가 영남사를 참배할 때 한낮인데도 큰 봉황이 춤을 추며 내려앉았다. 혜공왕이 이곳에 와 법조선사의 법문에 감동하여 그 은혜를 갚고자 봉황이 앉았던 터에 절을 지어 무봉사라 이름하였다. 이후 소한산을 무봉산이라 부르는 사람이 생겼다. 신라 말기 무봉사에 나비 떼가 나타나 무봉산 전체를 덮었다가 홀연 사라지는 일이 생겼다. 태극 모양을 한 나비를 본 사람들은 불안했으나, 이후 고려가 건국되고 나라가 평안해지자 지역 사람들은 태극나비를 소중히 여기게 되었다. 나라에서도 이 나비를 보호하라는 명령을 내렸고, 태극나비를 국성접이라 불렀다. 이처럼 소중한 이야기를 품고 있는 이곳을 밀양인들은 산도 절도 모두 무봉이라 하였으나, 일본놈은 이곳도 전동산이라 부르다가, 관아의 동쪽에 있는 산이라는 의미로 아동산이라 마음대로 이름 지었다. 그러거나 말거나 밀양 사람들은 여전히 아복산, 무봉산이라 불렀다.

아복산은 밀양 성내 북쪽을 감싸 안은 산이다. 사람의 왕래도 잦지 않을 뿐만 아니라, 명당으로 알려져 밀양인들이 신성하게 여기는 곳이다. 이곳이라면 들키지 않을 것이다.

등사기는 어디서 훔칠 것이냐가 문제다. 권재호가 나섰다.

“그건 걱정하지 마이소. 내 친구가 밀양면 사무소에 있습니더. 그놈한테 이야기해서 그것을 슬쩍하면 됩니더. 빨리 일을 끝내고 다른 직원들이 출근하기 전에 갖다 놓으면 아무도 모를 낍니다.”

옆에 있던 상이도 거들었다.

“그라먼 빨리 끝내야 하니 지가 부북면 사무소의 등사기를 슬쩍 하겠습니더. 일을 끝내고 새벽에 갖다 놓으면 안 되겠습니꺼?”

등사기 문제는 해결되었다. 등사할 독립선언서와 독립신문 내용을 써야 한다. 을강이 자신이 쓰겠다고 했다. 그것만이라도 직접 해야만 맘이 편할 것 같아서다. 세주와 치형은 등사할 종이를 마련하기로 했다. 일은 일사천리로 진행되었다.

태극기 제작 문제에 부딪히자 의논이 부산해졌다. 밤에 아복산에서 태극기를 그리는 것은 불가능하다. 아무리 병풍으로 빛을 가린다 해도 정교한 괘를 그리는 것은 쉽지 않다. 이 문제는 다음 날 의논하기로 하였다.

이럴 때 황상규 스승이 계시면 얼마나 좋을까. 세주는 스승의 부인 김시악을 찾아갔다. 남편이 중국으로 떠난 뒤 아이들을 돌보며 힘들게 지내던 김시악은 세주를 보자 친정 조카인 원봉이를 만난 듯 반가워했다.

"이게 누고! 세주 아이가. 어른 되더마는 의젓해졌네. 어서 오이라."

"고모님! 잘 지내시지예. 스승님도 안 계시니 얼마나 고생이 많으십니꺼?"

어릴 때부터 보아온 지라 세주는 사모님이라 부르지 않고 원봉이처럼 고모님이라 불렀다.

"그래 밥은 묵었나? 장가들었으니 이제 어른이다 그쟈. 그런데도 니한테 하대해도 되겠나?"

"무슨 말씀입니꺼. 당연히 하대하셔야지예. 지는 백민 선생님의 제자 아입니꺼."

"그래, 맞다 맞어. 니 색시는 잘 있나? 시집온 지 얼마 안 되어서 맘고생이 심할 낀데 잘 챙겨주거라."

"예. 나름대로 열심히 하고 있습니더."

"그런데 우짠 일이고. 무슨 일 있제?"

세주의 팔을 잡고 눈을 들여다보며 시악이 말했다.

"예. 조용히 드릴 말씀이 있습니더."

세주의 이야기는 태극기 제작과 관련된 일이다. 태극기는 섬세함도 있어야 하지만 남자들이 대낮에 여럿이 모이면 일본놈들이 수상히 여길 것이다. 그래서 여자들이 맡아주면 좋겠다. 시악도 망설이지 않았다. 자신의 집에서 만들자고 했다. 그러나 세주는 그것은 안 된다며 반대했다. 백민 황상규는 이미 일본 경찰의 요시찰 인물이다. 어디선가 그 집을 지켜보는 눈이 있을 터이니 자기 집이 더 낫다고 했다. 새색시가 시댁에 잘 적응하고 사는지 동네 아낙들이 들여다보는 것처럼 하면 아무 문제가 없을 것이다. 고모님이 믿을 만한 사람을 선택해 일을 함께하면 좋겠다고 했다. 시악은 속 깊은 세주를 그윽한 눈으로 바라보며 남편이 이런 젊은이들을 교육했다는 것에 뿌듯함을 느꼈다.

"그래 알겠다. 너그 신혼 방에서 만들 끼가?"

"예. 그래야 사람들이 의심하지 않을 겁니다. 종이하고 물감은 제가 준비하겠습니다. 집에 광목도 몇 필 있어 어머님께 달라고 부탁해 놨습니더. 그것도 쓰면 됩니더. 고모님이 계셔서 얼마나 다행인지 모르겠습니더. 스승님도 안 계시고, 원봉이 형도 없고. 그렇지만 저도 스승님이나 형님처럼 뭔가 해야 되지 않겠습니꺼. 그래서 용기를 내어 이 일을 할라 캅니더. 많이 도와주이소."

"선생님이 보면 얼마나 기특해 하겠노. 알겠데이. 내 힘닿는 데까지 도와주꾸마. 교회 집사님들과 함께 너그 집으로 갈 테니 걱정 말거라. 니도 조심하고."

"집에 가서 안 사람에게도 이야기를 해놓겠습니더. 내일 저녁부터 우리 집에 오시이소."

"그래 알겄다. 조심해서 가거래이."

손을 휘휘 저으며 자신을 배웅하는 시악 뒤에서 방문이 열렸다. 방안에서 자신을 쳐다보는 아이들이다. 세주는 마음이 아팠다. 아버지가 없다는 것과 옆에 계실 수 없다는 것은 다를 것이다. 다른 집의 아버지는 자식들을 먹여 살리기 위해 열심히 농사지으며 곁에 있는데, 저들의 아비는 나라와 민족을 구하겠다며 떠났다. 저 어린 마음이 이를 이해할 것인가? 어쩌면 자신에게도 아이가 생긴다면, 그 아이도 저 눈빛을 할 것이다. 스승을 생각하니 맘이 착잡하다. 이 모든 것이 나라가 없기 때문이라는 스승의 목소리가 들린다. 집으로 향한 발걸음에 힘이 모였다.

늦은 밤이라 안채는 물론 사랑채도 불이 꺼졌다. 중채에만 가느다란 불빛이 흘러나왔다. 아내가 자신을 기다리며 바느질하고 있을 것이다. 혼인 이후 아내를 포근히 안아줄 틈이 없었다. 중국으로 나가기 위해 고심했고, 서울에 다녀온 뒤에는 일을 도모하느라 일찍 귀가할 수 없었다. 아무리 늦어도 아내는 잠들지 않고 세주를 기다린다. 바느질감을 손에 들고 졸고 있을 때도 있었다. 세주는 아내가 부엌에서 일하느라 늦게 들어와도 그녀를 기다리느라 잠들지 않는 때는 없었다. 그러나 이 땅의 아내들은 그렇지 않다. 지아비가 들어올 때 절대 잠자리에 누워서 맞이하지 않는다. 그리고 남편보다 늦게 일어나지도 않는다. 어머니와 아내는 정말 강한 정신력을 가진 존재임을 새삼 깨달았다.

가벼운 기침을 하고 방문을 열었다. 앉은뱅이 책상이 놓여 있고 소악은 먹을 갈고 있었다. 전에 없던 일이라 세주가 물었다.

"이게 다 무엇이오?"

"친정에서 오라비들은 다 공부시켰는데 지는 여자라꼬 공부를 시켜주지 않았습니더. 서방님께서 하시는 일을 보면서 지도 공부해야겠다고 생각했습니더. 그래야 쪼금이라도 도움이 안 되겠습니꺼?"

"미안해서 어쩌나. 다른 사람들에게 글을 가르쳐주면서 정작 당신에게는 그런 생각조차 못 했구려. 이제부터는 밤마다 조금씩 가르쳐주리다. 그런데 오늘은 다른 부탁이 있는데 들어줄려우?"

"무슨 일입니꺼?"

"요새 내가 밤마다 나가는 것하고 관계 있는 일이오. 며칠 전 내가 서울 갔을 때 그곳에서 수많은 사람이 모여 만세를 외치는 것을 보았지요. 그 뒤를 따르면서 나도 목이 터져라 대한독립만세를 외쳤소. 그곳에서 얻은 독립선언서와 조선독립신문을 가져와 을강 선생님을 찾아뵙고 이곳에서도 만세운동을 하면 좋겠다고 의논드렸소. 다가오는 열이틀 장날에 여기서도 만세를 외치려고…."

말꼬리를 흐리는 세주에게 소악은

"지가 해야 될 일이 무엇입니꺼?"

하고 물었다. 세주는

"태극기를 만들어야 하는데 이 방이 제일 적합할 것 같애서. 이 방에서 하려면 당신의 허락이 있어야 해서…."

하며 또 말끝을 흐렸다. 남편인 세주가 무엇을 하는지 대충 알고 있어도 위험하다며 반대하면 큰일이다. 신혼 방이니 안 된다고 해도 낭패다. 세주는 아내의 눈치를 살폈다.

"지도 대충 짐작은 하고 있었습니더. 서울에서 오신 날부터 사람들을 만나고 맨날 늦게 들어오시니 무슨 일을 꾸미고 계실 거라 생각했습니더."

"우리 방에서 해야 일본놈들의 의심이 없을 것 같아서 정했지요. 좀 전에 백민 스승님 댁에 다녀왔습니더. 고모님께서 교회 집사님들과 함께 도와주시기로 했습니더. 내일 밤부터 이 방에 올 낀데 괜찮겠소?"

"괜찮다마다요. 알겠습니더. 지가 해야 할 일이 또 없습니꺼?"

아내에게 또 무엇을 부탁해야 하나 잠시 생각에 잠긴 세주에게 소악이 눈을 반짝이며 말했다.

"지 생각인데예. 전에 일본 경찰이 나누어준 일장기가 있다 아입니꺼. 천장절이라고 집집마다 나눠줬는데 기분이 나빠 없애버린 사람도 있겠지만, 겁이 나서 함부로 없애지 못한 사람도 있을 겁니더. 지도 꼴 보기 싫었지만, 장롱에 숨겨두었습니더. 그것이 있으면 태극기는 더 쉽게 만들 수 있을 낍니더."

"맞네. 맞어! 그게 있으면 일장기 가운데 붉은 곳을 음양으로 나누고 아래쪽에 푸른색만 덧칠해야 되겠구먼. 그리고 바깥쪽에 괘만 그리면 되니 훨씬 편하겠구려. 집에 갖고 있는 사람이 있으면 그걸 갖고 오라고 하면 되겠구려. 내일 내가 이 사실을 알리리다."

"그런데 지가 교회에 나가지 않아서 모르는 분들이 많을 건데 괜찮겠습니꺼?"

"다들 나라를 걱정하는 분들이니 걱정 마소. 자, 늦었으니 얼른 잡시다."

이불 속에서 세주는 아내에게 팔베개를 해주었다. 자신이 자랐던 집을 떠나 시댁에 적응하느라 애쓰는 아내의 노력을 알고 있었으나, 위로의 말을 건네지 않았다. 여자의 삶이 다 그렇다고 생각했다. 신교육을 받았다고 자부하면서도 집에 있는 머슴과 부엌일을 돕는 사람에게만 평등한 세상이 필요하다고 여겼다. 정작 자기 아내가 얼마나 부당한 불평등 속에 살고 있는지 몰랐다. 아니 알려고도 하지 않았다. 글을 배우려는 마음이 있으리라는 것은 꿈에서도 생각하지 못했다. 일본으로부터 독립하는 만큼 이 땅에 살고 있는 수많은 여성이 사회적 차별에서 벗어나야 한다는 사실을 이제야 깨달았다. 자신보다 더 속 깊은 소악을 가만히 껴안으며 혼잣말로

'내 집부터 혁명이 시작되어야겠군.'

하고는 웃었다. 의아한 소악이 눈을 동그랗게 뜨고 남편을 쳐다보았으나, 세주는 아무 일도 아니라는 듯 소악을 껴안았다.

소악의 신혼 방에 사람들이 속속 모여들었다. 김시악은 일찍이 와서 오는 손님들을 맞았다. 알지 못하는 사람을 맞아야 하는 소악의 불편을 덜어주기 위해서다. 다른 집보다 큰 방이지만 사람으로 가득 찼다. 일장기에 태극을 그려 푸른 물감을 덧칠하는 일, 태극을 그리기 위해 사발을 이용해 그리는 일, 괘를 그리는 것까지 각자 역할을 나누어 진행했다. 생각보다 어려운지 첫날에는 많이 그리지 못했다. 그러나 다음 날에는 속도가 빨라졌다. 시위 날짜가 다가오는 초조함도 있었지만, 태극의 음양을 가르는 문양을 두꺼운 종이로 미리 만들어 와 수월하게 진행하였다. 여러 사람이 모이면 이런 지혜가 생긴다.

고인덕의 부인 이복수는 새색시가 안쓰러웠다.

"교회에 나오지 않는 새댁 방에서 우리 교인이 모여 불편할 낀데 우짜노?"

"아입니더. 교회에 가지 않아도 모든 사람이 하나님 앞에서는 평등하다고 카는 이야기는 들었습니더. 그래서 교회에 대해서는 좋게 생각하고 있습니더."

"나는 시아버님이 교회를 세웠응께 교회에 열심히 나가는 것이

고, 다른 사람은 현실의 삶이 너무 힘들어 위로를 얻기 위해서 교회에 오기도 하지예. 새댁도 생각이 있으면 와도 됩니더."

"알겠십니더. 그런데 어머님께서 절에 열심히 가시니, 교회 가는 것은 좀 곤란할 것 같습니더."

"내도 아이 아부지가 중국으로 떠나고 매일 경찰이 집을 감시하고 해서 우째 살꼬 걱정이 많았는데, 교회에 가서 목사님 말씀도 듣고 집사님들의 위로를 받으며 이렇게 살고 있습니더."

황상규의 부인 김시악은 남편 생각이 나는지 눈물을 훔쳤다.

"남편이 고모님이라고 하시던데 말씀 놓으시이소. 그래야 저도 맘이 편할 겁니더."

분위기를 전환할 겸 소악이 말했다. 시악은 얼른 눈물을 거두었다.

"아이고 이런. 내가 주책없이 그랬구먼. 말을 놔도 될란가? 그럼 이제부터 하대할 것이구먼."

태극기를 그리며 그녀들은 여자들을 교육하지 않는 현실에 관해 이야기했다. 밤에라도 모여 배울 수 있다면 좋겠다는 말에 공감했다. 밀양에서 태어나 신교육을 받은 고원섭이나 윤치정 등이 여성에게도 교육받을 기회를 주어야 한다고 지역 유지들에게 말했다. 신 앞에 평등하다고 설교하는 교회가 가장 앞장서야 한다. 고원섭과 윤치정의 노력으로 조만간 여자 야학이 생길 것이다. 모두 그곳에서 글을 배웠으면 좋겠다고 했다.

이런저런 이야기 속에 태극기 수백 매가 완성되었다. 정교하지 않은 것도 있지만 정성이 가득한 태극기이다. 종이에 그려진 것도 있고 세주 집에서 내놓은 광목에 그려진 것도 있다. 광목에 그려진 태극기는 다시 사용해도 될 듯하다. 나누어줄 때 꼭 챙겨달라는 말을 하자고 이야기했다. 나흘 동안 태극기를 만들다 보니 소악은 밀양교회의 집사들이 마치 가족처럼 느껴졌다. 특히 김시악 고모는 친고모 같다는 생각마저 들었다. 남편 외에 아는 사람이 없어 스스로 외롭다고 생각했던 소악은 많은 고모를 한꺼번에 얻은 느낌이었다. 그래서 자신의 방에서 태극기를 만드는 것이 행복했다. 시어머니께 이야기하여 엿과 식혜도 내왔다.

아복산에서 인쇄된 독립선언서는 김병환이 운영하는 싸전에 일부 가져다 두었다. 헌병대분견소가 근처에 있어 가져다 두는 것이 쉽지 않았다. 그래서 대부분은 세주의 집에 보관했다. 태극기를 장터로 가져가는 일을 여자들이 하기로 했기 때문이다. 치마 밑에 숨겨 가면 된다고 여자 집사들이 나섰다. 일리 있는 말이라 그렇게 하기로 했다. 그때 독립선언서도 함께 가져갈 수 있다는 말에 독립선언서도 세주의 집에 두었다. 누가 발설하여 집에 일본 경찰이 들이닥칠지 몰라 소악은 노심초사했다. 이에 비해 세주는 덤덤했다.

"누가 발설할까 걱정되지 않습니꺼?"

"함께하는 사람 모두 을강 선생님의 제잔데 누가? 절대 그런 일 없소. 걱정하지 말고 잡시다. 내일 일찍 일어나야 하니까."

세주는 내일 독립선언서를 낭독할 것이다. 대한독립만세가 새겨진 깃대는 재호 형님이 들 것이다. 소지 형님은 나팔을 불며 군중을 유도할 것이다. 일이 잘못되어도 잘되어도 세주는 고국을 떠나야 한다. 아내의 불안은 경찰이 들이닥치는 것이 아니라 이 일로 인해 자신이 떠나게 될지도 모를 상황임을 알고 있다. 애써 그 일을 언급하지 않았다. 한위건 형님도 중국으로 갈 것이라 하지 않았는가. 분명 비슷한 상황이 세주에게도 생길 것이다. 아내도 이것을 예감하고 있다. 둘은 이를 외면했다. 몰라서가 아니라 두려워서다. 그 일은 내일 일을 잘 진행한 뒤 걱정해야지. 아내가 잠들기를 기다렸다. 잠든 아내를 두고 세주는 문을 나섰다. 장조카인 또바우와의 약속 때문이다.

집안에서 귀한 장손이라 천하게 이름 짓고 부르면 오래 산다고 하여 장조카를 또바우라 불렀다. 이를 한자로 옮기면 차암이다. 아명으로 차암이라 쓰지만, 족보의 이름은 태선이다. 차암이는 삼촌 일을 돕기 위해 친구들과 기다리고 있었다. 공립학교를 졸업한 학생 중 몇몇이 밀양소년단이라는 조직을 만들었는데 그 단장이 바로 차암이다.

차암이 삼촌을 돕겠다고 했을 때 세주는 망설였다. 이 일을 주동한 자신은 잡히지 않기 위해 고향을 떠날 것이다. 만약 이 일이 탄로되어 차암이도 함께 떠나거나 아니면 경찰에 잡히면 아버지께서 당하실 심적 고통이 얼마나 클 것인가. 그러나 차암이는 완곡했다. 나라를 걱정할 만큼의 나이가 되었고, 이후의 일도 감당할 수 있다고 했다. 차암보다 어린 나이일 때 자신도 일장기를 똥통에 빠뜨리지 않았는가. 그때 자신을 어린아이이기 때문에 하지 말라고 했다면, 지금의 차암처럼 말했을 것이다. 그래서 세주는 소년단원들과 함께 일을 도모하기로 했다. 나라 없는 백성이 겪는 아픔이 바로 이런 것이리라.

소년단 단원들이 내일 있을 거사를 위해 태극기와 독립선언서 일부를 김병환의 집에 옮겼다. 칠흑 같은 어둠 속에서도 매일 다니는 길이라 아이들은 쏜살같이 달렸다. 기다리던 김병환은 그것들을 받아 쌀가마 속에 숨겼다.

4

오늘은 일본놈들이 말하는 양력으로는 삼월 십삼일이다. 밀양 사람의 날짜로는 이월 열이틀이다. 밀양의 장날은 이일과 칠일이다. 아무리 양력 사용을 강제해도 여전히 장날은 음력이다. 직접 행동하지 못하는 민초들의 보이지 않는 저항인지도 모른다. 이른 점심을 먹고 일을 도모한 사람들이 슬슬 장터로 모여들었다.

직접 현장에 나가지 않은 전홍표는 집 앞 해자 주위를 서성이고 있다. 절대 현장에 오지 말라는 제자들의 만류 때문에 망설이고 있다. 만약 자신이 체포되면 그들이 겪을 마음의 빚을 덜어주기 위해서다. 그러나 마음은 성내 장터에 있다. 우리 민족 모두가 이렇게 저항해 일본이 이 땅에서 물러가기만 한다면 이보다 더 좋은 일이 있을까. 그러나 절대로 그런 일 없을 것임을 안다. 그럼에도 이 일을 도모하는 것은 일본에게 보여주기 위해서다. 우리도 꿈틀한다고, 지렁이처럼 밟으면 꿈틀한다는 것을 말이다. 큰 피해가 있을 것이다. 주동자들은 감옥살이를 면치 못할 것이다. 그러나 혼자 하는 것이 아니라 수많은 사람이 함께한다면 일본도 맘대로 처리하지 못할 것이다. 그래서 형량이 줄어들 수도 있다. 지금처럼 무지막지한 헌병을 동원한 통치가 조선인에게는 통하지 않는다는 것도 깨달을 것이다. 일이 끝난 다음 만약의 일에 대비해 주동자인 치형과 세주를 피처지로 보낼 궁리로 머리가 무겁다. 밥맛을 잃어 아침부터 거의 먹은 게 없었으나, 배가 고프지 않았다. 을강은 성내를 하염없이 바라보고 있다.

여성 기독교인들은 새색시를 부르며 세주의 집에 들어갔다. 평온한 일상처럼 보이나 긴장감이 팽배하다. 여성의 치맛자락이 불룩해졌다. 시악은 세주의 집을 나서며 하소악은 함께하지 못하도록 막았다. 세주와 소악이를 아끼는 마음에서였다. 이 일로 인해 세주가 집을 떠나야 할 것이 자명하다. 소악마저 이 일에 휘말리면 어쩌겠는가? 어느 날 홀연 떠나버린 남편의 빈자리를 안다. 시악은 그녀를 데리고 갈 수 없었다. 가슴 졸이며 기다리는 것보다 현장에 가는 것이 낫다는 소악을 억지로 주저앉히고, 시악은 치맛자락을 꽉 붙잡았다. 남편 대신 싸워야 하는 자신의 운명을 절감하며 의지를 다졌다. 소악은 안채를 향해 고개를 돌렸다. 시어머니가 고개를 가로젓고 있다.

새댁을 방문하고 떠나는 사람처럼 밀양교회 여집사들은 장터로 향했다. 장날이라 서문부터 많은 사람이 장터로 몰렸다. 그들과 뒤섞여 걸어가는 시악의 눈에 세주와 동지들이 보였다. 그들은 가까이 있는 헌병대 분견소를 주목했다. 대구헌병대에 소속된 분견소에는 황상규, 김대지 등이 독립운동에 참여하자 밀양을 주시하면서 인원이 증가되었다.

오후 한 시 반쯤 되었을까. 독립만세라 적힌 깃발 옆에 선 세주가 먼저 외쳤다.

"대한독립만세"

흩어져 있던 동지들이 두 손을 들며 함께 만세를 외쳤다. 어리둥절한 사람들에게 태극기와 독립선언서가 주어졌다. 여자들의 치마 속에 숨긴 태극기가, 쌀가마 속에 숨겼던 선언서가 장터에 뿌려지기 시작했다. 겁을 먹은 사람은 뒷걸음질하며 물러나려 했다. 그런데 소년단원들이 그들에게 태극기와 선언서를 건네주었다. 어린 학생이 건네는 태극기를 거부하기가 쉽지 않았다. 애절한 그 눈을 누가 외면할 수 있을까.

권재호가 대한독립만세라 쓴 깃발을 높이 들어 흔들었다. 그리고 세주가 낭독할 장소에 깃발을 세우자 그 아래로 사람들이 모여들었다. 천여 명의 군중이 손에 태극기를 들고 쌀가마 위에 올라선 세주를 쳐다보았다. 벅찬 감정에 목소리가 떨렸다. 우렁차게 울리는 세주의 독립선언문은 군중들의 마음을 흔들었다. 불과 십여 년 전까지만 해도 우리의 세상이었다. 어느 날 갑자기 왜놈들이 들어와 저들이 주인이라고 했다. 주인이 아님을 알지만 반대하지 못했다. 혼자여서 그랬는지도 모른다. 그러나 오늘 이 자리에 모인 사람들 모두 한목소리로 외치니 겁이 사라졌다.

'그래, 우리가 주인이야.'

서울에서 있었던 만세운동에 대한 이야기와 밀양처럼 전국에서 만세운동이 일어날 것이라는 이야기를 들은 주민들은 입을 열어 독립을 외칠 용기가 생겼다. 세주가 낭독하는 선언서를 가슴에 새겼다. 최후의 일인까지 최후의 일각까지 싸우겠다고 마음먹었다.

김소지가 앞에서 나팔을 불며 군중을 유도했다. 그 뒤를 큰 깃발이 따르고 윤세주와 주동자들이 '대한독립만세'를 외치며 장터 앞 큰 신작로를 걸었다. 물러나 있던 사람들도 서서히 몰려들었다.

어느새 시위대는 이천여 명으로 불어났고 그들의 목소리는 천지를 흔들었다. 헌병대 분견소에서 호각 소리와 함께 경찰들이 뛰쳐나왔다. 스무 명 정도 근무하고 있던 분견소 헌병으로는 이천여 명의 군중을 통제할 수가 없다고 생각한 것인지 그들은 발포하며 뒤로 물러났다. 그리고 부산 헌병대에 도움을 요청했다. 일본 경찰이 함부로 다가서지 못하자, 이를 본 군중들은 힘이 났다. 일부는 공립학교 운동장을 내달리며 만세를 외쳤다.

당시 보통학교 학생들의 학제는 4학년제다. 4월 1일에 개학하는 일본의 학제를 그대로 따르고 있었기 때문에, 사 학년은 며칠 전 졸업하였다. 봄방학을 앞두고 등교한 1, 2, 3학년 학생들이 수업하고 있었다. 소란스러운 소리에 창문을 열었다. 운동장에 들어온 무리가 만세를 외쳤고, 교실 창문으로 달려온 사람이 태극기 다발을 던졌다. 교실 안에 있던 학생들이 손뼉 치며 호응했다. 당황한 교사가 창문을 닫으라고 소리쳤다. 던져진 태극기를 아이들이 숨겼다. 한국인 교사는 보고도 모른 척했다.

저녁 무렵이 되자 부산에서 헌병대가 파견되었다. 미처 해산하지 못한 시위 군중을 잡아가고, 주동자로 지목된 사람을 잡기 위해 집집을 찾아 난도질했다. 치형과 세주는 집으로 가지 않았다. 약속대로 을강 선생의 집으로 달려갔다. 을강은 그들을 얼른 집안으로 들였다. 이후 일어날 문제가 많을 것이다. 아무리 제자들의 입이 무겁다 해도 매 앞에는 장사가 없다는 말처럼 폭력 앞에서는 누군가 발설할 것이다. 서둘러야 했다. 그러나 세주는 그냥 떠날 수가 없다. 그는 스승의 사랑방에서 '누구든지 독립을 위하여 분투하라'는 게시물을 만들고, '독립신문 남선지국장'이라 자칭하여 윤소룡이라는 이름으로 호외를 발행했다. 오성학교에서 배운 신문 제작 기법을 활용했고, 독립선언서를 제작하던 방법대로 만들었다. 배포는 조카인 차암에게 맡겨두고 세주와 치형, 그리고 전홍표는 밀양 땅을 떠나기로 결심했다.

어른들이 만세시위를 한 다음 날, 밀양공립보통학교 1, 2, 3학년 학생 전체가 만세를 외쳤다. 어린아이라고 생각했던 그들이 길거리로 나섰다. 가로막은 교장과 교사를 밀치고 만세를 외친 아이들! 전원이 잡혀갔다. 헌병들이 길길이 날뛰었다.

며칠 동안 동네를 휘젓던 경찰의 만행이 잦아들었다. 아무리 주동자의 집을 뒤져도 이미 도망갔는지 찾지 못했기 때문에 경찰도 지쳤다. 경찰의 감시가 소홀해졌다. 을강이 치형과 세주를 집으로 보냈다. 다음 날 새벽, 그들은 떠날 것이다.

집에 들어선 세주는 떨고 있는 아내 곁으로 다가갔다. 그러고는 조용히 안았다. 떠나야 하는 순간이 다가왔음을 직감한 소악은 흐느꼈다. 잠시 후 스스로 팔을 푼 소악은 장롱문을 열었다. 이미 예견한 것인지 입구에 놓인 옷 보따리를 꺼내고, 만들어 놓은 주먹밥도 챙겼다. 경찰이 집안을 들쑤시는 모습에서 이미 체념한 그녀였다.

세주는 방을 나서자 먼저 안방으로 갔다. 어머니와 작별해야 한다. 꼭 살아서 돌아오겠지만 연로하신 분이라 자신으로 인해 행여 무슨 일이 생길까 걱정이 앞섰다. 그러나 어머니는 의외로 담담했다.

"나라 잃은 사람이 나라 위해 자식을 내어놓음이 무어 그리 대수냐."

하시는 말씀이 떨렸다. 어머니 마음이야 오죽하랴. 큰일을 도모하는 아들에게 근심을 안기지 않으려는 마음인 것을. 큰절하고 일어서는 세주는 이제 마지막일지도 모른다는 듯이 그윽이 자신을 바라보시는 어머니의 눈을 차마 볼 수 없었다.

마당에는 형들이 서성이고 있다. 모두 동생을 보내야 한다는 것을 알고 있다. 삼 형제가 세주와 함께 사랑에 들었다. 아버지 윤희규 또한 말이 없다. 살아서 다시 만날 수 있기를 소망할 따름이다. 한참이나 지난 뒤

"밥이나 든든히 묵고 가거라."

단 한마디였다.

"제수씨는 우리가 돌보꾸마. 걱정하지 말고 떠나거라. 그리고 내가 이제 이 집에 들어오꾸마. 아부지 어무이를 잘 모실 테니 염려 말거라."

한동안 근처에 나가 있던 큰형 치장이 합가할 것이라고 했다. 그 말에 세주는 안심이 되었다. 아버지께 큰절 올리는 세주! 엎드려 한참이나 고개를 들지 못했다. 흔들리는 그의 어깨를 세 형이 토닥토닥 두드릴 뿐이다.

대문을 따라나서는 아내에게 곧 돌아오겠다고 했으나, 그녀는 을강의 집 앞까지 따라왔다. 안으로 들어가는 남편의 뒷모습을 눈에 새기기라도 할 듯 뚫어지게 쳐다보았다. 그러고는 발길을 돌렸다. 해자는 가뭄으로 인해 물이 거의 없다. 물이라도 콸콸 흘렀으면 좋겠다. 그 소리에 맞춰 울기라도 할 텐데.

집 대문을 들어설 수가 없었다. 을강의 집 쪽을 하염없이 바라보았다. 길 떠나는 낭군의 모습을 한 번이라도 더 보고싶어서였다.

이를 말없이 보고 있는 세주의 세 형도 마찬가지였다. 해자 변 어둑한 곳에 있던 세주의 형들은 을강의 집 쪽으로 한 번, 그리고 울고 서 있는 제수씨 방향으로 한 번, 두 곳을 번갈아 보았다. 맘속에는 사랑채와 안채에 계시는 부모님을 향한 걱정이 한가득이다.

을강과 치형, 그리고 세주는 새벽길을 나섰다. 밀양역은 감시가 심할 것이다. 화악산을 넘어 청도나 대구에서 기차를 타는 것이 더 안전할 것이다. 스승님께 죄송한 마음이었으나, 오히려 을강은 제자들을 위로했다. 어른들이 나라를 잃었는데 젊은이들이 그것을 찾겠다고 고생하는 것이 더 고맙다고 말했다. 위양지를 지나 화악산을 오르기 시작했다. 운주암을 거쳐 청도로 넘어가면 된다. 그러나 그 길이 험하다. 오죽하면 '악(岳)'일까.

세 사람은 부지런히 걸었다. 평밭이라 불리는 곳에서 숯 굽는 사람과 화전민을 만났다. 일부러 숨지 않았으나 숨은 듯 살고 있는 그들에게도 만세 소문이 들렸는지 세 사람에게 아무것도 묻지 않고 먹을 것을 내어 주었다. 다시 걸음을 옮겨 운주암에서 하룻밤을 보냈다. 운주암은 바위 위에 앉은 작은 암자다. 거대한 바위가 수직 절벽을 만들고, 그 위에 인간이 절을 지었다. 너무 높아 구름마저 쉬어 가는 곳, 그래서 운주암(雲住庵)이다. 위험하기 그지없지만 절과 관련된 수많은 이야기가 나돌았고, 그 소문으로 인해 많은 아낙이 이 절을 찾았다.

아침 일찍 절 공양을 하고 산 정상에 올라 다시 올지 모를 밀양 성내를 바라보았다. 멀리 부북벌만 보일 뿐이다. 청도를 거쳐 현풍을 지나 대구역에 다다랐다. 그곳에서 열차에 올랐다. 여기저기서 만세운동이 일어났다는 이야기가 들렸다. 전국 어디서나 만세의 물결이 일렁였을 것이다.

세 사람은 경성역을 거쳐 용산역으로 갔다. 경원선과 경의선 철도가 나누어지는 곳이다. 금강산 유람을 위해 많은 사람이 이용한다고 하니, 경원선 열차를 이용하는 것이 좋겠다는 생각에서였다. 청일전쟁 이후 외국 군대가 있던 용산은 러일전쟁을 계기로 철도의 중심지가 되었고, 일본 군대의 중심지가 되었다. 등잔 밑이 어둡다. 적 군대의 심장부인 용산에서 원산까지 가는 열차에 올랐다. 신의주로 향하는 경의선의 감시가 심하다는 소문도 있어 그들은 이 길을 택했다. 험난한 길이 될 것이다. 걸어서 백두산을 넘어 중국으로 갈 생각이다.

원산으로 가는 열차 안에서 을강이 소눌 노상직 선생이 밀양을 떠나면서 밀양역에 관해 지은 시가 있다고 말했다. 궁금해서 스승을 바라보는 두 제자에게 시를 나지막이 읊어주었다.

"일가족 한 기차에 태워 떠나는 날
서쪽으로 요하까지 큰 길로 이어지네
돌아보니 자암은 구름 속에 아득한데
벗들과 언제 다시 학문을 연마할 수 있으랴
기차 바퀴 조금 굴러 동서가 나뉘는데
헤어지는 사람들 차마 말도 다 못했네
단지 서성거리는 자를 본받지 말고
마음속에 자구책을 찾기 바라네"

시를 읊는 을강의 눈이 촉촉하다.

"소눌 선생은 우리에게 서성거리지 말고 행동하라고 하셨지. 나도 이 말씀을 따라 행동하기로 했으나, 역시나 서성거리는 사람밖에 되지 못했구나."

"아닙니다. 스승님께서는 우리가 할 일을 정해주셨고, 바른길을 보여주셨습니다. 그래서 우리가 일어날 수 있었던 겁니다. 그런 자책 하지 마이소."

"맞습니다. 스승님이 안 계셨다면 저희는 감히 만세시위는 생각도 못 했을 겁니다."

제자들의 이야기에도 을강은 편안하지 않았다. 행동하는 지식인, 이것은 모든 지식인이 갖는 숙제다.

백두산에 들어선 세 사람은 추위에 몸을 떨었다. 남쪽에서 살던 그들이 한겨울에 느끼는 추위였다. 만나는 사람들에게 물어물어 걸음을 옮겼다. 준비한 주먹밥은 벌써 동이 났다. 고향에서처럼 나무의 새순을 뜯어 먹었다. 흐르는 물은 얼음처럼 차다. 그래도 멈출 수 없다. 스승의 발걸음이 점점 무거워 보여 걱정이다. 얼마나 걸었는지 모른다. 날짜도 알 수 없다. 그저 하늘과 맞닿을 만큼 자란 나무숲에 갇혀 위로 올라갈 뿐이다. 다행스러운 것은 백두산을 거쳐 중국으로 가려는 사람이 그들만이 아니라는 것이다. 갖가지 이유로 고국을 떠나는 것이리라.

숯장수의 움막에서 잠을 자고, 동굴에서 눈과 추위를 피하며 걸었다. 지쳐 쓰러질 듯한 그들 앞에 천지가 나타났다. 말로만 듣던 백두산 천지! 그 장엄함에 입을 다물 수가 없다. 물안개가 걷히고 제 위용을 드러낸 백두의 정상 천지! 그 기상은 피로를 거두어 갔을 뿐만 아니라 새로운 용기를 주었다. 산 정상에 거대한 못을 만들고 신성함을 더해 우리 민족의 상징이 된 곳! 이곳을 일본놈으로부터 되찾아야 한다는 투지가 생겼다.

을강은 품에서 붓을 꺼냈다. 세주는 아직 얼음이 남아 있는 땅을 조심스레 딛고 천지로 향했다. 그리고 스승을 위해 물 한 통을 담았다. 천지 물은 벼루 속 물이 되고, 을강의 붓은 종이 위를 휘달리는 말이 되었다. 늘 문필을 품고 다니는 조선의 학자다운 면모다. 을강은 붓을 놓고 하늘을 향해 울부짖듯 자신의 글을 읽었다.

고천문! 하늘에 고하는 글이다.

"기미년 삼월 계미일(음력 삼월 일일)에 조선의 포민 전홍표는 삼가 폐백을 받들고 제단을 마련하여 하늘과 땅의 신에게 고하오니 이를 밝게 살펴주옵소서. 조선이란 나라는 세계 열국의 하나로 신성하게 서로 물려주며 하늘의 명을 받은 임금이 다스려 왔는데, 부여가 바로 이 겨레라. 중국의 동쪽을 차지하여 대대로 전통을 이어 내려왔습니다. 오로지 인륜의 도리를 떳떳하게 지키며 백성을 소중히 여기는 기자의 유풍을 받들어, 문화를 숭상하고 도의와 평화로써 다스렸으니, 아름답도다! 우리 선대의 임금이시여!

일본이 무도하게 패권을 잡고 무력을 수단으로 인간의 근본을 문란하게 하더니, 수호조약(강화도조약)을 맺은 뒤 하루아침에 갑자기 나라를 병합하였습니다. 절개가 곧고 깨끗하다라고 한 것은 차라리 타고난 목숨도 끊을 수 있다는 뜻이오, 방법이 있는 데도 방관만 하는 것은 잘못된 폐단을 영구히 버려두는 일일 것입니다. 이제 하늘의 명과 사람의 뜻이 서로 만나게 되어 독립을 울부짖게 되었으니, 이천만 동포가 모두 희생될 것을 맹세하였습니다. 대중의 이름으로 의병을 창도하려 하여도 수중에는 작은 무기나 병사도 없고, 풍운이 날로 급박해졌으므로 계책을 결정하여 아름다운 의거의 깃발을 마음속에 세웠습니다. 저 서구의 여러 나라는 강화와 동맹을 맺고 교통하면서도 나라 안팎에 사건이 있으면, 위기일발에서도 적을 무찔러 상대가 깔보지 못하게 하고 있습니다. 폴란드는 이미 독립이 되어 도읍이 정해졌고, 몽골은 굳세고 웅대한 나라로 되돌아갔는데, 우리는 빛나는 역사가 천 년인데도 정해진 운명으로 여겨 몸소 시련을 겪어야 하는 것입니까?

젊은이들이 피눈물을 흘리며 오로지 난잡하고 썩은 조종을 깨끗이 쓸어내고, 만인의 법을 반드시 바로잡고자 하는데, 조상이 다르다 하여 생각이 같지 않을 수 있겠습니까? 그러나 저들 일본은 더욱 무력으로 가로막아 앞으로 나아가는 길을 차단하고 있으니, 엄숙하신 하느님이시여! 어리석은 백성을 교화시킬 수 있도록 침묵으로 가만히 도와주시옵소서. 바르고 당당하게 그 대요를 짜게 해주시고, 충직하고 믿음직스럽게 이 병장기를 상용함으로써, 동쪽을 안정시키고 서쪽을 평정할 수 있도록 정의의 부월(장수에게 내리는 신표, 도끼)을 특별히 내려주옵소서. 을지문덕 장군이 끼치신 기백과 이순신 장군의 굳센 정신으로, 나라의 치욕을 씻고 흉적을 제거하게 하여, 사방 여러 나라의 상서로움이 되게 해주옵소서. 천연의 해자(장강)가 넘쳐 홍수가 일어나도 국경은 굳건하게 남아 있을 것이니, 밝으신 하늘의 명으로 백성들을 새롭게 인도하여, 나라의 신성한 보배를 도로 찾게 해주시옵소서.

장차 백두산 너머 나아가고자 뜨거운 눈물로 이 글을 기록하오니, 거울처럼 비추어 주시는 하늘과 땅의 신이시여! 이 뜻을 환하게 밝혀 주시옵고 제사의 예를 받으소서."

세주와 치형은 눈물을 쏟았다. 스승의 마음이 이토록 굳은 줄 알지 못했다. 그리고 세계 정세를 다 꿰뚫고 계신 것이 놀라웠다.

구라파의 나라들이 제국주의화 되어 식민지를 통해 이윤을 극대화하는 과정에 세계 전쟁이 발발한 것과 그 이후에 독립한 여러 국가가 자신들의 자주성을 지키기 위해 노력하는 과정을 알고 계신다. 시골 구석에 계신다고 해서 세상의 변화를 모를 스승님이 아니라는 것, 치형과 세주는 그 스승의 안목을 배우고 익혀야 할 것이다.

그리고 오늘이 음력 삼월 일일이라는 사실을 깨달았다. 스승은 날짜까지 세고 계셨다. 치형과 세주는 쫓기는 현실에 허덕이느라 날을 잊어먹었다. 스승은 달랐다. 그냥 스승이 아니셨다. 스승의 덕목이 무엇인지 친히 보여주셨다.

밀양을 떠난 지도 보름이 다 되었다. 이 산을 넘어 중국으로 가면 다시는 고국 땅을 밟지 못할 수 있다. 치형과 세주는 망설였다. 스승에게 무슨 잘못이 있는가? 주동자인 두 사람이 이미 도망쳤으니, 고향으로 돌아가도 스승에게는 해가 없을 것이다. 을강은 시위 현장에도 없었다. 둘은 스승께 돌아가실 것을 권했다. 일본과 싸우는 일은 자신들이 하겠다고 말씀드렸다. 신이 내려주시는 부월을 그들이 휘두르겠다고 했다. 대신 돌아가셔서 뒷일을 수습해 주시라고 당부했다. 두 사람은 천지 물이 그들의 눈물인 양 스승 앞에 큰절하며 울었다. 부모 앞에서, 아내 앞에서 소리 내지 못했던 울음을 스승 앞에서 맘껏 쏟아냈다. 스승과 제자는 또 다른 인연의 끈이 묶인 사이인가 보다.

돌아가길 주저하는 을강의 뒷모습을 한참이나 바라보았다. 홀로 가시는 길이 얼마나 외로우실까?

스승과 헤어진 치형과 세주는 내리막길을 달리듯 걷기 시작했다. 화산이 폭발하여 생긴 산이라고 하더니 여기저기 올라오는 연기와 열기로 인해 추위를 잊었다. 일본 경찰을 피해 중국으로 가는 사람이 자신들만이 아니라는 것과 이쪽저쪽 숲속에서 모습을 드러내며 늘어나는 사람들! 모두 결기를 다지며 서로에게 어깨를 빌려주었다. 이름 모를 나무와 하늘 끝까지 뻗은 나뭇가지는 고국을 떠나는 사람들에게 표현할 수 없는 장엄함을 안겼다. 제대로 된 음식을 먹을 수 없었던 그들은 새순을 먹는 일이 허다했다. 맛이 있을 리 없다. 누군가가 나무 중에 소금나무가 있다고 했다. 붉나무라 부르는 그 나무는 소금기가 있으나 옻나무처럼 독성이 있으니 조심해야 한다는 것을 알려주었다. '산속에서 생활하려면 이 나무의 효능을 알아야 한다, 소금이 없으면 생명이 위태로울 수 있으니 꼭 기억해 두라'고 말했다. 세주는 사람들의 지혜가 놀라웠다. 글자를 알지 못하는 사람이라 하여 무식한 것이 아니다. 생활 속에서 터득한 지혜야말로 최고의 지식임을 깨달았다. 함께 걸어가는 사람 중 많은 사람이 세주처럼 만세시위를 주동하고 고향을 떠났다. 맨손으로 적과 싸워서 이길 수 없으므로, '만주에 가면 군사훈련을 하는 학교가 있다'라는 소문을 듣고 그곳을 찾아가기 위해 떠났다고 했다. 신흥강습소인지 신흥무관학교인지 하는 학교가 있다고 하는 소문이 국내에 퍼져 있었기 때문에 다들 알고 있었다. 무관학교를 찾아간다는 이야기에 세주도 관심이 생겼다.

"치형 형님! 백민 선생님을 찾아가겠다는 생각을 접고, 저는 저들과 함께 무관학교에 갈까 합니더. 형님은 스승님을 찾아가시고 저는 저들을 따라가겠습니더."

"그래도 백민 스승을 만나 인사드리고 가야 안 되겠나?"

"저도 그러면 좋겠는데, 마음이 바빠서 그렇습니다. 그곳에 가서 군사훈련을 받아 적과 싸울 능력이 생기면 그때 스승님을 찾아가겠습니더."

"그래 알겠다. 나 혼자 백민을 찾아가꾸마. 그곳에서도 내가 할 일이 있을 거다. 우리 각자의 몫대로 준비하다 보면 언젠가 다시 만나 함께 싸울 날이 오겠지. 그때까지 몸조심하고. 나는 길림으로 가서 백민과 일봉 형님을 만나 일을 도모하마. 세주 니도 이곳에 와 있다고 말하꾸마."

"형님도 몸 보중하이소. 저도 이 사람들처럼 총을 들고 싸워야 일본놈들을 몰아낼 수 있다고 생각합니더. 평화적인 방법으로 만세만 외치면, 우리의 의지를 알아본 다른 나라가 일본에 압력을 가할 것이고, 그 압력에 굴복하여 일본이 항복할 줄 알았던 생각이 얼마나 어리석은 것인지 알았습니더. 그래서 저도 총 쏘는 법을 배워야 합니더. 총과 폭탄을 들지 않고는 저들을 내쫓을 수 없기 때문에 훈련을 받아야 합니더. 훈련이 끝나면 형님을 찾아가겠습니더."

"이 만세운동 이후에 젊은이들이 총을 들고 적과 싸우겠다는 의지를 불태우고 있으니 여기저기서 많은 군사학교가 생길 것 같구나. 백민과 일봉 형님도 그런 생각을 갖고 계실 듯하니, 그때 니가 큰 역할을 할 수 있도록 열심히 훈련받고 있거래이. 꼭 연락하마."

둘은 재종 간이라는 혈족을 떠나 일본과 싸워 나라를 찾겠다는 일념으로 함께한 동지임을 느끼면서 진하게 포옹했다.

치형은 길림으로 향하는 북쪽 길을 택하고, 세주는 신흥학교의 분교가 있다는 고산자를 향해 남쪽 길을 걸었다.

세주는 옆에서 걷고 있는 사람에게 말을 건넸다.

"저, 길동무해도 되겠습니꺼?"

"일 없습네다. 길동무 하시자요."

그는 자신의 이름이 강세우라 밝혔다. 함경도 삼수군 출신이라고 했다.

"나는 말이우다. 신흥무관학교를 다닌 적이 있지비. 작년에 그곳에서 공부하다 고향으로 돌아와 있었는디, 글쎄 그 사이 만세시위가 있지 않았습매. 그래서 내래 동네 인근 지역에서 만세운동에 참여했다가 다시 신흥학교에 가기 위해 길을 나섰음매."

"정말입니꺼? 놀랍네예. 그러면 저하고 꼭 같이 가입시더. 저는 밀양에서 온 윤세주라 합니다. 경자생입니더."

"그러슴둥. 행님이지비. 내래 신축생이라우. 그나저나 밀양이라면 예서 먼 곳 아님매?"

"예. 아주 멉니다. 얼마나 걸어왔는지 모를 겁니더."

"아고, 내래 동생이라 말이우다. 말씀 낮추시지비."

"아, 알겠습니더. 오늘 처음 만난 사람에게 말을 놓기가 영."

"괜찮음매. 신흥무관학교 갈라 그러지비?"

"예. 꼭 가야 합니더."

"또또또, 말씀 놓으라니끼니 원 참."

"그럼 이제부터는 말을 놓을 걸세. 무례하다고 하지 말게나. 신흥학교인지 무관학교가 있다고 하니 그곳에 가고 싶다네. 자네는 그곳을 잘 알겠구먼."

"아니지비. 내래 작년에 다닌 학교는 합니하에 있었지비. 그런데 요새는 고산자로 옮겨갔다고 함매. 이제는 고산자로 가야 하니 나도 초행길이지비."

젊은이들이 국경을 넘어 신흥무관학교를 찾아오자 학교를 더 넓은 고산자로 옮겼다는 것과 그곳에서 조직적으로 훈련하여 일본군과 싸울 무장 대오를 짤 것이라는 소문이 있다고 했다. 함경도에 사는 세우는 만주에서 일어난 일에 대해 세주보다 많이 알고 있었다. 그와 이런저런 이야기를 하며 걸었다.

세주는 자신보다 어린 동지를 만나 기뻤다. 한편으로는 자신이나 세우 동지도 평화로운 시절이라면 결혼하고 가족들과 행복한 시간을 보내고 있을 것을 생각하니 안쓰러운 마음이 들었다.

"내 이름은 세주, 아우 이름은 세우. 우리 전생에 무슨 인연이라도 있었던 걸까? 아우를 만난 것이 하늘의 뜻이라 여겨지네."

"맞지비. 인연이 없고서리 이래 만나지 못했겠지비. 내래 원래 이름이 강비호돌이라고 하우다. 호랑이처럼 날아댕기라고 부모님이 지어 주신 이름이지비. 근데 나라를 잃고 나니 집 한 칸 없이 천리만리를 떠돌아 다닙매. 기래도 비호는 맞겠지비?"

하면서 크게 웃었다. 함경도 삼수 지방은 호랑이를 잡아 생계를 유지하는 포수들이 많다. 그래서 자신의 이름에도 비호가 들어가 있다는 설명에 세주는 고개를 끄덕였다.

"포수의 아들이면 총도 잘 쏘는가?"

"포수의 아들이 뭡매? 내래 포수우다. 두말하면 잔소리지비. 백발백중, 나는 새도 맞출 수 있슴둥."

하며 총 쏘는 흉내를 내었다.

"일본놈을 이기려면 총을 잘 쏘아야 할 건데, 나는 한 번도 쏘아본 적이 없어 걱정인 기라. 사람한테 총을 쏘는 것이 쉽지 않을 것 같기도 하고. 짐승 쏘는 것하고는 다를 것 아닌가?"

"내래 짐승한테만 쏘았지. 사람에게 쏘지는 못했지비. 그래도 일본놈들한테는 쏘아야 하지 않겠음매."

사람이 사람을 죽이기 위해 총을 쏘는 일은 있어서는 안 될 현실이다. 그렇지만 이 현실을 만든 일본이 물러서지 않는 한 총을 잡아야 한다.

'과연 나는 사람에게 총을 겨눌 수 있을까?'

세주의 마음이 무거워졌다.

둘은 앞으로 무슨 일을 할 것인지 이야기하며 서로에 대한 신뢰를 쌓아갔다. 세주는 세우가 아우로 느껴지지 않았다. 벌써 국경을 넘나들며 조국을 위해 무슨 일을 할 것인가를 정하고, 그것을 실천하고 있으니 형처럼 느껴졌다. 쩍 벌어진 어깨 하며 근육을 자랑하는 팔뚝이 서생 같은 자신의 것과 비교되지 않았다. 적과 싸우려면 세우 동지 정도의 체력을 지녀야 할지도 모른다. 타고난 체구야 어쩔 수 없더라도 더 많은 훈련과 노력으로 극복해야 할 숙제가 또 하나 생겼다.

아무리 북쪽이라 하나 사월이 무르익어 가고 있으니 제법 따스한 바람이 불었다. 고산자로 향하는 길목에 젊은이 여럿이 모여 있었다. 먼저 도착한 사람이 지나가는 세주와 세우를 불렀다. 신흥학교에 가려면 이곳에서 안내해 주는 대로 가야 한다고 말했다. 세주는 금방 알아차렸다.

'이것은 일종의 면접이구나.'

첩자가 있을지 모르니 미연에 방지하기 위한 계책임을 눈치챘다. 어리지만 세우도 그런 낌새를 알아차린 듯했다. 아니 어쩌면 그는 지난번 합니하에서도 이런 과정을 거쳤는지도 모른다. 느긋

한 마음으로 둘은 순서를 기다렸다. 어떤 사람은 집안 종손이라는 이유로, 어떤 사람은 몸이 허약하다는 등의 이유로 되돌아가야만 했다. 그 이유 속에는 그들에게 말하지 않은 까닭도 포함되어 있었을 것이다. 드디어 둘의 차례다.

강세우는 쉽게 통과되었다. 합니하의 신흥학교에 다닌 것이 도움이 되었을 것이다. 문제는 세주였다. 세주에게 질문이 쏟아졌다. 그 먼 경상도 땅에서, 그것도 장가까지 들었다는 젊은이가 이곳에 왔다는 것이 믿을 수 없다고 했다. 세주는 단호히 말했다. 밀양에 살고 있던 사람 중에서 가족 전체를 이끌고 만주로 건너온 사람도 있다. 노상직 선생은 물론 모든 재산을 정리하여 이주한 집안의 윤세용, 윤세복 형제들도 있다고 말했다. 그들이 세운 동창학교가 있었으나 일본의 강요에 의해 폐교된 것을 들었다. 그래서 그곳은 갈 수가 없다. 이곳 만주에서 총 쏘는 법을 가르쳐주는 무관학교는 여기뿐이라 하니 반드시 입학해야 한다고 강변했다. 세주의 결기에 눌린 듯 허락이 떨어졌다. 그리고 고산자로 가게 되었다.

윤세용, 윤세복 형제가 세운 학교의 이름은 동창이다. 우리나라의 무궁한 발전과 국권 회복을 기약한다는 의미로 정한 이름이었다. 이원식 교장을 필두로 박은식 이극로 신채호 등 교사들은 단군을 민족 역사의 정통으로 삼았다. 역사 국어 한문 지리 등을 가르쳤고, 기숙사를 지어 학생의 학비는 물론 기숙사비와 옷값도 지급해 준 학교다. 동창학교와 족형인 윤씨 형제의 이야기 때문인지 세주는 신흥무관학교 입학이 허락되었다. 동창학교나 신흥무관학교나 모두 같은 뜻으로 지어진 학교이다. 폐교당한 동창학교에 대한 아픔이 크게 느껴지는 시절이었다. 이 많은 젊은이가 무관학교를 찾을 때, 동창학교가 당당히 그들을 맞을 수 있었다면 얼마나 좋았을까? 그랬다면 세주도 그 학교로 갔을 것이다. 그곳에는 집안 족형을 찾아 떠난 밀양 사람이 있어 덜 외로울 것이다.

길을 안내하는 사람을 따라 걷는 세주의 눈에 들어온 것은 넓은 논이었다. 밭이 아니었다. 누군가에게서 전해 들은 이야기가 생각났다. 만주 지방에 가서 조선인을 찾으려면 '벼가 자라고 있는 동네로 가면 된다, 그곳에는 반드시 조선인이 살고 있다'고 말이다. 거친 조밥을 먹을 수 없어서인지 조선인은 가는 곳마다 저수지를 만들고 모내기하여 벼농사를 짓는다. 어떤 악조건이라도 우리 민족은 벼농사를 포기하지 않는다. 그래서 곳곳에 저수지가 있다.

"이곳에서도 벼농사를 짓습니까?"

안내하던 사람이 말했다.

"그러면요. 우리나라 사람은 쌀밥 안 먹으면 큰일 난다고 여기지 않습니까? 조랑 섞어서 쌀밥을 짓습니다."

"이 넓은 땅을 밭에서 논으로 바꾼 겁니까?"

"예. 우리가 와서 만든 것도 있지만 이곳으로 이주해 온 동포들이 만든 것이 더 많지요."

벼가 누렇게 익어가는 가을 들판은 고향에서만 볼 수 있을 줄 알았다. 그런데 이곳에서 그 장관을 볼 수 있다니 놀랍기만 하다.

"그러나 워낙 사람이 많이 와 넉넉하게 먹지는 못합니다. 전쟁에 대비해 남겨 두어야 할 것도 있으니 말입니다. 그래도 쌀밥을 먹을 수 있다는 것이 얼마나 좋습니까?"

"고향에서는 벼농사 지어 놓으면 일본 상인들이 다 사 가지요. 그래서 배부르게 먹는다는 것은 그림의 떡입니더. 그런데 이곳에서 쌀밥을 구경할 수 있다니 놀랍습니더. 그리고 우리 민족의 저력을 보는 것 같습니다. 아무리 어려워도 끝까지 이루고야마는 그 끈기와 저력 말입니다."

"맞슴매. 우리 민족은 무서운 민족이비지. 근데 동지는 언제부터 이 학교에서 있었슴매?"

"왜 그런 질문을 하시는지요?"

"아, 기분 나쁘게 생각마우다. 내래 작년에 합니하에서 공부하다 왔지비. 잠시 고향에 갔음매. 고향에서 만세시위를 하다 일본놈들 피해 다시 오게 되었지비. 그래서 물어보는 거우다."

"아 예, 저도 이곳에 온 지 얼마 되지 않습니다. 너무 많은 사람이 오다 보니 혹 적이 보낸 첩자가 있을지 몰라 마을 입구에 초소 겸 안내처를 두고 사전 심사를 하는 것입니다. 통과되면 먼저 들어와 훈련받고 있는 저 같은 사람이 이렇게 안내를 담당하지요."

어디서 왔냐고 물어도 대답하지 않았다. 모든 게 비밀로 지켜지는 것이 서로의 목숨을 구하는 길이라 했다.

조나 옥수수가 자라고 있는 마을은 중국인의 마을이고, 사이사이 벼가 있으면 함께 사는 동네라고 한다. 그리고 부자들이 기와로 집 지을 때도 조선인은 팔작지붕을 만들지만, 중국인들은 그 어려운 기술이 없어서인지 맞배지붕으로 짓는다고 한다. 온돌 기술을 모르니 굴뚝의 수도 다르다고 했다. 어느새 고산자에 다다랐다. 고산자 외에도 합니하와 쾌대무자 등에도 학교가 있다고 하니 독립을 위해 고국을 벗어난 사람이 도대체 얼마일까? 이러니 우리 민족은 그 어떤 나라의 침략도 이겨냈나 보다.

5

산 능선에 위치한 학교는 아래에서는 제대로 볼 수 없었으나 올라서니 꽤 넓었다. 논의 면적이 그곳에 있는 조선인의 수를 가늠할 수 있다고 했다. 아래의 논이 꽤 넓었으나 이토록 넓은 구릉지가 펼쳐져 있을 줄이야.

"사람이 많은가 봅니다."

"예, 만세운동 이후에 더 많은 사람이 오고 있습니다. 어디서 소문을 들었는지 삼삼오오 모여들고 있습니다."

"만세운동 전에도 젊은이들이 왔습니까?"

"그렇죠. 신흥강습소가 생긴 지 벌써 십여 년이 다 되가니 여기저기서 소문 듣고 오는 젊은이들이 많지요. 나라 찾겠다는 일념으로 건너온 사람, 일본놈들의 폭정을 견디다 못해 도망쳐 오는 사람, 심지어는 배고파서 오는 사람도 있습니다."

각각의 사연을 안고 고국을 떠난 사람들, 고향보다 더 좋은 곳이 있으랴마는 떠날 수밖에 없는 이유야 듣지 않아도 알 듯하다. 세주와 세우, 자신들이 고향을 떠난 까닭과 별다르지 않다는 것을 알기에 마음이 편치 않았다. 동시에 두고 온 가족을 떠올렸다.

"자, 빨리 가봅시다."

안내자의 빠른 걸음을 쫓아 서둘러 달려가니 곳곳에서 훈련 중인 무리가 보였다. 어림잡아도 오백 명은 될 듯했다. 생각보다 많은 사람이 있어 놀라운 듯 입을 벌리고 서 있는 둘을 향해 말했다.

"뭘 그리 놀라십니까?"

"아니, 이렇게나 많은 사람이…."

"예. 매일매일 동지들처럼 모여들고 있으니 며칠 있으면 육칠백

명은 쉬이 될 듯합니다."

이 많은 사람을 먹이고 입히려면 그 자금은 어찌 감당하는지 궁금했다. 더구나 그들이 들고 연습하고 있는 총은 어떻게 구입했을까? 그 돈은 또 어떻게 마련했을까? 궁금한 마음에 가까이 다가서며 자세히 보았다. 대부분 진짜 총이 아닌 목총으로 연습하고 있었다. 이를 눈치챈 듯 안내하던 사람이 말했다.

"놀라셨죠? 보시다시피 사람은 많고 무기는 구하기 어렵소. 그러니 저렇게 나무로 총을 만들어 연습하고 있습니다. 한 부대에 대여섯 자루밖에 없습니다. 실제로 총을 쏘는 것은 하늘의 별 따기와 마찬가지지요."

"돈이 부족해서입니까? 아니면 총을 구하기 힘들어서 입니까?"

"둘 다입니다. 돈도 부족하고 총도 구하기 힘들고. 그래도 돈이 있으면 러시아든 체코든 어느 곳에서라도 총을 구할 수 있을 겁니다."

"그런데 이곳에 학교를 세울 생각을 한 사람은 누구십니꺼?"

"아직 모르고 계십니까? 우당 이회영이라고, 백사 이항복 선생의 집안 후손이지요. 우당 이회영 선생 여섯 형제가 가산을 모두 팔아 터를 잡은 것이라고 합니다. 물론 처음에는 이곳이 아니었지요. 우선 선생님들을 뵙고 인사부터 드리고 그 이야기는 나중에 하지요."

외부에서는 알아볼 수 없는 듯한 위치에 나지막이 지은 흙집, 그곳이 바로 본부였다. 여러 어르신이 계신 걸로 보아 학교에서 중요한 직책을 맡으신 분들일 것이다. 가벼운 목례 후 자리를 옮겼다. 듣고싶은 말이 많지만, 물러나는 것이 예의임을 잘 알고 있었다.

모두를 만나는 것은 불가능하다. 더구나 그 속에 적이 있을지 알 수 없는 일이 아닌가? 세주와 세우는 안내자를 따라 배정된 부대로 이동했다.

세주와 세우에게도 군복과 목총이 지급되었다. 당장 군사 훈련에 돌입하라는 뜻이다. 이곳에서는 일본 군사학교에서 사 년 동안 배우는 과정을 삼 개월 안에 끝낸다고 한다. 그러므로 일분일초도 아깝다. 둘은 얼른 옷을 덧입었다. 입고 온 옷이야 벌써 헤진 듯 낡았고 그것을 버릴 수도 없으니 우선 껴입었다. 그들처럼 늦게 도착한 사람이 모여 있는 곳으로 가 곁에 섰다. 땀과 흙으로 범벅이 된 얼굴을 한 지휘관은 앳된 얼굴이다. 자신보다 먼저 고향을 떠나온 젊은이일 것이다. 그의 말에 귀 기울였다. 카랑한 목소리는 웅변하던 오성학교 시절의 세주 자신을 연상케 했다.

"고국을 떠나 이곳을 찾아오신 여러분들의 훈련을 맡게 된 사람입니다. 이곳은 조국의 광복을 위해 목숨을 바치기로 맹세한 동지들의 무관학교입니다. 적과 싸워 반드시 이겨야 조국을 되찾을 수 있습니다. 그러기 위해서는 정신력만으로는 불가능합니다. 여러분들은 몸으로 싸우고 이겨야 합니다. 적이 사 년 동안 훈련한 것을 우리는 삼 개월 안에 끝낼 것입니다. 그러니 여러분은 죽을 각오로 임해야 합니다. 적이 내 앞에 있다고 생각하고 언제든 싸울 태세가 되어야 합니다. 여러분은 지옥 같은 훈련을 견뎌야 합니다. 조국을 떠나올 때 가졌던 각오보다 더 굳센 의지가 필요합니다. 그만큼 이 훈련은 힘들고 고됩니다. 지금이라도 견디지 못할 것 같으면 돌아가셔도 됩니다."

여기저기서 돌아갈 수 없다는 이야기가 들렸다.

"그럼 모두 지옥 훈련에 동의하는 것으로 알고 훈련을 시작하도록 하겠습니다. 먼저 맨손 체조부터 시작하겠습니다. 우리 몸의 상태를 스스로 파악하고 단련할 곳을 알아야 합니다. 자, 두 발을 벌려 힘차게 땅에 내디딥니다."

맨손 체조를 통해 그동안 사용하지 않았던 근육을 서서히 움직이기 시작했다. 뜀박질하는 것과는 달랐다. 훈련은 사람의 목숨을 살리기 위한 것이다. 적과 싸울 때는 물론 퇴각할 때도 적보다 빨리 움직여야 한다. 열심히 따라하는 세우는 세주보다 몸이 가볍다. 전에 이 훈련을 받은 적이 있을 뿐만 아니라 총도 쏠 수 있는 그가 부럽다. 맨손 체조의 순서도 그는 알고 있는 듯했다. 세주는 곁눈질로 그를 보며 따라했다. 그의 불거진 팔뚝 근육과 자신의 것을 번갈아 보았다.

'열심히 하는 수밖에 없다.'

체조가 끝난 뒤 교관이 훈련병들을 교실로 안내했다. 간단히 학교를 소개했고, 교가를 배우는 시간을 가졌다.

"칼춤 추고 말을 달려 몸을 단련코
새로운 지식 높은 인격 정신을 길러
썩어지는 우리 민족 이끌어내여
새나라 세울 이 뉘이뇨"

신흥학우단가도 배웠다.

"사천 춘광 빛나오던 배달 내 나라
자유의 낙원을 지을 자 우리가 아닌가
종 설움 받으며 목숨 이어가는
이천만 생령의 인생길 인도할 이 뉘뇨

굳은 마음 참된 정성 힘을 다하야

썩어진 민족의 새 영광 나타내이여라"

얼마나 신이 나든지 부르는 목소리가 갈수록 커졌다. 놀랍게도 단번에 외워졌다. 혼자서도 할 수 있을 것 같았다. 노래를 함께 부르는 사람이 이토록 많다는 것이 믿어지지 않았다. 함께해서 상승하는 이 기운은 경험한 사람만이 알 수 있다고 했던가!

잠시 휴식이 주어졌다. 여기저기서 학교에 관한 이야기가 흘러나왔다. 이야기 중에 이석영 선생이 어쩌구 하는 소리가 들렸다. 그의 양아버지인 귤산 이유원에 관한 이야기도 들렸다. 세주의 눈이 커졌다. 옆에 있던 세우가 놀라 쳐다봤다.

"무슨 일임매?"

"아, 이유원 선생의 이야기가 들려서 말이야. 그분이 쓰신 현판이 고향에 있거든."

"그분이 밀양에 가신 적이 있음매?"

"영의정을 역임하실 때 오셨지. 밀양 영남루에는 밀주 객사가 있고 그곳에는 역대 왕조의 위패가 모셔진 곳이 있다네. 그곳에서 하늘과 종묘사직에 제사를 올리지. 그런데 그분이 밀양에 오셔서 초헌관을 하셨다는 이야기를 들었지. 영남루 앞에 공신관이라는 곳에서 매년 삼월에 어천대제(御天大祭, 음력 3월 15일)를 올리고 가을인 시월에는 개천대제(開天大祭, 음력 10월 3일)라 하여 하늘에 제사를 모신다네. 이 제사에 오신 귤산 선생이 영남루와 밀양의 아름다운 풍광을 현판으로 남기셨네. 나도 그분의 힘찬 글씨를 기억하고 있다네."

"무어라고 썼음둥?"

"강좌웅부, 강 좌편의 웅장한 고을이라고 밀양을 평하셨지. 여기에서 강은 낙동강이라네. 그리고 교남명루라 하여 추풍령 고개 남쪽 지방에서 가장 뛰어난 누라 하여 영남루를 노래하셨다네."

밀양 사람이면 누구나 영남루를 안다. 그리고 누에 걸린 귤산의 현판을 보며 밀양인으로서의 자부심을 느낀다. 그의 이름을 이곳 고산자에서 듣다니 참으로 놀라운 인연이 아닌가.

이야기는 이러했다. 귤산 이유원은 아들이 병으로 죽자, 집안 형님인 이유성의 둘째 아들 이석영을 양자로 맞이했다. 이유원이 죽자 그 많은 재산을 양아들인 이석영이 물려받았다.

을사늑약이 체결되자 이유성의 넷째 아들인 우당 이회영이 이상설 선생과 더불어 국외에 터를 잡아 민족교육을 담당할 교육기관을 설립할 계획을 세웠다. 이상설 선생은 간도 지방에 터 잡고 서전서숙이라는 학교를 설립했으나, 헤이그에 특사로 가게 되면서 학교는 문을 닫게 되었다. 이후 고종이 퇴위하고 군대마저 없어지자, 장차 나라의 운명이 어찌 될지 모른다며 망명지를 물색했다. 와중에 안중근이 이토 히로부미를 처단하자 일본은 국내에서 활동하던 민족지도자를 체포하기에 이르렀다. 도산 안창호를 비롯한 신민회 회원들이 대거 검거되었다. 신민회는 1907년에 비밀리 조직되었으나, 조직원들이 구속되기 시작했다. 신민회 회원들은 가까운 시일에 나라가 없어질 것이라 여기고, 국경 넘어 만주 지방을 오가며 마땅한 장소를 탐색했다. 민족의 보금자리뿐만 아니라 학교와 무관학교도 세워야 할 땅을 찾고, 그 땅을 중국인으로부터 빌리든가 매입해야 했다. 그사이 일본은 우리나라를 집어삼켰고, 우당을 비롯한 민족지도자들은 서간도의 삼원포라는 지역에 독립운동 근거지를 마련했다.

우당은 근거지의 땅을 매입하고 이곳에 우리 민족의 주거지는 물론 학교, 군대, 정부까지 설립하여 일본을 몰아낼 계획을 세웠고, 이를 형제들에게 알렸다. 당대 최고의 부자였던 육 형제 모두 조국을 위해 재산을 내놓는 것에 주저하지 않았고, 나라를 잃었던 경술년 겨울에 가족들을 거느리고 꽁꽁 언 압록강을 걸어서 건너와 삼원포에 정착했다. 나라에서 받은 것이 많으니 내어놓는 것은 당연한 일이라고 했다. 그들의 뜻을 잇는 사람들이 뒤를 따랐다. 안동에서도, 밀양에서도 전국 각 지역에서 그들과 뜻을 같이하는 사람이 늘어났다.

그들이 가장 먼저 한 것은 자치 기구인 경학사를 조직한 것이다. 밭 갈면서 배우는 단체라는 의미다. 농사일을 해본 적이 없는 양반이 손수 땅을 파서 농작물을 재배한다는 것, 그리고 그들이 스승이 되어 자녀를 가르치고, 모여드는 젊은이를 교육하기 위해 신흥강습소를 설립했다. '신흥'은 나라를 새롭게 일으킨다는 뜻이다. 연이은 흉년으로 재정난이 심해졌으나, 추가가 마을의 허름한 옥수수 창고에서 신흥강습소 개교식이 열렸다. 고국에 있을 때는 가장 무서운 것이 호랑이인 줄 알았다. 배고픔을 겪어본 사람은 굶는다는 것이 제일 무섭다고 말했으나, 서간도로 이주한 이들은 가장 무서운 것이 추위임을 알았다. 호랑이와 마마보다 더 무서운 추위 속에서 적의 눈을 피하려고 강습소라는 이름으로 문을 연 최초의 망명 무관학교! 첫 입학생은 사십여 명이었다. 학생들은 학비를 내지 않아도 교복과 교과서를 지급받았다. 이석영의 주머니에서 나온 것이었다. 그뿐만 아니라 학생들은 이들 형제의 집에 기거하면서, 그 가족의 보살핌 속에 먹고 자는 생활을 했다.

다음 해에 더 넓고 적의 눈을 피할 수 있는 곳인 합니하로 학교를 옮겼다. 합니하는 산 정상에 오르지 않고는 찾을 수 없는 천연의 요새다. 옴팡진 곳에 학교를 설립하고 그곳에서 훈련받았다. 그곳 지형을 잘 아는 만주인 빼고는 아무도 그곳에 사람이 살 수 있다는 것과 살고 있다는 것을 몰랐다. 합니하에 중등 교육과정을 마련하여 간부를 양성했고, 당시 이석영은 교장의 직함을 맡았다. 평소 나서기를 싫어하는 이석영은 주위의 강권을 못 이겨 처음이자 마지막으로 신흥중학의 교장을 역임하였다.

이회영과 함께 독립운동기지 건설에 앞장섰던 사람은 이상설이다. 그는 한일병탄조약이 체결되자 유인석과 함께 고종 황제를 러시아 땅 블라디보스토크로 모셔 와 나라를 이어가고자 했다.

"아, 지금 이러한 경지에 이르러서 폐하께서 한번 딴 나라에 파천해 계신다면 밖으로 세계만방의 공론도 제창시킬 수 있을 것이며, 안으로 우리나라의 민심도 고동시킬 수 있는 만큼 천하의 일을 단연코 해낼 수 있을 것입니다"

라며 상소를 올렸다. 이에 일본은 이상설 등을 체포해 달라고 러시아 정부에 요청했고, 이상설은 니콜리스크로 추방되었다. 이후에도 그는 신한혁명단을 조직했고, 광복군 정부도 수립했다. 쉼 없이 대한을 다시 세우려던 이상설은 이 년 전인 1917년에 러시아 니콜리스크에서 임종을 맞이하였다. 그는 '내 조국의 독립을 이루지 못하고 죽으니, 어찌 죽은 영혼인들 고국 땅을 감히 밟으랴. 내 죽거든 화장하여 재를 시베리아 벌판에 날려라. 그리고 조국의 독립이 오기 전에는 제사를 지내지 말라'고 유언했다. 조국을 위해 그 머나먼 네덜란드 헤이그까지 다녀왔던 그는 마흔일곱의 나이에 이국의 차디찬 땅에서 임종을 맞이했다. 이들의 피와 눈물이 만들어 낸 사관학교! 만주인과의 마찰은 피해야 하고 일본과는 싸워야 한다. 추위는 물론 밀정과도 싸워야 하고, 조국을 위해 목숨을 내놓을 투사를 길러 내는 곳, 그곳이 바로 신흥무관학교다.

고향에서 이름만 듣던 인물들이 신흥무관학교와 깊은 인연을 갖고 있음을 아는 순간, 세주는 자신이 이곳으로 오게 된 것도 어쩌면 이미 정해진 운명인지도 모를 일이라 생각했다.

신흥학교가 안전하다고 여겼던 합니하를 떠난 것은, 만세시위 이후 찾아오는 젊은이들을 수용할 수 없어서였다. 이전부터 새로운 장소를 찾았던 지도부는 이곳을 택했다. 산 아래 넓게 펼쳐진 들판을 논으로 바꾸기 위해 산 아래 저수지도 미리 만들었다. 그동안 먼저 이곳에 와 있던 사람들이 벼농사를 지어 합니하에 있는 학생들을 위해 쌀을 보냈다.

만세시위가 일어날 것을 예견한 것은 아니지만 조국을 찾겠다는 젊은이들이 반드시 이곳을 찾아올 것이라는 믿음을 가진 지도부의 놀라운 안목이었다.

고산자에는 교실 열여덟 개가 산허리를 따라 줄지어 있다. 이곳에서 한국의 지형을 익혔고, 산을 이용하여 일본과 싸울 수 있는 게릴라 전술을 배웠다. 게릴라 전술의 가장 핵심은 기동성이다. 그래서 체력 훈련이 주가 되었다. 그리고 이론적으로 민족의 역사와 글을 익혔다. 학생들은 훈련은 고되지만, 자기 손으로 나라를 되찾을 수 있다는 희망으로 가득 차 있어 하루하루가 즐거웠고, 봄이면 꽃피는 산의 매력에 흠뻑 빠지기도 했다. 조국의 자유를 위해서라면 이까짓 훈련쯤이야 생각하며 훈련에 임했으며, 졸업생 중심으로 인근에 농장을 설립하여 식량을 공급했다. 그러나 인적이 드문 삼림에서 고된 훈련과 농경을 함께 한다는 것은 정말 고통스러웠다. 무기를 구입할 돈이 없어 적과 싸우지 못하고 농사만 짓고 있다고 불평하는 세력도 있었으나, 이 또한 나라 없음이 원인임을 누가 모르겠는가.

경학사는 조직이 커지면서 부민단으로 개편되었고, 이후 한족회로 확대되었다. 사람들이 늘어나면서 조직의 규모도 커졌다.

우당의 집안과 함께 이곳에 정착한 또 한 무리는 안동에서 왔다. 그들의 우두머리는 석주 이상룡이다. 상희라는 처음 이름을 버리고, 망명하면서 상룡으로 개명하였다. 나라 잃은 백성이 조상이 어딨냐며 조상의 위패를 땅에 묻고 고향을 등졌다. 그리고 나라 있을 때 불리던 이름도 버리고 새로운 이름을 스스로 짓고 고국을 떠났다.

을사늑약이 체결되자 의병을 일으켜 일본에 대항했으며, 평민 의병장인 신돌석과도 연대를 도모했다. 적과 싸우는데 신분이 무슨 대수랴. 거병이 실패하자 계몽운동에 앞장서 대한협회 안동지회를 결성하였다. 경술년에 나라를 잃자, 다음 해 정월 가솔을 이끌고 서간도로 이주하여 우당의 형제들과 만났다. 이상룡은 경학사를 설립한 후 초대 사장에 임명되었고 신흥강습소 설립에 힘을 쏟았다. 한족회가 조직되자 중앙위원으로 활동했고, 기미년 사월에 조직된 서로군정서의 대표인 독판에 선임되었다.

세주가 고산자에 도착했을 때 이미 만주에는 서로군정서라는 군대가 조직되어 있었다. 신흥강습소 출신들이 조직하고 참여한 군사 조직이었다. 그런데 대종교라는 종교 집단도 중광단이라는 조직을 만들었다고 한다.

세주는 집안 형님인 윤세복이 '세상을 다시 회복한다'라는 의미로 이름을 고친 뒤 가솔을 거느리고 만주로 떠났다는 사실을 알고 있었다. 세린에서 세복으로 개명한 형님과 상희에서 상룡으로 고친 두 분은 비록 지역은 다르지만 같은 길을 가고 있었다. 세주는 대종교도가 많이 거주한다는 왕청에 가면 세복 형님을 만날 수 있을 것이라 생각했다.

훈련에 임하던 세주는 며칠 지나니 어느 정도 적응되었고, 주변 사람에 관한 관심도 생겼다. 그만큼 여유가 생긴 것이다. 잠깐 쉬는 동안 옆 부대의 이야기가 있었다. 그런데 밀양 사람이 있다는 것이다. 누워서 쉬고 있던 세주는 벌떡 일어나 이야기하는 사람에게 다가갔다.

"방금 그 부대가 몇 부대인지 아십니꺼?"

"무슨 얘기요?"

"아따 조금 전에 밀양 사람이 있다고 안 캤습니꺼?"

세주의 목소리가 커지면서 억센 사투리가 튀어나왔다.

"아 그 얘기, 요 옆에 있는 4부대에 가면 밀양 사람이 있다고 합디다. 그런데 왜 그러시우?"

"지가 밀양 사람이라예. 그래서 궁금해서 그랬습니더. 고맙습니더."

세주는 세우에게 같이 갈 것인지 물었다. 세우도 얼른 일어나 흙먼지를 털어냈다.

"가 보자우. 혹시 내래 아는 사람이 있을지도 모르잖매?"

한곳에 모일 수 없을 만큼 훈련병들이 많았다. 듣기로는 칠백여 명까지 늘었다고 했다.

세주는 4월 말에야 도착했기 때문에 5부대에 속했다. 그전에 만들어진 부대에 밀양 출신이 와 있다는 소식에 한달음에 달려갔다. 쉬고 있던 사람들이 일어나 세주와 세우를 쳐다보았다. 그중 한 사람이 벌떡 일어나더니 세주에게 다가왔다.

"야 이거 누고? 니 세주 아이가?"

"맞습니더. 형님 저 세준기라예."

한봉인이었다. 김원봉에게 삼촌 점포에서 몰래 돈을 훔쳐 건네준 그 형님이었다. 세주는 반가움에 손을 덥석 잡았다.

"형님, 형님이 우째 오셨서예. 그라고 혼자 오셨습니꺼? 원봉이 형님 소식은 들었습니꺼?"

"하나씩 물어보거래이. 숨 넘어가겠다. 우리 부대에 밀양에서 같이 온 형님들이 다 있다 아이가. 저기 오시네."

그때 그들을 향해 걸어오고 있던 사람을 보더니 세주는 허리를 숙여 인사했다. 한봉인 형님의 형인 한봉근, 그리고 상남 고노실 출신 김상윤 형님이었다. 그들은 연배 차이가 있어도 다들 얼굴을 알고 지내는 사이였다. 같은 공립보통학교의 선후배 사이였고, 을강 스승의 제자들이다. 반가운 마음에 서로의 안부를 묻느라 옆에 있던 세우를 잊고 있었다. 세우가 잔기침을 하였다. 놀란 세주가 그제사 돌아보며 사람들에게 소개했다.

"이 아우는 강세우라고 합니다. 함경도 삼수 출신입니더. 이 친구를 만나 백두산을 넘어 이곳까지 오게 되었습니다. 아우 인사하게나."

"반갑습매. 강비호돌이라고도 하는 강세우임매."

모두 강세우와 악수하며 반가워했다. 세주는 고향 형님들을 이렇게 만났다는 게 믿어지지 않는 듯 세우를 돌아보며 자신의 볼을 꼬집었다. 세우는 그 모습에 한바탕 웃었다.

다섯이 둘러앉아 그동안의 일들을 서로 이야기했다. 한봉인은 김원봉이 남경으로 떠나고 난 뒤, 돈을 저축하여 형 한봉근과 함께 독립운동을 하기 위해 이곳으로 왔다고 했다. 김상윤은 서울에서 공부하다가 공부보다 더 중요한 것이 나라를 찾는 일이라는 생각에 이곳으로 오게 되었다고 했다.

세주는 밀양에서 만세운동을 일으킨 것과 을강 스승과 함께 백민 스승을 찾아가다 스승님은 밀양으로 되돌아가셨고, 치형 형님만 백민 스승을 찾아 길림으로 갔음을 알려주었다. 그들도 백민 스승이 고향을 떠난 것은 알고 있지만 길림에 계신 줄은 몰랐다고 했다. 모두 이야기가 많았다. 그러나 또다시 훈련이 시작되었다. 아쉬움에 자리를 털고 일어나 훈련장으로 달렸다. 세주의 발걸음이 가벼웠다. 고향 까마귀를 만나서 그런가.

그들은 늦은 밤, 매일 만났다. 고향과 그곳에 살고 있는 사람에 관한 이야기, 아무리 들어도 질리지 않은 이야기들! 갈 수 없고 볼 수 없기에 더욱 애틋한 이야기들이 밤바다 그들을 찾았다. 모래톱에서 공차던 이야기, 물뱀에게 물려 울던 이야기, 헤엄쳐 건너던 응천강의 모습, 영남루에서 내려다보던 삼문의 밤밭, 새벽마다 성내를 울리던 무봉사의 종소리, 종남산에 핀 진달래를 따먹기 위해 산에 오르던 일, 용두목 깊은 곳에서 멱감다 놀란 일, 전홍표 교장을 찾아갔던 이야기. 그 무수한 이야기에는 그리움과 함께 다시 못 볼지도 모른다는 두려움이 담겨 있었다.

가끔 세우의 함경도 말도 섞여 이야기는 늦은 밤 매일 돌아다녔다.

만주에도 여름은 오는가 보다. 모내기가 시작되었다. 훈련병들이 고향 생각이 나는지 누가 먼저랄 것도 없이 힘을 보태자, 모내기는 금방 끝나버렸다. 짧은 여름이지만 풀이 무성해지고 초록이 짙어져 갔다.

유월의 어느 날, 웬 중국 사람과 함께 무관학교로 찾아온 이가 있었다. 조선 사람이 아닌 중국인이 앞장서 나타났기 때문에 이목을 끌었다. 세주도 세우와 함께 고개를 내밀어 바깥을 살폈다. 그런데 이게 무슨 일인가! 원봉이 형님이 나타난 것이다. 세주는 신발도 신지 않은 채 달려갔다. 그 뒤를 영문도 모르고 세우가 세주의 신발을 들고 따라 달렸다. 중국인 뒤에서 걸어오던 원봉이는 새까만 얼굴로 달려오는 사람을 보다 그가 세주라는 것을 알았다. 동시에 달려온 두 사람은 누구의 시선도 의식하지 않고 서로를 껴안았다.

"세주야, 잘 있었나? 니가 여기 있다는 것을 알고 왔다 아이가."

"어떻게 알고 오셨어예?"

"백민 스승님이 나보고 길림에 오라 해서 남경에서 길림으로 왔지. 그곳에 갔다가 니가 이곳에 있다는 것을 치형이 형님으로부터 들었다."

"그간 잘 계셨습니꺼? 그런데 이분은 누구신지?"

"아차, 내 정신 좀 봐라. 이분은 주황이라 하는 폭탄 기술자지. 백민 스승께서 이곳에 가서 나도 훈련받고, 괜찮은 동지들이 있으면 데리고 오라고 하시는 기라. 사람이 모이면 작탄투쟁할 단체를 하나 만들 것이라고 하셨다. 폭탄 기술자를 데리고 가면 사람들이 믿을 것이라 해서 같이 왔다. 니도 인사해라."

둘은 어색하게 목례를 했다. 옆구리를 찌르는 세우에게 눈을 돌린 세주는 놀란 눈으로 쳐다보았다. 세우에게서 신발을 받아 신고 그를 원봉이에게 소개했다.

"형님, 만세운동을 주도하다 밀양에서 쫓겨올 때 백두산 근처에서 만난 사람입니더. 덕분에 힘든 길 즐겁게 동행하고, 또 이렇게 이곳에서 훈련을 같이 받고 있던 강세우입니더. 지보다 동생인 기라예."

"안녕하셨음매? 내래 동지 이야기를 많이 들었슴매. 세주 형님이 어찌나 이야기를 많이 하든지 귀가 아파 죽는 줄 알았슴둥."

"함경도 사람입니더. 우리 하고는 말이 많이 다릅니더. 그래도 얼마나 듬직한지 모릅니더. 어떤 때는 지보다 형 같습니더."

"강비호돌이라 불리는 강세우라 함매."

"반갑습니다. 저는 김원봉이라고 합니다."

"어쩐 일임매? 지랑 이바구할 때 말씨가 달라졌슴둥?"

"아 예. 세주와 저는 사실 서울에서 공부한 적이 있어 서울말을 쓸 수 있는데 고향 사람을 만나면 자연스레 고향 말이 나와서 그렇습니다. 다른 지역 사람을 만나면 이렇게 서울말을 쓰기도 합니다. 만나서 반갑습니다. 그런데 우리 세주보다 나이가 더 적은가 봅니다."

"예, 지가 신축생이라 한 살 어리지비."

"그러면 우리도 호형호제할까요?"

"그래도 되겠습등?"

"좋지요. 저는 고향에 있는 동생을 만난 것 같아 기쁩니다."

"저도 좋습매. 형님이 둘이나 생겼지비."

"형님! 이곳에는 봉근이 형, 봉인이 형 그리고 상윤이 형이 와 있습니더. 저도 깜짝 놀랐어예."

"진짜가?"

"을강 스승과 백민 스승에게서 배운 제자들이니 당연한 일 아니겠습니꺼."

"그래, 니 말이 맞다. 그분들의 가르침 있었기에 지금의 우리가 있는 것이지."

그날 저녁 원봉과 세주는 나란히 학교가 내려다보이는 언덕에 앉았다. 풀잎을 잘라 손으로 비비던 세주가 먼저 말을 건넸다.

"형님 저 장가 들었습니더. 창녕 처자이지요."

"참말이가! 세주 니가 어른이 되었구나. 축하한다. 그런데 새색시 두고 어떻게 이곳으로 왔노?"

"놀리지 마이소. 사실 밀양에서도 만세운동이 일어난 것 치형이 형님한테 들으셨지예?"

"니가 주동했다고 하시더라. 너는 그러고도 남을 사람 아닌가!"

"예, 그리 말씀해주시니 고맙습니더. 저하고 치형이 형님이 고종 임금의 인산에 갔다가 탑골공원에서 있었던 시위에 참여하게 되었지요. 게다가 한위건 선배를 만나고 보니 제가 반드시 해야겠다는 생각이 들었습니더. 그래서 돌아가는 길에 을강 스승님을 찾아 뵙고 일을 도모했습니더. 그런데 생각보다 사람들 호응이 너무 좋은 기라예. 이천여 명이 참가하다 보니 일본 헌병들이 발포하고, 부산 헌병대에 도움을 요청해서 참가한 사람을 마구잡이로 잡아갔다 아입니꺼. 그래서 할 수 없이 스승님과 치형 형님, 저 이렇게 셋이서 집을 떠나왔습니더. 며칠 동안 몰래 숨어서 독립신문 몇 장 찍어 조카에게 돌리라고 부탁한 뒤에 집을 나섰습니다. 고달팠지만 형님을 생각하며 힘을 냈습니다. 그런데 백두산 천지에서 스승님께서 하늘에다 제문을 올렸는데 엄청난 감동이 몰려들었습니다. 순간 깨달았습니다. 이 일은 젊은 우리가 해야 한다고 말입니더. 그래서 스승님을 고향으로 보내드리기로 결심했습니다. 스승님은 고향으로 가시고 치형 형님은 길림으로, 저는 군사훈련을 받을 무관학교에 입학하기 위해 이곳에 왔습니더."

"치형이 형님한테 대충 이야기는 들었다. 훈련은 받을 만하냐?"

"재미로 할 일이 어디 있겠습니꺼? 다 뜻이 있어 하는 일이지예. 힘들다고 생각하면 형님 동생이 아니지예."

하며 세주는 원봉이를 쳐다보았다. 둘은 잠시 미소를 띠며 서로를 응시했다.

"나는 남경에서 영어를 공부하다가 백민 스승으로부터 전보를 받고 길림으로 왔다. 오는 도중에 압록강 변에서 수많은 우리 민족을 만났지 뭐냐. 왜 이리 중국에 온 동포가 많냐고 하니 조선의 곳곳에서 만세시위가 일어났다고 하더구나. 일본 경찰을 피해 도망왔다고 말이다. 이 이야기를 들은 약수 형님과 여성 아우는 국내로 들어갔다네. 안 그래도 약수 형님은 만주에서 함께 투쟁할 장소를 물색하겠다고 떠났다가 단동에서 만났는데, 만세 소식에 국내에 들어가서 활동하시겠다며 여성 아우와 함께 가셨지. 그런데 나는 아무리 생각해도 자유라고 하는 것은 우리와 피와 힘으로 얻어지는 것이지, 결코 남의 손에 의해 얻어지는 것이 아니야!"

"그게 무슨 말씀이신지? 남의 손에 의해서라니?"

"니도 알고 있었을 거다. 만세시위는 열강들이 파리에서 열고 있는 회의에 우리도 독립을 원한다는 것을 보여주기 위해 연출된 것이라는 것을 말이다. 그러나 참가한 사람들이 전국에 흩어져 시위를 지속한 것이지. 처음 뜻과는 다르게 말이다."

그래서 이번에는 진짜 싸울 단체를 만들 것이며, 이곳에서 동지를 구할 것이다. 결코 평화적인 방법으로 물러날 일본놈이 아니라는 것을 둘은 이미 알고 있었다. 원봉은 밀양에서 온 스승들의 지원과 이곳에서 뜻을 함께할 동지를 구해서 그 일을 진행할 것이라며 세주에게도 뜻을 같이하자고 했다. 어찌 거절할 것인가? 섶을 지고 불 속에 가더라도 형을 따라갈 것이다. 세주는 그것이 목숨을 내놓는 일인 것도 알았다. 그럼에도 주저하지 않았다.

원봉이 신흥학교에 입학한 이후 밀양에서 온 사람의 행동이 전과는 달라졌다. 늘 무엇인가 찾는 듯한 표정에다 하나라도 더 배우려는 투지가 넘쳤다. 졸업과 동시에 그들은 백민이 있는 길림으로 가 작탄투쟁을 전개할 단체를 만들 것이다. 함께할 사람을 물색하는 그들의 눈빛은 사냥감을 찾는 매의 그것이다.

어느 날, 한봉근이 말했다. 세우처럼 함경도 사람이 한 명 있다. 그도 역시 만세운동을 주도하다 왔다고 하는데 그 사람을 만나보자고 말이다. 이름이 이성우라 했다. 그런데 옆에서 듣고 있던 강세우가 말했다.

"방금 이성우라고 했습등?"

"왜 그러나?"

“그 형님은 내가 잘 암매. 작년에 같이 합니하에서 신흥학교에 다녔지비. 지금도 여기 있음등?”

그렇다는 말에 강세우는 얼른 가자고 보챘다. 아이가 떼쓰듯 조르니 모두 웃을 수밖에. 둘은 합니하에서 훈련을 받았다. 세우가 만세시위를 했을 때 이성우도 시위에 참여했다는 소문을 들었다고 했다. 이후 소식을 듣지 못했는데 그 형도 이곳에 와 있다니! 참으로 놀랍다. 세우는 성큼 내달렸다.

이성우는 세주보다 한 살 많았다. 세주를 중간에 두고 성우와 세우는 형, 아우가 되었다. 이성우는 함경도가 본적이지만 실제로는 러시아 땅에서 태어났다고 했다.

이성우와 만난 자리에는 이종암과 서상락이라는 사람도 함께 왔다. 이종암은 대구은행 직원으로 있으면서 은행 자금을 대거 횡령하여 가져왔다고 했다. 그리고 자신은 밀양 출신 김대지와 함께 활동했다며 그를 아느냐고 물었다. 김대지는 밀양인 모두가 알고 있는 그들의 스승이다. 동화학교에서 교장 전홍표처럼 날마다 일본에 대항해 싸울 것을 외치시던 분이 아닌가! 그런데 그분을 알고 있다고 하니 모두 눈이 휘둥그레졌다.

이종암은 대구은행에서 일만 원이 넘는 돈을 훔쳐 미국으로 유학가려 하였으나, 구영필과 김대지를 만나 조국의 독립을 위해 싸울 것을 결의하고 유학을 포기했다고 했다. 그리고 자신이 가지고 온 돈의 일부인 칠천 원을 구영필에게 주어 무역상을 겸한 연락기구인 삼광상회를 봉천에 설립했다고 했다. 이후 합니하의 신흥중학 이 학년에 편입하여 공부하였다. 그리고 다시 이곳 고산자에 와서 훈련을 받고 있다며, 새로 만드는 단체에 자신을 꼭 가입시켜

달라고 당부했다. 아직 남아 있는 자금은 폭탄 제조에 필요한 물건을 사들이는 데 분명 요긴하게 쓰일 것이다.

서상락도 이종암과 같은 대구 출신이었다. 그는 신흥중학을 졸업한 이후 교관으로 복무 중이다. 이종암과는 동향이다 보니 자주 만나 대일투쟁을 논의하였는데, 이렇게 함께하게 되어 영광이라고 했다. 겸손한 태도의 서상락은 자리에 모인 사람 중 가장 연장자였다. 그의 언행은 연장자이자 교관다운 모습이었다.

경상도 사투리가 싸우는 사람의 목소리처럼 점점 커졌다. 경상도 출신의 특징이다. 하지만 곁에 와서 그들의 이야기를 들으면 즐겁고 행복한 이야기를 하는 경우가 대부분이다. 그러나 큰 목소리로 인해 오해받는다. 갑자기 고향 사투리가 왕왕거리자, 아내를 홀로 두고 이곳에서 교관으로 활동하는 서상락은 고향과 아내에 대한 그리움이 밀려오는 듯 마른 얼굴을 쓰다듬었다. 이를 눈치챈 세주도 갑자기 두고 온 아내가 생각났다. 덤덤하게 자신을 보내던 어머니의 얼굴이 그 위에 겹쳐졌다.

그 자리에 또 한 사람의 새로운 얼굴이 있었다. 고령이 고향이라고 하는 신철휴다. 그는 이성우보다 한 살 위로 김원봉과 동갑이다. 나라를 되찾을 방법이 무엇인가 고민하다 조국을 떠나 신흥무관학교의 소문을 듣고 이곳까지 왔다고 했다. 그도 함께하겠다는 결심을 보였다. 거절할 이유가 없었다.

고산자에 무관학교가 생기면서 일본군과 중국군에서 활약하던 장교들이 이곳에 와 동포를 교육하고 있었다. 일본 육군사관학교 출신 보병 장교였던 지청천, 기병 중위인 김경천, 신팔균과 중국 운남강무당을 졸업한 이범석도 합류하여 훈련의 질이 상당히 높아졌다. 일본과 중국에서 가르치는 정식 군사훈련을 생도들이 받았다. 그들은 자신들이 배운 군사훈련은 물론 일본군 부대에서 탈출하여 이곳까지 오게 된 경위까지, 신흥무관학교의 전설이 되었다.

뜻을 모은 김원봉, 김상윤, 한봉근, 한봉인, 이종암, 신철휴, 이성우, 강세우, 윤세주 등은 훈련에 최선을 다했다. 교관인 서상락도 은밀하게 그들의 훈련 과정을 지켜보았다.

제대로 된 총 한 자루 없이 목총으로 찌르기와 엎드려 총 자세를 하며 땀과 황토로 범벅이 된 얼굴을 매만졌다. 진짜 총알이 든 총으로 적을 향해 쏘려면, 눈감지 않고 사람을 쏘려면 용기가 필요하다. 침략자를 몰아내지 않으면 우리의 삶이 없다고 늘 자신을 다독거려야 한다. 그래야 상대를 향해 총알을 날릴 수 있다. 그들은 눈을 부릅뜨고 훈련에 훈련을 거듭했다. 이제는 등에 진 짐의 무게를 느끼지 않고 산 정상까지 달릴 수 있다. 인간 능력에 한계가 있을까? 뜻이 있다면 이루지 못할 것이 없다는 사실을 그들은 몸으로 터득했다.

산 아래에 펼쳐진 벼 물결이 누렇게 익기 시작했다. 이곳은 구월이 되면 벌써 벼가 익어 간다. 군데군데 옥수수도 키 자랑을 하고 있지만, 나지막한 키에 옹골차게 열매를 달고 있는 고개 숙인 벼를 바라보는 생도들의 눈길을 뺏을 수는 없었다. 생도들의 눈에는 벼만 보였다.

누렇게 익은 벼 논두렁에 앉아 담뱃대를 물고 자식들 배부르게 먹일 생각에 젖어 있을 아버지를 떠올리는 것은 인지상정이다. 어쩌다 벼를 빼앗기고 이제는 땅마저 빼앗겼는데, 이놈들은 우리의 혼마저 뺏으려 드니 걱정이다.

추수도 끝내고 생도들의 고된 훈련도 끝났다. 어떤 사람은 육 개월 동안, 어떤 사람은 삼 개월 동안 훈련받았다. 들어오는 날이 다르니 훈련 일수도 달랐다. 그것이 문제랴! 그들은 일본 육군사관학교의 4년 과정을 짧은 기간 내에 다 배웠다는 사실만을 가슴에 담았다.

시월에 그 많은 훈련생이 졸업했다. 마지막 신입생이 과정을 다 배운 날에 맞춰 졸업식이 거행되었다. 이제 각자의 길을 가야 할 시점이다. 다른 지역에서 학교를 세우겠다는 생도가 있는가 하면, 조직된 군정서에 입대할 생도도 있다.

갈 길을 정한 이들은 같이 훈련했던 생도들과 이별하였다. 적과 싸워 이긴 후 해방된 조국에서 다시 만날 것을 약속하면서 이별의 아쉬움을 뒤로 했다.

김원봉과 뜻을 같이한 사람들이 모였다. 백민 황상규가 기다리고 있는 길림으로 가기 위해서다. 한봉인은 고향으로 가 자금을 마련하기로 하고, 나머지 아홉 명이 주황과 함께 길림을 향해 길을 나섰다. 어떤 운명의 끈이 이들을 묶었는지 알 수 없으나, 이들은 서로를 무한히 신뢰하였다. 그리고 조국의 해방은 반드시 자신들의 손으로 이룰 것이라는 희망에 부풀었다.

밀양을 고향으로 한 네 사람은 각기 다른 경로를 통해 고산자 분교에 입학하였으나, 이미 그들의 운명은 공립학교와 동화학교에서 동아줄로 묶인 것이라 여겼다. 전홍표 교장과 백민 황상규, 일봉 김대지의 가르침이 그들을 이렇게 묶은 것이다. 아니 어쩌면 밀양에서 태어난 순간 운명의 끈이 그들을 묶었을 것이다.

길림을 향해 걸어가면서도 오랜만에 뵐 스승 황상규와의 만남에 들뜬 마음을 주체할 수 없었다. 추워진 날씨에 두 팔을 감싸 안으며, 눈보라가 치는 날에도 쉬지 않고 걸었다. 그들이 만들 단체를 저마다의 가슴에 품고 길림으로, 존경하는 스승에게로 묵묵히 걸어갔다. 호환마마보다 더 무서운 추위를 맞으면서 걷고 또 걸었다.

6

김원봉이 입을 열었다.

"나는 올 이월에 스승님의 부름을 받았습니다. 급히 길림에 가니 그곳에는 여러 어르신께서 단체를 운영하고 계셨습니다. '조선독립군정사'라고 합디다. 어떤 이는 길림에 있다고 하여 길림군정서라고도 합니다. 그곳에 참여한 분들이 항일전쟁을 하기 위해서 군대를 조직하는 것이 옳지만, 여러 여건상 이는 불가능하므로 다른 방법을 모색 중이었습니다. 그래서 제가 남경에서 이곳으로 온 것입니다."

길을 걷다 지친 그들이 작은 농막을 하나 얻어 추위를 녹이는 중이었다. 열 명이 들어앉기에는 좁았으나 모두 원봉의 이야기에 집중했다.

"소수 정예로 이루어진 결사대의 투쟁을 통해 일본인에게 공포심을 심어 주자는 결론을 내리고 저에게 여러분을 모셔 오라고 하신 것, 다 알고 계실 겁니다. 그곳에 가면 또 다른 동지들도 있습니다. 윤치형 형님이 세주와 헤어진 후 길림으로 가면서 만난 마산 지방의 배동선 동지와 만세운동을 주도하다 도망 온 곽재기 동지가 우리를 기다리고 있을 것입니다. 결사대에는 동지가 많다고 유리하지 않을 겁니다. 얼마나 확고한 신념이 있는지가 중요합니다. 저는 스승님을 대신해서 여러분을 선정한 것입니다. 스승님의 웅숭깊은 뜻으로 헤아려 보시면, 우리가 부족할지 모르나 결기만은 최고임을 압니다. 그래서 함께 가는 것입니다."

"그런데 주황 이 친구 폭탄 잘 만들기는 만드나?"

초산 김상윤이 원봉에게 조심스레 물었다. 행여 우리말을 잘 알아듣고 서운해할지도 모르니 말이다.

"아직 보지 못했지만, 스승님께서 '데려가라' 하신 것을 보면 믿을 수 있을 것 같습니다."

"폭탄은 만드는 기술보다 좋은 재료를 찾기가 더 어려울 걸세. 중국과 일본 모두 화약이나 다른 재료를 엄격히 단속하고 있으니 말이야."

서상락이 교관답게 차분히 말했다.

조용히 듣고 있던 이종암이 뒤이어 말했다.

"전에도 말한 적이 있지만, 내게는 약간의 돈이 있습니다. 이 돈이라면 더 나은 재료를 구입할 수 있을 듯합니다. 그러면 성능이 좀 더 나아지지 않겠습니까?"

"그 말도 맞네만 화약 구하는 것이 쉽지 않을 걸세. 이 부분은 어르신들이 해결해 주실 문제라 생각하네. 그보다 백민 황상규라는 사람에 대해 이야기 좀 해보게나."

서상락은 못내 황상규가 궁금한가 보다. 듣자니 자신보다 나이가 그렇게 많지 않은 것 같은데도 모든 사람의 신뢰를 받는 것이 놀라웠다.

"우리 고모부! 진짜 멋진 남잡니다."

원봉이 갑자기 우쭐대며 말했다. 옆에 있는 세주가 거들었다.

"교관님! 백민 스승은 원봉이 형님 고모부입니다. 그래서 우리는 어릴 때부터 모두 부러워했다 아입니꺼, 잘 생겼지, 잘 가르치시지. 어디 하나 흠잡을 데가 없었습니더. 우리 누이가 결혼하지 않았더라면 제 자형이 될 뻔했습니다요."

"뭐라고?"

원봉이 깜짝 놀라는 시늉을 했다. 덕분에 모두 즐겁게 웃었다.

웃음 끝이 묘하게 끝났다. 스승의 출가로 인해 고통 받고 있는 김시악이 생각난 것이다. 제자들 모두가 알고 있는 고모였다. 게다가 세주는 백민 스승이 떠나고 남겨진 어린 자녀의 눈망울이 떠올랐다.

한봉근은 동생인 봉인이가 원봉이의 친구였기 때문에 백민을 알게 되었다고 하며, 젊은 나이에도 학문에 통달했고 이를 실천함에 거침이 없는 사람이라고 했다. 그래서 밀양 사람의 신망을 받는 인물이며, 그의 말에는 힘이 있어 모두 수긍한다고 했다.

김상윤은 직접 동화학교에서 백민에게 배운 적이 있다고 하며, 자신이 만난 스승 중 최고라고 했다. 원봉이와 세주가 더 이상 보탤 말이 없을 정도였다. 이 많은 이야기를 들은 서상락은 안심하는 눈치였다.

뒤엉켜 밤을 보낸 열 명의 사내가 자리를 털고 일어나 눈길을 걸었다. 무릎 춤에 차오른 눈을 헤치고 가는 것이 쉽지 않았다. 눈이라 해봐야 겨우 밟힐 정도만 구경했던 경상도 사내가 이겨낼 상황이 아니었다. 요령이 필요하겠지만 젊음을 믿고 무작정 걷는 그들을 향해 이성우가 말했다.

"잔걸음으로 걸어라우. 갤치 않으면 힘이 빠져 걷지 못하지비."

"그렇지비. 발바닥 전체를 디뎌야 함매."

강세우도 옆에서 거들었다. 그 둘은 '이런 눈쯤이야' 하면서 잘도 걸었다. 사내들의 우정은 어디서 생기는 것일까? 웃고 떠들며 함께 자고 둘러앉아 밥 먹은 것밖에 없었는데, 그들은 이미 한 몸처럼 서로를 믿고 의지하였다.

길림에 도착했다. 동네 입구에 나온 윤치형은 무사한 세주를 보고 안심했다. 그리고 함께 온 사람들을 데리고 안으로 들어갔다. 그곳에는 '화성여관'이라는 간판이 붙어 있었다. 반씨라는 성을 가진 농민에게서 빌린 곳이라 했다. 따뜻한 아랫목이 그립지만, 중국인의 방에는 그런 사치스러움이 없다. 온돌을 모르는 중국인의 방이 아닌가. 그래도 깔린 이불 속에 손을 넣어 녹였다. 그런데 세주의 안색이 좋지 않았다.

"세주야! 니 괜찮나?"

원봉이 물었다.

"괜찮습니다. 눈길을 걸어서인지 몸이 으슬으슬 춥습니다. 고뿔이 찾아온 듯합니다."

"안 되겠다. 세주는 옆방에서 좀 쉬어라."

윤치형이 세주를 데리고 다른 방으로 갔다.

"니 정말 괜찮나?"

"예. 조금 쉬면 될 겁니더. 그런데 스승님은 언제 오십니까?"

"좀 있으면 오실 끼다. 너하고 헤어진 뒤 만난 배동선과 곽재기라는 동지와 같이 오실 끼다. 그때까지 좀 쉬고 있어라."

"예. 그럼 스승님 오시면 저 좀 깨워 주이소."

"그래 알겠다. 푹 쉬어라."

치형이 방을 나가자 세주는 자신도 모르게 잠에 빠져들었다. 주황도 다른 방에서 잠자리에 들었다.

세주를 제외한 여덟 명과 윤치형은 백민을 기다리고 있었다. 아무리 만주 지방이라 해도 백민 황상규는 일본이 경계하는 인물이다. 그래서 조심할 수밖에 없다. 어둑해져서야 백민이 모습을 드러냈다. 두 사람이 함께 올 줄 알았는데 한 사람만 동행했다. 의아한 듯 쳐다보는 윤치형에게 백민이 말했다.

"아, 배동선이. 그 친구는 내가 잠시 국내로 심부름을 보냈네."

모두 자리에서 일어나 엉거주춤한 태도로 백민을 맞이했다.

"자 다들 앉으시게나. 이렇게 하대해도 될는지 모르겠구먼."

서상락이 대답했다.

"괜찮습니다. 우리 모두 연배도 아래고 또 선생님의 존함을 익히 알고 있습니다. 저는 서상락이라고 합니다. 경북 사람이지요. 신흥학교를 졸업하고 무관학교에서 교관으로 있었습니다. 그러다가 이 친구들을 만나 함께 오게 되었습니다. 잘 부탁합니다."

"아이고, 또 한 분의 스승이셨군요. 이 젊은이들을 늠름하게 길러주셔서 고맙습니다."

두 사람은 자신의 제자들이 너무 대견해 어찌할 줄 모르는 사람

같았다.

황상규는 흐뭇한 시선으로 제자들을 둘러보았다. 그러다 세주가 보이지 않아 두리번거렸다. 이를 눈치챈 윤치형이 말했다.

"형님! 세주는 고뿔이 심해 옆방에서 쉬고 있습니더. 형님 오시면 깨워달라고 했는데 깨워서 데려올까요?"

"아니 그냥 두게나. 그놈의 결기를 내가 알고 있으니. 그 애는 우리가 어떤 결정을 해도 따를 사람이지. 그냥 쉬게 둡시다."

고산자에서 함께 온 사람에게 낯선 곽재기, 그에 대한 궁금증으로 모두 곽재기에게 시선을 모았다. 그러자

"아, 저는 여기 있는 치형이와 동갑입니다. 그래서 우리는 친구가 되기로 했습니다. 고향은 충청도 청주입니다. 그곳에서 학생을 가르쳤소. 만세운동이 일어나자, 우리 청주 지역에서도 만세운동을 해볼 요량으로 앞장섰다가 이렇게 도망자 신세가 되었소. 곽재기라 하오."

"곽 동지는 청남학교 교사가 되기 전에도 대동청년당이라는 비밀결사를 조직해서 활동한 적이 있는 경험 많은 투쟁가이오."

황상규가 그의 이력을 덧붙였다.

"그러고 보니 저도 계사생입니다. 곽 동지와 윤치형 동지와 같은 나이지요. 저도 친구가 되면 안 되겠습니까?"

서상락이 웃으며 말했다.

"안되다니요! 이미 우리 세 사람은 친구인 거요."

곽재기가 반기며 말했다.

"자, 이제 본격적으로 의논해 봄세. 오늘 우리가 모인 까닭을 모두 알고 있을 걸세."

좌장 격인 황상규가 좌중을 둘러보며 말했다. 그의 입에서 어떤 말이 나올지 모두 지켜보았다. 그가 구상하고 있는, 아니 조선독립군정사에서 원하는 단체란 무엇인가?

"제군이 아시다시피 적을 몰아내려면 군대밖에 없다. 그런데 그 군대를 만들 여력이 우리에겐 없다. 그렇다면 어찌해야 하나? 군정사에서 여러 차례 논의한 결과 결사대를 조직하기로 했다네. 작탄 공작대인 것이지. 우리 손으로 폭탄을 만들고 그 폭탄을 적의 통치기관은 물론 적에게 이로움을 주는 모든 것에 던져야 하네. 곡식을 싣고 가는 화물열차도 좋다네. 얼마 전 강우규 선생이 부임해 오는 조선총독을 죽이기 위해 서울역에서 폭탄을 던졌다더군. 현장에서 범인을 잡지 못했을 뿐만 아니라 뒤에 체포하고 보니 육십오 세 노인이라 일본의 충격은 더욱 컸다고 들었다. 그것처럼 우리도 폭탄을 들고 적진을 향해 달려들면 그놈들은 분명 두려움을 갖게 될 걸세. 그러나 사람을 죽임에 있어서는 신중에 신중을 기해야겠지. 제군의 생각을 가감 없이 말해보게나."

할 말은 많으나 쉬이 입을 열 수 없었다. 정적을 깬 것은 서상락이었다.

"단체를 만들면 그 단체를 이끌고 가실 겁니까?"

훅 들어온 질문에 모두들 놀라 고개를 들었다. 백민은 이 문제를 오래도록 고민한 듯 빠르게 답했다.

"아닐세. 나는 여기 있는 치형이와 함께 뒤에서 도와주는 후견인 노릇을 할 것이네. 단을 조직하여 이끌고갈 사람은 나보다는 젊어야 하지 않겠나?"

"이건 아닌 것 같습니다. 여기 모인 사람들은 백민 스승의 부름을 받고 왔고, 스승에 대한 신뢰가 높아 함께하는 것 같습니다. 그런데 선생님이 빠지면 어쩌겠습니까? 우리를 이끌어주시는 것이 옳을 듯합니다."

곽재기의 말에 호응하는 사람이 많았다. 이쪽저쪽 분위기를 살피던 한봉근이 말했다.

"세 사람 다음으로 내가 나이가 많은 듯하니 제가 말씀드리겠습니다. 스승님께서 저리 사양하실 때는 연유가 있을 듯합니다. 그 연유를 듣고 싶습니다."

"내 나이가 벌써 서른이니 단의 기동성에 도움이 되지 않을 것이고, 폭탄 제조를 위해 각 지역을 다녀야 하는데 그것을 하기에는 내 건강이 좋지 못하네. 그래서 뒤에서 자네들을 도울 것이야. 그리고 또 하나 내가 해야 할 일이 있기 때문일세. 자네들이 알다시피 지난 사월에 상해에서 망명정부가 만들어졌네. 연해주에도 있고 국내에서도 만들어졌던 망명정부가 하나로 통합되었지. 상해에 있는 가(임시)정부를 도와야 한다네. 오늘 이 자리에 함께 왔어야 하는 일봉 김대지도 사실 가정부의 일을 맡기 위해 상해로 갔네. 나도 이곳에 있으면서 가정부의 재정을 책임져야 하므로 이 일을 맡을 수가 없네."

"그렇다면 생각해 둔 사람이 있습니까?"

이종암이 물었다.

"아니, 그 문제는 뒤에 다루기로 하고, 우선 단의 명칭을 뭐라 할 것인지와 단에서 지켜야 공약을 먼저 이야기하세."

황상규는 단장을 선출하는 일은 뒤로 미루고 먼저 단체명을 정할 것을 제안했다. 단체 이름이 여럿 오갔다. 지역의 이름을 따서

하자는 이도 있고, 열 명의 동지가 있으니 '십우단'으로 하자는 등 시간 가는 줄 몰랐다. 여러 의견을 듣던 황상규가 '의열단'을 제안했다.

"정의로운 일을 맹렬히 실행하는 단체, 의열단이 어떠신가?"

모두 찬성했다. 이보다 더 좋은 이름이 어디 있겠나! 일본이 세계질서의 정의를 무너뜨렸기 때문에 자신들이 일어나지 않았는가. 불의를 보고 행동하지 않으면 용기가 없는 자라고 공자가 말했다. 일본이 우리 조국을 강탈한 것, 이보다 더 정의롭지 못한 것이 어디 있단 말인가? 당연히 정의로운 일을 열심히 해야지. 우리가 폭탄을 만들어 던지면 용기를 얻은 민중이 함께 일어나 주겠지. 그러면 일본은 끝장나는 거다. 자리에 있던 모든 이의 가슴이 뜨거워졌다.

"그럼 모두 찬성한 것으로 보고 단의 명칭은 의열단으로 결정하겠네."

모두 찬성의 뜻을 표했다.

"다음은 단의 목표를 정하는 게 좋을 듯하네. 목표가 없으면 테러 집단으로 오해받기 쉬우므로 확실한 목표 아래 실행해야 하니, 이에 대한 의견을 말씀해 주시게나."

서상락이 말했다.

"우리 단은 목숨을 걸고 적을 처단하는 단체이므로 그 목표가 매우 구체적이어야 한다고 생각합니다. 그래서 저는 일본제국주의 축출을 목표로 했으면 합니다."

"좋은 의견일세. 왜놈을 몰아내는 것이 가장 큰 목표가 아니겠나. 또 다른 의견을 주시게나."

"의열단은 단순히 일본만 몰아내는 것이 아니라 우리 사회의 모순도 해결해야 할 사명도 있다고 생각합니다. 그래서 계급을 없애는 것도 목표에 넣었으면 합니다."

곽재기가 의견을 내놓았다. 그러자 곁에 있던 이종암도 의견을 제시했다.

"그와 함께 토지를 농사짓는 농민에게 나누어주는 것도 목표로 했으면 합니다. 가장 큰 피해를 당하고 있는 농민들에게 희망을 주고, 우리 활동의 지지자로 만들기 위해서 꼭 필요한 목표라 여겨집니다."

여러 의견이 오갔다. 의열단이 추구하는 이념과 사명이 담길 목표였다. 최종적으로 네 가지를 선정했다.

"단의 목표는 긴 문장보다는 짤막한 구호처럼 정하는 것이 좋을 듯하네. 그래서 동지들의 의견을 모아 구축왜노(왜적을 몰아낸다), 조국광복, 계급타파, 평균지권으로 했으면 하네. 왜적을 몰아내면 당연히 광복되겠지만, 일본뿐만 아니라 그 어떤 나라의 지배도 거부한다는 의미로 조국광복을 또 하나의 목표로 삼고자 하네. 그리고 우리를 억압하는 그 어떤 계급도 인정하지 않고, 농민들에게 토지가 주어지는 세상을 위해 토지를 골고루 나누는 것을 단의 목표로 정하면 어떻겠나?"

백민 황상규는 벅차오르는 감동을 억제하기 힘든지 숨을 길게 내쉬었다.

옆에 있던 한봉근이 백민의 말에 덧붙였다.

"지금 정한 우리의 목표는 단의 규모가 커지고 국제정세가 변화되면 다시 바꿀 수 있으리라 생각합니다. 우선 네 가지의 목표로 출발하지만 해결해야 할 여러 모순이 있을 때 그때 다시 정하면 될 듯합니다."

모두 그 의견에 동의했다.

이로써 의열단은 단순한 독립운동 단체가 아니라 근대국가를 지향하는 민중 단체의 성격을 갖게 되었다. 억눌렸던 사람의 아픔에 공감하고 그들을 위한, 그들에 의한 세상을 꿈꾸는 단체로 태어났다.

이제는 공약을 정할 차례다. 각자 생각하는 단원이 지켜야 할 사항을 열거했다. 각 지역에서 나름의 독립운동을 해온 사람들이다. 또한 단체를 운영해 본 경험도 있다. 그들이 내놓은 공약은 헤아릴 수없이 많았다. 그중에 정말 지켜야 하는 것만 선정해야 한다. 가장 어린 강세우 동지에게 그 일을 맡겼다. 어린 나이라도 지킬 수 있어야 하고, 반드시 지켜야 하는 것을 고르게 했다. 세우는 멋쩍어하면서도 자신에게 맡겨진 것이 싫지 않았다. 사냥꾼의 자식으로 태어나 제대로 된 사람 대접을 받아본 적이 없는 그였다. 더구나 가장 어린 나이인데도 자신에게 선택할 권한을 주었다는 것이 믿기지 않았다. 그만큼 그는 이 단체에 대한 신뢰가 커졌다. 목숨을 달라고 해도 줘야겠다며 공약을 골라 종이에 썼다.

강세우가 쓴 것은 여덟 가지였다.

"단의 뜻을 배반하는 자는 반드시 죽인다.

단원은 충의의 기백이 있어야 하고 희생정신이 강해야 한다.

어떤 일보다 단의 뜻을 우선으로 해야 한다.

죽지 않은 이상 단의 뜻을 따라야 한다.

언제 어디에 있든 단의 명령에 따라야 한다.

어디에서 무엇을 하는지 매월 1회씩 보고해야 한다.

단의 대표를 정하고 반드시 그의 뜻에 따라야 한다."

모두 세우가 정한 것에 동의했다. 백민이 빙그레 웃으며 세우가 쓴 글을 집어 들었다.

"동지답군. 단의를 배반하면 반드시 죽인다. 이것을 맨 위로 올려놓았군. 그렇지! 지난 기간 일본과 싸우면서 알게 된 사실은 배신자가 많다는 것이지. 역사 속에서도 배반으로 인해 일이 잘못된 경우가 많았지. 자, 이 외에도 우리가 반드시 지켜야 할 것이 있으면 말씀해주시게나." 김상윤이 의사를 표시했다.

"공약에 우리 단의 목표가 제시되었으면 합니다. 그래서 '천하의 정의로운 일을 맹렬하게 실행하기로 한다'라는 내용을 맨 앞에 내세웠으면 합니다."

당연한 것이다. 우리가 왜 이 단체를 만들었는가? 천하의 정의로운 일을 맹렬히 실행하기 위해서다. 모두 찬성의 뜻을 표했다.

가만히 앉아 주로 듣기만 하던 이성우가 말했다.

"내래 공약에 넣고 싶은 것이 있슴매. 대표자를 정하면 그를 위해 나머지 단원들이 목숨을 내놓고 그를 지켜야 한다고 생각함매. 그래서 그것도 넣어주시라요."

"지금 모인 사람이 열 명이므로 대표 일인을 위하여, 반대로 대표도 나머지 아홉을 위하여 헌신할 것을 넣으면 되겠구먼."

황상규가 모든 것을 정리했다. 그리고 순서를 정했다. 세우가 맨 앞에 내세운 배반자에 대한 처벌을 마지막으로 돌렸다. 배반할 사람이 없겠지만 일본놈들이 하는 고문이 얼마나 참혹한지를 들어서 알고 있으니, 공약의 제일로 하기가 쉽지 않았다. 모두 공감했다.

목숨을 걸고 하는 일이지만, 죽을 자유마저 없을 경우가 분명히 있을 것이다. 죽고자 하여도 죽지 못하는 순간, 그 순간이 없기만 바랄 뿐이다.

시간은 자정을 넘어가고 있었다. 그들의 토론은 열기를 더했다.

"이제는 실행 대상을 선정하는 것을 의논하세나. 이것은 매우 신중해야 하네. 직접 폭탄을 던지거나 총으로 죽여야 하는 대상이므로 동지들의 고견이 절실하다네."

곽재기가 말했다.

"실행 대상을 나누는 것이 좋겠습니다. 죽여야 하는 대상과 없애야 하는 것으로 말입니다. 사람을 반드시 죽여야 한다는 표현이 좀 그렇긴 합니다. 그래도 우리 손으로 처단해야 할 대상이므로 죽여도 되는 대상으로 하여 정했으면 합니다."

"좋은 의견일세. 우리가 폭파해서 없애야 할 것은 일제의 식민통치기구가 되어야 하고, 죽여도 되는 대상도 구체적으로 정해 실행해야 하지. 일본인이라고 무조건 죽이는 일은 절대 없어야 한다네. 그 대상에 관해서도 구체적으로 이야기해보게나."

수많은 이야기가 오갔다. 고위 관직에 있는 조선인을 어떻게 할 것인가? 농민에게 소작료를 높게 받아 일본에 쌀을 내어주는 지주는 어떻게 할 것인가? 신문에 글을 써서 우리 민족을 속이고 친일을 부추기는 언론인은 어떻게 할 것인가? 그 논의는 새벽을 재촉하고 있었다. 긴 겨울의 초입에 있는 길림의 차가운 바람마저 이들의 뜨거운 논의에 기세가 꺾인 듯 조용히 문풍지만 흔들고 있었다.

그들의 결정은 이랬다.

죽여도 되는 사람을 일곱 가지로 분류하고 칠가살이라 이름했다.

조선총독, 당연했다. 초대 총독 데라우치와 만세운동 이후 부임한 사이토 등 조선총독은 일본군의 현역 장군 출신이었다. 조선을 총칼로 짓누르겠다는 의지의 표현이었다. 그리고 그와 함께 부임한 총독부 관리를 대상으로 하자는 것이 첫 번째이다.

단원들은 강우규라는 사람이 만세운동 이후 새로 부임하는 조선총독 사이토를 서울역에서 죽이려 했던 사실을 들었다. 총독을 죽이지는 못했으나, 폭발의 위력은 커서 주변에 있던 사람들이 죽거나 다쳤다. 더구나 범인은 유유히 빠져나갔고, 뒷일을 도모하던 중 김태석이라고 하는 친일 경찰에게 체포되었다. 육십오 세의 나이에도 불구하고 폭탄을 휴대하고 국내에 잠입, 총독에게 폭탄을 던져, 우리 민족의 가슴에 희망을 주었던 것처럼 총독 암살은 당연히 추진되어야 할 일이다.

두 번째는 군부의 수뇌다. 침략전쟁을 명령하고 군대를 보내 우리를 죽이는 군부를 그 대상으로 정했다. 셋째는 대만 총독을 암살하는 것이다. 우리나라와 마찬가지로 대만에도 일본군 출신의 총독을 파견하여 통치하고 있으므로 그를 처단하는 것은 당연하다. 이로써 일본의 침략에 대응하는 것이 우리나라만의 문제가 아닌 국제적 연대를 바탕으로 한 대응의 필요성을 담았다. 넷째로 일본에 협조해 나라를 파는 조약에 서명한 매국노들을 처단 대상으로 정했다. 다섯째는 일본에 빌붙어 민족을 능멸하는 친일파였다. 여섯째는 적의 밀정이다. 이들은 독립운동가를 가장해 어느 곳이든 찾아가 민족운동가를 속이고, 마침내 일본군 아가리에 넣어주는 놈들이다. 당연히 죽여야 한다. 마지막으로 정한 것은 우리 민중들을 괴롭히는 대지주와 특권층이다. 아직도 왕조시대의 귀족으로 생각하고 일본으로부터 작위를 받은 자들을 처단 대상으로 정했다.

그 다음으로 단체가 정한 것은 파괴해야 할 대상이었다. 이것은 선택 사항이 아니다. 반드시 파괴해야 하는 곳이다. 그들이 정한 것은 다섯, 오당파(五當破)이다.

조선총독부, 동양척식주식회사, 매일신보사, 각 지역에 있는 경찰서, 마지막으로 왜놈이 식민 통치를 위해 설치한 주요 기관들이다. 식산은행처럼 산업을 키워준다는 의미로 세워진 것이 민중의 노동력을 착취하면 당연히 파괴해야 한다. 앞으로 일본은 얼마나 많은 통치기구를 만들지 모른다. 그러나 그들이 만든 어떤 단체도 우리 민족에게 피해를 준다면 그것은 파괴 대상이다. 그 의지를 마지막에 담았다.

단과 관련한 것들이 거의 결정되었다. 그러나 가장 중요한 한 가지가 남았다. 쉽게 말을 꺼낼 수 없다. 모인 단원들은 자신이 대표자가 되어 일본과 맹렬하게 싸울 수 있으리라 생각했다. 그러나 단원의 안전을 책임져야 하고, 일을 성공하기 위해서는 기개만 있어서는 안 된다. 신중한 언행과 정확한 판단, 그리고 실행에 필요한 과감한 행동력이 있어야 한다. 단원들의 눈길은 당연히 백민 황상규에게 갈 수밖에 없다.

이를 모를 리 없는 황상규는 '으음' 하고 목을 가다듬었다. 긴 이야기가 있을 듯하다.

"동지들의 표정이 보니 무얼 말하려는지 알겠소. 그러나 처음 내가 말한 것처럼 여기 있는 치형이와 나는 단을 위한 후견인 역할만

할 것이오. 그러니 당연히 대표는 될 수 없소. 대신 내가 한 사람을 추천하겠소. 동지들의 아량과 혜안이 필요한 일이오."

황상규는 주위를 둘러보았다. 그리고 시선을 김원봉에게 두었다. 사람들도 모두 원봉이를 쳐다보았다. 황상규의 다음 말이 무엇인지 모두가 알 수 있었다. 그때 서상락이 먼저 입을 열었다.

"백민 선생의 뜻이 무엇인지 알겠습니다. 저는 교관으로 있으면서 여기에 있는 이 사람을 지켜보았습니다. 선생님의 눈이 틀리지 않다는 것을 저도 알고 있습니다. 혹 제가 원봉 군의 선생이었다고 해서, 그래서 추천한다고 여겨 반대하지 않았으면 합니다. 원봉 군은 충분히 이 단을 이끌 능력이 있는 사람입니다."

백민이 그의 말을 이었다.

"원봉이는 내 조카라서 하는 말이 아니라 조국을 구하기 위한 시각에서 보아도 손색이 없는 인재올시다. 어릴 때부터 자신이 하고자 하는 일을 과감히 실천했고, 그 실천을 위한 이론적 공부 또한 이미 이루었다고 생각하오. 독일어를 배우러 천진에 가는 것과 다시 영어를 공부하기 위해 남경으로 갔던 일을 생각해 보시오. 어린 나이에 이만한 결단을 하고 실행한 사람이 흔한가? 그렇지 않을 것이오. 나는 그의 고모부이며 선생인데도 그가 하는 일을 보며 놀랄 때가 많았소. 단체를 이끌고 나가는 데에는 연령이 문제가 아니라 생각하오. 그래서 동지들의 동의와 협조가 필요하오."

모두 동의하는 분위기인데 정작 지목된 당사자인 원봉이 손을 휘저으며 반대했다.

"저는 나이도 어리고 아직 단체를 이끌 만한 역량이 없습니다. 대신 저는 적과 싸울 때 물러나지 않을 자신은 있습니다. 그러니 저를 단원으로 활용되게 해주십시오."

"원봉아! 내가 니 스승으로 하는 말이 아니다. 너는 이 단체를 이끌 능력이 있다. 그것을 니가 깨닫지 못하고 있을 뿐이다. 나는 니가 적임자라 생각한다."

"아닙니다. 저는 아직 부족한 것이 너무 많습니다."

"짧은 기간이지만 내가 보기에도 자네는 충분한 능력이 있다고 보네."

서상락이 황상규의 말에 자신의 말을 보탰다.

그러자 모두가 황상규와 서상락의 의견에 동의했다. 거절할 상황이 아니었다. 마침내 김원봉도 수락했다. 그때 이종암이 의견을 내었다.

"김원봉 동지가 우리 단의 대표가 되는 것에 저도 찬성합니다. 다만 그가 연장자인 우리 때문에 일을 진행할 때 부담이 있을까 염려되어 그렇습니다. 대표자를 단장이라 부르기보다는 의열단의 가장 큰 형님, 즉 의백이라 불렀으면 합니다. 큰형님으로 모시면 나이로 인해 생기는 염려는 없어질 것으로 보입니다만 다들 어떻게 생각하시는지?"

"그것 참 좋은 의견입니다. 원봉이가 어리지만 단의 대표이자 형이 되면 나이로 인한 고민은 적어질 것입니다. 그리고 우리 단체가 피로 맺어진 관계가 아니지만 정말 피를 나눈 형제와 같은 단체라는 의미도 있으니 의백이 좋을 듯합니다. 동지들의 뜻은 어떻소?"

하며 이종암의 의견에 동의하는 서상락의 말에 모두 공감했다. 날이 밝아오고 있었다.

우리의 뜻을 맹약하기 위해 공약 아래 날인하자는 제안이 있었다. 강세우가 말했다. 세주도 함께 해야 되지 않느냐고. 그제야 사람들은 세주가 없음을 깨닫고 그가 오기를 기다렸다. 세우가 빠르게 옆방으로 가 세주를 깨웠다.

다른 방에서 끙끙 앓았던 세주는 한결 나아진 듯 방에 들어섰다. 참석하지 못하고 잠든 것에 대해 죄송하다고 했다. 그리고 지금까지 진행된 사항을 듣고는 동의했다. 그들은 공약 10조 아래에 자신들 이름을 썼다. 누가 먼저 시작했는지 손가락을 깨물어 피로 맹세했다. 이들은 절대로 단의 뜻을 배반하지 않고 단의 목표를 향해 달려갈 것이다. 이들을 막을 자는 없을 것이다.

단이 만들어지자 모두 결의에 차 즐거운 표정이다. 그러나 단 한 사람만은 그럴 수 없다. 원봉은 웃을 수 없었다. 그가 단순히 단원이라면 기뻐 춤을 추었을지도 모른다. 그러나 스물두 살의 나이에 짊어진 의열단 책임자라는 무게는 결코 가볍지 않았다.

모두 아침밥을 준비하느라 분주했으나 원봉은 그럴 수 없었다. 그렇다고 의백으로 선출된 사람이 나약한 모습을 보일 수도 없다. 그래서 토끼털을 이어 만든 겉옷을 걸치고 문을 나섰다. 근심의 눈으로 이를 지켜보던 황상규도 옷을 집어 들었다.

대충 눈을 치우고 앉은 원봉이 옆에 황상규도 손으로 눈을 한 번 밀어내고 앉았다. 원봉이 놀라 엉거주춤 일어났다. 백민이 그의 팔을 끌어 자리에 앉혔다. 그리고 손을 잡았다. 고모부와 조카, 혈연으로 맺어진 다정함이 묻어났다.

"걱정되제? 고모부도 안다. 그러나 너는 해낼 수 있다. 그동안 너를 지켜보면서 니 고모랑 많은 이야기를 했다. 니 고모는 '어린

놈이 겁도 없다'라고 말했으나 나는 그렇지 않았다. 어른도 하기 어려운 일을 너는 곧잘 결정하고 실행했다. 가끔 니가 내 스승 같다는 생각이 들 때도 있었다."

"예? 무슨 말씀을! 저는 걱정입니다. 제가 잘못된 판단이라도 하면 저들의 목숨이 위험할 수 있습니다. 제가 뭐라고 동지들의 목숨을 좌지우지하겠습니까?"

"너무 염려 말거라. 나도 있고 일봉(김대지)도 너를 도와줄 것이다. 치형이도 언제든 니 옆에서 지켜줄 것이야. 그리고 서상락 동지는 교관이었는데도 너에 대한 신뢰가 아주 크더구나. 사람이 가장 큰 재산이고 무기란다. 사람의 신뢰를 얻었다는 것은 무슨 일이라도 할 수 있다는 의미지. 그러니 너무 염려 말거라."

"진짜로 제가 잘할 수 있겠습니까? 고모부께서 늘 옆에서 도와주실 거죠?"

"당연하지. 너는 잘할 수 있다. 너를 믿고 따르는 동지가 있고, 그리고 니 옆에는 어릴 적부터 한시도 떨어지지 않던 세주가 있지 않느냐? 그놈은 너를 위해 대신 죽을 수 있을 것이야. 그래서 나도 안심된다. 너도 큰 걱정 말거라."

원봉의 어깨에 손을 얹고 토닥토닥 두들겨 준다. 고모부의 마음을 누가 모르며, 조카의 마음을 누가 모르랴. 황상규는 일찍 엄마를 여의고 밖으로만 떠도는 원봉이가 늘 걱정이었다. 원봉은 그런 고모부를 놀리기라도 하듯 무슨 일이든 척척 잘해 냈다. 고모인 김시악은 '저놈은 엄마가 없어 그런지 맘이 놓이지 않아요'라며 걱정을 늘어놓았다. 그래서인지 백민도 원봉을 조카가 아닌 아들처럼 느낄 때가 많았다. 고향에 두고 온 아이들 생각에 원봉이 더 애틋

한지도 모르겠다. 갑자기 백민이 원봉이의 어깨를 자신 쪽으로 잡아당겼다. 피붙이에 대한 그리움의 표현인가.

멀리서 둘을 지켜보던 세주는 스승의 어깨에 기댄 원봉이 부러웠다. 늘 든든한 후원자가 되어준 스승이다. 형 같은 스승, 늘 저만치서 지켜보시는 분, 그래서 눈앞에 보이지 않아도 든든했다.

황상규가 세주를 발견하고 자리에서 일어났다. 그리고 손짓으로 세주를 부르고는 자리를 떴다. 원봉이도 세주에게 스승이 앉았던 자리를 권했다. 말이 없어도 둘은 알 수 있다. 형제보다 더 가깝게 지냈던 두 사람에게 무슨 말이 필요할까?

"세주야! 이 형이 잘할 수 있겠나?"

"무슨 소립니꺼? 당연히 잘하실 겁니다. 제가 제일 잘 압니다."

"니도 그렇게 생각하나? 그런데 나는 두렵다. 동지들의 목숨을 지켜주지 못하는 의백이 될까 진짜 두렵다."

"아이고 우리 형님! 겁쟁이가 되셨네. 염려 마이소. 형님은 누구보다 잘하실 겁니다."

"스승님 자리에 내가 앉은 것 같다. 그렇지만 니가 있으니 조금은 안심이다. 많이 도와줘야 한다. 알겠제!"

"예 알겠습니다."

세주는 신흥무관학교에서 교관에게 경례하듯 손을 이마에 대고 큰소리로 대답했다. 원봉이 세주를 앉히고는 손을 잡았다.

"장가든 너까지 이 단에 가입하게 해서 미안하다. 한 번도 본 적 없지만 제수씨에게 미안해서 우짜노. 우리 고모는 고모부 안 계시는 날에도 밥을 해서 이불 속에 넣어두곤 하셨지. 따뜻하게 보관할 곳이 거기밖에 없으니 말이다. 어떤 때는 잊어 먹고 이불을 끄집어

내다 밥을 쏟기도 했지만, 고모는 늘 밥을 해놓으셨지. 아마 니 색시도 그러고 있을 거다. 언제든 니가 나타나면 따뜻한 밥을 주려고 말이다. 그걸 알면서도 나는 니가 지금 내 옆에서 나를 도와준다는 것이 다행이라 여긴다. 내가 이 일을 잘할 수 있을지 걱정이지만 니가 도와주리라 믿으며 이 일을 할 것이다."

맞잡은 손에 힘이 들어갔다. 세주는 괜스레 발 아래에 있는 눈을 툭툭 찼다.

'왜 아내 이야기를 한담.'

7

세를 낸 화성여관은 반씨 성을 가진 만주인의 집이다. 임시로 이곳을 본부로 사용했다. 가장 시급한 문제는 의열단 투쟁을 위한 무기 마련이다. 완성된 폭탄은 너무 비쌌다. 주황이라는 폭탄 기술자가 있으니 그를 믿고 재료를 준비하는 것이 낫다고 판단했다. 다행스럽게도 이종암이 가지고 있는 돈이 있다. 그 돈의 일부와 백민이 준 돈을 단의 운영비로 사용하였다. 김원봉과 이성우 등은 북경을 오가며 폭탄을 제조할 원료를 구했으나 생각보다 쉽지 않았다. 그래서 이번에는 상해로 가기로 했다. 여비가 부족했다. 그때 윤치형이 삼백 원을 내주었다. 행동대원으로 직접 참여하지 않고 후견인으로 있는 것에 대한 미안함의 표현임을 단원들은 알았다.

김원봉은 폭약을 구하러 가기 전 첫 번째 거사에 대해 논의하기 위해 단원들을 불러 모았다.

"이번에 곽재기 동지, 이성우 동지와 함께 상해로 가려고 합니다. 그 전에 우리의 첫 거사에 대해 논의하려고 오시라 하였습니다."

잠시 주위를 둘러본 뒤 나지막하게 이야기했다.

"상해에서는 폭약을 구하기가 북경보다는 쉽다고 합니다. 외국인이 많아서 그렇겠지요. 치형이 형님이 300원이나 주셨습니다. 이 돈으로 구할 수 있을 만큼 폭약을 구해서 폭탄을 만들어 오겠습니다. 그런데 이를 실행할 사람이 필요합니다만…."

말끝을 흐렸다. 목숨을 내어놓으라 하는 말이니 그럴 수밖에.

그런데 서로 가겠다고 난리다. 특히 윤세주는

"나는 다른 사람보다 더 묘한 방법으로 적탐의 주의를 능히 피하여 모면할 수 있고, 만일 불행히 체포된다 하더라도 나는 의지가 견결하므로 우리의 비밀을 누설하지 않을 것입니다. 그러니 저를 꼭 보내주십시오."

라고 간청하다시피 말했다. 이제 겨우 열아홉이다. 단원들이 말리고 말려 자금을 마련하기 위해 국내로 먼저 들어가라고 했다.

폭탄이 제조된 이후 한꺼번에 단원들이 입국하면 일본이 알아차릴 수 있으니, 가능하면 분산하여 국내로 들어가기로 했다. 윤세주는 황상규와 윤치형, 그리고 김상윤과 함께 국내로 먼저 들어왔다. 기미년의 끝자락인 선달에 고향 밀양에 몰래 잠입했다. 그리고 동지들과 연락하며 칩거에 들어갔다. 집 식구 외에는 아무도 세주의 귀향을 몰랐다. 황상규의 집도 마찬가지다. 다만 김시악과 하소악의 표정이 밝아졌을 뿐이다.

윤치형이 제공한 돈을 갖고 상해까지 간 김원봉, 곽재기, 이성우는 갖은 고생 끝에 탄피 3개와 폭약을 샀다. 그걸 지니고 길림까지 온다는 것은 너무 위험해 그곳에서 제작하겠다고 연락했다. 그 계획이 잘 실행되어야 한다. 나머지 단원들은 가슴 졸이며 길림에서 기다렸다.

윤치형은 만세운동 이후 길림에 거주하면서 만주에 있는 토지를 구매한다고 하여 형으로부터 사천 원을 얻었다. 유산을 미리 받은 셈이다. 이 돈을 봉천에서 삼광상회를 운영하는 구영필에게 보냈다. 그중 이천 원으로 길림성 영고탑에 있는 토지를 사들이고 남은 돈은 독립운동을 위해 써 달라고 부탁했다. 의열단은 윤치영이 맡겨 놓았던 돈의 일부인 삼백 원을 구영필로부터 받아 폭탄 구매 비용으로 사용했다.

한편 상해에 도착한 원봉과 그 일행은 약산의 스승이었던 일봉 김대지를 찾았다. 대한민국 임시정부 내무부에서 일한다는 것을 알고 있었기에 임시정부를 찾았다. 임시정부는 프랑스가 중국 정부에게 조차한 곳에 있다. 건물은 그리 크지 않지만 그렇다고 해서 초라하지도 않았다. 대한민국 임시정부가 조직되었다는 기쁜 소식을 전해 들은 사람들이 이곳을 찾았다. 그들 모두와 함께하는 것도 쉽지 않다. 그렇지만 일본과 제대로 싸워줄 것을 고대한 국내외의 사람이 여러 형태로 지원금을 보내 그럭저럭 운영되었다. 부족한 자금은 애국공채라는 이름으로 공채를 발행하여 마련했고, 이는 해방 이후 갚아준다는 조건이 붙었다.

이렇게 돈을 마련해도 임시정부에서 일하는 사람에게 임금을 제대로 지급할 수 없다. 더구나 그들에게는 기거할 집까지 마련해주어야 하니 재정은 항상 부족하다. 김대지는 임시정부 건물 뒤로 나 있는 보강로에 거주지를 마련하고 있었다. 다른 분들과 마찬가지로 그곳에 기거하며 임시정부로 출퇴근했다.

찾아온 원봉을 보고 놀란 김대지는 이내 상황을 파악했다. 길림에서 백민과 함께 작탄투쟁할 결사대를 만들기 위해 노력하다가 임시정부로 왔기 때문에 원봉이가 온 까닭을 짐작했다.

"잘 지냈나? 백민에게 들었다. 니가 단장이라며!"

"네. 과분하게도 제가 맡게 되었습니다. 잘 지내셨습니까?"

"그래, 보다시피. 이곳에 임시정부라도 세웠으니 다행이지. 그나저나 얼른 다른 나라의 인정을 받아야 할 것인데, 그것이 걱정이구나. 그런데 멀리 있는 나를 찾아온 것을 보니, 뭔가 부탁이 있는 게로구나!"

"아이고 스승님은 여전하십니다. 예전에도 제가 무슨 생각을 하는지 늘 알고 계셨지요."

"알려고 해서 안 것이 아니라 너는 어린놈이 어른보다 더 고민할 때가 많았지. 그래서 너의 생각을 조금 읽으려고 하다 보니 알게 된 것이지. 그래 이번에는 무슨 일이고?"

"폭탄 재료 구입이 쉽지 않았습니다. 북경에서 사지 못해 이곳까지 와서야 겨우 탄피 세 개와 폭약을 준비했습니다. 이것을 가지고 길림까지 가기에는 너무 위험해서 이곳에서 폭탄을 만들어야 할 것 같습니다. 폭탄 기술자도 데려왔는데, 마땅한 장소가 없어 스승님을 찾아뵈었습니다."

"그래! 무슨 말인지 알겠다. 장소는 내가 알아보마. 그런데 폭탄 기술자는 믿을 수 있는 사람이가?"

"예, 백민 스승님께서 찾아낸 사람입니다. 스승님께서 상해로 떠나시고 난 다음 지역 주민의 도움으로 찾은 사람입니다. 저와 함께 신흥무관학교에서 군사 훈련도 받았습니다. 믿을 만한 사람입니다."

"오냐. 내 집이 요 뒤에 있다. 같이 가자. 밥은 묵었나?"

너무나 정겨운 말이다. '밥 묵었나.' 고향 어르신들이 만나면 늘 하시는 말이다. 코끝이 시큰했다. 돌아서서 걸어가는 스승의 등이 왠지 굽어 보였다.

원봉은 임시정부 밖에서 기다리던 곽재기, 이성우 그리고 주황을 손짓으로 불렀다. 그리고 김대지의 뒤를 따라 걸었다. 서양 세력이 밀려오기 시작하면서 상해에는 서양식 건물이 많아졌다. 프랑스 조차지인 이곳에도 서양식 2층 건물이 많다. 그러나 바닥은 청대에 깐 것 같은 바닥 돌이다. 바닥과 서양식 건물의 부조화를 보면 중국의 운명도 순조롭지 않을 것 같은 느낌이다.

뒤돌아본 김대지가 김원봉 옆에서 걸어오고 있는 일행을 발견하고 손을 들어 반가움을 표했다. 그들은 몸을 움직하는 인사로 답했다. 이 근처에도 일본 밀정이 있을 수 있으니 조심스러운 행동이다. 김대지의 집은 임시정부 청사와 가까웠다. 어르신들이 함께 생활한다고 했다.

"모두 원봉이와 뜻을 같이하는 동지들인가 보오. 나는 김대지라 하오. 부족하지만 원봉이를 가르친 적이 있지요. 동지들이 뜻을 함께해 주시니 정말 고맙고 또 든든하오."

곽재기가 손을 저으며 답했다.

"아닙니다. 나라를 위해 무슨 일을 해야 하나 걱정만 하고 있었는데, 의열단이 만들어져 얼마나 고마운지 모릅니다. 덕분에 저도 할 일을 찾았습니다. 밀양의 여러 선생님께서 노력을 아끼지 않으셨기에 가능한 일이었다고 생각합니다."

"그렇게 말해주니 고맙기도 하고 부끄럽기도 하구만. 동지들 모두 약산 의백을 중심으로 끝까지 투쟁해 주시길 바라오."

"염려하지 마십시오. 목숨을 바쳐 의백의 뜻을 따를 것임을 맹세했습니다. 조국이 해방되는 날까지 최선을 다하겠습니다."

곽재기의 말에 이성우도 동조하는 뜻으로 고개를 끄덕였다.

"여기가 내가 기거하는 곳이오. 이곳에서 작업하면 어떻겠소? 요 근처 전부가 임시정부 관계자들의 주거지라오. 중국인들이 거의 없는 곳이지. 그래서 화약 냄새가 조금 나도 모른 척 눈 감아 줄 것 같소. 아니 도리어 기뻐할 것이오."

김대지는 의열단원들이 자신을 믿고 찾아준 것이 정말 기뻤다.

"의백! 이렇게 불러야겠지."

"아닙니다. 선생님 그냥 원봉아! 하고 불러주십시오. 저는 그게 좋습니다."

"그래? 그럴까. 원봉아! 나는 요 옆에 가면 회당 형님이 계시니 그곳에서 지내마. 함께 온 동지들과 이곳에서 지내도록 하거라."

"예. 알겠습니다. 그런데 회당이라면 손일민 선생님 말씀입니까?"

"그래 맞다. 만주에서 백민 형님과 함께 대한독립선언서에 서명하셨지. 형님은 여관을 운영하시면서 중국을 오가는 민족지사들을 안전하게 모셨다. 지금은 임시정부를 돕기 위해 이곳에 와 계시단다. 나는 그곳에서 형님과 함께 지내면 된다. 참! 회당 형님께서도 작탄투쟁해야 한다고 주장하셨지. 그 길뿐이라고 말이다. 평화적인 방법으로는 일본제국주의를 몰아낼 수 없다는 것을 일찍 아신 것이지. 그래서 의열단이 만들어진 것이다. 니가 왔다고 하면 아주 좋아하실 게다. 더 필요한 것은 없겠나?"

"고맙습니다. 필요한 것 있으면 그때 말씀드리겠습니다. 여기 일이 끝나면 회당 선생님을 뵙도록 하겠습니다."

"자, 그럼. 모두 조심하고 또 조심하거라. 일본놈의 감시가 어디까지 미칠지 아무도 모르니 말이다."

그날부터 김대지의 집은 폭탄을 만드는 제조소가 되었다. 이성우는 일부러 고기를 태우기도 하고 생선을 구워 냄새를 피우기도 했다. 행여나 화약 냄새가 새어 나갈까 다른 냄새를 피워댔다. 주황과 원봉은 건물 지하에서 나올 새가 없었다. 할 수 없이 이성우가 음식을 접시에 담아 날랐다. 먹는 둥 마는 둥 음식이 굳은 채 그냥 나올 때가 많다. 그러다가 어느 순간부터 두 사람의 얼굴에 미소가 번지기 시작하였다.

자신감이 생겼는지 원봉은 김대지에게 폭약을 더 사달라고 부탁했다. 알고 지내는 중국인이 있으면 그 사람에게 부탁하는 것이 의심을 사지 않을 것 같아서였다.

처음 구입한 재료로 폭탄 3개가 드디어 완성되었다. 주황의 피나는 노력이 있었다. 하나는 화약 압축식 대형 폭탄이었고, 또 하나는 도화선 점화식 장치를 한 중형 폭탄이었다. 마지막은 손으로 던져 그 충격에 의해 터지는 즉발식 소형 폭탄이었다. 꼭 자살하기

알맞은 폭탄같다.

주황의 실력을 본 김원봉은 다시 폭탄 제조에 힘을 모았다. 주황에게 더 많은, 그리고 더 다양한 폭탄을 요청했다. 폭탄 제조 과정을 지켜보던 김원봉이 곽재기에게 말했다.

"삼월 말쯤이면 폭탄이 열 개 정도 더 만들어질 수 있을 것 같습니다. 이게 꿈인지 생시인지 모르겠습니다. 폭탄이 완성되면 제일 먼저 들어가 조선총독부에 폭탄을 던질 것입니다."

감격에 겨워 이야기하는 김원봉을 빤히 쳐다보던 부단장 곽재기가

"의백! 이 무슨 말씀이오. 의백이 폭탄을 던지다 잡히면, 아니 죽으면 이 단체는 누가 이끌고 나간단 말이오. 이곳에서 다음 의거를 기획하셔야지요. 제가 국내로 갈 것입니다. 그러니 염려 놓으세요."

라며 화가 난 듯 말했다.

너무 놀라 홍당무가 된 김원봉의 얼굴을 본 이성우가 웃음을 터뜨렸다.

"와아, 의백 얼굴 좀 봄매. 불났구만야."

"그래도 우리 단의 첫 사업인데 당연히 제가 해야지요."

"방금 드린 말을 어디로 들으신 게요? 의백의 자리가 그리 하찮은 것이오?"

역정을 내듯 뱉는 곽재기의 말은 원봉의 말문을 닫아버렸다.

김원봉은 단장이라는 자리의 무게를 실감했다.

'더 신중한 언행이 필요하구나.'

그렇지 않아도 말이 별로 없던 김원봉의 말수는 더 줄었다.

김대지는 완성된 폭탄 셋을 어떻게 운반할 것인지 고민하다 임

시정부에서 활동하는 장건상에게 부탁하기로 했다. 장건상이 평소 잘 알고 지내던 영국 세관원 유스 포인에게 소포로 위장하여 보내면 의심을 피할 수 있다.

장건상은 부산 출신이다. 임시정부 수립을 위해 노력했고, 정부 수립 후 임시의정원 의원 및 외무 위원으로 활동 중이다. 그는 의열단 조직에 대해 찬성할 뿐만 아니라 단원으로도 가입했다. 영국 상선 안동 지사장인 죠지 쇼우와 친분이 두텁다고 했다. 죠지 쇼우는 우리 민족지도자들을 목적지로 안내하였고, 김원봉도 그의 도움으로 중국에 건너온 적이 있었다. 그와 장건상이 친밀한 사이라 하니, 쇼우는 의열단의 폭탄 이송에 큰 도움이 될 것이다.

장건상은 김대지로부터 폭탄이 완성되었고, 이것을 국내에 들여 대규모 의거를 일으킬 것이라는 말을 듣자, 마치 자신이 폭탄을 만든 것처럼 좋아했다. 폭탄은 죠지 쇼우의 도움으로 무사히 상해를 빠져나갔다.

곽재기는 소포를 따라 배를 타고 대련 항으로 갔다. 다시 단동(안동)으로 이동하여 소포를 찾았다. 단동에는 원보상회를 열어 민족지사들의 통행을 지켜주는 밀양인 이병철이 있다. 의백 김원봉이 미리 알려두었기에 이병철은 그를 반갑게 맞았다.

이병철은 김원봉과 비슷한 시기 밀양을 떠났다. 그는 단동에서 원보상회를 열어 직접 운영하였다. 이 역시 삼원상회처럼 미곡상을 핑계하여 연락 거점 역할과 군자금 모금, 무기 반입 및 동지들의 도피처를 마련해 주었다. 조국을 넘나드는 사람들이 소중히 여기는 곳이다.

무기를 넘겨받은 이병철은 이것을 옥수수 자루에 넣어 밀양으로 보낼 것이라 했다. 스무 자루의 옥수수를 밀양에서 미곡상을 하는 김병환에게 소포로 보낼 것이다. 김병환이 옥수수를 수입하는 것처럼 꾸몄다. 물론 폭탄이 든 세 곳에는 자신만이 아는 표식을 해두었다. 안심할 수 없었던 이병철은 곡물이 실린 기차에 몸을 싣고 밀양으로 향했다. 조마조마한 마음이야 어쩔까마는 고향에 간다는 것이 실감 나지 않았다. 설레기도 하고 불안하기도 한 마음을 부여잡고 밀양역까지 무사히 왔다. 그리고 화물칸에 실린 옥수수 자루 스무 개를 찾아 달구지를 구해 실었다. 소달구지 옆에서 성내에 있는 김병환의 곡물상회까지 터벅터벅 걸었다.

이병철의 고향 집은 역이 있는 가곡리이다. 부모와 동생 그리고 처자가 살고 있다. 이 년 전에 이곳을 떠났으니, 가족을 보고싶은 마음이 굴뚝같았다.

'어머니는? 아내는? 아들은?'

근처를 지날 때 그는 하마터면 집으로 달려갈 뻔했다. 마음을 다잡기 위해 땅만 보고 걸었다. 이병철이 어떤 활동을 하는지 일본 경찰이 파악했을 것이고, 자신의 집에도 감시의 눈이 있을 것이다. 잘못되어 자신이 잡히면 의열단의 첫 사업이 실패로 돌아가기 때문에 '그리움은 개에게나 주고 가자' 라며 자신을 다독였다. 가곡리에서 삼문리로 넘어가는 하천은 임시로 놓은 나무다리가 있어 달구지가 무사히 건널 수 있었다. 이렇게 만든 다리는 장마철이 되면 물에 휩쓸려 떠내려가기 일쑤였다. 그러면 가을걷이철에 또 다리를 만들고, 장마철에 떠나보는 것이 일상이었다.

이병철은 하루 종일 굶었는데도 배가 고프지 않았다. 삼문리를 지나 영남루 뱃다리를 걸으며 그는 '밀양 아리랑' 을 흥얼거렸다.

'날 좀 보소, 날 좀 보소, 날 좀 보소. 동지섣달 꽃 본 듯이 날 좀 보소. 아리 아리랑 쓰리 쓰리랑 아라리가 났네. 아리랑 고개로 날 넘겨주소.'

소달구지를 이끌던 사람이 옆에서 한 자락을 보탰다.

"정든 님이 오셨는데 인사를 못해 행주치마 잎에 물고 입만 방긋~"

이병철은 아내 얼굴을 떠올렸다. 아내도 달려오지 못하고 행주치마만 입에 물고 섰을 위인이다. 그렇기에 중국으로 독립운동하러 간다고 했을 때도 눈물만 글썽이고, 아무 말 하지 못했지.

김병환은 이병철보다 두 살 아래다. 개창학교 시절부터 아는 사이다. 전보나 서신이 없어도 놀라지 않을 것이다. 그럼에도 이병철은 걱정했다. 이 속에 들어 있는 것이 폭탄인 줄 알면 병환이는 무엇이라 할 것인가? 자신도 원봉이로부터 '물건이 하나 갈 것이며, 그것을 밀양으로 잘 보내달라'고 했을 때 짐작은 했지만, 막상 곽재기가 찾아와 그 물건이 폭탄이라 하자 얼마나 놀랐던가!

이병철은 황상규의 권유로 의열단에 가입했다. 안동에서 그리 위험하지 않게 독립운동가들을 돕고 지냈는데 갑자기 폭탄을 운반하라니! 그 놀라움이 오늘은 김병환에게서 일어나겠구나. 병철은 흥얼거리던 노래를 더 이상 할 수 없었다.

덜커덕덜커덕 달구지는 뱃다리를 지나 성내에 들어섰다. 영남루 아래 응천강 가의 버들강아지가 제법 잎사귀를 키웠다. 쌀쌀한 듯 움츠린 사람이 보였다. 단동에서 두 번의 겨울을 보냈으니, 이병철에게 이 정도 추위는 추위가 아니었다.

'사람만큼 자연에 잘 적응하는 생명체가 있을까?'

김병환의 가게는 헌병대 분견소 근처에 있다. 빌어먹을! 이병철은 달구지 주인과 함께 태연하게 달구지를 멈추고 곡식 가마니를 내렸다. 삯을 주고 달구지를 돌려보낸 뒤 가게에 들어서며 말했다.

"주인장 계신가?"

멍석 위에서 곡식을 고르고 있던 김병환이 신발을 신으며 쳐다보았다.

"아니 형님이 우짠 일인교?"

쉿, 손을 입에다 대었다. 둘은 가게 뒷방으로 갔다.

"이번 곡물 배달은 내가 직접 왔네. 무슨 말인지 알제?"

"예, 알고 있습니다."

김병환의 태도가 의외로 덤덤했다. 김병환은 얼마 전 국내에 들어온 황상규를 만나 의열단에 가입했다. 그리고 폭탄이 자신에게 배달될 것임을 미루어 짐작하고 있었다. 그래서인지 이병철의 말에도 그리 크게 놀라지 않았다.

"내용물이 무엇인지 알고 있나?"

"예. 몇 개나 들었습니까? 개수를 모르면 전체를 뒤져야 하지 않습니꺼?"

"세 갤세. 이미 표식을 해두었지. 맡아줄 수 있겠나?"

"괜찮습니다요. 다만 지가 저번에 태극기를 숨겨 주었다고 육개월간 옥살이했습니다. 그 뒤로 일본놈들이 저를 미행하고 다닙니더. 그래도 이 정도는 숨길 수 있으니 걱정 붙들어 매이소. 그런데 형님이 이곳에 온 것이 알려지면 큰일 납니더. 나중에 해가 지고 어둑해지면 그때 역에 모셔다 드릴 테니 꼼짝 말고 이 뒷방에 계시이소."

"나는 괜찮지만 자네 몸은 어떤가?"

"아직 젊습니다. 그 정도 옥살이는 할 수 있습니더."

언제나 듬직한 아우다. 무슨 일이든 결정되면 끝까지 해냈다. 따르는 젊은이가 많다. 자신이 있어야 하는 곳이면 언제든 달려간다. 그래서 그를 존경하고 좋아한다. 그 성품이 이런 위험한 일도 거절하지 못하게 막았을 것이다.

"형님! 밥은 드셨는교?"

"아니, 그러고 보니 하루 종일 굶었네 그려."

"쪼매만 기다려 주이소. 금방 밥상 올리겠습니더."

김병환이 나가자 병철은 길게 누웠다. 내 나라 안에서도 골방에 숨어 있는 자신이 가엾다. 단동에서야 중국 땅이니 그들의 눈치를 보며 생활했지만, 고국에서조차 숨어 있다니! 보고픈 마누라에게 안부나 전해달라고 병환에게 부탁해야겠다며 눈을 감았다. 병철은 어느새 잠이 들었다. 행여 발각될까 얼마나 노심초사 했을까. 그는 고향에 왔다는 사실에 마음을 놓았는지도 모른다. 코까지 고는 그를 김병환이 지켜보았다. 그리고 밥상을 조용히 밀어 놓았다.

'이 형님 다음에는 얼마나 많은 양을 가져오려나!'

상해의 김원봉은 마음이 바빴다. 국내에 들어간 동지가 스무 명이나 된다. 그런데 폭탄 제조가 더디다. 이것은 또 어떻게 운반할 것인지 걱정이 날로 쌓였다.

'못한다고 할 것을. 내 능력을 과대평가했구나!'

그러나 소용없다. 옆에 있는 이성우 동지가 억지로 웃게 해준다. 한 살 아래지만 어른스럽다. 비슷한 나이이니 김원봉이 느끼는 짐의 무게를 알고 있을 것이다. 그래서 시도 때도 없이 실없는 농담으로 원봉을 웃게 하려고 애썼다.

드디어 폭탄 제조가 끝났다. 무려 열세 개가 완성되었다. 약산과 이성우는 주황을 껴안았다. 자기 나랏일도 아닌데 이렇게 밤낮없이 애쓴 것에 대한 고마움의 표시였다. 주황은 머리를 끄적이며 도리어 늦어서 미안하다고 했다. 일본이 넘보고 침 흘리는 땅이 중국이다. 그의 마음을 알 것 같다. 둘은 서둘러야 했다. 국내에 들어간 동지들에게 무슨 일이 생기기 전에 이 폭탄이 국내에 들어가야 한다.

"의백! 늘 임시정부의 도움을 받을 수는 없음매. 내래 직접 이것을 가져가겠음매."

"아니 어떻게 하려고?"

"내래 생각이 있슴매. 걱정마시라요."

이성우는 큰 여행용 가방을 구해왔다. 옷 사이사이에 폭탄을 담았다. 그리고 여행 온 사람처럼 위장해 배에 올랐다. 김원봉은 근심 가득한 얼굴로 이성우를 배웅했다. 소포를 이용하는 것도 아니고 직접 들고 가다니. 이성우의 배짱에 놀라고 그의 노력과 희생이 한없이 고맙다. 이렇게 떠나가면 다시 만날 수 있을지 모르는 것, 그들에겐 이별을 연습할 시간이 없다.

단동에 도착한 이성우는 원보상회를 찾아가 이병철에게 전달했다. 이병철은 이성우에게 김원봉의 안부를 묻고 그에게 기름진 중국 음식을 대접했다. 그리고 일이 성공하면 다시 만나자며 그와 헤어졌다.

'이번에는 어떻게 하지? 내가 직접 갈 수도 없고. 저번에 보니 김병환이 집은 헌병대와 너무 가깝고, 더구나 그를 감시하고 있어

이번에는 다른 길을 택해야겠다. 일전에 부탁했던 배중세에게 보내도 될까?'

이병철은 밀양에서 만난 김병환이 감옥에서 나온 지 얼마 되지 않았고, 경찰의 감시를 받는 상황이 걱정이었다. 이번에는 열세 개라고 하지 않는가.

이병철은 배동선이라고도 불리는 배중세를 서울에서 잠시 만났다. 밀양에 폭탄을 배달한 다음 작전 본부로 사용된다는 서울 공평동 전동여관에 갔을 때였다. 폭탄 배달을 부탁한 이후 곽재기는 국내에 들어와 이번 거사를 책임지기로 했다. 그래서 곽재기는 공평동에 있는 전동여관에 본부를 마련했다.

전동여관에서 만난 배중세에게 이병철이 말했다.

"다음에 곡물이 배달되면 그것을 맡아주시오. 김병환의 가게는 너무 위험하오. 헌병대가 바로 코앞에 있소. 그러니 동지가 도와주시오. 포대에 포식이 있는 것은 폭탄이 들어 있는 것이오. 권총이 될지 폭탄이 될지 모르지만, 아무튼 동지만 믿겠소."

이미 말을 해두었으니 그가 처리해 줄 것이다. 믿을 수밖에 없다. 이병철은 물건을 부산진역 운송점으로 보내고, 전보를 쳐서 배중세에게 알리면 된다. 이후는 그곳에서 처리할 것이다. 다섯 개의 옥수수 포대에 폭탄과 총, 총알을 넣었다. 폭탄 열세 발, 총 다섯 자루, 총알 백 발! 이것이 발각되지 않고 국내에서 터진다면 정말 일본은 끝장날 것이다. 포장하는 이병철의 손이 떨렸다. 정말 간절하게 빌었다.

'발각되지 않아야 한다. 이것들이 총독부에서, 매일신보사에서, 동양척식회사에서, 전국 곳곳에서 터져야 한다. 제발!'

포장을 마친 다섯 자루를 나머지 옥수수 열다섯 포대와 뒤섞었다.

이병철의 전보를 받은 배중세는 부산진에서 물건을 받았다. 배중세도 난감하기는 마찬가지다. 서울에서 만났을 때만 해도 그쯤이야 할 수 있을 것이라 여겼다. 쉽게 여긴 것은 아니나 이렇게 떨릴 줄은 몰랐다. '적에게 폭탄을 던질 수만 있다면' 하고 단순히 생각했다. 막상 폭탄이 든 옥수수 포대를 건네받자 심장이 밖으로 튀어나올 듯 요동쳤다. 아무리 생각해도 자기 집에는 둘 수가 없다. 그래서 배중세는 진영에 있는 강상진의 집에 숨겨 두기로 했다. 그에게는 맡기는 물건의 내용물에 대해서는 말하지 않았다. 자신이 필요해서 구입한 것이니 며칠만 보관해달라고 했다. 그 속에 폭탄과 총이 있는 줄 전혀 모른 채 강상진은 배중세의 부탁을 들어주었다.

이병철에게 폭탄을 전달한 이성우도 국내에서 들어가 폭탄을 직접 던지겠다는 연락을 의백에게 남기고 중국을 떠나 국내로 들어왔다.

'그래도 의백 곁에는 강세우 동지가 있으니 걱정하지 않아도 돼.'

가장 어린 강세우는 중국에 남아 있다. 어리지만 간담이 큰 그는 의백에게 동무가 될 것이다. 그는 자신의 목숨을 바쳐서라도 의백을 지킬 것이다. 믿고 떠나자. 이성우는 그 믿음에 의지하여 폭탄을 던지는 일에 자신을 맡기기로 했다.

이성우는 의백과 헤어지는 것이 못내 아쉬웠다. 몇 달을 함께 다니다 보니 형제보다 더 가깝게 여겨졌다. 의백을 홀로 두는 것 같았으나, 세우가 있으나 괜찮을 것이다. 그리고 국내로 향했다. 태연함을 가장해 눈을 지그시 감고 있었으나 신경이 곤두섰다. 함경도 사투리가 심해서 사람들이 자신을 의심할지도 모른다. 그래서 이성우는 가능하면 서울말을 사용하리라 다짐했다.

곽재기 부단장은 첫 번 폭탄을 국내로 보낸 뒤 동지들보다 늦게 국내에 들어왔다. 서울에 본부를 두고 실행할 동지에게 확답받기 위해 동지들이 있는 곳을 찾았다. 곽재기가 처음 방문한 곳은 밀양이다. 미리 입국한 동지들이 가장 많은 곳이고, 국내 실행을 주도할 황상규가 있기 때문이다. 곽재기는 황상규를 만나 일의 진행을 맡아달라 부탁했다. 이후 실행할 동지인 한봉근과 신철휴를 만났다. 신철휴는 고령에 숨어 있었다. 곽재기의 연락을 받고 밀양에 와 대기했다. 곽재기는 두 사람에게 자신의 계획을 털어놓았다.

"두 동지, 그리고 윤세주와 김상윤 동지에게 폭탄을 던질 임무를 맡기려 하오. 할 수 있겠소? 지금 답하지 않아도 좋소. 목숨을 걸어야 하는 일이니 신중히 생각하시고 내일까지 답을 주시면 좋겠소."

다음 날 신철휴는 곽재기에게 기꺼이 그 일을 하겠다고 답했다. 그러고는 윤세주를 찾아 나섰다. 밤이 깊은 시간 두 사람은 영남루 아래 아랑각이 있는 큰 나무 옆에서 응천강을 바라보며 앉았다. 달빛을 머금은 강물이 은빛으로 반짝였다.

"이 강의 원래 이름은 응천강인데 일본놈들이 계속 남천강이라고 우기니 사람들도 남천강이라 부릅니다. 그래서 마음이 아픕니다. 고을 남쪽에 있는 강을 남천강이라고 하면 조선 팔도에 남천강은 넘쳐날 것입니다. 그런데도 지명을 동서남북으로 하여 새로 바꾸는 것은 지명에 남아 있는 우리의 정신을 말살하겠다는 것이겠지요!"

"그렇군. 내 고향 고령도 옛 가야의 지명을 그대로 쓰고 있는데 일본은 그게 마음에 걸리겠지. 어쩌면 우리 땅도 옛날부터 자기네 땅이었다고 우기는 날이 오지 않을까 걱정스럽네."

"그런데 어쩐 일이십니까? 연락이라도 있었습니까?"

"그렇다네. 어제 곽재기 동지가 밀양에 왔었네. 모두 만나기는 위험하니 우선 나와 한봉근 동지가 만났네. 그리고 투탄 임무를 부여받았지. 곽 부단장님이 자네도 그 일을 맡아주었으면 하던데 어떤가?"

"두말하면 잔소리지요. 원봉 의백에게도 폭탄을 던지는 데는 제가 적임자라고 큰소리쳤습니다. 걱정하지 마이소. 제가 앞장서겠습니다. 그리고 또 누가 합니까?"

"부단장 동지 말에 의하면 한봉근 동지와 나, 그리고 자네와 김상윤 동지가 선정되었다고 하더군. 한 동지는 답을 했는지 모르겠네. 사실 나는 자넬 만나러 오기 전에 밀양역에서 곽 동지를 만나 하겠다는 뜻을 밝혔다네. 아마 한 동지도 그랬을 것이네."

"그럼요. 봉근이 형님도 하실 겁니다. 그런데 폭탄을 더 만든다고 하지 않았습니까? 네 사람만으로 되겠습니까?"

"안 그래도 곽 동지가 조만간 다시 중국에 가셔서 폭탄 제조를 보시고, 이성우 동지와 김기득 동지도 함께할 것이라고 하셨지. 그리고 서울에서 서상락 동지와 김상윤 동지를 만나 실행을 준비시킬 것이라 하고 가셨네."

"아 예! 곽동지의 세심한 계획을 누가 따라하겠습니꺼? 잘 하실 겁니더."

"그런데 자네는 언제 서울로 갈 텐가? 나는 고향에 잠시 다녀온 후 바로 서울로 갈 것이네. 곽 부단장이 서울에 우리의 본부를 마련해 놓았다고 하더군. 만약 서울에 가게 되면 그곳에서 만나세."

"저도 조만간 가겠습니다. 동지들의 근황이 걱정되어 빨리 가려고 해도 어머님 건강이 좋지 않고 아내도 계속 제 눈치만 보고 있어서 미루고 있었습니다. 며칠 있다가 출발하겠습니다."

"그럼 서울에서 보세나."

"예, 형님! 서울에서 뵙겠습니다."

신철휴 동지가 오늘 밤을 보낼 곳을 정했는지 세주는 물어보지 않았다. 철휴와 헤어진 세주는 나무에 기대어 강을 응시했다. 어릴 때 헤엄쳐 건너던 강이 아니다. 철없을 때 물장구치며 좋아했던 그 강도 아니다. 숨바꼭질하며 놀던 무봉산도 아니고, 자신이 알던 고향 산천은 어디론가 사라졌다. 붙은 이름이며 행정구역이 모두 바뀌었다. 세주가 앉은 곳은 아랑의 전설이 전해오는 터이다. 아랑 이야기가 입에서 입으로 전해졌고, 그 사실을 입증하듯 이곳에는 아랑사가 있다. 정절을 지키기 위해 목숨을 끊었던 아랑 윤동옥은 밀양 여인의 자부심이다. 그런데 여성의 정절은 나라에 빗대어 보면 주권이 아닌가? 정조를 잃은 여성을 비난하면서 나라의 주권을 잃고도 아무런 행동을 하지 않는다는 것! 그 비난은 누가 받아야 마땅한가?

세주는 별빛을 벗 삼아 서문을 향해 걸었다. 헌병대 분견소를 피해서 가야 하니 최대한 강 근처 골목길을 걸어야 했다. 지역 사람 몇몇을 제외하고는 그가 밀양에 있는 것을 모른다. 그래서 세주가 밖에 나가면 돌아올 때까지 가족들은 긴장할 수밖에 없다.

집에 돌아오니 아내는 다소곳이 앉아 있다. 묻지 않아도 그녀의 걱정이 온 방을 채우고 있다.

언젠가 떠날 남편이다. 그러나 보내기 싫다. 그렇다고 매일 숨어서 지내는 것을 보는 것은 더욱 맘이 아프다. 나라를 위해 큰일 할 수 있도록 보내는 것이 자신의 운명인 것도 안다. 그러나 그녀는 요 며칠 밤마다 남편에게 글을 배우며 행복이 무엇인지 조금씩 느끼고 있었다. 아이라도 생기면 떠나지 않을까? 별의별 생각을 했다. 그래도 운명의 시간이 다가오는 것을 막을 수 없다. 신혼 첫날 남편이 그녀에게 말하지 않았던가!

"나한테 잘하지 않아도 되오. 우리 부모님 잘 모시고, 집안 어른 모시는 일에 소홀하지 않으면 되오. 그리고 나는 언제 떠날지 모르는 사람이오. 나라 잃은 백성이 어디다 맘을 둘까마는 나는 내가 가장 존경하고 좋아하는 원봉 형이 있는 중국에 늘 마음이 가 있소. 그러니 내게 너무 기대지도 말고 깊은 정도 주지 마시오."

소악은 세주가 바람처럼 소리 없이 떠날 수 있다는 것을 늘 유념했다. 그래도 남편의 빈 자리는 가슴 한 곳을 시리게 한다. 그런데 이번에 떠나면 영영 못 볼 것 같은 예감이 들어 불안하다. 밤늦게 외출이라도 할라치면 방안을 서성이며 손가락만 깨물었다. 오늘도 예외는 아니다.

"요즈음 날씨가 꽤 더워졌군. 여태껏 자지 않고 기다린 거요?"

미안한 마음에 소악을 바라보며 한마디 툭 던졌다. 말하지 않는다고 모를까. 둘은 이별을 예감하고 있다.

곽재기가 중국에서 돌아와 서울 공평동에 있는 전동여관에서 일을 도모하였다. 아직 상경하지 않은 동지들의 동향을 살피고 폭탄을 서울로 운송할 계획도 세웠다. 곽재기가 서울에 왔다는 소식을 들은 윤세주도 상경을 결심했다. 이번에는 정말 돌아오지 못할 것이다. 목숨을 걸어야 하는 투탄 요원을 자청하지 않았는가!

대청마루에서 안방을 향해 절을 올렸다. 이것이 마지막이 될 수 있음을 아는지 안방의 호롱불이 바람에 흔들렸다. 문틈에 걸린 어머니의 손가락이 바람을 불러들였다. 내리사랑과 치사랑이 문 하나를 사이에 두고 눈물 강을 건너고 있다.

대청에 엎드려 일어서지 못하는 남편을 지켜본 소악은 '자신의 아픔이 어머님보다 더할까' 라는 생각에 미치자 눈물을 거뒀다.

세주는 사랑방에 들었다. 무릎 꿇고 앉은 세주를 더 이상 말릴 수 없다는 것을 알고 있었지만, 그래도 눈앞에 두고 싶은 막내아들이 이별을 고하기 위해 왔다는 것을 직감으로 알아챘다. 윤희규는 옆집 김원봉이를 원망했다.

'내가 괜히 그렇게 큰 이름을 지었고, 그와 짝하여 저놈도 소룡이라 이름 지었으니, 둘은 운명처럼 묶여 떨어질 수 없구나'

라며 자신의 가슴에 원망의 화살을 박았다.

"다시 볼 수는 있겠느냐?"

한 말씀뿐이다. 세주는 조용히 머리를 가로저었다. 아무도 알 수 없는 일인 것을.

"됐다. 가보거라."

세주는 일어나 큰절을 올렸다. 아버지의 한마디에 모든 사랑이 담겨 있다는 것을 왜 모를까! 살아 돌아오지 않으면 다시 뵐 수 없는 아버지! 늦둥이 세주에게 쏟은 사랑을 어찌 말로 하랴. 세주는 속으로 외쳤다.

'아버지의 사랑에 대한 보답을 우리 민족에게 대신 하겠습니다!'

방을 나온 세주는 아내 소악에게만은 살아서 돌아오겠다고 약조했다. 이제 스무 살이 된 아내다. 세주가 돌아오지 않으면 평생을 청상과부로 살아야 하는 그녀에게 차마 '오늘이 마지막이다'라고 말할 수 없었다.

그리고 돌아서서 강을 향해 걸음을 옮겼다. 이른 새벽에 떠나는 길, 스승 전홍표의 집에 들렀다. 스승은 돌아와 별다른 고통 없이 버티고 계신다. 스승은 백두산에서 헤어진 후 고향 집으로 왔다. 만세운동으로 잡혀 들어가 옥살이하는 제자의 집을 돌보고, 태형 구십 대를 맞아 누워 있는 제자의 약값에 도움을 보탰다. 어린 세주에게 나라 사랑이 무엇인지 가르쳐 주신 분! 언제나 든든한 버팀목이 되어 주셔서 많은 제자가 독립운동에 나설 수 있었다. 몰래 들어와 있으면서 제일 먼저 찾아뵌 분이 바로 을강 스승이었다.

"선생님! 저 세줍니다."

대문이 열리고 스승이 모습을 드러냈다. 이른 새벽에 나타난 세주를 보자, 스승은 그가 떠나려 한다는 것을 직감했다.

"그래, 밥은 묵고 가나?"

밥! 우리 민족은 이 밥에 모든 걸 담았다.

"예, 든든히 먹었습니다. 다시 뵈올 수 있을지…."

"고맙구나. 성공하길 빈다."

무엇을 하려는지 묻지도 않고 성공을 빌어주셨다. 스승은 알고 계실 것이다. 국제정세를 꿰뚫고 계시는 분이 우리가 하려는 일도 충분히 짐작하실 것이다.

"우리 안사람을 지켜봐 주십시오. 글도 아직 다 깨치지 못했습니다. 한글은 겨우 읽을 수 있지만 한자는 아직입니다. 글이라도 깨쳐야 세상일 돌아가는 것을 알지 않겠습니까? 선생님께서 여학교라도 열어서 집사람처럼 배우고자 하는 이들에게 기회를 주십시오. 제가 없어도 아내가 글을 배우는 재미로 근심을 잊었으면 합니다."

"그래, 니 뜻을 알겠다. 꼭 야학이라도 만들어서 기회를 만들어 보마."

"그럼 저는 이만 가보겠습니다."

백두산에서 헤어짐은 만날 기약이 있었다. 그러나 이번은 아무도 장담할 수 없다. 그저 무사하기를 소망할 뿐이다.

8

세주는 서울 교남동에 있는 여관에 짐을 풀었다. 김상윤 형님과 함께 기거하면서 동지들과 거사에 대해 논의했다. 폭탄을 이송하는 것이 가장 큰 문제다. 해결 방안을 모색하나 뾰족한 수가 없다. 중국에 건너가 약산 의백을 만나고 돌아온 곽재기 부단장이 빨리 실행해야 한다는 약산의 뜻을 전했으나, 격문을 인쇄할 비용 마련이 어렵다는 답을 들었다. 곽 부단장은 자금을 확보하기 위해 대구까지 갔으나, 여의치 않았다. 빨리 시행하라는 약산의 편지를 갖고 이낙준이 서울로 들어왔다. 백민과 김기득이 이낙준을 만나 의논했다. 그리고 일몽 이종암에게 폭탄을 갖고 서울에 올라올 것을 요구했다. 이종암은 며칠 뒤 직접 휴해하여 서울로 가겠다고 했다.

그런 와중에 이상한 소문이 돌았다. 누군가 배신했다는 것이다. 믿을 수 없었다. 있을 수 없는 일이다. 목숨을 걸고 맹세한 사람이 어떻게 배신한단 말인가? 그러나 단이 조직된 이후 단원이 늘었다. 누가 단원인지도 모를 만큼 비밀리에 단원을 모집하였고, 이번 일에 그들도 포함되었다. 동지와 만나는 장소를 매번 바꾸었다. 그 누구도 믿을 수 없다. 그런데 이런 이야기가 돌고 있으니, 얼마나 더 가슴 졸여야 하는가? 빨리 폭탄이 운반되고 식민통치기구 곳곳에서 폭발이 있어야 한다. 단원들 모두 같은 생각이다. 오월이 되었다. 일본놈들이 말하는 양력 유월이다. 가슴 졸이며 하루하루를 지켜보는 가운데 때이른 장마가 시작되었다. 추적추적 그칠 줄 모르고 비가 며칠 동안 내렸다.

이번 모임은 중국 음식점이다. 세주는 미행이 있을까 몇 번이나 뒤를 돌아보며 약속 장소에 갔다. 백민 스승이 먼저 와 계셨고 또 한 사람이 있었는데 이낙준이라고 자신을 소개했다. 백민 스승과 동갑이다. 중국에서 백민 스승과 김원봉 단장을 만나 단원의 뜻을 밝혔다고 했다. 이번 거사에 참여하기 위해 중국에서 입국했다고 하니 믿을 수 있을 것이다. 잠시 후 이성우가 비 맞은 옷을 털며 가게에 들어섰다. 이들은 이층에 있는 가장 구석진 방에 앉았다.

"비가 이렇게 오니 만들어 논 폭탄이 제 기능을 할 수 있을까 걱정이구나."

백민이 혼잣말인 듯 중얼거렸다. 모두 같은 걱정이었던 터라 한숨만 쉬었다. 답답한 마음에 담배라도 피우고 싶어 창문을 열려고 일어서던 이성우가 갑자기 손가락을 입술에 갖다 댔다.

서울에 온 이성우에게 '함경도 사람이 이 서울에 웬일이냐?'며 살갑게 다가선 사내가 있었다. 아무리 조심해도 위급한 순간에 튀어나오는 사투리는 도저히 숨길 수 없었다. 접근한 사람의 이름이 김진규라고 했던가? 서울 지리를 모르던 성우는 그와 만나 술 한 잔 마신 적이 있었다. 그런데 이곳에 들어오기 전, 큰길에서 만났는데 성우를 몹시 반겼다. 가물가물한 기억 너머 김진규를 확인한 이성우는 인사치레만 하고 헤어지려 했으나 김진규가 따라오려 했다. 아무런 의심 없이 아는 사람과 밥 먹으러 간다고 이야기하고 이곳에 왔다. 그런데 김진규가 골목 어귀에 나타난 것이다. 뒤를 돌아보며 손짓하는 것으로 보아 누군가와 함께 오는 듯하다. 김진규의 손가락 끝에 경찰복이 보였다.

"들켰음매."

모두 놀라 도망할 순간을 기다렸다. 경찰을 앞세운 김진규가 식당에 들어선 순간 이들은 이층에서 뛰어내렸다. 비가 내린 바닥에 제대로 닿지 못했다. 넘어지는 소리에 경찰들이 호각을 불며 나타났다.

뛰어내리지 않고 눈을 감은 채 자리에 앉아 있던 백민은 순순히 잡혔다.

낙준과 세주, 그리고 성우는 결사적으로 달렸다. 그러나 신발마저 벗겨져 빗속을 빨리 달릴 수 없었다. 더구나 뛰어내릴 때 삐걱한 발목이 문제였다. 낙준은 일본 경찰과 몸싸움하면서 흙탕 속을 뒹굴었다. 성우는 주먹을 쥐고 적과 싸우는 태세를 보였으나 역부족이었다. 셋은 빗물 때문에 서로의 얼굴을 볼 수 없다. 그러나 떠오르는 생각은 같았다.

'도대체 누가 밀고했을까? 폭탄은 무사할까? 우리가 발각되어도 폭탄은 그대로 있어야 할 텐데.'

곽재기는 분위기가 이상하다는 생각에 마포로 피신했다가, 고향인 청주를 거쳐 마산으로 갔다. 이종암을 직접 만나기 위해서다. 이종암과 한 달 뒤에 실행할 것을 약속하고 밀양에 왔다. 이미 경찰이 자신을 잡기 위해 잠복하고 있음을 눈치챈 곽재기는 밀양에 내리지 못했다. 삼랑진을 거쳐 부산으로 갔으나, 그곳에서 체포되었다. 언제, 누가, 얼마나 잡혔는지 알 수 없는 나날이 흘렀다.

백민과 세주 등 체포된 단원이 종로경찰서로 끌려가니 김태석이란 자가 나와 있었다. 그는 평안도 출신이라고 자기를 소개했다. 자신은 총독부 산하 경무부 총감부 고등경찰이라고 했다. 사이토 총독을 암살하려 했던 강우규 지사도 자신이 나서서 잡았다면서 자신에게 걸리면 그 어떤 비밀도 불지 않는 놈이 없다고 자랑했다. 단순히 겁주는 것이 아닌 듯 살기를 띤 그의 눈은 굶주린 맹수의 눈 자체였다. 엄청난 고문이 그들을 기다리고 있을 것이다. 그러나 황상규는 체념한 듯 평온한 모습이다. 김태석은 자신보다 어린 황상규가 겁을 먹지 않고 마치 자신의 집 안방에 앉은 듯한 모습을 보이자, 화가 치밀어 올랐다.

"너희만 잡힌 줄 아느냐! 며칠 있으면 다른 놈들도 잡혀서 이곳으로 올 것이야."

모두 놀랐다. 자신들 외에 다른 동지들도 잡혔다는 것인지, 잡힐 것이라는 뜻인지? 도무지 알 수 없으나 다른 동지가 있다는 사실을 김태석은 알고 있었다.

세주는 걱정이 되었다. 폭탄의 위치가 파악되어 다 빼긴 것은 아닌지. 그렇다면 나를 대신하여 폭탄을 던질 사람이 나타나도 어찌할 수가 없다는 것 아닌가. 도대체 누가 밀고했단 말인가? 모두 눈빛을 주고받았다.

"너희가 숨겨 놓은 폭탄 세 개가 이미 우리 수중에 들어왔다. 김병환의 가게에 숨겨 두었던 폭탄 말이다. 그 조잡한 폭탄으로 무엇을 할 수 있다고 이렇게 모인 것이냐. 가소로운 것들이군."

김태석의 이 말은 그야말로 폭탄이었다.

'그렇다면 폭탄 상태를 점검하러 갔던 부단장은 어떻게 되었을까?'

김태석이 곽 부단장과 진영에 보관 중인 폭탄에 대해서 말하지 않는 걸 보니, 아직 그것까지 파악하지 못한 것 같아 다행이었다. 단원들은 안도했다.

"밀양 외에도 폭탄이 있다는 제보가 있던데 곧 그것마저 압수할 거야."

김태석의 이 말은 폭탄보다 더한 위력을 발휘했다. 하늘이 무너져 내리는 것 같았다. 시도도 하기 전에 몽땅 빼앗기고 붙잡힌 것이다. 김태석의 말을 들은 황상규는 털썩 주저앉았다. 김태석의 고문 협박보다 더 무서운 소리였다.

'이 일을 어찌한단 말인가! 한 방도 한 발도 사용하지 못할 것을. 이것을 구하고 만드느라 단장은 몇 달을 고생한 것인가!'

"자자, 오늘은 저 방에서 쉬고 내일부터 내가 어떤 사람인지 눈으로 직접 확인해 봐. 그 전에 다 털어놓으면 형량을 줄여주지. 내 말뜻 알지? 자 이놈들을 저 방에 가둬!"

밧줄에 묶인 채 끌려가는 그들의 뒤통수에다 김태석이 소리쳤다.

"너희가 잡힌 것은 너희 중에 밀고자가 있기 때문이지. 하하하."

등골이 서늘했다. 설마가 현실로 나타났다. 누굴까?

김태석의 심문은 끈질겼다. 어르고 달래는 솜씨가 보통 아니다.

백민 황상규는 김태석의 질문에 한 마디도 답하지 않기 위해 혀를 깨물었다. 혀의 절반 가까이 잘린 터라 더 이상 심문할 수 없었다. 김태석은 이들을 심문하면서 질려버렸다. 그 어떤 고문도 소용없다. 때리는 놈이 지쳐나갈 뿐이다.

'이렇게 독한 놈들만 모인 것이 의열단이라니.'

이들이 속한 단체가 의열단이라고 했다. 이미 밀정에게 들어서 알고 있는 사실이다. 그런데 이들 중 한마디도 부는 놈이 없다. 나이가 가장 지긋한 황상규는 혀를 깨물어 더 이상 말을 할 수 없게 되었다. 가장 어린 윤세주가 그래도 서생처럼 생겨 만만해 보였으나, 이놈은 고래 심줄보다 더 질겼다. 김태석은 마음속으로 다짐했다.

'의열단 놈들만은 내가 다 잡아 족치겠다. 내가 얼마나 무서운 사람인지 네 놈들에게 보여주고 말 테다. 너희가 이기나 내가 이기나 끝까지 해보자.'

자신의 권위 앞에 굴복하지 않는 의열단 단원들의 결기가 김태석에게 분노의 불씨를 심었다. 이후 단원들에게 가해지는 고통의 크기만큼 김태석은 광기를 보였다.

이후 부산에 있던 곽재기와 김기득이 부산의 복성여관에서 체포되었고, 윤치형과 배중세도 잡혔다. 진영에 보관 중인 폭탄과 총, 그리고 총알도 모두 압수되었다.

다행히 이종암, 김상윤, 한봉근, 이수택은 피신했다고 한다. 그나마 희망을 품게 되었다. 잡힌 사람을 대신하여 이들이 행동할 것이기 때문이다. 그러나 폭탄이 없으니 이들은 무엇을 할 수 있을까? 배신자라도 찾아내 처단해 주었으면 좋으련만.

며칠을 끌려다니며 조사받았는지 모른다. 누군가 신문에 이 사건이 실렸다고 했다. 동아일보와 조선일보에서 '호외'를 발간했다는 것이다. 신문사에서 붙인 사건의 이름은 '밀양폭탄사건'이다. 폭탄이 밀양에서 발견되었고, 관련자 중 밀양 출신이 많다 보니 붙은 이름이다. 그들이 처음 모의할 때는 국내의 모든 식민 통치기관을 폭파할 계획이었기 때문에 신문에 실린 거사명이 우스웠다. 저놈들이 수군거리는 걸로 봐서 이번 사건은 예상도 하지 못한 규모였고, 대범하여 믿지 못할 지경인가 보다.

신문을 본 우리 민족의 반응은 어떨까? 세주는 몹시 궁금하다. 동시에 신문을 통해 가족들도 이 사실을 알게 되었을 것이다. 기소된 세주는 경성지법 검사국으로 송치되었다. 백민 스승은 말할 수 없었기 때문에 백지로 기소할 수밖에 없는 최초의 역사를 만들었다. 과연 스승다운 모습이다.

무려 일곱 달에 달하는 재판 과정을 거쳐 세주를 비롯한 관련자 열다섯이 기소되었다. 3월부터 진행된 공판에서 검사는 윤세주에게 '폭발품취제규칙과 제령 제7호'를 적용하여 징역 8년을 구형했다. 시도도 하지 못한 일로 받은 구형이다. 그것이 억울했다. 폭탄을 던지기라도 했으면 덜 억울할 것이다. 손에 만져보지도 못한 폭탄과 총은 언제 다시 손에 넣을 수 있을 것인가?

다른 동지들과는 재판정에서 만나는 것이 전부였다. 눈으로 먼저 서로의 몸을 살피면서 고문받은 흔적이 없는지 확인하고, 그 다음 말로써 안부를 물었다. 괜찮을 리 없지만 그래도 확인했다. 이 말 한마디가 자신을 견디게 하는 힘인 줄 알기 때문이다.

법정에서의 심문은 이성우부터 시작되었다. 그는 당당히 법정에서 외쳤다.

"조선 독립의 목적을 달성하자면 온화한 방침으로는 될 수 없고, 무력으로써 하지 않으면 안 되리라고 하여 설립된 중국 통화현의 조선인 무관학교에 입학하여 졸업은 하지 않았으나, 기미년 그 학교가 폐교되자 이후 만난 동지들과 공모하여 의열단을 조직했다. 우리는 총독부 관리를 살해하고 친일 조선인 살해 및 동양척식회사와 기타 총독부를 위시한 거대 건물을 파괴할 폭탄 13개를 몇 번에 나누어 중국 상해로부터 밀수입하여 장차 큰 계획을 달성하고자 했으나, 사실이 미연에 발각되어 뜻을 이루지 못함이 원통하고 원통하다."

다음은 곽재기 부단장을 세웠다.

"1919년 3월 이래 조국의 독립을 입과 붓으로 구할 대로 구하고 원할 대로 원했으나, 피로써 구한 일은 없었기에 무기를 사용하여 혈전을 벌이려 했다. 우리는 군함도 대포도 없이 오직 폭발탄과 육혈포밖에 구할 것이 없어서 그것으로 너희들 내쫓고자 했다. 그런데 무엇이 잘못이란 말인가!"

한 사람 한 사람 심문할 때마다 일본 재판부는 더 곤혹스러웠다. 어느 누구도 주눅들지 않았다. 재판장을 향해 목소리를 높여 꾸짖었다. 평화로운 나라를 침략한 너희의 잘못이 단원들을 이렇게 투쟁하게 했다고. 그러니 범죄를 부추긴 너희가 이 법정에서 재판을 받아야 한다고 당당히 말했다.

얼굴이 벌개진 판사는 형을 선고하면서 이렇게 밝혔다.

"이성우 등은 모두 조선의 독립을 희망하고, 미리 그 목적을 달성할 수단을 고려하고 있었다."

경성지방법원에서 확정한 세주의 형량은 7년이었다. 부단장인 곽재기와 이성우에게는 8년 형이 선고되었고, 백민 스승과 이낙준, 김기득, 신철휴 동지는 세주와 마찬가지로 7년 형이 선고되었다. 윤치형에게는 5년, 김병환은 3년, 배중세는 2년, 이주현과 김재수는 1년이 선고되었다. 다행히 폭탄을 숨겨 두었던 강상진과 그를 도왔던 최성규와 곽영조는 증거 불충분으로 무죄가 선고되었다. 배중세가 강상진에게 폭탄이 들어 있음을 알리지 않았기 때문에 풀려날 수 있었다. 그리고 증인으로 참석한 사람에 대한 비용은 김병환이 물어주도록 명령했다. 폭탄을 감정한 감정인 니시무라 후루마츠에게는 유죄를 선고받은 사람들이 함께 비용을 물어주라는 판결이 내려졌다.

이 사건은 사전에 발각되었기 때문에 일본의 입장에서 보면 아무런 피해가 없었다. 다친 사람도 없다. 그럼에도 너무 가혹한 형이 선고되었다고 언론은 물론 참석자들이 항의했으나, 일본 재판관은 눈 하나 깜빡하지 않았다.

재판정을 지켜본 신문기자는 이렇게 전했다.

"열다섯 명은 몸에 별고는 없이 깨끗이 한 다음 모시 두루마기를 입고 손에는 으레 하는 수갑을 차고, 한 걸상에 다섯 명씩 3열로 걸터앉아, 한편으로는 새벽부터 피고들의 부모 형제와 친구, 친척들이 와서 법정으로 들어가는 모습을 정신없이 보고 있었다. 방청객들은 순사들이 방청석으로 들어감을 허락하매, 좁고 좁은 법정 문이 무너지리만큼 바삐 들어가 자리를 차지하고 앉는데, 이백여 명의 방청객들은 모두 수용될 수 없으므로, 요행히 방청석에 들어온 남녀들은 입추의 여지 없는 곳에 총총히 땀을 흘리고 앉았으나, 그 나머지 사람들은 도달하지 못하고 겹겹이 문밖에서 지켜보았다."

그들에 관한 관심은 재판정뿐만 아니다. 언론을 통해 이 사실을 알게 된 조선인들은 희망을 품기 시작했다.

조직한 지 육 개월도 되지 않은 단체가 삼엄한 경계를 뚫고 폭탄 16개를 포함하여 총과 총알을 국내로 반입했고, 행동 요원으로 선발된 자들도 아무런 제재 없이 잠입했다. 이것은 조선총독부 전체를 뒤흔든 사건이었다. 더구나 이들을 재판하는 중에 이들 단체의 단원인 박재혁이 폭탄을 들고 부산경찰서 서장실에 들어가, 하시모토 서장에게 폭탄을 던지지 않았던가.

게다가 밀양폭탄사건에 연루되었으나 체포되지 않고 도망친 단원의 권유에 넘어가 의열단에 가입한 최수봉이 밀양경찰서에 폭탄을 던졌다. 그것도 밀양에 있던 고인덕이라는 의열단원이 직접 만든 폭탄이라고 한다. 실로 무서운 일이 조선에 번지고 있다. 총독부는 이를 도저히 묵과할 수 없었다. 그래서 관련자 모두에게 법정 최고 형량을 내려야만 했다. 아니 그래도 안심할 수 없었다.

부산경찰서장에게 폭탄을 던진 박재혁은 서장을 속이기 위해 고서 판매상을 위장하여 접근했다. 서장이 고서에 관심이 많다는 정보를 미리 입수한 것이다. 의심 없이 만난 자리에서 폭탄을 내리쳐 서장에게 피해를 입혔으나, 박재혁 자신이 더 크게 다쳤다. 폭탄의 위력이 세지 않았고 바로 앞에서 내리치는 바람에 박재혁 자신이 중상을 입었다.

단독 범행인 걸 확인한 총독부는 박재혁에 대해 신속한 재판을 요구했다. 실제로 의열단원이 폭탄을 던져 성공한 일이 발생한 것이 세상에 알려지면 큰일이다. 빠르게 판결하여 박재혁을 죽이는 것이 급했다. 그러다 보니 먼저 잡혀 온 1차 사건보다 앞서 판결이 내려졌다. 당연히 사형이다. 정해놓고 하는 판결이니 다른 결과가 필요 없다. 그러나 박재혁은 일제가 내린 형벌을 받지 않았다. 그들이 판결한 사형 대신 자신에게 단식이라는 벌을 내려 순국했다. 이 또한 일본인에게는 충격이었다.

최수봉도 당당히 재판에 임했다. 1심에서 무기징역이 구형되었다. 모욕적인 재판을 받지 않기 위해 체포 직전에 자살을 시도했으나, 병원에 데려가서 살려준 일본 경찰을 원망하고 재판장을 비난했다. 남의 나라를 짓밟은 일본이 잘못했음을 왜 알지 못하고 이에 저항한 우리를 벌하느냐고. 재판할 자격이 없는 자들에게 재판받기 싫다고 외치는 최수봉이 무서웠다. 아니 모든 의열단원이 다 이들과 같다면 조선을 지배할 수 있을 것인가. 재판을 지켜본 일본인들은 의열이라는 소리만 들어도 두려웠다.

의열단과 관련된 자들의 기백에 눌린 듯, 일본 재판정은 고심할 수밖에 없었다. 일벌백계를 보여 주는 것이 최상이라 여겼다. 최수봉에게도 사형이 선고되었고, 상고가 기각되어 사형이 확정되었다. 최수봉도 당당하게 죽음을 맞았다.

스무 명의 단원이 재판받고 있음을 알고 있을 터인데도, 박재혁과 최수봉을 보내 폭탄을 던진 의열단에 경고하기 위해서라도, 일본 법정은 그들에게 무거운 형을 선고해야만 했다. 단원들은 누구랄 것 없이 모두 허리를 펴고 재판정에 들어섰고, 판사 앞에서도 주눅 들지 않았다. 도대체 두려움을 모르는 사람들이었다.

가장 어린 나이로 잡혀 온 '윤세주 저놈은 알고는 행동한 것인지'. 기소한 검사는 어이가 없었다. 겁이라고는 없는 어린놈이다. 세주는 심문만 받으면 입을 굳게 다물었다. 어떤 동지의 이름도 그의 입을 통해서는 확인할 수 없었다.

8년 형이 언도된 날 세주는 입을 열었다.

"우리가 뜻을 이루지 못하고 잡혀 있는 것이 가장 부끄러운 일이다. 그렇다고 해서 절망하지 않는다. 왜냐하면 또 다른 우리가 어디선가 폭탄을 만들고 총을 닦고 있을 것이기 때문이다. 평화롭게 살아가는 이 땅에 총칼을 앞세우고 쳐들어온 것이 야만이며 죄악이지, 침략자를 몰아내려고 총을 든 우리는 잘못이 없다."

당당히 외치는 세주의 발언을 재판장은 저지했다. 그러나 세주는 목소리를 높여 법정이 쩌렁쩌렁 울릴 만큼 큰 소리로 외쳤다.

"이토 준기치! 재판장인 너에게 말하니 잘 듣거라."

그리고 배에 힘을 주어 큰 소리로 외쳤다.

"우리의 제1차 계획은 불행히도 파괴되고 무수한 동지들이 피포되어 판죄되었으나, 피포되지 않은 우리 동지들은 도처에 있으니, 반드시 강도 왜적을 섬멸하고 우리의 최후 목적을 도달할 날이 있을 것이다."

방청객을 감동시킨 세주의 진술은 법정에 앉은 동지들도 놀라게 했다. 언제나 조용하게 앉아 자신의 이야기를 하기보다는 듣는 편이라 더욱 그러했다. 이성우는 그런 세주에게 매력을 느꼈다.

'나보다 동생인데 형 같구만야.'

세주의 옆구릴 쿡 찌르며 물었다.

"동지는 어디서 연설을 배웠음매?"

세주가 대답했다.

"내가 다닌 오성학교에서는 매주 토요일마다 열띤 토론이나 웅변대회가 열렸습니다. 실은 웅변대회에 참가하여 상도 몇 번 탔지요."

"기래! 기래서 동지의 말에 힘이 있구먼."

세주는 이성우와 이야기하는 도중 방청석을 쳐다봤다. 혹 아내나 가족이 와 있을까 해서 곁눈질을 했다. 찾을 수 없었다. 아니 찾을 시간적 여유가 없다. 열다섯 명에 대한 공판이 있으니, 방청을 신청한 사람이 얼마나 많겠는가!

백민 스승의 가족이라도 눈에 보이면 좋으련만. 허나 스승의 말이 아직도 어눌하니 고모님께서 보시면 얼마나 가슴 아플까? 차라리 안 보시는 게 나을 것 같다.

세주는 항소하지 않았다. 가족들의 권유에도 일본 법정에서 형을 낮추어 달라 구걸하는 것은 죽기보다 싫다고 했다. 다른 동지들도 마찬가지다. 대신 감옥에서 깊이 있는 공부를 하고 싶다고 했다. 일본 대학에서 발행되는 자료들을 차입해 달라고 요청했다. 다행히 일본 대학의 교재이니, 간수도 세주에게 '간독허가증'을 발급해 주었다.

세주는 경성형무소 3익 28방에 수감되었다. 수형 번호는 592번이다. 이름 대신 숫자로 불리는 죄수가 되었다. 남보다 일찍 일어나 바른 자세로 앉은 세주에게는 다른 죄수들이 함부로 근접하지 못했다. 잡범들과 같은 감방에 집어넣어 세주를 곤혹스럽게 하려는 의도였으나, 세주는 의연했다.

매일 아침 간수가 아침 점호를 하면 죄수들은 모두 일어나 경례하는 것이 원칙이다. 세주는 일어서지도, 인사도 하지 않았다. 간수는 어린놈에게 이렇게 유린당하면 어떤 죄수도 자신의 말을 듣지 않을 것이기 때문에 기어코 경례를 시켰다. 끝까지 고개를 숙이지 않으니, 강제로 머리 숙여 경례하게끔 목을 눌렀다. 한 달 동안 계속된 간수와 세주의 경례 싸움! 세주의 머리는 강제로 누를 수 있었으나, 세주의 마음을 굴복시키는 것은 불가능했다. 간수는 경례 받는 것을 포기할 수밖에 없었다.

이런 모습을 본 감방의 죄수들은 세주를 무서워했다. 나이는 어려 보이지만 뭔가 모를 기세에 눌려 쩔쩔맸다. 세주는 정해진 시간에 일어나 묵상하고 자신의 시간 계획에 의해 학습하고, 감방에서 주어진 노역에 최선을 다했다.

세주의 태도를 지켜보던 사람들이 말을 걸어왔다. 세주는 그들에 대한 연민이 깊었다. 일본의 지배가 없었더라면 가족과 오순도순 살고 있을 것을. 그래서 세주는 아내에게 보낸 편지에 이렇게 썼다.

"옥중 실상을 보고 민족의 비애를 느꼈소. 옆에 변기를 두고 곰팡내 나는 조밥에다 역시 냄새나는 콩을 섞어주는 밥이 역겨워 먹지 못하면, 뒤에 들어온 죄수는 그것도 모자라서 서로 더 먹겠다고 아우성쳐서 순식간에 없어졌다오. 일본놈들은 사람이 먹지 못할 밥을 주면서도 양을 많이 주지 않소. 우리 민족끼리 싸우도록 하는 것이오. 나는 일부러 먹지 않아 그들에게 남겨주기도 하지만, 그것이 냄새나는 밥이라 그들에게 미안하다오."

세주의 이런 마음은 다른 죄수에게도 전해졌다. 세주는 그들에게 독립운동의 필요성에 대해, 그들이 죄를 범하는 상황이 일본에 의해 만들어진 것임을 끊임없이 이야기했다.

그리고 집에서 부쳐준 대학 통신강의록을 통해 자신을 단련시켰다. 강의록은 정치경제과, 법률과, 문학과, 중학과, 상업과, 고등여학과에서 제공되었는데 세주는 그중 문학과를 집중 탐독했다. 문학을 통해 사회학이나 철학 그리고 심리학을 공부했다. 세주만이 할 수 있는 끈기와 저력이었다. 그러나 아내의 편지가 없었더라면 그는 감옥생활을 이렇게 견딜 수 없었을 것이다.

소악은 세주가 떠난 뒤 밀양교회에서 문을 연 여자 야학에서 열심히 글을 익혔다. 읽는 것은 물론 글쓰기도 어느 정도 능숙해졌다. 남편에게 소식을 전하기 위해 더 노력했다. 하루 일을 끝내고 혼자 있는 방에 오면 조심스레 연필을 깎아 편지를 썼다. 최수봉이 밀양경찰서에 폭탄을 던져 잡힌 이야기며 그가 끝내 사형당했고, 그의 시신을 모셔 오는 중에 밀양의 젊은이들이 경찰에게 고통을 당했다는 것, 이 일을 주도하신 분이 을강 스승이라는 것도 세세히 적어 보냈다. 비밀스러운 이야기가 있을 때는 차입하는 옷의 솔기에 숨겨 보냈다. 옷만 덜렁 오면 세주는 당연히 솔기 속에 편지가 있을 줄 알고 살펴서 읽는 것이다. 둘은 이렇게 감옥에서, 시부모의 눈치 속에서 사랑을 꽃피웠다. 마치 처음 연애하는 사람처럼 말이다.

감방 안에서도 면회 오는 사람들에 의해 국내 사정이 세주에게 알려졌다. 그들이 잡혔던 시기에 봉오동에서 홍범도가 일본군을 상대로 큰 전투를 벌여 이겼다는 것과 이를 보복하기 위해 일본군이 청산리에 쳐들어왔다가 수천 명이 죽었다는 소식이 전해졌다. 정말 놀라운 일이다. 신흥무관학교에서 활동하던 많은 동지가 함께했을 것이다. 홍범도 장군은 백발백중의 명사수라 했다. 김좌진은 대종교에 소속된 북로군정서의 총사령관이었다. 그들이 힘을 합쳐 청산리에서 십여 차례나 전투를 치러 일본군을 박살냈다고 하니 이보다 더 기쁜 소식이 있을까!

그러나 일본놈들은 이를 그냥 지나치지 않았다. 독립군을 뒤에서 도와주는 간도 지역의 주민을 학살한 것이다. 모두 죽이고 모두 태우고 모두 없애는 작전으로 수천 명의 동포들이 학살되었다고 한다. 이 일의 책임자인 다나칸지 뭔지 하는 놈을 의열단이 상하이에서 죽이려다 실패했다는 소식도 들었다.

'원봉이 형님이라면 그자를 그냥 둘 수 없었겠지.'

많은 소식 중 가장 놀라운 것은 누군가 조선총독부에 폭탄을 던지고 유유히 사라졌다는 이야기였다. '분명 의열단이 실행한 것이다'라고 세주는 확신했다. '누구였을까?'

김상옥이라는 사람이 서울 시내 한복판에서 일본 경찰과 대치하여 몇 시간 동안 싸웠다는 이야기도 가슴 벅차게 들었다.

'원봉이 형님이 아니, 우리 의백이 수많은 의열단원을 키우고 그들과 함께 싸우고 계시는구나!'

경성형무소에 있는 동지들도 이 소식을 들었을 것이다. 멀리서 잠깐 바라보는 동지에게 전할 수 없었지만, 주먹을 불끈 쥐어 올리는 모습에서 그들도 알고 있음을 짐작할 수 있다.

김시현 동지가 폭탄을 국내로 들여온 뒤 잡혔다는 것과 김지섭 동지가 일본까지 건너가 폭탄을 던졌다는 이야기도 감옥에서 흘러가듯 들을 수밖에 없으니 답답했다. 세주는 이 많은 이야기는 출옥하면 상세히 알아봐야겠다고 생각하며 하루라도 빨리 감방에서 나가길 기원했다.

세주와 황상규는 1년을 감형받았다. 수감생활을 얌전히 했기 때문이다. 다시 말하자면 감방 안에서 이루어진 노역을 충실히 잘해서이다. 매일 60장 이상 부과되는 봉투 만들기 과업을, 세주는 세월을 낚는 사람처럼 묵묵히 해냈다. 빠른 출옥을 원했지만 만세시위와 관련된 재판에서 세주 없이 내려진 판결 형량 1년 6개월 형이 보태졌다. 속은 탔지만 기다려야 했다.

백민 황상규는 1926년 4월에 출소하였다. 그나마 다행이었다. 스승만이라도 이 참혹한 감옥에서 나갈 수 있다는 것이 고마웠다. 스승은 고향에 가시면 또 다른 일을 도모하실 것이다. 원봉이 형님에게 큰 힘이 되어주실 것이다.

아내가 보내주는 소식에 의하면 백민 스승의 두 자녀가 병원에도 가지 못하고 세상을 떠났다고 했다. 입술을 깨물고 참았으나, 출옥 후 이 사실을 막상 현실로 마주하실 스승이 걱정이었다.

세주도 아내의 편지를 통해 성내의 고향 집이 팔려 감내로 이사한 것을 알았다. 일본의 감시 때문에 밀양 외곽으로 이사했다고 하였으나, 보지 않아도 알 수 있었다. 자신을 뒷바라지하기 위해 집을 팔고 이사했음을 말이다. 아내는 세주가 출옥하면 감내리 59번지로 찾아와야 함을 강조했다.

스승이 출소한 지 얼마 안 되어 사람들이 무리 지어 감옥에 들어왔다. 너무 많은 사람이 잡혀 오니 궁금해서 세주가 물었다.

"무슨 일이 일어났소?"

"예. 황제가 붕어하셨지요. 기미년 때처럼 인산일을 기해 만세시위를 한 사람들이 다 잡혀 왔어요."

"이번에도 전국적으로 만세운동이 퍼져 나갔나요?"

"그랬으면 오죽이나 좋겠습니까마는 그러지 못했습니다. 황제가 죽자, 제2의 만세운동을 기획하면서 사회주의와 민족주의 단체가 서로 만났지요."

"사회주의 단체라니? 사회주의 단체가 국내에도 생겼다는 겁니까?"

"예, 생겼지요. 그런데 그런 사실을 모르고 있는 것을 보니 이곳에 온 지 꽤 오래되었나 봅니다그려."

"예, 6년 정도 되었지요."

"무슨 일로?"

"육 년 전에 신문에 난 의열단 사건 관련자지요."

"정말입니까? 이렇게 뵈어 영광입니다. 그 사건이 신문이 나자, 학생들이 너도나도 의열단에 가입하려고 했었지요."

"그런데 사회주의 단체라는 게 어떤 단체요?"

"예. 지난해에 박헌영이라는 사람이 중심이 되어 조선공산당이 만들어졌습니다. 만세운동 이후에 일본놈들이 결사의 자유를 준답시고 단체를 만들어도 된다고 했지요. 그런데 사회주의 단체가 만들어지니 이놈들이 글쎄 치안유지법이라는 것을 만들었지 뭡니까.

이 법은 자본주의를 부정하거나 일본의 국체를 부정할 경우 10년 이하의 징역을 내리는 그런 법이라오. 그 법에 따라 조선공산당이 해산되고 말았지요. 이후 그들은 몰래 조선공산당을 재건했다고 하는데 그것도 오래 갈 수 있을지 모르겠수다."

"결사의 자유가 있다면 국내에는 많은 단체가 있을 법도 하군요. 그러면 이번에 만세시위를 준비하면서 그 단체들이 앞장서지 않았나요?"

"앞장섰지요. 사회주의 계열에서는 정우회라는 단체가, 민족주의에서는 조선민흥회가 앞에 나섰지요. 그러나 일본놈들에게 발각되어 만세운동을 주도하진 못했습니다. 대신 학생 단체인 조선학생과학연구회가 주축이 되어 만세시위를 하다 이렇게 잡혀 왔지요."

"여전하군요. 학생들이 주인의식을 갖고 이렇게 싸우다니 정말 다행입니다."

세주는 새로 들어온 학생들로부터 많은 정보를 알 수 있었다. 겉으로 드러낼 수 있는 단체를 만들 자유가 생겼다는 것과 반대로 그것을 처벌하려는 치안유지법이 제정되었다는 것, 출옥하면 국내에서 활동하기 편할 수 있으나, 이 법이 걸림돌이 될 것임을 확신했다.

몸이 불편해보이는 곽 부단장이 세주보다 며칠 앞에 출옥했다. 세주는 이야기를 나눌 수는 없었으나, 건강이 걱정될 정도로 걷는 모습이 부자유스러웠다. 평소처럼 빳빳이 서 걷던 모습이 아니었다. 고개를 숙이고 땅만 바라보는 모습이 낯설었다.

9

감옥에서의 하루는 너무 길거나 아주 짧았다. 아무 생각 없이 노역을 하다 보면 어느덧 하루가 흘러간다. 그러나 무슨 소식이라도 있어 궁금해하면 하루가 너무 길다. 세주는 세상 소식을 궁금해하면서도 간수가 주는 봉투를 만드는 데 집중했다.

다이쇼가 죽은 지 1주기를 맞아 윤세주에게 감형의 기회가 주어졌다. 경성형무소에서는 유일하게 세주에게만 주어졌다. 무심하게 봉투만 만지작거리다 보니 일본놈의 눈에는 모범수로 보였나 보다.

가족들은 세주의 출옥 소식을 전해 듣고 세주를 맞으러 누군가 가야 하지 않느냐며 의논했다.

세주의 아내 소악은 가고 싶은 마음이야 굴뚝 같지만, 자신을 보내달라 말하지 못했다. 낯선 서울에 가는 것도 그렇지만 여자가 함부로 나설 수 없는 사회적 관습을 넘어설 용기가 없었다. 시어른의 결정만 묵묵히 기다릴 뿐이다.

맏형 치장이 소악을 대신하여 경성형무소 앞에서 기다렸다. 1927년 2월 7일이다.

치장을 비롯하여 출옥을 기다리는 가족의 애타는 기다림에도 불구하고 쉬이 형무소 문이 열리지 않았다. 이월 초순이라 살을 에는 듯한 추위가 기다리는 가족들을 움츠러들게 했다. 모두 눈물 어린 눈으로 붉은 벽돌의 음침한 형무소 안을 바라고 서 있다. 방사형으로 지어진 여러 채의 건물은 적은 인원의 간수가 죄수를 감시하기 좋은 형태로 지어졌다. 얼마나 많은 목숨이 좁은 공간에 갇혀 번뇌 속에 살까? 갇힌 자신을 자책하거나 막힌 사방 벽을 견디지 못해 자해하는 사람, 해방 조국을 꿈꾸며 단련하는 이도 있을 것이다. 그러나 모두에게 외로운 고통의 나날일 것이다. 철문을 바라보는 치장의 눈은 세주뿐만 아니라 이 고통을 스스로 만든 사람들이 자신과는 다른 사람이라 여기면서도, 이들이 있어서 일본은 우리 민족을 두려워한다고 생각했다.

칠 년 가까이 경성형무소에서 보낸 세주는 아내가 넣어준 몇 가지의 옷이 든 보따리를 받아 들고 철문이 열리기만 기다렸다. 누가 왔을까? 아니 내가 출소한다는 사실을 가족들은 알고 있을까? 아무도 오지 않았다면 어쩌지? 온갖 생각들이 머릿속을 헤집었다.

저녁 일곱 시가 되자 경성형무소의 문이 열렸다. 삭발한 세주의 모습을 확인한 형 치장은 가져간 솜두루마기를 그의 어깨에 걸쳐 주었다. 아내 소악의 정성이 담긴 옷이 그를 감싸 포근해지길 바랐다. 6년 7개월 만에 출옥한 세주는 노역의 대가로 받은 10전의 돈을 쥐고 하늘을 쳐다보며 헛헛한 웃음을 날렸다. 형의 어깨가 왜 이리 좁아 보이는 걸까? 목에 걸린 한마디, '부모님 모두 건강하시냐'는 질문만 던지고, 세주는 형의 품에 안겼다. 형님이 오셔서 너무 좋았다. 아무도 없었다면 철문 앞에 그만 주저앉았을 것이다.

세주는 형과 함께 서울역에서 떠나는 마지막 열차에 몸을 실었다. 일을 도모하기 위해 밀양을 떠난 지 7년 만이다. 형님에게 느끼는 미안함을 어찌할까? 또한 형과 함께 기차를 타서 안심이다. 밀양까지 홀로 가게 되었다면 어떤 기분일까? 그러나 의열투쟁에 대한 선택의 순간이 다시 온다고 해도 세주는 이 길을 선택할 것이다.

밀양역에 내린 그들은 역 앞에 있는 고모 댁에 잠시 들렀다. 감옥생활에서 세주는 위통이 생겼다. 동생을 염려한 치장이 세주를 데리고 약국을 운영하는 고모 댁에 들렀다. 세주는 고모에게 기쁨을 준 존재이지만, 역 근처에 살다 보니 세주와 관련된 사람을 숨겨 두었는지 늘 감시의 대상이 되었다. 그래서 때론 세주가 원망의 대상이다. 미워할 수도, 예뻐할 수도 없는 생질이다. 위약을 처방해 주고 걸어가는 두 생질을 지켜보는 고모의 눈에도 눈물이 고였다.

응천강의 영남루 앞 다리는 뱃다리에서 일본이 자랑하는 콘크리트 다리로 바뀌었고, 삼문동과 가곡동을 잇는 다리도 부실하지만 전보다는 튼튼한 나무다리가 만들어졌다. 때론 큰비로 인해 다리가 떠내려가는 경우도 있었지만, 삼문동은 이제 섬이 아닌 육지가 되었다. 거주하는 사람도 많아졌다. 청년회관도 이곳에 들어섰다고 했다. 자신이 없는 칠 년 동안 많이도 변했다. 세주는 생각 없이 서문 밖에 있는 집으로 가려고 했다. 치장이 세주의 팔을 잡았다. 그제서야 아내의 편지가 생각났다. 맞다! 감내로 가야 한다. 세주는 정신이 번쩍 들었다. 그래도 세주는 가던 길을 그대로 걸었다. 자신이 태어나 자란 집을 돌아보고 싶었다. 언제 다시 그 집을 되찾아 가족들이 오순도순 살 것인가. 형도 그의 마음을 읽었는지 형제가 나란히 서문을 향해 걸었다. 서문 앞의 도로가 넓어져 있다. 형이 말했다.

“사람들이 이곳을 신작로라 부른다. 연결되지 않고 끊어져 있어서 동가리 신작로라 하지. 길이 넓어지자 주변에 집도 많이 들어섰다. 그래서 낯설게 느껴진 것일 게다.”

서문 앞에서 바라본 자신의 집을 박모라는 사람이 매입했다고 한다. 옆집인 원봉 형의 집도 이미 남의 손에 넘어갔다. 원봉이 형

가족도 세주의 가족처럼 감내로 이사했다고 하니 만감이 교차했다.

세주는 어릴 적 기억들이 추억으로 남아 있는 그곳을 한참이나 바라보다 돌아섰다. 동가리 신작로 끝에서 감내로 향하는 길을 따라 걸었다.

'기다리는 부모님과 아내에게 가야지!'

집에 돌아온 세주는 며칠 동안 내리 잠만 잤다. 일어나면 먹고, 먹고 나면 누웠다. 아내와 부모는 그저 지켜볼 뿐이었다. 악몽이라도 꾸는 듯 밤마다 비명을 지르는 남편을 지켜보는 소악은 잠을 이루지 못했다.

밥그릇을 소중히 잡고 밥을 뜨는 세주의 모습은 기도하는 사람이었다. 수저로 그릇 가장자리를 훑듯 먹고는 가운데 밥을 먹었다. 밥알 하나도 아깝지 않은 것이 없다는 듯 그는 성스럽게 밥을 먹고는

"정말 꿀맛 같구나!"

하여 보는 가족의 마음은 찢어졌다.

세주가 첫나들이 한 곳은 바로 이웃에 이사 온 김원봉의 부친 집이었다. 이웃의 57번지에 이사 온 김주익을 찾은 세주는 그 앞에 큰절을 올리고는 고개를 들지 못했다. 해자 옆에서 나란히 있던 두 집은 또 이렇게 감내에서도 이웃하여 있다. 세주는 원봉이 형이 잡히지 않는 것만으로도 기뻤다. 그러나 김주익은 아들 원봉으로 인해 귀한 남의 자식이 감옥에 갇히는 고통을 겪었다고 생각했다. 세주의 손을 잡고는

"몸을 소중히 여기게. 건강해야 무엇이든 하지 않겠나!"

하고픈 말은 많으나 다할 수 없다. 무슨 말이 필요하랴. 세주는 고개를 끄덕이며 말했다.

"형님은 꼭 이 나라를 해방시킬 겁니다. 그때까지 멈추지 않을 것이고, 제가 곁에서 지켜드릴 것입니다."

주익은 그 말에 안 된다고 하고 싶었다. 부모님을 생각해서라도 이제 독립운동이니 하는 말은 하지 말고, 고향에서 조용히 살아야 한다고 말하고 싶었다. 그러나 그 말을 하지 못했다. 세주가 원봉이 곁에 있는 것이 아들 원봉에게 얼마나 큰 힘이 되는지 알기 때문에 그를 말리지 못했다.

겨우 몸을 추스른 세주는 걸어서 가기에는 제법 먼 곳인 백민 황상규 집을 향했다. 세주가 살던 옛집 근처다. 대궐 같다고 많은 사람이 부러워했던 세주의 집에는 다른 사람이 살고 있다. 애써 눈을 피해 백민의 집으로 향했다. 스승은 작년에 출옥한 뒤 분가해서 살고 계셨다. 대문을 들어서는 세주를 발견한 김시악은 안방을 향해 세주가 왔다고 소리치며 세주를 맞았다. 한 손은 세주의 손을 잡고, 다른 손으로 세주의 얼굴을 어루만졌다.

김시악은 남편이 감옥살이하는 동안 아들과 딸을 잃었다. 돈이 없어 아이를 병원에 데려가지 못했다. 혼자 견뎌야 하는 고통이 오죽했을까! 그러면서도 남편이 감옥에 갇혔어도 조카 원봉이가 잡히지 않은 것을 다행이라 여겼고, 이렇게 세주가 돌아온 것이 좋았다. 죽은 자식이 살아온 듯 그녀는 세주를 반겼다.

방문이 열리며 백민이 얼굴을 내밀고 들어오라고 손짓했다. 세주는 스승에게 큰절을 올리고 앞에 앉았다. 둘이 나눌 이야기가 얼마나 많을까!

시악은 아이들을 데리고 이복수를 찾아갔다. 고인덕이 감옥에서 자결한 이후 눈물 속에 살고 있는 이복수는 김시악의 방문이 정말 반가웠다. 시악의 남편 황상규와 복수의 남편 고인덕이 각각 서울과 대구의 감옥에 있을 때, 그녀들은 눈물 바람 날리며 함께 위로했다. 대구형무소에서 고인덕이 자결했다는 소식을 들었을 때, 가장 먼저 달려가 이복수를 위로한 것도 김시악이었다. 반대로 시악이 자녀를 잃었을 때는 이복수가 그녀를 안아주었다. 그렇게 그녀들은 독립투사를 남편으로 둔 죄인으로 서로의 어깨에 기대어 의지했다.

김시악이 문을 나선 후 두 사람은 여러 가지 일들을 이야기했다. 박재혁, 최수봉, 김익상, 나석주 등 의열단원의 이야기를 나누었다. 얼굴도 모르는 단원의 희생에 고개를 들 수 없었다. 자신들은 시도도 하기 전에 들통나버렸는데, 직접 폭탄을 던지거나 총을 쏜 동지들이 한없이 부러웠고, 그들의 죽음이 아팠다.

그런데 백민이 의열단에도 선언문이 생겼다고 했다. 그들이 감옥에 있을 때 원봉 형님이 단재 신채호 선생을 찾아가 부탁하여 얻은 선언문이다. 육천사백여 자에 달하는 장문의 선언문은 읽은 자로 하여금 결기를 다지게 하는 힘찬 글이라 한다. 세주도 그 글을 읽고 싶었다.

조선혁명선언이라고도 불리는 의열단선언이 만들어진 것은 1923년 1월이었다. 그 전해인 1922년, 간도참변을 기획했던 일본 육군 대장 다나카 기이치가 상해를 거쳐 본국으로 간다는 소식에 의열단은 오성륜, 김익상, 이종암이 실행 요원이 된 암살 계획을 세우고 결행했다. 그러나 그 과정에서 신혼여행을 온 스나이더 부인이 오성륜의 총에 맞아 숨을 거뒀다. 이에 따라 의열단은 테러 집단이라는 오명을 뒤집어썼다. 테러라고 하면 불특정 다수에게 폭탄을 던져 피해를 주는 것이다. 그러나 의열단은 처음부터 죽여도 되는 사람을 정했다. 그러므로 절대로 테러 집단이 아니다. 그러나 국제여론은 그렇지 않았다. 이 비난과 맞물려서 의열단에 대한 물질적 지원이 줄었다. 활동에 필요한 폭탄을 제조할 수 없었다. 국내에 들어올 여비도 없다. 활동이 어려워지자 단원들의 사기는 말할 수 없이 떨어졌다. 적진을 향해 달려가고 싶어도 폭탄이 없고 총알이 없는 현실이 암담했다. 이들의 모습을 지켜본 단장 김원봉은 얼마나 고뇌하였을까! 김원봉은 북경에 머물고 있던 단재 신채호를 찾았다.

단재는 류자명을 통해 약산 김원봉이 자신을 찾아올 것을 알았다. 약관의 나이에 의열단을 만들어 일본의 간담을 서늘케 한 인물이 자신을 찾아온다고 하니 궁금했다. 상해에서 북경까지 찾아올 정도면 예사로운 일은 아닐 것이라 여기며 약산을 기다렸다.

북경의 한적한 공원에서 만난 두 사람은 말하지 않아도 서로를 알아보았다. 신채호는 멋지고 앳된 모습의 김원봉을 보며 약간 놀랐다. 우람한 체격에 장군 같은 모습일 것이라 상상한 것과는 달랐기 때문이었다.

"동지 반갑소. 동지에 관한 이야기는 많이 들었소. 그리고 의열단이 실행한 의거에 대해서도 말이오."

"저도 선생님에 대해서 많이 들었습니다. 그리고 어릴 때 선생님께서 쓰신 이순신전 등 영웅에 관한 이야기를 읽고, 크면 그들처럼 되겠노라고 다짐했습니다. 저야말로 선생님을 직접 뵙게 되어 영광입니다."

김원봉의 이야기를 들은 단재는 자신이 하는 일을 끝내는 대로 상해로 가겠다고 약속했다. 단재는 약산을 만난 뒤 그에게서 느낀 기운, 그것이 사람을 모은 힘이구나 생각했다. 나이도 어린 사람에게 의지하여 목숨을 내놓는다는 것은 쉬운 일이 아니다. 상대를 믿지 못하면 불가능한 일이다. 그러나 단원들은 그들의 재산과 목숨을 아낌없이 내놓았다. 김원봉을 직접 만나니 그 이유를 알 수 있었다. 단재는 의열단원을 위해 잠을 줄이면서 일했다.

일이 끝나자, 단재는 상해로 가 피를 토하는 심정으로 의열단선언을 작성했다.

그 과정을 알려주던 백민은 단재 신채호야말로 참된 민족의 스승이라 했다. 자신도 단재가 쓴 역사서를 보며 이를 흉내 내 역사책을 서술했고, 그가 쓴 영웅들의 이야기를 제자들에게 들려주었다고 했다. 단재의 글은 사람을 능히 움직이는 힘 있는 글이라고 하며 그 내용의 일부를 들려주었다.

'내정독립이니 참정권이니 자치를 운운하는 자'를 꾸짖고 '문화운동을 운운하는 자, 외교를 운운하는 자'에 대해 비수를 꽂은 단재는

"조선 민족의 생존을 유지하자면 강도 일본을 구축할지며, 강도 일본을 쫓아내자면 오직 혁명으로 할 뿐이니, 혁명이 아니고는 강도 일본을 구축할 방법이 없는 바이다"라고 하며, 이를 위해 "민중을 각오케 해야 한다"라고 주장했다. 그리하여 "이족통치를 파괴하고, 특권계급을 타파하고, 경제약탈제도를 파괴하고, 사회적 불평등을 파괴하자"라고 외쳤다. 더불어 "노예적 문화사상을 파괴하

여 고유의 조선, 자유적 조선, 민중의 경제, 민중의 사회, 민중의 문화"를 만들어야 한다고 주장하였다. 또한 그는 선언의 마지막을 다음과 같이 썼다.

"우리 이천만 민중은 일치로 폭력 파괴의 길로 나아갈지니라. 민중은 우리 혁명의 대본영이다. 폭력은 우리 혁명의 유일 무기이다. 우리는 민중 속에 가서 민중과 손잡고 끊임없는 폭력, 암살, 파괴, 폭동으로써 강도 일본의 통치를 타도하고, 우리 생활에 불합리한 일체 제도를 개조하여 인류로써 인류를 압박지 못하며, 사회로써 사회를 박삭(剝削)지 못하는 이상적 조선을 건설할지니라."

이야기를 듣는 세주의 두 주먹에 힘이 들어갔다. 민족 영웅 이야기를 저술하여 우리에게 투지를 주던 그분이, 이제는 우리 단체를 위해 이토록 힘찬 글을 주시다니 놀라울 따름이었다.

백민은 세주에게 자신이 알고 있는 의열단 소식을 전해주었다.

김원봉이 단재를 찾아가 호소할 정도로 의열단의 재정 상태나 단원들의 결기가 낮아지게 된 계기 중 하나는 황포탄에서 다나카 기이치 암살을 시도하여 실패했을 때 임시정부에서 '우리 가정부는 이 사건과 무관'하다고 선언하여 더욱 고립될 수밖에 없었다고 했다. 오성륜, 김익상, 이종암 세 단원이 목숨을 걸고 결행한 의거에 대해 임시정부는 지지 성명을 발표하지 않더라도 최소한 침묵을 지킬 순 없었을까? 국제적 고립에 빠질 것이 자명한 데도 외면하는 것이 과연 올바른 결정이었을까? 의열단원들이 갖는 의문이었다.

오성륜은 당대 최고의 명사수였다. 그가 제일선에서 기이치를 쏘았으나 때마침 앞을 가로막은 스나이더 부인이 맞았다. 제이선인 김익상이 쏜 총알은 기이치의 모자를 맞혔다. 이종암이 던진 폭탄은 자동차 바퀴에 적중했으나, 터지기 직전 영국 군인이 바닷물에 차 넣어 터지지 못했다. 그야말로 불운이 겹쳤다. 이종암은 도망쳤으나, 오성륜과 김익상은 공동조계 북사천로의 막다른 골목에서 영국과 중국 양국 경관에게 체포되었다. 이후 그들은 일본총영사관 경찰서로 넘겨졌다.

조사 과정에서 김익상이 조선총독부 폭탄 사건의 주범으로 드러나자 서울에 있던 친일 경찰 김태석이 출장 와 한 달 이상 조사했다. 김태석은 황상규와 윤세주를 비롯한 의열단 제1차 국내기관 총공격 사건을 맡았던 악질이다. 김태석은 공을 세울 목적으로 두 사람을 무자비하게 고문했던 놈이다. 언젠가 단원들이 처단해야 할 대표적인 놈이 바로 이 김태석이다.

'이놈이 또 우리 단원들을 고문했구나!'

황포탄에서 목숨을 잃은 여성은 미국인이었고, 그의 남편은 영국인이었다. 당시 의열단원이 쏜 총알에는 십자 모양이 새겨져 있었다. 무고한 목숨을 앗아가지 않겠다는 의지를 담아 십자가를 새겼으나, 불행히도 스나이더 부인이 목숨을 잃었다. 안중근과 그의 동지들도 이토 히로부미 암살을 계획했을 때, 무고한 사람을 쏘지 않기 위해 총알에 표식을 했다고 했다. 그들도 총알에 십자를 새겼다. 그들은 재판 과정에서 다음과 같이 말했다.

"도주 당시 중국의 순경이 달려들 때 순경이 아니라 하늘에 대고 총을 쏜 이유가 무엇인가?"

"우리와 아무런 관계도 없는 중국인을 죽일 필요는 없었소."

"그렇다면 총탄에 십자를 새긴 이유는 무엇인가?"

"탄환이 적의 몸을 꿰뚫고 나아가 다른 죄 없는 사람을 상하게 할까 봐 그리한 것이오."

아내를 죽인 범인이 구치소에 있다는 것을 알고 면회 온 스나이더는

"조선 청년들의 의기에 배운 것이 많다."

라며 오성륜에게 위로의 말을 건넸다. 이후 오성륜은 같은 방에 있던 일본인 사상범 전촌충일과 모의하여 구치소에서 탈출했다. 이후 홍콩과 독일을 거쳐 소련으로 갔다가 의열단에 복귀했다.

홀로 구치소에 남았던 김익상은 일본으로 압송되어 1심에서 무기징역을, 2심에서는 사형을 선고받았다. 이에 대해 임시정부 외무총장 조소앙이 사형 선고에 대한 부당성을 조목조목 지적하는 항의서를 발송했다. 그 후 김익상은 무기징역으로 감형되어 감옥에 갇혀 있었다. 비행사가 되고 싶었다던 김익상은 김창숙의 소개로 김원봉을 만나 의열단에 가입했다. 김원봉의 요청으로 조선총독부를 폭파하고, 총독인 사이토(재등실)를 죽이려 했다. 봉천에서 서울로 들어오는 기차 안에서 일본 경찰이 검문을 시작하자, 유창한 일본어를 사용하면서 옆에 앉아 있던 일본 여인과 아이를 돌보는 시늉을 하여 위기를 모면했다. 서울역에서도 여인으로부터 아이를 받아 안고 대신 폭탄이 든 가방을 건네주어 부부처럼 위장하여 무사히 통과하였다.

이후 전기수리공으로 가장하여 남산 왜성대에 있던 조선총독부에 들어가 2층에 있던 비서과와 회계과에 폭탄을 던지고 유유히 계단을 내려왔다. 두 번째 폭탄이 터진 후 그 소리에 놀란 경비병이 달려오자, 그에게 '위험하다 위험하다' 라고 말리는 시늉까지 하

며 소란한 틈을 타 뒷문을 통해 총독부를 빠져나왔다. 참으로 놀라운 기지였다. 수리공 복장을 벗어버리고 일본인 행세를 하며 피해 다니다, 일주일 후 북경에 있던 김원봉 앞에 당당히 나타났다. 놀라운 담력과 판단력, 임기응변은 의열단원들의 탄성을 자아냈으나 황포탄에서 체포되어 감옥에 갇힌 신세가 되었다. 단원들의 비통함은 금할 길 없었다고 황상규는 세주에게 전해주었다.

황상규는 또 국내에서도 믿지 못할 일이 있었다며, 세주에게 김상옥에 관한 이야기를 전했다.

김상옥은 임시정부 요인 중 작탄투쟁을 지지해 온 이시영의 소개로 의열단에 가입했다. 김원봉 단장으로부터 총과 실탄 그리고 살포할 격문을 받아 동지인 안홍한과 같이 상해를 떠나 단동에 도착했다. 농부로 변장하여 압록강을 건넌 후 쉼 없이 걸어오다, 정차 중인 석탄 수송열차에 올라 서울로 향했다. 서울역은 위험하다고 판단한 그들은 일산역에서 내린 뒤 서울에 들어왔다. 이후 폭탄을 던질 곳과 폭탄을 전해 받을 방법을 논의하고 있었다. 그러던 중 1월 12일 종로경찰서에서 폭탄이 터졌다. 현장에서 여러 명이 다치자, 일본 경찰은 범인 색출에 나섰고, 김상옥이 입국했다는 사실을 알게 되었다. 매부인 고봉근의 집에 숨어 있던 김상옥은 적의 포위망을 뚫고 남산 숲속을 달렸다. 적을 피해 효자동에 있던 동지 이혜수의 집에 들어가 몸을 숨기고 있었으나, 동대문서 형사대가 전우진을 체포하여 혹독한 고문 끝에 은신처가 드러나고 말았다. 1월 22일 권총을 든 형사대, 장총을 든 집총대, 기마대 그리고 헌병대 및 자동차대로 포위망을 만든 400여 명과 총격전을 펼쳤다. 한 사람이 사백 명과 벌이는 싸움, 그것도 서울 시내 한복판에서,

일본이 조선을 지배한 13년 만에 처음 있는 전투였다. 열다섯을 죽이거나 다치게 한 3시간의 혈투는 김상옥이 쏜 최후의 일발로 끝을 맺었다. 그 많은 일본의 총탄에도 꺾이지 않았던 김상옥의 결기는 스스로 쏜 총알에 의해 거두어졌다.

이야기를 듣던 윤세주의 눈이 촉촉이 젖었다. 감옥에 있는 자신을 대신하여 동지들이 일본인의 가슴에 엄청난 공포를 심은 것이 고마웠다.

단재 신채호의 조선혁명선언은 단원들의 사기를 높였고, 주저앉을 수 없었던 단원들은 이후 일본에서도 작탄투쟁을 시도하려 준비했으나, 대지진이 일어나면서 포기했다고 한다. 동경에 있던 박열 동지와 손잡고 동경 시내 한복판에 폭탄 세례를 퍼붓고자 했던 계획이 지진으로 인해 틀어졌다. 국내뿐만 아니라 적의 중심부에 폭탄을 투척하겠다는 의기를 이어 나갈 수 있었던 것은 단재 신채호가 쓴 조선혁명선언과 단장 김원봉의 피나는 노력 덕분이었다. 황상규는 이런 명문장을 주신 단재는 대한민국 임시정부의 대통령인 이승만이 국제연맹에 위임통치를 요청했다는 사실에 분개하여 국민대표회의에서 임시정부의 전면 재조직을 주장했으며, 이후 아나키스트 활동을 하고 있다고 했다. 황상규가 문득 생각이 난 듯 이야기를 꺼냈다.

"세주야! 서 교관이 희생당하셨다."

"예? 무슨 말씀인지?"

"서상락 동지 말이다. 그도 의열단 임무를 띠고 독일에 파견되었다는구나. 그런데 그곳에서 희생된 모양이야. 누가 그런 짓을 했는지 알 수 없으나, 짐작은 되지 않느냐?"

"그게 정말입니까? 매사에 신중하신 분이 어떡하다 변을 당하셨는지. 일본놈들이 그곳까지 사람을 보내다니 정말 무서운 놈들입니다. 다른 분들 소식은 또 없습니까?"

"또 있지. 이종암 동지도 지금 대구형무소에 갇혀 있다. 그도 일본에 직접 가서 투쟁을 전개하려고 결심했단다. 그 일을 결행하기 전 밀양을 다녀갔다고 하더구나. 이병철 형님이 돌아가셨기 때문에 그 가족을 위로하고 싶었던 게지. 이종암 동지가 국내에 들어왔다는 사실을 파악한 일본 경찰이 요양 중인 종암 동지를 체포하고, 그와 만났던 이병철 형님의 동생들과 김병환을 잡아갔지. 그때 고인덕 형님도 체포되셨다가 고문이 심해 대구형무소에서 자결하셨다. 얼마나 괴로웠으면 수갑을 낀 채 변기를 깨뜨려 그 조각으로 복부를 그었을까? 형님의 자결은 내가 출옥한 이후에 일어난 일이라 형님의 장례에는 참석할 수 있었다."

"이종암 동지의 건강은 괜찮으신지요?"

"그래 그것이 문제구나. 각기병 증세가 있다고 했는데, 일본놈들이 약이나 주겠냐. 정말 걱정이구나. 면회가 된다면 언제 한 번 가야겠구나. 그리고 이종암 동지가 법정에서 선고받은 날, 나석주 동지가 동양척식회사와 식산은행에 폭탄을 던졌지. 나도 모르는 단원인데, 우리 단장이 중국에서 여러 동지와 협력하고 새로운 단원을 모집하고 있는 것 같구나. 폭탄 세 개를 가지고 들어와 동양척식회사와 식산은행에 던졌다고 하더구나. 그리고 달려온 일본 경찰들에게 총을 쏘고 마지막 한 발로 자결했다고 하니 이 또한 얼마나 장한 일이냐. 일본놈들이 겁을 낼만 하지. 원봉이가 애를 쓰고 있다는 것이 눈에 선하게 보이는구나! 그나저나 이종암 동지의 건강이 걱정이다."

"예. 저도 이종암 동지를 구할 방법이 있는지 노력해 보겠습니다. 그런데 동지들이 너무 많이 희생되셨군요. 저는 하는 일 없이 감방에서 평안히 지낸 셈이고요. 어쩌면 제 목숨은 동지들의 것인지도 모릅니다. 제가 할 일을 하시고 먼저 가신 것이니 말입니다."

"어디 그들뿐이랴. 우리가 형무소에 있을 때 정말 많은 동지가 우리를 대신하여 일을 해주었다. 그들에게 부끄럽지 않게 살아야 할 텐데. 아무리 애를 써도 일본놈이 판치는 국내에서는 그놈들의 감시 때문에 일을 제대로 할 수가 없구나."

"그렇습니다. 그래서 저도 원봉이 형님을 찾아갈까 합니다. 다만 부모님이 걱정입니다."

"세주야! 우리가 감옥에 있는 동안 일본의 통치 방법이 바뀐 것 같다. 무작정 때려잡는 것이 아니라 겉으로는 우리에게 자유를 준 것처럼 포장하고 있으니, 우리도 이를 이용해야 하지 않겠냐? 그래서 민족지도자들이 모여 하나의 단체를 만들기로 했다. 며칠 있으면 발족할 거야. 사회주의든 민족주의 세력이든 '반일'의 기치 아래 모두 모이기로 했다. 단체 이름은 신간회라고 하는구나. 나도 그 단체에 힘을 보탤 것이다. 밀양에서도 그 지부를 만들어야 하니니 도움이 절실히 필요하다. 도와줄 수 있지?"

"선생님께서 하시는 일이라면 하겠습니다. 그 일과 더불어 청년들과 함께 활동하고 싶습니다. 청년들이 깨어 있지 않으면 이 나라를 다시 찾기 어렵다고 생각합니다. 그래서 저는 치형이 형님과 병환 형님을 찾아뵙고 밀양에서 청년들이 할 수 있는 일을 찾아 그 일부터 하겠습니다. 선생님께서도 도와주십시오."

"당연하지. 그들과도 이미 일을 함께 도모하기로 했다."

백민 스승은 늘 솔선하시는 분이다. 일 년 전에 출옥하여 전국적인 일에 앞장서고 또 지역에서 필요한 일을 계획하고 실천 중이다.

세주는 감옥생활 내내 궁금했던 문제를 꺼냈다.

"스승님! 조심스럽지만 여쭙겠습니다. 우리 일을 누가 밀고한 것입니까? 김태석이란 놈이 우리 중에 있다고 그렇게 큰소리쳤는데, 설마 우리 중에 있는 것은 아니지요?"

황상규는 '올 것이 왔구나' 하는 표정이었다. 황상규도 출옥 후 그 궁금증을 풀기 위해 알아보았다. 먼저 석방된 윤치형을 통해 그 사실을 확인할 수 있었다. 밀고자는 구영필이라 했다. 치형은 그에게 독립운동 자금을 맡겨두었기에 배신감은 더 컸다고 했다.

"그렇게 삿된 짓을 할 사람이 아닌데, 우리가 너무 믿었던 것 같구나!"

알려주는 스승도 듣고 있는 제자도 할 말을 잃었다. 항상 적은 내부에 있어 더 아플 수밖에 없다.

세주는 스승과 헤어진 뒤 김병환을 찾았다. 김병환은 밀양 젊은 이들이 존경하는 인물로 벌써 세 번이나 감옥살이를 했다. 처음은 만세운동으로, 두 번째는 세주가 도모했던 일에 연루되어서다. 마지막은 이종암 동지가 밀양을 다녀가면서 그와 만난 일이 드러나 구속되었다.

옥중에서 모진 고문을 받던 고인덕 형님이 감옥에서 자결한 것도 이때였다. 이러한 고통을 겪고도 김병환은 굴하지 않았다. 밀양 내에 문제가 생기면 이를 해결하기 위해 앞장섰다. 그래서 김병환은 밀양 청년들의 대부가 되었다. 이를 잘 알고 있던 세주도 김병환을 찾아 청년회를 활성화할 방안에 대해 논의했다.

이상재, 홍명희가 중심이 되어 서울에서 신간회가 출범했다. 지역마다 지회가 조직되고 있었으나 윤세주는 청년회를 개최하여 자체 혁신과 밀양 사회 개혁 방안을 모색하는 일에 매진하였다. 청년회 총회의 임시의장은 김병환이 맡았다. 세주와 사전 논의가 있었던 터라 주저 없이 승낙했다. 김병환의 주선으로 황상규와 윤치형, 윤세주가 청년회 집행위원으로 들어갔다. 그런데 그해 10월, 청년회에 속한 사람의 나이 제한 규정을 재확인하면서 삼십 세 이상인 황상규와 윤치형, 그리고 김병환이 사직했다. 윤세주만 덩그러니 남아 집행위원장이 되었다. 그마저도 다음 해에 청년회 상한 연령이 27세로 낮아지면서 윤세주는 청년회 활동을 할 수 없었다. 세주는 청년회 집행위원장을 사임하고 신간회 밀양지회 활동에 전념하겠다는 의사를 전달했다. 이 소식을 접한 청년회원들이 오랜 논의 끝에 밀양청년회의 나이 상한을 삼십 세로 하여 윤세주를 위원장으로 재선출했다. 밀양 청년들의 윤세주에 대한 애정은 끝이 없었다. 그러나 윤세주는 이를 사양하고 신간회와 언론 활동에 집중했다.

이후 열린 회의에서 청년회의 나이 상한이 이십오 세로 낮아졌다. 윤세주를 위해 일시적으로 높인 것은 윤세주를 모시고 싶은 청년들의 열망 때문이었다.

윤세주는 청년회 집행위원장으로 활동할 때 인근 지역에서 벌어진 국농소 소작쟁의에 대한 진상 조사를 맡았고, 그에 대한 지원을 아끼지 않았다.

또한 세주는 1927년 내내 밀양지역에서 가장 큰 이슈였던 '밀양 군청 이전 반대운동'에도 청년회를 통해 운동의 방향을 제시했다. 이후 신간회 밀양지회 조직에 대해서는 황상규를 중심으로 해결해 나갔다.

이러한 세주의 활동은 밀양 소년회에도 큰 영향을 끼쳤다. 밀양의 소년들은 1927년이 저물어 갈 무렵 청년회에서 독립을 선언했다. 그리고 새로운 지도부를 선출했다. 이들은 잡지 발간을 기획하는 등 경남의 소년 운동을 선도했다. 경상남도 소년총연맹 창립대회에서 경남도연맹 위치를 밀양으로 결정하고, 중앙집행위원장으로 밀양 사람 김종태를, 중앙 상임 서기에 박해쇠를 임명할 것을 결의했다. 박해쇠는 석정 윤세주를 사모하여 이후 자신이 동요 작가로 활동할 때 필명을 석정이라 하였다.

해쇠와 가까운 곳에 살았던 윤세주는 해쇠보다는 열 살 위였다. 해쇠는 세주와 직접 어울리지 못했으나, 마을 어른들의 이야기 속에서 등장하는 원봉과 세주를 흠모하고 있었다. 그런데 세주가 감옥에서 출옥하여 밀양 청년동맹에서 활동하게 되자 그를 가까이에서 볼 수 있었다. 밀양공립농잠학교 분규 사건에 앞장서서 해결하는 세주를 통해 조직을 관리, 운영하는 방법을 배웠다. 어떤 일을 처리하든지 모두의 이익을 우선하는 세주는 해쇠에게 있어 닮고 싶은 선배였다.

김종태와 박해쇠 등 밀양소년회에 소속된 단원들이 중심이 되어 문예동인사라는 비밀 조직을 만들었다. 문예동인사의 활동을 지켜보던 일본 경찰은 회원들을 치안유지법 위반으로 체포했다. 세주는 이들의 석방을 위해 백방으로 노력하였다.

세주가 출옥한 뒤 고향 사람을 가장 놀라게 한 것은 극장에서였다. 당시 유행하던 영화는 무성영화였다. 소리가 없기 때문에 영화의 줄거리를 아는 사람이 변사 역할을 하여 목소리 연기를 해야 한다. 그 역할을 자처한 사람이 윤세주였다. 1926년에 처음 상영되어 우리 민족의 사랑을 받았던 나운규 감독의 영화 '아리랑'이 밀양에서도 상영되었다. 극장은 좌석뿐만 아니라 통로까지 사람들로 가득 찼다. 영화와 함께 울려 나오는 목소리의 주인공을 사람들은 알지 못했다. 때로는 능청스럽게 때로는 구슬프게 때로는 애잔하게 흘러나오는 목소리는, 극장 안에서 영화를 보는 사람의 심금을 울렸다.

특히 주인공 김영진이 정신을 되찾고 난 뒤 일본 경찰에게 끌려가면서 외치는 대사는 모두의 가슴을 저미게 했다.

"여러분! 울지 마십시오. 이 몸이 삼천리 강산에 태어났기 때문에 미쳤고 사람을 죽였습니다. 지금 이곳을 떠나는, 떠나려는 이 영진은 죽음의 길을 가는 것이 아니라 갱생의 길을 가는 것이오니 여러분은 눈물을 거두어 주십시오."

함께 울고 있는 관객, 그와 동시에 울려 퍼지는 노래 아리랑! 영화는 이렇게 모든 관객을 하나로 만들었다.

"아리랑 아리랑 아라리오 아리랑 고개로 넘어간다.

나를 버리고 가시는 임은 십 리도 못 가서 발병 난다."

울면서 부르는 노래 속에 울분과 원망이 감돌고 일본을 몰아내야 한다는 다짐이 스며들었다. 세주는 영상실을 나와 무대에서 사람들에게 고개 숙여 인사했다. 청년회원들과 소년단원들은 세주의 등장에 놀라워하며 힘찬 박수를 보냈다.

세주는 민중에게 민족의식을 갖게 하려면 언론이 매우 중요하다고 여겼다. 출옥 후 세주는 밀양은 물론 인근의 항일 언론투쟁에 관여했다. 부산 대창정에 있는 국제관에서 경남 기자대회를 개최할 때 신간회 밀양지회 총무간사의 자격으로 참석했다. 발언권을 얻어 '전 민족적 정치투쟁'에 관한 열변을 토했다. 몇 번이나 경관이 제재해도 세주의 발언은 계속되었다. 경관은 세주를 부산경찰서로 연행했고, 기자대회 집행부의 노력으로 겨우 석방되었다.

세주는 경남인쇄 주식회사 이사, 중외일보와 조선일보 기자로도 활동했다. 그의 활동 범위는 이미 밀양을 벗어나 있었다.

세주가 출옥하던 해인 1927년 12월, 밀양에서도 신간회 밀양지회가 창립되었다. 윤치형의 사회로 진행된 창립식에는 인근 지역에서 많은 축하 내빈이 참석했고, 경성본부에서 정헌태가 내려와 신간회의 취지를 설명하였다. 이후 임시의장인 황상규가 신간회 규약을 낭독한 뒤 밀양지회 규칙을 통과시켰다. 세주는 창립 과정 전반인 경과를 보고했다. 이후 실시된 임원 선거에서 지회장은 백민 황상규가 맡았다. 당연한 일이었다. 부지회장에는 김병환이 선출되었다. 이 또한 당연한 일이다. 총무간사 다섯 중 한 명으로 윤세주도 선출되었다. 이후 백민을 중심으로 밀양지회는 운동 방침을 새롭게 마련하는 등 전국에서 가장 모범적인 신간회 지회가 되었다. 인근 지역에 지회가 설립될 수 있도록 지원하고, 다른 지역에서 발생하는 문제에 대해서는 공동으로 대응하였다.

세주는 지역에서 일어나는 일본과의 갈등을 해결하는 일에 몰두하면서도, 늘 마음은 중국에 있는 의열단에 가 있었다. 가끔 인편으로 소식을 전해주는 원봉 형님은 의열단의 작탄투쟁 활동을 접고 새로운 노선으로 바꾸었다고 했다.

1926년부터 작탄투쟁이 아니라 단원 모두가 정식으로 군사훈련을 받고 전투를 지휘할 수 있는 능력을 갖춰 일본과 직접 전투할 수 있도록 힘을 키운다는 것이다. 그래서 원봉 형도 중국 육군 군사학교가 있는 황포도에서 군사 교육 과정을 수료했다고 전해왔다. 노선 전환에 반대한 밀양 출신 한봉근 형님은 이후 임시정부에서 활동하고 있으며, 김상윤 형님은 의열투쟁이 최선이라며 떠났다고 했다. 그런데 상윤이 형의 생사를 알 수 없다고 했다. 생사를 모른다? 일본의 손길은 어디까지 미치고 있는 걸까?

'국제정세가 변하니 노선도 변해야 한다. 하지만 동의하지 못하는 동지들이 떠나는 것은 어찌할꼬.'

세주는 고민이 더 깊어졌다. 그만큼 밖에서 활동하는 시간이 길어졌다. 매일 아침 일찍 집을 나와 읍내에서 활동하고 밤이 깊어야 돌아갔다.

밤늦게 돌아온 세주는 아내에게 미안하여 발소리를 줄였다. 그런데 방에서 들려오는 것은 아내의 앓는 소리였다. 후다닥 달려 들어가 살펴보니 아내는 식은땀을 뻘뻘 흘리며 신음하고 있었다. 황급히 아내를 둘러업었다. 큰소리로 건넌방에 있던 차암을 불렀다. 그는 이미 장가들어 색시와 함께 기거하고 있었으나, 세주는 이를 배려할 여유가 없었다. 삼촌의 목소리에 놀라 뛰쳐나온 차암에게 뒤따라올 것을 부탁하고 세주는 뛰었다. 아내의 땀과 세주의 땀이 뒤섞여 범벅이 되었다. 세주는 응천강 다리 건너 삼문리에 자리 잡은 삼성병원으로 갔다. 읍내에 있던 병원이 새로 다리가 만들어지면서 삼문동으로 이전했다. 김형달 원장은 인근에서 의술이 좋기로 이름나 있다.

따라온 차암이 병원 문을 두드렸다. 눈을 비비며 김형달이 나왔다. 그는 이런 일이 자주 있는 듯 신속하게 환자를 받아 눕히고 진료했다.

"우선 응급 처치를 해드릴 테니 날이 새면 부산에 있는 도립병원으로 가보시오."

"왜 이러는 것입니까? 집사람은 괜찮겠지요? 어디가 잘못된 것입니까?"

"내가 보기에는 큰 병은 아니나 치료하려면 오랜 기간이 필요한 것 같소. 병원에 입원하여 치료하는 것이 가장 나을 듯하니 입원을 준비하고 가는 것이 좋을 듯하오."

"고맙습니다. 선생님! 저는 윤세주라 합니다."

"알고 있소. 따라온 차암 군도 잘 알고. 선생이 청년동맹에서 활동하는 것 알고 있소. 하시는 일을 직접 도와드리지 못하지만 마음으로 응원하고 있습니다. 언제든 도움이 필요하면 알려주십시오. 최선을 다해 도와드리리다."

"고맙습니다. 선생님의 존함을 잘 알고 있습니다. 가난한 사람에게는 치료비도 받지 않는다는 이야기를 들었습니다. 나라를 위하는 일에 필요한 것이 있으면 청하겠습니다."

세주는 잠든 아내 곁을 지켰다. 대신 차암에게 집으로 가 필요한 것들을 가져오도록 부탁했다. 병원에 얼마나 있어야 할지 모를 일이다.

아내가 시집온 지 벌써 십 년이다. 그동안 남편인 자신과 지낸

날이 얼마나 될까? 늘 가슴 졸이며 기다리거나 그리워하며 세월을 보냈을 것이다. 미안한 마음에 아내의 잠든 얼굴을 매만져 보았다. 겨우 돌아온 남편이 또다시 떠날 것이라는 조바심이 그녀에게 병을 가져다주었을 것이다. 세주도 알고 있다. 그럼에도 그녀에게 해줄 것이 없다. 나라를 되찾기 전에는 아내에 대한 사랑마저 미루기로 맹세하지 않았던가!

부산에 있는 도립병원에서의 한 달간은 세주와 소악에게는 달콤하고도 소중한 시간이었다. 서로에 대해 많은 이야기를 나누었다. 세주가 가진 뜻을 소악은 충분히 알게 되었고, 뜻을 따를 것이라 했다. 세주는 언제 떠날지 모르나 함께 있는 동안 사랑할 것이라 약속했다. 서로에 대한 믿음과 사랑이 깊어졌다. '사랑이 깊으면 이별은 쉬울까?'

병원에서 지내기 불편했던 세주는 사촌 형 집으로 이사했다. 퇴원 후에도 소악의 건강이 완전히 회복될 때까지 부산에서 거주하면서 둘은 때늦은 신혼을 보냈다. 세주가 최근 일하게 된 경남인쇄주식회사가 부산에 있는 것이 얼마나 다행인지. 일하며 아내를 돌보았다. 스스로 가장답다고 생각하며 세주는 소악과의 소박한 즐거움을 만끽했다. 아내를 위해 직접 밥상을 차리고, 음식을 입에 넣어주었다. 부모님 앞에서는 절대 할 수 없는 일이다. 둘만 지내는 동안이라도 세주는 소악의 남편 역할에 충실하고 싶었다.

몸과 마음이 평안해지면서 세주는 중외일보 기자로도 활발하게 활동했고, 아내와의 사랑도 소복소복 쌓아갔다.

시집에서 벗어나 사촌 형님 댁에서 지내던 소악은 꿈같은 나날을 지냈다. 언제나 생각에 잠긴 남편 얼굴은 쉽게 다가갈 수 없는 장벽이었다. 그런데 소악이 병을 얻게 되자 세주는 모든 정성을 쏟아 그녀를 간호했다. 그리고 시댁에서 벗어날 수 있는 시간도 마련되었다. '세상에서 가장 맛있는 음식은 남이 해주는 것'이라 했다. 세주는 서툰 솜씨로 그녀를 위해 찌개도 끓였다. 환자인 것을 핑계 삼아 호사를 누려도 된다며, 세주는 소악을 위해 자신이 직접 만든 요리를 상에 올렸다. 소박한 밥상에 사랑이 넘쳤다. 일상이 너무 행복한 소악에게 더 큰 기쁨이 찾아왔다. 아이가 온 것이다. 10년 동안 생기지 않던 아이가 드디어 세주 부부를 찾아왔다. 아이는 생물학적 결합으로 만들어지는 것이 아니라 소중한 영혼이 찾아와야 생기는 것이라 했다. 그 기쁨은 말로 할 수 없었다.

장조카 차암은 벌써 딸을 두었다. 세주에게는 손녀인 셈이다. 조그마한 손, 먹을 것을 달라고 오물거리는 입, 종손녀인 명애가 너무나 예뻤다. 그런데 이제 세주도 아버지가 된다. 세주는 기뻐 어찌할 줄 모르면서도 식민지를 조국으로 갖고 태어날 아이의 운명이 걱정이다. 더불어 그에게 투지를 심어주었다.

'아이에게는 해방된 조국에서 살도록 해주어야지.'

임신한 아내와 함께 밀양으로 돌아온 세주는 그동안 소홀했던 청년회와 신간회 활동으로 또다시 바빠졌다. 신간회 밀양지회는 연계소에 본부를 두었다. 지루한 장마 끝에 시작된 무더위는 높은 습도로 인해 견디기 힘들 정도였다. 국농소 소작쟁의 문제로 고민이 많았다. 직접 참여한 농민이 소작권을 갖게 해줄 방법을 찾아야 하는데 쉽지 않다.

밀양의 가장 넓은 평야는 하안평야이다. 이는 하남면과 상남면을 아우르는 곳이다. 원래는 응천강 중하류의 소류지나 황무지에 불과했다. 일본인 마쓰시다 사다지로(松下定次)가 용머리산을 뚫어 용두보를 설치하고, 하남면의 국농소가 메워지면서 가장 큰 평야가 되었다. 이곳에서 누가 소작권을 가질 것인가에 대한 쟁의가 이 년 동안 계속되었다. 세주는 세수라도 해야지 하면서 자리에서 일어서다, 사무실로 들어서는 사람을 보고 깜짝 놀라 그대로 굳어버렸다.

"아니, 성우 동지 아니십니까?"

세주를 찾아온 사람은 이성우였다. 세주와 같은 사건에 연루되어 8년 형을 선고받았던 이성우는 청진형무소에서 탈옥을 도모하다 형이 추가되었고, 경성형무소로 이감되었다. 먼저 출옥한 세주는 그의 안위가 염려되었으나, 연락을 취하지 못했다. 같은 형무소에 있었으나, 각자 다른 방에 수용되어 상세한 상황을 알 수 없었다. 다만 이성우의 건강이 좋지 않다는 것만 어렴풋이 짐작했다. 그런데 그가 세주 앞에 나타난 것이다. 그것도 아주 초췌한 모습으로 말이다. 세주는 금방이라도 쓰러질 것 같은 그를 부축하며 의자에 앉혔다.

"성우 동지, 아니 형님! 이게 어찌 된 일입니까?"

"세주 동지 반갑슴매. 내래 고향으로 가는 게 맞는데, 도저히 이 몸으로는 갈 수 없었슴둥. 기래 동지를 찾아 이곳으로 왔지비."

"잘 오셨습니다. 정말 잘 오셨습니다. 안 그래도 걱정하고 있었습니다."

"내래 늑막염인지 복막염인지 병에 걸렸음매. 얼마 살지 못함매. 그런데 동지가 보고 싶어 밀양으로 왔음매. 내래 동지를 처음 본 순간부터 동지가 좋았지비. 때론 친구 같고 어떤 때는 형님 같고 해서 말이다."

숨이 가쁜지 말을 쉬이 이어가지 못했다.

"형님! 우선 좀 쉬시는 게 좋을 듯합니다. 이곳에도 방이 있으니 잠시 누우시죠."

세주는 이성우를 방으로 안내했다. 지역 유림이 사용하던 곳이라 쉬는 곳이 마련되어 있다. 안병희 어르신께서 이곳을 내어 주어 한때는 여성들의 한글교습소로 사용되었다. 세주의 아내 하소악도 이곳에서 한글을 익혀 형무소에 있는 그에게 편지를 보냈다. 세주는 이곳에 올 때마다 아내를 생각했다. 얼마나 열심히 했을지는 그에게 오는 편지글을 통해 알 수 있었다.

누운 채 성우가 말했다.

"내래 청진형무소에서 탈출을 시도했지비. 우리 임무가 실패한 게 너무 아쉬워서 말이다. 그런데 발각됐음매. 하늘이 무너지는 것 같았지비. 다시 경성형무소에 왔더랬지. 멀리서 동지를 보고 안심을 했음매. 동지는 내게 늘 위안을 주었지비. 그런 동지에게 내래 병들었다고 할 수 없었음매. 동지가 알면 맘이 아플 테니 말이우다. 그런데 죽을 날을 잡아놓고 보니 동지가 제일 보고 싶었음매. 기래서 고향에도 가지 않고 이곳으로 왔음매. 이런 꼴을 동지에게 보여주고 싶지 않았음매. 그런데도 그런데도…."

눈가로 흘러내린 눈물이 베개를 적셨다. 세주도 함께 울었다. 성우는 세주보다 형이다. 이성우와 강세우는 세주를 사이에 두고 형과 아우였다. 그래서 세 사람은 의열단을 만들 시기부터 많은 이야기를 나누었다. 이후 성우는 약산 김원봉과 함께 폭탄을 구하기 위해 북경과 상해를 오갔고 완성된 폭탄을 운반하는 일을 했다. 이후 곽재기와 함께 밀입국했고, 세주와 함께 체포당했다. 얼마나 많은 고문을 당했을지 묻지 않아도 알 수 있었다. 성우는 폭탄 재료를 구입하고 제작하는 과정을 다 알고 있었고 직접 운반까지 했으니, 김태석의 고문이 얼마나 혹독했을까!

그런 그가 죽음을 앞두고 세주를 찾아왔다. 고향이 아닌 동지들이 있는 이곳에서 눈을 감고 싶다고 한다. 세주는 성우 동지의 가슴에 얼굴을 묻었다. 울음을 참을 수가 없었다. 궂은일에 먼저 나서고 과묵하여 다른 사람 이야기를 듣고만 있던 성우 형님이 의백의 고향 밀양을 찾았다. 고향 대신 찾아온 이곳은 이성우의 꿈이 서린 곳이었다. 의열투쟁으로 강도 일본을 쫓아내고, 농민과 노동자가 당당히 어깨 펴고 살 수 있는 세상을 만들 사람들의 고향! 그래서 성우는 이곳에 와서 동지의 품에서 생을 마감하려 한다.

잠든 성우를 두고 세주는 김형달을 찾아가 왕진을 부탁했다. 김형달은 진료가 끝난 저녁 많은 것을 챙겨 왔다. 세주의 이야기를 미루어 필요한 약재를 가져온 것이다. 진찰을 끝낸 김형달의 표정이 밝지 못한 걸로 보아 이성우의 병세가 아주 깊은 것이라 짐작했으나 내색할 수 없다.

"형님! 이분은 정말 명의로 소문난 분입니다. 형님 이제 안심하셔도 됩니다. 쉬시면서 치료하시면 금방 일어나실 겁니다."

옆에 있던 김형달도 거들었다.

"병이 깊으나 치료할 수 없는 것이 아니니, 처방해 준 약을 잘 드십시오. 저는 내일 다시 오겠습니다."

"고맙슴매. 내래 내 병을 잘 알지비. 너무 애쓰지 마우다."

세 사람 다 치료가 부질없음을 알고 있다. 세주는 돌아서 가는 김형달 뒤를 따라갔다.

"선생님 도저히 가망 없습니까?"

김형달은 대답 대신 고개를 가로저었다. 그리고 대문을 나섰다. 세주는 방에 들어설 용기가 나지 않았다. 이성우와 함께 집에 가야겠다. 임신한 아내에게 미안하지만, 집에 모셔서 돌보는 것이 낫겠다고 생각했다.

'오늘 밤은 형님을 이곳에 계시게 하고 내일 집으로 모셔야지.'

세주는 그사이 잠든 성우를 뒤로 하고 황상규의 집을 찾았다. 늦은 밤에 자신을 찾는 세주를 보자 황상규는 무슨 일이 있구나 짐작했다.

"들어오너라. 그래 무슨 일이고?"

"스승님! 이성우 동지가 이곳에 왔습니다. 낮에 저를 찾아왔는데 병이 깊은 듯합니다. 조금 전에 김형달 선생님께서 왕진을 다녀가셨는데…."

세주는 말끝을 잇지 못하고 어금니를 깨물었다. 황상규도 무릎의 옷깃을 꽉 쥐었다. 이성우의 나이 이제 서른이다. 의열단에 가입하지 않았더라면, 아니 1차 사건에 참여하지 않았더라면 꽃다운 나이에 이토록 참혹한 일을 겪지 않았을 것이다. 황상규는 자신이 기획한 의열단으로 인해 많은 사람이 투쟁하다 죽은 사실이 괴롭다. 일본제국주의자들과 싸우다 죽었지만, 자신이 만든 단체에 가입하면서 벌어진 일이다. 어찌 아무 감정이 없겠는가! 황상규는 감옥에 있을 때도 간수들이 전해주는 단원들의 죽음 소식을 가장 먼저 알았다. 김태석의 계략인지도 모른다. 백지 기소한 것에 분노하던 김태석이 단원들의 죽음을 가장 먼저 황상규에게 알려 괴롭히려 했을 것이다. 자녀의 죽음도 감옥 안에서 알게 되었는데, 동지들의 죽음까지! 김태석의 노림수라면 그것은 성공이었다.

그런데 이성우는 죽음을 앞두고 황상규와 세주를 찾아왔다. 그가 자신의 눈앞에서 죽음을 맞이한다면 견딜 수 있을까? 황상규는 두려웠다. 순간 가슴에 통증이 느껴졌다.

"그래 알겠다. 지금 연계소에 있다고? 내일 아침 찾아가 보마. 너도 집에 가야지. 늦었는데 얼른 가거라. 부지런히 걸어도 먼 길인데, 이렇게 어두워서야."

"연계소에 계신 분에게 형님을 돌봐달라 부탁을 해두었습니다. 저도 내일 아침 일찍 나오겠습니다. 안녕히 주무십시오."

세주를 보낸 황상규는 잠을 이룰 수가 없었다. 가끔 찾아오던 가슴 통증이 밤새 그를 괴롭혔다. 황상규의 병도 깊어져 가고 있었다.

이른 아침 집을 나선 황상규는 연계소로 향했다. 집에서 아주 가까운 거리다. 아내 김시악이 준비해 준 먹거리를 들고 성우를 찾았다. 그는 자리에서 일어나 앉아 있었다. 약이 좋아서인지 어제보다 훨씬 나아졌다며 황상규에게 인사를 건넸다. 이성우의 초췌한 몰골은 사십 줄에 가까운 황상규만큼 나이 들어 보였다.

"아이구, 이 사람아! 먼 길 힘들지는 않았는가?"

"일 없슴매다. 내래 보고픈 맘 하나 갖고 왔음매."

"일어나 이거 좀 드시게."

황상규는 아내가 끓인 북엇국을 상에 올렸다. 가난에 가난을 더한 황상규의 집에서 특별히 그를 위해 만들 보양식이 없었을 것이다. 집에 있는 것 중 최상의 것임을 알았다. 성우는 국물을 마시며 말했다.

"스승님! 이곳에 오길 정말 잘했습매다."

이 한마디에 담긴 뜻을 뉘라서 모를까!

빈 그릇을 들고 집으로 돌아온 황상규는 아이들이 없음을 확인하고는 꺼이꺼이 울음을 뱉어냈다.

윤치형도 김병환도 이성우를 들여다보러 왔다. 무슨 말이 필요할까. 세주는 이성우를 한의원에 데려가 침을 맞히고, 약을 지었다. 아내와 질부에게 정성을 다해 달라 당부했다. 입덧이 심한 아내 대신 질부인 차암댁이 고생했다. 질부도 큰딸을 낳은 지 얼마 되지 않았는데, 작은 아버님의 손님에게 지극 정성이었다. 백민 스승이 자기 집에 이성우를 데려가려 했으나 세주가 이를 만류했다. 백민보다 살림살이가 나으니 이성우의 부담도 훨씬 적을 것이다. 백민이 고개를 끄덕였다.

세주는 읍내에 나가 여러 일을 처리하고, 되도록 일찍 귀가하려 애썼다. 임신한 아내에 대한 미안함 때문이었다.

세주의 정성에 하늘이 감복하였을까. 성우는 제 발로 걸어 동네를 둘러보았다. 세주와 같이 둑에 앉아 흘러가는 감천을 바라보았다.

"이 냇물을 감천 또는 감내라고 합니다. 물이 달다는 뜻이지요. 언제부터 물이 달게 변했는지는 사람들의 이야기가 다 다릅니다. 그중 많은 사람은 점필재 김종직이 이곳에서 태어나자, 냇물이 달게 변했다고 합니다. 이것도 어쩌면 점필재를 영웅시하는 밀양인의 마음이 만들어낸 이야기일지도 모릅니다."

“기래 좋구먼. 들도 넓고 사람도 좋고. 더구나 세주 동지가 곁에 있느니 참으로 좋구만야. 내래 지금 죽어도 여한이 없음매.”

“형님 그런 말씀 마십시오. 얼른 쾌차하여 저하고 같이 요 뒷산에 있는 진달래 따러 가야지요. 꽃잎이 크고 정말 예쁩니다. 어릴 때 배고파서 진달래 꽃을 먹는 친구를 이해하지 못했습니다. 왜 배가 고픈지 몰랐지요. 우리 집에는 늘 먹을 것이 넘쳐났으니, 다른 친구의 고통을 알 턱이 없었지요. 그러나 배고픔을 이기려면 진달래꽃이 필요하다는 것을 깨닫는 순간, 일본만 몰아낼 대상이 아니라는 것도 알았습니다. 형님도 마찬가지였지요? 혁명이란 이런 세상도 바꿔야 하는 것임을 우리 모두 알고 있었습니다. 그래서 우리 단원들은 목숨을 걸 수 있었구요.”

해가 바뀌어 칠순을 맞이한 아버지께 세주는 큰 선물을 드리게 되었다. 아들이 태어난 것이다. 이보다 더한 기쁨이 어디 있으랴! 마흔둘에 늦둥이로 태어난 세주를 안았던 아버지의 기쁨을, 세주는 서른이 되어 자신의 아들을 통해 알았다. 부모라는 것, 아이를 낳아봐야 안다는 어른의 말씀이 실감 났다.

족보에는 항렬을 따라 남선이라 짓고, 아명은 용문이라 하였다.

용문으로 인해 집안에 웃음꽃이 피었으나, 사랑채 건넌방에 있던 성우의 병세는 날로 악화되었다. 태어날 아이를 꼭 보고야 말겠다는 의지로 버텼는지도 모른다. 용문이 태어난 지 삼칠이 지났다. 아이 얼굴을 볼 수 있는 시간이 왔다.

성우가 누릴 날이 얼마 없다는 것을 안 세주는 성우에게 자신의 아들 용문을 보여 주고 싶었다. 아내 소악은 망설였다. 어린애한테 혹시라도 병이 옮는다면 어쩔 것인가? 누구나 하는 걱정이다. 세주는 아내의 마음을 모르는 바 아니다. 그러나 성우에게 꼭 보이고 싶었다.

"형님! 우리 아들입니다. 저만의 아들이 아니라 형님의 아들이기도 합니다. 보십시오."

성우는 그 말에 눈을 번쩍 뜨고는 몸을 일으키려 노력했다. 세주가 부축했다. 소악은 아이를 안은 채 성우 옆에 앉았다. 아이 얼굴이 잘 보이도록 강보를 젖혔다. 잠들어 있는 아이가 입을 오물거렸다.

"아이래 동지 닮았구만야. 이 아이래 아무 걱정 없이 사는 세상이 와야 할 거이우다."

"걱정마십시오. 형님! 반드시 그런 날이 올 것입니다. 형님! 힘내시고 이놈 장가가는 것 봐야 하지 않겠습니까?"

"기래야지비, 기래야지비."

성우의 몸이 그대로 기울어졌다.

성우는 세주의 아들 얼굴만 보고, 진달래는 보지 못한 채 눈을 감았다. 죽기 전 성우는 세주에게 자신을 화장시켜 달라고 했다. 일본이 강점하면서 화장터가 생겨나기 시작했고, 일본의 장려로 화장하는 경우가 늘었으나, 화장을 선호하는 사람은 많지 않았다. 그러나 성우는 고향도 아닌 곳에서 묘를 만들어도 찾아올 사람이 없으니, 화장하여 재를 응천강에 뿌려 달라고 부탁했다. 낙동강을 거쳐 바다로 나가 해류 따라 흘러 고향 근처에 갈 수 있을 것이라며, 흔적 없이 자신을 지워달라 당부했다.

백민 황상규를 비롯한 의열단원들이 감내 뒷산에 있는 절에서 성우의 다비를 거행했다. 누구나 한번 오면 다시 가야 하는 곳, 그러나 그는 너무 일찍 갔다. 스님이 곱게 빻아준 뼛가루를 받아 들고 응천강을 향했다. 아직 남아 있는 성우의 온기가 세주 손에 전해졌다. 돌아갈 수 없는 고향 대신 찾은 이곳, 의백과 동지들의 고향 밀양! 성우는 짧은 생을 좋아하는 동지의 고향 땅에서 끝냈다. 다시 태어난다면 이곳 밀양을 고향으로 할 것이라는 그의 말이 귀를 울렸다. 얼마나 외로웠을까? 천천히 물결 위에 얹혀 길 떠나는 성우에게 조국이 해방되면 그때 새로운 삶을 입어 이곳 밀양에서 태어나길 빌었다. 밀양의 동지들은 눈물로 그를 보냈다. 함경도로 가든 바람에 날려 합니하 신흥무관학교로 가든, 그가 가고 싶은 곳으로 훨훨 날아가라고 빌었다.

백민의 집에 술상을 놓고 마주한 세주와 백민은 말이 없었다. 세주가 조심스레 말을 꺼냈다.

"스승님! 길림에서 맹서한 열 명 중 벌써 떠난 사람이 몇인가요? 성우 동지, 세우 동지, 서 교관님이 저를 대신해서 먼저 가셨습니다. 종암 동지는 감옥에 계시고, 상윤이 형님과 봉근이 형님은 행방도 모르고…."

"그래도 곽 부단장과 고령의 신철휴 동지는 나처럼 지역에서 자리를 잡은 것 같구나."

"두 동지는 어떻게 지내시는 게 들은 것이 있습니꺼?"

"그래, 곽 부단장은 출옥 후 처가가 있는 곳으로 거처를 옮겼고, 영명학교에서 에스페란토어를 가르친다고 하더구나. 신 동지는 고향에서 신문기자로 활동하면서 신간회 일을 아주 열심히 하고 계신다. 대의원이다 보니 가끔 서울에서 만나기도 하지."

"두 동지는 다시 중국으로 가시진 않겠죠!"

세주는 더 외로울 약산 의백이 생각났는지 더 이상 말을 잇지 않았다.

창단 단원 중에 의백의 곁에 남은 이는 아무도 없다. 세주는 중국에 갈 시기를 앞당겨야겠다는 생각을 굳혔다.

이성우가 떠나고 몇 달이 흘렀을까? 집안일에 바쁜 아내를 위해 아들 용문을 안고 있던 세주에게 급한 전갈이 왔다. 스승 을강의 부음이었다. 세주는 너무 놀라 아이를 놓칠 뻔했다. 얼른 아내를 불러 아이를 건넸다. 서둘러 전홍표의 집으로 향했다. 예전에는 근처에 살았으나, 감내에 이사온 후 스승의 집까지가 이렇게 먼 줄 몰랐다. 아무리 걸음을 재촉해도 발이 제대로 떼지지 않았다. 최수봉 형님 시신을 이송하는 문제에 휩싸여 고초를 겪으셨고, 이후 후학을 양성하는 일에 매진하셨다. 최근 건강이 좋지 않다고 하였으나 세주는 아픈 아내, 그리고 태어난 아들, 이성우 동지의 일로 스승을 찾아뵙지 못했다. 죄송한 마음에 더욱 서둘렀다. 벌써 소식을 접한 김병환, 윤치형 등 읍내에 거주하는 청년회 회원과 신간회 회원들이 와 있었다. 모두 눈시울이 붉다.

을강은 밀양의 가장 위대한 스승이다. 아이들에게 항일의식을 심어 주었고, 앞장서서 실천하셨던 분이었기에 제자들의 슬픔은 컸다. 황상규도 을강의 죽음 소식을 듣고 찾았다. 초췌한 백민의 모습은 모인 사람들의 걱정을 더했다. 황상규가 중심이 되어 을강의 장례는 엄숙하게 진행되었다. 한 알의 밀알이 땅에 떨어져 수백 개의 열매를 맺는 것처럼 을강 전홍표의 가르침을 받은 수많은 밀양의 젊은이가 조국광복을 위해 재산과 목숨을 내놓았다. 위대한 스승이란 제자를 감동시켜 스스로 일을 행하게 하는 것이라 했던가! 그는 감동적인 말뿐만 아니라 실천을 통해서도 제자들의 본이 되었다. 그는 추화산 서편에 있는 구대곡에 안장되었다. 슬하에 따님만 셋이 있었는데, 그들의 슬픔 또한 어찌할까?

떠나는 사람들 속에 이종암 동지의 건강도 좋지 못하다는 이야기가 들렸고, 단재 신채호마저 체포되어 여순감옥에 갇혔다는 소식이 전해졌다. 안중근이 순국했던 곳에 투옥되었는데 그의 곧은 성정으로 보아 무슨 일이 생기면 어쩌나 걱정되었다.

황상규의 나이 이제 마흔이지만, 죽음의 그림자가 늘 곁에 있는 듯했다. 광주에서 학생들이 동맹휴학이라는 방법으로 일제에 저항하자 전국에서 이에 동조하는 일이 발생했다. 대부분의 학교가 동맹휴학하자 신간회가 조사단을 꾸려 실상을 알리고자 했다. 황상규는 나빠진 건강에도 불구하고 신간회 중앙서기장이라는 직책이 있어 조사단과 함께했다. 이 조사로 전국에서 백오십여 곳의 학교가 휴학했다는 것과 학생들은 여전히 저항의식을 갖고 있었고, 역사적 사명감이 충만하다는 것이 알려졌다.

세주의 집에는 성우 동지와 을강 스승의 떠남을 잊게 해주는 용문이 있었다. 뒤집고 기고 앉는 용문을 보며 하루의 피로를 잊었다. 세주는 아내의 건강도 좋아지자 새로운 일에 눈을 돌렸다. 앞서 간 사람이 못다 한 일을 해야 한다. 이 사실이 가슴을 짓누르고 있었기에 세주에게는 일이 필요했다.

경영난으로 허덕이던 중외일보를 살리기 위해 경영에 참여했다. 중외일보는 1928년 12월에 무기 정간을 당해 재정적 타격을 입었다. 해가 바뀌면서 세주가 경영을 맡게 되었는데 세주는 세상의 일들을 잊기 위한 사람처럼 이 일에 매달렸다.

먼저 만형 치장의 동서인 의령의 부호 이우식에게 출자받아 주식회사 체제로 신문사를 재편했다. 그러자 백산 안희제가 사장으로 참여했고, 세주는 영업국 서무부장을 역임하면서 자주 자리를 비우는 사장을 대리하여 실질적으로 경영했다. 영업국장은 대구 출신 최윤동이 맡았는데, 그는 안동 사람인 이원록을 기자로 추천하였다.

10

이원록은 기자가 되자마자 장진홍 사건에 연루되어 대구경찰서에 구금되었다. 사건의 당사자인 장진홍은 체포되어 사형을 선고받았으나 옥중에서 자결했다. 일본놈의 손에 목숨을 맡길 수는 없었기 때문이다. 장진홍이 자결한 후 1930년 10월, 별건곤에 "새로운 용자여, 어서 많이 나오라"는 글이 발표되었다. 글쓴이는 이활(李活)이었다. 본문에는 특이하게 '대구 이육사(大邱 二六四)'였다. 글을 본 윤세주는 글쓴이의 강인한 의지를 확인하면서 중외일보 기자라고 하니, 그를 만나보고 싶은 마음이 생겼다.

4월에 있었던 기자대회에 이원록은 참석하지 못했다. 장진홍 사건으로 구금되어 있었기 때문이다. 그러나 7월 말일에 장진홍이 자결하자 증거 불충분으로 풀려났다. 그리고 10월에 장진홍과 같은 용감한 사람이 어서, 그리고 많이 나오라고 노래했다.

그러나 1931년이 되면서 광주학생항일운동의 여파가 대구까지 밀려왔고 대구고등보통학교에서도 동맹휴학을 했다. 그리고 레닌의 생일을 맞아 격문이 나돌았다. '대구격문사건'으로 알려진 이 사건으로 중외일보 대구지국이 포위되고 수색당했다. 이 일로 다시 구금된 이원록은 3월 하순에야 풀려났다.

별건곤에 발표된 이원록의 글을 읽어본 세주는 그를 만나고 싶었다. 그런데 그는 또 구금 중이라 했다. 벌써 몇 번째 구금되었다고 한다.

세주는 좀 더 빨리 움직이지 못한 자신을 탓했다. 그러나 뜻밖에 닥친 아버지의 죽음 때문에 이원록을 찾는 일이 쉽지 않았다. 천년만년 자신의 곁에서 지켜주시고 든든한 배경이 되어주실 것만 같았던 아버지가 떠난 것이다. 다행스럽게도 아들 남선을 안겨드린 것만이 유일한 효도였다고 생각할 만큼, 세주는 아버지에 대한 효를 행한 적이 없었다. 그래서 한동안 어머님 옆을 지키고 있었다. 아버지 때처럼 후회하지 않기 위해서였다. 홀로 되신 어머니 곁을 지키던 세주가 원록의 글을 읽었다. 그러나 쉬이 움직이지 못하고 미루던 터에 원록이 또 구금되었다는 사실을 들었다.

그런데 그런 원록이 출옥한다는 소식이 신문에 실렸다. 매일신보를 통해 사실을 확인한 세주는 중외일보 대구지국을 찾아갔다. 햇살 기운이 강해서인지 바람이 불어와도 추위가 느껴지지 않았다.

지국을 나와 막창집에 마주 앉은 두 사람은 닮은 듯 닮지 않은 듯했다. 말쑥한 용모에 지나치리만큼 깔끔한 이원록은 세주에게서 풍겨오는 강한 기운을 느끼며, 또 다른 운명이 자신을 찾아온 것을 직감했다. 둘은 자신을 소개했다.

"이활 동지! 나는 윤세주라 하오. 밀양지국에서 근무하고 있소."

"저는 이원록이라고 합니다. 반갑습니다."

둘은 자리에서 엉거주춤하게 일어서며 악수했다. 마주 잡은 손에 느껴진 기운 때문인지 둘은 동시에 놀랐다.

"동지를 기자대회에서 뵐 수 있을까 했는데, 구금되었다는 소식을 듣고 못내 아쉬웠습니다. 그러다가 동지의 출옥 소식을 읽고 무작정 달려왔소이다. 무례를 용서해 주시오."

"무슨 말씀입니까? 폭탄을 직접 던진 것도 아니고, 격문을 직접 뿌린 것도 아닙니다. 저는 비겁할 만큼 뒤에 숨어서 활동하여 부끄럽기만 합니다. 이런 저를 만나려고 오셨다니 송구할 따름입니다."

"동지는 언제 의열단에 가입하셨소? 국내에서 가입하셨는지? 아니면 혹 중국에서 가입하셨는지? 중국에서라면 혹 단장님을 만난 적이 있는지 알고 싶소."

"몇 년 전에 중국 베이징에 가게 되었는데, 그때 집안 형님인 이정기 형님께서 독립운동에 참여할 것을 권유하였지요. 그 형님은 심산 김창숙 선생과 매우 가까웠소. 그래서 심산과 뜻을 같이할 생각으로 가입하게 되었소. 그렇기 때문에 단장을 만나지는 못했소. 혹 단장에 대해 알고 싶은 것이 있소?"

세주는 고개를 끄덕였다. 혹 원봉 형님을 직접 만났다면 듣고 싶은 이야기들이 많았다.

"단장의 안부가 궁금해서 여쭈어 보았소. 동지의 글에는 힘이 넘쳐서 읽는 이로 하여금 결기를 느끼게 하오. 중외일보를 통해 많은 글을 발표해 주시오. 지금은 비록 자금난에 허덕이고 있지만 최선을 다해 발간이 중단되지 않도록 노력하리다."

세주의 부탁에 이원록은 쉬이 답하지 못했다. 그만큼 중외일보의 재정 상황이 좋지 않았다. 잠시 멈칫하던 원록이 반색하며 말했다.

"예, 하지요. 제가 할 수 있다면 하리다. 그런데 동지! 동지는 저보다 나이가 있으신 듯한데, 제가 형님으로 모시면 어떨까요?"

갑자기 훅 들어온 원록의 말에 세주는 의외로 침착하게 답했다.

"동지가 그 말을 안 하면 내가 하려고 했소이다."

둘은 크게 웃었다.

"아우! 글을 보니 이활이라는 필명도 있고, 이육사라는 필명도 있던데, 더구나 이육사는 숫자여서 무슨 뜻인지 궁금했소."

"아 네, 형님! 이육사는 대구형무소에서의 제 수인번호입니다. 형님도 경성감옥에 계셨으니 잘 아실 겝니다. 이름이 사라지고 번호로 불리는 인생이 바로 나라 잃은 설움이었지요. 이를 잊지 않기 위해 필명으로 쓰려고 했습니다. 그러나 단순히 숫자가 아닌 뜻을 지닌 한자로 바꿀까도 고민 중입니다. 이활은 '살아 있는 글을 쓰기 위해' 사용한 필명이지만, 앞으로는 이육사라는 필명을 쓸 것입니다. 역사를 죽이고 싶어 육사(戮史)라 할까 합니다. 이후에 제 글이 보이면 필명을 확인해 주십시오."

"아이구, 아우의 뜻이 확고하구먼. 나는 이렇게 아우를 얻게 되어 정말 고맙네. 아까 내가 자네에게 단장에 대해 물었었지."

세주는 눈을 들어 시선을 창밖으로 돌렸다. 울컥하는 마음에 눈물이 고인 것을 들키고 싶지 않았다.

"단장은 나에게는 친형과도 같은 사람일세. 아니 그보다 더 가까운 사람인지도 모르지. 나의 모든 기억에는 단장을 빼고는 떠올릴 수 있는 것이 없다네. 그만큼 그는 내 삶의 전부였지. 어릴 때부터 나는 그의 뒤를 따르는 것이 일상이었지. 그가 하는 것이면 무엇이든 하려고 떼를 썼네. 아버지와 형님들께 걱정을 많이 끼쳤지. 나라 잃은 것을 깨닫는 나이가 되자, 우리는 죽음까지도 함께하기로 맹세했네. 비록 첫 번째 일이 탄로나 내가 감옥에 가 있었으나 그는 늘 소식을 전해주었지. 상세히 알 수 없으나 목숨을 내놓고 적과 싸우고 있다는 것을 알고 있네. 그러나 실제로 그를 만날 수 없으니 자네가 그를 보았다면 그의 건강은 어떤지? 얼굴색은 어떤지? 뭐든 알고 싶어서였네."

"무슨 말씀인지 알겠습니다. 저는 오늘 형님을 처음 뵈었는데 그 마음이 느껴집니다. 어쩌면 제가 형님과 그런 인연으로 엮일 것 같은 예감이 듭니다 그려."

"그런가? 실은 나도 그런 걸 느꼈다네. 단장님과 묶여 있는 그 느낌을 자네를 만나는 순간 또 느꼈네. 우리는 헤어지지 말고 늘 함께 활동하세나."

"네, 형님! 좋습니다. 형님의 가르침! 기다리겠습니다."

둘은 지역에서 열리는 기자대회가 있으면 그곳에서 만날 것을 약속했다. 그리고 세주는 그에게 밀양에 꼭 올 것을 부탁했다.

"위양지에 있는 완재정을 자네에게 꼭 보여주고 싶네. 그곳에는 자네 집안 어르신 향산 선생의 글이 있네. 밀양에 꼭 오시게나."

둘은 다시 만날 것을 기약하며 헤어졌다.

기차에 몸을 실은 세주는 자신보다 어리지만 다부진 생각으로 똘똘 뭉친 이육사에게서 원봉이 형을 떠올렸다.

'일본의 문화통치에 동조해서 변절하는 사람이 늘어가고 있는데, 육사와 같은 동지를 만나다니, 형님도 이를 알면 기뻐할 거야.'

세주가 감옥에 있을 때 들은 이야기로는 민족운동가 중에서 가장 먼저 변절을 선언한 사람이 이광수라 했다. 그는 동경에서 있었던 2.8독립선언의 선언서를 작성한 사람이었다. 임시정부 수립 후에는 독립신문의 주필로 활동하여 국내에 있는 우리 민족에게 희망을 안겨준 사람이었다. 그런 그를 일본은 무엇으로 회유했는지 모른다. 건강이 좋지 못한 그를 일본에 데려가 치료해준 것이 빚이 되었을까? 아니면 그를 유혹한 여인 때문인지 소문만 무성했다. 그러나 그의 변절은 엄청난 파장을 가져왔다. 또한 3.1운동을 직접 기획하고 주도했던 최린의 변절도 충격이었다. 유럽 여행 중 그가 저지른 불륜도 충격이었다. 그들에게 민족은 어떤 의미였을까?

꽤 이름난 사람의 변절! 끊임없는 회유로 인한 선택이라고 하지만, 이 땅에 살고 있는 힘없는 민중들은 독립운동할 의지가 확 꺾여버렸다. 그 누구의 책임인가!

그래서 이원록은 원봉 형님이 '이 아우 세주가 걱정되어 보내준 사람'처럼 느껴졌다.

둘은 지국을 통해 서로에게 안부를 확인하며 앞으로 할 일에 관해 이야기했다.

세주는 신간회 해소를 막으려 애쓰는 스승을 돕기 위해 지역의 신간회를 방문하여 취지를 설명했다. 광주학생항일운동의 진상을 조사하기 위해 광주로 갔던 스승 백민은 그 이후 건강이 악화되어

진상 조사 발표장에도 나가지 못했다. 그런데 신간회마저 해소한다고 하니 백민의 건강이 더 나빠졌다. 성우가 죽었을 때도 스승은 겨우 버텼다.

심란한 세주가 신간회 밀양지회 사무실을 지켰다. 어느 날 낯선 사람이 찾아왔다. 그는 이종암 동지의 부고를 알리고 유유히 사라졌다. 대구형무소에서 끝내 병으로 숨졌다고 했다. 세주는 일어설 힘조차 없이 주저앉았다. 면회하고자 했으나, 사정이 여의치 않았다. 최근 병석에 누워 계신 부친 때문에 쉬이 움직이지 못했다. 스승에게 이종암 동지의 죽음을 전하기 두려웠다.

병상에 계시던 아버지도 세상을 떠났다. 아버지의 병간호를 위해 아내가 고생했다. 집을 떠나 계셨기에 아내는 아들 용문을 데리고 가 아버지의 수발을 들었다. 병이 심해지자 집으로 모셔 왔다. 손자들의 재롱 속에 말년을 보냈다고 하나 자나 깨나 막내아들 걱정만 하던 윤희규는 장남 치장과 장손 태선(차암)에게 세주를 끝까지 지켜줄 것을 부탁했다. 세주의 회한을 어찌 말로 할 수 있으랴.

백민 스승은 신간회를 유지하려는 노력에도 불구하고 해소가 결정되자, 정말 모든 걸 잃은 듯 주저앉아 버렸다. 어떤 말도 위로가 되지 못한 듯 생명의 끈을 놓아버렸다. 세주는 이 년 사이에 이성우 동지와 스승 전홍표, 이종암 동지 그리고 아버지를 보냈다. 이제 자신 곁에서 힘이 되어주는 이는 스승 백민밖에 없었다. 그런데 그 스승마저 떠났다.

백민의 죽음을 확인한 김시약의 울음소리는 하늘을 울렸다. 백민의 죽음은 신문을 통해 전국에 알려졌다. 의열단 창단과 제1차 국내기관 총공격의 지휘자, 신간회 중앙서기장, 임시정부 회계 담당 그리고 우리말을 연구하기 위한 조선어학회 발기인으로도 이름 올렸던 밀양의 위대한 스승, 황상규가 눈을 감았다. 전국에서 조문의 물결이 밀양으로 밀려들었다. 긴장한 일본 경찰은 다른 도 경찰까지 동원하여 사람들을 통제하고, 만장의 개수도 제한했다. 그렇다고 그를 추모하는 물결을 막을 수 없었다.

열여덟의 나이에 독립운동을 시작한 황상규, 상동에서 고명학원을 설립했고 마산 창신학교, 밀양 동화학교에서 청년학도들에게 독립과 애국정신을 배양했던 교육자! '동국사략'을 직접 지어 유구한 역사를 통해 민족의식을 함양했던 지사! 비밀결사인 일합사, 대한광복회, 나아가 의열단 조직을 기획했던 독립운동가, 대한독립선언 39인 중 1인, 관운장이라는 불릴 만큼의 지략가, 의열단 1차 활동에 스스로 앞장섰던 실천가! 그를 부를 수 있는 이름은 무수하다. 세주는 아버지의 죽음보다 더 큰 충격을 받았다. 스승의 나이 겨우 마흔둘이었다. 아버지가 자신을 얻었던 나이와 같았다. 십대 후반부터 잠시도 쉼 없이 달려온 백민의 여정은 고된 길이었다. 그러나 그는 최선을 다해 그 길을 걸었다. 뒷사람에게 이정표가 될 그의 길은 원시림에 첫발을 내디딘 것, 그것 이상이었다. 사람이 죽으면 남은 자의 가슴에 산다고 했던가? 스승은 이제 세주의 가슴에 터를 잡고 함께 독립운동할 것이다. 백의민족을 사랑했던 백민, 그의 죽음은 민족운동을 전개하던 사람들에게 절망을 가져왔다. 밀양은 더욱 그러했다.

세주가 그나마 밀양에서 일본과 대립할 수 있었던 것은 스승이 계셨기 때문이다. 세주는 상주를 자처하여 조문객을 맞았다. 스승의 장례는 사회장으로 치렀다. 전국에서 백민을 흠모하는 사람이 모여들었다. 부북면 용지 들판은 흰옷으로 물결을 이루었다. 겁에 질린 경찰이 조문, 비문, 사진, 영결문, 만장, 명정까지 빼앗자 조문객들은 밀양경찰서를 포위하여 장례 음악을 울렸다. 경찰의 삼엄한 경계 속에 장례는 다시 진행되었다.

세주는 용활 동네 뒷산에서 진행되는 스승의 장례식을 주관하면서 청년들과도 가족과도 헤어질 시기가 다가왔음을 깨달았다.

신간회 고령지회를 설립하고 본부 대의원을 지냈던 신철휴도 황상규의 부고 소식을 듣고 장례에 참석했다. 신간회뿐만 아니라 조선중앙일보 고령 지국장으로 활동하던 터라 소식을 알 수 있었다. 신철휴는 장례를 주관하는 세주를 지켜보았다. 그리고 잠시 짬을 내어 세주와 이야기를 나누었다. 신철휴를 만난 세주는 형님을 만난 듯 반가워했다. 만남이 스승의 장례식장이라는 것이 원망스러울 따름이다.

"그간 평안하셨습니까? 스승님께 듣기로는 신간회 활동과 청년동맹에서 일하신다고 하시던데"

"나는 위장병이 너무 심해서 형기를 다 채우지 않고 가출옥했소. 아직도 완전치 않아 고향에서 할 수 있는 일을 찾아 하고 있던 중이라오. 중국으로 가서 단장을 돕지 못해 마음이 늘 불편하다오."

"그러지 않으셔도 됩니다. 얼른 회복하셔서 국내에서 백민 스승의 뒤를 이어 일을 해주십시오. 단장님께는 제가 가겠습니다. 이제 스승도 안 계시니 제가 곧 가겠습니다."

"그래, 그래! 누군가는 가야지. 단장이 힘들겠구먼."

혼잣말인 듯 신철휴는 겨우 말을 이었다.

백민의 장례 소식이 언론을 통해 알려지자 이원록도 밀양에 왔다. 당시 조선일보 대구지국으로 전근한 이육사는 기자로서 취재 목적도 있지만, 세주의 슬픔을 알기 때문에 그를 위로하기 위해 왔다. 장례 기간 내내 이원록은 스승을 향한 세주의 공경을 지켜보았다. 온몸으로 견뎌내는 슬픔도 보았다. 오열하지 않았으나 통곡의 소리가 원록의 귓가에 들리는 듯했다.

장례가 끝난 뒤 이육사와 세주는 영남루에 앉았다. 응천강 물결에 무봉산의 짙은 소나무 그림자가 어렸다. 물속 깊이 잠겨 통곡하는 듯했다.

"이곳은 신라 때부터 있었던 절터였지. 고려 때에 중수하여 큰 절이 되었으나, 조선이 들어서면서 객사 역할을 하게 된 곳이라네. 많은 문인과 정치가가 이곳을 다녀갔고 노래했지. 그래서 영남제일루라는 이름을 얻게 되었지. 그러고 보니 안동과 밀양은 참으로 닮은 점이 많은 것 같네. 영남 사림의 종정이 이곳 출신 점필재고, 뒤를 이은 퇴계는 남인의 거두가 아니신가! 자네와 나와의 만남도 이런 인연으로 인한 것인가 보이."

"그런 것 같습니다. 저는 어릴 때부터 집안의 그 무엇인가가 저를 인도해 준다고 느꼈습니다. 정미년에 고향에서 의병이 일어났을 때 일본군이 집안 종택과 정자인 추월한수정을 방화했습니다. 그때 머슴 돌이 등에 업혀 피난 간 일이 있었습니다. 네 살이었으나 그 기억은 또렷합니다. 그때 저는 눈물을 흘리지 않는 사람이 되라고 배웠습니다. 소리치고 싶어도 소리마저 삼켜야 한다는 것을 돌이 등에서 깨달았습니다. 그것이 저의 오랜 버릇이 되었지요. 이후 집안의 무게는 늘 의무감으로 다가와 실천하지 않으면 안 되는 중압감이 되어 저를 짓누르고 있습니다."

"육사 동지도 그렇군. 실은 나도 이 고장에서 내려오는 충의가 나를 이끌고 있다고 느낀다네. 어릴 때부터 듣던 사명당과 점필재의 이야기는 자네가 느끼는 무게감을 느끼게 했지. 지금 이렇게 한가하게 앉아 있는 것도 사실은 사치라는 생각이 든다네."

"제가 일곱 살이 되던 해에 집안의 최고 어른이신 향산이 자정 순국하셨습니다. 이후 치암 이만현 어른이 순국하셨습니다. 두 어른이 순국하시자 조부께서는 '내가 군주 없는 몸이 되었는데, 어찌 너희들에게 상전이라는 소리를 듣겠느냐'며 노비문서를 불태우고 그들을 해방시켰습니다. 이후 가난과 궁핍이 일상화되었으나, 아무도 이를 원망하지 못했습니다. 우리 집안은 말도 아니고 글도 아닌 이 같은 무서운 규모가 우리를 키워주었습니다. 그러고 보면 고을 전체에 내려오는 어떤 무서운 규모가 형님을 이렇게 만든 것 같습니다."

"그런 것 같네. 밀양과 안동이라는 고을, 그것의 무게는 꽤 나가지. 게다가 자네는 집안의 분위기가 있으니 나보다 더 힘들었을 것 같네. 사실 나도 때로는 아내와 아이만 바라보고 살고 싶은 마음이 들기도 한다네. 그러다 백민 스승이나 을강 스승의 가르침이 떠오르면 정신이 번쩍 들지. 자네의 그 마음에 백번 공감하네."

세주는 고개를 돌려 육사를 바라보며 말했다.

"신문에 난 자네의 글을 보면 힘이 느껴지네. 자네는 압축된 함의를 지닌 글을 쓰는 걸로 보아 시를 쓰고 있겠구먼."

"예. 실은 저는 시인이고 싶습니다. 행동하는 시인이 꼭 될 것입니다. 제가 행동하지 못하면 시를 통해 뜻을 알릴 것입니다. 그러므로 저에게 시를 쓴다는 것, 그 자체가 행동입니다."

"자네는 피를 토하는 심정으로 글을 쓰고 조국의 광복을 위해서라면 총도 들 수 있는 사람일세. 나도 사실은 글을 쓰는 것은 물론 웅변으로 사람을 감동시킬 수 있지."

말을 던져 놓고 세주는 원록을 쳐다보았다. 원록은 세주의 말을 믿지 않는 듯한 표정이었다.

"왜 그러나? 내 말을 믿지 못하겠나?"

"아 아닙니다. 형님은 거짓말을 하시지 않으시니, 믿고 말구요."

둘은 서로 쳐다보며 웃었다.

"인재를 기르는 것이 매우 중요하다고 느꼈네. 백민 스승의 죽음을 맞닥뜨리면서 깨달았지. 나처럼 스승의 뜻을 이어가겠다는 제자들을 보면서 알게 되었네. 그래서 나도 교관이 되어 독립운동가를 키울 걸세."

그리고 한동안 말없이 강물을 바라보았다. 고개 돌려 이원록을 쳐다보며 세주가 말했다.

"나는 예전부터 생각하던 호가 있었지. 약산 형님이 호를 스승으로부터 받았다는 사실을 알았을 때 나는 이미 마음 깊이 평생 사용할 호를 새겨두었네. 이제 그것을 사용하려 하네. 그리고 이제 아버지도 스승도 가셨으니, 약산 형님을 찾아 중국으로 갈 것이네. 그곳에서 내 남은 생을 조국을 위해 바칠 것이야."

"생각하신 호라니, 여쭈어도 되겠습니까?"

"내가 서울에서 공부하고 있을 때 원봉이 형님이 약산이라는 호를 스승으로부터 받았네. 세 사람이 함께 받았지. 사실 나는 그것이 부러웠네. 형님과 나는 둘도 없는 사인데 다른 사람과 같은 뜻을 가진 호를 나누었다는 것이 샘도 났지."

"세 사람이라뇨?"

"약산 형님과 약수 김두전, 여성 이명건 이렇게 세 사람은 호를 통해 뜻을 나누고 있네. 그때 내가 원봉이 형님에게 말했지. 나도 생각하고 있는 것이 있는데, 때가 되면 사용하겠다고 말일세."

"그렇군요. 듣고 싶습니다. 형님의 뜻이 남긴 호를."

"석정이라 할 것이네. 돌 석(石)에 솥 정(鼎)을 쓰네."

"무슨 뜻을 담고 있는 것입니까?"

"솥은 단순히 밥해 먹는 도구일 수도 있지만, 이것은 예로부터 나라의 업을 이어주는 명물이라네. 다시 말하면 이것은 우리나라가 없어지지 않고 끊임없이 이어짐을 나타내는 것이고, 또 하나는 독립운동을 하는 모든 이들이 굶지 않도록 밥해 주는 돌솥이 되고 싶은 뜻을 담고 있다네."

"형님의 높으신 뜻을 담은 것이네요. 그럼 저도 이제 역사를 죽이는 육사가 아닌 대륙의 역사인 육사(陸史)로 바꾸겠습니다. 형님은 나라를 되찾는 용사가 되시고, 저는 우리의 역사를 되찾는 일에 목숨을 걸겠습니다."

"석정과 육사, 우리 정말 그 뜻을 이루어 보세나."

"석정과 육사라! 좋습니다. 이제부터 석정 형님, 육사 동생으로 평생 함께하겠습니다."

둘은 서로를 바라보며 의지를 다졌다.

"형님! 저도 중국에 가고 싶습니다. 고향으로 돌아가 집안의 일을 정리한 뒤 형님과 함께 떠나겠습니다."

"참 자네도 아들을 얻었다면서?"

"네. 동윤이라고 이름 지었습니다. 형님도 아들이 하나 있지 않습니까?"

"있지! 남선이라고 하네. 벌써 세 살이지. 얼마나 애교가 많은지 이놈이 제일 눈에 밟힐 것 같아 자꾸 망설이게 된다네."

"동윤이는 두 살입니다. 이제 엄마, 아버지를 부르는 정도입니다. 얼마나 예쁜지 눈에 넣어도 아프지 않을 정돕니다."

"일본놈만 없다면 자네나 나나 이렇게 소소하게 가족들과 살고 있겠지. 얼른 그놈들을 몰아내어야 우리 아이들은 해방된 조국에서 우리말을 쓰면서 살지 않겠나!"

"맞습니다. 형님! 밀양에 처음으로 왔는데 가 볼만한 곳이 있을까요? 그리고 전에 말씀하신 위양지는 내일 날 밝는 대로 가시지요."

"자! 그럼 일어나 볼까. 우선 영남루 주변부터 둘러보세."

둘은 자리에서 일어나 현판을 둘러보았다. 퇴계의 글 앞에서 이육사는 한참 머물렀다. 집안의 어르신이 이곳에 글을 남기셨다는 것도 그렇지만 너무 초라하고 작은 것이 마음에 걸렸다. 이를 눈치챈 듯 세주는 그의 옷깃을 잡아끌며 옆 현판 앞에 섰다. 퇴계 것에 비하면 너무나 큰 현판을 올려다보았다.

"용금루라!"

이육사는 그 앞에서 필체와 크기에 압도된 듯 입으로 웅얼거렸다.

"수미산 한복판에 있다는 용금루가 맞지요?"

"그렇다네. 우리 육신이 죽은 뒤 가는 곳, 부처와 함께 사는 극락이지."

"저곳에는 꽃 성이 있다고 합니다. 우리가 적과 싸우다 죽으면 저기서 다시 만날 수 있겠지요."

"이런, 살아서 해방된 조국에서 다시 만나야지. 죽어서 만난다는 생각은 아예 하지 말게. 자 아래로 내려가 보세."

누를 내려와 '밀성대군지단' 앞에 섰다. 단비를 세운 것이 언론을 통해 알려졌기 때문에 이육사도 알고 있었다. 영친왕이 썼다는 비 앞에 서 있는 호신석과 해태상을 번갈아 보면서 눈살을 찌푸렸다. 왕의 묘가 아닌데도 서 있는 석상이 못마땅했다. 더군다나 호신석은 둘 다 칼집에서 칼을 뽑아 든 무사였다. 일본 신사를 연상케 하는 출입구와 묘의 형태는 둘의 눈길을 밀어냈다.

돌아서 둘은 밀주객사가 있었던 곳에 남아 있는 공신관을 찾았다. 일본놈이 동학농민봉기 당시 옥사로 사용하면서 여덟 왕조의 시조 위패가 사라졌다는 세주의 설명에 육사는 전국 곳곳에 일어나는 이런 만행, 즉 민족혼을 말살하려는 시도에 대해 분노했다.

읍성으로 향하는 길을 따라 무봉사에 들렀다. 많은 사람의 참배를 받은 듯, 코가 깎인 약사불 앞에서 참배하던 육사가 자리에서 일어나지 못했다. 흐느끼는 육사 옆에 세주가 나란히 앉았다.

"형님! 아들 동윤이가, 동윤이가 많이 아픕니다. 아비로서 해줄 것이…."

아비로서 할 수 있는 게 없어서 이렇게 부처님에 간청하는 수밖에 없다며 울음을 삼켰다. 세주에게도 그 마음이 그대로 전해져 함께 참배하여 동윤의 쾌유를 빌었다. 세상의 모든 아비는 같은 마음이다.

기분도 전환할 겸 세주가 말했다.

"오늘 우리 집에서 자고 내일 아침 일찍 위양지로 가 보세. 그곳에는 향산 선생이 쓰신 완재정기가 있다네. 자네의 어린 시절을 앗아간 어른이시니 그곳에서 원망이나 해보세."

세주는 그렇게 이야기하며 하하 웃었다. 육사도 함께 웃으며 말했다.

"예. 가 봅시다. 향산 선생이 또 어떤 말씀으로 저를 깨우칠지 궁금합니다."

무봉산을 내려오던 세주는 어릴 적 자신의 집을 육사에게 알려줄까 말까를 고민했다. 육사는 세주의 얼굴을 보며

"고민 있으십니까?"

"고민까지야. 내가 태어나 어릴 적 뛰어놀던 집이 근처에 있네. 지금은 다른 사람이 살고 있지만 그곳에는 약산 형님과 나와의 어린 시절이 고스란히 남아 있다네. 자네에게 보여주어도 될까 잠시 망설였지."

"저도 보고 싶습니다. 형님과 같이 중국에 가면 뵈어야 할 약산 형님의 어린 시절을 들여다보는 것도 괜찮겠지요. 그리고 형님이 뛰어놀던 곳이라 하니 꼭 보고 싶습니다."

길이 점점 넓어지고 있다고 생각하며 세주는 서문 쪽을 향해 걸었다. 길이 넓어지는 것은 왜일까? 우리 민족에 대한 통제를 쉽게 하려는 의도인가? 수탈 때문인가?

말없이 걷는 세주에게 육사가 말했다.

"읍내와 가까운 곳에 사셨는데 왜 멀리 이사갔습니까? 저야 안동읍에서 먼 곳에서 태어난지라 늘 안동 읍내에 가는 것이 기쁨이었습니다."

"내가 옥에 있는 동안 뒷바라지를 하느라 그런 것 아니겠나. 이곳을 지날 때면 늘 송구함이 생긴다네. 더구나 아버지께서는 말년에는 이사 간 감내에도 계시지 않고 다른 곳에 가셨지. 속에 열불이 나서 그러셨을 것이야. 그런데도 나는 모른 척했네. 그때 아내가 자청해서 아버지를 모신 것이 효도라면 효도였지. 나라 걱정한답시고 집에서의 모든 일을 아내에게 맡겼네. 못난 지아비지."

"저도 마찬가지입니다. 늘 대구에 나와 살면서 가끔 고향 원촌에 갑니다. 아내는 원촌에서 아이를 키우며 혼자 지냅니다. 이번에 고향에 가면 아내와 대구에서 잠깐만이라도 살아보렵니다. 제가 떠나면 아내는 그 추억이라도 있어야 버틸 힘이 생기지 않겠습니까?"

세주는 육사의 목소리가 떨리는 것을 느꼈다. 헤어짐은 다시 만날 약속을 전제로 한 것이나, 식민지 백성은 그 약속마저 할 수 없음을 안다. 어느덧 옛집에 도착했다. 둘러본 육사가 말했다.

"집의 규모가 엄청납니다. 형님도 부유한 어린 시절을 보내셨군요. 저도 아주 어렸을 때는 부족함 없이 지냈습니다. 그러나 나라를 잃은 뒤 모든 것이 달라졌지요."

세주는 말이 없었다. 그리고 옆집을 손으로 가리켰다. 육사는 그 의미를 단번에 알았다.

'약산과 세주 형님은 이렇게 대문을 마주보고 살았구나'

육사는 둘의 어릴 적 모습을 상상해 보았다. 해자에서 물장구치는 두 소년이 육사의 머릿속에 그려졌다.

'둘은 많은 것들을 함께하는 동지군.'

말없이 돌아서는 세주를 따라 육사도 돌아섰다. 그리고 감내까지 걸었다. 한 시간가량 가면서도 세주는 말 없이 들판만 바라보며 걸었다. 이렇게 벼가 바람에 흔들리면서 내는 소리, 이 소리를 고향에서 다시 들을 수 있을까?

오랜만에 일찍 들어온 남편을 본 소악은 반가움에 뛰쳐오다 뒤따라온 손님을 보고 멈칫했다.

"부인, 이 사람은 멀리 안동에서 온 이육사라 하오. 나와는 호형호제하는 사이이오. 당신은 늘 시동생이 없다고 하더니 드디어 시동생이 생겼다오. 인사하시고. 그리고 함께 먹을 수 있도록 저녁상을 부탁하오."

"안녕하십니까? 형수님! 이원록입니다. 백민 선생의 장례가 있어 밀양에 왔다가 형님을 뵈러 왔습니다."

"네. 잘 오셨습니더. 조금만 기다려 주이소. 얼른 밥상을 들이겠습니더."

소악은 앞치마를 움켜잡으며 부엌으로 내달았다.

이육사는 아내를 향한 세주의 사랑을 알 수 있었다.

'아, 이 형님도 형수님에게 한없이 미안해하고 고마워하는구나.'

이른 아침 집을 나선 세주와 원록은 위양지를 향해 걸었다. 이십 리 길은 그리 멀지도 가깝지도 않은, 그러나 많은 이야기를 나눌 수 있는 거리였다. 넓은 부북 들판을 바라본 원록은 작지만 기름진 땅 원촌의 들판이 생각났다.

'그곳에도 이렇게 벼가 익어 가고 있겠지.'

위양지는 소박하지만 웅장했다. 오래된 나무는 거대했고, 소담한 완재정은 그 존재만으로도 이 모든 풍광을 완연하게 만들었다. 그야말로 '완재정'이었다. 탄성을 자아낸 위양지를 둘러본 뒤 완재정에 앉아 다른 섬들을 보았다. 작은 다섯 개의 섬도 그 자리에 있어 존재감이 드러났고, 그곳에 있기 때문에 아름다웠다. 세주는 장가 들기 전 이곳에 들른 이야기를 했다. 이팝꽃이 피면 꼭 올 것이라 다짐했지만 그러지 못했다는 이야기도 했다. 그때나 지금이나 가을을 앞둔 시기에 왔다며, 내년 봄에 이곳에 왔다 갈 여유가 있을지 알 수 없다고 했다. 내년 봄에 떠날 것임을 암시하는 세주의 말에 육사도 자신의 주변을 정리할 시기를 가늠했다.

"형님! 이곳은 영남루 못지않은데요. 거대한 나무숲에 안긴 연못은 한 폭의 그림입니다. 게다가 시경 '겸가'의 구절 '완재'가 있으니, 저도 이곳을 시로 표현하고 싶습니다. 언젠가 그럴 날이 오겠지요."

"그렇고말고. 그러지 말고 자네 오늘 저녁 당장 시 한 수 지어보게나. 뒤에 만나면 꼭 보여 주시게."

둘레가 1킬로 남짓한 연못가를 걸었다. 수문을 따라 흘러내리는 물은 부북 무연의 들판을 적시고 감내로 흘러갈 것이다. 산이 높으면 돌아서 가는 물의 지혜를 왜 인간은 배우지 못하는지. 그리고 이 물은 바다에 이를 때까지 멈추지 않을 것이다. 조국 해방을 향한 세주와 원록의 꿈도 그 꿈이 이루어지는 순간까지 멈추지 않을 것이다. 위양지에서 맺은 그들의 언약은 죽음이 아니라면 그 어떤 것도 막을 수 없을 것이다. 둘은 말하지 않아도 이를 알고 있다.

밀양역에서 마지막 상행열차를 타고 떠나는 육사를 배웅했다. 조선일보로 자리를 옮긴 육사에게 신문 지국으로 연락을 넣겠다고 했다. 둘은 긴 악수를 끝으로 돌아섰다. 함께할 동지임을 확인한 악수였다.

세주도 주변을 정리해야 한다. 신간회는 이미 해소되었고, 지역의 농민운동이나 노동운동도 주도하는 청년들이 있다. 그 활동이 미약하지만, 지역에서의 활동은 저들이 이끌고 나갈 것이다. 걱정은 날로 교묘해지는 일본의 통치이다. 우리 민족끼리 이간질하게 하는 이 문화통치! 그 본질을 깨닫지 못하면 일본의 노예로 살 것이다. 농민은 지주의 횡포 뒤에 있는 일본 제국주의를 보아야 한다. 노동자는 자본가 뒤에 군림하고 있는 일본의 대자본, 그것과 결탁한 군부 세력을 보아야 한다. 그 눈을 키워줄 지역의 스승이 필요하다. 백민 스승의 죽음 뒤 그 역할은 어쩌면 세주의 몫인지도 모른다. 그러나 세주는 떠날 것이다. 직접 총을 들고 싸우러 갈 것이다. 그러지 않으면 강도 일본은 결코 물러나지 않기 때문이다.

떠날 것을 결정한 세주는 노모와 아내 그리고 아들과 지내는 시간이 너무나도 소중했다. 아이가 하는 한마디도 그냥 흘려들을 수 없었다. 노모의 작은 기침에도 신경을 곤두세웠다. 이런 모습을 지켜보는 소악도 남편이 쉬이 떠날 것임을 알았다. 잡을 수 없음도 알았다. 그녀의 눈길은 남편에게서 잠시도 뗄 수 없었다. 눈에라도 담아두어야 할 낭군님이니 말이다. 그녀의 눈빛이 애처롭다. 세주는 애써 피했다.

중외일보마저 해산이 결정되고 폐간되었다. 세주가 이 땅에 더 있을 까닭이 사라졌다. 게다가 일본군이 만주를 침략해 만주를 점령했다는 소식이 들렸다. 세계적인 경제공황의 영향을 이겨낼 수 없었던 일본이 만주를 침략했다. 일본은 더 나아가 중국 본토를 침략할 것이다. 본격적인 전투 지역이 중국 전역으로 확대될 것이 분명하다. 그렇다면 원봉 형님을 찾아가야 한다. 세주의 결심은 굳어졌다. 아내 소악은 점점 말도 줄고 체중도 줄었다.

1932년이 시작되었다. 무슨 일이 있었는지 확실하지 않으나, 조선인의 도발로 인해 일본이 상하이를 습격했다는 소식이 들렸다. 조선의 한 청년이 일본 본토까지 가서 천황의 발밑에 폭탄을 던졌다는 것과 그 일이 실패한 것에 대한 아쉬움을 표현한 상하이 신문 내용을 보고 분노한 일본군이 상해를 공격했다는 것이다. 그것이 사실인지 아닌지가 중요하지 않았다. 일본 제국주의가 경제공황을 해결하기 위해 대륙과 전쟁을 시작했다는 것이 문제였다. 세주는 마음이 다급해졌다. 이육사에게도 이런 마음을 전했다. 함께할 동지가 있는지 알아보고 있다면 꼭 같이 가겠다고 했다.

이렇게 준비하고 있는 세주에게 누군가 찾아왔다. 늦은 밤 감내 집을 찾은 사람은 얼굴을 드러내지 않았다. 두건으로 얼굴을 감싸고 있으나, 세주는 누가 보냈는지 단번에 알았다. 레닌주의 정치학교를 북경에 세웠고, 그 졸업생들이 국내에서 활동 중이라는 정보를 알고 있던 세주는 그가 약산이 가르친 레닌학교 제자일 것이라 짐작했다.

"약산 형님은 잘 계시오?"

"네. 잘 계십니다. 늘 그렇듯이 새로운 사업을 구상 중입니다. 그 일에 동지가 꼭 필요하다며, 반드시 동지가 오셔야 한다는 말씀을 전하라 하셨습니다. 그리고 함께 일할 사람도 필요하다고 전하라 했습니다."

"형님께 전해주시오. 봄이 다 가기 전에 출발한다고, 반드시 가겠다고."

"네. 약산 동지께서 남경으로 오시라 했습니다. 혹 북경으로 오시면 의열단 북경지부를 찾아가도 된다고 하셨습니다. 그럼, 다음에 뵙겠습니다."

자신의 말만 전한 약산의 전령은 바람처럼 사라졌다.

이육사가 세주에게 연락했다. 이육사는 중앙일보 지국 설치와 취업하러 간다고 식구들에게 알리고 봉천으로 갈 것이며, 가족들을 안심시키기 위해 처남과 함께 간다고 했다. 연락할 경우 김을한 동지를 찾을 것과 봉천에 있는 진화여관에서 주로 기거할 것이니, 그곳에서 만날 수 있다고 했다.

세주도 떠나야 한다. 늦은 사월을 기한으로 정했다. 그동안 세주는 지역에서 진행되는 일들을 돌아보고 김병환, 윤치형 등 지역 형님들에게 자신이 떠날 것임을 이야기했다. 그들은 세주가 떠나가면 지역의 활동이 극도로 약화될 것을 우려했다. 그러나 세주의 굳은 결심을 알기 때문에 붙잡지 않았다. 살아서 다시 만날 수 있기만 소망할 뿐이었다.

이제 가면 다시 못 뵐 모친에게는 차마 중국 망명을 알릴 수가 없었다. 마음으로 만수무강을 빌 뿐.

"어머니! 신의주에 있는 금광에 볼일이 있어 잠시 다녀오겠습니다."

세주가 어머니께 한 마지막 말이었다. 세주는 알았다. 다시 못 뵈올 것을. 그러나 통곡할 수 없다. 초롱한 눈으로 할머니께 절하는 아버지를 보고 있던 아들 용문(남선)은 절이 끝나도 고개를 들지 못하는 세주의 품에 안겼다. 안겨든 아들을 품으며 어머니를 쳐다보았다. 어머닌들 왜 모르랴. 어머니 김경이도 언젠가 아들이 떠날 것을 알았다. 다만 표현하지 않았다. 그녀는 남편 윤희규가 죽자 막내아들이 떠나지 않을까 노심초사했다. 그런데 일 년을 버텼다. 이번에는 백민 황상규가 죽었다. 아들은 떠날 결심을 한 듯 보였다. 그녀는 아들을 막을 이유를 찾지 못했다. 자신의 나이 벌써 일흔여섯이다. 언제 죽어도 이상하지 않을 나이다. 그래서 그녀는 아들을 잡지 않았다.

시어머니의 마음을 아는 소악도 남편을 잡지 못했다. 아들 용문만이 세주를 잡을 수 있을 것이다. 그러나 아무것도 모르는 용문은 아버지의 품이 좋은지 간지럼을 태우며 아버지와 장난한다.

세주는 이른 새벽에 집을 나섰다. 마을 어귀까지 따라 나온 소악을 꼭 안았다. 일본 경찰의 감시를 피해야 하므로 세주는 서둘러야 했다.

"살아만 있으시오. 곧 사람을 보내리다. 어머님이 돌아가셨다는 소식을 들으면 내가 사람을 보내리다. 그때 용문이랑 꼭 나를 찾아오시오. 내 반드시 연락하리다."

소악은 남편의 약속이 반갑고 고마웠다. 언제나 뒷전이던 자신을 꼭 데려가겠다고 한다. 아들과 자신을 버리지 않을 것을 확신한 소악은 격하게 고개를 끄덕였다. 그녀의 눈에 샛별이 들어와 반짝 빛을 냈다.

세주가 떠난 뒤 감내는 온통 일본 경찰로 홍역을 치렀다. 세주가 며칠 읍내에 나타나지 않자 경찰이 그의 집을 급습했다. 흔적도 없이 사라진 세주 대신 그의 아내 소악을 닦달했다. 그러나 그녀는 태연하게 금광 문제로 신의주에 간다고 했으니, 며칠 있으면 돌아올 것이라 했다. 며칠이 지나도 돌아오지 않자 노골적으로 세주 가족을 괴롭혔다. 아들 용문은 멀리 경찰의 모습만 보여도 엄마 치마를 붙잡고 어찌할 줄 몰라 울었다. 그러나 소악은 이를 악물고 버텼다. 노골적인 희롱도 참고 견뎠다. 언젠가 그녀를 오라고 할 남편의 소식이 빨리 닿길 바라고 또 바랄 뿐이다.

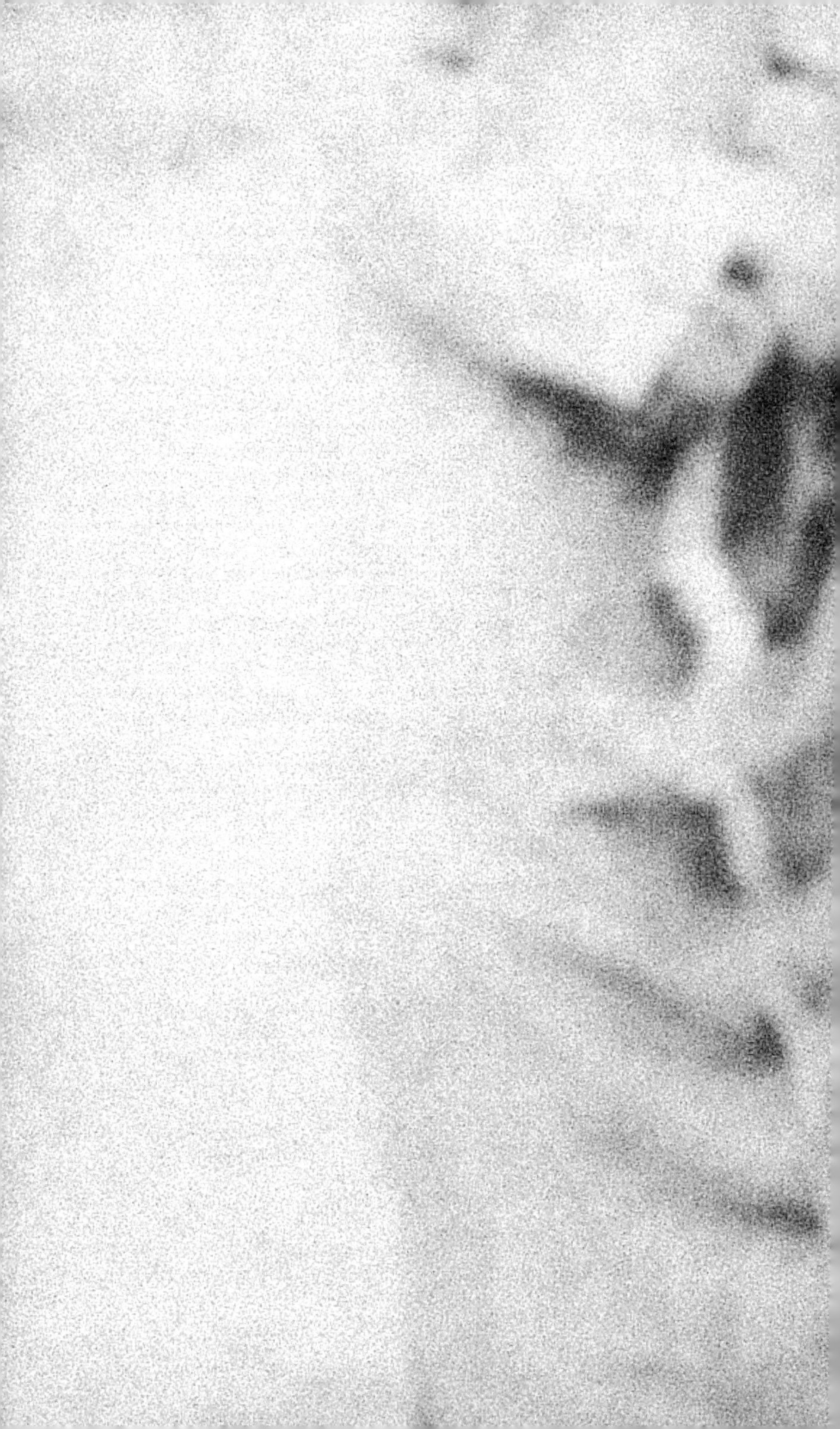

2부

아리랑 아리랑 아라리요
아리랑 고개로 넘어간다
아리랑 고개는 열두 구비
마지막 고개를 넘어간다

2-1

아리랑 아리랑 아라리요
아리랑 고개로 넘어간다
아리랑 고개는 열두 구비
마지막 고개를 넘어간다

이천만 동포야 어데 있느냐
삼천리강산만 살아 있네
아리랑 아리랑 아라리요
아리랑 고개를 넘어간다

언제부터 시작되었는지 확실하지 않으나 우리 민족이 부르는 노래가 있다. 고통받는 민중들의 뜨거운 가슴에서 우러나온 아름다운 우리의 노래! 듣는 이나 부르는 이의 심금을 울리는 슬픈 노래에는 우리 민족의 한이 담겨 있다. 이천만 동포가 떠나고 삼천리 강산만 남았어도 이것마저 빼앗겨 뿌리 박을 터전이 없는 민중은 고국을 떠나면서도 아리랑을 흥얼거린다. 다시 돌아오지 못할 곳으로 떠나면서 지신을 위로하기 위해 부르는 노래! 세주는 집을 나서면서 아리랑을 읊조렸다. 늘어진 가락은 세주의 발걸음을 더 무겁게 했다. 세주는 다시 밀양아리랑을 흥얼거렸다.

날좀보소 날좀보소
동지섣달 꽃본 듯이 날좀보소
아리 덩더쿵 쓰리 덩더쿵 아라리가 났네

아리랑 고개로 날 넘겨주소

누가 지었는지 모르나 밀양 사람이면 누구나 부르는 밀양아리랑은 세마치장단으로 이루어져 있다. 첫음을 강하게 부르면 맛깔나는 노래다. 밀양아리랑에 대한 연원에는 여러 이야기가 있다. 연산군에 의해 부관참시당한 점필재 김종직의 한과 울음소리가 전국에 알려져 있던 아리랑과 결합되어 밀양아리랑이 되었을 것이라는 설, 고려 때 김사미, 효심의 난 당시 밀양에 왔던 청도인들이 고향으로 돌아가지 못해 그 설움을 노래하면서 생겼다는 설, 삼별초난이 발생했을 때 함께했던 사람들이 부른 노래, 아랑 설화와 연계하여 그녀의 넋을 위로하는 노래 등 여러 설이 있다.

이 밀양아리랑이 1929년 별건곤 22회에 소개되었다. 세주는 이 글을 읽고는 밀양아리랑이 더 좋아졌다. 넓은 벌판에 넉넉한 인심이 담겨 세마치 곡조의 아리랑이 생겼고, 이를 차상찬은 밀양의 7대 명물 중 하나로 소개하였다.

"어느 지방이든지 아리랑 타령이 없는 곳이 없지마는 이 밀양의 아리랑 타령은 특별히 정조가 구슬프고 남국의 정조를 잘 나타낸 것으로서 경상도 내에서 유명할 뿐 아니라 지금은 전국에 유행이 되다시피 한 것이다. 그러나 수심가는 평안도에 가서 들어야 그 지방의 향토미가 있고, 개성 난봉가는 개성에 가서 들어야 개성의 멋을 알고, 신고산 타령은 함경도에 가서 들어야 더욱 멋이 있는 것과 같이 이 밀양아리랑 타령도 서울이나 대구에서 듣는 것보다 밀양에 가서 들어야 더욱 멋을 알게 된다. 특히 화악산 밑에 해가 떨어지고 유천역에 저녁연기가 실낱같이 피어오를 때에 낙동 평야

갈수통 속으로 삼삼오오 목동의 무리가 소를 몰고 돌아오며 구슬픈 정조로 서로 받아가며 부른다. 이렇게 하는 소리를 들으면 참으로 구슬프고 멋이 있고 운치가 있다. 아무리 급행열차를 타고 가는 사람이라도 그 누가 길을 멈추고 듣고 싶지 않으리."

밀양아리랑은 세마치장단의 빠른 곡조로 부르면 신나는 노래다. 중모리장단으로 부르면 슬프고도 구성지다. 라디오 방송을 통해 소개되고 음반으로 나오다 보니 밀양아리랑을 부르는 사람이 늘었다. 게다가 전문 소리꾼들이 밀양아리랑을 불러 그 맛을 더해주었다. 밀양인이라면 누구나 아는 노래! 어디에서 어떤 순간에도 기회를 주면 한 자락 한다. 망설임이 없다. 누군가 시작하면 뒤이어 소리가 이어져 나오니 끝을 모르는 노래다.

세주는 유천역을 지나면서 행여 목동이 있을까 하여 창밖을 내다보았다.

가족에게는 신의주로 간다고 하였으나, 중국에 가기 위해 압록강이나 두만강이 아닌 바닷길을 통해 가리라 마음먹었다. 배로 가는 길은 상해 또는 천진으로 가는 방법이 있다. 상해는 부산에서 출발하는 것이 빠른 길이지만 세주는 인천에서 배를 타기로 했다. 일본 경찰을 속이기 위한 이유도 있지만, 의열단원들이 이 길을 통해 국내로 폭탄을 갖고 들어온 적이 있어서 마음이 생겼는지도 모른다.

한 번도 뵌 적 없는 나석주 단원은 천진에서 인천으로, 미행을 막을 겸 진남포로 갔다. 실은 고향에 가 마지막으로 가족을 만나기 위해서였다. 그러나 일제의 감시가 심하다는 정보에 발길을 돌려 서울로 향했다. 부모와 처자가 얼마나 그리웠을까? 아들과 딸에 대한 그리움을 뒤로하고, 먼저 식산은행에 폭탄을 던졌으나 불발이었다. 다시 동양척식회사로 달린 나석주는 권총으로 일본인을 사살하고, 토지개량부 간부를 죽인 뒤 기술과장실에 폭탄을 힘껏 던졌으나 또 불발이었다. 황금정 쪽에서 달려온 경찰과 대치하면서도 나석주는 폭음을 들리길 간절히 바랐다. 그러나 끝내 폭탄은 터지지 않았다. 나석주는 군중들에게 목이 터지라 외쳤다.

"나는 조국의 자유를 위해 투쟁했다. 이천만 민중아! 분투하여 쉬지 말아라."

그리고 마지막 한 발을 자신에게 겨누고 방아쇠를 당겼다. 1926년 12월 28일, 서울의 땅은 석주의 뜨거운 피를 받아들이기에는 너무 차가웠다.

나석주는 중국에서 김창숙 선생과 만나 독립운동 방법을 찾던 중 이렇게 말하였다.

"지금 무엇인가 횃불을 올리지 않으면 잠자고 있는 민족혼을 영원히 깨우지 못합니다. 이때 일제기관과 친일부호를 박멸하여 국내 동포의 잠자는 정신을 일깨워야 합니다. 그 일을 제가 할 것입니다."

나석주 단원은 고국에 돌아오는 배에서 무슨 생각을 했을까? 죽을 줄 알면서도 망설이지 않았던 그의 용기! 그것은 그의 아버지한테서 왔다는 이야기가 의열단원들 사이에 전해졌다. 나석주가 천진에 있을 때 아버지의 편지가 당도했다.

"내 아들 석주야 보아라! 기름진 황해도 남지리벌이 왼통 왜놈들 손아귀에 들어가 있다는 것을 너도 잘 알 것이다. 석주야! 집에는 단돈 한 푼의 여유가 없다는 것도 잘 알 줄 믿는다. 그런데도 이 아비는 국내에서 나오는 두서너 가지의 신문을 사보는 것은 해외에 나가 있는 우리 청년의 활약상 때문이다. 그들이 나라를 위해 활약하는 기사를 읽는 것은 유일한 기쁨으로 알고 우리 식구에게는 밥을 한 끼 거르면서도 신문값을 기꺼이 지출해 왔다. 그런데 내 아들 나석주의 이름이 어째서 한 번도 신문에 오르지 않은지 그것이 궁금하다. 처자를 아비에게 맡기고 네가 집을 떠난 지도 벌써 여러 해가 된다. 나라를 구하겠노라고 큰소리를 치며 떠난 네가 지금 어디서 무엇을 하고 있단 말이냐? 석주야! 이 아비는 오직 그것만을 바라며 살고 있다."

나석주 단원의 아버지! 그는 이 땅의 위대한 아버지다. 아들을 투사로 내보낸 이 땅의 모든 아버지 마음이 그와 같을 것이다. 세주도 마지막 떠날 때 아무 말 하지 않으신 어머니의 마음도 다르지 않을 것임을 알았다.

세주가 뱃길을 택한 또 다른 까닭은 신의주나 단동에 이병철 형님과 회당 손일민 선생이 계시지 않아서다. 형님은 병인지 암살인지 원인도 모른 채 돌아가셨고, 손일민 선생은 임시정부에서 활동 중이다. 그래서 애써 그 길을 고집하지 않았다.

종종걸음으로 밀양까지 오셨으나, 폭탄만 전하고 가족도 만나지 않았던 병철 형님, 그 걸음이 고향에 온 마지막임을 형님은 알지 못했다. 이후 동생들이 고통을 당했다는 것도 모르셨지만, 병철 형님을 생각하면 송구하다. 그토록 어렵게 폭탄을 국내로 운반하였음에도 실행 요원들이 그 폭탄을 손에 넣지도 못하고 잡혔으니, 잡힌 우리보다 더 분통 터졌을 것이다. 이 많은 부채를 어떻게 갚을까? 백민 스승도 이런 고통으로 병이 생겼다. 그리고 병이 깊어 끝내 눈을 감으셨다. 그 많은 재능을 세상을 위해 써지도 못하고 떠나셨다. 스스로 끈을 놓고 싶었을 그 마음이 느껴져 늘 가슴 한 곳에 아린다.

망망대해에 나오자, 배를 타기로 한 결정이 나쁘지 않았다는 생각이 들었다. 사실 배를 타고 떠나는 것은 도망칠 길이 없는 위험한 선택이다. 그러나 모든 물이 흘러 만나는 곳 바다, 모든 것을 받아주니 그 이름이 바다다. 세주의 울적한 마음도 이 바다가 거절하지 않고 받아줄 것이다. 소금기 있는 바람에도 세주는 묵묵히 서 있었다.

바다 한복판에서 다시 돌아가지 못할 고국을 바라보았다. 점점 작아지더니 하나의 점으로 변해 시야에서 사라졌다. 다시 돌아올 때 점점 다가올 조국의 모습을 그리며 선실로 돌아왔다. 남경에 가 약산 형님을 뵙고 그가 구상하는 일을 듣고, 그 일에 육사가 필요하다면 그를 만나러 가야 한다. 그 전에 의열단 북경지부를 찾을 것이다. 어쩌면 약산 형님의 전언이 먼저 도착해 있을 것이다. 세주는 선실에 앉아 깊은 생각에 잠겼다. 배는 울렁이며 서쪽으로 서쪽으로, 고국과 멀어지고 있었다.

선실에서 눈을 감고 옆 사람의 이야기를 듣고 있자니 전라도 사투리가 들린다. 그들이 고향을 떠난 이유는 멀쩡한 밭에 면화를 심으라고 한 뒤 그것을 거의 공짜로 가져갔다는 것 때문이었다. 쌀만이 아니었다. 이제는 목화솜도 뺏어간단다. 경제공황이 일본을 더욱 악랄하게 만든 모양이다. 늦가을에 심고 모내기 전에 수확되어 민중의 배고픔을 덜어주던 보리와 밀은 더 이상 생산할 수 없다.

면화를 강제로 심어라 하니 배고픈 그들은 어쩔 수 없이 고향을 떠났다. 고향 마을 열 집 중 두세 집은 짐을 쌌고, 그 자리에는 일본인들이 와서 메우고 있다. 일본놈들은 전라 지역의 기름진 평야가 탐이 났을 것이고, 땅을 뺏기 위해 새로운 방법을 쓰고 있다. 이렇게 고향을 떠나는 일이 어디 전라도뿐이겠는가! 어제도 오늘도 또 내일도 그 숫자는 늘 것이다. 막을 방법은 하나다. 군대를 만들어 왜놈들을 몰아내는 것뿐이다. 갑자기 맘이 급해졌다.

천진항에 도착한 세주는 북경으로 향했다. 명의 영락제가 수도로 삼아 자금성이라는 최대의 궁궐을 조성한 곳이다. 의열단이 창립되었을 때도 세주는 북경에 가보지 못했다. 서툰 중국어 때문이기도 하지만 약산 형님의 배려 때문이었다. 폭탄 제조 과정에서 세주를 제외시키고 대신 고향에 가 새색시와 함께 있도록 배려한 것이다. 게다가 스승 백민을 잘 보필하라는 뜻, 스승 이전에 고모부에 대한 약산의 애정 때문임을 알기에 세주도 더는 고집하지 못했다.

중국은 이민족 특히, 기마민족의 침략을 막기 위해 국경에 성을 쌓았다. 그 길이가 하도 길어 만리장성이라 했다. 북경은 만리장성에서 내려다보이는 곳에 있다. 오랑캐의 침략이 시작되면 함락되기 쉬운 위치다. 그런데도 명·청과 함께 육백여 년 동안 수도였다. 광활한 벌판이 북경에서 시작되어 남으로 뻗어 있다. 전략상 주요한 곳인 북경을 지키는 것은 필요하나 수도로서는 불리한 곳, 그래서 해자(垓字)가 저리 넓은가? 해자 안에 그들의 자존심인 양 자금성을 지었다. 몽골족에게 나라 전체를 빼앗긴 한족들은 남경에서 명을 세우고, 세계 최대의 제국 몽골과 투쟁하였다. 그들을 장성 밖으로 몰아낸 이후 북경에 자금성을 건설하였다. 짓밟혔던 자존심을 복구하듯 거대한 성을 조성하여 이민족에게 심리적으로조차 넘보지 못하게 하였다.

자금성은 천자의 거처가 우주의 중심인 자미원에 있어 그곳을 기점으로 우주가 움직인다는 믿음을 담았다. 자미원의 자(紫)와 황제 이외에는 아무도 들어오지 못한다는 의미의 금(禁)을 이름으로 삼았다. 그래서 서양 사람은 자금성을 금지된 도시처럼 인식한다고 하지만, 이 성의 크기에 놀란 서양인들의 두려움이 담긴 것이 아닐까. 이민족인 만주족이 세운 청나라도 이곳을 수도로 삼아 수백 년을 이어왔고, 이제는 일본놈들이 이곳을 갖고 싶어한다.

세주는 북경을 둘러보고 싶었다. 연암 박지원의 글이 아니라도 일본이 그토록 점령하고자 하는 중국의 심장, 우리 독립운동가의 숨결이 녹아 있는 곳, 지금도 어느 구석진 곳에서 투쟁하는 지사들이 있을 것이다. 세주는 두근거리는 마음으로 자금성을 향했다. 내심 서울에서 본 '경복궁보다 크겠지' 하며 다가갔다.

눈앞에 보인 자금성의 규모에 세주는 입이 떡 벌어졌다. 어릴 적 집 앞에 있던 것이 해자가 맞나 할 정도다. 규모가 다른 해자는 강줄기가 흐르는 듯하다. 해자 끝 성벽의 높이는 내부의 건물을 보여주지 않는다. 신해혁명 이후 원세개가 이곳에서 4년이나 중국을 통치하였다. 그가 죽은 후 군벌들이 난립해 분열되었던 중국은 군벌과 투쟁하기 위해 새로운 방안을 모색했다. 손문이 모택동과 힘을 합해 군벌을 몰아내기 위해 국공합작을 한 것이다. 국민당과 공산당의 합작, 이것은 우리의 독립운동에도 영향을 끼쳐 사회주의와 민족주의 세력이 협동전선을 펼쳤고, 그 결과 국내에서는 신간회가 조직되었다. 사만여 명의 회원을 거느린 조직이었으나, 여러 이유로 인해 해소되고 말았다. 백민은 신간회 해소를 막으려 얼마나 애썼나? 세주는 눈이 가는 곳마다 조국에서의 일이 겹쳐 보여 마음이 무겁다.

국공합작 중 손문이 죽었다. 국민당의 실권을 잡은 장개석은 공산당과의 합작을 깨뜨리고 북벌에 나섰다. 북벌은 군벌을 몰아내는 것을 의미한다. 북벌에 성공한 장개석은 '공산당은 암, 일본은 피부병'에 비유하면서 만주사변과 상해사변을 일으킨 침략자 일본보다 중국 내 사회주의 세력이 더 두렵다고 말했다.

반일을 내세우며 통합된 신간회가 결국 해소된 것처럼 중국의 반군벌 투쟁인 1차 국공합작도 그렇게 끝났다. 터럭만큼의 차이가 이제는 보이지 않을 만큼 멀리 간 것이다. 우리의 독립운동은 이런 전철을 밟지 말아야 한다. 오로지 하나의 목표! 일본을 이 땅에서 몰아내는 목표만 이룰 수 있다면 그 어떤 누구와도 힘을 합해야 한다. 원봉 형님도 늘 이 생각을 품고 있다. 세주는 약산과 자신의 이런 마음이 다른 사람에게도 전해지길 간절히 바랐다.

중국인이 아닌 사람도 자금성에 들어갈 수 있는지 알 수 없었던 세주는 중국인 틈에서 성안으로 들어갈 기회를 엿보았다. 엄청난 규모의 자금성을 보며 조선시대 이곳에 왔던 사신이 가졌을 두려움을 상상했다. 육중한 성문은 감춰진 보물을 지키듯 위엄을 지키고 있으나 일본은 이 문을 밀고 들어올 기세다. 작년 9월 일본이 일으킨 만주사변으로 인해 만리장성 밖은 일본이 차지했다. 일본은 어떤 꼬투리만 있으면 중국 본토를 침략할 것이다.

그런데 백범 김구가 임시정부 아래 조직한 한인애국단에서 놀라운 일을 실행했다. 올 1월, 애국 단원인 이봉창이 일본에 몰래 들어가 외출하여 귀가하는 일왕에게 폭탄을 던졌다. 이봉창은 일본어에 능했다. 그가 처음 상해에 나타났을 때 많은 사람이 그를 일본인으로 착각할 정도였다. 하오리를 입고 게다짝을 신은 그의 모습은 영락없는 일본인이었다. 일부러 독립운동가의 의심을 살 만한 일을 저질러 임시정부의 관심을 끌었다. 김구를 만났다. 그리고 말했다.

"선생님! 제 나이 이제 서른하나입니다. 앞으로 서른한 해를 더 산다 해도 지금보다 더 나은 재미가 없을 것입니다. 인생의 목적이 쾌락이라면 지난 31년 동안 쾌락이란 것을 모두 맛보았습니다. 이제부터 영원한 쾌락을 위해 목숨을 바칠 각오로 상해로 온 것입니다. 저로 하여금 세상을 깜짝 놀라게 할 임무를 완수하게 해주십시오."

이후 일 년 동안 면밀히 준비했다. 일본 경찰과도 교제하고, 여전히 건달 행세를 했다. 그리고 그는 안중근의 아우인 안공근 집에서 선서식을 거행했다.

"나는 적성(赤誠-참된 정성)으로서 조국의 독립과 자유를 회복하기 위하여 한인애국단의 일원이 되어 적국의 수괴를 도륙하기로 행세하나이다."

수류탄을 양손에 들고 기념사진을 찍었다. 그리고 일본으로 건너갔다. 일왕 히로히토가 동경의 연병장에서 거행된 신년 관병식에 참석한 뒤에 돌아가는 길에 수류탄을 던졌다. 말이 다치고 궁내대신의 마차가 뒤집혔으나 일왕은 다치지 않았다.

이 사건을 두고 조선에서 우리 민족이 발행한 호외 신문에는 '일왕이 무사히 귀환했'고, 범인도 즉시 체포되었다고 게재되었다. 폭탄을 던진 대한인 이봉창의 안위를 걱정하는 것이 아니라, 도리어 일왕의 무사 귀환을 환호했다. 세주는 일제의 통치기관이나 밀정만이 아니라 이런 언론기관도 폭탄을 맞아야 할 곳이라 생각했다. 신문 지면에 일제가 요구하는 내용을 싣고도 마치 자신의 주장이 옳다는 식으로 민족에게 호도하는 이런 기자 무리는 나라를 되찾게 되면 가장 큰 벌을 받아야 할 자들이다. 세주 자신도 중외일보와 조선일보에서 활동했지만, 일제의 지배가 해를 거듭할수록 저항하는 신문사는 폐간되고, 살아남은 신문들은 일제가 주는 내용만 게재했다. 이게 언론인가? 만주사변을 찬양하고 이봉창의 의거를 비하하는 이것들이야말로 반민족 행위이지.

반대로 중국의 신문에서는 한국의 청년이 폭탄을 던졌으나 안타깝게 실패하였다고 보도했다. 일본은 이를 괘씸하게 여겼다. 그때 일본 승려 일행이 상해에 온다는 소식이 있자, 일본인은 중국인을 고용하여 승려 일행을 구타했다. 이에 따라 일본 총영사와 상해시 당국자 간의 대립이 생겼고, 중국 측의 양보에도 일본은 군대를 파병하여 공격하였다. 이것이 상해사변이다. 역시 일본이 이겨 만주처럼 상해를 점령했다.

북경에 도착한 세주는 그 이후 중국에서 무슨 일이 일어났는지 궁금했다. 그러나 누구를 붙잡고 물어야 할지 몰랐다. 의열단 북경지부를 찾으면 들을 수 있을 것이다.

중국인 틈에서 자금성을 둘러보았는데, 간간이 들리는 중국인들의 이야기로는 일본의 침략에 대비해서 유물을 다른 곳으로 옮겼다고 한다. 그들 이야기에 끌려 귀를 세우는데 윤봉길이라는 이름이 들렸다. 조선인의 이름을 그들의 입에서 듣게 되니 세주는 궁금함을 참을 수 없었다. 그래서 그 사람에게 방금 한 이야기가 무엇인지 물었다. 다 이해하기 어렵지만, 중국 신문에 상해 홍구공원에서 한국인 청년이 폭탄을 던져 일본 고관들이 엄청나게 죽거나 다쳤다는 내용이 실렸다고 했다.

정말 이런 일이 일어났단 말인가? 우리가 그동안 그토록 꿈꾸었던 의열투쟁의 가장 확실한 성과가 상해에서 일어났단 말인가? 도대체 윤봉길은 누구인가? 백범 김구는 대한민국임시정부에서 경호 임무를 맡았다가 이승만 탄핵 이후 임시정부의 핵심 요원으로 활동하기 시작한 사람이라고 알고 있었다. 그런 그가 한인애국단이라는 단체를 만들어 일왕 쇼와의 생일인 4월 29일에 폭탄을 던졌다니! 더구나 그날은 상해사변의 전승 축하식도 겸하고 있었다는데. 윤봉길이라는 얼굴도 모르는 사람이 일본 육군이 사용하는 고성능 폭탄을 왜놈들에게 축하 선물로 주었구나!

세주는 그들의 이야기를 들으며 벅차오르는 가슴을 어찌할 수 없었다. 우리 의열단도 이런 일을 하려고 만들었는데, 처음 거사에서 아무 일도 하지 못하고 잡힌 자신이 한심하였다. 빨리 약산 형님을 찾아가서 윤봉길처럼 투쟁해야겠다는 생각에 마음이 바빠졌다.

세주는 자금성 돌아보는 것을 그만두었다. 언제가 다시 찾을 날이 있을 것이다. 그때는 아내와 남선이도 함께 와야지.

세주는 의열단 북경지부를 찾았다. 책임자는 1차 국내기관 총공격 당시 함께했던 안동인 김시현 동지다. 그와는 재판정에서 멀리서 얼굴만 보았다. 세주와 같은 사건에 연루되어 감옥살이하였으나, 그와 같은 감방에 있지 않아 그에 대해 잘 알지 못했다.

김시현을 찾는 것은 그리 어렵지 않았다. 윤봉길 사건 이후 중국인들의 한국인에 대한 적대감이 사라져 활동하는 데 제약이 덜했기 때문이다. 김시현은 중국인 복장을 하고 나타났다. 세주에게는 큰 형님뻘 되는 나이다. 깡마른 체구의 김시현은 중국인 복장이 잘 어울렸다. 수염까지 길러 그의 본모습을 잘 알 수 없었다. 위장술의 대가라 그런가. 세주는 허름한 중국 식당 구석에 앉은 그를 발견하고는 두 손을 모으고 허리를 굽혀 인사했다. 날카로운 그의 눈빛이 느껴졌으나 그 앞에 앉으면서

"밀양에서 온 윤세주입니다."

라며 자신을 소개했다.

"잘 왔소, 동지! 나는 김시현이라 하오. 재판정에서 멀리서 본 적이 있소. 그러나 약산 단장께서 동지 이야기를 하도 많이 해 동지가 늘 함께 있었던 사람처럼 느껴집니다 그려."

김시현은 손을 내밀어 약수를 청했다. 세주는 그의 마른 손을 두 손으로 감싸 맞잡았다. 그의 모습에서 이원록이 떠오른 것은 왜일까?

사회주의 활동가로도 알려진 그는 아내와의 연애담으로 의열단원들에게 알려졌다. 만세운동으로 서대문 형무소에 갇혔던 그의 아내 권애라는 김향화에게서 배웠던 개성 난봉가, 평양 수심가를 감방에서 고통받는 동료를 위해 불러준 것으로 유명하다.

권애라는 석방된 이후에도 남녀평등과 민족해방을 강연하였다. 강연을 저지하는 경관 앞에서 자신이 개사한 개성 난봉가를 불렀다. 이화학당 출신 인텔리 여성이라는 것, 그녀와 김시현의 결혼식

주례를 레닌이 했다는 믿지 못할 이야기도 있다. 그래서인지 김시현은 단원들도 로맨티스트인지 혁명가인지 궁금해하는 동지다.

세주는 그외에 그에게 꼭 듣고 싶은 이야기가 있다. 세주가 경성형무소에 있을 당시 김시현은 현직 경부인 황옥을 끌어들여 의열단 제2차 국내기관 총공격에 사용될 무기를 운반한 사람이다. 당시 밀양 출신 여성 단원 현계옥도 함께하였다고 들었는데, 그 당시 상황이 듣고 싶었다. 이 재판에서 김시현은 10년 형을 선고받았고 엄청난 고문을 당했으니, 다시 떠올리고 싶지 않을 것이다. 동지라고 믿었던 황옥에게 배신당했으나 김시현에게 도망가라고 알려준 사람도 황옥이라고 알려져 있다. 동지간의 믿음은 어디까지여야 하나. 언젠가 들을 날이 있을 것이다.

세주는 혹 약산 단장의 전언이 있는지 물었다. 김시현은 동지들을 규합해서 남경으로 오라는 약산의 말을 전했다. 세주는 고국을 떠날 때 안동인 이원록과 약속한 것이 있어 봉천에 가 그와 동행하고 싶다고 했다. 김시현이 깜짝 놀랐다.

"이육사를 알고 계신가?"

너무 놀라 반말이 튀어나왔다.

"네, 몇 해 전 신문사 일로 만난 이후 교류하고 있습니다."

"그랬군. 원록 군도 우리 의열단 단원이었지. 그가 지금 봉천에 와 있소?"

"예. 봉천으로 떠나기 전 저에게 연통을 보냈습니다. 봉천에 있는 진화여관에 오면 자신을 만날 수 있다고 했습니다. 아마 처남과 같이 있을 겁니다."

"그렇구먼. 그 처남을 내가 잘 알지요. 함께 오면 이곳에서 만납시다. 그때 나도 같이 약산 동지를 찾아 남경으로 떠날 거요."

"동지도 함께 가시렵니까?"

"가야지요. 일본놈들의 침략이 노골화되는데 이 몸도 힘을 보태려면 가야지요."

"알겠습니다. 봉천에서 오는 즉시 연락드리겠습니다."

"그나저나 봉천은 조심해야 할게요. 일본놈의 세상이 되어버렸지. 그놈들 뒤를 핥는 놈도 참으로 많소. 밀정놈들이 가장 많이 설치는 곳이니 조심하시오."

"김 동지! 제가 다시 북경에 올 때는 말씀을 놓으십시오. 백민 스승보다 더 연배가 높으신 동지께 무례가 되지 않도록 해주십시오. 그럼 원록 군과 함께 나타나겠습니다."

세주는 듣고 싶은 이야기는 끝내 꺼내지도 못하고 다음을 기약했다. 그리고 봉천행을 준비했다. 그러면서 보다 확실하게 중국어를 익혀야 일본놈의 감시에서 벗어날 수 있음을 절감했다. 배울 마음을 먹자 여기저기 들리는 중국어가 예사롭지 않다. 매 순간 귀를 쫑긋하니 날로 중국어 실력이 늘어간다.

봉천에서 진화여관을 찾던 세주는 회당 손일민 선생도 여관을 경영하며 독립운동가들의 망명을 도왔다는 사실을 떠올렸다. 의열단이 조직될 때 회당 선생은 임시정부에서 활동하고 계셔 뵙지 못했다. 그의 안부도 궁금했다. 많은 밀양인이 밀양을 떠나 곳곳에서 활동하고 있어 든든하지만, 그들의 무사와 안녕이 걱정이었다.

진화여관에서 다시 만난 원록은 그사이 더 야위었다. 언제나처럼 말쑥한 옷차림은 여전했다. 그러나 말조차 붙이기 힘든 침묵은 스스로가 아니면 깨지 못할 것 같다. 독한 술을 앞에 둔 원록을 세주는 지켜만 보았다. 이곳 술은 조를 빚어 만든다. 독하기는 해도 다음 날 일어나면 깔끔하다. 세주도 신흥무관학교를 졸업하고 의열단을 만들 당시 맛본 적이 있었다. 고향에서 만드는 막걸리와는 다른 아주 독하면서도 뒷맛이 개운한 맑은 술이다. 술잔을 만지작거리는 원록은 세주와의 만남도 크게 기뻐하지 않았다. 더 큰 아픔이 있는 듯 쉽사리 입을 열지 않았다. 세주는 맞은편에 앉아 그를 지켜만 보았다. 한참 만에 원록이 입을 열었다.

"형님 남선이는 잘 크지요? 형수님도 안녕하시구요?"

"떠나올 때까지는."

세주는 긴 답을 할 수 없었다. 풍기는 기운이 예사롭지 않아서였다.

"형님! 우리 동윤이가, 동윤이가…."

술잔 위에 엎어진 원록을 세주는 그냥 바라보았다. 그랬지. 아들이 건강하지 못하다고 무봉사 약사여래 앞에서 그렇게 말했었지. 그렇구나, 그랬구나!

살아 이별하여도 언뜻언뜻 아들의 모습이 세주의 발걸음을 멈추게 한다. 서너 살 먹은 사내놈만 보여도 세주는 앞에 가서 아이의 얼굴을 확인한다. '용문인가' 하는 생각이 들어서다. 그런데 그런 아들과 사별이라니! 상상하는 것조차 싫다. 아버지와의 이별, 백민 스승과의 헤어짐, 그 무엇과 비교할 수 있으랴. 자식은 가슴에 묻는다고 어르신들이 말씀하셨다. 그 마음 어찌 위로할까. 세주는 쏟아진 그의 잔에 술을 따라줄 뿐이다.

'그래서 처남과 함께 떠날 것을 부인이 요구했구나!'

다음 날 언제 그랬냐는 듯 깔끔한 복장으로 세주를 찾은 원록은 어디로 갈 것인지 물었다. 시도 쓰지 못하고 총도 쏘지 못하는 자신이 한심하다며, 자신의 모든 것을 쏟아부을 곳이 필요하다고 했다. 세주는 그에게 일단 북경으로 가자. 그곳에는 동향 사람 김시현 동지가 기다리고 있다고 했다. 그러자 원록은 처남 안병철도 함께 가자고 했다. 홀로 가면 아내가 걱정한다며. 아들을 잃은 원록이 어떤 극단적 선택을 할지도 모른다는 생각에 아내 안일양은 그의 남동생을 딸려 보냈다. 안병철도 이미 의열단에 가입한 단원이라 원록은 처남과의 동행을 허락했다.

원록이 이곳 봉천에 온 이유는 많은 안동인이 이곳 만주 지방에서 독립의 의지를 불태웠기 때문이기도 하고, 그토록 춥다는 만주의 추위를 몸소 느끼고 싶은 까닭도 있었다. 원록이 이곳에 있는 동안 석주 이상룡 선생이 생을 마감했다. 석주의 맏손자 며느리는 원록에게 외사촌 누이동생이 되는 허은이다. 이원록이 이곳에 와 그의 죽음을 듣고 문상하러 갔다. 조선 최고의 세도가라 할 수 있는 석주는 안동의 임청각을 떠나 이곳 만주에서, 상해에서 활동하였다.

만주사변 이후 만주국이 수립되자 석주는 더 상심하였다. 그의 병은 뼛속에 깊어 결국 길림성 서란현의 소과전자에서 운명을 달리했다. 원록은 그의 죽음 앞에서도 울지 않았다. 일본을 향한 분노만 키웠을 뿐이다. 누이동생의 울음소리가 마치 어머니의 울음 같아서 애써 외면했다. 그리고 아들도 석주 선생도 훨훨 날려 보내고 투쟁의 길로 가기로 맘먹었다.

원록은 세주가 북경에 있다는 사실을 알면서도 만주를 쉬이 떠나지 않았다. 세주가 의열단을 조직할 당시 이곳 만주에서 호랑이

보다 무섭다는 추위를 경험한 것을 알고 있었다. 게다가 누이동생도 말했다. 추위보다 무서운 게 없다고. 그래서 할아버님의 시신을 모시고 안동으로 간다고 말이다. 안동의 추위도 만만찮지만, 이곳 추위는 평생 떨치지 못할 잔인한 기억이라고 말했다. 원록은 그들이 말하는 그 무서운 추위를 경험하고 싶었다. 실은 그 추위 속에서도 결기를 꺾지 않았던 투사들의 마음을 얻고 싶었다. 원록의 친가는 물론 외가의 친척들도 이곳 만주에서 활동했다. 그들의 고통을 직접 체험하면 그 어떤 어려움도 이겨낼 수 있을 것 같았다. 아들 동윤이를 가슴 깊이 묻어두기 위한 시간이 필요했다.

세주는 원록에게 북경을 거쳐 남경으로 가자고 제안했다. 남경에서 의열단장 김원봉이 새로운 독립운동 방략을 꾸리고 있어 힘을 보태고 싶다고.

"원봉 형님은 내가 중국에 와 있는 것을 알고 계실 것이네. 그리고 자네와 같이 갈 것도 알고 계시겠지. 김시현 동지가 아마 연통하셨을 걸세."

"형님이 겪으셨던 그 추위를 맛보지 못하고 가게 생긴 걸요."

"그럼 자네는 여기서 이번 겨울을 보내고 내년에나 남경에 옴세그려."

"예? 그럼 그럴까요?"

둘은 그렇게 서로를 쳐다보며 웃었다.

"형님! 사실 저는 겨울을 이곳에서 보내고 나면 제 자신이 더 단련되지 않을까 생각했습니다. 제가 생각해도 저는 투사가 아닙니다. 나약한 일개 서생에 불과하여 일본놈들과 싸우는 데 부족함이 많습니다."

"내가 보기에 동지는 지사이면서 투사네. 동지가 쓰는 글에는 힘이 있으니 지사의 면모를 갖춘 것이고, 고문을 당해도 꺾이지 않으니 그 이상의 투사가 없을 것이네. 추위 따위에 무너지는 사람이 아니니 걱정 마시게. 동지는 글로 싸우는 투사가 얼마나 큰 힘을 발휘하는지 몸소 보여줄 날이 있을 터니 염려 놓으시게."

"어릴 때 조부님께서 우리 여섯 형제에게 시를 짓도록 하고 장원한 이에게 선물을 주셨지요. 그런데 내 재주가 부족하여 한 번도 받지 못했습니다. 일본과 중국 북경에 유학하여 실력을 키우려 했으나 그마저도 쉽지 않았습니다. 식민지 백성의 아픔만 보이니 그 조차도 어려웠습니다. 그래서 저는 학자도 지사도 될 수 없다고 생각했습니다. 그러나 그들보다 더 잘 싸우는 투사는 될 수 있을 것입니다. 그런데 글을 쓰는 것도 투사의 일이라니 또 동생에게 질 수밖에 없겠는데요. 동생 수산은 저보다 훨씬 뛰어나 늘 할아버지의 칭찬을 받았으니 말입니다."

원록은 자리에서 일어나며 허허 웃었다. 어릴 적 추억이 떠올랐는지도 모른다.

요즈음 만주에서도 새로운 기운이 감지된다고 했다. 중국군과 힘을 모아 연합군을 조직하는 것이다. 만주사변 이후 이 지역을 빼긴 중국인들이 한국인과 힘을 합해 일본군과 직접 전투하려는 움직임이다. 비록 국외에서 이루어지고 있으나 이러한 움직임이 곳곳에서 일어난다면 머지않아 분명 일제로부터 해방될 것이다. 그 힘의 한 축이 되기 위해 그들도 떠나야 한다.

7월 17일, 세주는 육사와 그의 처남, 이렇게 셋이 천진을 향했다. 봉천에서 기차를 타고 이동했다. 그들의 발걸음이 닿는 곳마다 다시 오지 못할 곳이라 생각하니 모든 것이 정겹다. 고국을 떠나올 때는 일본놈의 눈을 피하느라 산천을 제대로 보지 못하였다. 이럴 줄 알았다면 조국 산천을 휘돌아나 보고 올 것을. 후회 아닌 후회가 생겼다.

그들은 북경으로 가지 않고 천진에 머물렀다. 이원록은 이중희의 집에서 처남과 함께 지냈다. 세주는 폐를 끼치지 않기 위해 여관에 투숙했다. 원록은 중국 유학 당시 사귀었던 친구 조세강의 집에 다녀왔다. 그 사이 세주는 안병철을 설득하여 남경에 갈 것을 약속받았다. 원록은 떠나기 전에 북경을 돌아보고 싶다고 했다. 원록은 지난날 북경에서 공부했던 순간을 떠올리며 며칠만 머물고 싶었다. 세주도 지난번 자금성의 위세에 눌렸던 때를 생각하며 육사와 함께 북경을 거닐고 싶었다. 그래서 그들은 이민족 국가인 청나라 흔적과 한족의 족적이 뒤엉킨 북경을 돌아보자고 결정했다.

먼저 이화원으로 발걸음을 옮겼다. 이화원의 거대한 호수가 사람의 힘으로 만든 인공호수인 것, 파낸 흙으로 만수산을 만들었다는 사실에 놀랐다. 항주의 서호를 모방했다고 전해지지만, 건륭제 당시의 국가 권력을 볼 수 있는 거대한 궁전 정원이다. 영국과 프랑스 군의 침략으로 일부가 파괴되고 보물은 약탈당했다. 의화단 운동 당시 여덟 나라의 공격을 받았지만, 완전히 파괴되지는 않았다. 서태후에 의해서 재건되어 원래의 이름인 청의원 대신 이화원이 되었다. 서태후의 여름 휴가처로 사용되다 보니 해마다 엄청난 예산이 소요되었다. 이 때문에 중국 민중의 생활이 더 피폐했을 것이라고 원록이 말했다. 그 말에 세주는 지도자의 역할이 얼마나 중요한가를 느끼며 고개를 끄덕여 그 말에 동의했다.

자금성 앞 광장에 섰다. 세주는 또다시 밀려오는 거대한 압박감에 '후유' 하고 길게 숨을 뱉었다. 사람들 틈에 떠밀리다시피 성 뒤쪽까지 제대로 살피지 못하고 주마간산하듯이 지나갔다. 어쩌면 자금성 앞 거대한 광장과 건축물에서 도망가고 싶었는지도 모른다.

자금성 북쪽 술집에 앉은 네 사람은 중국과 조국의 운명에 관해 이야기했다. 윤봉길 의거 이후 중국 정부의 직접적인 도움이 있어 남경에서 독립운동에 힘쓰는 우리 동지에게는 좋은 일이다. 더구나 만주에서도 만주족과 우리 민족 사이의 갈등도 해소되고 연합군을 만든다니 이보다 좋은 시기가 없다.

이 시기를 이용해 일제와 싸울 수 있는 투사를 길러내는 것이 필요하다고 판단한 약산 단장이 끊임없이 중국 정부에 도움을 요청하고 있다. 머지않아 그 성과가 있을 것이니 가서 도와야 한다. 그뿐만 아니라 일본이 만주와 상해만 먹을 놈들이 아니니 중국 본토를 침략할 날도 멀지 않았다. 그래서 이제는 중국과 연합하여 일본과 싸워야 한다. 국제적인 연대가 필요한 시기다. 약산이 제안한 혁명간부 창설 및 그 운용 계획이 통과되고 중국 국민당 정부가 자본뿐만 아니라 무기까지 지급해 준다면 우리의 독자적 군대 창설도 가능할 것이다. 그러면 조국 해방의 선봉에서 싸워야 한다.

네 사람의 이야기는 끝이 없었다. 약산의 계획을 어느 정도 알고 있었던 김시현의 이야기는 함께 앉은 사람의 마음을 요동치게 했다.

새로운 일을 구상하고 그 일을 실현하는 일이라면 그 어떤 사람도 만나는 약산 형님이다. 역시 그답다. 세주는 빨리 남경으로 가고 싶다. 아니 가야 한다. 다른 세 사람도 세주의 그런 마음을 알아차렸다. 세주의 얼굴빛과 목소리가 달라졌으니 그 누가 모르랴.

"중국인이 가장 자랑하는 것이 만리장성이라 하여 그것만은 꼭 보고 싶었습니다. 그런데 마음이 바빠 그러지 못할 것 같습니다."

세주가 술잔 속에 비친 달을 보며 이야기했다. 고향 땅에는 월연정이라는 정자가 있다. 달의 연못이다. 그곳에 달이 몇 개가 있는지 고향 사람들은 내기한다. 하늘의 달, 강 속의 달, 술잔 속 달, 그대 눈 속의 달, 내 가슴 속 달 등 사람마다 자신이 본 달을 이야기하는 곳! 달빛이 연못을 가득 채우고 그 깊은 곳에 앉은 달, 그곳이 생각나는 듯 세주는 그윽한 음성으로 고향 이야기를 했다.

"형님! 단장님이 보고 싶으신 게죠?"

불쾌해진 얼굴로 원록이 물었다. 세주는 말 없이 고개만 끄덕였다.

"그래도 이 술은 다 마시고 일어나면 안 될까요?"

원록이 장난기 담은 목소리로 말하자 모두 웃었다. 원록이 밝아진 듯하여 다행이다. 아니 괜찮은 척할 수 있을 정도여서 정말 다행이다.

북경에서 빠른 일정 속에 각자 필요한 일을 정리하였다. 특히 김시현은 북경 지부의 일을 다른 사람에게 온전히 맡기는 일에 집중했다. 그리고 남경으로 갈 기차표를 구해왔다. 그런데 출발지가 천진이었다. 북경에서 남경으로 간다면 분명 세작의 눈이 그들을 감시할지도 모른다는 경계심에서 김시현이 천진에서 출발하는 표를 준비했다.

중국 땅에 들어온 지 서너 달이 지났다. 복장도 중국인의 것으로 같아입으니 영락없는 중국인이다. 치파오라 부르는 치마처럼 생긴 것을 걸쳤더니 더욱 그렇다. 조선옷보다 불편하였으나, 중국인으로 보이는 것이 활동에 편리하다. 어색하지만 몸에 걸쳤다. 북경에는 예전부터 밀정들이 많고 또 그들은 의열단원이라고 하면 잡아들이려 혈안이다. 어딜 가든 조심해야 한다.

"형님! 영락없는 중국 아편 장수 같습니다 그려!"

원록이 세주를 놀렸다.

"그래? 다행이군! 조선 사람으로 보이면 어쩌나 걱정했네. 아편쟁이가 아니라 아편 장사꾼이라 고맙네."

세주는 원록의 농을 기분이 좋게 받아넘겼다.

"자네는 노신(루쉰) 선생 느낌이 나네 그려."

원록이 노신을 존경한다는 것을 알고 있는 세주가 말했다. 원록은 세주의 세심함이 놀랍고도 고마웠다.

구월도 중순이 되자 남경으로 가는 일이 다급했다. 네 사람은 천진을 떠났다. 각자의 느낌을 품고 떠났다. 세주는 그리운 형을 만난다는 사실에 좀처럼 차분해지지 않았다. 먼 여행이라 눈이라도 붙여야 하는데 쉽지 않다. 시끄럽게 들리는 중국인들의 소리에 잠자는 것은 틀렸다 싶었는지, 원록이 김시현에게 십여 년 전에 있었던 사건에 대해 물었다. 세주도 궁금해하던 일이다.

"형님! 형님의 일을 들을 수 있겠습니까?"

시현은 원록을 쳐다보더니 그때의 일이 생각나는지, 눈을 지그시 감았다. 한참이 지난 뒤 눈을 뜬 그의 이야기는 길었다.

김시현이 깊이 관여한 사건은 의열단이 최대의 폭탄을 국내에 들여온 대거사였다. 의열단이 조직되고 다음 해에 있었던 제1차 국내 총공격 계획이 밀고자에 의해 실패한 뒤, 약산이 야심 차게 다시 추진한 것으로, 1923년에 진행된 제2차 국내 진입 대거사였다.

김시현에 따르면 이 계획에는 사회주의 세력의 적극적인 후원이 있었다. 이르쿠츠크 고려공산당의 협조가 있었고, 그 중간 다리 역할을 한 사람이 자신이었다고 했다. 김시현은 1차 사건에 연루되어 일 년 간의 감옥살이 후 고려공산당 당원으로 모스크바 극동인민대표대회에 참석하였다. 돌아온 뒤 대규모의 암살 계획을 추진하기로 했다. 당시 같은 당원이었던 장건상과 의논하였다. 장건상은 임시정부 외무차장인 동시에 의열단 고문이었다. 장건상은 김원봉과 연결하여 계획을 구체화했다. 약산은 천진에서 이 모든 일을 지휘하고, 김시현은 행동대장으로 거사를 직접 실행하기로 하였다. 김시현은 서울에 잠입하여 고려공산당 당원이었던 경기도 경찰부 고등과 황옥 경부를 만나 계획을 털어놓고 도와줄 것을 요청했다. 또 홍종우를 조선일보 안동지국장으로 주선해 안동으로 보냈다. 그의 집을 연락처로 쓰기 위해서였다.

당시 황옥은 종로경찰서 폭파 사건을 조사한다는 명분으로 의열단원인 유석현을 조수로 삼아 중국으로 출장 갔다. 천진에서 약산 김원봉과 만난 황옥은 엄청난 양의 술을 마시며 약산과 터놓고 이야기했다. 몇 시간이 흘렀는지 모를 지경이었다. 이 자리에는 김시현과 현계옥도 있었다. 김시현이 말하는 현계옥은 남자보다 담이 큰 의열단원이었다. 약산이 직접 선발한 여성 단원, 당시까지 유일한 단원이었던 현계옥은 조선에서 이름난 기생이었다. 같은 고향 여성이라 그런지 약산의 보살핌은 극진했다.

현계옥은 그의 연인인 현정건이 독립운동에 투신한 사람이라 그와 같은 길을 걷고자 의열단원이 되었고, 직접 폭탄을 던지는 투탄 요원이 되고자 희망했다. 김시현은 현정건과 같이 고려공산당원이었기에 두 사람을 잘 알았다.

현계옥은 3.1운동 이전부터 말 타는 사진이 신문 지상에 공개되었고, 종로경찰서에서 여자 기생의 말타기 금지령을 내릴 때 직접 거론된 사람이다. 말을 타기 위해 훈련원승마구락부(클럽)에서 배우는 등 하고자 하는 일에 열정적으로 도전했다. 그런 그녀가 의열단에 참여하겠다고 하니 거절해도 소용없었다. 여러 시험을 거쳐 단원으로 받아들였다. 약산은 그녀에게 총 쏘는 법과 폭탄 사용법을 직접 가르쳤다. 그녀도 이번 일에 동참하겠다 하여 황옥과의 자리에 함께했다. 황옥과 약산은 처음에는 기싸움 하듯 상대보다 술잔을 먼저 비우는 오기를 부렸다. 준비한 술이 동나고서야 그들은 의기투합했다. 그리고 황옥은 그 자리에서 자진해서 의열단원이 되었다.

이들은 그날부터 국내로 들여올 폭탄과 총, 실탄을 준비했다. 준비한 폭탄은 그 위력이 커 웬만한 건물도 날릴 수 있는 대형, 방화형 소형 작탄까지 엄청난 양이었다. 이것이 국내에 들어가 조선총독부, 동양척식회사와 조선은행 등에서 터지기만 한다면 일본의 통치는 끝이다. 현직 경부 황옥은 물론 나혜석 화가와 그의 남편 김우영의 도움으로 무기는 무사히 국내로 반입되었다. 김사용과 조황의 집에 폭탄을 보관하고 거사 날만 기다리던 김시현에게 황옥의 동생이 찾아왔다. 형 황옥의 전언이라며 얼른 피하라고 했다. 그러나 김시현은 잡혔고, 황옥은 자신보다 먼저 잡혔음을 뒤에 알았다. 당시 신문에 대서특필될 만큼 주목을 받았던 이 사건에서 김우영과 나혜석이 빠진 것은 김우영의 사회적 위치 때문이었다. 그들 부부만 제외되었고, 20여 명이 구속되었다.

원록은 당시 신문 기사를 보았다며 황옥이 밀정인지 물었다. 김시현은 고개를 가로저었다. 그가 법정에서 경찰관으로서 의무를 다했다고 했으나 그것은 거짓말이라고 했다. 의열단원을 잡기 위한 속임수가 아니라, 황옥은 정말 당시 거사 계획을 지지하고 도왔다고 자신 있게 말했다. 당시 경기도 경찰부장이 의열단을 일망타진하기 위해 치밀하게 계획하여 진행된 사건이라는 이야기도 있으나, 김시현은 황옥에 대한 믿음을 저버리지 않았다. 황옥을 두고 일제 통치기구에 편입되어 친일과 애국의 경계선에서 활동한 비극적인 인물이라고 말하는 이도 있다. 어쨌든 당시 폭탄은 사용되지 못하고 압수되었다. 그리고 김시현과 황옥은 10년 형을 선고받았고, 김시현은 오 년을 복역했다. 김시현 자신은 황옥에 대한 의구심이 없다고 하며, 황옥은 또다시 그러한 상황에 부닥치면 우리를 도와줄 것이라 자신 있게 말했다. 이후 현계옥 동지는 모스크바로 갔으나, 지금 그녀의 행방을 알지 못한다. 그녀가 그립다고 했다.

듣고 있는 이의 맘만 답답했다. 2차 국내거사 계획과 그 뒤 있었던 3차 국내거사 계획까지 실패하자, 약산은 한꺼번에 너무나 많은 동지가 붙잡히는 현실에 대한 대안을 고민했다. 그 뒤 몇 번의 시도도 성공하지 못하자 황포군관학교라 불리는 중국육군군관학교에 동지들을 입교시켜 정식 군사교육을 받게 하였다. 약산도 그곳에서 최림이라는 가명으로 군사교육을 받았다. 신흥무관학교에서, 중국육군군관학교에서 공부한 생도가 많아졌다. 자신감을 얻은 약산은 우리 힘으로 직접 동지들을 교육해도 되겠다는 포부를 밝혔다. 그래서 우리가 가서 이 일을 성사시켜야 한다. 김시현의 목소리는 힘이 넘쳤다.

원록은 김시현에게 동향 사람이었던 추강 김지섭에 대해 조심스레 물었다. 김시현과 김지섭은 안동 풍산 사람이다.

김지섭의 죽음에 대해 알고 있을 김시현에게 좀 더 구체적인 이야기를 듣고 싶었던 모양이다. 연배도 비슷하니 두 사람은 어쩌면 세주와 약산 같은 관계일지도 모른다.

김시현은 한 살 아래인 김지섭에 대해 잘 알고 있었다. 자신은 감애 마을에서 태어났고 지섭은 오미 마을에서 태어나 함께 공부한 친구 같은 사이라고 했다. 김시현은 집안이 넉넉해 일본에 유학하였으나 지섭은 그러지 못했다. 그러나 지섭은 동네에서 소문난 수재였다. 독학하여 학교에서 학생을 가르치는 교사가 되었고, 금산 지역 법률사무소 서기가 되었다.

지섭은 금산군수 홍범식의 자결로 인해 충격을 받은 뒤 어떻게 살 것인가를 고민하였다. 홍범식은 김지섭에게 아버지와 같은 존재였다. 경술국치일에 지섭을 관아로 부른 홍범식은 상자 하나를 내밀었다. 평소 존경하던 분이 주신 상자라 명령대로 집으로 가져와 열었다. 상자 안에는 아들 홍명희와 유족에게 보내는 유서 10여 통과 지섭에게 쓴 편지가 있었다. 경술국치 뒤 대한제국 관리 중 처음으로 순국한 홍범식의 죽음! 지섭은 조국과 민족을 다시 생각했다. 특히 홍범식이 자신에게 쓴 편지의 마지막 구절이 그의 가슴을 찔렀다.

"나라가 망했구나. 나는 죽음으로써 충성을 다하련다. 그대도 빨리 관직을 떠나 다른 일에 종사하라."

김지섭은 사표를 던지고 집안 족형인 김응섭의 변호사 사무소에서 서기로 일했다. 김응섭도 지섭에게는 스승 같은 존재다. 임시정부의 법무장관까지 역임한 실력가이자 독립운동가다. 김응섭이 상해를 떠나 만주로 가자, 지섭도 중국으로 망명하였다. 상해는 국제적인 도시다. 독립운동가들이 숨기 편한 곳이기도 하다. 1920년대 상해는 대한의 민중들이 모여서 울분을 터뜨리고 광복을 꿈꾸는 곳이었다. 이곳 상해에서 김원봉과 김시현 그리고 김지섭이 만났다.

김지섭은 의열단과 고려공산당에 가입한 뒤 실행 요원을 자처했다. 그리고 극비리 실시된 투척 훈련을 무사히 통과했다.

1923년 9월 1일, 관동대지진 이후 일본에 거주하던 동포들이 학살당하고 있다는 소식이 바람을 타고 날아왔다. 그들에게 전해진 것은 '도쿄 아라카와강은 조선인의 시체와 피로 넘쳐났다'는 것이었다. 당시 스미다가와강의 범람을 막기 위해 아라카와강을 막는 공사 현장에 우리 동포가 많았는데, 죄 없는 그들이 일본 군부의 정권 유지를 위해 희생당하였다. 이러한 학살 소식을 접한 의열단은 지금이 행동할 때라 여겼다.

김시현이 붙잡혀 감옥살이할 때였고, 자금이 부족한 터라 지섭은 혼자서 폭탄을 안고 일본으로 건너갔다. 관동대지진 이후 수많은 조선인의 목숨을 뺏은 일본 제국의회에 폭탄을 안겨주기 위해서였다. 그러나 의열단은 황포탄 사건 이후에 자금줄이 거의 끊어지다시피 하여 여비 마련이 어려웠다. 김지섭이 홀로 결행할 수 있다며 자원했다. 일본어를 최고로 잘하고 일본인과 가장 닮았다는 이유를 내세웠다. 겨우 마련한 40엔을 들고, 3년 전 최윤동이 만들어 준 대추형 수류탄 3개를 숨겨 석탄 운반선에 올랐다. 밀항이라고 해도 폭탄을 들고 가는 사람을 태워주지 않기 때문에, 그는 아편 밀수를 위해 간다고 속였다. 상해에서 출발한 배에 올라 평양을 거쳐 12일 동안 항해하였다. 12월의 칼바람 속 석탄 운반선, 얼음 같은 바닥에 떨며 앉은 김지섭! 하루 한 개의 주먹밥이 생명줄이었다. 탈진 상태인 그는 12월 30일, 복강현 팔번제철소 앞 부두에 도착했다. 눅눅한 석탄 칸에서 12일이나 지냈으니 그 고통이야 오죽할까. 선원이 소개한 비전옥이라는 여관에서 하룻밤을 보냈다. 여관에서 새해를 맞은 그는 시를 남겼다.

"갑자년 새해 아침! 꿈같이 어느덧 사십이 되었지만, 나를 아는 이 없으니 한스러움만 가득하다."

만감이 교차하나 수중에 돈이 없으니 더욱 빨리 움직여야 했다. 먹는 것은 물론 여관비를 낼 돈도 없다. 그가 가진 모든 것, 즉 시계와 외투, 담요까지 전당해서 15원을 마련했다.

김지섭은 동경 시내로 가기 위해 열차에 올랐으나, 양력설 연휴로 제국의회가 휴회 중인 것을 뒤에 알았다. 오사카역에서 잠시 쉬면서 읽은 신문에는 제국의회가 중단되었고, 언제 다시 열릴지 모른다는 소식이 실려 있었다. 수중에 돈이 없으니 개회될 날을 무작정 기다릴 수 없다고 판단한 김지섭은 일본 왕이 살고 있는 황궁에 폭탄을 던지면 그 효과는 배가 될 것이라 여겼다.

1924년 1월 5일 새벽, 품천역(시나가와역)에 내린 김지섭은 이곳에 우리나라 유학생이 많다는 것을 알고 있어 그들에게 도움을 요청할 수 있을 것이라 여겼다. 그러나 여의찮음을 깨닫고 다시 고전마장역(다카다노바바역)으로 이동했다. 이곳에서도 유학생의 도움을 받지 못하자 지도를 들고 왕궁 주변을 탐지했다. 히비야 공원과 사쿠라다문을 답사하면서 이중교가 왕궁과 가장 가깝다는 것을 알았다. 석양 무렵 왕궁으로 가는 길목인 이중교를 향해 천천히 걸었다. 김지섭에게 순찰경관이 다가와 검문하려 하였다. 양복 주머니에 든 폭탄이 의식되어서인지 김지섭의 행동거지가 수상해 보였던 모양이다. 동시에 지섭은 이중교로 달려들어 쥐고 있던 폭탄을 던졌으나, 세 발 모두 불발이었다. 눅눅한 석탄 저장 칸에 12일이나 있었던 폭탄이 습기를 먹어 터지지 않았다. 어쩌면 3년 전에 만들어진 탓도 있을 것이다. 체포된 뒤 그가 맡겨둔 소지품을 찾은 일본 경관은 기가 찼다. 그가 가진 것이라곤 겨우 돈 3전과 가짜 명함 몇 장, 덕지덕지 기운 헌 내의 한 벌과 칫솔 그리고 여행안내서뿐이었다.

재판정에서 김지섭은 당당한 태도를 일관하였고, 대한을 강탈한 일본의 죄악을 낱낱이 폭로했다. 총독부의 악행과 경제수탈까지 조목조목 정연한 논리로 이야기하였다. 그리고 최후의 일각까지 싸울 것이라 천명하였다.

일본인 변호사 포시진치는 김지섭의 결기에 감동받아 재판장을 향해 소리쳤다.

"김지섭은 조선 민중 전체의 의사를 대표한 사람이며, 폭탄이 불발되었기 때문에 불능범이니 무죄입니다. 그를 당장 풀어주어야 합니다."

김지섭도 소리쳤다.

"법률의 정신은 사회질서를 유지하고 인민의 생명과 재산을 보호함을 목적으로 하는 데, 나는 조선 민중 생명과 재산을 지키기 위하여 이 같은 행동을 취하였다. 죄가 있다면 우리 조선을 강탈하여 민중의 생명과 재산을 앗아간 너희들에게 있는 것이다. 바로 너희가 범인이란 말이다."

법원에서 근무했던 지섭은 누구보다도 법을 잘 알고 있다. 일본은 조선을 점령하면서 하나의 나라가 되었음을 선포했지만, 법은 다르게 적용되었다. 지섭은 조선이 일본의 속국이 되었으나 자신은 조선인이며, 이 모든 책임은 평화로운 우리나라를 뺏은 일본의 책임이라는 것을 명확히 밝혀 말했다.

그럼에도 법정에서 검사는 사형을 구형하고, 판사는 무기징역을 선고했다. 그때 김지섭은 더욱 큰 목소리로 외쳤다.

"차라리 죽을지언정 결단코 항복하지 않겠다. 무죄면 무죄, 사형이면 사형이지 무기징역을 절대 받아들일 수 없다. 차라리 나를 죽여라!"

김지섭은 악명 높은 이치가야 형무소에 수용되어 여덟 달 동안 예심을 받았다. 이곳에서 갖은 고문에 시달리면서도 적의 심장부에서 아무것도 하지 못한 자신을 부끄러워했다. 또 한 편의 시를 읊었다.

"폭탄을 안고 일본 왕궁에 달려들었으나 십 년 동안 꾸민 일이 하룻밤에 헛되었도다. 원컨대 훗날 동경으로 건너오는 의사들이여! 내가 한 일을 거울삼아 그대는 공을 이루라."

'실패입옥'이라는 제목이 붙은 시의 일부다.

지섭이 예심을 받았던 이치가야 형무소에 이봉창이 갇혀 있다. 일왕에게 폭탄을 던졌던 이봉창! 김지섭이 고통 받았던 곳에서 죽음을 기다리고 있다. 김지섭이 동경에 가기 전 동경에서 의열투쟁을 시도하던 박열도 이곳에 있다.

무기징역을 선고받은 김지섭은 1927년에 20년으로 감형되어 치바 형무소로 이송되었으나 다음 해인 1928년, 돌연 의문사 당했다. 그의 결기를 보아 감옥에서 누군가 손을 썼을 것이다. 사인 규명을 요구했으나 일제는 서둘러 화장해 버렸다.

이것이 김시현이 알고 있는 김지섭에 관한 내용이다. 이야기를 듣는 동안 모두 숙연해졌다. 금산군수 홍범식의 자결 이후 뒷수습을 했던 사람이다. 그의 죽음을 알게 된 홍범식의 아들 홍명희의 도움으로 동생 김희섭이 김지섭의 유해를 수습했다고 한다. 신의를 신의로 보답한 미담이다.

김지섭의 죽음 뒤 고향 안동에서는 그가 쓴 시가 회자되고 있다며 김시현이 읊었다.

"만리창파에 한 몸 맡겨 원수의 배 속에 앉았으니 뉘라 친할고 기구한 세상 분분한 물정 촉도보다 험하고 태나라보다 더욱 무섭구나

종적 감추어 바다에 뜬 나그네 그 아니 와신상담하던 사람 아니던가

평생 뜻한바 갈길 정하였으니, 고향을 향하는 길 다시 묻지 않으리"

살아생전 감자로 불렸다는 김지섭은 누군가가 '김지'를 감자로 잘못 읽은 이후 '감자' 별명을 갖게 되었다고 한다. 감자로 불려도 허허 웃던 김지섭은 이미 세상에 없다. 다른 단원들과 어디선가 만났겠지.

여러 이야기를 나누는 중에 어느덧 기차는 남경의 포구역에 도

착했다. 그들은 가방을 챙겨 하차를 서둘렀다. 또다시 낯선 곳에서 발길을 멈춘 네 사람은 서로의 얼굴을 보았다. 모두 긴장한 모습이다.

◇◇◇◇◇◇◇◇◇◇◇◇◇◇◇◇

2-2

남경은 장강에 위치한 역사 유적이 많은 도시다. 삼국시대 오를 이어 동진, 송, 제, 양, 진의 수도였고, 오대십국의 오와 남당의 수도였다. 원에게 나라를 빼앗긴 한족이 이곳 남경에 도읍하여 명을 건국했다. 몽골을 만리장성 밖으로 몰아내고 통일왕조를 세웠으나, 정난의 변이 일어나 황제가 된 영락제가 수도를 자신의 근거지인 북경으로 옮겼다. 이에 북쪽의 수도인 북경(베이징)과 대비, 남쪽의 수도인 남경(난징)으로 불렸다. 서양 세력이 아편을 빌미로 전쟁을 일으켜 조약을 맺은 곳이 바로 이곳 남경이다. 이후 홍수전이 태평천국을 세워 수도로 삼았다. 홍수전은 천왕이 되었고, 그가 사는 곳을 천경(天京)이라 일컬었다.

손문(쑨원)이 신해혁명 이후 이곳 남경을 중화민국의 수도로 삼았다. 군벌을 정벌한 장개석(장제스)도 북경을 북평(北平)이라 하고 남경을 수도로 하였다. 남경은 부자묘(공자 사당)가 있고 중화민국을 건국했던 손문의 무덤인 중산릉이 있어 중국인이 가장 사랑하는 도시다. 게다가 명을 건국한 주원장의 무덤인 효릉과 명대에 세워진 성도 고스란히 남아 있다. 그리고 조국의 광복을 위해 피땀을 흘리는 우리 동지들도 있다.

남경은 중화민국의 수도인 만큼 사람도 많고 외국과의 교류도 많다. 동지들이 숨을 곳도 많다. 대한민국임시정부는 윤봉길 의거 이후 국민당정부의 적극적인 후원에 힘입어 그들과 행보를 같이한다. 더불어 약산 김원봉도 황포군관학교를 졸업하고, 국민당군의 장교로 복무하면서 수도인 남경에서 적과 싸울 태세를 준비 중이다.

세주 일행은 양자강 건너편 항구인 포구역에 내렸다. 역에서 세주 일행을 맞은 사람은 이춘암이었다. 이춘암은 원록보다도 한 살 어린 동지다. 의열단 가입 후 황포군관학교에서 정식으로 군사교육을 받았다. 황해도 봉산 출신이며, 황포군관학교 보병학과 6기생으로 입교했다. 졸업 이후 반해량이라는 중국식 이름으로 남경 헌병사령부 수도우전검사소에서 근무하면서, 장개석의 신임을 받고 있는 국부군 25사단장 관린휘를 약산에게 소개했다. 이후 약산 단장은 이 사람을 통해 모종의 일을 도모 중이다. 이 모종의 일에 세주가 필요해 불렀다.

약산이 머무는 곳인 화로강에 가기 위해서는 배를 타야 한다. 남경 건너편 역에 내린 까닭이다. 양자강을 가로 지른 다리를 만들어야 한다는 이야기가 있으나, 일본과 대립하고 있어 이 일은 지지부진했다. 약산은 강 건너 호가화원에서 조선민족혁명당 당원과 거주하고 있다.

이춘암이 말했다. 남경으로 오는 동지들은 시험 단계를 거쳐야 한다. 누가 밀정인지 누가 진정한 동지인지 알 수 없기 때문이다.

그러나 세주 일행은 그럴 이유가 없었다. 세주가 누구인가? 약산이 그토록 기다린 사람이니 바로 약산의 숙소로 안내되었다. 가는 도중 이춘암이 말했다.

"약산 동지를 만나러 갈 것입니다. 그런데 동지는 혼자가 아닙니다."

"네? 혼자가 아니라면?"

"말 그대로입니다. 혼인하셨지요. 부인과 함께 계십니다."

"혼인했다는 이야기가 있었지만 믿지 못했습니다. 형님은 독립되기 전에는 절대 혼인하지 않겠다고 하셨거든요. 혹 형수님께서 엄청 미인이신가요?"

세주의 말에 사람들이 함께 웃었다.

"다른 것은 몰라도 약산 동지도 옴짝 못할 정도의 투사라는 것은 말씀드릴 수 있습니다. 남녀평등에 관한 생각도 확고하니, 말조심하셔야 할 겁니다."

"그래요?"

원록도 놀란 듯 물었다. 그네들의 아내는 남편의 하는 일에 무조건 찬성이다. 할 말이 있어도 내놓고 하지 못한다. 그저 속앓이만 할 뿐이다. 그런데 약산의 아내는 그렇지 않은가 보다. 단원이 이런 이야기를 할 정도면 그녀는 만주벌판을 달리는 고구려 여인과 같을 것이다. 자주 고름 입에 물고 옥색 치마 휘날리며, 말 위에서 당당히 호령하던 고구려 여인이 떠올랐다. 세주와 원록은 내심 궁금증이 생겼다.

'민족해방은 물론 여성에 대한 차별과 싸우는 투사라!'

어느덧 배가 도착했다. 배에서 내린 그들은 어둠 속을 걸었다.

마을 어귀에 도착했다. 어둑한 저쪽 뭔가 움직인다. 모두 긴장하였으나 이춘암이 앞으로 나아가며 말했다.

"단장 동지, 포구역에서 손님을 모셔왔습니다. 김시현 동지께서 밀정을 걱정하여 포구역에 도착하는 표를 구했다고 알려주었습니다."

"수고했소."

약산의 목소리가 들렸다. 반가운 마음에 세주의 발걸음이 빨라졌다. 그러다가 달렸다. 덩달아 일행들도 달렸다.

"형님! 세줍니다."

어두운 형체의 실체가 드러났다.

둘은 말보다 몸이 먼저 반응했다. 껴안은 둘은 그제야 얼굴을 마주했다.

"오는 데 어려움은 없더냐?"

"예, 형님! 형님을 뵙는다고 생각하니 한달음에 올 수 있었습니다."

"기다리고 있는 내 마음은 왜 이리 더디고 더딘지…."

"아! 참, 형님 같이 온 동지들이 있습니다."

뒤돌아 세 사람을 바라봤다. 이 정도쯤은 충분히 기다려 줄 수 있다는 표정이다. 원봉과 세주의 관계를 그 누가 모르랴.

김시현이 앞으로 나섰다.

"동지, 김시현입니다. 그동안 별고 없으십니까?"

"동지! 그 긴 옥고를 치르고도 북경에서 지부를 운영하시느라 노고가 많으십니다. 고문으로 인해 고통이 심하다고 들었습니다. 괜찮으신지요?"

"예! 견딜 만합니다. 먼저 간 동지들도 있는데, 이런 고통쯤이야 괜찮습니다."

두 사람은 손을 잡고 서로의 안부를 확인한다. 1923년 천진에서 황옥과 함께 국내 총공격을 논의했던 두 사람. 그 일이 실패로 돌아간 것에 대한 아쉬움도 있었으나, 그들이 운반한 무기의 종류나 대범함으로 인해 일본인들이 얼마나 의열단을 두려워하였는가? 십 년 형을 받고 오 년간 복역할 때도 김시현은 담대하였다. 출옥 후 다시 북경에서 의열단원의 모집과 훈련 그리고 그 관리를 맡았다. 약산은 이번에 그도 남경으로 불렀다. 뜻하는 바가 중대하다는 것을 모두 느꼈다.

곁에 있던 이춘암이 이원록을 손으로 가리키며 말했다.

"이분은 김시현 동지와 같은 고향에서 오신 이원록 동지입니다."

"이원록이라고 합니다. 단장님을 직접 뵙게 되어 영광입니다."

"동지의 활약은 들어서 알고 있소. 그동안 고생이 많았소."

"이분은 이원록 동지의 처남입니다."

옆에 있는 세주가 안병철을 소개했다.

"안병철이라고 합니다."

"반갑소! 그리고 잘 오셨소. 동지 같은 젊은이가 필요하오."

약산은 안병철과도 긴 악수를 하였다.

"자, 다들 들어갑시다. 먼 길 오느라 배도 고플 것인데, 들어가 한잔합시다."

이춘암이 앞장서 걸어가고 김시현과 원록, 그리고 안병철이 뒤를 따랐다. 약산과 석정은 그 뒤를 따라 걸으며 서로의 얼굴을 다시 쳐다보았다. 현실 같지 않았다. 확인하듯 서로를 또 보았다. 약산과 석정, 김시현과 이원록, 안병철이 긴 그림자를 만들며 이춘암 뒤를 따랐다.

입구를 잘 찾을 수 없는 집에 도달했다. 이춘암은 익숙한 듯 대문을 찾았다. 그리고 안으로 들어가 박차정에게 알렸다.

부엌에서 손을 닦으며 나오는 박차정은 남편과 함께 들어오는 여러 사람을 번갈아 보았다. 세주가 먼저 눈치채고 말했다.

"형님! 형수님이시죠?"

"응 그래. 나도 그새 어른이 되었다."

"안녕하십니까? 윤세줍니다. 원봉 형님 옆집에 살았던."

"예 알고 있습니다. 반갑습니다. 이이에게 너무 많은 이야기를 들어 전혀 어색하지 않네요. 저는 박차정이라고 합니다."

"듣던 대로 미인이십니다."

"네? 무슨 말씀인지?"

"아니, 형님께서 조국이 해방되기 전에는 절대로 장가들지 않는다고 했거든요. 그런데 장가드셨다니 아마도 형수님이 대단한 미인일 것이라 짐작했습니다. 실제 만나 뵈니 정말 미인이십니다."

박차정을 손으로 입을 가리며 부끄러워했다. 그리고 김시현과 이원록, 안병철에게도 인사를 나누고, 손님을 안으로 모셨다. 안주인으로서의 품위가 드러났다. 세주와 원록도 아내 생각이 났다. 특히 원록은 아내가 어떻게 아픔을 버텨내는지 걱정이 많았다. 아내는 자신보다 원록을 더 걱정하여 처남을 딸려 보냈다. 그 마음이 오늘 밤 술맛을 당길 것 같았다. 병철은 누이의 부탁으로 남경에 왔지만, 일본을 몰아내지 않고는 이 고통이 끝나지 않을 것임을 깨달았다. 원록처럼 투쟁 의지를 다졌다.

간단한 반찬에 깔끔히 차려진 저녁상 위에 귀한 술이 놓여 있다. 세주 일행을 위한 배려임을 누가 모를까. 약산은 시현에게 먼저 술을 따르고 세주의 술잔을 채웠다. 세주가 약산의 잔을 채우며 서로의 술잔을 채웠다. 이야기 속에 원록이 말했다.

"석정 형님! 제 잔도 채워주십시오."

"석정이라니? 세주야, 드디어 니가 석정이라 지었구나! 누가 지어 주셨니?"

"아닙니다. 형님! 제가 전에 말씀드렸지요. 맘속에 늘 품고 있던 것인데, 이제 사용하려고 합니다. 육사 동지에게는 스승님 장례가 끝난 후 이야기했습니다. 오늘 형님을 만난 반가움에 제가 이야기를 잊고 있는 듯하니, 상기해 주려고 제게 석정이라 불렀나 봅니다. 더불어 자신도 원록이라는 이름보다 육사라는 아호로 불러달라는 것 같습니다. 맞소? 동지!"

약산에게 말하던 세주가 원록을 돌아보며 말했다.

"형님은 정말 귀신입니다요."

육사는 너스레를 떨었다.

"형님! 육사 동지는 세심한 감정을 가진 사람입니다. 그러나 그의 글은 정말 힘이 있지요. 큰일을 할 것입니다."

"그렇지! 때론 폭탄보다도 펜이 더 세지. 육사 동지 잘 부탁하오."

"아, 아닙니다. 아직 부족합니다. 그렇지만 노력하겠습니다."

약산은 세주를 돌아보며 말했다.

"세주야! 한자는 어떻게 되누?"

"돌 석에 솥 정입니다."

"그래 돌솥이라. 세주 너답구나! 나라를 찾겠다는 일념과 동지를 위하겠다는 맘이 함께 느껴지는군. 석정 동지라…. 석정 동지!"

"형님! 솔직히 형님께서 약산이라는 호를 스승님께 받았을 때 조금 서운했습니다. 그러나 이제는 동지를 위한 솥으로 살겠습니다. 그리고 반드시 조국을 찾는 일에 앞장서겠습니다."

그리고 육사에게 말했다.

"육사 동지 고맙소. 내가 형님 만난 반가움에 잠시 잊고 있었소. 나도 형님을 뵈면 가장 먼저 그 이야기를 하려고 했었는데 말이오."

육사는 어깨를 으쓱하고 술잔을 들이켰다.

"사실 너에게 미안한 마음이 늘 있었다. 함께하기로 맹세하구선 아호 하나도 같이하지 못했으니 말이다. 그런데 이런 깊은 뜻을 지닌 호를 듣고 나니, 이제 나도 홀가분하다. 고맙다, 세주야! 정말 고마워!"

세주는 그 마음을 다 알고 있는 듯 약산을 보며 미소 지었다.

따스한 밥과 약간의 술기운이 감돌자 먼 길을 달려온 그들에게 피곤이 달려들었다. 연신 하품하는 그들을 이춘암이 쉴 곳으로 안내했다. 약산과 석정만 남았다. 현무호 근처의 오주공원 별장에서 둘은 많은 이야기를 나눴다. 7년간의 감옥살이, 을강과 백민 스승의 죽음, 성우 동지가 밀양에 와 죽음을 맞이한 일 등 둘의 이야기는 끝이 없다.

세주는 약산의 이야기가 궁금했다. 그의 애타는 심정도 걱정이다. 백민의 고통을 지켜보았던 세주는 맘이 놓이지 않는다. 단장에게 목숨을 맡기고 그 명령에 따랐던 동지들! 성공하든 실패하든 죽음은 따라오는 그림자 같은 존재다.

'약산 형님은 백민 스승보다 더한 고통을 느꼈을 것이다.'

석정은 스승과 형님의 고통이 마치 자신의 고통처럼 느껴졌다.

약산이 말했다.

"동지들이 국내든 외국이든 어디서 하든 그 투쟁을 직접 보지 못했다. 나는 무기만 마련하고 그들을 보냈지. 그런데 황포탄에서는 동지들의 거사를 지켜보았다. 자전거를 끌고 뒤를 따르며 동지들의 투쟁을 지켜보았지. 나는 일이 실패로 끝난 것이 안타깝지 않았다. 물론 우리의 투쟁이 성공하면 좋지! 그런데 나는 동지들이 상해 골목길에서 중국과 영국 군인에게 쫓기는 모습을 차마 바라볼 수 없었다. 눈물이 앞을 가려 동지들이 뛰어가는 모습도 흐릿했지. 끝내 잡혀버린 김익상과 오성륜 동지를 두고 그 자리를 떠날 수 없었다. 그러나 용케 피한 이종암 동지의 피난처를 마련해야 하니 그럴 수도 없었다. 두 동지를 구하기 위해 맨몸으로라도 영국군 앞에 나서야 했다. 그런데 나는 그러지 못했어…."

당시가 생각나는 듯 약산은 얼굴을 감싸 쥐었다. 감정을 추스르는 데 꽤 긴 시간이 걸렸다. 단장이라는 자리의 무게를 감당하는 것 자체가 고통이다. 석정은 약산의 술잔을 채웠다. 그것밖에 할 게 없다. 술잔을 잡은 약산이 김익상 동지를 취조하기 위해 김태석이라는 악질 경찰이 상해까지 왔다고 했다. 석정은 깜짝 놀랐다.

"형님! 그놈이 얼마나 악랄한지 압니까? 스승님께서 혀를 깨물 수밖에 없도록 만든 놈입니다. 그놈은 스승의 백지 기소 이후 의열단 일이라면 눈에 불을 켜고 달려드는 놈입니다. 이곳까지 와서 우리 동지를 괴롭혔군요. 그놈의 뱀 같은 눈이 아직도 눈에 선합니다. 그놈은 출세를 위해서라면 우리 동포를 다 팔아넘길 놈이지요."

"그랬다네. 얼마나 심한 고문을 하였는지. 그놈이 한 달 동안이나 출장을 와 두 동지를 악랄하게 고문했지. 같은 동포를 말이다. 동지들이 살아 있는 게 기적이지. 지금도 익상 동지는 감옥에 있다. 다행스러운 것은 오성륜 동지는 탈출하여 의열단에 복귀했어."

"정말입니까? 그 동지는 총을 그렇게 잘 쏜다던데 맞습니까?"

"그래 백발백중이지. 그런데 그날은 하필 신혼여행 온 부부가 그 앞을 지나면서 변을 당했다. 우리가 원했던 것은 아니지만 불행하게도 다른 사람에게 피해를 주게 되더군. 게다가 임시정부에서 자신들과는 관계없는 일이라고 공개적으로 발표하니, 우리 단원이 겪어야 하는 고통이 더욱 심해졌어. 이후 어쩔 수 없이 다른 단체와 협력할 수밖에. 그러다 보니 여러 단체의 동지들이 또 희생되었고, 그들과의 갈등도 드러났지."

"그중 한 분이 김지섭 동지이지요? 남경에 오면서 학우(김시현) 동지에게서 들었습니다."

"그렇지. 돈이 부족했는데도 혼자서 결행할 수 있다고 하셨지. 대단한 분이셨다. 나 때문에 또 하나의 생명이 끝났지. 나는 이 고통이 너무 힘들다. 그런데 단원들에게는 이야기할 수 없어. 나만 믿고 목숨을 맡긴 단원들에게 이런 나약한 모습을 보이면 어쩌겠어? 세주 니가 오니 이런 말을 털어놓을 수 있어 좋구나! 이런 순간을 위해 너를 그토록 기다렸는지도 모르겠다."

무슨 말로 위로해야 할까? 세주는 눈을 들어 현무호를 바라보았다.

"형님! 이 호수는 바다 같네요. 이렇게 거대한 호수에 몇 개의 섬도 보입니다."

"그래. 이 호수에는 네 개의 섬이 있지. 중국 사람들은 이곳을 강남 지역의 3대 호수에 속한다고 하더구나!"

"이곳으로 오기 전 육사와 함께 위양지를 보고 왔습니다. 이 호수에 비하면 접시 물처럼 보일 수 있으나, 그 기품은 어디 여기에 비기겠습니까?"

"세주야! 너도 그곳을 보았느냐? 나도 본 적이 있다."

"정말요? 언제 보셨습니까?"

"사실 내가 중국으로 떠날 때 아버지께서 어쩌면 마지막이 될지도 모른다고 생각하셨는지 작은아버지를 보내 배웅해주셨다. 그런데 숙부께서는 밀양역에서 보내는 것이 아쉬웠는지 청도역까지 걷자고 하셨지. 그래서 위양지를 거쳐 화악산을 넘어 청도역에서 기차를 탔다. 헤어지기 아쉬워하는 아버지의 마음을 대신하여 숙부께서 먼 길을 걸으며 여러 가지를 물으셨다. 아마 아버지께서 알고 싶은 내용이었겠지. 앞으로 만날 수 있을지? 그것이 제일 궁금하셨을 것이야. 그래서 위양지를 거쳐 그 험한 화악산을 넘어가는 데도 나는 힘들다고 이야기하지 않았다. 아버지와 작은아버지를 다시 뵐 수 있을는지?"

"그렇습니까? 저도 을강 스승님과 만세운동 이후 그 길을 이용해 화악산을 넘었습니다. 형님과 저는 뭔가 운명의 끈으로 묶인 듯합니다. 하하하."

둘은 오랜만에 크게 웃었다. 이런 웃음조차 사치로 여기며 살지 않았던가!

"형수님 이야기도 궁금합니다. 어떻게 만나셨습니까?"

"북경에서였지. 박문호 동지의 동생인데, 근우회 활동으로 고문을 당했다고 하더군. 얼마나 심했던지 병보석으로 풀어주었다더구나. 웬만해서는 병보석으로 풀어 주지 않는데 풀어준 걸 보면 알 수 있지. 이후 고향인 동래에 내려가서도 또 체포되었다고 하더구나. 박문호 동지가 그런 동생이 걱정되어 북경으로 데려왔지. 그래서 나와 인연이 닿았단다."

"형님은 당시 안광천과 함께 정치학교를 설립하여 운영하지 않았습니까? 그때 만나신 것입니까?"

"그래, 교육을 통해 노동자와 농민이 연대하는 민족운동을 추진하기 위해서였다. 반대하는 사람이 있었는데도 안광천 동지와 함께 학교를 세웠지."

"그중 한 분이 저에게 형님의 말씀을 전해주고 바람처럼 사라졌지요."

"그래. 내가 부탁했다. 니가 가장 믿을 수 있으니 얼른 와 달라고 말이다."

"그러면 그때 형수님을 처음 만나셨군요. 고문으로 인해 힘드셨을 텐데. 첫인상이 어땠습니까? 가슴이 막 요동치는가요?"

익살스런 표정까지 지으며 석정이 물었다.

"내 나이 서른이 넘었는데도 불구하고 한눈에 반해버렸지. 그렇게 아름다울 수가 없었다. 천사가 따로 없었지. 다른 사람들은 고문받은 흔적으로 퉁퉁 부은 그 사람의 얼굴을 안쓰럽게 바라보았지만, 나는 평생 나의 짝임을 단번에 알았다."

"진짭니까? 형님에게도 그런 순애보가 있습니까? 믿기 어려운데요."

"그래, 나도 내가 이런 면이 있는 줄 몰랐다. 그 뒤로 결혼하기 싫다는 사람을 귀찮게 쫓아다녔다. 혁명가는 가정을 가지면 투쟁하지 못하다나! 어찌나 잘 빠져 나가던지. 그래서 우리는 맹약했지. 자녀를 두지 않기로 말이다. 그 뒤에 내 청혼을 받아주더구나."

"잠시 뵈었는데도 투사 기질을 느낄 수 있었습니다. 그래도 설마 잡혀 살지는 않지요?"

석정의 장난기에 약산은 크게 웃었다. 석정은 약산의 웃는 모습이 보기 좋았다. 이렇게라도 가슴 속 응어리를 조금 들어낸다면 얼마나 좋을까!

"아참! 형님 가족도 저의 집 근처로 이사하신 것 아십니까? 우리 집은 감천 59번지, 형님네는 감천 57번지. 해자 옆에서처럼 감천에서도 바로 옆집입니다. 이도 운명 같지 않으십니까?"

"그렇구나. 또 옆집에 살다니. 정말 우리 둘은 운명의 끈으로 연결된 것이 맞나 보다. 그나저나 우리 아버지는 잘 계시더냐?"

"이 말씀 드려도 좋을는지…."

"무슨 일이 있는 게냐? 무슨 일이야?"

약산은 깜짝 놀란 듯 눈이 커졌다.

"아니! 형님 무슨 일이라기보다는 약간…."

"왜?"

"제가 떠나오기 전 막내딸을 보셨습니다. 학봉이라고 합니다."

"뭐 그 연세에 또!"

"그런데 딸이라 정말 좋아하셨습니다. 그래서 더 젊어지신 것 같았습니다."

"학봉이라!"

"제 아들보다 어립니다. 우리 둘처럼, 그 둘도 장난치고 또 싸우며 지내고 있었습니다."

세주는 마치 고향에 있는 용문이가 자신 앞에서 장난치고 있는 듯하여 마음이 아렸다.

"그나저나 형님! 형님께서 이번에 계획하신 것은 무엇입니까? 학우 동지도 부르신 걸 보면 뭔가 계획이 있을 듯합니다만…."

"그래, 니 말이 맞다. 아까 본 이춘암 동지 말이다. 나이는 어려도 보통 사람이 아니야. 황포군관학교와 레닌주의 정치학교 시절에도 함께한 동지인데 정보학에 있어서는 최고야. 이춘암 동지는 남경 헌병사령부에 있으면서 국민당 정부와 나를 연결시켜 주었지. 내 인맥도 작용했지만, 이 동지의 도움도 컸다. 삼민주의역행사를 통해 국민당 정부에 '혁명간부 훈련반 창설 및 그 운용 계획'이라는 문건을 만들어 제출했다. 머지않아 우리 손으로 간부 생도를 훈련시킬 수 있을 것이다. 그래서 사람을 보내 너를 불렀다."

"그럼, 저도 그 학교에 입학하여 배우겠습니다."

"무슨 소리? 자네는 당연히 생도를 가르치는 교관이 되어야지."

"아닙니다. 형님! 저는 저의 역량이 아직 부족하다는 것을 잘 알고 있습니다. 칠 년간 감옥에 있으면서 나의 투쟁이 얼마나 치기 어린 행동이었는지 반성했습니다. 이론적 바탕이 없는 결기만 앞세운 투쟁이었습니다. 이곳에서 차근차근 배워 내면을 다지고, 그 위에 투쟁의 목표와 방향을 세울 것입니다. 그러니 저를 생도로 받아주십시오. 이곳에는 이춘암 동지와 같은 인재들이 많지 않습니까? 그들에게 배울 겁니다. 그리고 자격이 되면 다음에는 교관이 되어 생도를 지도하겠습니다."

"그래도 다시 한번 생각해보거라. 니 나이 서른셋이다. 서른셋! 그 나이에 젊은 생도와 함께 뛰고 달리겠다고?"

"할 수 있습니다. 두고 보십시오. 제가 얼마나 강한지 아시게 될 것입니다."

"정 그렇다면 할 수 없지. 나는 네가 와서 교관으로서 나와 함께 하길 기다리고 있었는데…."

약산은 아쉬운 마음을 어찌할 수 없었다. 어릴 때부터 한번 마음먹으면 그대로 밀고 나가는 세주가 아닌가! 대신 다음에는 반드시 교관이 되어야 한다는 약조를 받았다.

물이 검어 현무호인가. 밤이 깊어지고 현무호의 어둠은 더 짙어졌다.

약산과 헤어진 뒤 일행이 있는 숙소로 온 석정은 피곤도 잊은 채 생각에 잠겼다. 약산 형님은 늘 대세를 읽고 그에 대한 대응책을 준비한다. 주위에 도와주는 사람도 많다. 석정도 그를 도울 것이다. 만약 죽음의 순간이 찾아온다면 석정은 약산을 위해 대신 죽을 수 있다고, 아니 그렇게 해야 한다고 스스로 다독였다.

드디어 중국 국민당으로부터 연락이 왔다. 약산이 제출한 계획안이 통과되었다. 다만 중국 국민당은 일본 측에서 이 사실을 알게 되면 외교적 문제가 생길 수 있으니, 대외적으로는 '중국 국민당 군사위원회 간부훈련반 제6대'를 표방하자고 했다. 거절할 이유가 없다. 그러지 않아도 일제의 눈을 피해 다녀야 하는 그들로서는 중국의 제안을 당연하게 여겼다. 만주와 상해를 점령한 일본군을 침략군으로 인식한 중국 국민당이 윤봉길 의거 이후 조선인 독립운동가에 대한 시선을 달리했다. 게다가 약산을 비롯한 의열단원들의 발 빠른 대처가 이룬 쾌거다. 이 대처에는 약산이 황포군관학교에서 맺은 인연도 한몫하였다. 그리고 이춘암을 비롯한 여러 동지의 노력도 있었다.

이제 학교터를 물색해야 한다. 일본군의 눈을 속이고 생도들의 체력을 키울 수 있는 곳, 적당한 경사가 있어야 하고, 적에게 발각되었을 때를 대비해 퇴로도 확보되는 곳, 그런 곳을 찾아야 한다. 약산의 명을 받은 의열단원들은 남경 외곽을 샅샅이 살폈다. 그들이 처음 정한 곳은 선수암이다. 탕산 동쪽에 위치한 선사묘의 선수암! 이곳은 원래 중국 국민당 군사위원회의 간부훈련반이 있었던 곳이니, 일본을 속이는데도 아주 적합했다.

9월 하순에 도착한 그들은 주변을 정비했다. 훈련할 연병장도 만들었다. 함께 먹을 식수를 마련하고자 우물도 팠다. 이제 개교만 하면 된다. 학교의 이름은 '조선혁명군사정치간부학교'다. 조선혁명을 위한 간부를 양성하는 곳, 군사 부문과 정치 부문에서 역량을 발휘할 인물을 키워 일본과 싸울 것이다. 그리고 우리가 원하는 나라를 세울 것이다. 정치 부문의 간부를 양성하는 것은 새로운 나라를 위한 준비다. 모두 꿈에 부풀었다.

드디어 개교하는 날이다. 이보다 기쁜 날이 있을까! 1932년 10월 20일, 선수암에서 간부학교가 문을 열었다. 모든 것이 부족하여 중국 국민당이 소요 경비와 장비를 지원하지만, 학교 운영은 순수 조선인의 손에 의해 이루어지는 학교! 그 학교가 드디어 개교한다. 석정과 육사, 안병철은 입교생과의 교류가 없었기 때문에 더욱 긴장되었다. 20명이 학생이 입학식에 참석하였다. 미국 육군사관학교를 졸업했다고 하던 이복원이 가장 나이가 많아 석정보다 한 살 위였고, 다음은 석정이었다. 석정은 걱정이 앞섰으나 투지도 생겼다. 박차정의 오빠 박문희가 권유하여 입학한 사람도 셋이나 되었다. 동래노동조합원인 김영배와 문길환, 신간회 회원인 신병원이 그들이다. 이들도 경상도 출신이다 보니 경상도 사투리가 학교 교정에 넘쳤다.

개교식이 시작되었다. 축하객도 많다. 중국 국민당 관계자들도 참석했다. 학교장인 약산이 학생들 앞에 섰다.

"간부학교의 개교는 지난날 의열단이 흘린 피에 대한 보답임과 동시에 현재의 혈전 교섭의 결과로 이루어진 것입니다. 또한 중국과 우리 민족이 제휴하여 지금 만주국이 들어서 있는 동삼성을 탈환하고, 나아가 압록강 건너 조선의 독립을 달성해야 합니다. 그러기 위해서 여러분은 6개월이라는 짧은 기간에 사관학교의 정규 과정인 4년의 교육과정을 다 익혀야 합니다. 한눈팔 새가 없습니다. 앞만 보고 달려야 합니다. 여러분은 이런저런 학교에서 이미 교육받은 사람들입니다. 신흥무관학교는 물론 황포군관학교, 심지어는 미국에 있는 사관학교를 졸업한 사람도 있습니다. 이미 알고 있는 지식을 나누고 익혀서 일본 군인보다 훨씬 뛰어나야 합니다. 적을 한순간에 제압할 능력을 갖춰야 합니다.

머지않아 일본이 중국을 침략하면 그 선봉에 서서 적과 싸워 동삼성은 물론 조선에까지 달려가 그들을 몰아내어야 합니다. 그러기 위해서 최선을 다해 주시길 바랍니다. 나는 여러분이 정말 자랑스럽습니다. 조국을 위해 목숨을 내놓은 여러분을 우리 대한의 역사가 반드시 기억할 것입니다. 우리 목숨은 이미 조국의 것입니다.

그러니 목숨을 소중히 지키는 것도 중요한 의무입니다. 이상입니다."

우레와 같은 박수가 터졌다. 죽을 각오로 달려온 이들에게 무슨 말이 필요할까. 약산의 마음이 모두의 마음이다.

다음은 신입생 대표의 각오를 들을 차례다. 당연히 석정이 선정되었다. 이 학교는 다음 활동을 대비해 본명보다 가명을 쓰는 경우가 많은데 석정은 이때부터 세주라는 이름은 고이 접어 가슴에 담아 두었다. 석정으로 완전히 다시 태어났다.

"저는 석정이라고 합니다. 여러분과 마찬가지로 조국을 되찾겠다는 일념 하나로 이곳까지 왔습니다. 교장 선생님의 말씀을 마음 깊이 새기고, 내빈들의 말씀을 뼈에 새겨 조국이 해방되는 날까지 분골쇄신하겠습니다. 일본군과 싸우는 곳이라면 중국군과도 연합하고, 서양 세력과도 힘을 합해야 한다고 생각합니다. 언제 어느 곳에서 적을 만나더라도 우리는 그들보다 우위에 있어야 합니다. 그러기 위해서는 죽을 각오로 훈련받고, 이론적 학습도 게을리하지 않겠습니다. 우리 생도 20명은 조국 해방의 선봉이 될 것을 교장 선생님과 여러 교관님께 약속하며, 한뜻으로 최선을 다할 것을 다짐합니다."

약산은 박수를 멈출 수가 없었다. 얼마나 꿈꾸던 일이던가. 때로는 비굴하다 싶을 정도로 굽신거렸다. 조국을 위해서라면 이 정도는 참아야지 하는 순간도 많았다. 무수한 사람의 공격도 받았다. 광동성에서는 많은 동지를 잃었다. 그래도 이 순간을 기다리며 견뎠다. 약산의 눈에 눈물이 맺혔다. 이를 아는 교관들도 마찬가지다. 의열단 초기부터 함께한 동지도 있다. 교관으로 함께한 권준도 창단 단원은 아니지만 초창기부터 함께한 동지다. 권준은 약산을 돌아보며 주먹을 들어 보였다. 약산은 고개를 끄덕여 답했다. 말하지 않아도 마음이 통하는 동지다.

수업은 정치과와 군사과로 나누어 진행되었고, 과외 과목으로 중국어를 배웠다. 정치과 중 가장 중요시된 과목은 철학이다. 왜 사는지, 무엇 때문에 사는지는 인류 역사와 더불어 인간이 던진 질문이다. 이 과목은 교장인 약산이 맡았다. 약산은 생도들에게 던진 질문이 곧 자신에게 던져진 질문이라고 하였다.

"조국 없이 일본인 치하에서 살아가는 것, 조국을 되찾기 위해 머나먼 이국땅에서 이렇게 고생하는 삶! 어느 것이 더 행복한 삶인가? 적의 앞잡이가 되거나 아니면 침묵하는 다수가 되어 그들의 침략 행위를 묵인하는 것, 과연 행복한 인생일까? 나는 비록 이곳에서 적과 투쟁하지만 내 자녀들에게는 해방된 나라, 남녀가 평등한 나라, 부자와 빈자의 차별이 없는 나라, 노동의 가치가 인정되는 나라, 노약자의 안위를 국가가 책임지는 나라! 이런 나라를 위해 우리는 싸우고 있는 것입니다. 생도 여러분! 여러분이 바로 이런 조국을 만드는 인재들입니다. 그 선봉에 서 있음을 기뻐하십시오. 나는 여러분과 함께여서 정말 기쁩니다."

약산의 수업을 들은 생도들의 가슴이 뜨거워졌다. 산 위를 내닫는 훈련도 힘들지 않았다. 무거운 짐을 지고 달려도 무게가 느껴지지 않았다. 석정은 나이를 잊은 듯 언제나 선두였다. 옆에 있던 육사가 놀렸다.

"형님! 좀 천천히 가시우. 산 위에 예쁜 처자라도 숨겨 두셨수? 달리는 것이 아니라 날아다니셔! 어휴 힘들어."

석정은 돌아보지도 않고 손만 흔들고는 위를 향해 달렸다. 세주는 내심 신흥학교 시절 강세우가 생각났다. 호랑이도 맞히는 사격솜씨를 갖고 있었고 무쇠 같은 팔뚝을 가졌으나, 지금 그의 행방을 알지 못한다. 얼른 해방이 되어 그와 다시 만나야지.

지난날 그와 훈련받을 때 석정은 젊었다. 그러나 이제는 서른이 훌쩍 넘은 나이다. 잘못하다간 저 젊은이들에게 짐이 될 수 있다. 그러기 싫다. 그래서 달리는 것이다. 쉬고 싶은 마음은 굴뚝 같다. 그러나 그는 정상을 향해 발아래만 보고 달린다. 발아래의 땅이 마치 축지법을 쓰듯 주름 잡혀 줄어지고 있다고 생각하니 땅이 더 큰 주름을 만들었다.

훈련 중 여섯 사람이 더 입학해, 정확히 6개월 후에 스물여섯이 졸업했다.

4월 23일! 졸업식장에 선 그들은 지난 6개월간의 교육과정을 되돌아보았다. 배고픔을 참는 방법도 배웠다. 진지를 구축하는 것도 배웠다. 적의 정탐을 피하는 방법도 배웠다. 무엇보다 왜 투쟁해야 하는지 결기를 다졌다.

석정과 육사는 졸업 후 남경 시내에 나갈 계획을 세우고 약산에게 허락을 구했다. 다른 생도들도 가고 싶어하였다. 약산은 중국인 복장을 하고, 중국어에 자신 있는 사람만 갈 수 있다고 했다. 그들이 누구인가? 과외 과목인 중국어를 얼마나 열심히 하였나. 중국에서 중국말을 제대로 하지 못하면 언제든 그들의 신분이 노출된다. 매일 들었던 교관의 잔소리다. 그 말을 듣지 않으려 노력한 대가가 바로 남경 시내로 나가는 허가증이다. 모두 허락되었다. 당시 육사는 호가화원 내의 박문희의 집에 더부살이하고 있었다. 석정과 만나는 것이 좋았던지 석정을 만나자마자 부자묘에 가고 싶다고 했다. 부자묘(夫子廟), 아무런 칭호가 없으면 부자는 곧 공자를 나타내는 말이다. 춘추시대 노나라 사람인 공자는 단순한 서생이 아니다. 무인이다. 활쏘기를 잘하는 덩치 큰 무인이다. 논어, 춘추 등 여러 유학 경전에 등장하는 인물이다. 그의 말은 곧 법이 되어 중국은 물론 조선과 일본에서도 그를 모르는 사람이 있을까? 그의 글을 교재로 삼아 과거에 대비하고, 사람들과의 대화에서 그와 관련한 경문 하나 정도 읊으면 사람의 시선이 달라진다. 그의 묘가 이곳에 있다고 하니 어렸을 적부터 경전을 가까이했던 두 사람에게는 당연히 호기심이 일고도 남았다.

부자묘(廟)는 공자의 무덤이 아니다. 공자를 모신 사당이다. 남경의 부자묘는 진회하를 바라보고 있다. 이 일대는 중국 문인과 사대부의 이상향이었다. 과거 시험에 뜻을 둔 중국의 사대부들이 부근에서 하숙하며 시험에 합격하는 순간까지 거주했다. 송나라 때 과거에 합격하면 대대로 경제적인 어려움 없이 살 수 있을 만큼 대우했다. 그러니 과거에 목숨 건 사람이 많았다. 우리 조선도 이와 비슷하였다.

부자묘 주변은 과거 공부에 필요한 문방구를 파는 가게들로 가득 차 있다. 지금 중국에서는 과거가 사라졌으나 문방구 가게들은 그대로 있다. 석정과 육사는 대성전에서 공자를 참배한 후 주변 가게를 돌아보았다.

돌을 깎은 벼루는 시선을 빼앗고도 남았다. 용 모양만 있는 것이 아니다. 중국은 도교의 세계임을 자랑하듯 십장생을 비롯해 실제 있는지도 모르는 생물들이 조각되어, 지나는 사람의 시선을 끌었다. 붓은 또 어떠한가? 족제비 털인가? 보여주는 것마다 족제비 털로 만든 것이라 하고, 그마저도 모두 꼬리털로 만든 것이라 하니, 족제비도 이토록 많은 나라가 중국인가? 중국인의 허풍을 알고 있기에 둘은 웃으면서 주변을 돌아보았다.

석정은 육사의 어린 시절 이야기를 들은 적이 있었던 터라 문방구에 대한 그의 애정을 이해할 수 있었다. 할아버지에게서 반강제로 시 짓는 법을 배웠고, 인장을 만드는 재료로 어린 손자들을 유혹한 재치 넘치는 할아버지로 인해 육사는 글씨도 아주 잘 썼다. 그러나 늘 동생들에게 미치지 못했다고 분통해 한다. 그런 그가 어느 가게 앞에서 움직이지 않았다. 무엇을 본 것인가? 궁금한 석정이 육사 곁으로 다가갔다. 육사의 시선이 머문 곳에는 은은한 옥빛을 띤 비취 인장이 있다. 석정이 곁에 온 것을 눈치채지 못할 정도로 육사는 그 비취에 눈길을 빼앗기고 있다. 석정이 슬쩍 육사의 팔을 쳤다. 놀란 육사가 말했다.

"형님! 저 비취 인장, 너무 아름답지 않습니까? 어떻게 저런 색을 띨 수 있는지, 참으로 예쁩니다."

"그러면 사면 되지 무엇이 걱정인가?"

"제가 갖고 싶은 게 아닙니다. 어머니께 드리고 싶습니다. 어머니는 왕산 선생의 집안에서 우리 집안으로 시집오셨지요. 학문도 뛰어나고 글씨도 정말 좋습니다. 좀 있으면 어머니 회갑인데, 저것을 선물로 드리면 참 좋겠다는 생각이 들어서…."

"그러면 더더욱 사야지!"

육사가 머뭇거리자, 석정이 그의 내심을 읽은 듯 말했다.

"왜 돈이 부족한가? 내가 보태줌세. 그러니 주인장에게 흥정부터 하게. 중국 상인들은 가격을 높게 부르고 뒤에 에누리해 준다고 하던데 흥정을 잘해야 할 게야."

이육사는 그제야 비취 도장을 손에 들고 이쪽저쪽을 살펴본다. 그러다 탄성을 질렀다.

"형님! 이것 보십시오. 이곳에 시경의 빈풍칠월장이 새겨져 있어요. 누구의 솜씨인지 이토록 완벽한 글씨를 새겼을까요? 이것은 신의 솜씨입니다."

"모든 물건에는 주인이 있다고 하지 않나! 자네가 바로 주인인 게지. 자 빨리 흥정이나 하라구."

육사는 끝내 그 비취 인장을 샀다. 아이처럼 기뻐했다.

"형님! 사실 저 혼자 이곳을 여러 번 다녀갔습니다. 도서관에도 가고 고책사나 골동점에 드나들었지요. 그저 스쳐 지나가듯 보았으나, 오늘은 조국에 돌아가야 한다는 생각이 들어서인지 모든 게 달리 보입디다. 그러다가 이 비취 인장을 본 순간 저도 모르게 발걸음이 멈춰진 것입니다. 형님 말씀처럼 모든 물건에는 주인이 있는지도 모르겠습니다. 여기 새겨진 섬세하면서도 아담스런 자획을 보십시오. 분명 명장의 솜씨가 분명할 겁니다."

지나가는 사람과 어깨를 부딪치면서도 인장에서 눈을 떼지 않았다. 어릴 때 뜻도 모르고 외웠다는 빈풍칠월의 구절을 암송하면서 아이처럼 좋아하는 육사를 보며 석정도 덩달아 기분이 좋아졌다. 아내가 몰래 챙겨준 돈이 이렇게 값지게 쓰이다니.

'나도 우리 용문이를 위해 벼루라도 하나 살까?'

라는 생각을 하며 저만치 앞서가는 육사에게 함께 가자고 불러 세웠다. 육사에게 가면서 석정은 아내와 아들을 생각했다. 이럴 것이 아니라, 그들을 중국으로 데려와야겠다고 생각을 굳혔다.

석정이 사라지고 난 뒤 일본 경찰의 괴롭힘이 엄청났을 것이다. 지금도 그럴 것이다. 여린 아내가 어떻게 견디고 있을지. 간부학교 훈련에 미친 듯이 매달려 애써 잊고 있었던 그들이 너무나 보고 싶었다. 이제 내 아들을 직접 가르칠 것이다. 아들이 쓴 글 말미에 저토록 아름다운 인장을 찍는 행복을 누릴 것이다. 아들이 오면 석정은 용문이를 위한 벼루와 붓, 그리고 인장을 사러 다시 와야겠다고 다짐하였다.

석정은 기다리는 육사의 어깨에 손을 올리고

"자네 오늘 횡재했어!"

라며 툭툭 쳤다.

"그렇죠! 제가 이토록 아름다운 인장을 가질 기회가 있다니!"

1기 졸업생에게 임무가 주어졌다. 교관으로 임명된 사람이 있고, 만주로 가거나 고국으로 가 반일 조직을 만들고, 또 간부학교에 올 사람을 모집하는 임무다. 석정에게는 교관의 임무가, 육사에게는 만주로 가 반일 조직을 설립하라는 지시다. 놀랍게도 육사가 반발했다. 절대로 만주에 가지 않겠다고 버텼다. 순간 약산 교장의 표정이 굳어졌다. 중간에 낀 석정도 순간 멍했다. 육사는 농촌보다는 도회지로 가고 싶다며, 약산과 석정에게 말했다.

"나는 도회지 생활이 길어서 도회지인의 심리를 잘 이해하고 있으므로 도회지에 머물러 공작을 할 생각입니다. 곧 도회지의 노동자층을 파고들어서 사회주의를 선전하여 노동자를 의식적으로 지도 교양하고, 학교에서 배운 중국과 한국 합작의 혁명공작을 실천에 옮겨 목적을 달성할 수 있습니다. 그러니 저를 꼭 국내로 보내

주십시오."

밤이 되자 약산이 육사를 불렀다. 석정이 도리어 긴장했다. 둘은 현무호로 향했다. 약산은 크지도 않은 배에 올라 육사에게도 배에 오를 것을 명령했다. 몰래 따라간 석정은 이 둘을 지켜보았다. 둘은 무슨 이야기를 하는지 한동안 현무호 한가운데 있다. 때로는 배가 기웃거렸다. 약산 형님의 노기 어린 목소리가 석정에게까지 들렸다. 석정은 당장 배를 구해 그들 가까이 가고 싶다. 그러나 그럴 수 없다. 두 사람 다 그에게는 너무나 소중한 사람이기에 누구의 편도 들 수 없다. 두 사람의 문제이니 둘이 해결하도록 기다려야 한다. 이를 알고 있으나, 입술이 바짝 말라간다.

두 시간이 훌쩍 지났다. 석정은 마른침을 삼키며 둘을 쳐다보았다. 이윽고 배가 돌아왔다. 화가 난 듯 약산은 배에서 내리자마자 그냥 가버린다. 육사는 여전히 배에 남았다. 석정은 쓸쓸히 걸어가는 약산의 뒷모습과 배 안에서 움츠리고 앉은 육사를 번갈아 보았다. 걸음을 옮겨 배에 앉은 육사에게 손을 내밀었다. 그는 할 말이 많은 듯 한꺼번에 쏟아냈다. 석정이 쉿 하며 그를 살며시 안았다.

둘은 독한 술을 앞에 두고 앉았다. 석정은 무슨 일인지 묻지 않았다. 육사는 연거푸 몇 잔을 들이킨 뒤 고함치듯 말했다.

"형님! 저는 조선으로 가고 싶습니다. 만주가 아니라 조선에 말입니다. 내가 지켜주지 못한 아들이 묻힌 곳, 게다가 형님과 함께 샀던 이 비취 인장을 드릴 어머니가 계신 고국으로 가고 싶은데, 교장 선생님은 저더러 만주로 가라고 합니다요. 만주로 말입니다."

육사는 자신의 뜻을 받아주지 않은 약산에게 화가 많이 난 모양이다. 약산이 그를 만주로 보내려고 한 데는 그의 고향이 안동이라는 것이 작용했을 것이다. 왜냐면 안동인들이 근거지를 만들어 활동하는 곳이 중국 본토가 아닌 만주 지방이기 때문에 육사가 그곳을 활동 거점으로 삼길 바랐을 것이다. 그런데 육사는 앙증맞은 저 비취 인장을 가지고 가서 어머니께 드리고 싶은 마음이 앞섰을 것이다. 둘의 마음을 모두 알고 있는 석정은 어떤 말도 하지 않았다. 육사의 술잔에 술을 따르며 자신의 잔에도 따랐다. 독한 술에 취하고 싶은 듯 단숨에 털어 넣었다. 짜릿하다. 독한 술이 좋은 것은 내려가는 곳마다 살아 있음을 증명이라도 하듯 창자 끝까지 짜릿함을 선사한다. 빈속이면 더욱 짜릿하다. 둘은 말없이 내기라도 하듯 술잔을 비우기 바빴다.

육사와 헤어진 석정은 약산을 찾았다. 당연히 잠들지 못하고 앉은 그는 석정을 반갑게 맞았다. 그리고 육사와의 일을 의논했다. 석정은 시인으로 살고자 하는 육사의 마음과 어머니에 대한 육사의 마음을 말했다. 그리고 결정은 약산 형님의 몫이라고 이야기하고는 자리를 떴다. 약산 형님은 이런 결정을 수도 없이 했을 것이다. 때로는 육사처럼 그 결정을 거부하는 사람도 있었을 것이다. 나라를 위해 하는 결정임에도 이런 난관이 얼마나 많았을까? 석정은 약산의 얼굴을 오래 보고 있을 자신이 없어, 술을 너무 많이 마셨다는 핑계를 대며 자리를 벗어났다.

약산은 육사의 재능을 모르는 바 아니다. 생도로 있으면서 '지하실'이라는 대본을 직접 써서 생도들과 함께 연기했다. 방송국 서기 역할을 통해 노동자의 승리를 능청스레 연기했다. 윤익균이 대본을 쓴 '빈수레'에서는 석정이 주인공인 노동자로, 육사는 대학교수로 출연했다. 석정은 어찌 그리 노동자의 삶을 처절하게 표현하던지. 둘 다 양반가에 태어나 배고픔을 몰랐을 사람이다. 그런데도 이 둘은 노동자, 농민의 삶과 나라 없는 민족의 설움을 온몸으로 표현했다. 석정의 말처럼 육사는 총보다 강한 펜으로 세상을 바꿀 수 있을 것이다.

"그래, 그를 고국으로 보내자."

육사에 대한 결정을 내려도 약산은 씁쓸했다. 실은 졸업생의 거취를 약산 마음대로 정할 수 없었다. 중국 국민당 정부는 졸업생들이 만주로 가길 원했고, 졸업생들은 고국으로 가길 희망했다. 이런 경우 약산은 어떻게 해야 하나. 중국 국민당의 도움 없이는 간부학교 운영이 어렵다. 그들의 요구를 졸업생들에게 반강제적으로 전달할 수밖에 없다.

육사 문제에 직면한 약산은 간부학교 학생의 진로에 대해서는 독자적 결단이 필요하다는 것을 절감했다. 그리고 의열단 정기 대표회의를 소집했다. 비밀리에 진행된 이 회의에서 의열단은 강령과 장정을 개정하면서 '세계상 반제국주의 민족과 연합하여 일체의 침략주의를 타도한다'는 내용을 포함시켰다. 그리고 간부학교 졸업생으로 구성된 조직체의 명칭에 대해 논의하였다. '조선혁명 무장동맹'이 제안되었으나, 중국 국민당 정부의 입장을 고려해 이 안건은 부결시켰다. 이 회의 말미에 석정이 발언권을 요청했다. 다른 사람의 이야기를 듣고 난 뒤 석정은 조용히 말했다.

"우리 혁명가에겐 인고와 결핍이 붙어 다녀서 늘 박해받고 경제적 곤란에 봉착하게 됩니다. 하지만 우리 빛나는 의열단원은 언제 어떤 경우에도 마음에 깊이 새기고, 그 시련을 돌파하는 혁명 전사가 되어야겠습니다. 단의 지령과 규율을 엄수하고, 본부와 동지간의 연락이 잘되도록 노력하지 않으면 안 될 것입니다. 2기 학생 생도들에게는 혁명가로서의 마음가짐과 그 기풍을 함양하는 것에 중점을 두어야 할 것이며, 생도들의 마음을 알아주는 데 좀 더 신경을 써야 할 것 같습니다. 부모님의 보살핌 속에 있어야 할 저들이 이 고달픈 훈련을 이기고 적과 싸울 용기를 갖게 하는 것이 쉽지 않지만, 끊임없이 노력합시다. 저도 저들의 모범이 되도록 노력하겠습니다."

모두 동의하였다. 모인 의열단 간부들도 마찬가지다. 그들도 부모 형제와 처자가 몹시도 그립다. 단원들 모두 오죽하랴.

2기 학생들을 모집하기 시작했다. 1기 졸업생들은 각자 맡은 임무를 수행하기 위해 떠났다. 육사는 고국으로 가기 위해 상해로 간다. 자신이 고국으로 갈 수 있게 된 것이 석정의 노력과 관련 있음을 왜 모를까? 그러나 그는 이를 내색하지 않았다. 그리고 약산 대장에게 경례하고, 따라온 석정을 한 번 안아주고는 뒤도 돌아보지 않고 떠났다. 매정하리만치 차갑게 떠나는 그의 뒷모습을 보고 있는 석정은 못내 서운했다.

'다시 못 볼 수도 있는데 저 사람은 왜 저러는가?'

석정은 육사와의 헤어짐을 아쉬워할 새도 없이 2기생 생도를 모집하여 훈련할 학교를 찾아 여기저기를 헤맸다. 간부학교 2기생이 공부할 곳은 강녕진에 있는 증조사다. 이곳도 역시 도교 사찰이다. 깊은 산 곳곳에 있는 이런 도교 사찰은 의열단원들에게는 좋은 교육의 장소로 활용되었다.

개교를 앞둔 어느 날, 석정에게 전언이 날아들었다. 상해에서 온 것이다. 육사가 고국으로 갈 뱃삯을 술값으로 다 써버렸으니, 돈을 마련해서 상해로 찾아와 달라는 내용이다. 벌써 고국에 도착했어야 할 육사가 아직도 상해라니! 게다가 뱃삯이 없다니. 어이없는 일이 발생했으나, 약산은 석정에게 다녀오라고 허락했다. 석정은 80원을 마련하여 상해를 향했다.

상해의 으슥한 뒷골목 술집에 앉아 있던 육사는 석정이 나타나자 반가움에 벌떡 일어났다. 석정은 멀쩡한 그의 모습이 못마땅했다. 석정은 이곳에 오는 내내 혹 육사에게 무슨 일이 있는 것은 아닌지 걱정하고 있었다. 그런데 멀쩡한 모습을 보니 안심이 되면서도 슬슬 화가 치밀었다.

"자네 이게 무슨 짓인가?"

석정의 목소리에 노기가 느껴졌다.

"형님이 너무 뵙고 싶어 고국에 갈 수가 없었습니다. 그래서 이렇게 꾀를 내었습니다."

"이게 꾀인가? 며칠 있으면 개교해야 하고, 교관이 된 나는 강의도 준비해야 하는데 이런 꾀를 내어 부른단 말인가? 자네 제 정신인가?"

"형님! 화내지 마십시오. 이것이 마지막 만남일 수 있다고 생각하니 떠날 수 없었습니다. 형님의 얼굴을 한 번 더 뵙고 떠나야겠다고 생각하다 보니 배에 오를 수 없었습니다. 그렇다고 제가 다시 남경으로 돌아갈 수도 없었습니다. 그곳에서는 형님과 단둘이 있을 수 없기 때문입니다. 그래서 무례하지만, 이런 방법을 사용했습니다. 용서해 주십시오. 형님!"

석정은 화를 낼 수 없었다. 남경을 떠나 이곳에 올 때, 육사를 단단히 꾸짖겠다 마음먹었다. 만주로 가라던 약산 교장의 명령도 거부하지 않았나! 그런데 막상 육사를 대하고 보니 그럴 수 없다. 그 순간 육사가 품 안에서 그 앙증맞은 비취 인장을 내놓는 것이 아닌가. 두 손으로 받친 그 비취 인장을 석정 앞으로 내민 육사의 눈은 눈물을 그득 담고 있다.

"형님! 형님에게는 제 목숨 다음으로 소중한 것을 드리고 싶습니다. 지금 제가 갖고 있는 것 중 가장 소중한 것이 바로 이것입니다. 이것을 형님께 드리고 고국으로 가겠다고 결심했습니다. 이 작은 물건이 형님과 함께 있으면, 이것이 반드시 형님을 지켜줄 것이라 믿기 때문입니다. 형님은 요놈을 저 본 듯이 품에 넣고 다니십시오. 제가 형님을 지켜드릴 것입니다."

석정은 그것을 선뜻 받을 수가 없었다. 그가 이것을 어떤 이유로 구입했고, 이것을 얼마나 사랑하는지를 알기 때문이다. 잠잘 때는 머리맡에, 일어나면 호주머니에 두고, 약간의 여유만 있어도 그것을 꺼내 칠월장을 읽지 않았던가! 더구나 여행 중 세관 관리를 만나면 가장 먼저 빼앗길 것을 걱정하였으나, 한 번도 말썽을 피우지 않았다고 자랑하던 물건이 아니던가! 고향과 부모 형제가 그리울 때 인장을 손에 들고 칠월장을 외우던 것을 석정은 수없이 보았다. 비취 인장이 향수와 자신의 혈맥이 통한다고 하던 이야기도 들었다. 석정은 받을 수도 받지 않을 수도 없다. 목숨 다음으로 소중한 것을 주고 싶어 이것을 준다고 하지 않는가. 그의 마음을 거절하는 것 또한 못할 일이다. 그렇다고 이것을 받자니, 그 어머니에 대한 송구한 마음이 든다. 육사는 그 마음을 읽기라도 한 듯이 말했다.

"어머니의 회갑 선물은 고향에서 형제들과 함께 준비하겠습니다. 이렇게 비싼 비취 인장을 가져가면 더 가난하게 살지 못했음을 자책하는 어머니에게 또 꾸중을 들을 듯합니다. 그러니 형님께서 꼭 받아주십시오."

육사는 무릎은 꿇고 인장을 높이 받쳐 석정 눈앞에 두었다.

그 무엇보다 소중한 인장을 떠받들 듯 들고 말했다. 석정은 거절할 수 없었다.

"고맙네! 자네의 마음이 여기 있음을 왜 모르겠나. 내 어디 있든 이 인장을 보며 자네를 생각하겠네. 그리고 약속하지. 내가 살아서 고국에 간다면 반드시 이것을 자네에게 돌려주겠네. 그것을 약속하면 이것을 받도록 하지."

"예 알겠습니다. 형님께서 고국에 오셔서 직접 돌려주시면 제가 받겠습니다. 그때는 우리 고향 안동에서 소주를 대접하겠습니다. 우리 집안에 내려오는 소주 담그는 비법이 있습니다. 모두 마시고 싶어하지요. 형님께 꼭 올리고 싶습니다."

"그러세. 꼭 그러세!"

석정이 받은 비취 인장에는

"贈S. 一九三三.九.一○"

이라 쓰여 있었다.

둘은 그렇게 이별의 순간, 최후의 만항을 즐겼다. 둘만의 잊지 못할 하루, 그 하루 속에 핀 만항을!

◇◇◇◇◇◇◇◇◇◇◇◇◇◇◇◇

2-3

석정은 남경으로 돌아왔다. 약산에게 보고할 내용을 머릿속에 정리하면서 돌아왔으나, 약산은 석정에게 아무것도 묻지 않았다. 둘 사이에 굳이 말이 필요할까.

석정은 2기생의 교관이 되었다. 정치과 교관이다. 맡은 교과목이 많다. 의열단사, 조선운동사, 각국 혁명사, 중국혁명사, 유물사관, 당조직 문제 등 여섯 과목이다. 1기생은 배우지 않은 신설 교과이다. 석정이 있기에 개설 가능한 교과다.

역사와 철학을 통해 생도들에게 혁명가 자질을 갖추기 위한 약산과 석정의 생각이 반영된 결과다. 약산은 석정이 있어 든든했다. 그가 있어 할 수 있는 일들이 이렇게 늘었다.

석정이 맡은 교과목이 많은 것은 그 능력을 인정받은 바도 있으나, 의열단을 탈퇴한 박건웅과 한교관 때문이기도 하다. 1기생의 교관이었던 권준, 이철호, 이집중 등이 교관에서 이탈해 약산과 석정, 이영준과 새로 합류한 조빈이 주요 과목을 담당했고, 1기생으로 졸업한 이복원, 양민산, 김세일, 이창하가 군사과 교관으로 강의를 맡았다.

석정은 정치과 교관으로서 교육을 맡은 것이 처음이었으나, 모든 학생의 사랑과 존경을 독차지하였다. 그가 가르치는 2기생 중에는 정율성이라는 음악 천재가 있다. 셋째 형인 정의은이 2기생 모집을 위해 광주를 방문하자, 그는 전주 신흥학교를 중퇴하고 누나 정봉은과 함께 배를 타고 상해를 거쳐 남경으로 왔다. 만돌린과 바이올린만 양손에 들고 중국으로 건너왔다는 정율성의 본명은 정부은이었다. 음악으로 세상을 완성하겠다는 의지를 담아 이름을 율성으로 바꾼 학생. 그는 나이가 어려 부엌 심부름할 때가 있다. 대원들의 밥을 지을 때 부지깽이로 장단을 맞추며 노래할라치면, 모든 대원이 그 소리에 귀 기울이느라 훈련이 되지 않을 정도다. 석정은 율성의 재능을 아껴 약산 교장에게 건의하였다. 약산도 이 문제를 벌써부터 고민하고 있었다며, 그를 상해로 보내 본격적인 음악교육을 받도록 해주자는 것에 동의했다. 율성은 이후 상해에서 기해송과 러시아 출신 크릴로바 교수로부터 성악을 교수받았다. 이후 사회주의 활동이 잦아지자, 약산은 드러내놓고 그를 지원할 수 없었으나, 정율성은 의열단원들의 사랑을 한 몸에 받았다.

2기생 중에서 유독 석정을 따르는 또 다른 학생이 있다. 하진동이다. 성실한 것은 물론 무엇이든 앞장서서 모범을 보여준다. 석정은 벌써 그를 다음 학생들을 위한 교관으로 점찍었다.

간부학교 학생들의 자질에 대한 소문을 들어서인지 어느 날, 백범 김구로부터 연락이 왔다. 졸업을 앞둔 2기생 중 희망하는 생도에게 중국 중앙군관학교 낙양분교에 입교시키면 좋겠다는 뜻을 담은 연락이었다. 약산은 간부학교 교관들과 의논하였다. 그리고 김구 진영과 협조가 잘되어야 한다는 판단하에 11명을 전학시켰다. 이 낙양분교는 장개석이 교장으로 있는 학교다. 그러니 필요한 조치라고 판단하였고, 교관들도 이에 동의했다.

김구는 2기생이 졸업을 앞둔 어느 날, 부하 1명을 데리고 간부학교를 직접 방문했다. 약산의 소개를 받고 학생들 앞에 선 김구는 간부학교 학생들에게 짧은 연설을 하였다.

"학생 제군들을 만나게 되어 정말 기쁩니다. 나도 30년 동안 정의라는 두 글자를 염두에 두고 고군분투를 계속해 왔습니다. 머지 않아 일본과 소련이 전쟁하면 우리도 이 전쟁에 참여하여 최후의 승리를 쟁취할 수 있을 것입니다. 학생 제군이 졸업하면 혁명을 위하여 최후까지 분투해줄 것을 기대합니다."

연설을 끝낸 김구는 학생들에게 태극 모양이 새겨진 애국 만년필을 선물로 주고 떠났다. 학생들은 귀한 만년필을 선물 받고, 백범에 대한 호감을 표했다.

1933년 9월 16일에 입학했던 2기생들도 6개월 과정을 무사히 끝냈다. 낙양분교에 간 학생을 제외한 나머지 생도가 1934년 4월 23일이 되면 드디어 졸업한다. 석정은 교관으로서 학생들에게 무슨 말을 할 것인가 고민했다.

석정은 1기 졸업생 중 연락이 되지 않은 동지들이 있다는 소식을 들었다. 그들 중 육사도 있다. 일본 경찰에 잡힌 게 분명하지만, 어디에 있는지 아직 알 수 없는 상황이다. 이번에 졸업하는 학생도 임무를 띠고 만주 또는 국내로 갈 것이다. 죽음의 늪으로, 서서히 걸어 들어간다. 이들에게 무슨 말을 할 것인가? 석정은 생도에게 하는 말이 자신에게 하는 말임을 안다. 지키지 못할 이야기는 안 된다. 늘 교사는 학생의 모범이 되어야 한다. 어릴 적 스승들은 세주에게 삶 자체로 가르침을 주었다.

교장의 축하 말을 이어 교관 대표로 석정이 연단에 섰다. 어떤 일이든 해낼 수 있을 것 같은 각오로 서 있는 생도들이 자랑스럽다. 석정이 입을 열었다. 큰 목소리가 아니었으나, 그의 소리는 힘이 있다.

"지난 투쟁사를 돌이켜 볼 때 우리 동지들의 희생은 매우 큰 것이었습니다. 그 희생은 지도 및 투쟁 수단의 졸렬함에 기인한 바 많았으니, 제군의 선배 중에는 교수대의 이슬로 사라진 이가 적지 않았고, 이 선각자들은 우리 민족운동의 존귀한 희생자가 되었습니다. 이들 영령을 위로하는 의미에서도 몸을 던져 혁명운동에 매진할 각오와 신중한 수단이 요구되니, 제군은 동지를 위하여 혁명을 위하여 죽었다고 말해짐을 두려워하지 마십시오."

석정의 목소리는 점점 커졌다. 오성학교 시절 웅변하듯 졸업생들에게 간곡히 말했다. 죽음을 두려워하지 말라는 것은 비단 학생에게만 하는 것이 아니다. 석정 자신에게 하는 말이다. 제자를 죽음으로 내모는 매정한 스승이라고 생각한 석정의 말은 무겁다. 그러나 학생들의 반응은 뜨거웠다. 우레와 같은 박수가 터지고 여기저기서 휘파람 소리도 들렸다. 모든 이의 사랑을 한 몸에 받는 석정의 위치가 그대로 드러났다.

석정은 가슴 아팠다. 우리 손으로 길러낸 투사들! 이들의 활동이 우리 투쟁사에서 얼마나 빛날 것인가! 그러나 이들 중 몇 명이나 살아남을 것인가?

그윽한 눈길로 석정을 바라보는 약산은 괜히 눈물이 날 듯하다.

'꼬맹이였던 석정이 어느덧 누구나 인정하는 투사가 되었고, 모두의 존경을 받는 어른이 되었구나!'

2기생 55명의 졸업생에게도 임무가 주어졌고 그들도 떠났다. 석정이 간부학교 졸업생과 특파 공작원에게 각종 임무를 부여하고, 떠나는 길을 배웅했다. 국내와 만주로 특파될 졸업생을 미리 의열단에 가입시키고 각자에게 공작지와 임무, 이동 경로, 통신 연락 방법 등에 관한 지령도 내렸다. 이는 약산의 신뢰를 바탕으로 가능한 일이다.

약산은 석정의 치밀한 성품과 남다른 설득력을 믿었기 때문에 졸업생의 진로를 전적으로 맡겼다. 석정은 임무를 수행하기 위해 떠나는 그들에게 다음과 같이 말했다.

"각자 자중자애하고 단의 혁명공작에 목숨을 바쳐 최선을 다해 노력하라. 감정에 지배되지 말 것이며, 경거망동해서도 안 된다. 희생을 크게 하는 것은 단의 힘을 죽이는 것과 같으니 신중에 신중을 기하라. 이제 우리는 무장투쟁력을 길러야 한다. 그러기 위해서는 새로운 인재가 필요할 뿐만 아니라 우리가 그 선봉에 서야 하니 생존하는 것도 정말 중요하다. 그러니 다시 한번 목숨을 보전하여 다시 만날 수 있기를 당부한다."

석정이 이토록 애절하게 당부한 것은 1기 졸업생 중 상당수가 일본 경찰에 체포되었기 때문이다. 교관으로서 제자들의 희생을 지켜보기 힘든 마음의 표현이고, 장차 대일전쟁을 치러야 할 지도자로서 임무 수행에서 졸업생들의 희생을 막고자 하는 뜻이다.

약산과 석정은 중국과 일본이 전쟁할 경우, 이 단체를 유격대로 개편할 목적으로 조직을 탄탄하게 만들어 갔다. 이들은 폭력 수단으로 조선 민족의 해방을 기하고, 세계대전을 기회로 삼아 조선혁명을 위해 조직하며, 조직대를 군사적으로 훈련시킨다는 목적 아래 강령과 전국 공통으로 적용될 대원의 행동 수칙과 연락 암호도 미리 만들었다.

석정이 약산의 신임 하에 많은 일을 처리할 즈음, 상해 주재 코민테른 원동국(遠東國) 대표 파벨 미프(PAVEL ALEXANDROVICH MIFF)가 의열단 대표와의 회견을 요청했다. 약산은 석정을 보내 의견을 나누도록 했다. 미프는 코민테른 집행위원회 정치서기국 동양부 조선위원회 위원으로서 '12월 테제'를 작성하여 조선의 혁명운동을 흔든 사람이었다. 그런데 모스크바 동방회의 결의와 1933년 1월의 '1월 서한'에 기초해서 반일투쟁을 위한 하층민의 통일전선 강화와 민족혁명운동의 전개, 대중적 인민혁명 정권의 수립을 중국과 대만 공산주의자들의 당면 과제로 설정하였다. 그리고 이를 실천하기 위해 애쓰던 의열단과 의견을 나누고자 회담을 요청하였다. 이는 의열단의 위상이 어느 정도인지 보여준 사건이다. 더불어 다른 독립운동 단체도 약산과 석정에 대한 시각을 달리하는 계기가 되었다.

미프와 만난 석정은 2기 졸업생 의열단원 윤공흠과 오용성을 국내로 특파하였다. 윤공흠은 서울에서 배성룡과, 오용성은 평양에서 송봉우와 만날 것을 명하였다. 석정은 배성룡과 송봉우 두 사람이 대중적 무장조직이 될 전진대를 만들고, 국내 현지에서 지도할 상위조직체로서 민족주의자·공산주의자 합동의 민족단일당을 조직하길 희망하였다.

전진대는 일본과 전쟁하는 때가 되면 대도시와 광산, 공장에서 군사조직체인 유격대로 개편할 것이다. 그래서 전진대의 강령에 폭력수단으로 조선민족의 해방을 기한다는 것과 세계대전을 기회로 삼아 조선혁명을 조직한다, 그리고 조직대를 군사적으로 훈련시킨다는 내용을 명기했다. 강령과 함께 전국에서 공통으로 사용될 행동 수칙과 연락 암호도 만들어 대원들을 국내에 보냈다. 배성룡은 민족부르주아와 노동자의 동맹이 가능하다는 입장을 갖고 있는 터라 이 일의 적임자로 판단되었다.

의열단의 위상이 높아지고 그 속에서 석정의 입지도 높아졌다. 약산과 석정의 관계를 본 사람들은 석정을 약산의 오른팔이라 했다. 또한 그의 치밀한 계획을 보며 의열단 최고의 책사라고도 했다. 석정은 서서히 의열단의 정신으로 대원들에게 스며들고 있었다.

약산과 석정이 간부학교를 운영하는 시기 남경에 모인 한인 단체들은 우리의 독립운동과 진영도 전열 정비가 필요하다는 것에 동의했다. 만주 지역을 제외한 중국 관내에 있는 조직을 통합하는 문제가 전면에 떠올랐고, 그 방법이 모색되었다.

단결과 통일은 구호나 주장만으로 이루어지는 것이 아니다. 구심점이 되는 조직이 반드시 필요하다. 기존에 존재하고 있는 대한민국임시정부가 그 역할을 제대로 하지 못한다는 사실과 임시정의 개조가 불가능하다는 비판이 있다. 사람들은 임시정부를 대신할 대안이 필요하다고 주장했다.

이 문제는 그 이전에도 논의된 적이 있었다. 1932년 10월 25일, 상해 동방여사(東方旅舍)에서 한국독립당·조선혁명당·한국광복동지회·의열단·한국혁명당의 대표들이 '한국대일전선통일동맹(韓國對日戰線統一同盟)'을 조직하였다. 그러나 완전히 통일된 단체가 아니었기에 모임이 이어졌다. 1차에는 의열단 대표로 박건웅와 한일래가 참석하였으나, 남경에서 열린 2차 회의에는 김빈과 석정이 대표로 참석하였다. 참석자들의 열띤 논의 끝에 열 명의 중앙집행위원회와 여섯 명으로 이루어진 상무위원회를 두기로 합의했다. 석정은 상무위원으로 임명되어 한국독립당의 송병조와 김두봉, 대한독립당의 김규식, 조선혁명당의 최동오, 신한독립당의 윤기섭과 어깨를 나란히 하였다.

1935년 2월에 개최된 3차 대표회의에 약산과 석정 그리고 이춘암이 의열단 대표로 참석하였다. 선전부 상임위원으로 선출된 석정은 각 단체의 대표자 앞에서 통일신당의 필요성과 왜 빠른 시일 내에 조직되어야 하는지를 호소했다. 사람들은 조그만 체구에서 뿜어나오는 석정의 기세에 흠칫했다. 약산과 석정의 노력에도 불구하고 김구 계열과 만주에서 온 한국독립당 소속 사람들은 난감해하였다. 시기상조라는 이유를 내세웠으나 당시 국제정세로 보면 이는 트집 잡기처럼 보였다. 그들이 보는 약산과 석정은 반임시정부 집단이며, 심지어는 사회주의적 성향의 위험한 사람이었다. 이들이 속한 의열단이 통합의 주축이 된다는 것 자체가 싫었던 그들은 끝내 통합에 반대했다. 임시정부 세력의 이탈은 다른 단체에 줄 영향력이 크다. 이를 막아야 한다. 약산은 이 일을 또 석정에게 맡겼다. 석정은 이미 이 일이 자신이 해야 할 일임을 알았다.

석정이 가장 먼저 찾은 이는 김두봉이었다. 백연 김두봉은 백민 스승과 함께 우리말을 연구한 사람이다. 약산의 장모와 친척 간이며, 약수 김두전과도 같은 집안이다. 이동휘와 함께 공산당에 입당한 적도 있으며, 고려공산당에서 활동한 적도 있었다. 석정은 김두봉을 몇 번이나 찾아 설득했다. 마침내 그가 석정과 약산의 뜻에 동의를 표했다. 석정은 자신감이 생겼다. 반대하는 사람을 수없이 찾아가 끊임없이 설득하였다. 심지어는 무릎을 꿇고 애원하였다. 의열단의 노선은 계급투쟁이 아니라, 오직 일제를 몰아내는 민족운동임을 역설하였다.

석정은 공허한 관념의 이론적 기초에서 과학적이고 실천적으로 해방되어야 한다고 주장했다. 동시에 석정은 우익과 좌익의 오류에 대해 이론적 비판을 가했다.

"우익의 오류는 '민족적 개별성에 신비적으로 유착하여 이것이 내포한 세계적 법칙의 공통성을 거부함으로써 영구한 민족적 진로를 과학적 법칙에서 수립하지 못하고, 다만 운명적 투기 방법으로 본능전을 일삼은 것'이었다. 우리 민족의 특수성은 인정되나 이것이 신비적인 것도 독자적인 것도 아니기 때문에, 인류사회 발전의 일원적 법칙에 제약되어 있는 다른 민족과 같은 궤도상의 발전을 할 수밖에 없다.

그러므로 우리 민족의 현실적 차별성을 정확히 인식하고 세계적 법칙의 척도로 검측하여, 그것이 내포한 본질을 파악해야 영원한 평화와 합리적 생존을 위한 정치적 방향의 의식적 지도가 가능하다. 만약 독자적 행진을 하면 세계적 진화에 영원한 낙오자가 되며, 죄악의 모순을 반복할 수밖에 없다. 우익은 여러 공적이 있음에도 불구하고, 실천적 의지가 진리의 법칙에 과학적으로 관철되지 않아 혁명의 본의에 부합되지 못했다."

우익의 공과 과를 정확히 짚었다. 그리고 그는 좌익에 대한 비판도 서슴지 않았다.

"좌익은 민족적 발전에 대한 현실적 임무를 몰각하고, 개별적 구상성을 무시하여 실재성과 격절(隔絶)되었다. 조선민족의 차별적 특수성이 세계적 보편법칙에 제약되어 있음과 세계적 보편법칙은 조선민족의 차별적 특수성에 의해 규정되어야 한다. 좌익사상은 진보적 계몽 역할을 하였으나, 형식적 관념에 갇혀 현실적 사정을 몰각한 점에서 실천적 이론이 되지 못하였다. 이런 이론적 오류로 인해 우리의 실천이 방황하였기에 이론적 기초를 마련해야 한다. 우리의 이론은 조선민족의 차별적 변동 과정을 명확히 파악하고, 인류사회 발전의 일반법칙 척도로 삼아 적절한 정치적 임무를 충실하게 해야 한다. 그런 다음 우리 민족적 특수 지위에 대한 규정을 통해 혁명의 성질과 방법을 달리해야 한다."

석정은 세계사적 보편적 법칙 위에 민족의 특수성을 과학적으로 증명하고 이를 기본으로 한 혁명의 성질과 방법으로 실천해야 함을 강조하였다. 또한 인류사회의 발전에 대해 다음과 같은 견해를 밝혔다.

"인류사회의 발전에 가장 중요한 요인은 무엇인가? 그것은 인류의 현실적 생활 욕망을 충족시키기 위한 경제적 행동의 인과관계이며, 이를 통해 복잡다단한 집체적 조직양식이 변동해 왔고, 일체의 문화 형태가 발전해 왔다. 세계적 발전의 현재적 과정은 고도로 발달된 경제생산 방법의 개인적 독립에 의해 형성된 소수 민족의 제국주의 국가가, 자민족의 생산 군중을 가혹하게 착취할 뿐만 아니라, 수억만을 넘는 전 세계의 식민지 민족을 참혹하게 착취하고 있는 점에 그 본질이 있다.

이러한 소수 제국주의 국가의 착취에 대한 전 세계 식민지 민족의 해방운동은 그 과정에서 가장 중요한 발전 방향의 변동적 추동력이 되었다. 제국주의는 식민지 민족에 대한 착취에 의존하고 있다. 그러므로 제국주의 국가는 자민족 내부의 모순에 의해, 또는 제국주의 국가 상호 간의 충돌에 의해, 그 자체의 몰락 및 그것으로 인한 현 과정의 발전에 변동 가능성이 있다.

그러나 식민지 해방운동이 세계적 발전 방향의 목표를 정확하게 측정하지 못하고 보조를 같이하지 못하면, 현 과정의 변동에 충격을 주더라도 그 자신이 제국주의로 전환할 수 있다. 그렇다면 발전 방향은 무엇이며 제국주의 요소는 무엇인가? 생산요소와 분배의 독점으로 나타난 모순은, 개인적 평등과 민족적 협조를 원칙으로 해결해야 한다. 현재 세계적 발전 방향은 극에 달한 제국주의 모순이 국민경제의 빈부 차 등 모순에 의해 발전한 것이므로, 민족경제에서 차별적 모순을 내포한 질곡을 제거하면 다시 새로운 제국주의가 나타날 것이다. 그러므로 제국주의에 대한 식민지 여러 민족의 해방운동은 세계 발전의 현 과정에서 가장 중요한 추동력인 동시에 낙오의 가능성을 가진다.

현재 조선은 일본제국주의 최대의 예비군이며, 가장 중요한 경제력의 원천이며, 군사적 동맹이다. 조선은 근대자본주의 단계에 들어서기 전, 일본제국주의 침략으로 이식 자본지가 되었다. 외래자본의 질곡으로, 정상적 발전 없이 파멸되었다. 민족경제 내부의 지주 대 농민 또는 자본가 대 노동자의 경제적 모순도 있으나, 이는 일본제국주의에 의한 질곡이 제거될 때, 민족경제의 정상적 발전도 이루어질 것이다."

이런 이론적 무장과 온몸으로 실천하는 석정의 노력이 날마다 쌓였다. 드디어 한국독립당이 당론을 바꾸어 신당 결성에 참여하기로 하였다. 나머지 당들도 동조를 표했다.

석정은 통합 운동에 매진하면서도 간부학교 3기생의 교관으로서 세계 경제지리를 담당하였다. 의기투합한 김두봉은 3기생 교관이 되어 생도들에게 한국역사를 강의하였다. 그는 상해에서도 교민의 자녀들에게 우리말과 역사를 가르친 적이 있었다.

김두봉은 약산과 석정이 개인적 욕망이 아니라 오로지 조국의 광복을 위해 애쓰고, 의열단의 목표도 조국 해방뿐임을 인지했기 때문에 뜻을 같이했다.

간부학교 3기생은 천령사라는 도교 사찰에서 교육했다. 숲속 깊은 곳에 연병장을 만들고 우물을 팠다. 민가와는 거리가 꽤 있다. 설마 이런 곳에 학교가 있을까? 누가 짐작이나 하겠나. 그러나 주민 중 이미 도교 사찰이 있음을 알고 있으니 안심할 수 없다. 늘 경계하면서 훈련에 임하는 학생들의 눈빛도 매섭다. 이곳에는 제법 큰 저수지가 있는데, 빨래터이자 때론 훈련에 지친 생도들의 물장구 놀이터가 되었다.

개학식이 진행되었다. 신악이 개회사를 하고, 약산 교장의 훈시가 있었다. 이후 석정이 학생들에게 훈화하였다. 어머니와 같은 자애로움이 넘쳐났다.

다치지 않고, 고국을 떠난 생도의 마음을 헤아리는 동지가 되어 줄 것을 당부했다.

이후 국민당 간부 강택이 축사하였다.

훈련은 고되다. 4년의 과정을 6개월에 마친다는 것이 얼마나 어려운가. 그런데도 생도들은 불평하지 않는다. 훈련 중 땀에 젖은 몸으로 연못에 뛰어들 때는 영락없는 개구쟁이다. 석정은 이런 즐거움마저 막고 싶지 않았다. 다만 경계를 소홀히 말라 당부하였다.

이춘암은 자신 있는 정보학을 가르쳤고, 박효삼과 하진동도 교관으로 활동하였다. 약산과 석정에게는 모두 든든한 인재였다.

한국독립당의 김두봉도 여전히 교관으로서 유물사관과 한국역사 그리고 한국지리를 강의했다. 신한독립당의 김상덕도 만주지리와 각국 혁명사를 맡아주어 통합운동에 바쁜 석정의 강의 과목은 2기 때보다 줄었다. 3기생에게는 유물론 철학과 세계경제와 지리를 맡아 강의하였다. 박건웅이 맡았던 사회학도 석정의 몫이었으나, 석정은 원망하지 않았다. 하진동이 교관으로 발탁되어 석정에게 도움을 주니 그저 고마울 따름이다.

간부학교 운영과 더불어 중국 관내 독립운동 세력을 통합하려는 노력은 지속되었다. 통일신당 조직을 위한 모임은 혁명단체 대표대회와 예비회의로 발전, 금릉대학 강당에서 열렸다. 예비회의를 거쳐 대표위원회가 구성되었다. 이들이 강령을 제정하고 조직을 구상하였다. 석정은 두 회의에 의열단 대표로 참석하면서 신당 창당의 핵심이 되었다.

1935년 7월 3일, 5개 단체가 '한국혁명단체대표대회선언'을 발표하였다. 약산과 석정, 이춘암은 의열단 대표로서 이 선언문에 서명하였다.

이를 바탕으로 7월 5일! 드디어 '민족혁명당'이 창당되었다. 금릉대학 대례당에서 거행된 결당식에서 창당 선언이 발표되었고, 당기(黨旗)와 당가(黨歌)를 확정하였다. 당명 문제부터 수많은 논의가 있었던 만큼 반대하는 사람도 있었다. 대표적인 사람이 바로 백범 김구였다. 그렇지만 민족혁명당은 당분간 합의제로 운영하기로 하고, 위원장을 공석으로 두었다. 장차 참여할 임시정부의 김구를 위한 자리였다. 백범을 향한 약산과 석정의 배려였다. 임시정부 계열이 불참한 민족혁명당은 3대 혁명 원칙을 발표하였다.

첫째, 일본제국주의의 침략 세력을 무너뜨리고 우리 민족의 자주독립을 이룬다.

둘째, 봉건제도 및 모든 반혁명세력을 숙청하고 진정한 민주공화국을 건립한다.

셋째, 소수가 다수를 착취하는 경제제도를 없애고, 우리 민족 각자의 삶이 평등한 경제제도를 건립한다.

대부분 1920년대 의열단에서 내세운 것이다. 정치, 경제, 사회에서 근대 민족국가를 건설하겠다는 의지가 민족혁명당의 이름으로 발표되어 공식화된 것뿐이다. 그리고 노래로 그 의지가 당원들에게 전해졌다. 민족혁명당의 당가도 논의 끝에 만들어졌다.

민족혁명당가는 다음과 같다.

"굳은 단결 민족혁명당 우리 당은 우리 민족의 전위
희생 분투 유혈은 우리들의 각오 나가자 혁명전선으로
우리 동지 높이 드는 깃발 아래 전진하는 역사에 발맞추어라
강도 일본을 타도하여 땅을 되찾고 세우자 자유의 신국가를"

자신들의 희생으로 새로운 국가를 건설하자는 각오를 다진 민족혁명당은 의열단 대표로서 단 한 번도 교체되지 않고 참석하여 다른 사람을 설득한 석정의 노력으로 만들어진 정당이었다. 그래서 사람들은 석정을 '민족혁명당의 영혼'이라 불렀다.

새로운 정당이 만들어졌다는 것은 기존 단체가 해체되었음을 뜻한다. 아니 발전적으로 해소되었다.

의열단도 민족혁명당 창립 뒤, 그 이름은 역사 속으로 사라졌다. 1919년에 만들어진 의열단은 1935년, 그 역사를 마감했다. 16년 동안 많은 이의 영혼과 열정이 담긴 의열단! 그 누구보다도 감회가 깊은 사람은 약산 김원봉이다. 그의 마음을 가장 잘 아는 사람 또한 석정 윤세주이다. 그들의 청춘이 녹아 있는 의열단을 역사 속으로 보냈다. 그리고 새로운 단체, 그들의 희망을 담은 민족혁명당에 또 온몸으로 돌진하리라 다짐한다.

의열단의 단장 약산 김원봉은 민족혁명당의 중앙서기부 서기장으로 선임되었고, 석정은 3명의 부원 중 한 사람으로 임명되었다. 또한 김규식이 사천대학 교수로 부임하자 석정은 그가 맡았던 훈련부장으로 선임되어 그 역할까지 수행하였다. 석정은 간부학교 학생을 가르쳐야 하고, 신당의 확장을 위해서 당원을 확보하는 일까지 맡았으니, 그 몸 하나로 어찌 감당하랴. 약산은 걱정이었다. 그러나 석정은 약산에게 열심히 하겠다는 말만 전하고, 바삐 움직였다.

석정은 훈련부장이 되자마자 '당의 훈련'이라는 팸플릿을 만들어 훈련의 목표를 제시하였다. 먼저 언론과 행동의 준칙을 정하고 연구 체계를 세웠다. 생활의 집중화와 당에 대한 절대적 신뢰 및 혁명적 인생관 양성을 목표로 삼았다. 이 목표 아래 적의 땅에 침투하여 행동할 특무활동 요령 등 당원 훈련 일체도 석정이 담당하였다.

석정은 비록 의열단이 공식 단체로서의 운명이 끝났지만, 민족간부 훈련 사업을 지속하였다. 남경 시내에 당 군관 특별훈련반을 만들어 운영하였다. 고강리 10호와 모가원 7호에 설치된 훈련반은 의열단 간부학교 3기생과 동일한 교육과정으로 운영되었다. 50여 명의 학생이 참여했고, 석정이 직접 강의하였다. 석정은 간부학교와 민족혁명당, 그리고 특별훈련반 운영까지 맡았으니, 잠자는 시간을 줄이는 것만이 답이다. 석정은 점점 야위어 갔다. 그럼에도 그 활동은 멈출 수 없다.

조직원 확장을 위해서 석정은 광동성 광주로 갔다. 광주에 거주하는 한인 청년들을 민족혁명당의 당원으로 가입시키고, 장차 대일전쟁의 선봉대로 삼기 위해서다. 중산대학을 찾은 석정은 재학생 등 한인 청년들에게 민족혁명당의 강령을 소개하고 입당을 호소하였다. 그 호소를 듣고 가입한 권오근은 석정과의 만남을 다른 사람에게 말했다.

"1935년 늦가을 어느 날, 조선인 혁명가들의 모임에 참가했던 나는 광주로 온 의열단의 유명한 인물 석정을 처음으로 만나게 되었다. 나는 벌써 조선에 있을 때부터 윤세주의 이름을 익히 들었고, 그를 김구 선생 못지않게 숭배하여 왔었다. 그때 석정은 그해 7월, 의열단, 흥사단, 조선독립당 등 7개 혁명단체가 연합하여 남경에서 세운 조선민족혁명당의 파견을 받고 조직 확대 사업을 나왔던 것이었다. 석정은 이 새로 세워진 당의 강령에 대해 해설하고 일제 침략자들과 싸우려는 조선 청년들이라면 이 당에 가입할 것을 열렬히 호소하였다. 그 호소에 마음이 동하여 나는 그를 따라 혁명당에 가입하였다."

그리고 또 한 사람, 이화림이라는 여성이 있다. 그녀는 석정의 연설을 듣고 투쟁에 나서기 위해 과감히 가정을 버리고 석정을 따랐다.

"내가 한국에서 천신만고 끝에 중국에 온 것은 작은 가정의 행복을 위한 것도 아니고, 내 개인의 원한을 위해서도 아니었다. 내 심장을 불태우고 있었던 것은 한국인의 해방이었다. 나는 조국을 위해 개인의 모든 것을 포기할 수 있었다."

라며 남편과 어린 자녀와 헤어진 뒤 입당 원서를 제출하였다. 그리고 석정을 좇아 남경으로 와서 박차정이 조직한 당 부녀대의 부대장이 되어 함께 활동하였다. 석정은 이런 이화림에게 말했다.

"아무리 혁명사업에 바쁘더라도 사생활을 외면하지 마십시오."

그리고 그녀에게 이집중을 소개했다.

이집중은 약산과 함께 황포군관학교 4기로 공부한 사람이다. 친일 밀정으로 알려진 김달하 처단에도 관여했다. 의열단 남창지부에서 활동하다 남경에서 다시 합류하였다. 남경위수사령부 부대에서 중대장으로 근무하던 이집중은 약산과 다시 만났고, 교관이 되어달라는 약산의 부탁을 받고 기꺼이 수락했다. 석정은 이런 이력을 지닌 이집중 동지야말로 이화림의 배필이라 여겼고, 결혼을 주선하였다.

해가 지나자 여러 단체의 통합이 틀어지기 시작했다. 광주의 화남지부에 동요가 있다는 소식이 들리자, 석정은 이를 해결하기 위해 그곳에 가 상황을 수습하고 남경으로 돌아왔다. 석정의 활동량은 인간으로서는 불가능할 정도였다. 그러나 석정은 어느 것도 마다하지 않았다. 자신이 필요한 곳이면 언제든 달려갔다. 그러니 그를 민족혁명당의 영혼이라 부르는 것은 당연하였다.

석정은 민족혁명당이 여러 조직을 합친 것이니, 이를 유지하기 위한 이론적 학습이 필요하다고 인식하였다. 그 일을 위해서는 당의 선전공작이 매우 중요하다. 석정은 당 기관지와 내부 소식지부터 만들었다. 그는 이영준과 함께 이 일도 주도하였다.

이영준은 평안도 사람이다. 3.1운동 이후 중국 상해로 망명하여 의열단에 가입하였다. 중산대학 졸업 후 교사로 활동하던 이영준은 1929년 약산 김원봉과 함께 북경에 가 안광천 등과 활동했다. 간부학교가 문을 열자, 학교의 비서 겸 교관이 되었고, 물리와 화학 등 자신의 전공인 이과 과목을 주로 강의하였다.

당의 기관지인 '민족혁명' 창간호에 석정은 석생(石生)이라는 필명으로 '우리 운동의 새 출발과 민족혁명당의 창립'이라는 글을 게재하였다. 이전부터 석정이 생각하고 있던 이론과 당원들의 단결을 위한 글이다.

"오랫동안 침울한 우리 운동의 실천적 경험과 주위에 전개된 세계적 사정은, 지금 우리 운동으로 하여금 새 길에서 출발하게 하고 있다. 이에 따라 우리의 이론적 기초도 종래의 공허한 관념적 수금(囚禁)에서 과학적인 실제의 평원으로 해방되기에 이르렀다. … 민족적 개별성에 신비적으로 유착하여 이것이 내포한 세계적 법칙의 공통성을 거부함으로써 영원한 민족적 진로를 과학적 법칙에서 설정하지 못하고, 오직 운명적 투기방법으로 당면의 본능전을 일삼고자 한 것은 우익 사조의 공통적 오류였다. … 우익의 이러한 신비적 차별 사조의 반발로서 발생한 좌익 일류의 사조는 공식적 법칙과 기계적 모방에 의해 구체적 차별성을 없앰으로써, 민족적 발전에 대한 현실적 임무를 몰각하려 하였다. … 그러면 지금 우리가 도달한 우리 운동의 이론적 기초는 무엇이겠는가? 이것은 신비적인 것이 아닌 조선 민족의 차별적 변동 과정을 명확히 파악하여,

공식적이 아닌 인류 사회 발전의 일반법칙의 척도에 이를 검측함으로써, 적절한 현실적 정치 임무를 구명하지 않으면 안 된다. 이러한 기초에 입각함으로써 우리 혁명운동은 세계의 발전 과정에 정립할 수 있고, 또한 그 과정에 대한 적절한 자기 임무에 충실할 수 있을 것이다. … 그러면 세계적 발전의 현 과정의 발전 방향은 무엇이며, 식민지 민족이 현재 내포하고 있는 제국주의 요소는 무엇인가? 경제생산의 최고도의 집체적 발전과 경제 분배의 최고도의 개인적 독점으로 인해, 또 경제시장의 세계적 발달과 국민경제 배타성에 의해 극도로 발전한 현 과정의 세계 모순은, 개인적 평등과 민족적 협조를 원칙으로 하는 경제적 해결점에로 추진되고 있다. 이것은 단순히 인류의 의식적 욕망에 의해서가 아니고, 이상의 모순이 내포한 그 자연적 경로이다.

… 이러한 세계 발전의 현 과정에 있어서, 조선 민족의 현실적 사정을 검측해 보자. 그러나 이 문제는 우리에게는 너무나도 간단 명료하다. 왜냐하면 조선 민족이 동방의 유일한 제국주의 국가인 일본의 식민지로 되었다는 사실만으로도, 벌써 이 문제에 대해 원칙적으로 해답되고 있는 까닭이다. 조선 민족의 일본제국주의에 대한 식민지적 가치의 구체적 질량을 정확히 계산하기 위해서는, 통계적 숫자가 필요하지 않을 수 없을 것이다. 그러나 우리는 통계치를 구태여 요구하지 않고도 현재의 조선 민족이 일본제국주의 최대의 예비군이며, 가장 중요한 경제력의 원천이며, 유일한 군사적 가교의 지위에 묶여 있는 사실을 명백히 인식하고 있다. …"

석정은 제국주의가 어떻게 형성되었고 그들이 추구하는 것이 무엇인지 분명히 하였다. 그리고 일본제국주의에 대응하는 민족운동의 두 갈래, 즉 민족주의와 사회주의 계열의 잘잘못을 정확히 인지하였다. 게다가 조선 민족이 일본 경제의 원천이며, 장차 전쟁이 일어나면 최대의 군대 역할을 하게 될 것을 경고했다. 이를 막고자 조직한 것이 민족혁명당이니, 이 당을 중심으로 모든 독립운동 세력이 힘을 합해 일본 제국주의에 대항하는 것은 민족의 명령이며 역사적 사명임을 명확히 했다.

석정은 변해가는 국제정세를 관망하면서 지금이야말로 만일의 상황에 대비해 인재를 키워야 하는 시기임을 알았다. 약산과 더불어 끊임없이 인재를 찾고 교육하였다. 당원들에게는 '앞길'이라는 민족혁명당의 선전지를 통해 교육했다. 그러던 중 단재 신채호의 죽음 소식을 들었다.

단재는 의열단원에게는 잊을 수 없는 존재다. 의열단원들이 황포탄사건 이후 의기소침해 있을 때, 상해까지 내려와 그들에게 조선혁명선언이라고 하는 의열단선언을 작성하신 분이다. 이 선언문으로 의열단원은 자신들의 의지를 곧추세웠고, 적을 향해 돌진할 수 있었다.

단재는 끝내 병보석을 거부하고, 안중근과 이회영이 순국했던 여순감옥에서 마지막 숨을 거두었다. 민족혁명당은 앞길에 '고단재 신채호 선생을 추모함'이라는 글을 실었다.

단재는 조선의 3대 신동으로 알려진 인물이다. 약산과 석정이 어렸을 때 읽었던 영웅전기의 저자였다. 을강과 백민 스승이 읽어주던 이순신전은 어린 소년에게 얼마나 큰 꿈을 심어 주었던가! 역사학자이며, 언론인인 단재는 우리나라 고대사 연구에 마지막 힘을 쏟았다. 일제가 조선사편수회를 조직하고, '조선사'를 편찬하여 우리의 옛 역사를 왜곡했다. 단재는 이에 온몸으로 맞섰다.

일제는 우리의 역사를 타율성의 역사, 정체성의 역사, 당파성의 역사로 규정했다. 나라를 세울 때부터 중국이라는 나라에 의존한, 그래서 자율성이라곤 없는 나라라고 폄훼했다. 단군의 이야기는 신화일 뿐 실제 건국과는 관계가 없다. 그러니 대한의 역사는 일본보다 늦게 건국한 나라다. 게다가 삼국시대에는 한반도 절반이 일본의 지배를 받았다. 그러니 대한은 스스로 할 수 있는 것이 없으므로 지금 일본의 지배를 받는 것도 당연하다. 그리고 대한은 귀족과 노비의 대립이 이름만 바뀔 뿐 생산의 주체도 역사의 주역도 바뀐 적 없는 정체된 국가! 발전이라곤 없고 서로 이간질하고 싸움질만 하는 나라다.

일본의 역사 왜곡은 민족의 정신을 말살하려는 기초작업이다. 조선총독부가 주도하고 최남선, 이병도 등이 동조하여 앞장섰다. 오직 신채호만 북경대학 도서관에 소장된 저서에서 이를 반박할 자료를 찾고, 조선의 역사를 일본이 왜곡하고 있음을 울부짖었다. 중국의 광활한 영토의 첫 역사적 주인공이 우리 민족임을 천명했다. 단재는 존화주의에 젖은 역사학을 비판했고, 일제의 식민지 사관의 거짓에 분노했다. 그리고 우리 역사의 주인공 위치에 우리 민족을 앉혔다. 그리고 역사란 아와 비아의 투쟁이라 했다. 즉 역사란 우리 민족과 다른 민족의 투쟁이며, 이를 기록한 것이다.

단재는 낭객의 신년만필에서 다음과 같이 말했다.

"우리 조선은 석가가 들어오면 조선의 석가가 되지 않고 석가의 조선이 되며, 공자가 들어오면 조선의 공자가 되지 않고 공자의 조선이 되며, 주의가 들어와도 조선의 주의가 되지 않고 주의의 조선이 되려 한다. 그리하여 도덕과 주의를 위하는 조선은 있고 조선을 위하는 도덕과 주의는 없다. 아! 이것이 조선의 특색이냐? 특색이라면 노예의 특색이다. 나는 조선의 도덕과 조선의 주의를 위해 통곡하려 한다."

단재의 이 글이 석정이 찾은 해답이다. 지금 독립운동을 하는 동지들도 주의를 위한 조선인이 아닌지 스스로 돌아보아야 한다. 조선을 위한 주의와 도덕이 필요하다. 약산과 석정은 단재의 가르침이 절실하게 필요한 시기임을 깨달았다. 단재도 무장투쟁의 필요성을 느끼고 그 자금을 마련하기 위해 위조지폐를 만들었고, 그 죄목으로 여순감옥에 피체되어 있었다. 병이 깊어 보석을 권유하였으나, 돈의 출처를 문제 삼아 보석을 거부했다. 그는 세수할 때 고개도 숙이지 않은 사람이다. 앞에 일본놈이 있을까 저어했다. 그런 사람이 개운치 못한 보석금으로 감옥을 나올 리 없다. 그는 죽음보다 이름이 더럽혀지는 것을 원치 않았다. 단재의 기개가 대한인의 자존심이다.

석정은 민족혁명당 창당 1주년, 2주년을 기념하면서도 동포를 깨우칠 수 있는 글을 '앞길'과 '민족혁명'에 실었다. 특히, 2주년을 맞아 '조선민족혁명당 창립 제2주년 기념을 축하함'이라는 글을 민족혁명당의 선전지였던 앞길 19호에 발표하였다.

앞길은 당의 소식과 논설을 게재하여 당원은 물론 독자들을 응원하고 깨우치는 것이 목표다. 그중 11호에 실린 '석전경우(石田耕牛, 1937년 5월 10일)'는 사설이었다. 그 제목이 말하는 것은 '돌투성이 밭을 갈아엎는 소'다. 소는 석정 자신일 것이고 이 글을 읽는 모든 사람이 이런 소가 되어주길 바라는 마음에서 쓴 글이다.

"사람의 역사는 사람이 만든다. 거미가 나는 곤충을 잡아먹기 위하여 거미줄을 짜고, 꿀벌이 끈끈한 액체를 분비하여 벌집을 만드는 것이, 서툰 건축사를 비웃을 만큼 그 짜임새가 절묘하다. 자연이나 인간으로서의 건축사는 그가 아무리 조잡한 건축사일지라도 그는 한 칸의 가옥을 건축하기 전에 반드시 목적의식에 준거한 관념의 설계를 한다.

… 인류사회를 구성한 인간이 역사 단계의 존재적 조건에 존재된 일정한 인식적 파악이 있고, 그것이 인식적 파악에만 그칠 뿐 아니라 일정한 목적의 이상을 설정하며, 그것을 실현하기 위하여 그 자신, 즉 인간이 적극적으로 참가하는 의식적 실천을 통하여 그 목적 이상을 추구함으로써, 거기서 인간 역사는 인간이 비로소 만들게 되는 것이다. … 이에 민족적으로 사회적으로 경제적으로 최악의 오늘날 역사를 가지고 있는 우리 조선에 있어서, 누구를 정당하고 진정한 혁명가라고 규정할 수 있는가? 그것은 세계의 일환으로서의 세계적 조선 그리고 또 조선적인 조선 자체의 특수한 조선 등, 전면적 관련성에 입각하여 정확한 우리의 객관적 사실을 분명하게 인식하고, 이에 기준하여 충실한 자와 동시에 시종일관한 석전경우 정신의 소유자가 바로 그것이다.

자신의 삶이 끝나는 순간까지 모든 어려움을 깨뜨리고 매진하는 자가 우리 조선의 정당하고 충실한 혁명자일 것이다. … 영웅주의, 브로커적 시정배의 심리에 근거를 둔 싸구려 혁명자들은 평화시기에 있어서는 일정한 주견이 없는 것은 차치하고라도, 겉으로 훌륭한 광마처럼 하루에 천리를 달리는 기세로 질주하다가 곧 지쳐서 용두사미 격으로 비참한 최후를 맺고 만다. 과거 조선혁명 선상에서 명멸하던 다수가 이러한 타입이었으며, 필연적 결과로 반동의 길로 가버리고 만 것이 아닌가?

혁명 과정 중 가장 귀한 것, 즉 최후의 승리는 기름 흐르는 변설이나 하루 천리 기세의 광마보다도, 묵묵한 가운데 철두사미 시종일관하는 와신상담 정신의 소유자로서 석정경우의 타입만이 최후의 승리를 획득한다는 것은 과거 각국 혁명 역사가 증언하여 주고 있다. 혁명 초기에는 겉으로 훌륭한 천리마가 선두에 섰으나, 파란 많은 곡절에 따라 석전경우가 이제부터 선두에 서서 조선의 황무지 밭을 갈고 있다.

앞으로의 조선혁명은 과거의 사이비 혁명자가 도태된 후, 혁명과 생사를 같이한 전투적 부대로서 진행되고 있는 것이니, 조선의 혁명은 확실한 자신감을 우리에게 준다. 그리고 우리는 과거 다수의 혁명자가 타락됨에 대하여 관심할 바가 못 된다. 이러한 것은 혁명 과정 가운데 당연히 불가피하게 있는 사실이니, 어느 때나 조선혁명에 대한 열렬한 성의로써 조선혁명을 내 자신의 것으로 생각하고 노력하면, 머지않은 장래에 성공이 있을 것을 확신한다."

이 글을 쓰기 전부터 석정은 세계 정세의 변화를 유심히 살폈다. 경제공황을 극복하지 못한 국가, 독일과 이탈리아 그리고 일본의 변화가 심상치 않았다. 전체주의를 내세워 국가와 민족을 위해 개인의 희생을 강요하더니, 급기야는 군수 산업을 통해 군비를 확장하고, 전쟁을 통해 경제적 위기를 해결하려는 조짐을 읽었다. 국내에 있는 가족의 안위가 걱정이었다. 그는 집을 떠나올 때 아내에게 약속했었다.

'반드시 데리러 올 테니 준비하고 있어라' 했다. 석전경우를 쓰면서 그는 가족을 중국으로 데려오는 것도 자신이 우직한 소로 살아가는 데 필요한 일이라 여겼다. 어머니께서 살아 계신다면 아내가 쉬이 오지 못할 것이다.

어머니는 막내아들을 사지로 보낸 뒤 그리 편하지 않으셨을 것이다. 못난 자식으로 인해 하루도 편히 주무시지 못했을 것이니, 살아 계실 것이라 장담할 수 없다. 혹 살아 계신다면 슬기로운 아내가 결정할 것이다.

어머니는 석정 자신이 떠나올 때도, 그 사실을 알아도 잡지 않으셨다. 아마 아내가 떠나도 어머니는 그런 결정을 하실 것이다. 어머니와 아내에게 판단을 맡길 수밖에 없다.

그는 국내에 활동 중인 공작원을 통해 아내를 남경으로 데려올 것을 부탁했다. 민족혁명당도 언제고 일어날 전쟁에 대비해야 하니, 석전경우의 마음으로 당원들이 함께하길 간절히 바랐다.

밀양의 감내에서 시어머니를 모시고 아들과 함께 살고 있던 하소악은 시숙의 극진한 보호를 받으며 살고 있다. 그러던 중 시어머니가 임종을 맞이했다. 소악과 남선을 머리맡에 불러 앉힌 시어머니는 마지막 가는 길에 막둥이가 보이는 듯 손을 휘저으며 세주를 불렀다.

"세주야! 세주야!"

그녀는 꿈에서라도 보고픈 아들을 그리워하다 생의 끈을 놓았다. 세주가 떠난 뒤 손자인 남선을 향한 시선을 한시도 거두지 않았다. 밥 먹을 때도 자신의 밥상에서 함께 먹도록 하고, 학교에 간다고 하니, 하교 시간이 되면 방문을 열어놓고 하염없이 대문만 바라봤다. 마흔다섯에 얻은 막내였다. 사랑도 표현하지 못했다. 며느리도 손자를 낳아 함께 키우는 것이 늘 부끄러웠다. 다행히 아들은 명철하여 모든 걸 잘했다. 아버지도 드러내어 사랑하지 않았으나 그 맘을 모르는 바 아니다. 그런데 그 아들이 아비가 죽고 난 뒤 떠났다. 금광을 보러 간다고 했으나, 그 길이 돌아오지 못할 길임을 왜 모를까? 그래도 잡을 수 없었다. 이 땅의 어미들은 모두 그랬다. 어른들이 못나서 나라를 잃었으니, 어린 자식들이 그것을 되찾겠다는데 어찌 막을 것인가.

그런데 그것이 마지막이었다. 끝내 오지 않았다. 행여 손자놈이 제 아비를 찾아가지 않을까 걱정이다. 그래서 며느리와 손자를 눈에서 떼놓지 못했다.

'이제는 속절없이 아무 말 못 하고 보내지는 않을 것이다. 아니, 죽어도 보내지 않을 것이다.'

소악은 어머님의 눈길이 어려웠다. 감시하는 듯, 노려보는 듯한 그 시선은 소악과 남선에 대한 애정임을 안다. 그런데도 소악은 시어머니 때문에 남편을 찾아 떠날 수 없다는 생각이 들 때마다 남편을 찾아 떠나라고 말씀하시지 않는 것이 서운했다. 그런데 막상 시어머님이 세상을 떠나자, 소악은 하늘이 무너져 내린 것 같았다. 부모의 울타리가 이런 것이구나! 그녀는 남편을 대신하듯 울고 또 울었다.

어머님이 떠나신 지도 일 년이 지났다. 떠나는 날 자신에게 약속한 남편의 말을 떠올리며 하루하루를 기다렸다.

커가면서 제 아비를 닮아가는 용문은 벌써 보통학교 2학년이 되었다. 4월이 되어 2학년이 된 아들은 일본어를 국어라며 배우는 것에 대해 불평했다. 행여 누가 들을까 입단속을 했으나, 그 아비에 그 아들인 듯 용문은 학교에 가는 것을 좋아하지 않았다. 불령선인으로 찍혀 있는 가족인데, 아들이 학교에 가지 않는 것이 일본어를 배우기 싫어서라면 어떤 일이 일어날 것인가? 소악은 하루빨리 남편으로부터 소식이 오길 기다렸다.

소악은 감천에 떨어지는 봄 빗방울을 하염없이 바라보고 섰다.

'저 빗물은 참 좋겠다. 저렇게 감내에 보태져서 강물에 실려 또 바다로 나아가 가고 싶은 곳으로 가겠구나. 나는 임이 오라 하지 않으면 갈 수도 없으니, 이내 신세보다 니가 더 낫다.'

부질없는 생각만 일었다. 무슨 일이 있는지 요즘 왜놈들의 하는 짓이 이상하다. 남편이 중국에서 무슨 일을 하는지 그들의 감시도 심해졌다. 그녀는 모든 게 운명인 듯 체념하였다. 내심은 아니었다. 남편에 대한 확고한 믿음이 있었기에 그녀는 밤늦게까지 불을 끄고도 잠들지 않았다. 남편의 공작원이 언제 올지 모른다.

석정의 장조카 차암(태선)은 일본놈들의 등쌀에 그 어떤 일도 할 수 없었다. 장가들어 세 딸을 두었는데 그중에서 둘째 딸인 명화는 아재 남선과 남매처럼 잘 지냈다. 둘은 조카와 아재비 사이지만 마치 친구처럼, 오누이처럼 서로 챙겨주며 등하교를 함께했다. 자식 커가는 것을 보면 무엇이든 해야 한다. 그것이 부모다. 차암은 경주에서 음악을 가르치는 교사 노릇도 하였으나, 이마저도 쉽지 않았다. 그래서 집으로 돌아온 뒤 사진기를 마련하고 가족들을 찍기 시작했다. 하루는 소악과 남선을 마루에 앉혀 사진을 찍었다. 요즈음 작은어머니의 모습이 어딘가 불안해 보였다. 불쑥 떠날 수 있다는 생각이 들었던 차암은 그들을 찍고, 두 장을 만들어 한 장은 작은어머니께 드렸다. 그리고 한 장은 자신이 가졌다. 그 전에 할머니 사진도 찍었는데 고운 자태가 고스란히 사진에 담겼다. 할머니께서 무척 좋아하셨다. 그 고운 미소로 손자에게 고맙다고 했다. 늘 대청 끝에 앉아 막내아들을 기다리는 듯 계셨던 할머니께서도 이제 돌아가셨다. 할머니가 계시지 않으니, 작은엄마와 남선도 언젠가 떠날 수 있을 것이다.

차암은 두 딸과 남선을 함께 앉혀 사진을 찍었다. 어쩌면 이것이 남선과 함께 찍는 마지막 사진이 될지도 모른다는 생각이 들자, 셔터를 누르는 손이 자꾸만 떨렸다.

소악은 잠든 남선을 두고 밖으로 나왔다. 누군가 자신을 찾을 것 같은 마음에 그냥 누워 있을 수 없었다. 누가 언제 자신을 만나러 올지 모르기 때문에 다른 사람이 잠들고 나면 소악은 살며시 대문 고리를 벗겨둔다. 오늘도 고리를 벗기기 위해 나오는 데 인기척을 느꼈다. 소악은 직감으로 알았다. 남편이 사람을 보내온 것임을.

소악은 신발도 제대로 신지 못하고 대문을 열었다. 아니나 다를까 얼굴을 가린 사람이 어둠 속에 숨어 있다. 소악은 급한 마음에 그를 집안으로 끌어들였다. 좌우를 살핀 후 대문을 잠갔다. 그 사람이 쪽지를 내밀었다. 자신은 내일 밀양역에서 기다리고 있겠다고 했다. 반드시 함께 오라는 밀명을 받았다고 하면서, 밀양역에 소악과 남선이 나타나면 자신도 모습을 드러낼 것이라 말하고 또 바람처럼 사라졌다. 소악은 그에게 밥 한 그릇 대접하지 못한 걸 깨닫고 밖을 내다보았으나, 그는 벌써 사라지고 없었다.

소악은 시어머니가 돌아가신 후 준비해 둔 보따리를 꺼냈다. 남편에게 가는 데 필요한 것을 싸둔 보따리다. 벌써 일 년이 다 되어 간다. 자신들이 사라지면 나머지 가족들은 어디로 갔는지 짐작할 것이다. 그래도 가족들이 만류하면 떠나지 못할 수도 있으니, 가족에게는 말하지 않기로 했다. 이 또한 저들을 보호하는 방법이기도 하다. 저들은 우리 모자가 떠나는 것을 몰라야 하며, 어디로 가는지는 더더욱 몰라야 한다. 소악은 날이 밝기만 기다렸다.

아침밥을 먹은 남선에게 두루마기까지 입혔다. 용문이 의아한 눈으로 쳐다보았다.

"어무이! 요새 날씨가 따십니더. 두루마기는 없어도 됩니더."

"아이다. 오늘은 이걸 꼭 입고 가거라. 그리고 나중에 이 애미가 학교로 갈끼다."

"어무이께서 학교에요?"

"그래, 아무에게도 말하지 말고 기다리고 있어래이."

어머니의 비장함 때문인지 남선은 아무 말 하지 않고 조카 딸 명애, 명화와 함께 학교에 갔다. 명애와 명화는 예전과 같았으나, 남선은 그 뒤를 따르며 생각에 잠겼다.

걸음이 뒤처지자, 명화가 뒤를 돌아보며 말했다.

"아재, 남선 아재! 빨리 온나. 안 오고 뭐하노?"

남선은 명화를 따라잡았다. 어머니와 아버지는 남선이를 용문이라 부른다. 그러나 나머지 식구들은 남선이라 부른다. 남선은 가끔 이 두 이름이 다르게 느껴지기도 한다.

"아재! 날씨도 따신데 와 두루마기를 입었노?"

"엄마가 입고 가라고 해서 입었다. 나중에 어디 가야 된다고 하면서."

"어딜 가는데, 나도 가면 안 되나?"

"나도 잘 모른다. 외갓집에 갈라는 갑다."

남선보다 한 살 많은 명애는 자신보다 어린 남선을 아재라 부르는 것이 창피한지 늘 친구들과 어울렸다. 그런데 명화는 달랐다. 한 살 많은 남선을 마치 오빠처럼 따랐다. 나이가 한 살밖에 차이 나지 않는데 왜 아재라 불러야 하는지, 왜 남선 아재는 자신처럼 아버지가 왜 안 계신지? 묻는 것도 참 많았다. 귀찮을 법도 한데 남선은 명화가 싫지 않았고, 등하교를 함께했다. 오늘도 둘은 오누이처럼 보통학교 문을 들어섰다.

아들을 학교에 보낸 뒤, 소악은 필요한 것들을 다시 살폈다. 모아둔 돈주머니를 단단히 쟁여 매고, 안채에 있는 형님과 시숙의 눈치를 보았다. 인사를 하지 않고 떠나는 것이 죄송했지만, 소악은 소리 나지 않게 대문을 열고 조심스런 발걸음으로 집을 나섰다. 감천을 따라 북으로 걷던 소악은 집에서 어느 정도 멀어지자 뒤돌아보았다. 언제 다시 올지 모를 집이다. 다시 만날 수 없을 가족과 이렇게 도둑 이별을 하고, 5년 전 남편이 떠나듯 소악도 감천 시댁을 떠난다. 시어머님이 계셨다면 쉬이 결정하지 못했을 것이다. 소악은 남편과 추억이 있는 곳, 아들 용문이 태어나 자란 집을 오래도록 지켜보았다. 그러다 '다시 올 것인데 왜 이러나' 며 아들이 다니는 밀성공보로 발걸음을 옮겼다.

밀양에는 밀양공립보통학교 외에 밀성공립보통학교도 개교하였다. 밀양공보가 삼문리로 이전하니 제법 거리가 있는 곳에 거주하는 학생들이 갈 학교가 필요해서 밀성공보가 생긴 것이다. 아들 용문은 이 밀성공보에 다니고 있다. 감시자의 눈이 있는지를 살펴보기 위해 가끔 뒤돌아보면서 소악은 학교에 도착했다.

소악은 2학년 교실을 찾았다. 2학년이 된 지 얼마 되지 않아서 아직 아들의 담임이 누구인지도 모른다. 무작정 교실에 간 소악은 수업 중인 담임을 문밖에서 손으로 불렀다. 복도에서 담임 교사를 만나 아들과 함께 친정에 다녀와야 한다며, 아이의 조퇴를 요청했다. 엄마를 기다리고 있었던 남선은 책 보따리를 풀지도 않았는지 그대로 교실을 나왔다. 이미 복도에 서 있는 엄마를 보고 있었던 남선은 아무 말도 없었다. 두 사람은 운동장을 걸었다. 남선은 고개를 돌려 일 학년 교실을 슬쩍 보았다. 명화에게 갔다 오겠다고 말하지 못한 것이 아쉬웠다. 내일부터는 명애랑 명화 둘이서만 다니겠구나!

소악과 용문은 말은 하지 않았으나, 두 손만은 꼭 잡고 있었다. 밀양역 근처에 도착한 소악은 시고모님이 운영하는 약국에 들렀다. 약국 안채에 들어가 고모님께 큰절하고 용문과 함께 앉았다.

"이제 떠날 끼가?"

이미 고모님도 알고 계셨다. 세주에 대한 사랑이 지극했던 고모는 언젠가 세주가 그 내자와 아들을 데려갈 것임을 알고 있었다.

"예. 그이가 사람을 보냈습니더. 꿈에도 잊지 못할 서방님께서 저를 오라고 했습니더. 꿈에도 그리던 서방님입니더. 아무리 말리셔도 소용없습니더. 저는 서방님 뵈러 갈 겁니더. 고모님께서 가족들에게 기별해 주이소."

전에 없이 소악이 많은 말을 했다. 목소리도 컸다.

"식구들한테는 말도 안 하고 가나?"

"예. 말씀드리면 가지 못 하게 할까 봐 겁나서 말도 못했습니더.

그라고 혹시 우리가 떠난 걸 알면 경찰에게 더 호되게 당할까 봐, 모르는 것이 더 나을 것 같기도 해서…."

"그래 알겠다. 잘했다! 그래도 얼굴 보지 않고 보낸 그 사람들은 내내 서운할 끼다. 그래도 우짜겠노. 참, 돈은 있나?"

"예, 있습니더. 이날이 올 줄 알고 미리 준비해 뒀습니더."

"그래도 이거 가져가라. 가다가 남선이 배곯게 하지 말고."

고모는 치마를 올리고 주머니를 찾더니 꼬깃꼬깃한 돈을 건네주었다. 소악은 황송한 듯 두 손으로 받았다. 그리고 눈물을 쏟았다.

"고모님! 일본놈 물러나면 서방님과 함께 고모님 찾아오겠습니더. 그때까지 살아 계셔야 합니더. 고모님께서 우리 그이를 얼마나 사랑하는지 저도 알고 있습니더."

"그래, 그래. 내 살아서 세주를 보아야지. 그리고 남선이 장가드는 것도 봐야제."

고모는 투박한 손으로 남선의 머리를 쓰다듬다, 끝내는 남선을 끌어안고 울음을 터뜨렸다. 남선도 덩달아 울었다. 고모할머니와 어머니의 대화를 통해 자신이 아버지를 찾아가는 것을 알았다. 어쩌면 고모할머니를 다시는 못 뵐 수 있다는 생각이 들었다.

소악은 용문을 데리고 눈물을 훔치며 약국을 나왔다. 그리고 좌우를 살폈다. 세주를 잡기 위한 감시의 눈이 이곳 약국에도 분명 있을 것이다. 소악은 머릿수건을 깊이 쓰고 아들 용문의 손을 잡아끌었다. 역 안으로 들어서니 엊저녁 자신을 찾아왔던 사람이 슬그머니 다가와 기차표를 건네주었다.

소악과 용문의 밀행이 시작되었다. 신의주까지 가는 기차 안에서 둘은 무심한 듯 눈을 감고 혹시 있을 검문을 피하였다. 가능하면 아무 말도 하지 않았다. 조선 말을 하면 의심스런 눈초리로 그들을 바라보는 사람들 때문이다. 일본말을 하는 것은 남편도 용문도 싫어했고, 소악도 싫었다.

압록강을 건너 중국으로 가는 철교는 1911년에 개폐식으로 만들어졌으나, 1934년 이후 회전을 중지했다. 그래서 그들은 신의주에서 하차하지 않고 단동으로 건너갈 수 있다. 세주는 배를 타고 갈 것이라고 했다. 소악과 용문은 기차를 타고 고국을 떠나고 있다. 다시 올지 아무도 모르는 길이다. 그러나 남편을 만나러 가는 소악과 아버지를 만나러 가는 용문의 표정은 밝기만 하다. 중국에는 조선에서처럼 경찰이 직접 집에 와서 괴롭히는 일은 없을 것이다. 허구한 날 대문을 기웃거리며 소악을 묘한 눈빛으로 바라보던 형사놈들을 이제는 보지 않아도 된다. 그 눈길이 자신의 몸을 훑으면 소악은 한 마리 뱀이 자기 몸을 휘감는 느낌이 들어 소름이 돋았다. 미칠 것 같았다. 이제 그런 수모는 없을 것이다. 소악은 단동에서 북경으로 가는 열차에서 올랐다. 편안한 마음이 들어서인지 낮게 코를 골며 용문과 서로 기대어 잠이 들었다. 제대로 잠을 이룬 적이 언제였던가. 둘은 석정을 찾아 북경을 거쳐 남경으로 갈 것이다.

2-4

남경역에 도착하니 남편이 보낸 사람이 기다리고 있었다. 석정의 거주지가 호가화원으로 옮겼다는 말을 전하면서 마중 나온 사람과 소악을 데리고 온 사람은 서로 인사를 나누었다. 소악과 남선은 그들 사이에서 빠른 걸음으로 따라갔다. 어둑해서야 도착한 곳에는 석정 혼자만 있는 것이 아닌 듯했다. 멀리서 보아도 여러 사람이 보였다. 소악은 잠시라도 남편과 같이 있을 생각을 한 자신을 나무랐다. 이곳은 이국땅이 아닌가!

수년 만에 만난 석정은 소악보다 아들 용문이 먼저 눈에 보였고, 용문이 훌쩍 커서 놀랐다. 늘 자신의 기억 속에 남아 있는 것은 떠나기 전 석정의 다리 위에 앉아 장난치던 네 살짜리 꼬마였다. 세어보니 이제 아홉 살이다. 키도 제법 컸다. 어린 시절 자신과 많이 닮았다. 빼빼 마른 것도 닮았다.

'이런 것은 닮지 말지' 라는 생각이 들자, 웃음이 나왔다.

"잘 왔다. 우리 용문이 많이 컸구나! 할머니 말씀 잘 듣고 지냈느냐?"

"예. 아부지! 그런데 할머니께서는 작년에 돌아가셨습니더."

세주는 짐작은 했으나 직접 이 말을 전해 들으니, 가슴이 쿵 내려앉았다. 백 년이고 천 년이고 기다려 주실 줄 알았다. 그 고운 자태로 자신을 반겨줄 줄 알았다. 세주는 아내 소악을 돌아보며 물었다.

"많이 고통스러워하셨소?"

"아닙니더. 당신 이름만 부르다 가셨…."

소악은 말을 잊지 못했다. 석정도 아들과 잡았던 손을 놓으며 아들을 꼭 안았다.

'내 자식이 이렇게 그리운데, 어머니는 내가 얼마나 보고 싶었을까?'

마흔다섯에 자신을 낳은 어머니였다. 동네 창피했을 수도 있었다. 아버지야 젊음을 과시하듯 자랑이 되셨겠지만, 어머니에게는 남사스런 일이었다. 그래서 아들 사랑을 표현하기 쉽지 않았다. 게다가 손자인 차암이 태어났으니 오죽했으랴. 아들이 떠나올 때 마지막임을 알고도 잡지 않으셨다. 그것이 아들이 해야 할 삶의 몫이라는 걸 아셨기 때문이었다. 살아 계셨어도 아내가 떠날 때 잡지 않으실 분이다. 그런 어머니가 이제는 하늘 아래 계시지 않는다. 죽어 만나 용서를 빌 수밖에 없다. 세주는 그동안 바삐 다니느라 주변을 돌아보지 못했다. 생각에서조차 어머니와 가족을 떠올릴 여유가 없었다. 그래서 더 죄송하다. 이 자식의 맘을 어머니도 온전히 아실 것이다.

석정이 거주하는 곳은 남경 중화문 밖 서쪽의 화로강 근처에 있는 호가화원이었다. 셋집 하나를 당에서 지급받았는데 김두봉과 한빈이 함께 거주했고, 이영준과 이소원, 양민산과 장수연 부부도 같이 살았다. 그들이 살고 있는 곳의 주소는 묘어시 19호였다. 소악은 그들의 식사 준비뿐만 아니라 민족혁명당의 일도 해야 했다. 그래도 그녀는 기뻤다. 꿈속에서조차 그리웠던 서방님이 옆에 있기 때문이다.

가족이 다시 만난 행복도 잠시 석정은 작년부터 기획했던 일을 실행하기 위해 바빴다. 사실 작년인 1936년, 당원 중 김학무와 김병화, 김순곤 등을 상해로 보내 폭탄을 던지고 그 혼란한 틈을 타

반일 전단을 뿌려 사람들의 항일 태세를 높이려는 계획을 세웠다. 상해로 간 일행은 8월 중순에 거사를 결행하기로 하고, 폭탄을 제조하기 위해 프랑스 조계지로 갔다. 그러나 2개를 완성하고 3개째 실험 중 폭탄이 터져 김병화가 그 자리에서 목숨을 잃고 말았다. 함께 있던 김순곤은 중상을 입은 채 체포되었다.

작년의 일을 교훈 삼아 좀 더 정교하게 일본을 타격하려는 석정의 계획은 진행할 수 없었다. 실행을 앞둔 시점에 일본이 노구교사건을 일으켰다. 이 사건은 중일전쟁으로 확대되었다. 일본은 중국과 전면전을 치를 것이고, 한국도 일본과의 전쟁을 준비해야 한다.

전쟁 소식을 들은 석정은 고민했다. 국내에 있는 가족을 지키기 위해 이곳으로 불렀으나 이곳이 전쟁터가 되었다. 석정은 간부학교 1기 졸업생이었고, 2, 3기 교관이었다. 당연히 싸울 상황이 되면 전쟁터로 가야 한다. 석정은 가족을 고국으로 다시 보내려 했다. 그런데 소악이 꿈쩍하지 않았다. 이제는 절대 헤어지지 않겠다고 한다. 죽어도 같이 죽을 것이라 말한다. 석정은 그녀의 고집을 꺾을 수 없었다. 남편에게 한 번도 큰소리 내지 않던 그녀의 완강한 태도에 석정이 도리어 당황했다. 그녀는 당원 자녀들을 돌보는 후생 복무를 통해 자신만의 방법으로 항일운동을 시작했다. 석정이 알지 못하던 새로운 면모였다. 적성에 맞는지 소악은 일을 척척 잘도 처리한다.

전쟁이 터진 이상, 민족혁명당도 가만있을 수 없었다. 그동안 민족혁명당에서 빠져나간 세력도 있었으나, 당에서는 무엇인가 해야 한다. 석정이 약산에게 말했다.

"상해에서 활동 중인 비밀당원 김상용이 남경에 와서 올린 첩보

보고를 들어보니 8월 13일에 상해사변이 터졌다고 합니다. 이미 북경도 천진도 일본 손아귀에 들어간 듯합니다. 그들이 상해를 공격하는 것은 국민당 정부가 있는 이곳 남경을 공격하기 위한 것이 아니겠습니까. 상해가 무너지면 이곳도 위험합니다. 그러니 그곳에 가서 항일공작을 독려하고 싶습니다."

"위험하지 않겠느냐?"

"전장에 직접 가야 상황을 파악할 수 있고, 상황을 알아야 그에 대한 대처가 될 것이니 저를 보내주십시오. 위험은 늘 있는 것이니 괜찮습니다."

"그래도 조심해야 한다. 일본놈과 싸워 이겨 조국으로 가야 하니 말이다. 이제 이 전쟁은 돌이킬 수 없는 것이야. 일본도 중국도 그리고 우리도 이 전쟁에 모든 것을 걸어야 할 것이야. 그러기 위해서는 너의 힘이 필요해. 그러니 조심하거라!"

석정은 10여 명의 동지를 데리고 상해에 잠입했다. 일본 측의 정보를 수집하고 일본 군부에서 통역하거나 운전하는 사람, 그리고 간호사 등으로 고용된 조선인을 파악하라고 지시했다. 그리고 9월이 되자 프랑스 조계 하비방 15호 2층을 빌려 그곳을 아지트로 삼았다. 비슷한 건물이 죽 이어진 하비방은 적이 와서 탐문을 해도 어느 건물인지 찾기 어렵다. 일부러 이곳을 택한 석정은 민족혁명당 상해특구 책임자인 최석순과 함께 중국 편의대의용군 본부와 구망일보 등 항일신문사와 연락하여 한중합작의 항일파괴운동과 선전활동을 전개하였다.

중국 부상병 치료를 위한 모금 활동도 전개하여 중국국방 구국회를 통해 국민당 정부에 기부하였다. 그리고 상해공안국에 근무하는 간부학교 3기생 제자 료천택과 함께 상해방송국으로 가 중국 정부가 내보내는 일본어 방송을 했다. 동시에 민족혁명당 설립과 활동에 대해 우리말 방송도 15분간씩 했다. 논리정연할 뿐만 아니라 심금을 울리는 방송을 하니, 중국 측의 요청으로 라디오 방송은 매일 저녁 5시 30분에서 6시까지 30분간의 정규방송으로 전환되었다. 석정은 남경으로 돌아오는 10월 20일까지 방송을 지속하고, 그 이후 안동민 당원에게 넘겼다.

석정이 이 프랑스 조계에서 또 한 사람의 동지를 만났다. 원산 출신 김학철이었다. 김학철은 석정과의 만남에 대해 다음과 같이 말했다.

"남경 본부에서 이따금 현지 지도를 내려오는 석정 선생님을 내가 처음 뵌 것은 프랑스 조계마당 거리 아지트에서였다. … 석정 선생님은 당시 30대 후반의 장년으로서 홀쭉한 얼굴, 호리호리한 몸집에 목소리까지 잔잔해 도무지 용사 같아 보이지를 않았다. 사이토 마코토 총독을 살해하려고 폭탄을 가지고 국내에 잠입했다가 발각돼 7년 동안 징역을 살고 나온 열혈한으로는 도저히 보이지를 않았다. 하건만 그분은 우리 당의 손꼽히는 이론가였고, 말도 그 물이 흐르듯이 거침이 없는 현하지변(懸河之辯)에는 어떠한 적수도 맞서지를 못했다. 나는 석정 선생님의 가르침을 받고 또 지도받는 몇 해 동안에 그분이 역정 내는 걸 한 번도 못 봤다. 그분은 언제나 순순히 타이르는 식으로 우리를 설복하셨다. 그분은 또 우리 당의 기관지 '앞길'의 주간이기도 했다. 그러니 나, 이 독립운동의 초년병이 그분을 숭배하게 된 것은 당연한 일이 아니겠는가!"

이후 김학철은 석정의 뜻을 따라 함께했다. 그는 자기 고향 원산보다 약산과 석정의 고향인 밀양이 마치 자신의 고향처럼 여겨진다고 했다. 그래서 그는 석정에게 밀양아리랑도 배웠다. 영남루에 대해서도 물었다. 응천강이 왜 휘돌아 섬을 만들었는지도 물었다. 강물이 바다 가까이 오면 모래 섬을 만들기도 하지만, 강물이 내륙 깊은 곳에서 섬을 만들었다는 것이 신기한 듯 김학철은 석정에 대해, 그리고 그의 고향 밀양에 대해 늘 질문했다. 석정과 이야기를 나누고 싶어하는 학생의 마음이었다. 방송이 없는 시간, 항일운동을 할 대상을 찾을 때도 김학철은 언제나 석정 옆에 있었다. 마치 석정의 호위무사라도 된 듯하다.

석정을 따라 김학철이 남경에 돌아왔을 때 화로강은 거의 비었다. 민족혁명당의 간부들은 청년 당원을 모집하느라 정신이 없었다. 김학철은 화로강에 머무는 동안 헝가리 애국 시인 페데피의 시를 처음 만났다. 약산 김원봉과 그 부인인 박차정도 좋아하는 시라는 이야기를 듣고 더욱 좋아졌다.

"사랑이여, 그대를 위해서라면
내 목숨을 바치리
그러나 사랑이여!
조국의 자유를 위해서라면
내 그대마저 바치리"

이후 김학철은 이 시를 입버릇처럼 응얼거렸다. 옆에서 듣고 있던 석정은 잔잔한 미소로 학철을 지켜보았다. 육사를 본 듯했기 때문이었다.

일본과의 전쟁이 확대되자, 중국 국민당은 민족혁명당에게 특별의용군 결성과 훈련을 허용하고 장비와 자금 지원을 결의했다. 그 내용이 군사위원회 별동대장인 강택의 지시로 약산이 이끄는 민족혁명당과 김구가 속한 한국광복운동단체연합회에 하달되었다. 약산은 당연히 환영하였다. 화로강 변 묘오율원과 이연선림 두 곳에 합숙 중인 특무대원 전원과 새로 모집한 청년을 합해 83명을 훈련에 보내기로 하였다. 이 결정은 석정이 상해에 있을 때 이루어졌다. 이 일을 결정한 약산은 석정에게 전보를 쳤다. 급히 남경으로 돌아오라는 전갈을 받고 돌아온 석정에게 약산은 말했다.

"석정! 아니 세주야, 이번의 특별공작반도 니가 맡아 주어야 안심이 되겠다. 도와줄 수 있겠나?"

어찌 싫다는 소리를 할 것인가? 석정은 고국에서 온 가족과 제대로 식사조차 할 시간이 없다. 그래도 석정은 가야 했다. 83명의 청년은 10월 하순과 11월 초순, 두 번으로 나누어 배를 타고 강서성 성자현으로 이동했다. 중앙육군군관학교 특별훈련반 제6기에 편입되어 12월부터 교육받았다. 이들은 1대대 4중대에서 중국인 훈련생과 함께 편성되었다.

석정이 훈련반을 책임지고 있을 당시, 약산은 민족혁명당에서 조소앙 계열과 지청천 계열이 빠져나가 당 세력이 줄어든 것을 걱정하고 있었다. 이에 조선혁명자연맹과 조선민족해방동맹 그리고 조선청년전위동맹이 힘을 모아주었다. 이들과 결합한 민족혁명당은 조선민족전선연맹으로 당의 명칭을 바꾸고, 세력도 확충하였다. 각 단체를 대표하는 김원봉, 유자명, 김성숙, 김학무는 이사가 되었고, 학생들을 입교시키고 돌아온 석정은 간사가 되었다. 이 단체는 조선혁명을 이끌 무장단체 조직과 여러 단체 통합을 목적으로 하여 결합이 이루어졌다. 그러나 중일전쟁 중인 상황이 고려되어 그들의 급선무는 무장대오를 조직하는 것으로 변경되었다. 일본군과 직접 싸울 시기가 온 것이다.

남경을 향해 침공해 오는 일본군을 피해 당원들은 가족들부터 피난시켰다. 목선을 전세 내어 20명씩 싣고 무한으로 보냈다. 소악과 남선도 목선을 타고 이동했다. 남편과 아버지의 안위가 걱정되었으나, 어디 물어볼 수도 없었다.

소악과 용문이 다른 사람과 함께 도착한 무한은 무창과 한구 두 도시가 장강을 사이에 두고 마주 보는 곳이다. 동방의 마드리드라 불릴 정도로 아름다운 항구도시였으나, 이곳도 전장의 기운이 감돌았다. 민족전선연맹은 이곳에 사무소를 세웠다. 적의 공세가 심상치 않자, 가족들 70여 명을 다시 목선에 태워 내륙 깊숙한 중경으로 이동시켰다. 배 위에 앉은 소악과 용문은 또 석정을 만나지 못하고 떠나게 되자 근심 어린 눈으로 서로를 쳐다보았다. 용문은 여러 상황을 겪으면서 많이 어른스러워졌다. 아버지의 하는 일도, 어머니의 일도 나라가 없으므로 벌어진 일임을 조금씩 체험하면서 깨달았다.

일본군은 중국 국민당의 수도인 남경에 집중 공격을 가했다. 미처 빠져나오지 못한 한인들이 많았다. 소문에 의하면 안중근의 아들 안준생도 가족들과 함께 그곳에 남아 있다고 했다.

12월 13일, 드디어 남경이 적의 손아귀에 떨어졌다. 광란의 살인극이 자행되었다. 적장 아시카 야스히로가 말했다.

"피를 마셔라, 너희 갈증이 가실 때까지"

사단장이 말했다.

"참하라. 많이 베는 자에게 상을 주리라"

그래서 삼백을 참하고 칼을 받은 다나카 군기치, 그리고 백인을 참하는 데 얼마나 걸리는 지 내기를 한 무카이 도시아키와 노다 쓰요이! 모두 광인이 되었다. 닥치는 대로 지칠 때까지 피 맛을 보았다.

약 6주 동안 삼십만 명 이상 죽임을 당했다는 소문도 들렸다. 사람의 목숨이 아니었다. 그들의 피 굶주림에 던져진 고깃덩이였다. 한 사람의 목숨을 빼앗는 것도 두렵거늘, 삼십만을 도륙한 그들은 잠들 수 있을까? 인간이 인간을 죽일 수 있는 권한은 어디서 온 것일까? 남경의 대참극 중, 일만 명 이상이 한곳에서 죽임을 당했다. 그들은 모두 몸뚱이를 길바닥에 둔 채 머리만 모여 한 곳에 묻혔다.

남경이 함락당하자 성자현도 위험해졌다. 특별훈련반 생도들은 급히 행군하여 호북성 강릉현으로 이동했다. 이들이 한구를 통과할 때 석정과 한빈이 교관으로 합류하였다. 석정은 또 이들의 어머니 역할을 맡았다. 강릉현에서는 한인들만의 부대 결성이 허용되어 제1구대가 되었다. 이익성 대위가 구대장으로 왔고, 2월부터는 한인교관의 수업이 진행되었다. 석정은 한국독립운동사, 왕지연은 정치경제학, 김홍일은 전술학을 가르쳤다. 뒤늦게 도착한 김두봉도 한국역사를 강의하였다.

엄동설한에 실시된 특별훈련은 중일전쟁의 열기처럼 달아올랐다. 어린 대원들이 조국의 독립을 자기 손으로 이루겠다며 특별훈련을 받았다. 아무런 불평도 없다. 오직 결기만 살아 있다. 석정은 이 어린 대원들에게서 감동받았다. 한편으로는 안쓰러웠다. 그들에게 식지 않는 결기를 주고 싶었다. 이들을 위해 석정이 생각한 것이 바로 노래다. 석정은 어울리는 노래가 있을지 자신이 알고 있는 모든 노래를 부르고 또 불렀다. 그리고 드디어 한 곡을 골랐다. 폴란드 '바르샤바 혁명행진곡'이다. 우리의 혁명을 위해 폴란드 혁명곡을 빌린 석정은 음률에 맞는 가사를 써 내려갔다.

석정에 의해 다시 탄생한 노래, 그것은 '최후의 결전'이다.

최후의 결전

최후의 결전을 맞으러 가자
생사적 운명의 판가리로
나가자 나가자 굳게 뭉치어
원수를 소탕하러 나가자
총칼을 메고 혈전의 길로 다 앞으로 동지들아
혁명의 깃발이 우리 앞에 날린다 다 앞으로 동지들아

무거운 쇠줄을 풀어헤치고
뼈 속에 사무친 분을 풀자
삼천만 동포여 모두 뭉치자
승리는 우리를 재촉한다
총칼을 메고 혈전의 길로 다 앞으로 동지들아
독립의 깃발이 우리 앞에 날린다 다 앞으로 동지들아

정말 이제는 최후의 결전이다. 석정은 처음에 결전 대신 혈전이라 했다. 피를 흘리지 않으면 자유를 얻지 못한다. 남의 손에 의해 얻으면, 절대로 안 되는 것이 자유다. 그 자유는 도와준 손에 의해 다시 박탈당할 것이다. 그러나 사람들은 살아서 싸우는 노래, 생사적 운명을 판가름하는 결전이길 원했다. 그래서 혈전이 결전이 되었다.

특별반원들은 춥고 지친 상태에서 이 노래를 부르며 힘을 냈다. 생사적 운명의 판가리로 혈전을 치러야 할 그들이다. 이들은 5월 17일 드디어 수료하였다. 이때 당의 중앙집행위원들이 참가하여 자리를 빛냈다. 졸업식장에서도 그들은 최후의 결전을 부르며 그들의 결기를 다졌다.

조선민족전선연맹은 그곳 강릉에서 제3차 전당대회를 개최하였다. 석정은 중앙위원으로 재선되었으나, '졸업생의 진로와 동북으로의 진출'이라는 의제를 두고 최창익과 설전을 벌여야 했다. 최창익은 졸업생들이 동북 지역으로 가 중국 팔로군과 힘을 합해 일본군과 싸워야 한다고 주장했다. 그러나 석정은 아직은 때가 아니라고 했다. 항전 중인 중국 국민당의 협력과 지원이 지속되어야 하며, 중국 내 한국인들의 역량을 모을 시간이 필요하다고 역설했으나, 졸업생들은 석정이 아닌 최창익을 지지하였다. 이 또한 분열을 가져오지 않을까? 석정은 염려되었다. 세계 정세로 보아 하나로 뭉치지 않으면 안 되는 상황이다. 더구나 중국이 2차 국공합작을 이루고 연합작전을 펼치고 있으니, 우리 독립운동 진영도 분열되어서는 안 된다.

성자분교의 졸업식이 5월 24일 기행되고, 교직원과 졸업생은 무한으로 이동하였다. 김홍일의 안내로 6월 2일 무한에 도착한 이들은, 장지동로의 대공중학 학교 건물을 빌려 숙영지로 삼았다. 이곳은 신해혁명 발발지다. 손문이 청나라에 대항하여 한족의 국가인 중화민국을 선포한 곳! 중국 역사 최초로 국민이 주인인 공화정을 선포한 곳! 그래서 졸업생들의 마음은 더욱 벅찼다.

역사적 장소에서 성자분교 졸업생들은 곧바로 항일전선활동에 돌입하였다. 먼저 민중들에게 알릴 요량으로 가요와 연극을 공연하고, 전단을 작성하여 살포하였다. 그런데 동북행을 주장하던 최창익과 김학무 그리고 성자분교 졸업생 중 일부가 탈당을 선언했다. 통합해도 시원찮을 시기에 49명이나 되는 인원이 당을 빠져나갔다. 6월 10일이다. 그들이 무한에 도착한 지 겨우 일주일 만에 일어난 일이다. 그들은 조선청년전시복무단이라 이름하고 숙영지와 본부를 옮겼다.

열정만으로 모든 것을 할 수 있을 것이라 믿었던 전시복무단은 경제적 후원이 끊기자, 조선청년전위동맹이라 이름을 바꾸고 민족전선연맹 아래에 다시 들어왔다. 더위가 거의 쓰러지는 9월 초의 일이다. 석 달의 시간을 이렇게 허비했다. 그 사이 일본군은 무한을 향해 공격을 집중하고 있었다. 남경을 함락한 이후 중화민국의 중심이 된 무한에 중국군이 집결했고, 일본군도 모여들었다. 이에 대한 대비책을 논의할 때도 그들의 길만 주장했다. 석정은 이런 행태가 너무나 가슴 아팠다. 조국의 광복이라는 기치 아래 모였으면 자신의 뜻을 굽힐 수 있고 손해도 감수해야 하지 않은가? 함께해야 하기에 다시 내쫓지 않았으나, 마음은 씁쓸했다. 언젠가 이런 일이 또 일어나면 어찌할까? 그것만이 두렵다.

중국 사람은 말한다. '열 중 아홉이 달라도 하나만 같으면 통합할 수 있다'고. 그런데 우리는 '열 중 아홉이 같고 하나가 달라도 이런 사태가 발생'하니 이것을 가장 경계해야 한다. 석정은 깊이 깨달았다.

돌아온 그들은 누구인가? 간부학교에서 성자분교에서 석정의 가르침을 받은 제자들이 아닌가? 약산과 석정은 앞으로 이런 일이 없을 것이라 장담하지 못하지만, 이들을 품을 수밖에 없었다. 그리고 이들의 불평을 해소할 만한 일을 진행해야 한다. 조선인만의 부대를 창설하여 일본군과 직접 전투하는 것, 그것이 가장 좋은 방안이다.

홍교로에 있는 민족전선연맹의 사무소에서 국민당 정부 군사위원회 정치부에서 파견 나온 사람들과 논의하였다. 중국 국민당과 힘을 합하여 싸우되 우리 민족이 만든 군대를 갖고 싶다고 요청했다. 그 요청이 받아들여졌다. 드디어 조선인만의 부대가 조직되었다. 여러 제약이 많다. 그래도 괜찮다. 무장대오만 있으면 된다. 싸울 군대면 되지 그 무엇이 더 필요하랴.

2-5

중국과 한국 관계자, 예비 대원 100여 명이 중국 최고의 축제일인 10월 10일, 한구에서 중국 관내 조선인만의 군대가 드디어 창설되었다. 주은래가 참석하여 '항일투쟁과 동방 피압박 인민의 해방'이라는 주제로 창설을 기념했다. '중국 인민과 연합하여 일본제국주의를 타도하는 것은 중국, 조선뿐만 아니라 동방 각국 피압박 민족의 해방을 위한 투쟁이므로 동방 각국 피압박 인민들은 한결같이 단결하여 일어나 제국주의 침략을 물리치고 자기 민족의 해방을 전취하여야 한다'며 조선의용대 동지들의 항전사기를 고무시켰다.

호북성 성장이며 중국 국민당 군사위원회 정치부장을 겸하고 있는 제9전구 사령관 진성(陳誠)이 참석했고, 국민당 정부 대일선전 활동 책임자인 곽말약(郭沫若)도 함께했다. 비서장 겸 정치부 제1청장인 하충한(賀衷寒), 심지어 일본의 혁명지사 아오야마 가즈오(青山和夫)도 축하해 주었다. 이 얼마나 기다렸던 순간인가? 약산은 이 순간을 위해 살아온 것처럼 무장대오를 갖기 위해 온갖 노력을 다했다. 그 어떤 비난도 겁내지 않았다. 그러니 그 기쁨이 오죽할까! 석정의 눈길은 약산에게서 떨어지지 않았다. 약산이 조국을 떠난 지 이십 년 만에 이뤄낸 쾌거다. 석정이 다시 중국에 나온 것도 육 년 전이다. 오직 이 순간을 위해 간부학교를 운영하였다. 그 간부학교와 성자분교에서 참고 훈련한 우리 대원들이 장할 뿐이다. 비록 갈등이 있었으나 그것도 이런 순간을 위한 대원들의 열망이 만들어 낸 것이리라.

드디어 총대장인 약산이 대원들 앞에 섰다. 그리고 외쳤다.

"중국에 있는 우리 혁명 동지들이 직접적으로 항일전쟁에 참가하며, 또한 항전 과정 중에 조국 독립을 전적으로 쟁취하기 위하여 조선민족전선연맹 기치 아래 일치단결하였습니다. 항일 최고 영수인 장개석 위원장 통솔하에 중국혁명 제27주년 기념일인 쌍십절을 기하여 조선의용대를 조직하니, 이는 중한 양 민족해방운동 역사에 획기적 광영의 기록일 것입니다. 일본제국주의에 대항하기 위해 중국과 한국의 연대가 시작되었으니, 이제는 일본국과 직접 싸워 동북지방으로 진출하고, 나아가 조국에 진입하여 우리 손으로 조국 해방을 이루는 그날까지 함께 분투합시다. 대원 동지들! 적군이 이 중국과 조국에서 마지막 한 명이 섬멸되는 순간까지 싸웁시다. 지금, 이 순간 동지들이 너무나 자랑스럽습니다. 동지의 피와 땀이 일궈낸 오늘의 성공이 여기서 멈춰서는 안 됩니다. 일본군을 중국 땅에서, 우리 조국에서 완전히 구축할 때까지 최후의 혈점까지 바칩시다."

감격에 겨워 약산은 말을 잇지 못했다. 석정은 손바닥이 아프도록 손뼉 쳤다. 대원들도 마찬가지다. 이날을 위해 갖은 수모를 참았다.

조직은 김원봉 대장과 총대부 13명, 제1구대 43명, 제2구대 41명으로 이루어졌다. 구대라는 명칭에 대한 불만이 있었으나, 이것 때문에 조직을 미룰 수 없다. '구대'는 중국에서는 학교와 같은 비전투 부대를 나타내는 용어다. 이것도 감사할 따름이다. 우리 손으로 만든 우리의 부대라는 것! 그 외에 다른 것은 생각하지 않았다. 이마저도 저들이 허용하지 않는다면, 우리는 우리만의 부대를 가질 수 없다.

불만은 속에 넣어두는 것! 절대로 드러내서는 안 된다. 독립운동에 전혀 도움이 되지 않으니, 깊이 숨겨두는 것이다. 이것은 약산이 20년 동안 중국에 머물면서 배운 진리다. 아마 당시 망국민인 우리 민족이 깨달은 지혜일 것이다.

제1구대는 민족전선연맹 계열의 대원이 주축이었고, 대장은 박효삼이다. 제2구대는 이익성이 주도하고, 전위동맹 계열의 대원이 주축이었다. 생사를 같이하는 부대이니 친밀도는 당연히 고려되어야 한다. 전위동맹을 갈라놓으면 그들은 또 반발할 것이다. 그들만의 구대를 조직했다. 그들의 가슴도 뜨거우니 믿어도 된다. 석정을 믿고 따르는 김학철도, 남성 대원의 사랑을 독차지하고 있는 여성 대원 김위도 2구대에 속했다. 그들의 피도 뜨겁고 붉으니, 일본놈과 싸움에 있어 누구보다 앞장설 것이다.

곽말약의 축시 낭송을 들으며 모두 감격에 젖었다. 이들의 마음을 알기라도 한 듯 네덜란드 영화감독 요리스 이벤스(JORIS IVENS)가 대원들과 축하객을 모두 모아 기념 촬영을 해주었다. 촬영을 일본 신사 앞에서 하자는 대원이 있었다. 각오를 다지기 위해 좋은 생각이라며 동의하였다.

요리스 이벤스는 약산과 같은 나이다. 다큐멘터리 감독인 그는 전쟁 현장을 직접 뛰어다니며 연출하고 촬영한다. 스페인 내전을 다큐로 제작한 뒤 중국에 온 그는 새로 조직된 조선의용대 대원들을 위해 기꺼이 카메라를 빌려주었다.

모두 비장한 각오를 한 탓인지 표정이 굳었다. 감독의 우스갯소리에도 표정이 풀리지 않았다. 권채옥과 김위 두 여성 대원도 함께 촬영에 임했고, 중국의 협력자들도 있다. 김위 대원은 배우 지망생이다. 노래도 수준급이어서 젊은 대원들의 마음을 사로잡아 마음앓이를 하는 대원들도 꽤 있었다.

사흘 뒤인 10월 13일에 700여 명의 하객이 참석한 가운데 경축오락회가 열렸다. 중산대로와 여황피로의 꼭짓점에 있는 무한기독

청년회(무한 YMCA) 강당에서 축하객과 중국인 관객을 대상으로 민족해방가, 자유의 빛, 아리랑 등의 가요와 쇠, 두만강변 등 연극을 공연하여 조선의용대의 역사적 탄생을 자축하였다. 공연에도 참석한 곽말약은 조선의용대 창립을 진심으로 축하해 주었다. 마지막으로 공연된 두만강변은 한 처녀와 어머니가 두만강변의 언덕 위에 서서 일본군에게 잡혀간 아버지를 기다리는 내용이었고, 그 오빠가 바로 장백산 유격대장이었다. 그 공연이 끝난 다음 날 신화일보에 이 공연에 대한 글이 실렸다.

"볼가강 뱃사공의 은은한 악곡 속에서 극이 시작된다. 새하얀 조선옷을 입은 배우들의 동작과 대사는 일제의 압제 밑에서 신음하는 약소민족의 처지를 그대로 보여준다. 마지막은 유격대가 이곳에서 왜놈들을 반격하며 승승장구 전진한다. 문득 유격대장이 흉탄에 맞아 나루터의 산벼랑 길 위에 쓰러진다. 이때 무대는 차차 어두워진다.

먼저 유격대장의 여동생이 총을 잡고 놈들을 추격해 올라가며 오빠의 원수를 갚고, 뒤이어 늙은 어머니가 딸의 뒤를 따라나선다. 그 다음엔 천백만의 동지들이 최후의 결전을 높이 부르면서 유격대장의 시체 옆을 지나간다. 그 우렁찬 노랫소리 가운데 '그대의 영령은 영원히 민중의 가슴 속에 살아 있으리라'는 절절한 외침 소리가 울린다. 이 극은 실로 성공적으로 공연되었다."

이 감동이 어디 중국인들뿐이었나! 그 자리에 있었던 의용대원의 가슴을 용광로로 만들었다. 이보다 더 뜨거울 수 없다. 석정이 작사한 최후의 결전은 모든 이의 마음을 하나로 묶었고, 그 마음을 용광로로 만들었다.

조선의용대는 국민당 정부 군사위원회 정치부 제2청 소속으로 편제되었다. 국민혁명군 복장을 하고, 앞가슴 왼쪽에 직사각형의 휘장을 부착하였다. 휘장은 한글, 한문, 영문으로 조선의용대 글씨를 쓰고, 왼쪽에는 이름, 오른쪽에는 직함을 새겼다. 이제 민족해방전선의 선봉대로써 무장독립부대 역할을 한다. 그리고 국제종대의 우인부대 역할을 담당하게 되어 사기가 충천하였다.

이 조선의용대에 성자분교 출신이 아니면서 전위동맹 간부인 한지성이라는 대원이 총대부에 배속되었다. 한재수라는 본명 대신 한지성이란 이름을 쓰는 이 대원은 경북 성주 출신이다. 언어에 특출한 재능이 있어 모두의 부러움을 샀다. 1912년생이니 석정과는 12년의 나이 차가 있다. 그런데 석정이 본 한지성은 나이답지 않게 진중했다. 그는 남경의 중앙정치학교에서 4년간의 정규 교육을 받은 엘리트였다. 정규 교육과정을 이수한 후 성자분교의 단과 과정을 받지 않고 의용대원이 되었으나, 능력이 인정되어 총대부에 배치되었다. 석정은 한지성을 눈여겨 지켜보았다.

조선의용대는 창설되자마자 무한 방어전에 뛰어들었다. 항일선전, 전선원호, 부상병 후송을 도맡았으나, 10월 25일, 무한은 적의 손에 들어가고 말았다. 그러나 최후의 순간까지 무한에 남아 대적선전구호를 쓰는 대원들은 포탄이 머리 위를 날아가는 데도 아랑곳하지 않았다. 네댓 명이 짝을 지어 사다리를 메고 페인트통을 들고 뛰었다. 담벼락마다 글귀를 썼다. 일본인 병사에게 남기는 글이다.

'병사들은 전선에서 피를 흘리고 재벌들은 후방에서 향락을 누린다'

'병사들의 피와 생명, 장군들의 금질 메달' 등이었다.

무한 철수를 앞두고 민정 시찰을 나간 곽말약이 조선의용대원을 보고 가슴을 쳤다.

"그들이 발벗고나서 주었기에 한구 시내는 글자 그대로 정신의 보루로 변했다. 내 이 말은 결코 허풍을 떠는 게 아니고 사실에 근거한 것이다. 후에 우리가 일본군 포로들의 공술에서 알게 된 사실은 적들은 무한을 점령한 뒤 그 표어들 때문에 여간 골치를 앓지 않았다는 것이다. 그들은 옹근 사흘 동안 야단법석을 해서야 겨우 그 표어들을 다 지워버렸다는 것이다. 하지만 거리에 써놓은 것을 말끔히 지워버렸다고 해서 머릿속에 들어박힌 것도 말끔히 가셨다고는 말할 수 없을 것이다.

내가 자동차로 거리를 돌아볼 때 그들은 표어를 쓰는 데 열중해 여념들이 없었다. 그들은 삼삼오오 조를 묶어 페인트통, 콜타르 통들을 들고 또 사다리를 메고 촌분을 다투며 일에 몰두하고 있었다. 그것은 나를 감동시킨 일막이었다. 그러나 동시에 또 나를 가장 참괴하게 만든 일막이기도 했다. 그들은 모두 조선의용대의 벗들이었다. 그 가운데는 단 한 명의 중국 사람도 끼어 있지 않다는 것을 난 잘 알고 있었다. 우리 중국에도 일본말을 아는 인재는 적지 않을 것이다. 일본 유학을 한 학생이 줄잡아도 몇십만 명이 될 터인데, 그런데도 무한이 함락의 운명에 직면한 이 위급한 시각에 우리를 대신해 대(對)적군 표어를 쓰고 있는 것은 오직 이 조선의 벗들뿐이었다."

약산과 석정은 후퇴 명령을 내려도 페인트통을 들고 다니는 대원들을 어찌할 수 없었다. 직접 적과 대면하여 싸우고 싶은데 적이 가까이 오면 퇴각 명령을 내리는 중국 국민당을 믿을 수 없었다. 싸우기 위한 군대가 아니라 도망가기 위해 만들어진 부대 같았다. 그러나 그들의 명령을 거부할 수 없다. 군 통솔권이 그들 손에 있었고, 조선의용대가 갖고 있는 무기도 그들이 지급해 준 것이다. 그들이 총알이라도 배급하지 않는다면 그들은 빈 총만 가지고 전선을 달리는 꼴이 된다. 그래서 조선의용대원은 국민당의 눈에 나면 안 된다. 10월 25일 장개석이 무한을 탈출하는 마지막 순간까지도 그곳을 지키다 가장 늦게 떠났다.

이후 의용대는 중국의 각 전구에 배속되어 분산되었다. 전지선전대와 유격선전대를 조직하여 적군와해 심리전 공작을 펴고, 포로심문 및 교화사업을 맡았다. 9전구에 배속된 박효삼의 구대는 호남성 형산까지 남하하였다가, 12월이 되어 북상하여 창사에 도착하였다. 이곳에서 이재민을 구제하고 거리 선전 사업에 종사하면서 연말을 맞았다. 새해가 되어 중국군을 도와 상북회전에 참전했고, 광서성 남부의 곤륜관 쟁탈전에도 참여했다.

제5전구에 배속된 이익성의 구대의 1분대원은 호북성 노하구를 근거로 활동하였는데, 김학철은 이 부대에 배속되어 한빈과 함께 하였다. 제1전구에 배속된 2구대의 제2분대원 8명 중 최창익과 장지민은 섬서성 서안에 도착하자 연안으로 가버렸다. 나머지 6명은 서안의 전구 정치부에서 공작활동을 전개하였다. 이익성의 제2구대는 악북회전, 산서성 중조산의 반소탕전 등 여러 전투에 참여하였다.

무한을 떠날 때 석정은 본부 요원을 따라 걷거나 차를 만나 얻어 타기도 하고, 또는 목선을 타고 이동하였다. 호남성 악양과 형산, 형양, 냉수탄을 거쳐 11월에 광서성 계림에 도착하였다. 중국 군사위원회 서남행영이 계림의 칠성공원에 설치되다 보니 조선의용대의 본부도 이곳에 머물게 되었다. 본부 사무소를 동령가에 설치하고 대오를 정비하였다. 1, 2구대가 전전으로 배치된 대신 본부대의 요원들은 그들의 전선 상황과 적과의 대치 현황을 알리는 역할이 필요하였다. 적의 공습을 피하기 좋은 곳에 위치한 본부는 가두 선전활동을 하고 순회공연을 했다. 그리고 선전잡지를 발간했고 각종 기념행사를 거행하고, 간부를 양성하는 일, 조선인 포로를 교도하는 일을 했다. 그중 석정이 맡은 것은 조선의용대 통신을 발간하여 전선의 상황을 알려주는 것이다. 그러다가 포로로 잡힌 사람을 교도할 필요가 있다는 연락에 석정이 자청해서 이 일을 맡았다.

조선의용대의 소식을 전하기 위해 가장 동분서주한 사람이 한지성이었다. 그는 전지 통신원으로써 계림의 대본부뿐만 아니라 각 전구를 왕래하면서 선전활동과 포로교육을 했다. 그 사실을 조선의용대 통신에 기고하였다. 포로 3명을 교도한 것과 1939년 2월 포로가 된 일본군에 관한 이야기 또한 기고했다. 한지성의 활동은 일본군의 모순을 알려 조선의용대의 사기를 높이고, 그 외연을 확장하려는 목적에 잘 맞았다. 석정은 한지성의 이러한 활동에 대해 깊은 관심을 보였고, 그의 의식과 세계 정세 판단력을 인정했다. 그래서 한지성에게 정치조 선전주임과 대본부 편집위원회 중문간(中文刊) 주편의 임무를 맡겼다. 석정은 한문간(韓文刊)의 주편을 맡아 둘은 조선의용대원들의 귀와 입이 되었다.

총대부에 소속된 사람들이 계림의 동령가에 정착하였으나 전선의 상황이 걱정이었다. 모두 살아 있는지도 궁금하거니와 중경으로 보낸 가족의 안위도 궁금했다. 이런 대원들을 위해 김위 대원이 중심이 된 문예 일꾼들이 문예 행사를 열었다.

12월 25일 밤! 무대 위에 오른 김위 대원이 낭랑한 음성으로 자작시를 읊어 대원들을 위로했다.

"우리는 조선의용대
우리 120명은
제국주의 채찍 밑으로부터
흐느끼는 조국 땅으로부터
바다의 저쪽으로부터
싸우는 중국으로 간다"

삼천만 동포가 제국주의 채찍 밑에서 흐느끼고 있으니 그 울음을 멈추게 할 자 그 누구인가? 자문하면 답은 하나다. 그걸 모를 리 없다. 짧지만 굵은 한 방이 있는 시를 듣고 있는 젊은 남자 대원들! 그 마음에는 김위를 지키고 싶은 마음이 꽃피지 않았을까?

해가 바뀌어 1939년이 되었다. 3월 1일은 어김없이 다가오고 있었다. 3.1만세운동이 있은 지 20년이 되는 해이니 그냥 보낼 수 없다. 이를 기념하기 위한 연극 공연이 결정되었다. 유동 선전대장이 연출을 맡아 문예 일꾼들이 계림 시내에 있는 신화희원에서 밤 공연을 준비하였다. 그 제목이 '조선의 딸'이다. 주인공은 당연히 김위였다. 이 연극에 감동한 중국인들이 그 감동을 글로 발표할 정도로 굉장한 공연이었다.

석정과 한지성이 중심이 되어 발간한 조선의용대 통신은 1939년 1월 21일 창간호를 발행했다. 정치조에서 열흘에 한 번씩 발간하였고, 10월부터는 편집위원회 중문간 위원회가 책임을 맡았다. 중문간의 경우 한지성과 붉은 승려로 알려진 김성숙 두 사람이 주도하여 발간하였다. 이들의 중문 번역과 윤문을 도와주는 중국인 대원 3인이 있어 수월하게 일을 진행할 수 있었다.

이후 조선의용대 본부대가 중경으로 이동한 이후인 34기부터는 '조선의용대' 로 이름을 바꾸고 월간으로 발행하였다. 중문판 본부 기관지 외에도 의용대 각 구대와 분대에서도 국한문판 선전지와 소식지를 발간했다. 모두 능력이 있으니 각 지역의 전구 소식을 공유하고 싶은 그 마음을 표현하였다.

의용대 본부에서도 우리말과 한문으로 된 선전지 '전고'를 발행했고, 그 주임은 역시 석정이었다. 중문간과 한문간을 아우르는 대원도 있었다. 이두산이다. 그는 경북 달성 출신인데 임시정부 특파원으로도 활약했다. 그가 밀양에 세워진 집성학교에서 영어 교사를 역임한 적이 있었다는 사실에 석정과 약산은 그에 대한 남다른 애정이 생겼다. 약산보다 두 살 위인 이두산이 약산과 석정이 중국에 나와 있던 시절인 1920년, 밀양에서 인재를 기르는 일을 하고 계셨다니. 더구나 이두산이 살았던 곳이 약산과 석정의 집 근처가 아닌가! 게다가 그의 장남 이정호는 성자분교의 훈련을 거쳐 조선의용대원이 되었고, 동생 이동호도 의용대에서 활동 중이다. 정호와 동호는 약산과 석정이 뛰어놀던 해자 근처에서 어린 시절을 보냈다고 하니 참으로 기묘한 인연이 아닌가! 이정호는 문장뿐만 아니라 음악에도 재능이 넘쳤다.

계림에서 활동 중인 석정을 필요로 하는 일이 또 생겼다. 포로와 관련된 것이다. 1938년부터 포로에 관한 일로 중국 국민정부 군사위 군정부 제2포로수용소 요청으로 기초 조사를 한 적이 있었다. 포로들 문제가 시급해지자, 석정은 강홍구(姜弘九)와 함께 귀주성 진원의 수용소를 찾지 않을 수 없었다. 그 찾아가는 길조차 수월하지 않았다. 석정은 이런 어려움과 수용소의 일을 화평촌 통신이라는 제목으로 조선의용대 통신에 보내 이를 실어 전 대원들에게 알렸다.

장사를 출발한 석정과 강홍구가 여객과 화물이 많아 기차표를 구하지 못해 애를 먹고 있을 때, 역장의 호의로 겨우 표를 구했다. 원릉중주역에서는 정황이 너무 복잡하여 역장을 만나볼 수도 없었다. 그래서 하루 종일 그곳에 머물러야 했다. 겨우 지강에 도착하여 수용소의 위치를 물으니, 진계에 있던 수용소가 며칠 전 귀주성의 진원으로 옮겨갔다는 것이다. 지친 두 사람은 실망했으나, 그티를 낼 수 없었다. 이내 진원으로 갈 채비를 했다. 수용소 소장을 만난 라 동지가 말했다.

소장이 자신에게 부탁하길 '조선의 혁명가들이 조선 포로 중에서 혁명성을 가진 청년들에 대하여 많은 주의를 돌릴 것을 희망한다'고 말했다는 것이다. 분명 포로 중에서 조선의용대 입대를 희망하는 자들이 있을 것이다. 한 명이라도 더 포섭해야 한다. 결의를 다지면서 진원으로 갈 준비를 마쳤다. 그런데 라 동지가 말했다.

"조선 포로 중 부부 한 쌍이 어린아이까지 데리고 있었습니다. 그런데 아이가 아픈 듯 보였습니다."

석정은 가슴이 먹먹했다. 그 아이도 우리 용문처럼 태어나자마자 망국노가 되었구나. 그런데 포로에다 아프기까지 하다니 어떡하누. 석정은 말로 표현할 수 없는 아픔이 마음속에 일었다. 하루빨리 수용소를 방문하고, 이 가련한 어린아이에게 위로가 되었으면 좋겠다. 석정의 발걸음이 더욱 빨라질 수밖에 없다. 그런데 지강에서 진원까지 곧바로 가는 차가 없어 석정의 마음을 애타게 했다. 역장도 도와주지 못할 정도로 상황이 좋지 않았다. 석정은 5일이나 지난 뒤 겨우 군용 화물차에 몸을 싣고 진원으로 향했다. 밤늦게 진원에 도착한 석정과 강홍구는 그날 바로 수용소에 갈 수 없었다. 날이 새자마자 석정은 수용소를 찾았다. 임시로 빌린 여자소학교 건물이 수용소였다. 소장이 직접 나와서 석정을 반갑게 맞아주었다. 그가 한인 한 사람을 소개했다. 현이평 동지였다. 오랫동안 만나지 못했던 동지를 만나니 반갑기 그지없었다.

그러나 반가워할 새도 없이 포로들의 상황을 살펴야 했다. 수용소는 너무 좁았다. 포로와 위병의 숙사 외에는 직원 사무실도 없는 곳이다. 그래서 공작사업이 잘될지 걱정이었다. 그렇지만 열정적인 소장은 충분히 도울 의사가 있었다. 석정은 한시라도 빨리 조선인 부부를 찾아야 한다는 생각에 현 동지에게 포로 현황을 물었다.

"이곳에는 조선인 31명, 백러시아인 한 명, 동북 지방 사람 오륙명이 있습니다. 그런데 이들 동북 사람은 말하지 못하는 벙어리입니다. 일본놈들이 이들에게 주사를 놓았는데, 이후 이들은 말하지 못합니다. 어찌 인간이 이렇게 잔인할 수 있는지, 정말 기가 막힙니다. 빨리 일본놈들을 몰아내야 하는 이유이기도 합니다."

만주 지역에 있는 일본군 부대에서 사람을 실험한다는 소문이 있었는데 진짜인가? 이들이 그 증거인가? 석정의 머릿속이 하얘졌다. 인간이 인간을 실험하여 무엇을 얻는단 말인가? 중국인과 조선인이 주 실험 대상이라는 소문이었다. 얻고자 하는 것이 무엇이든 인간을 실험하여 인간에게 유익한 것이 있다면 그건 어불성설이다. 그들에게 묻고 싶어도 그들은 말하지 못한다. 미칠 지경이다. 일본제국주의의 끝은 어떤 모습일까?

그보다 묻고 싶은 일이 있다. 그 조선인 아이가 어찌 되었는지 궁금했다. 현 동지에게 물었다.

"지강에서 듣기를, 이곳에 조선인 부부와 어린아이가 있다고 하던데, 지금 그들은 어디 있는가?"

"그 아이는 상덕(常德)에 있을 때 이미 병으로 죽었습니다."

석정은 깜짝 놀랐다.

'아 가련한 아이로고!'

석정이 혼잣말을 쏟아냈다. 그리고 눈을 들어 천정을 바라보았다. 흘러내리는 눈물을 동지에게 보여주기 싫었다. 아비의 마음은 다 같지 않겠나. 누가 석정의 마음을 모르고, 그 포로의 아픔을 이해하지 못하겠는가!

"길에서 있었던 시간이 길지 않았다면, 우리가 좀 더 일찍 그 아이를 만났다면 살릴 수 있었을까?"

아무도 모를 일이다. 내 아이도 이러지 말란 법이 있는가? 갑자기 중경에 가 있는 용문이가 그리워졌다. 코끝이 찌릿하다.

석정은 좁은 사무실에서 직원들에게 폐가 되는 줄 알면서도 면담하거나 비좁은 마당을 걸으며 담화했다. 31명 포로 중 여인과 서너 명의 중년을 제외하면 나머지는 모두 청년이다. 청년들의 얘기는 시원하고 솔직하다. 석정은 매번 그들과 담화할 때 가슴이 쓰라리고 눈물이 흐르는 것을 금할 수 없었다. 지금 그들이 처한 환경에 대한 동정심뿐만 아니라, 그들이 가진 경력들이 모두 나라가 망해서 지니게 된 것이니, 어찌 이해하지 못하겠는가? 애정을 가지다 보니 그들에 대해 많은 것을 알았다. 그들 사이의 문제도 바로 알아차렸다. 포로들 사이에 일본인과 조선인의 충돌이 잦은데, 이 이유는 일본인이 조선인을 멸시하기 때문이라고 한다.

포로에도 등급이 있다. 중국인에게 잡힌 포로 중에서도 일본인 포로는 수용소에서 갑질을 한다. 인간 말종들이다. 석정과 현 동지는 이런 수모를 받는 조선인들에게 자부심을 품게 할 무엇인가가 필요하다고 여겼다. 때마침 3.1절 기념일이 다가오고 있었다. 만세운동이 일어난 지 벌써 20년이다. 그 와중에 조선인 포로들이 3.1절 기념식을 열어달라고 부탁했다는 소식이 들렸다. 요구를 들은 소장이 일본인 포로들에 대한 차별이라는 견해가 있을 수 있어 고민 중이라고 한다.

석정은 3.1절 기념식 날, 조선인 전체 포로와 회담할 것을 소장에게 요청하니 소장이 이를 수용하였다. 석정 일행이 도착하자 소장은 돼지 한 마리를 잡아 전체 촌민에게 성대한 연회를 열어 점심을 대접하였다. 그럴 뿐만 아니라 저녁에 3.1절 기념행사 개최를 허용했다. 석정은 기념행사가 진행되면 각자가 하고 싶은 말을 할 수 있도록 준비해 두라고 포로들에게 말했다. 기념행사가 시작되었다. 포로들에게 말할 기회가 주어졌다. 미리 준비된 이들은 망설이지 않았다. 맨 먼저 젊은이가 나섰다.

전월성이라는 23세의 젊은이는 강원도 출신이다. 단정한 용모에 순진한 청년이다. 좌우 이마에 달걀만 한 혹이 있고, 그것은 붉은

빛을 띠고 있다. 석정은 그 혹이 선천적인 것으로 생각했으나, 그의 말에 의하면 다른 사람들이 때려서 그렇게 된 것이었다. 발표하는 중에도 그 혹이 너무 아프고 목이 건조해져 말하기 힘들다고 했다. 너무 힘들어하길래 석정이 발표를 제지해도 그는 자신의 이야기를 끝까지 하고 싶어했다.

전월성은 강원도 산골에서 태어났다. 10살 때 아버지를 잃었고, 11살에 어머니마저 여의었다. 아버지가 죽은 후 어머니는 남의 집 유모로 일을 했으나, 어머니마저 돌아가시자 의지할 곳이 없었다. 할 수 없이 그는 친척 집에서 소몰이꾼으로 생활했다. 그러나 밥도 제대로 주지 않자 도망쳤다. 12살에 외갓집을 찾아갔으나, 외가도 빈곤하기는 마찬가지였다. 14살이 되자 외갓집을 떠나 19살까지 중노동으로 겨우 생계만 유지했다. 가게의 점원, 여관 하인 등 해보지 않은 일이 없을 만큼 그의 생활은 힘들었다. 유랑생활 중에 철로부설 노동자를 모집한다는 소식을 듣고 고북구에서 일당 1.5원을 받기로 하고 취업했다. 공사가 끝났는데도 일본인이 돈을 주지 않고 해산시켜 버리자 어찌할 바를 몰랐다. 법적 투쟁은 꿈도 꾸지 못했다. 임금을 한 푼도 받지 못하고, 열하루를 걸어서 북평에 도착하였다. 어떤 사람이 그에게 북평에서 멀지 않은 남원에 가보면 일자리를 있을 것이라는 말하자, 그는 남원에 와서 조선인 가게의 요리사로 일했다. 두 달 뒤 석가장에 가면 장사가 잘되니 그곳에 가는 것이 좋겠다는 말에 석가장에 왔다. 석가장에서는 혜양여관에서 심부름하며 생활했다. 그의 행실을 믿을 만하다고 여긴 사람이 자신이 운영하는 사진관에서 일하자며 무안으로 데려왔다. 사진관에서 일하게 되었으나 일본어를 몰라 그곳을 나오게 되었다. 고생하는 그를 지켜본 한 기녀가 그에게 백 원을 주며 장사를 해보라는 말에 그 돈으로 밥집을 열었다. 작은 고을이라 모든 재료를 한단에서 사야 하므로 인력거를 타고 소고기를 사러 가는 도중 유격대에게 붙들렸다. 조선인이라고 해도 믿어주지 않았고, 일본인으로 오해받아 포로로 붙잡혀 왔다.

그들의 이야기는 나라 없는 백성의 서사시다. 듣고 있는 석정의 가슴은 미어졌다. 석정은 그의 말을 끊지 않았다. 하고 싶은 말을 다 뱉어내도록 그냥 두었다.

다음으로 나와 자신을 소개한 사람은 송복덕이다. 평북 의주 출신인 그는 순박한 농민이다. 부모를 도와 농사를 짓던 그는 결혼도 하고 자녀도 두었다. 나라를 잃고 술을 마시기 시작한 아버지로 인해 겨우 남은 땅덩이도 남의 손에 넘어가게 되자, 평생 할 줄 아는 것이 농사뿐임에도 불구하고 그는 고향을 떠나야 했다. 날품팔이로 근근이 하루를 살던 그가 가족을 부양할 수 없어 다시 고향에 돌아갈 즈음 중일전쟁이 발발했다. 사람들이 화북에 가면 일본 군부의 보호 속에 돈벌이할 수 있다고 하자 집을 팔아 여비를 마련했다. 처남을 찾아간 그는 처남이 운영하는 밥집에서 생활했다. 어느 날 중국 유격대가 나타나 포로가 되었다.

포로들은 자신이 조선에서 어떤 삶을 살았는지와 중국에 올 수밖에 없는 사정을 거의 울면서 말하였다. 나라 없는 민족이 겪는 상황임을 그 누가 모르랴. 석정은 그들의 발표를 들으며 피눈물을 삼켰다. 그들의 이야기를 들은 석정도 그들에게 한마디 해야 한다. 그러나 석정은 '통곡 외에는 어떤 말도 할 수 없다'며 옆의 동지에게 들리지 않았지만 비통하게 말하였다. 자신의 감정을 추스르는

데 꽤 긴 시간이 걸렸다. 겨우 몇 마디 하였다.

"여러분의 고통은 나라가 없으므로 겪은 것입니다. 일본과 싸워 조국을 다시 찾아야만 이 고통에서 벗어날 수 있습니다. 이 일에 함께할 사람은 저를 따라서 오십시오."

이들 포로 중 중일전쟁의 전황과 세계 정세를 들은 사람들이 조선의 앞길을 위해 자신도 조선의용대에 입대하고자 원하였다. 석정은 이들을 직접 훈련시켰고, 9월 9일 해단식을 거쳐 전원 수용소에서 석방하였다. 이들은 조선의용대 군복으로 갈아입고 입대했다. 그들 중에는 중국인도 있지만 일본인도 있었다. 마쓰이(松井), 이토(伊藤), 오오다케(大竹)가 바로 그들이다. 석정은 그들을 그윽한 눈으로 바라보았다.

곧 조선의용대 창립 1주년이다. 10월 10일이 다가오고 있다. 조선의용대의 이름을 들은 사람들이 의용대를 찾아오고, 포로가 함께하는 등 대원이 늘어났다. 조직 개편이 필요하다. 더구나 구대라는 명칭도 군사적 용어로 바꾸어야 한다. 그래서 약산 김원봉은 중국 국민당 정부의 군사위원회에 계획 변경안을 제출하였다.

의용대 본부는 총대부로, 구대는 군사적 의미가 강한 지대로, 그리고 하나의 지대를 더 증설한 3지대 확장 계획안이다. 확장안이 바로 통과되지 않았으나, 언젠가 통과될 것이라 확신한 약산은 조선의용대를 개편하여 운영했다.

제1구대는 박효삼이 구대장이었다. 이들 중 절반과 새로 들어온 대원을 합하여 제3지대를 편성하여 김세일에게 지대장을 맡겼다. 이로써 조선의용대는 박효삼의 제1지대와 이익성의 제2지대, 그리고 김세일의 제3지대를 지닌 최강의 군대가 되었다. 3지대에 소속된 신입 대원 31명은 석정이 포섭한 포로들이다. 포로의 입대는 일본군이 점령한 지역에 들어가면, 조선 동포의 마음을 얻어 조선의용대원으로 만들 수 있을 것이라는 자신감을 심어주었다.

1, 2, 3지대는 각 전구로 흩어졌으나, 계림에 주둔한 총대부를 중심으로 중국 국민당의 요청으로 계몽영화를 찍었다. 조선의용대 총대부와 부녀복무단, 그리고 중경에 가 있던 3.1소년단까지 촬영에 동참했다. 짧지만 강력한 중국인 대상 계몽영화가 만들어졌다. 조선의용대원은 물론 가족들마저 누구 하나 자신의 맡은 임무를 게을리하는 사람이 없는 조선인들을 영상에 담아 중국 국민을 계몽할 목적이었다.

이 영화의 감독은 대원들의 전투 장면뿐만 아니라, 총대장인 약산이 직접 조선의용대의 활동 방향을 제시한 연설 장면도 촬영했다. 연설문을 손에 든 것도 아니다. 카메라에 익숙하지 않은 약산은 담대하게 촬영에 임했다.

"'잘생긴 형님의 얼굴이 전 중국인에게 알려져 형수님께서 마음 고생하면 어쩌나?"

석정은 옆에 있는 춘암에게 농을 던졌다. 이춘암은 소리내어 웃었다.

약산은 큐 사인과 함께 연설을 시작했다.

"조선의용대는 두 가지 임무가 있습니다. 첫째는 조선의용대는 조선민족해방의 선봉대로서 천백만 자기의 동포를 환기해서 조선민족해방을 쟁취하려는 것이요, 또 한 가지는 중국 전장 상에서의 국제종대인 것입니다. 이것은 국제주의 그 자체로서 중국의 군민을 환기해서 최후의 승리를 쟁취하려는 데 있는 것입니다.

조선의용대의 공작의 임무는 대적선전인 것입니다. 대적선전에 있어서 우리의 동지들은 천백만 선전품을 적의 화선과 적의 후방에 던졌고, 또 적의 후방에 모든 빠라와 선전품을 보내는 것 이외에는 직접 중국의 전사와 합해서 유격전쟁에 참가했습니다. 혹시에는 적의 참호의 가차이 들어가서 적병을 사살한 일도 있고, 적의 영환(중국식 부대단위, 한국의 대대 또는 연대에 해당)을 불지른 일도 있습니다. 또는 밤중에 격화대에 참가해서 강을 건너면서 적과 투쟁한 일도 있는 것입니다. 이와 같은 모든 공작은 중국 우인의 동정과 중국 사병의 연용에 의해서 공고히 진행된 것입니다.

그러나 우리는 이것으로써 만족하지 않습니다. 과거의 제1기의 투쟁에 있어서는 조선 청년의 일본제국주의에 대한 전투적 의지를 표현한 데에 불과한 것입니다. 앞으로 우리는 더 나아가서 10여 만의 우리의 인민 동포가 있는 화북으로 가고 그곳에 우리 의용대의 전투의 깃발을 꽂고, 그곳에서 우리의 피 끓는 젊은 동무를 모집해서 적의 무기를 빼뜨라(빼앗아) 무장해서, 만주로 들어가 우리는 조선혁명군과 연합해서 우리의 조국에 진입하려 하는 것입니다. 그래서 우리는 이 동아에서 일본제국주의자를 완전히 구축하자는 것입니다.

중국의 형제들! 길이 악수합시다. 공고히 우리는 일본제국주의를 타도하고 참으로 우리의 진정한 동아의 행복의 사회를 건설합시다."

영화 촬영을 위한 연설이었으나 약산은 두 주먹을 불끈 쥐며 조선의용대가 장차 조선으로 들어가 일본제국주의를 박살낼 것임을 천명했다. 이를 지켜보는 석정의 마음은 편하지만 않았다. 약산의 말처럼 화북을 거쳐 조국으로 가려면 중국 국민당과 공산당이 조선의용대를 도와주어야 한다. 그런데 국민당 정부의 조선의용대를 바라보는 시선이 곱지 않다. 걱정이다.

국민당 정부가 우리의 투쟁을 선전활동에 활용할 만큼 성과가 있음에도 불구하고 슬프고도 힘든 일이 일어났다. 1939년 12월 곤륜관 전투를 격려차 방문했던 약산의 부인 박차정이 불행하게도 총알을 맞은 것이다. 어깨를 관통한 총알은 박차정에게 위협이 되었다. 젊었을 적 고문으로 인해 건강이 좋지 않았고, 폐가 나쁜 그녀에게 이 총상은 치명적이었다. 그러나 약산은 아내를 간호하기 위해 쉴 수 있는 상황이 아니다. 각 전선에 파견된 지대 대원들을 격려 방문해야 하고, 각 지역에서 전개되는 대적선전 사업의 확장을 위해 불철주야 뛰어야 한다.

더구나 중국 국민당과 공산당의 분위기가 심상치 않다. 중일전쟁을 계기로 다시 이루어진 제2차 국공합작이 삐거덕거리기 시작했다. 장개석에게는 여전히 공산당은 암적인 존재였고, 일본은 피부병에 지나지 않았다. 국민당 정부는 팔로군의 세력이 커지는 것을 경계하였고, 행여 조선의용대가 팔로군과 연결되어 연대하지 않을까 의심했다. 조선의용대는 국민당과 공산당 사이에 위험한 곡예를 하는 듯 보였다. 실은 국민당 정부에 조선의용대를 고발하는 한국인이 있어, 국민당의 의심이 커가고 있었다. 의용대는 일본과 직접 싸우기만 고대하고 있는데도 말이다.

포로 포섭 공작과 국민당과 공산당의 변화를 지켜보고 있던 석정에게 누군가 잡지를 가져다 주었다. 1939년 8월에 발간되었다는 그 잡지에는 이육사(李陸史)라는 필명의 시가 실려 있었다. 석정은 이원록의 작품임을 단번에 알아보았다. 시의 제목은 청포도였다. 청포도라! 우리나라에 그런 품종의 포도가 있나? 아니다. 이는 아직 독립되지 않은 우리나라를 익지 않은 포도에 비유하고 있다.

청포도(靑葡萄)

내고장 칠월은
청포도가 익어가는 시절
이 마을 전설이 주저리주저리 열리고
먼데 하늘이 꿈꾸려 알알이 들어와 박혀
하늘 밑 푸른 바다가 가슴을 열고
흰 돛단배가 곱게 밀려서 오면
내가 바라는 손님은 고달픈 몸으로
청포를 입고 찾아온다고 했으니
내 그를 맞아 이 포도를 따 먹으면
두 손을 함빡 적셔도 좋으련
아이야 우리 식탁엔 은쟁반에
하이얀 모시 수건을 마련해 두렴

석정은 이 시가 무엇을 의미하는지 단번에 알았다. 자신을 청포 입은 혁명가로 표현하고 있고, 석정이 해방된 조국에 가면 자신을 위해 새하얀 모시수건을 마련해 두겠다는 것이다. 지금은 익지 않은 암울한 일제 강점기인 청포도 시기이지만, 이 마을 저 마을의 전설이 주렁주렁 열려 조국이 해방되는 그날, 포도가 잘 익은 그날을 기다리는 육사의 애절한 열망이 담겨 있다. 왜 모를까? 육사의 소망이 석정의 소망이다. 그러나 현실은 그렇지 못했다. 국민당 정부는 일본과 싸우는 것이 두려운지 제대로 싸우지 않는다.

석정은 이육사의 글을 보니 마음이 더 조급했다. 그가 주고 간 비취 인장을 주머니에서 꺼내 한참이나 들여다보았다.

육사는 시를 통해 투쟁하고 있다. 이 시를 읽은 사람은 독립에 대한 희망을 품을 것이다. 젊은이들은 누구나가 청포 입은 손님이 되려고 할 것이다. 이것이 바로 글의 힘이다. 육사가 가진 능력이다. 석정은 전쟁이 끝나 육사의 고향 원촌에서 그와 함께 잘 익은 포도를 따 먹으면 참 좋겠다고 여기며, 비취 인장을 고이 주머니에 넣었다.

이 마을 전설이 주저리주저리 열려야 한다. 국내에도 국외에도 심지어 일본 본토 내에서도 투쟁의 이야기가 들려와야 한다.

2-6

일본군의 침략은 거세었고, 직접적인 전투를 피하는 국민당 정부는 마지막 피난처로 중경을 택했다. 중경은 남경이 함락된 이후 중화민국의 수도가 되었다. 장강의 상류와 가릉강이 합류하고 높은 산으로 둘러싸인 분지다. 천연 요새로 알려져 있고, 삼국지에 등장하는 촉한 지역이다. 강 바로 옆의 낭떠러지와 산 위에 도심이 있어 적의 공격이 어렵다. 그래서 더 이상 물러날 곳이 없는 중국인들이 찾은 마지막 보루다. 안개도시인 중경에서 맑은 조선의 가을날을 기대할 수 없을 것이다. 조선의용대가 계림에 머물 때도 가족들은 중경에서 피난 생활을 하였다.

조선의용대 총대부도 국민당 정부를 따라 1940년 3월에 이곳 중경으로 이동하였다. 가족들은 이보다 이른 1939년에 중경으로 이동시켰다. 중상을 입은 박차정은 3.1소년단장인 최동선과 석정의 부인 하소악이 곁에서 돌봤다. 소악은 그녀의 고통에 진심으로 같이 아파했다.

조선의용대 통신은 조선의용대로 제호를 바꾸고 발행을 계속했다. 그 37기에 석정은 '우리 대 성립 2주년 기념 소감'이라는 글을 실었다.

"관내 대다수 조선혁명 동지들이 우리 (조선의용)대의 기치 아래, 중국의 정의로운 항전에 참가한 지 2년이 지난 오늘, 우리는 모두 일종의 의미심장한 느낌을 갖고 있을 것이다. 왜냐하면 시간은 비록 겨우 짧디짧은 2년에 불과하지만, 그러나 이 2년은 도리어 중국과 전 세계에 이전 유래가 없는 위대한 변화와 발전의 역사적 단계를 이루었기 때문이다. 동시에 또한 우리가 이 위대한 변화와 발전에 직접 참여한 유력한 혁명의 실천 시기이기도 하였다. 그러나 우리 전체 동지들의 느낌은 대체로 같겠지만, 어떤 부분에 있어서는 또한 나름대로의 특징이 있을 것이다. 이에 나는 개인적으로 과거를 회상하고 미래를 생각하며 생겨난 몇 가지 감상을 간단히 적는다.

지난 2년 동안 중국 항전에 대한 우리 대의 공헌이 얼마나 큰지는 여기서 언급하지 않겠다. 그러나 우선 조선혁명자로서의 우리 의용대 전체 동지는 중국 항전의 지지와 원조에 대하여 평소의 형식적이 아니라, 희생을 두려워하지 않는 정신에 의거하여 직접적으로 전선에 참가하여 중국의 용감한 장병들과 생사고락을 같이하며 적과 혈전을 벌였다. 이 점은 확실히 우리로 하여금 영광과 만족감을 불러일으키게 한다.

우리는 오직 공동의 적인 일본 제국주의를 멸망시킨 후에야 조선 민족이 비로소 독립과 자유의 천지를 다시 볼 수 있다고 생각한다. 일본 제국주의를 멸망시키기 위해서, 비록 우리의 역량이 매우 취약하다고 할지라도, 우리는 중국 항전 장병들과 함께 적과의 육탄전을 벌이는 것 이외에 다른 길을 찾을 수 없다. 우리는 단지 이러한 솔직한 실천을 통해서만 비로소 수천수만의 조선 동포들로 하여금 우리를 호응하게 하고, 우리의 핏자국을 따라 해방의 큰길로 매진할 수 있다고 확신한다. 그리고 또한 오직 이렇게 해야만 비로소 실질적인 조중 두 민족의 연합전선을 건립할 수 있을 것이다.

따라서 지난 2년간 우리는 결코 공허한 외교활동과 이론적인 입씨름을 피우기를 원하지 않았으며, 오직 실질적으로 남북의 각 전장에 참가하여 우리의 모든 역량을 다하여 직무에 힘썼을 뿐이다. 만약 우리가 또한 일부 동지들처럼 중국에서 이미 항전 삼 년을 경험한 오늘, 여전히 무슨 국제 연락을 어떻게 할 것인가? 국군이냐 당군이냐의 문제, 자주와 피동의 문제와 같은 이러한 현실적이지 않은 문제들을 시끄럽게 토론하고 있다면, 또한 지난 이 년간의 행태를 오늘날까지 연상시키는 것이다. 그렇다면 일체 모든 것은 여전히 환멸의 공상일 뿐이니, 결코 오늘날 느끼는 승리나 자신감의 만족 같은 것은 없을 것이다. 다음으로, 동방의 항구적인 평화를 생각할 때 중국을 떠날 수 없다는 것은 말할 필요가 없고, 동시에 조선의 참가가 없다는 것도 또한 상상할 수 없는 일이다. 과거 수천 년 동안의 동방문화와 정치의 역사에서 중한 두 민족의 관계, 현재 두 민족의 존망의 상관성, 그리고 미래 동방의 항구적인 평화를 수립하는 데 있어서 두 민족 간 관계의 밀접성과 중요성을 부인할 수 있는 사람은 없다.

조중 두 민족은 과거 유구한 영광의 역사를 함께 창조했을 뿐만 아니라, 또한 미래 동방의 항구적인 평화공존을 다지는 공동 사명을 가지고 있는데, 이러한 위대하고 영광스러운 사명은 오늘날 중국 항전에 직접 참가하고 있는 우리 조선의용대의 전체 동지들의 몸에 놓여 있다. 동시에 누구도 또한 이러한 위대한 사명이 우리 대의 지난 이 년간의 실천 과정에서 이미 점차 실현되었다는 것을 부인할 수 없다. 확실히 지난 이 년 동안 우리 의용대의 동지들은 남북 전쟁터와 후방 각지에서 사백만 중국의 용감한 항전 장병 및 민중들과 함께 적개심을 불태웠고, 고락과 환난을 같이한 노력과 분투는 두 민족의 이와 입술 같은 상생의 역사를 오늘날에 재현시켰을 뿐만 아니라, 더욱 두 민족의 미래 억만 년간 공존공영하는 견고한 기반을 마련하였다. 이점 또한 우리를 무한히 흥분시키는 것이다.

마지막으로, 오늘날 우리 전체 동지들은 우리 대의 밝은 전도와 혁명의 필연적인 성공에 대하여 특별히 강한 자신감을 가지고 있다. 비록 현재 우리 대의 기치 아래 단결된 동지들은 아직 수백 명에 불과하지만, 우리 백분의 백 모두는 당의 혁명 간부로서 모두 수년 간의 정치 군사훈련을 받았고, 게다가 대부분은 건장한 청년들이다. 우리는 비장한 전장에서, 중국의 위대한 혁명 과정에서, 혁명의 식견과 경험은 풍부해지고, 신체는 강건해지며, 단결은 더욱 견고해졌다. 그러므로 우리의 이러한 발전을 따라가면, 반드시 전 조선 민족으로 하여금 우리 의용대의 기치 아래 민중을 동원하여, 조국의 강토로부터 적들을 추방함으로써 혁명의 최후 목적을 완성할 수 있을 것이다. 이상 이 몇 가지 소감은 아마도 또한 우리 전체 동지들이 오늘날 함께 느끼는 것이리라."

지난 이 년간 약산과 석정, 그리고 조선의용대원들은 중국의 전장에서 목숨을 걸고 싸웠다. 행여 중국과의 관계가 틀어질까 이런 글이 필요할 만큼 조선의용대의 입지는 강하지 않았다.

석정은 총대부에서 여러 전구의 소식을 전하고, 포로를 포섭하며 중국 국민당 정부와 공산당 사이의 관계도 고려하여 약산에게 조금이나마 도움이 되려고 죽을힘을 다했다. 그 와중에 대한민국임시정부는 약산이 주도권을 지닌 군사권에 딴지를 걸었다. 중국 국민당에 임시정부가 지휘권을 갖는 군대 창설을 강력히 요청하였다.

국민당 정부는 조선의용대에 대한 의심과 함께 단일화된 군사력을 경계하여 한국광복군 창설을 허락하였다. 석정의 글이 발표된 지 3일 뒤인 1940년 9월 17일의 일이었다.

두 개의 군대가 조직된 것이 마치 독립운동 세력이 많아서인 듯하나, 실상은 그렇지 않았다. 조선의용대는 이제 한국광복군을 거쳐 자금을 지원받아야 한다. 일본군과 직접 싸우지 않고 대적선전에 주력하는 것에 대한 불만이 높았던 대원들이 이제는 노골적으로 불편한 감정을 표출했다.

10월이 되자 민족혁명당 제5차 전당대표회의가 개최되었다. 석정은 중앙집행위원에 재선되었으나 마음이 무거웠다. 대원들의 심정을 알기 때문이다.

조선의용대는 2년 동안 육만여 명의 대적공작 간부를 훈련시켰고, 중국어와 우리말로 된 소책자를 5만 부 이상 발간했다. 전단지 51만 장, 표어 40만 장을 인쇄하여 배포했다. 또한 적과 직접 전투하지 못하게 한 약속을 깨고, 상북과 악북, 곤륜관과 중조산 그리고 무주와 통성, 통산 등 무수한 곳에서 일본군과 싸웠다. 그러나 여전히 국민당 군의 보조 역할이었다. 이에 대한 불만이 높았으나, 중국인들이 보면 조선의용대의 활동이 놀라울 따름이었다. 이에 대해 중국인 마의는 자신의 느낌을 글로 발표했다.

"이 경모스러운 조선 전우는 나이 젊고 정열적이며, 활력 있고 생기가 넘친다. 늘 새롭게 나아가고 끊임없이 학습한다. 그들의 생활은 긴장되고도 열렬하며, 간단하면서도 소박하다. 그들은 능히 고생을 무릅쓰며, 현실을 똑바로 볼 줄 안다. 능히 곤란을 이겨내며, 단합하고 서로 도운다. 용감히 스스로를 희생하며, 적극적으로 창조한다.

그들은 군사와 정치를 겸비한 간부이며, 탁월한 군사지휘관인 동시에 모범적인 정치사업자이다. 그들은 용감하고 튼튼하며, 영원히 조선민족해방 사업에 충성하는, 중국 항전 가운데의 공신이기도 하다."

이런 활동에도 대원들은 착잡한 심정이다. 분위기를 감지한 석정은 약산과 더불어 의논하였다. 결론은 확대간부회의 개최였다.

간부회의에 참석한 사람은 약산과 석정을 비롯한 13명이었다. 한일래는 총대부 기요조장이면서 조선의용대통신의 주편위원이다. 박효삼은 정치조 외교주임이며 역시 조선의용대통신의 집필진이다. 신악과 이익성 그리고 김세광은 조선의용대 각 지대의 지대장 자격으로 참석하였다. 신악은 간부학교 내내 교관을 지냈던 사람이고, 김세광은 석정과 함께 간부학교 1기생 출신이다. 마일신은 산동성으로 특파된 제1지대 북진분대의 분대장 자격으로 확대회의에 참석했다. 김준은 기요조 설계주임이다. 이춘암은 기요조 인사주임이면서 간부학교 교관이다. 이달과 진원중은 중앙육군군관학교 성자분교 특별훈련반 출신이다. 이달은 정치조 자료실 주임, 한지성은 정치조 선전주임이며 둘 다 조선의용대통신의 주요 집필진이다.

이들 13명은 신중에 신중을 기해서 토론했다. 뒤에 이 회의에 참여한 김학무, 이집중, 왕통, 김창만, 김규광, 이정호, 유자명, 최창익, 김두봉, 이두산, 양민산, 왕자인도 자신들의 의견을 피력했다.

11월 4일 시작된 회의는 꽤 길어졌다. 조선의용대의 운명을 결정짓는 회의를 감정에 의해서, 혹은 각파의 이익에 의해 결정할 수 없다. 오직 국제정세를 분석하고, 조국의 광복에 필요한 결정만이 필요하다. 오랜 숙고 끝에 결론을 내렸다.

"조선의용대의 화북 진출! 이것은 북상 항일의 또 다른 표현이다. 그 이유를 다음과 같이 말했다. 지금까지 투쟁을 스스로 비판한 결과 자체 무장이 결여되었고, 동포들을 끌어들여 함께 공작하는 일이 미흡했으며, 자력갱생의 정신이 결핍되었다. 중국 국민당의 원조 없이는 조직 운영이 불가능하다면, 이는 조국의 해방운동을 더 이상 추진할 수 없는 것이다. 그래서 조직의 운영과 확대가 필요하며, 직접 일본군과 싸워야 조국의 광복을 앞당길 수 있으며, 직접 전투여야 동포들을 설득할 수 있다."

그러나 난관은 많다. 그들의 북상을 국민당 정부는 분명 허용하지 않을 것이다. 이미 공산당과의 불화가 드러나기 시작한 시점이다.

조선의용대가 북상하여 어떤 부대와 결합해야 하는지는 매우 중요하다. 수원성에 있는 마점산 부대와의 결합을 염두에 두었다. 이것이 여의치 못하면 팔로군과도 연합해야 한다. 마점산 부대까지 가려면 팔로군 지역을 통과해야 한다. 이는 국민당을 자극할 수밖에 없다. 그래서 조선의용대는 우리 동포가 많이 사는 곳, 즉 화북으로 가서 동포들과 함께 투쟁할 것이라고 천명했다.

전투력을 높이기 위해서는 조직 개편이 따라야 한다. 자체 무장을 강화하고 조선 동포가 많은 곳으로 이동하고, 선전사업이 아닌 직접 전투를 위해서는 반드시 필요한 일이다. 제1지대장 박효삼과 정치지도원 왕통은 3지대로 이동하였다. 3지대장인 김세일은 부대장, 정치조리원에 양민산이 임명되었다. 1지대는 왕자인이 지대장으로 정치지도원에 이상조, 정치조리원에 호철명이 임명되었다. 박효삼을 제3지대로 이동시키면서 그 힘을 강화시켰다. 북상을 대비한 조치다. 정치조리원을 임명하여 정치교양도 강화시킬 계획이다. 특히 중국 공산당과 관련 깊은 호철명을 임명한 것은 화북지방 진출을 돕기 위한 선행 조치다.

실상은 확대간부회의가 있기 전부터 북상을 위한 준비는 착착 진행되었다. 가까이 있는 부대는 중경에 속속 들어왔다. 그리고 북상하는 것이 공산당을 찾아가는 것이 아니라 동포가 많은 곳으로 간다는 것을 알리기 위해 중경에 있는 일심호텔에서 중앙일보와 신화일보 기자를 초청하였다. 기자들에게 3지대의 공적을 홍보하고, 머지않아 3지대가 낙양으로 북상하여 적 후방까지 갈 것이며, 일본군 내에 있는 조선인들을 포섭하는 일을 하는 것이 주요 과제임을 밝혔다. 선전주임인 한지성이 주관한 이 회의에 참가한 기자가 중앙일보에 3지대가 곧 떠날 것임을 알리는 기사를 실었다. 중국 국민당 정부를 설득하기 위한 포석이었다.

이후 확대간부회의에서 북상하는 것을 기정사실로 하였고, 회의라는 절차는 국민당 정부 군사위원회의 승인을 요청하는 조치였다. 약산과 석정, 그리고 간부들의 신중한 의사 결정이었다. 일본과 직접 전투하기 위해서는 국민당 정부보다는 팔로군과 함께 공동 작전을 펼치는 것이 맞다. 그러나 조선의용대는 국민당 정부의 지원을 받는 부대다. 국민당과 공산당의 합작이 금 가고 있다. 이런 와중에 회의라는 절차 없이 화북으로 이동한다는 것은 국민당의 의심을 불러올 뿐이다. 그러지 않아도 국민당은 임시정부 산하에 한국광복군도 설치했다. 한국에 두 개의 군대를 허용하여 둘의 경쟁을 통해 서로 견제하고 있다. 이는 중국의 오랜 외교 전술인 이이제이(以夷制夷)다.

확대간부회의가 끝나자, 석정은 이정호를 데리고 백범 김구를 찾았다. 그리고 힘주어 말했다.

"이번에 소집된 확대간부회의는 우리 당 입장에서 매우 중요한 의미를 띱니다. 조선의용대 창립 후, 2년간의 실천 경험을 근거로 하여 우리는 적 후방에 침투하여, 그곳에서 피를 흘리며 싸움을 벌이고 있는 중국의 다른 많은 군대와 함께 항일전을 전개하는 것이 마땅함을 깊이 깨달았습니다."

석정의 이야기를 들은 김구는 한참 만에 입을 열었다.

"다른 군대라는 것에 팔로군도 포함되는가?"

"팔로군뿐만 아니라 그 어떤 군대와도 힘을 합해야 하지 않겠습니까? 일본과 싸울 수 있다면 서양 외국 군대의 힘도 빌어야 한다고 생각합니다."

"나는 아닐세. 공산당과 힘을 합치는 것은 반댈세. 내가 약산을 가까이서 지켜보았는데 그 친구는 팔로군과 함께할 생각이 있는 것 같더군. 이는 안될 일이네. 중국 국민당에서 이 사실을 안다면 자네들을 그냥 두지는 않을 걸세."

석정은 같은 동포이고, 임시정부의 주석으로 임명된 백범에게는 진심을 털어놓아도 되지 않을까 생각했다. 그래서 에둘러 다른 군대라 표현했으나, 역시 백범은 반대다. 어쩌면 오늘 이 대화로 인해 조선의용대의 북상이 어려워질 수도 있다는 것을 깨달았다. 약산과 의논해야 한다. 석정은 다시 김구에게 말했다.

"주석님의 뜻을 잘 알겠습니다. 약산 대장은 북상을 그리 원하지 않았습니다. 직접 전투하고 싶은 대원들이 대장께 요청을 드린 것이지요. 주석님의 뜻을 알았으니, 이 문제를 다시 논의하도록 하겠습니다."

석정과 이정호는 김구의 처소를 빠르게 빠져나왔다. 어쩌면 북상 길이 막힐지도 모른다. 석정은 돌아오자마자 약산을 찾았다. 약산은 최근 건강이 좋지 않은 아내 박차정 때문에 걱정이 많았다. 폐가 많이 나빠진 상태였다. 약산의 처소를 찾은 석정은 오랜만에 아내 하소악을 만났다. 박차정을 도와주고 있던 소악은 석정이 집 안으로 들어오자 깜짝 놀랐다.

"잘 있었소? 노고가 많구려."

"아닙니다. 밥은 드셨는지요?"

"아 밥, 있으면 좀 주시오."

"들어 가이소. 밥상 들이겠습니더."

석정이 온 것을 안 약산이 박차정이 누워 있던 방에서 나와 다른 방으로 자리를 옮겼다.

"형수님의 건강은 좀 어떻습니까?"

"좀 그렇구나! 건강이 좋지 않으니, 의기마저 꺾인 듯하여 그것이 더 마음 아프다."

"형수님께서는 반드시 일어나실 겁니다. 얼마나 씩씩하신 분입니까!"

"그래야지, 그래야 하고말고. 그나저나 자네 내자가 고생이 많구나. 제수씨께 미안하다!"

"무슨 그런 말씀을 하십니까? 당연히 돌봐드려야지요. 안 그래도 잔심부름은 최동선 단장이 한다고 하더라구요."

"그렇지, 최석순 동지의 딸이 아닌가. 예사롭지 않다네. 눈치도 있고, 그 사람한테는 큰 도움이 되고 있지."

똑똑 문소리가 나고 하소악이 밥상을 들고 왔다. 옥수수가 절반 이상인 밥이다. 이렇게 밥상을 앞에 두고 먹는다는 것만 해도 어딘가. 둘은 수저를 들었다. 석정은 아내가 차려준 밥상이 반가웠다.

반찬이 없어 미안해하는 아내의 모습도 보기 좋았다.

밥상을 물린 석정이 조심스레 말을 꺼냈다. 백범에 대한 이야기였다. 약산은 벌써 이런 낌새를 알고 있었다. 어느 순간부터 약산을 공산주의자로 몰고 가는 듯하여 불편한 적이 있었다는 것이다.

"형님! 우리가 떠나도 괜찮겠습니까?"

"사실 나도 이 문제를 걱정하고 있었네. 화북으로 간다는 것에 대해 미리 판을 깔고, 신문에도 내고 하지 않았나. 그럼에도 국민당은 자꾸 우리 당을 의심하고 있지 않을까? 늘 궁금했다. 그런데 그 배후에 임시정부가 있다는 생각을 떨칠 수 없더구나."

"저도 백범 주석을 만난 뒤 그런 생각이 들었습니다. 이를 어쩌면 좋습니까?"

"하는 수 없지. 내가 남을 수밖에."

"예? 그게 무슨 말씀인지?"

"자네가 보다시피 내자가 저렇게 몸도 가누지 못하고 있다. 그리고 석정 아우도 제수씨와 용문이를 데려오지 않았나. 지금 우리 대원 중 많은 사람이 가족을 데려와 있음을 자네도 알지 않는가! 사실 화북으로 가려면 저들을 데려갈 수 있겠나? 그럴 수 없지. 가족이 떠나면 국민당을 떠나 다른 진영으로 간다고 의심할 수밖에 없지. 그런데 가족을 두고 우리 모두 떠나고 나면, 국민당의 군사위원회는 남아 있는 가족들을 지원하겠나? 아니, 바로 끊어버릴 걸세. 저들은 끈 떨어진 연 신세가 될 것이네. 어쩌면 굶어 죽을지도 몰라. 또 모르지. 간첩 혐의를 두어 죽일 수도 있을 걸세. 확대회의가 끝나고 난 뒤에도 내내 걱정했던 것이 바로 이것이었네."

"그래서 얼굴이 어두웠던 것이군요. 그렇다고 해서 형님이 이곳에 계시면 저들의 공격이 이만저만이 아닐 텐데요."

"그런 것은 걱정하지 말게. 우리가 공격당한 것이 어디 한두 번인가. 그것은 걱정하지 않아도 되지만, 적과 직접 싸우러 떠날 대원들이 더 걱정이지. 특히 자네가 더 걱정일세. 적이 나타나면 먼저 나설 것이 뻔하여서 더 걱정일세."

"아닙니다. 형님! 목숨을 잘 보중하여 조국에서 형님을 뵈어야지요. 그런 염려는 놓으십시오. 그나저나 주은래 동지는 만나보셨습니까?"

"만났지! 사실 주 동지가 남은 우리 가족을 보살펴 준다는 약속만 하면 나도 자네와 함께 화북으로 갈 수 있지 않겠나. 그런데 주 동지는 강력하게 반대하더군. 내가 화북으로 가는 것이 또 어떤 누군가에게는 부담이 되는 모양이야. 조국의 해방을 위해 쉬지 않고 달려왔건만 갈수록 나를 견제하는 세력이 많아지고 있으니, 내가 살아왔던 길에 회의가 생겨. 이런 이야기는 세주 니가 아니면 어디 할 데도 없다."

약산은 두 손으로 얼굴을 쓰다듬었다. 석정은 약산의 모습이 마음 아프다. 세계는 다시 세계대전이라 할 만큼 전쟁에 참여한 나라가 많다. 독일의 침략에 대항해 영국과 프랑스는 물론 소련까지 움직이고 있으니, 머지않아 일본과도 전쟁할 것이다. 다만 미국이 아직 개입하지 않고 있을 뿐이다. 일본의 전선이 날로 늘어나, 유럽 국가와도 전쟁에 돌입했으니, 미국이 참전하는 것도 시간문제다.

미국이 참전한다면 일본도 곧 끝나겠지. 이런 생각을 하는 동지 중에는 그 열매에 관심을 가진 사람이 있다. 그들에게 약산 형님의 행보는 껄끄러울 것이다. 형님은 이것을 몸소 느끼고 있는 듯하다.

말하지 않아도 알 수 있는 그들의 생각! 석정은 약산을 두고 떠나는 것이 옳은지 다시 생각해야 한다. 그러나 다른 선택은 없다. 약산이 떠나면 그 뒤에 나타나는 문제는 더욱 심각할 것이다. 치가 떨리도록 공산당을 미워하는 장개석은 김구와 죽이 맞다. 그 두 사람의 칼춤에 약산과 남은 가족들이 다치지 않아야 할 텐데. 걱정이 더욱 커졌다.

"떠날 때까지 수원성이든 태항산이든 가는 곳을 숨겨야 하네. 그렇지 않으면 중도에 국민당군의 공격을 받을지도 몰라. 내가 이곳 중경에 있으면 백범 주석과 국민당은 의심하지 않겠지!"

"만약에, 만약입니다. 형님! 수원성으로 가는 것이 어려우면 팔로군과 연합할 겁니다. 전쟁 중이라 상황이 어찌될지 모르니 미리 말씀드립니다."

"그럴 가능성이 크지. 석정 아우가 잘 판단하시게. 박효삼 대장과 의논하여 동지들이 피해를 입지 않도록 하게."

"그나저나 형님께서 겪으실 고초가 걱정입니다. 우리는 각 전구를 지날 때마다 지혜롭게 대처하겠습니다. 그러니 우리 걱정만 마시고, 형수님의 건강과 남은 가족들을 위해 힘써주십시오. 저도 형님을 믿고 내자와 용문이를 맡기고 떠나겠습니다."

약산의 처소를 나서는 석정을 따라 나온 소악을 누가 보든 상관없다는 듯 힘껏 껴안았다. 놀란 사람은 소악이었다. 민망해하며 얼른 집으로 들어가 버렸다. 석정은 하늘만 우러렀다. 약산 형님의 고뇌가 가슴 깊이 느껴졌다.

'형님은 늘 이런 결정들 속에 골병이 드는구나!'

이후 약산은 임시정부의 사람을 만날 때마다 우리 동포가 많이 거주하는 화북 지역으로 조선의용대를 이동시켜 그곳에서 병력을 보충해야 한다고 이야기했다. 포석을 까는 작업인 동시에 국민당과 공산당 모두의 시선을 피하는 요령이었다. 석정도 임시정부 관계자와 국민당 정부 요인들에게 직접 전투하기 위해 화북으로 가야 함을 주장했다.

약산은 조선의용대원들에게도 말했다.

"우리는 반드시 조선 군중 속에 들어가야 한다. 먼저 중국 내의 100여 만의 조선 군중 속에 깊이 들어가 그들은 무장시켜 전투역량을 만들어 내야 한다. 이렇게 해야 비로소 중국 항전에 크고 절실한 도움을 줄 수 있다."

그리고 중경과 여러 전구에 분산되어 주둔 중인 조선의용대 대원들에게 낙양으로 집결할 것을 명령했다. 호남성에 주둔한 1지대와 화남의 독립분대는 직행하여 낙양으로 향했다. 3지대도 중경에서 이동하고, 엽홍덕의 독립분대는 광서성에서 중경을 거쳐 이동하였다. 김창만의 유동선전대는 서안에서 출발했다.

이와 동시에 조선의용대 총대부는 국민당 정부의 군사위원회 정치부에 북상하여 항일활동을 활발히 할 것임을 정식으로 건의하여 승인을 요청했다. 몇 번이나 건의하자, 국민당 정부는 조선의용대에게 황하 너머의 방병훈 부대 휘하에 배속될 것을 허락하였다. 이에 따라 화북전선으로 가기 위한 통행증과 낙양의 제1전구 장관사령부에 보내는 소개장을 발급해 주었다. 이것으로 의용대는 강을 건널 때 사용할 증명서가 마련되었다.

이제 총대부의 요원들도 이동해야 한다. 석정은 이동하는 조선의용대의 정치위원에 임명되었다. 사령관은 박효삼이다.

출발을 앞둔 석정은 약산을 찾았다. 박차정 옆에 앉은 약산에게 거수경례했다. 누워 있던 박차정도 몸을 일으켜 앉았다. 약산 앞에 앉은 석정 윤세주는 입술을 깨물었다. 그래도 울음소리가 삐져나왔다. 눈물은 방울 방울이 아닌 빗물처럼 줄줄 흘렀다. 정말 다시 만나지 못할 수 있다. 둘 다 울음을 겨우 삼키고 있다.

"형님 내일 새벽 일찍 떠나려고 합니다. 조천문 부두에서 배를 타고 떠납니다. 내일은 사적으로 뵙지 못하고 떠날 것 같아 이렇게 찾아왔습니다."

박차정이 겨우 일어나 밖으로 나갔다. 그리고 최동선을 불러 술상을 봐오게 했다. 조촐한 술상이 들어왔다. 약산은 술병을 잡고 세주의 잔에 술을 따랐다. 술병을 건네받은 석정이 약산의 술잔을 채웠다. 둘은 말이 없었다. 어쩌면 마지막일지도 모를 이 순간에 무슨 말을 할 수 있을까! 둘은 말없이 술잔을 부딪치고 단숨에 털어 넣었다.

석정이 고개를 돌려 박차정에게 말했다.

"형수님! 꼭 완쾌하셔서 형님을 지켜주십시오. 형수님이 아니면 형님을 지켜주실 분이 없습니다. 꼭 완쾌하십시오."

박차정은 거의 울음을 참고 말했다.

"석정 동지! 동지를 보내고 이 사람이 어떻게 견딜지 걱정입니다. 그렇지만 상황이 이러니 어찌하겠습니까? 부디 목숨을 보존하셔서 해방된 조국에서 뵙도록 해요. 저도 반드시 살아서 이이와 함께 조국으로 갈 것입니다. 그때 밀양에서 봬요. 저도 시댁이 있는 밀양에 살아서 꼭 가고 싶습니다. 거기서 뵐 수 있겠지요?"

"당연하지요. 꼭 밀양에서 형수님을 뵙겠습니다. 형님 집과 우리 집이 바로 옆에 있습니다. 우리 집사람과 형수님, 그리고 형님과 저 이렇게 넷이서 오늘 일을 이야기하면서 살아가야지요. 그러니 형수님께서 건강을 잘 챙겨주십시오."

둘은 술이 바닥날 때까지 말없이 서로의 잔을 채워주며 자신의 잔을 비웠다. 1940년의 마지막 날이다.

내일이면 1941년이다. 고국에서 평상의 가정을 이루고 있다면 새해의 소망을 빌어보는 시간이련만 이들에겐 사치인가? 둘을 지켜보는 박차정의 눈에는 눈물만 그득하다.

"세주야! 22년 전, 길림에서 열 명이 피의 맹세를 했었다. 그들 중 우리 둘만이 남았구나. 서 교관이 독일에서 죽었고, 이종암과 이성우 동지도. 곽 부단장은 정신이 이상해져 부인을 살해했다는 혐의로 감옥에 있다는 소문이 있고, 신철휴 동지는 국내에서 활동하고 있다고 하나, 나머지 사람은 그 행방을 제대로 알 수 없구나."

"형님!"

"이제 너마저 내 곁을 떠나가야 하는 이 현실이 싫구나! 정말 싫어."

약산은 머리를 움켜잡았다. 석정인들 이 순간이 얼마나 미울까!

독립운동에 나서지 않았더라면 고향에서 둘은 아이들과 웃으면서 살고 있을까? 그러지 못했을 것이다. 나라 없는 백성에게 무슨 행복이 있겠나.

약산과 헤어진 석정은 터벅터벅 걸었다. 걷다 보니 한지성의 숙소에 다달았다. 석정은 화북으로 떠나야 한다는 결정을 한 순간부터 약산을 누군가 보좌해야 한다고 생각했다. 이후 총대부에 있는 대원들을 유심히 살폈다. 그리고 한 사람을 점찍었다. 그가 바로 한지성이다. 조선의용대통신에서 편집일을 함께하는 친구다. 석정과는 띠동갑이니 열두 살이 적다. 젊다고 해서 지혜가 부족한 사람이 아니다. 조국을 떠나올 때는 백범 김구를 찾아왔다고 했으나, 무장투쟁의 의지를 갖고 조선의용대에서 활동하는 멋진 친구다. 중국으로 떠나온 시기도 석정과 비슷하다. 32년 여름에 훌쩍 떠나 중앙정치학교 대학부에서 공부하였다. 조선청년전위동맹 지도위원으로 활동하다가 조선의용대가 창설되자 참여했다. 처음에는 본부 전지통신원으로 계림의 대본부와 각 전구를 왕래하면서 선전활동과 포로교육을 하였다. 1939년 조선의용대 조직 개편 당시 정치조 선전주임과 편집위원회 중문간의 주편이 되었다. 석정은 이 사람이면 약산을 도와 잘 보필할 것이라 여겼다.

한지성의 방문을 조심스레 두드렸다. 아직 자지 않는지 한지성이 바로 나왔다. 그리고 석정이 서 있는 것을 보고 놀라며 방으로 안내했다. 책만 여러 권 놓여 있는 방안을 돌아보던 석정이 한지성의 두 손을 맞잡았다.

"동지! 동지의 나이가 나보다는 어리지만 늘 어른스러웠소. 그래서 이렇게 밤늦은 시간임에도 동지를 찾아왔소."

석정은 평소와는 다르게 지성에게 존대를 했다.

"무슨 말씀이신지?"

"동지도 알다시피 내일 새벽이면 나는 화북으로 떠날 것이오. 그러나 약산 대장님을 두고 떠나는 마음이 편하질 못하오. 그런데 동지가 대장을 잘 보필해 주신다면 내가 맘 편히 떠날 수 있을 것 같소. 그래서 동지에게 그 부탁을 하기 위해 이렇게 왔소."

"대장님을 모시는 것은 당연한 일이지요. 그런데 제가 동지처럼 대장님을 모시진 못할 것입니다. 동지와 대장님의 관계를 아는 사람은 누구나 그렇게 생각할 것입니다. 저도 최선을 다하겠지만 동지만큼은 못할 것입니다."

"아니오, 동지는 충분히 할 수 있을 것이오. 나는 동지의 명철과 통찰력을 처음부터 알아보았소. 그 능력으로 우리 형님을 잘 보필해 주시오."

목이 메는지 석정은 잠시 호흡을 가다듬었다.

"우리가 떠나고 나면 형님에 대한 공격이 수없이 있을 것이오. 분명 공산주의자로 몰아 형님을 궁지에 빠뜨리는 사람이 있을 것이오. 그때 동지가 형님의 방패가 되어 주시오. 형님은 많은 사람을 죽음으로 몰아넣었다는 죄책감 때문에 다른 사람의 비난에도 반응하지 않을 것이오. 침묵으로 일관하는 것이 습관이 된 분이라오. 그러니 동지께서 약산 대장을 꼭 좀 지켜주시오. 이것이 나의 마지막 부탁이요."

"마지막이라니요! 동지께서 압록강을 건너 고국에 우리 의용대원을 이끌고 나가 조선총독부를 휩쓸어 버릴 선봉대가 되실 것인데, 우리 조국에서 다시 만나는 것 아닙니까? 저도 대장님과 함께 조선총독부 앞 일장기를 찢는 자리에서 동지를 뵙도록 하겠습니다. 그런데 왜 갑자기 제게 존대하시는지요?"

"너무 간절해서 그랬나 보네. 약산 형님에 대한 염려가 커서 말이야. 그래서 말인데 동지도 아닌 동생으로 여겨 부탁하겠네. 자네가 꼭 형님을 꼭 지켜주게. 형님이 어딜 가시든 꼭 함께여야 하네. 약속해 주게나."

"녜, 동지! 최선을 다해 대장님을 지켜드리겠습니다. 약산 대장을 꼭 해방된 조국에 모셔 가겠습니다. 조국에서 다시 뵙겠습니다. 형님!"

지성은 형님이라는 단어에 힘주어 말했다.

"고맙네 고마워! 자네도 조심하시게."

둘은 깊은 포옹을 하고 헤어졌다.

집에 돌아온 석정은 다소곳이 앉은 소악과 용문 앞에 앉았다. 이별을 연습할 새도 없이 또 이별이다. 용문도 많이 의엿해졌다. 곧 열세 살이 된다. 아비를 닮았는지 말이 별로 없다. 늘 신중한 언행이다.

"용문이는 이제 열세 살이 되는구나. 이 애비가 없어도 어머니를 잘 모실 수 있겠느냐?"

"예? 예! 그런데 아버지와 함께 살면 더 좋겠습니다."

"그래…."

석정은 말을 이을 수가 없다.

아홉 살 때 중국에 건너온 아들은 아버지와 어머니, 이렇게 오붓하게 시간을 보낸 기억을 갖지 못했다. 언제나 바쁜 아버지, 여기저기서 힘든 일이 있을 때마다 사람들이 찾는 아버지였다. 그런데 또 아버지는 떠나실 준비를 마쳤다. 이 먼 이국땅을 찾았을 때는 아버지와 헤어지지 않고 함께 살 수 있다는 희망에 부풀었다. 그러나 지금의 이별은 그 기약마저 어렵다. 용문은 어머니를 쳐다봤다. 대신 아버지를 잡아주길 바라는 눈길이다.

석정은 고개를 들어 소악을 쳐다봤다. 소악은 소매로 눈물을 훔치고 있다. 자신이 하고픈 말을 아들이 대신 해주는 것 같았다. 그러나 이 말마저 부질없는 것임을 잘 안다. 남편은 소악과 용문이 잡는다고 잡힐 사람이 아니다. 그러나 누구보다 아파하는 사람이란 걸 안다. 조선에 있는 소악을 부를 때도 그랬다. '꿈에도 잊지 못한다'고 하면서 자신을 중국에 오도록 했다. 그는 조국이 해방되기 전에는 어떤 감정도 가족들에게 드러내지 않을 것이다. 그러나 그 마음은 벌써 느껴진다. 이토록 따뜻한 마음을 지닌 사람이기에 자신의 목숨도 쉽게 내놓을 수 있다. 사람을 사랑하지 않으면 정의로운 일에 자신을 던질 수 없다. 남을 위해 일을 한다는 것, 사랑의 감정이 밑바탕에 있지 않으면 불가능하다. 소악은 잡을 수 없음을 알기에 잡지 못한다. 용문은 잡고 싶기에 함께 있고 싶다고 말한다.

소악은 자신의 품에서 사진 한 장을 꺼내 세주 앞에 놓았다. 자신과 용문이가 찍힌 것이다. 밀양을 떠나기 전 조카 차암이 찍어준 사진이다.

"우리 둘이 항상 곁에서 지켜드리겠습니다. 꼭 몸에 지니고 계십시오."

사진을 유심히 보고 있던 석정은 사진 속보다 많이 커버린 아들을 바라보았다. 소악은 남편의 일거수일투족을 하나라도 놓칠세라 눈동자를 움직였다.

사진을 수첩 사이에 끼워놓은 후 세주는 아내와 아들 사이 가운데 누웠다. 아내에게도 아들에게도 팔을 내놓았다. 두 사람은 모두 석정을 향해 돌아누워 석정의 가슴에 손을 올렸다. 가슴이 터질 듯 요동친다. 이들을 두고 떠날 수 있을 것인가!

시간이 흘러도 세 사람은 잠을 잊은 듯하다. 숨소리만 들릴 뿐이다. 누구 한 사람이라도 울면 터져버릴 것을 아는지 모두 입술을 깨물고 있다.

떠나는 사람도 남는 사람도 잠들지 못했으나, 날은 어김없이 새로운 하루를 선사한다. 그것도 새해 첫날을 모두에게 똑같이 선물처럼 주었다.

총대부 대원들이 조천문 부둣가에 모였다. 떠나는 사람은 석정 옆에, 남는 자는 약산 곁에 섰다. 석정이 약산과 중경에 머무는 동지들 앞에 나아갔다.

"금년에는 화북 근거지를 마련하고, 명년에는 동북 근거지를 건립하겠습니다. 그리고 내명년에는 조국에 진입하여 일본놈을 완전히 몰아내겠습니다."

그리고 거수경례했다. 석정과 함께 있던 동지들이 함께 손을 올려 경례했다. 석정 옆에는 양민산의 부인, 박효삼의 부인도 있다. 그리고 권혁의 일본인 부인도, 문명철의 중국인 애인도 있다. 순간 소악은 갈등을 느꼈다.

'저들은 남편을 따라나서는데, 나는 무엇하고 있나?'

순간 남편의 얼굴과 아들 용문의 얼굴을 번갈아 보았다. 석정은 그녀의 눈빛이 무엇을 말하는지 순간 알아차렸다. 말없이 고개를 저었다. 약산 형님과 형수님 곁에 있어 달라고 눈으로 말했다. 소악은 입술을 깨물며 억지로 고개를 끄덕였다. 석정은 대원들과 이별한 뒤, 배에 오르기 전 아내 하소악 곁으로 왔다.

"여보! 일본이 망하는 그날, 승리의 그날에 만납시다. 내 반드시 당신을 가장 먼저 찾으리다. 용문이와 당신을 한시라도 잊지 않을 터이니 내 걱정하지 말고 용문이와 함께 고국으로 반드시 돌아오시오. 내가 먼저 가서 당신을 기다리고 있으리다."

두 손을 맞잡았으나 보는 눈들이 많다. 석정은 손을 슬며시 놓고자 하나 소악의 손에 힘이 들어가 도무지 놓으려 하지 않았다. 석정은 고갯짓으로 용문을 불렀다. 석정은 둘을 한꺼번에 안았다. 아내의 등과 아들의 등을 동시에 두들기며 말했다.

"내 반드시 살아 돌아오마. 조국에서 보자꾸나."

여기저기서 가족들과 헤어지는 대원들이 억지로 가족의 팔을 떼놓는 광경이 조천문 항구에 펼쳐졌다.

2-7

양자강을 따라가다가 화북 지역으로 이동할 예정인 총대부의 대원들은 준비된 민생호에 올랐다. 모두 배 난간에 서서 사랑하는 사람의 얼굴을 조금이라도 더 보려고 발돋움한다. 석정도 소악과 용문에게 손을 흔들었다. 그리고 약산을 향해 거수경례했다. 옆의 대원들도 석정을 따라 거수경례하며 마지막 인사를 나누었다. 조천항의 약산은 눈물을 삼키며 거수경례로 맞인사를 하고 손을 내렸다. 자신이 내리지 않으면 저들은 손을 내릴 수 없기 때문이다.

소악은 남편이 탄 배가 멀어지자 그 자리에 주저앉았다. 용문은 울면서 어머니 앞에 엎드렸다. 약산은 이들 모자를 어찌해야 할지 몰라 쳐다만 보고 있었다. 이때 최동선이 와서 소악을 일으켜 세워서 집으로 모시고 갔다. 뒤따르는 용문은 연신 소매로 눈물을 훔치며, 이미 사라진 아버지를 찾듯 강 쪽을 쳐다봤다.

가족들이 시선 속에 사라지자, 대원들도 허탈한 듯 바닥에 앉아 등을 기대고 멍하니 하늘만 바라보았다. 석정은 이런 대원들의 마음을 추스르는 것이 자기 일임을 순간 깨달았다. 그렇지, 내가 정치위원이지. 이런 순간을 예견하신 형님이 나에게 준 임무지. 석정은 혼자서 밀양아리랑을 부르기 시작했다. 대원들의 눈이 커졌다. 이 와중에 노래를!

"날좀보소, 날좀보소, 날좀 보오소/ 동지섣달 꽃본 듯이 날좀 보오소

아리아리랑 쓰리쓰리랑 아라리가 났네/ 아리랑 고개로 날 넘겨주소"

석정의 노랫소리에 시선이 모이자, 석정이 말했다.

"동지들! 이 노래는 내 고향 밀양에서 오랫동안 전해오는 아리랑입니다. 밀양 사람이라면 누구나 아는 노래지요. 처음 어떻게 만들어졌는지, 왜 만들어졌는지는 알 수 없으나 누구나 부르는 노래입니다. 기쁜 일에도 슬픈 일에도 우리는 늘 이 노래를 불렀습니다. 내가 이 노래를 부르다 보니 동지들에게 힘이 될 가사를 붙이면 좋겠다는 생각이 들었소. 동지들이 이 노랫가락에 익숙해질 즈음 내가 가사를 만들어 여러분에게 내어놓겠소. 가락이 아주 쉬우니 한번 불러보도록 하지요. 참, 이 노래는 첫머리에 힘을 주어 불러야 하오. 이렇게 말이오. 자 따라 해봅시다. 날 좀 보소."

"날 좀 보소"

"그렇죠. '날'에다 힘을 주어 부르는 겁니다. 자 이제 길게 불러 봅시다."

대원들은 석정이 가르쳐주는 가락에 맞춰 신나게 노래를 불렀다.

"이 노래는 우리 지역에서는 양반이든 천한 사람이든 누구나 부를 수 있는 노래요. 세마치장단으로 빠르게 부르면 신이 나는 노래지만, 중모리로 부르면 마치 장송곡처럼 들린다오. 그래서 우리는 좋은 일이든 슬픈 일이든 이 노래로 우리의 마음을 풀어내었지요."

곁에 있던 박효삼이 엄지를 들어 올리며 석정에게 눈을 찡긋했다. 그는 1, 3지대를 통합한 지대장 겸 사령관이다. 축 처진 동지들을 어떻게 하나 고민하고 있던 터에 석정이 밀양아리랑으로 대원들을 하나로 묶어가는 것을 보며 안심했다. 그래서 석정에게 고마움을 표했다.

대원들이 노래를 흥얼거릴 동안 석정은 생각에 잠겼다. 이 가락에 맞는 가사, 이들의 마음을 하나로 모을 수 있는 가사가 되어야 한다.

배에서 주먹밥 하나로 버티고 있었는데, 배가 사천성 만현에 정박했다. 대원들이 놀라 일어나 밖으로 나왔다. 민족혁명당원이자 개원 의사인 최성오와 최동선의 작은 아버지인 최석용이 이들을 대접하고 싶다고 하여 정박한 것이다. 최성오와 최석용은 잠자리와 음식을 제공하였다. 석정은 이들이 내놓은 술을 어찌할지 몰라 자신만 바라보는 수많은 눈동자를 보며 금주령을 일시 해제했다. 대원들은 함성을 지르며 환영했고, 술이 한 순배 돌자, 대원들 간의 노래자랑이 이어졌다.

모든 대원의 지목을 받은 석정이 자리에서 일어났다. 노래를 부르려니 대원들에게 방금까지 배 위에서 부른 밀양아리랑을 부를 수도 없다. 석정은 대원들에게 양해를 구했다.

"노래 대신 다른 것을 해도 되겠소?"

"무엇인지 알아야 허락해야 할지 정할 수 있지 않겠소?"

라며 김세일이 농담조로 석정의 말을 받았다. 석정이 머리를 긁적이며 말했다.

"내가 감옥에 있을 때 아리랑이라는 영화가 만들어졌소. 다음 해에 내가 감옥에서 나와 고향에서 그 영화가 상영될 때 변사역할을 했소. 당시 영화는 무성영화라 누군가 배우의 소리를 대신하지 않으면 영화를 볼 수 없었소. 아직 그 내용을 잊지 않고 기억하고 있으니, 영화의 대사를 내 목소리로 들어보는 것은 어떻소?"

여기저기서 휘파람 소리가 들리고 함성이 높아졌다. 석정은 영화의 장면을 머릿속에 떠올리기라도 한 듯 눈을 감고 애절한 목소리로 연기를 했다. 주인공 김영진이라도 된 듯하다.

"여러분! 울지 마십시오. 이 몸이 삼천리강산에 태어났기 때문에 미쳤고 사람을 죽였습니다. 지금 이곳을 떠나는, 떠나려는 이 영진은 죽음의 길을 가는 것이 아니라 갱생의 길을 가는 것이오니 여러분은 눈물을 거두어 주십시오."

대원들은 함께 눈물을 흘렸다. 모두 영화관에 앉은 듯 한마음이 되었다. 석정이 천천히 불렀다.

"아리랑 아리랑 아라리요~"

모두가 한목소리로 불렀다.

"아리랑 고개로 넘어간다. 나를 버리고 가시는 님은 십 리도 못

가서 발병난다~"

노래는 참으로 신비롭다. 사람들을 하나로 꽁꽁 묶는 놀라운 힘이 있다. 장난기로 석정에게 말을 던졌던 김세일의 눈은 벌겋다. 나라 잃은 민족의 설움이 어디 영화에만 있으랴. 이국땅에서 고된 훈련을 받는 자신들은 어떤가? 이런 훈련을 받아도 직접 일본군과 싸우지 못하니 더욱 답답했던 마음이 이 노래에 얹혀 고국까지 갈 것 같다. 마치 울고 싶은데 때맞춰 누군가 때려준 상황이라고 해야 할까? 노랫소리는 커지고 눈물방울도 따라 커간다.

다음 날 최성오가 아침 일찍 석정과 박효삼을 찾아왔다. 그의 병원에 최신식 엑스레이 검사 기구가 있다며, 모든 대원의 건강을 검진해 주겠다고 했다. 그러려면 하루를 더 머물러야 한다. 석정과 박효삼은 대원의 건강도 걱정이니 하루 더 머물기로 했다. 대원들은 흉부 엑스레이를 촬영하고 그 결과를 기다렸다. 모두 젊어서인지 검진 결과는 별 이상 없었다. 이상이 없다는 결과는 도리어 대원들의 사기를 올려주었다.

1월 3일, 그들은 다시 배에 올랐다. 이후 일본군이 없는 곳에서 하선하여 식사를 해결하고 필요한 것을 실었다. 석정은 그사이 대원을 위한 노래 가사를 다 만들었다. 대원들에게 가사를 들려주어야 한다. 잠시 망설였다. 가사가 적절한가? 혼자 나지막이 불러보았다. 최후의 혈전이라 했던 그 가사보다는 부드럽다고 스스로 생각했다.

대원들을 뱃전에 모이도록 했다. 그리고 자신이 필사한 노래 가사를 대원들에게 나누어주었다. 그리고 선창했다. 가사가 쉽고 가락은 이미 익혀두었으니 곧 그들이 따라 부를 것이다. 석정의 목소리가 커졌다.

필사한 종이에는 석정의 열정이 그대로 녹아 있다. 제목은 독립군 아리랑이다.

독립군 아리랑

(후렴) 아리아리랑 쓰리쓰리랑 아라리가 났네 독립군 아리랑 불러들 보세

1절 대한제국 말년에 왜 난리 나니 이천만 동포들 살길이 없네

2절 일어나 싸우자 총칼을 메고 일제 놈 쳐부숴 조국을 찾자

3절 내 고향 산천아 너 잘 있거라 이내 몸 독립군 따라 가노라

4절 부모님 처자를 이별하고 왜놈을 짓부숴 승리한 후에

5절 태극기 휘날려 만세 만만세 승전고 울리며 돌아오리라

석정이 부르는 노래를 함께 부르는 대원들의 목소리가 2절부터 커지기 시작했다. 그동안 익힌 노랫가락이 입에 작작 붙었다. 5절까지 하는 순간 그들은 어느새 피로도 잊고 몸속에서 솟아나는 결기를 경험했다. 이후 그들은 조금만 힘들어도 독립군 아리랑을 흥얼거렸다.

이제는 하선해야 한다. 자귀에서 하선하여 험한 육로로 화북까지 이동해야 한다. 낙양으로 가기 위해 얼마나 많은 걸음을 옮겨야 할까?

석정은 대원들과 함께 걸으며 숙박할 장소를 물색했다. 흥산의 한 촌락에서 숙박하기로 하고 대원들의 상황을 점검했다. 모두 기

세가 드높다. 화북을 거쳐 조국으로 이동할 생각에 들떠 있다. 진자령을 넘을 때 최후의 결전을 불렀고, 율곡을 지날 때 독립군 아리랑을 불렀다. 한수를 건널 때는 민족의 노래 아리랑을 불렀다. 드디어 노하구에 도착했다. 노하구에는 2지대가 먼저 도착해 있었다. 그들의 열렬한 환호를 받았다. 살아서 대원을 만난다는 것이 이런 느낌임을 알았다.

행군 도중 적의 비행기가 나타나 기관총을 쏘았다. 그리고 환남사변이 일어났다는 소식도 들었다. 국민당군이 중국 공산당 소속 신사군 1만 명을 공격하고 사령관인 섭정을 비롯한 3천 명을 포로로 잡았으며 7천 명을 죽인 것이다. 당시 섭정은 이렇게 말했다고 한다.

"죽음은 두렵지 않으나, 장개석은 두렵다."

섭정은 장개석의 공산주의 혐오를 두려워했다. 국민당의 요구대로 군대를 이동시켰으나, 그가 염려한 대로 장개석은 이들을 공격하였다. 이 사건 이후 국민당과 공산당의 합작은 마지막 남은 실마리마저 끊겼다. 이 소식은 조선의용대원의 발걸음을 무겁게 했다. 어쩌면 화북으로 가기 전 국민당군의 공격으로 죽을지도 모른다. 아니 국민당군의 원조를 받고 있는 조선의용대를 공산군이 공격할지도 모른다. 두려움이 몰려오면 대원들은 자신도 모르게 독립군 아리랑을 불렀다. 한 사람이 시작하면 전 대원이 함께 불렀다. 그러면 이상하리만치 두려움이 사라졌다. 그리고 걸었다. 낙양을 향해 앞만 보고 걸었다.

드디어 낙양이다. 한달 만에 도착하였다. 그들이 지나온 길은 천리가 넘었다. 1, 2, 3지대가 모두 낙양에 집결했다. 조선의용대가 처음 북상을 요청할 때 수원성으로 가겠다고 하였다. 그러나 국민당 정부는 수원성의 마점산 부대 대신 방병훈 부대로 갈 것을 승낙했다. 그러나 대원들은 조국에 좀 더 가까이 가고 싶었다. 그러기 위해서는 태항산 지역을 통과해야 한다. 국민당군이 그들의 행군을 막았다. 박효삼이 황포군관학교 동기이자 제1전구 사령장관인 위립황을 찾아가 도하증과 제24집단군 총사령관 겸 하북성 주석인 방병훈에게 내밀 소개장을 요청했다. 선뜻 내주지 않고 계속 핑계만 늘어놓았다. 석정과 박효삼은 도하증과 소개증을 기다리면서 의용대를 재정비했다. 떠나기 전 약산이 내린 지침대로 1, 3지대를 합해 혼성지대로 만들고 지휘부를 단일화했다. 대장에는 박효삼, 정치위원에 석정, 부대장에는 이춘암과 김세일이 임명되었다.

대기 시간이 길어지자 정치위원인 석정은 대원들에게 정치훈련을 실시하였다. 정세분석을 보고하고, 역사유물론과 정치경제학 그리고 문학예술을 강의했다. 언제 어디에서나 강의가 가능한 능력을 갖춘 석정이었다. 학습이 끝난 뒤 문학작품을 현상 공모하여 선정된 작품을 낭독하고 강평회도 열었다. 이런 일이 조국에서 열리면 얼마나 좋을까! 석정은 열정적으로 참여하는 대원을 보며 생각에 잠겼다.

소개증은 한 달을 넘겨도 발급되지 않았다. 2지대에 소속된 문정일 대원이 은밀히 힘쓰고 있다는 연락만 있었다. 그의 도움으로 도하증이 발급되었고, 조선의용대원들은 10명씩 한 조가 되어 목선을 타고 황하를 건넜다. 마지막 도착한 대원과 문정일은 황하를 건너 태항산을 향해 진군했다.

그런대 대원들의 행로가 바뀌었다. 팔로군이 있는 태항산으로 변했다. 도하를 앞둔 시점이었다. 국민당군의 공격을 피할 수 없는 처지가 되어 버린 대원들은 타의 반 자의 반으로 팔로군의 근거지에 들어가는 것에 찬성했다. 모로 가도 고국에 가면 되는 것 아닌가? 직접 일본군과 싸우는 군대라면 힘을 합할 것이다. 대원들의 생각도 이와 같았다. 그러나 태항산행을 반대하는 대원도 있었다. 석정은 그들에게 돌아가도 좋다고 허락했다. 물론 공개된 것이 아니라 비공개로 그들을 약산이 있는 중경으로 돌려보냈다. 김재호 대원과 신정환 대원, 김인철 대원과 황민 대원이 석정을 찾아와 중경으로 보내줄 것을 요청했다. 황민 대원은 돌아가서 약산 대장께 이런 상황을 꼭 보고하겠다고 했다. 석정은 상황이 급박하여 팔로군이 있는 지역에 갈 수밖에 없음을 잘 설명하라고 지시했다. 그리고 그들을 한 명씩 안아주며 반드시 살아남기를 부탁했다.

1, 3지대 혼성군은 방병훈의 부대 사령부가 있는 임현 지역으로 가야 했다. 자칫하면 조선의용대가 그들의 공격을 받을 수 있어서 방병훈의 의심을 사면 안 된다. 그래서 그들은 소금기 없는 콩나물, 숙주나물 등을 삶아 먹으며 임현을 향해 걸었다. 임현의 합간 근처 시골 마을에 숙영지를 설치하고, 그 지역의 지리를 익혀 일본군을 상대로 유격전을 전개하였다.

박효삼과 석정은 이곳에 머물 수 없음을 알았다. 수원성으로 가는 것도 어렵다. 그래서 팔로군 전방총사령부로 사람을 보냈다. 연락원인 김창규가 돌아오면서 주운룡과 함께 왔고, 주운룡이 팔로군의 지령을 전했다. 그들은 약속된 날까지 두 달 가까이 방병훈 부대에서 일본군과 대치하였다. 마침내 2지대가 임현에 들어오자, 조선의용대원들은 방병훈 군대 몰래 청장하를 건너 섭현으로 달아났다.

섭현은 129사의 사장인 유백승과 정치위원인 등소평 관할이다. 섭현은 소연안이라고 불리는 곳으로, 모택동이 있는 연안 지역 못지않게 전투를 지휘하는 본부가 있다. 그곳에 도착하니 385여장 진석련이 환영사를 하였고, 대원들은 밀양아리랑을 개사한 독립군 아리랑으로 화답했다. 팔로군 병사들도 모자를 흔들며 조선의용대를 환영했다.

조선의용대원들은 팔로군의 지휘 아래 청장하를 따라 서북쪽으로 이동하여 상무촌에 도착했다. 이곳은 하북성이 아닌 산서성에 속한 요현이다. 태항산 자락에 들어선 것이다. 태항산은 이천 미터 가까운 높이에 그 길이를 알 수 없는 산맥이다.

이 지역은 교통의 요지이며 철과 석탄의 생산이 많다. 게다가 밀과 옥수수도 중국에서 가장 많이 나는 곳이다. 식량과 지하자원이 가장 풍부한 곳! 일본군이 절대로 놓칠 수 없는 지역이다. 반대로 중국은 절대로 뺏기면 안될 곳이다. 이곳에 팔로군이 주둔하고 있다. 조선의용대는 이 요충지에 들어왔고, 일본군과 직접 대면하는 상무촌을 주둔지로 삼았다.

팔로군 전방총사령부에 소속된 부총사령 겸 전방총사령부 사령인 팽덕회와 정치위원인 나서경이 그들을 따뜻이 맞아주었다. 사령부가 있는 동욕 광장에서 환영식을 열어주었을 뿐만 아니라 의용대원들에게는 새로운 무기인 소총이 지급되었다.

이제는 돌아가는 길도 차단되었다. 중경으로 돌아갈 수 없다. 공산당의 한복판에 들어온 것도 걱정이다. 이에 따라 약산 대장은 국민당과 한국광복군의 공격을 더욱 심하게 받을 것이다. 주력 부대를 중국 공산당에게 고스란히 갖다 바쳤다는 공격을 약산 형님은 어떻게 견딜 것인가? 석정은 생각이 많아졌다.

화북으로 가서 우리 동포를 대원으로 입대시켜 우리 힘으로 일본군과 싸우겠다는 결의는 난관에 부딪혔다. 다른 길을 모색해야 한다. 국민당이든 공산당이든 이들은 자신들에게 도움이 되는 조선인 군대만 원한다. 이 또한 그들의 땅에서 독립운동하는 우리 독립군의 현실적 문제가 아닌가? 약산 형님은 적인지 아군인지도 모를 아가리에 들어가 있다. 석정 자신은 공조라는 틀 속에 들어 있다. 형님과는 다른 위치라서 한편으로는 안심이다. 그러나 자신의 이러한 안위가 바로 형님에게는 공격점이 되는 것이다. 이러지도 저러지도 못하는 처지다. 그렇다고 그저 앉아 있을 수만 없다. 일본군과 싸워야 한다. 싸우려면 중국민의 도움이 필요하다. 그래서 대원들에게 중국 민중을 계몽할 필요가 있다고 설득했다. 인근 중국 주민을 대상으로 한 대중 선전활동을 전개할 것을 대원들에게 알렸다.

7월 7일, 조선의용대는 상무촌에서 새롭게 태어나야 했다. 중경의 국민당군 지원을 받는 군대가 아니라, 팔로군과 함께 활동하는 부대가 되어야 한다. 그렇다고 해서 약산 김원봉 대장과 결별할 수 없다. 그래서 그들이 조직한 부대의 이름은 조선의용대 화북지대! 이보다 더 가슴 아픈 이름이 있을까? 석정은 이 이름을 고집하면서도 가슴이 너무 아팠다. 약산 형님과의 마지막 끈을 붙잡으려는 석정의 심정을 아는지 대원 중 많은 이가 석정의 의견에 동의를 표했다.

2지대의 대원들은 조선의용대에서 벗어나고 싶었다. 그러나 석정과 약산의 관계를 알고 있는 터라 함부로 이 말을 입 밖에 내지 않았다. 석정의 뜻대로 부대의 이름은 조선의용대 화북지대가 되었다. 대신 석정은 정치위원을 사양했다. 그렇지 않으면 반대의 목소리가 커질지도 모른다. 석정 대신 김학무가 정치위원이 되었다. 석정의 뜻에 반대하는 목소리가 없었다. 석정은 자신의 선택이 옳았다는 것을 알았다. 사람은 물러나야 할 때를 잘 알고 그 찰나에 물러나는 것이 중요하다. 석정은 그 순간이 지금이라고 생각했고, 그대로 행동했다. 그것은 적절했다.

새로 대오를 정비했으니 기념 공연이 열리는 것은 조선의용대의 원칙이다. 언제나처럼 조선의용대 방식으로 공연을 준비했다. 축하공연의 주연은 김위 대원이었다. 아름다운 미모는 물론 그녀의 수준 높은 노래는 대원은 물론 마을 주민도 감동시켰다. 그녀가 공연한 것은 조선의 딸이었다.

상무촌에 있는 홍복사라는 도교의 절을 지급받은 조선의용대 화북지대는 3개의 대와 그 아래 각 2개의 분대를 두기로 했다. 다시 말해 6개의 분대를 지닌 군사 기구가 되었다. 꽤 긴 토론의 결과 조선의용대 간부훈련반을 설치하기로 하고, 그 이름을 화북조선청년학교로 정했다. 이 학교의 교장은 박효삼이 맡고, 부교장은 진광화라는 청년이 맡았다. 그는 평양이 고향이다. 본명은 김창화인데 중국식 이름인 진광화로 불리고 있다. 석정은 최창익, 김학무와 함께 정치교관이 되었다. 석정은 이곳에서 약 2개월 동안 신입대원을 교육하여 무장선전 공작 요원으로 키웠다.

석정은 매주 2시간씩 '조선문제'라는 과목으로 조선의 사회경제 분석, 조선혁명의 동력, 조선혁명의 앞길에 대해 강의하고 생도들과 함께 토론했다. 생도들의 의견을 끝까지 듣고, 질문을 통해 생도의 역사의식과 민족의식을 확고히 하였다. 싸움의 당위성도 깨닫게 해주었다. 제국주의의 본질을 알지 못하면 이 전쟁을 이해할 수 없다. 제국주의는 끊임없이 노동자와 농민의 희생을 강요하는 구조이며, 식민 지역 민중들의 피와 땀을 그 존립 기반으로 삼기 때문에 우리가 싸우는 것은 단순히 일본이라는 나라가 아니라 제국주의 일본임을 분명히 했다.

정비된 화북지대 대원들은 팔로군과 함께 태항군구에 배속되어 무장 선전활동을 전개했다. 후방 마을 주민들을 모아 집회를 열고 일본과 싸워야 하는 이유를 설명했다. 그리고 조선인이 왜 중국에 와서까지 일본과 싸우는 이유를 이야기했다. 중국군의 승리가 조선 해방을 앞당기는 것임을 설득하고, 조선인 부대에 대한 지원도 당부했다. 마을에 일어난 여러 일에 대해 앞장서서 도와주었다. 전 총사령부가 있는 태항산 주변 주민들은 조선인 부대에 대한 신뢰를 조금씩 높여갔다.

이런 가운데 화북지역 조선청년연합회 진기예변구 지회가 설립되었다. 진기예라는 것은 산서와 하북 그리고 하남의 약칭이다. 진기예의 조선청년연합회이지만 실제로는 조선의용대 지회이다. 이 단체의 장에 진광화가 선임되었다. 중경에서 온 조선의용대원들에게는 충격이었다. 당연히 석정이 되어야 한다고 생각했다. 그러나 진광화가 회장이 되고 석정이 부회장이 되었음에도 그들은 이 일을 공론화하지 않았다. 진광화는 석정보다 열다섯 살이나 어리다. 석정은 오죽하랴. 석정은 이런 사실을 내색하지 않고 부회장의 직함도 과분하다고 이야기했다. 그러나 부회장의 직함을 석정에게 주지 않으면, 중경에서 이동해 온 대원들을 통솔할 수 없음을 팔로군 지도부도 알고 있다. 진광화는 중국 팔로군의 절대적인 신임을 얻고 있었고, 석정은 화북지대 대원의 신임이 두터우니 둘을 활용하는 것은 당연한 일이다.

석정은 약산의 대리인 역할을 하고 있지만 그 입지가 점점 약해지고 있음은 모두 알고 있었다. 류신과 장지광, 박문과 김학철로 구성된 선전부는 다른 부서와는 달리 석유 등잔을 사용할 수 있었다. 석정은 신문과 책을 들고 와 선전부원 틈에서 석유 등잔의 혜택을 누렸다. 때로는 긴 글을 썼다. 그것을 찢는 경우도 많다. 답답한 심정을 글로 표현했을까? 아니면 전하지 못하는 글을 쓰고는 그 안타까움을 찢는 행위로 나타낸 것일까? 선전부 대원들은 석정의 이런 모습을 보고 여러 추측을 했다. 김학철은 말했다.

"중경에 있는 약산에게 하고픈 말을 쓰고는 부하 대원들이 볼까 저어하며 찢었을 것이다. 우리는 계속 못 본 척하자."

약산 형님은 좌불안석일 것이다. 얼마나 많은 사람이 형님을 흔들고 있을까? 석정은 마음이 안정되지 않으면 펜을 들고 글을 썼다. 아내에게도 썼다. 아들 용문에게도 썼다. 부치지 못하는 글이다. 때로는 사진을 꺼내 아내와 아들에게 말을 건네본다. 언제나 순종하고 석정의 말이라면 믿었던 그들이다. 이럴 줄 알았다면 함께 올 것을. 그리움에 가슴이 아프다. 석정은 새로운 사업을 진행해야겠다고 생각했다. 이렇게 있다가는 큰일이다. 그런데 일본군이 상무촌까지 쳐들어왔다. 기습을 당했다. 상무촌 뒷산으로 퇴각하면서 그들과 맞섰으나 두 명의 대원을 잃었다. 마을 뒷산에 무덤을 만들었다. 해방되면 반드시 고향에 모셔야 할 것이다. 혹 부대가 떠나게 되더라도 주민들이 묘를 보살펴 줄 것을 부탁했다.

12월 추운 겨울임에도 불구하고 석가장 남쪽 찬황과 장대, 임성 등 세 개의 현에서 활동하는 제2지대의 2개 분대원 23명이 김세일의 인솔하에 동욕진을 떠나 200킬로미터 떨어진 원씨현으로 출동했다. 김세일은 이때에는 김세광이라는 이름으로 활동하였다. 그곳에서 20일간 활동하고, 대원 19명이 원씨현 호가장 마을에 숙영하게 되었다. 호씨들이 모여 사는 집성촌이다.

호가장 마을에서도 선전활동을 하자는 대원의 뜻에 따라 주민들에게 노래를 가르쳐 주었다. 불멸의 영령이라는 제목의 노래를 주민들에게 가르쳐 주면서 가장 신나는 사람이 있었으니 바로 김학철이다. 자신이 개사한 노랫말이기 때문에 김학철은 신이 났다. 일어나 선창하며 주민들에게 따라 부르도록 했다.

"사나운 비바람이 치는 길가에/ 다 못가고 쓰러진 너의 뜻을/ 이어서 이룰 것을 맹세하노니/ 진리의 그늘 밑에 길이길이 잠들어라, 불멸의 영령!"

주민들과 어울려 밤늦게까지 선전사업을 한 대원들은 지쳐 깊은 잠이 들었다. 이 호가장에는 왕정위 부대로 불리는 황협군 가족이 살고 있었으나 대원들은 알지 못했다. 황협군 가족 중 누군가가 밤새 달려가 일본군영에 조선의용대 화북지대 대원이 있음을 알렸다. 12일 새벽, 밀고자의 인솔로 일본군과 황협군 200여 명이 호가장에 들이닥쳤다. 열 배가 넘는 침략군이 호가장 3면을 둘러쌌다. 적이 코 앞에 와서야 이 사실을 깨달은 대원들은 산 쪽으로 달아날 수밖에 없었다.

퇴로를 뚫기 위해 앞장서던 김세광은 대원 세 명의 어깨를 밟고 지붕 위로 올라가 적병에게 수류탄을 던졌다. 그 틈을 노려 경기관총을 앞세워 대문으로 나가려 했으나, 일본군이 먼저 기관총을 쏘았다. 갑자기 기관총이 멈추며 일본군의 목소리가 들렸다.

"저항하지 말고 항복하라. 그러면 목숨은 살려주겠다. 조선인은 다 같은 황국신민이니 귀순하면 우대해 줄게."

"정하고 싶거든 네가 항복하라."

"우리는 일본군 포로를 우대한다. 어떠냐. 항복할래?"

"너희를 위해 충심으로 권유한다."

조선의용대원들의 응수가 잇달았다.

"바가야로."

일본 지휘관이 이 한마디에 사격이 시작되었다. 이어서 백병전이 벌어졌다. 총검이 부딪히고 서로가 서로를 찔렀다. 피가 낭자했다. 멈출 수 없다. 물러설 수도 없다. 죽음도 두려워하지 않은 대원들이 드디어 퇴로를 확보한 가운데 산등성을 오르기 시작했다. 적의 포격이 있으니, 누군가 뒤를 책임져야 했다. 이때 장중광 분대장이 나섰다. 박철동도 뒤로 처졌다. 최철호, 이정순, 김학철 대원이 자원했다. 동지들이 완전히 벗어날 때까지 적과 싸워야 하는 일이다. 어느 누구도 주저하지 않았다. 탄약이 떨어지는 순간까지 적을 명중시키고 그 다음은 육박전이다.

손일봉 분대장은 평북 의주 출신이다. 아버지가 3.1운동 당시 경찰이 쏜 총에 맞아 다리 불구가 되었다. 일본군에 대한 증오가 남달랐다. 1931년 중국으로 망명하여 민족운동을 전개하였다. 윤봉길 의사의 홍구공원 투탄 의거 1년이 지난, 1933년 일본군이 전몰장병 초혼제를 지내려는 계획을 알고 폭탄을 던졌으나, 폭탄이 터지지 않아 실패했다. 이후 낙양으로 가 낙양군관학교와 광동의 군관학교를 졸업한 후 중국군 장교가 되었다. 포병 중대장 당시, 장중광 대원에게 편지를 보냈다.

"전장은 혁명청년에게는 클럽과 같은 곳이다. 혁명을 위해 싸우다 죽는 것이야말로 가장 큰 즐거움이다."

편지를 본 장중광이 그에게 답장했다.

"친애하는 혁명동지여! 우리는 동지가 우리의 공작에 동참하기를 바라오. 우리는 조만간 화북으로 이동하여 적 후방에 거주하고 있는 조선 동포를 구하기 위해 노력할 것이오."

편지를 받은 손일봉은 1년 전 낙양에서 의용대를 스스로 찾아와 제1지대에 배치되어 활동하였다. 화북지대 편성 이후에 제2대 2분대장으로 호가장에서 적과 만났다. 마지막 순간, 박철동와 손일봉 분대장은 급박한 대화를 나누었다.

"손 동지! 총알이 남았습니까?"

손 동지는 고개를 가로저었다. 그리고 마지막 남은 수류탄 하나를 들어 박철동에게 보여주었다. 이때 일본군 소대장과 사병 일곱 명이 손일봉을 포위했다. 손일봉은 적 소대장을 향해 몸을 날려 그 놈의 멱살을 잡았다.

"야! 이 왜적놈아!"

다른 손에 있던 수류탄을 돌맹이에 세게 부딪혔다. 순간 수류탄이 굉음을 내며 폭발했다. 소대장과 사병 몇 명이 손일봉과 함께 날아갔다.

박철동 대원은 충북 충주 출신이다. 학생운동으로 인해 일제의 요시찰 인물로 낙인찍혀 일경의 감시를 피해 1931년 중국으로 망명하였다. 감정이 풍부하고 강직한 성품을 갖고 있어 어떠한 어려움이나 위험에도 아랑곳하지 않는 대담한 성격이었다. 중국의 작은 가게에서 점원으로 있으면서 중국어를 배운 그는 민족혁명당의 특파원을 만나 남경으로 출발하려다 상해에서 일본군에게 체포되었다. 채찍과 고문에도 바보행세를 하고 단식투쟁을 벌였다. 그리고 감시와 제지를 뚫고 탈출에 성공해 상해에서 남화한인청년연맹에 가담하여 활동하다, 중앙육군군확교 낙양분교 2기생으로 교육받았다. 한국독립당에 가입한 그는 민족혁명당 통합 과정에서 당원이 되었고, 당의 지령을 받아 화남으로 가던 도중 복건성 천주 나루터에서 일본 경찰에게 또 체포되었다. 일본 구주로 압송되어 3년간의 옥고를 치르고, 다시 중국에 망명해 조선의용대 제1지대에 들어왔다.

손일봉 분대장이 최후를 맞는 순간, 박철동은 적군 두 명과 육박전을 벌였다. 수류탄으로 일본군의 머리를 쳤다. 수십 군데 찔린 그는 적을 피해 가던 중 적이 포위하자

"내 목숨을 원하거든, 아낌없이 주마."

라며 가슴을 풀어헤치고 적에게 대들었다. 그리고 적이 찌른 칼날에 마지막 숨을 내쉬었다. 그는 적이 찌른 칼날을 손에 쥔 채 꿇어앉은 상태로 최후를 맞았다.

최철호 대원은 대전 출신이다. 가장 천시받는 백정의 아들이었던 그는 형평운동에 참가해 열심히 활동했다. 1935년에 중국으로 건너와 민족혁명당에 가입하면서 한청도라는 가명으로 활동하였다. 1937년 12월, 당의 부름을 받고 중국 중앙육군군관학교 특별훈련반 제6기생으로 졸업하였다. 한구에서 조선청년전시복무단에

서 항일선전 임무를 담당했다. 그의 비장한 노랫소리는 관객의 인기가 높았다. 농부 역할도 기가 막히게 해냈다. 조선의용대가 조직되자 입대하였다. 5전구와 1전구에서 대적 선전사업에 종사하였고, 서안으로 가 서안판사처 주임을 역임하였다. 1941년 조선의용대의 화북 진출에 함께하여 대적선전과 유격전에 앞장섰다. 지붕에서 격전하다 뒷담을 뛰어넘는 순간 적이 쏜 총에 맞아 숨졌다.

위 세 대원 외에 최연소의 대원도 희생되었다. 왕현순 대원이다. 왕현순은 평북 벽동 출신이다. 간부학교 2기생으로 석정의 지도를 받은 생도였다. 그의 본명은 이정순으로 의열단 간부인 이영준의 동생이다. 지독한 책벌레였고 생활태도가 반듯하며 책임감이 강했다. 그는 자신의 능력이 부족하다며 간부학교 3기생들과 다시 공부하였다. 조선민족혁명당에서는 검사국에서 활동하였고, 중앙육군군관학교 특별훈련반에서 석정의 교육을 받았다. 이후 조선의용대에 입대하여 제1지대에서 활동하였다. 호가장에서 전투할 당시 어린 나이임에도 적군에 달려들어 기관총 사수를 죽이고 포위망을 뚫는데 앞장선 용감한 대원이다. 그가 죽기 얼마 전 그의 형도 중경에서 활동 중 병사했다.

앞에서 대원을 이끌고 가던 김세광은 오른쪽 넓적다리에 총을 맞았다. 또 한발의 총알이 날아와 복부에 박혔다. 고장난 기관총을 고쳐 다시 메고 움직이던 그에게 총알이 또 날아왔다. 이번에는 왼팔 손목을 날려버렸다. 남은 왼쪽 다리와 오른팔로 풀뿌리를 움켜잡고 무릎으로 기어 산 정상에 올랐다. 쓰러지기 직전에 외쳤다.

"조선사람은 조선민족의 절개를 지켜라!"

이후 김세광은 후송되어 복부 절개 수술을 통해 총알을 제거했다.

제1분대장 조렬광은 김세광이 적탄에 맞아 놓쳐버린 기관총을 잡고 사격하려던 순간 무릎에 총알이 박혔다. 걷는 것이 어렵다고 여긴 조렬광은 일본군이 가까이 오면 그들과 최후를 함께하리라 결심했다. 옆에 있던 김흠이 한사코 거절하는 조렬광을 업고 20여 리 산길을 달려 안전지대에 다다랐다. 조렬광을 내려놓은 순간 자신도 통증을 느껴 돌아보니 김흠도 두 다리에 부상을 입어 뼈가 보였다. 게다가 신발도 없이 달린 그의 발도 허옇게 뼈가 드러나 있었다.

장예신도 부상을 입었고, 김학철은 다리에 총상을 입고 현장에서 포로가 되었다. 조선의용대 화북지대의 가장 큰 피해였다. 그러나 이들을 돕기 위해 출동한 팔로군은 12명의 희생자를 냈다. 의용대원들은 퇴로를 뚫어 도망 오느라 동지들의 시신도 거두지 못했다. 날이 완전히 밝자 이를 걱정한 대원들이 다시 그곳을 살피려 하자, 김세광 분대장이 막았다. 아직 적병이 있을 수 있고, 또한 밀고자가 있는 동네이므로 적은 숫자가 움직이면 우리의 피해가 크다는 것이다. 김세광은 총에 의해 팔의 거의 떨어져 나간 와중에도 대원들의 안위를 걱정하였다.

호가장에서의 전투 소식을 전해 들은 석정은 할 말을 잃었다. 너무 큰 피해를 당하였다. 동지와 제자를 잃었다. 김학철은 생사를 알 수 없으나, 포로가 된 것이 확실하다. 동지의 시신을 찾지도 못했다. 석정은 가슴을 쳤다. 그래서 몰래 사람을 보냈다. 중국인을 가장해서 호씨 마을에 가보게 했다. 다녀온 대원이 놀라운 소식을 전했다. 일본군에 의해 시신이 훼손당할 것을 우려한 마을의 청년들이 대원의 시신을 업고 백 리를 달려서 안전한 황북평촌에 가매장했다는 것이다. 전쟁이 끝난 뒤 시신을 찾아가라는 말도 전했다. 너무나 감사했다. 표식을 잘해 두어야 한다. 상무촌에도 호가장 근처에 우리의 동지묘가 있다. 모두 이 사실을 기억해야 한다. 석정은 가슴을 치며 이 사실을 대원들에게 강조하고 또 강조했다.

김학철은 밤마다 선전부를 찾는 석정을 좋아했다. 김학철은 석정에게 말했다.

“동지의 고향인 밀양이 마치 제 고향처럼 느껴집니다. 제 고향 원산보다 밀양의 모습이 마치 본 것처럼 머리에 그려집니다. 응천강이 있고, 무봉산 자락에 영남루가 있어 강과 누각이 어우러져 마치 한 폭의 그림 같을 것 같습니다.”

그리고 해방이 되면 꼭 밀양에 갈 것이라고 했다. 그는 석정의 옆에서 최후의 결전도 가장 많이 불렀다. 독립군 아리랑은 마치 자신의 노래인 양 매일 흥얼거리며 석정을 기쁘게 했다. 김학철은 석정에게 진지하게 이런 말을 한 적이 있었다.

“선생님! 약산 대장의 많은 계획이 선생님의 뜻은 아닌지요?”

“왜 그런 질문을 하는가?”

“저는 선생님께서 약산 대장의 지혜 주머니라는 생각을 떨칠 수가 없습니다. 선생님은 나서는 것을 좋아하지 않으시니, 갖고 계신 생각을 대장께 미리 알려 우리 의용대의 많은 일이 진행된 것은 아닌가 하는 생각이 들었습니다.”

“그런 생각을 했다구? 나는 내가 생각하는 것을 대장께 건의하지. 그런데 놀라운 것은 대장님도 이미 그 생각을 하고 계신 적이 많았지. 우리 두 사람은 세상을 분석하는 것도 비슷하고, 원하는 바가 일치하니 생각이 같을 때가 많았어. 그래서 서로 다투거나 부딪힌 적이 별로 없지."

"네, 그러셨군요. 참! 선생님! 저도 선생님처럼 노랫말을 지었습니다. 한번 봐주십시오."

김학철이 종이를 내밀었다. 불멸의 영령이었다. 그다운 가사였다. 김학철의 본명은 홍성걸이다. 석정보다는 열여섯이나 적다. 아들 같은 나이다. 그러나 기상은 누구에게도 지지 않는다. 김학철은 '편안하게 살려거든 불의를 외면하라! 그러나 사람답게 살려거든 그에 도전하라' 며 동지에게 용기를 주었다.

그런 그가 포로가 되었다. 그 고문을 어찌 이겨낼 것인가? 다리에 총을 맞았다고 들었는데 일본놈들이 치료는 해주고 있는지?

석정은 머리를 떠나지 않는 근심을 어찌할 수 없었다. 백민 스승도 약산 형님도 이 고통 속에서 매일을 살았을 것이다. 형님이 이 소식을 들으면 또 얼마나 괴로워하실까?

호가장 전투가 있은 지 약 2주 후에 형대에서도 전투가 있었다. 큰 피해는 없었으나 일본군의 출몰이 잦다. 머잖아 일본군의 공격이 있을 것이라는 이야기에 모두 전전긍긍했다. 일본군이 쳐들어오면 조선인이 제일 먼저 맞붙는 위치에 있다.

일본군이 미국의 하와이를 기습했다는 소식을 단파 방송을 통해서 들었다. 미국과 일본의 전쟁이 시작되었다. 일본군은 중국에서의 전쟁을 빨리 끝내고 싶어할 것이다. 그러면 그들의 공격을 더욱 심해질 것이다. 대비가 필요하다는 것에 팔로군과 조선의용대가 공감하였다.

호가장과 형대전투를 겪고 난 조선의용대 화북지대 본부를 상무촌에서 깐후촌으로 옮겼다. 함께온 가족들은 운두저촌으로 옮겨왔다. 이후 화북지대의 간부를 제외한 대원들도 운두저촌으로 옮겨와 가족들과 함께 지냈다. 이 마을 입구에는 무정 장군이 포를 만들기 위해 세운 공장이 있다. 창고처럼 위장되어 있지만, 일본군과 대항하기 위해 팔로군이 심혈을 들여 만든 공장이다. 제대로 된 포가 생산되어 일본군에 큰 피해를 주면 얼마나 좋으랴. 일본군을 피해 만든 공장은 무정과 팔로군의 피와 땀으로 나날이 좋아지고 있다.

화북지대 대원들은 마을 입구에 흐르는 냇가에서 현지 주민과 이야기도 하며 마을 사람들과 함께하는 시간이 많아졌다. 자연스레 그들을 선무공작하였다. 그러나 운두저촌에서의 생활은 매우 곤란했다. 가뭄이 들어 청장하 물도 말랐다. 쌀도 없고 소금도 채소도 없었다. 말린 옥수수만으로 연명했다. 그들은 얼어 죽을 각오, 굶어 죽을 각오, 총 맞아 죽을 각오를 하지 않으면 안 되는 참으로 어려운 시기를 간신히 버텼다. 아무도 불평하지 않았다. 나라 없다는 것이 무엇인지 절감할 뿐이다.

그들을 지켜주는 것은 오직 조국 광복에 대한 희망과 노래였다. 석정이 개사한 최후의 결전을 부르고, 독립군 아리랑을 소리 질러 서로에게 위로가 되었다.

2월이 되어 날씨가 풀리자, 호가장에서 희생된 대원의 장례식을 치르자는 이야기가 나왔다. 형대와 호가장에서 희생된 동지들의 추도식을 16개 국제단체와 연합으로 조직하여 2월 27일에 거행하였다. 그들의 시신을 황북평촌에 모셨다. 그곳 촌장이 자신의 땅을 내어주었다. 조선인을 위해 자신의 땅을 무료로 내놓은 것은 조선의용대에 대한 호감의 표현이다. 대원들은 이런 중국인도 있다는 것에 감사했다. 세작의 밀고로 동지를 잃었지만, 또 희생된 동지에게 안식처를 주는 중국인이 있으니 참으로 착잡하다. 이정호 대원이 급히 추도문을 만들었고, 이를 3월 1일 자 '조선의용대'에 실었다.

4월 1일에는 전사한 동지들의 사진과 함께 김약산과 총대부 요원들의 추도문이 '조선의용대 전방진망 동지 추도 전간호'에 실렸다. 조선의용대라는 통신을 이름까지 바꾸면서 그들을 추도하였다.

그들을 추모하는 제문에는

"이 세상에 무엇보다도 원통스러운 것은 자기의 이상과 포부를 실현하기 전에 청춘의 생명을 빼앗기게 되는 것이며, 또 이 세상에 무엇보다도 광영한 것은 국가 민족의 자유와 독립, 인류사회의 진리와 행복을 위하여 용감히 싸우다가 장렬히 희생하는 것이다. 그러나 원통한 것은 상대적이요, 광영한 것은 절대적이다"

라며 그들의 희생을 기렸다.

한지성은 네 동지의 장렬한 순국 경과와 동지들의 약력을 실었다. 약산은 태항산에 간 동지 중 일본군에게 죽고, 상처를 입고, 포로가 되는 현실이 가슴 아팠다. 전투 경험이 많지 않은 동지들이 조국 해방을 위한 투지로 선두에 있지 않은지. 석정은 별일 없는지. 많은 염려가 담긴 추도문을 남겼다.

조선의용대 42기에는 박철동 대원이 아닌 주동욱 대원이 사망한 것으로 기재되었다. 그만큼 중경에서 호가장의 사항을 파악하기 어려워서였다.

◇◇◇◇◇◇◇◇◇◇◇◇◇◇◇◇◇

2-8

1942년이 되면서 일제는 더욱 날뛰었다. 하와이를 침공하여 미국과도 전쟁까지 치러야 하니 전쟁터는 또 얼마나 넓은가? 1938년에 국가총동원령이라는 법이 제정되었다. 내지인은 물론 반도인도 전쟁터로 내몰겠다는 뜻이 담긴 법이다. 조선 청년들도 군대에 지원군이라는 이름으로 강제 입대시킨다는 소문이 벌써 들려왔다. 우리가 쏘는 총알에 이제는 우리 동포가 맞을 수 있다. 태항산으로 몰려드는 일본군의 수도 갈수록 많아졌다. 석가장에 우리 동포가 5만 명 이상 와 있다는 소문이다. 강제로 끌려온 사람도 있고, 심지어는 어린 여성들이 끌려와 석가장에 있다는 소문도 들렸다. 석가장은 하북성의 성도다. 일본군의 본부가 있는 곳이다. 당연히 일본군과 일본인이 많다. 어쩌면 그곳에 주둔한 일본 군인들의 전투력을 높인다는 이름으로 어린 여성들을 끌고 왔을 수도 있다. 직접 그곳을 찾아가 확인할 수 없음이 안타까울 뿐이다. 김학철은 부상 이후 석가장 형무소에 끌려갔다고 했는데, 그는 이러한 사실을 알고 있을까? 이런저런 소문이 사실이 아니길 바랐다.

5월이 되자 태항산의 팔로군과 조선의용대 화북지대는 긴장감에 휩싸였다. 일본군의 움직임이 포착되었다. 2월에 일본군 북지방면군 사령관으로 부임한 오카무라(岡村寧次)가 화북 지방의 공산당과 팔로군을 사 개월 이내에 모조리 죽여야 한다는 명령을 내렸다. 이후 일본군 병력이 증파되었다. 일본군의 작전은 팔로군과 조선의용대 화북지대를 소탕하는 것이다. 이에 대항해 팔로군과 화북지대는 반 소탕전을 전개해야 한다. 일본군의 1차 소탕전은 3월 30일에 끝났다. 조선의용대의 피해는 호가장에서의 피해 외에는 그리 크지 않았다.

5월이 되자 소탕전이 재개되었다. 소문에 의하면 엄청난 일본군이 태항산으로 이동했다. 더 놀라운 소문은 지휘관이 조선인이라는 것이다. 홍사익이라고 했다. 홍사익은 경기 안성 출신이다. 대한제국 육군유년학교에 입학하였으나, 대한제국의 군대가 해산당하자, 일본 육군사관학교에 편입하여 졸업하였다. 그는 동기들과는 달리 동경의 1사단 1연대에서 복무했다. 이후 일본국 인사국에 전보되었고, 일본 육군대학교에 합격하여 최고의 교육과정을 밟았다. 그는 1920년 매일신보 3면에 대문짝만한 기사의 주인공이 되었다. 일본육군대학에 우수한 성적으로 입학한 명예의 홍사익, 평민으로는 유일하였다. 그는 영친왕과 함께 육군대학에서 공부하였고, 꽃길만 걸었다. 1941년 소장으로 진급한 이후 하북성에 주둔한 보병 108여단의 여단장으로 왔다. 그리고 이제는 조선의용대 화북지대가 있는 태항산에 군대를 보내려고 한다. 조선의용대 화북지대를 공격하는 명령권자가 바로 조선인이다.

운두저 마을에 거주하던 대원의 가족들을 태항산 자락으로 이동시켰다. 십자령과 장자령 근처로 이동시켰다. 적군이 언제 나타날지 몰랐다. 그런데 떠나라는 명령에도 대원들이 사다리를 챙겼다. 페인트통도 챙겼다. 마을로 들어오는 성문의 앞과 양옆에 큰 글씨로 글을 써 내려갔다.

"조선말을 자유대로 쓰도록 요구하자."

"왜놈의 상관놈을 쏴 죽이고 총을 메고 조선의용군을 찾아오시오."

"강제병에 끌려 나온 동포들, 팔로군이 있는 곳마다 조선의용군이 있으니, 하늘로 향하여 총을 쏘시오!"

우리말을 읽을 수 있는, 아니 조선인이 강제로 끌려왔든 자발적으로 왔든 일본군에 있다면 독립군이 이곳에 있다는 사실을 알리기 위해 썼다. 필사적이었다. 적의 총소리가 들려오는데도 그들은 죽을힘을 다해 글을 썼다. 단 한 명이라도 그들을 찾아오길 바라는 간절함으로!

5월 24일, 일본군 36사단, 26사단의 일부와 제3독립혼성여단 병력이 북쪽으로 진입하였고, 남쪽의 팔로군 전방총부를 포위하고 협공하였다. 지휘관은 홍사익이었다.

3면을 포위한 일본군에서 벗어나는 것이 쉽지 않아 보였다. 팔로군 전방총사령부로부터 비무장 조선인들은 팔로군 총부를 따라 이동하여 포위망을 벗어나라는 긴급명령이 떨어졌다. 정치부 주임인 나서경을 따라 이동했다. 2개 소대의 경부대가 앞장섰다. 그 뒤에 정치부, 후방근무부, 위생부 등 지원 부서와 북방국 간부진, 변구 당학교 교직원, 노신예술학교 교직원과 학생, 신화일보 기자들, 문화공작단 배우 등 수천 명의 비전투원이 나서경의 뒤를 따랐다. 청장하를 건너 팔로군 전총사령부가 있는 마전을 지나 중국의 비전투요원 뒤를 비무장 조선인들이 따랐다.

화북지대가 지닌 무기라고는 장총 20여 정, 경기관총 1대와 몇 자루의 권총과 몇 발의 수류탄뿐이다. 동쪽으로 이동하는 이들을 발견한 일본군 선발대의 추격이 시작되었다. 쫓기는 화북지대는 25일 한낮, 섭현의 요문구 골짜기에 들어섰다. 팔로군은 팽덕회 부사령관과 좌권 부총참모장의 부대가 서편에 집결하였다. 서남쪽 산머리에서 3천여 명의 적군이 기관총과 박격포를 쏘았고, 공중에는 2기의 폭격기가 날아와 폭탄을 투하하였다. 수많은 비전투요원이 죽을 판국이다.

이때 나선 사람이 박효삼 화북지대장이었다. 박효삼은 약산과 함께 황포군관학교 4기생으로 졸업하였으며, 중국군 현역 대좌로서 조선의용대에 참가하여 제1구대장이 되었다. 화북으로 이동하면서 화북지대의 지대장이 된 조선의용대의 최고 지휘관이다.

나서경을 찾은 박효삼이 말했다.

"조선의용대원들이 특공대를 조직하여 퇴로를 뚫겠소. 그러니 우리를 믿고 함께 공동으로 작전을 추진합시다."

나서경이 물었다.

"좋은 계책이 있소?"

"당연하오. 나를 포함한 조선의용대 특공대가 적의 기관총을 탈취해서 퇴로를 만들겠소. 우리는 해낼 수 있소. 우리 대원을 믿어주시오."

"그러면 우리도 특공대를 조직하겠소. 함께 공격을 개시하도록 합시다."

"알겠소. 우리는 동쪽 기관포를 접수하겠소. 팔로군은 서쪽 기관포를 접수해 주시오."

"알겠소. 반드시 적을 막아냅시다. 우리는 좌권 부참모장이 특공대를 이끌 것이오."

두 사람은 굳게 다짐하며 흩어졌다. 조선의용대는 박효삼의 지휘를 따랐다. 특공대를 선발하였다. 서로 가겠다는 동지 중 마흔 명을 선발했다. 특공대는 동쪽 산마루에 빠르게 올라야 하니 휴대품을 모두 버렸다. 쏟아지는 총알을 피하며 전진, 전진하였다. 드디어 조선의용대 명사수 문명철의 경기관총이 불을 뿜자 일본군은 당황하였다. 그리고 화력을 조선의용대 특공대 쪽으로 집중하였다. 이 틈을 타 중국 팔로군 총대부는 안전하게 퇴각하였다. 팽덕회와 나서경도 피신하였다. 그러나 팔로군 특공대를 이끌던 좌권 부참모장은 십자령 고갯마루에서 적의 포위망을 뚫다 날아온 포탄에 맞아 전사하였다. 5월 25일에 일어난 일이다. 좌권의 나이 이제 서른넷이다. 마전 전총사령부 뒤편에서 가족이 함께 살았다. 아내의 피울음을 어떻게 멈추게 할 것인가?

조선의용대의 특공대원들은 기관총 한 대와 총 몇 자루로 일본군과 싸웠다. 말도 안 되는 이 상황을 지켜본 팔로군 대원 당평주(唐平鑄)는 나지막이 외쳤다.

"조선 동지들이 보여준 두려움 모르는 영웅적 기개를 우리는 영원히 잊지 못할 것이오."

조선인 비전투요원들도 흑룡동굴 쪽으로 피신하기 위해 이동했다. 흑룡동굴은 여름에도 찬물이 흘러 인근의 주민이 피서하는 곳이라고 한다. 이야기만 들었지 갈 기회가 없었다. 석정은 고향 밀양에 있는 얼음골을 떠올렸다. 여름 날씨가 더울수록 얼음이 더 많이 열리는 동굴! 겨울에나 볼 수 있는 얼음을 한여름에 볼 수 있어 신비한 기운이 흐른다고 알려진 곳. 조선의 명의였던 허준이 이곳에서 사람을 치유하였다고 하는 이야기가 있다. 바로 옆 가마불골은 얼음골과는 반대로 사람들이 가기를 꺼리는 곳이다. 같은 곳에 있으나 정반대의 자연현상이 일어나는 기이한 곳이다.

얼음골과 같은 흑룡동굴에서 다친 동지들이 허준에게 치료받았던 것처럼 치유받고 완쾌되길 빌었다. 흑룡동굴로 가는 길이 가벼워졌다.

경위부대와 화북지대는 진로를 열면서 나아갔다. 흑룡동굴 근처에서 적과 만났지만, 결사적 항전으로 포위를 벗어났다. 적과 싸움이 잦아들었으나 비전투원들은 물 한 모금 마시지 못했다. 밥 한술 먹지 못한 채 이틀 동안 강행된 행군으로 모두 지쳐 있을 때도 일본군은 계속 쫓아왔다. 나서경이 이를 해결하기 위해 석정 윤세주와 의논하였다.

"비전투요원이 한꺼번에 움직이는 것은 속도도 느리거니와 발각될 위험이 있으니 분산하는 것이 좋겠습니다."

나서경의 요청에 석정이 말했다.

"우리 비전투요원은 제가 흑룡동굴까지 안내하겠습니다."

그들은 남예보(南艾浦)에서 서로의 안위를 빌며 헤어졌다.

이제부터 조선의용대의 비전투요원 40명은 석정의 지도하에 움직여야 한다. 40명은 정치사업과 후방사업을 맡았던 대원과 여성대원 그리고 가족들이었다. 이들은 산등성이에서 잠시 쉬고 밤길을 걸어 한밤중에 화옥산 자락에 다다랐다. 어둠을 헤치며 찾은 것은 텅 빈 마을이었다. 몇 동지가 인근을 수색한 결과 동굴 속에 숨어 있는 마을 사람을 발견했다. 그들의 말에 의하면 마을은 이미 일본군에게 점령당했고, 낮에는 동굴마저 뒤지며 마을 주민을 죽이고 있다고 전했다. 이런 상황에서 40명이 함께 다니는 것은 위험하다. 석정은 진광화, 김두봉과 이 문제를 의논하였다. 김두봉은 석정과 진광화의 뜻에 따를 것이라 했다.

석정과 진광화는 40명을 다시 4개 조로 나누었다. 석정의 조에는 진광화 화북청년회 회장과 한국독립당에서 민족혁명당 통합에 찬성한 김두봉과 그의 딸, 그리고 최채와 이철중 대원 등 모두 아홉 명이었다. 그들이 가진 무기라곤 권총 한 자루와 수류탄 몇 발뿐이었다. 이철중에게 권총을 주어 김두봉과 여성 네 명을 보호하도록 하고, 석정은 진광화와 최채와 더불어 적의 정세를 살폈다. 그런데 일본군 100여 명이 건너편 산길에 나타났다. 장교는 망원경으로 이쪽을 살피면서 큰 소리로 외쳤다. 일본말을 알아들은 석정은 진광화와 최채를 향해 나직이 말했다.

"적들이 우리 셋을 발견한 모양이오. 저들의 동태로 보아 이철중 대원과 동지들은 발견하지 못한 것 같소. 우리가 이곳에 계속 있으면 저 동지들이 위험하니 우리가 뛰쳐나갑시다."

"아닙니다. 동지는 숲으로 가십시오. 제가 앞으로 달려가 적을 유인하겠습니다."

"아니요. 이미 적은 우리가 세 사람이라는 걸 알고 있소. 내가 숲으로 도망가면 나를 찾기 위해 병력을 투입하면 동지들이 위험하오. 나머지 동지들도 다 희생될지 모릅니다. 그러니 우리 세 사람이 저들을 유인합시다!"

세 사람은 숲을 빠져나와 장자령 산비탈을 따라 빠르게 내달렸다. 그러자 적군의 기관포와 총탄이 집중되었다. 달리던 진광화가 소리쳤다.

"우리 세 사람도 갈라집시다. 최채는 산 위로, 석정 동지는 산 중턱으로 가시오. 나는 산 아래로 가겠소."

최채가 소리쳤다.

"아닙니다. 제가 아래로 가겠습니다."

최채의 말이 끝나기도 전에 진광화는 아래로 달렸다. 석정과 최채가 말릴 새도 없었다. 어쩔 수 없이 석정은 산 중턱을 향해 뛰었다. 진광화는 숲속의 동지를 살리기 위해 자신을 던지기로 결심한 것이다. 최채도 산 위로 뛰었다. 최채는 자기 발에 불이 붙은 느낌이었다. 그만큼 산 위를 세차게 달렸다. 세 사람이 갈라져 달리니 적의 공격도 분산되었다. 아래로 달리던 진광화가 총에 맞았는지 비명을 질렀다. 그러나 석정도 최채도 돌아볼 겨를이 없었다. 그들을 향해 날아오는 총알도 빗발이었다.

달리던 석정도 비명을 지르며 그 자리에 쓰러졌다. 허벅지가 뜨끔했다. 최채는 달리면서 양치기들이 파놓은 돌굴을 발견하고 뛰어들었다. 순간 머리 위로 총알이 지나가자, 최채는 순간 정신을 잃었다. 얼마나 시간이 흘렀는지 알 수 없었다. 최채는 눈을 떴다. 웅성거리는 소리가 들리고 박수 소리가 들렸다. 최채는 숨을 죽이고 그들의 이야기를 들으려 했으나, 일본말을 모르니 알아들을 수 없었다. 숨죽이며 머리를 만져보았다. 피도 나지 않았다. 총알을 용케 피했나 보다.

'어떻게 된 일이지? 분명 나는 총알을 맞은 것 같은데.'

사방은 어두웠다. 어디가 어딘지 알 수 없었다. 적들도 우리가 다 죽었다고 여겼는지 자리를 떴다. 날이 새기를 기다리는 동안 최채는 온갖 걱정에 휩싸였다. 날이 어스름 밝아오자, 최채는 자신이 달려온 길을 되돌아 내려갔다. 석정이 내달렸던 산 중턱으로 걸음을 옮겼다. 어디선가 신음이 들렸다. 석정의 신음일 것이라는 생각이 들자, 최채의 발걸음은 빨라졌다.

어렴풋이 형체가 드러났다. 석정이 웃옷을 찢어 허벅지를 묶었으나 아직 피가 흐르고 있었다. 거의 실신한 상태에서도 고통에 신음하고 있었다. 최채는 얼른 달려가 석정의 상처부터 살폈다. 총알이 허벅지에 박혀 있다. 놀란 최채는 자기 옷을 벗어 석정의 상처를 싸매려는 순간 석정이 낌새를 치고 눈을 떴다.

"동지! 선생님! 괜찮으십니까?"

겨우 고개를 든 석정이 최채를 올려다보았다.

"최 동지가 왔군. 그런데 진 동지는?"

"아! 진 동지는 어디 계신지 알지 못하고 있습니다."

"어제 도망가다 총을 맞은 것 같았네. 저 아래 절벽을 좀 살펴보게."

"아니 선생님의 상처를 먼저 살피고 가겠습니다."

"아닐세. 빨리 저 절벽 아래로 가보게. 진 동지의 안위가 걱정일세, 얼른 살피게."

"네. 알겠습니다. 잠시 살펴보고 오겠습니다."

최채는 무엇을 먼저 해야 하는지 생각할 겨를이 없다. 몸이 움직이는 일부터 하는 것이다. 진광화 동지가 총을 맞은 곳은 석정이 달려온 곳과는 제법 거리가 있었다. 석정은 최채에게 절벽 아래를 살펴보라고 지시했다. 최채의 눈에 들어온 것은 절벽 아래로 떨어져 널브러져 있는 진광화였다. 최채는 손으로 입을 막았다. 하마터면 비명이 터져 나올 뻔했다. 아직 적병이 가까이 있을 것인데 말이다.

최채는 석정을 찾아 되돌아왔다.

"진광화 동지는 절벽 아래로 떨어진 것은 맞습니다. 돌아가신 듯합니다. 움직이지 않았습니다."

"그런데 왜 돌아온겐가? 진 동지에게 가봐야지!"

"아니, 진 동지에게로 내려가는 길을 찾을 수도 없고, 또 선생님을 도와드려야 하니 어쩔 수 없습니다."

"아니야! 진 동지에게 가야지."

"아닙니다. 선생님의 상처도 지금 치료받지 않으면 큰일납니다."

석정은 절벽 아래로 떨어진 진광화에게 도움이 더 필요하다고 했으나, 최채는 그가 본 진광화는 죽은 듯 보였기 때문에 석정을 치료하는 것이 우선이었다. 움직일 수 없는 석정은 진광화를 위해 할 수 있는 것이 없다.

최채는 자신의 옷으로 석정의 상처를 다시 싸맸다. 돌아앉아 등을 석정에게 보였다. 석정은 육사가 준 인장과 가족사진을 다시 주머니에 넣고 최채의 등에 업혔다. 최채가 오기 전 그는 그것을 꺼내 보고 있었다.

미안한 마음도 있었으나 아들과 같은 든든한 등이다. 따뜻하고 포근하다.

최채는 자신이 피신했던 곳에 석정을 뉘었다. 다시 출혈이 있다. 움직인 탓이다. 최채는 놀라서 옷을 찢어 석정 허벅지 위쪽을 꽉 묶었다. 지혈하려다 잘못하면 묶은 아래가 더 큰 문제가 될 수 있다. 최채는 지혈이 되기를 기다려 피가 멈추자 묶은 부분을 느슨하게 했다.

"선생님! 선생님을 치료할 대원을 찾아보겠습니다. 이곳에서 조금만 기다려 주십시오."

최채는 석정이 고개를 끄덕이자 돌굴 밖으로 뛰쳐나갔다. 맘이 급했다. 나머지 동지들의 안위도 걱정이다. 바쁜 마음과는 달리 발걸음은 천근만근이다. 생각해 보니 이틀 동안 아무것도 먹지 못했다. 얼마간 걷다가 뛰었을까? 앞에 이철중 동지가 서 있었다. 놀란 최채는 동지들의 안위를 물었다. 한 사람도 다치지 않았다. 안도의 숨을 내쉬었다.

"철중 동지! 석정 동지와 진광화 동지를 구해야 합니다. 두 사람이 총을 맞았어요. 빨리 가야 합니다."

"빨리 가세."

철중은 최채의 말이 채 끝나기 전에 앞장서서 달렸다.

"제가 앞서겠습니다. 제가 위치는 아니깐요."

고함치듯 최채가 외쳤다. 놀란 동지들은 거기서 기다리게 하고 둘은 달렸다. 먼저 석정의 상처를 살피고 둘은 진광화를 찾아 나섰다. 살아 있을 수도 있는데, 빨리 치료하지 못해서 상황이 더 나빠질 수 있다. 철중은 진광화 동지가 반드시 살아 있을 것이라 확신했다. 서른한 살의 나이다. 그의 인자한 얼굴을 더 이상 볼 수 없다는 사실을 인정할 수 없었다. 벼랑 끝에 섰다. 진광화의 모습이 보이지 않았다. 살아서 피신한 것인가? 아니면 일본놈들이 시신을 가져간 것인가? 최채의 온몸에 소름이 돋았다. 철중은 혼자 벼랑 아래로 내려가겠다며 최채에게는 석정을 보살필 것을 부탁했다. 최채는 그 자리를 떠날 수 없었다. 무슨 일이 일어났는지 알아야 했다.

철중은 벼랑 아래로 내려와 주변을 살폈다. 벼랑 가까이 버려진 듯 보이는 진광화가 있었다. 그의 얼굴은 피 못을 이루어 얼굴을 알아볼 수 없다. 떨어지면서 바위에 얼굴이 부딪친 듯하다. 게다가 일본놈들이 그의 생사를 알기 위해 시신을 마구 뒤집었는지 피가 여기저기 흩뿌려져 있고, 발자국이 어지럽게 있다. 철중은 하늘을 향해 울부짖었다.

"진광화 동지!~"

울리는 그 목소리에 최채도 그만 주저앉았다. 숨어 있는 석정에게도 들렸다. 석정은 가슴을 뜯었다.

진광화는 진기로예변구 항일근거지에서 쉼 없이 투쟁한 동지다. 해방의 날을 보지 못하고 혈전의 나날을 보내다 동지를 살리기 위해 그 몸을 희생하였다. 이 사실을 모르는 이 없다. 이철중이 빠르게 올라왔다. 그리고 달려가 벼랑 아래로 내려갈 사람과 함께 다시 왔다. 피로 물든 돌을 주워서 진광화 시신과 함께 안장했다. 소중한 피 한 방울도 비에 씻겨가는 것조차 허용하지 않겠다는 뜻이다. 대원들은 머리 숙여 묵념했다. 울지 않는 동지가 없다. 소리 내 우는 동지도 없다. 모두 입술을 깨물고 그의 복수를 다짐했다. 그의 뜻을 이어 자유의 그날까지 굳세게 싸우는 것 외에 그 무엇이 있으리오!

동지들을 돌려보내고 최채는 석정 곁에 남았다. 돌굴은 두 명 정도만 지낼 수 있는 공간이다. 이철중은 이러한 사실을 본부에 보고하기 위해 서둘렀다.

밤새 석정은 신음조차 내지 않았다. 새벽녘 석정의 몸이 불같이 뜨거웠다.

"물, 물, 물…."

물을 찾았다. 최채는 석정을 떠날 수도, 물을 찾지 않을 수도 없었다. 최채는 마을 주민이 숨어 있는 동굴이 있었다는 사실을 떠올리고 그들을 찾아 달렸다. 동굴에 도착하기 전 들려오는 울음소리가 심상치 않다. 일본놈들과 한간들이 부녀자를 겁탈하고, 어린이들이 그 옆에 울부짖고 있었다. 이곳도 전쟁터다. 최채는 홀로 어찌할 수 없었다. 분노에 몸을 떨었으나, 아무것도 할 수 없음이 더 분노스럽다.

세상에서 가장 흔한 것이 물이라고 했든가! 그런데 그 흔한 물 한 방울을 구하지 못한 최채는 빈손으로 돌아왔다. 석정은 열에 들떠 있으면서도 최채의 손을 쳐다보았다. 빈손이다. 물을 구하지 못한 동지의 마음은 더 아플 것이다. 석정은 아무 말 하지 않았다. 아니 할 수 없었다. 최채의 얼굴에는 뜨거운 눈물이 흘렀다. 존경하고 사랑하는 동지를 위해 물 한 방울도 구하지 못한 자신이 죽이고 싶도록 미웠다.

해가 떠올랐다. 소리가 들렸다. 이철중 동지와 하진동 동지가 돌굴 가까이 걸어오고 있다. 최채는 얼른 달려갔다. 하진동은 그의 어깨를 툭 치고는 바로 석정에게 다가왔다. 얼마나 존경하는 스승인가! 진동은 흐르는 눈물을 감출 수가 없다. 먼저 엎드려 석정의 상처를 살폈다. 썩어가고 있다. 하진동은 그대로 엎어져 통곡했다. 석정이 그의 등을 쓰다듬었다. 2기 생도 때부터 눈여겨보던 제자였다. 그가 석정을 찾아왔다.

"다른 동지들은 다 무사하신가?"

겨우 석정이 물었다. 그의 목소리에는 힘이라곤 없었다. 그냥 육신에서 흘러나온 소리였다.

"예! 박효삼 대장과 특공대의 힘으로 퇴로를 확보해 많은 사람이 피할 수 있었습니다. 팔로군에도 약간의 피해가 있었으나 큰 피해 없습니다."

"그래, 다행이군!"

다른 사람의 안위가 확인되자 석정은 꼬꾸라졌다. 더 이상 버틸 힘이 날아갔다.

"박효삼 대장께서 선생님이 걱정되어 저를 보냈습니다. 오던 도중 이철중 동지를 만나 이렇게 달려왔습니다. 제가 너무 늦었습니다. 죄송합니다."

하진동은 엉엉 울었다. 아이가 부모님 앞에서 울 듯이 펑펑 울었다. 석정은 겨우 팔을 뻗어 하진동의 머리를 쓰다듬었다. 스승의 마음이다.

하진동은 이철중을 보냈다. 남은 동지를 안내해 박효삼 대장이 있는 곳으로 가라고 했다. 그리고 자신은 최채와 함께 석정 곁에 남았다. 주위 주민들에게 석정을 치료한 의사가 있는지 묻고 다녔다. 허사였다. 촌에 머물던 의료대는 적이 쳐들어오는 바람에 벌써 철거했다는 이야기만 들었다. 하는 수 없이 석정을 업고 그를 치료할 만한 장소를 찾았다. 험한 산속에 묵은 다락밭이 있었고 그 뒤에 낡은 움집이 있어 그곳에서 석정을 보살피기로 했다. 하진동과 최채는 우선 석정을 앉히고 주변을 정리했다. 밤새 푸른 잎이 달린 나뭇가지를 세워 움집을 위장했다. 마을에 내려가 물을 얻어 좁쌀로 죽을 쑤었다. 석정에게 조금씩 먹였다. 겨우 넘기기는 했으나 곡기를 받아들이는 것에 기뻤다. 하진동과 최채의 마음이 한결 가벼워졌다.

다음 날이 되자 석정이 숨어 있는 장자령 쪽에서도 총소리가 울렸다. 적이 이곳으로 이동한 것 같았다. 총성을 들은 석정이 최채와 하진동을 불렀다.

"난 동지들의 심정을 알고도 남음이 있소. 하지만 우리 셋이 여기 함께 있다간 다 죽을 수도 있소. 혁명에 목숨을 바친 사람이 죽음을 두려워하겠소만 승리의 그날을 위하여 우리는 자신을 보호할 줄 알아야 하오. 지금부터 우리 셋은 함께 있지 말고 갈라져야 하오. 나를 걱정하느라고 아까운 생명을 버리는 일은 용서할 수 없소. 그러니 동지들은 얼른 떠나시오."

석정의 말이 옳아도 두 대원은 그 말을 따를 수 없다. 이미 석정의 상처는 썩어 가는데, 존경하는 스승을 그대로 두고 가다니. 둘은 눈물 흘리며 그럴 수 없다고 했다. 석정이 무섭게 쳐다봤다. 최채는 석정이 이토록 무서운 얼굴을 한 것을 본 적이 없다. 처음이라 낯설었다. 하진동도 마찬가지다. 그렇다 해서 물러설 수 없다. 불꽃이 인 석정의 눈이 말없이 그들에게 명령했다. 석정의 성정을 알고 있는 두 사람은 죽을 대접하고 묵묵히 움집을 나섰다. 몰래 지켜볼 심산이다. 둘은 산 위에 올라가 움집만 쳐다보고 있었다. 맞은 편에서는 치열한 전투가 벌어지고 있었다. 맞은 편에 조선의용대가 있음을 하진동은 알아차렸다. 총소리가 점차 이쪽으로 옮겨오고 있다. 최채와 하진동은 조선의용대의 승리로 끝나고, 이 전투가 석정이 머문 장소까지 오지 않기를 간절히 바랐다.

총소리가 멎었다. 조선의용대가 퇴로를 얻어 빠져나간 것 같았다. 둘은 안심했으나 석정 가까이 갈 수 없었다. 아직 적병이 있는지 확인할 수 없기 때문이다. 다음 날이 되자 둘은 석정이 걱정되어 움집 가까이 다가갔다. 최채는 움집 아래로 내려가 바위틈에 숨었다. 한낮이 되자 적들이 산 위에 올라와 총질하니 둘은 석정에게 갈 수 없었다. 밤이 되어 적이 사라지자, 둘은 움집으로 향했다. 어둠 속에 움집을 찾아가는 것도 쉽지 않았다. 그들이 찾았을 때 석정은 통증으로 고통스러워했으나 무사했다.

다음 날 적이 또 나타났다. 하진동과 최채는 또 움집이 바라보이는 곳에서 몸을 숨기고 있었다. 그런데 적이 너무 가까이 다가왔다. 온종일 땡볕에 손가락 하나도 움직이지 못하고 움집만 쳐다보았다. 해가 지고 어둠이 내리기 시작했다. 적의 접근이 없었다고 생각한 최채는 안심하면서 위에서 움집을 지켜보던 하진동을 손으로 불렀다. 둘은 어둠이 완전히 내리자, 석정이 숨어 있는 움집으로 갔다. 석정이 보이지 않았다. 어두워서 찾기가 어려웠다. 소리 내 부를 수도 없다. 둘의 가슴은 까맣게 타들어갔다.

석정은 적이 총을 쏘며 떠드는 소리에 움집이 발견되었다는 것을 알았다. 엄청난 고통이 있었으나, 기다시피 하여 몸을 움직였다. 뜻대로 몸이 움직여지지 않는다. 썩어가는 다리는 들 수도 없다. 온 힘을 팔에 실어 앞으로 움직였는데 그만 아래로 굴렀다. 죽을 것만 같은 고통에도 소리낼 수 없다. 두 동지가 자신을 살리기 위해 떠나지 않고 있음을 석정도 안다. 소리를 내면 일본군이 달려올 것이고, 두 동지가 피해 입을 수 있다. 석정은 이를 악다물었다. 아내와 아들에게 한 약속과 약산 형님, 육사와 한 약속을 지켜야 한다. 그래서 죽을 수 없다. 반드시 살아서 조국에 가야 한다. 그리고 자신의 손으로 조선 총독을 죽여야 한다. 수많은 생각이 머릿속을 휘감는다.

석정은 어두워 보이지 않으나, 주머니에서 비취 인장을 꺼냈다. 그리고 이육사에게 고백하듯 말했다.

"육사, 자네는 지금 무엇하고 있는가? 자네가 나를 청포 입은 손님이라 했던가! 그런데 이렇게 적탄에 맞아 죽음을 앞두고 있으니 이를 어쩌면 좋나. 자네라도 옆에 있다면 좋겠구먼. 투정 부리던 자네가 부럽군! 행여 자네는 또 성질대로 하다 감옥에나 있지 않은지 그것도 걱정이네. 혹 내가 먼저 가더라도 자네는 해방된 조국에서 가족과 행복하게 지내다 와야 하네. 혹 여력이 되면 내 가족도 찾아봐 주고 말일세. 자네가 늘 이것을 들여다보며 칠월장을 외던 모습이 지금 내 앞에 있는 듯하네. 자네는 늘 깔끔했지. 간부학교 시절에도 자네는 머리카락 하나 허트러지는 걸 용납하지 않았지. 나는 그런 자네의 성정이 늘 걱정이었네. 모난 돌이 정을 맞는다 하지 않았나. 자네는 조금도 굽히지 않으니 부러질까 염려되네. 자네 모친의 육순은 어찌 잘 보냈는가? 내게 이것을 줘버렸으니 무엇으로 선물했는가? 그것도 궁금해지는군. 내가 이것을 자네에게 주겠다고 약속했으나 지키지 못할 수도 있을 것 같네. 내 여기 혼자 죽어 일본놈들이 시신을 버리기라도 한다면 어쩌겠나. 하진동과 최채가 내 주위에 있었으나, 내 이렇게 굴러 절벽 아래 누웠으니 그들이 나를 찾을 수 있을 것인가? 적들이 먼저 찾지 않기만 바랄 뿐이네.

자네가 영남루에서 말했던가! 용금루에서 만나자고 말일세. 내 그곳에서 자네를 기다리고 있겠네. 오랜 시간이 지나서 자네가 와도 나는 원망하지 않겠네. 내 기다림에는 자네의 행복이 담겨 있기 때문일세. 부디 성정을 조심하시고, 뒷날 보세나."

석정은 비취 인장을 몇 번이나 매만졌다. 육사의 체취가 나는 듯하다. 그는 지금쯤 가족들과 함께 있을까? 아니면 친구들과 술 한 잔 들이키고 있을까? 소중히 주머니에 인장을 넣으면서 석정은 칠월장을 읊조렸다.

"칠월에는 대화성이 기울고 구월에는 겨울옷을 준비한다네 동지가 되면 찬 바람 불고 섣달에는 추위 닥치니 겨울옷 없다면 어찌 해를 나겠는가. 정월에는 보습을 닦고 이월에는 발 갈러 가네. 아이를 데리고 아내는 남쪽 밭에 들밥을 내가니 농사짓는 이들은 이를 기뻐한다네."

"지금 찬 바람 불고 추위 속에 있으나 밭 가는 날이 올 것이야. 이제는 자네가 나서야 하네."

석정은 육사가 옆에 있기라도 한 듯 간곡히 부탁했다.

석정은 수첩 사이에 끼워놓은 용문이와 아내가 찍혀 있는 사진을 꺼냈다. 아직 날아 어두워 잘 보이지 않았다. 촉감으로도 느끼고 싶어 손바닥으로 사진을 쓸었다. 물방울이 쓸린다. 석정 자신의 눈물이다.

"여보! 당신에게 가장 미안하오. 내가 아닌 다른 남자를 만났더라면 이렇게 살지 않았을 것을! 내가 무슨 복이 있어 당신을 만났을까? 단 한 번도 내가 하고자 하는 일을 반대하지 않았지요. 아버지께서 병이 났을 때도 당신은 그 병수발을 마다하지 않았지. 그리고 어머니의 마지막도 지켜주어 정말 고맙소.

오래도록 아이가 생기지 않아 마음고생이 많았지만 내게 닦달하지 않았소. 하늘을 봐야 별을 딸 수 있지요. 허구한 날 바깥에서 떠돌던 나를 원망해야 하는데 당신은 한 번도 그러지 않았소. 그래서 당신에게 더욱 미안하고 고맙소! 그리운 당신이 중국에 오면 잘해줄 것이라 마음먹었소. 당신이 왔으나 나는 더욱 바빠졌소. 내 탓만이 아니라는 걸 당신은 알 것이오. 일본놈들이 중국과 전쟁을 시작할 줄 누가 알았겠소. 나는 상해로 가서 방송해야 했고, 포로를 포섭하기 위해 화평촌에 가야 했소. 그런데도 당신은 그런 나를 한 번도 원망하지 않았소. 오히려 내 건강을 걱정했지요.

어르신들을 모시는 데도 정성을 다했고, 조선의용대 부녀복무단에서도 역할을 다해줬소. 형수님의 병수발도 당신은 친동생에게 하듯 하였소. 아마 나는 전생에 나라를 여럿 구한 것 같소.

이제 내가 먼저 갈지도 모른다는 생각이 드오. 내가 가더라도 당신은 우리 용문이와 해방된 조국에서 오래도록 사시오. 행여 나를 따라오겠다는 생각은 마시오. 우리 아들을 잘 돌봐주시오. 혹 일본놈이 물러나지 않거든 우리 용문이도 나처럼 투사가 될 수 있도록 당신이 닦달해 주오. 그놈은 먼저 나서지는 못할 것이오. 그러니 당신이 그놈 등을 떠밀어 조국을 위해 살 수 있도록 해 주오. 내가 살아온 것을 봐온 우리 아들은 그 길을 영광으로 여기며 갈 것이오. 그때 당신의 마음은 찢어지겠지만, 우리의 불행이 바로 일본이 우리나라를 집어삼켰기 때문에 생긴 것이라는 것을 잘 알지 않소? 나라 없는 백성은 영원히 불행하오. 우리 용문이를 그 불행 속에 계속 살도록 둘 순 없소.

미국도 참전하였으니, 일본의 국운도 다할 것이오. 그때까지 당신과 용문이가 무사하기를 소망하오. 혹 고향에 가거든 내가 너무 그리워했노라고 전해주오. 동지들에게도 그렇게 전해주오. 지금 순간에도 당신이 너무 그립소. 당신의 하얀 손을 맞잡고 그대를 품에 안고 싶소. 당신의 남편으로 살았다는 것이 내겐 큰 행복이었소. 사랑하오! 정말 사랑하오! 먼 훗날 수미산 자락에 나가 그대를 기다리고 있으리다. 부디 천천히 오시오. 아들 용문이가 장가들고, 그 아들이 장가드는 것까지 보고 오시오. 그때 아이들의 예쁜 모습을 나에게 알려주오. 사진으로 찍어오면 더욱 좋겠구려.

이렇게 당신이 건네준 사진이 없었더라면 나는 당신과 용문을 떠올리는 데도 힘이 들었을 것이요. 지금 내게는 아무런 힘이 없소. 손가락 하나 제대로 움직이기 힘드오.

이제 날이 밝아오는구려. 당신과 용문이 이제 보이기 시작하오. 당신의 앉은키와 용문이의 선키가 같은데 이제는 용문이가 당신보다 더 크겠구려! 아비 노릇 제대로 못 하고 가도 당신을 믿기에 편안히 갈 것이오.

사나이로 태어나서 나라 위해 죽는 것이 뭐 그리 억울하겠소만 일본놈들 망하는 꼴을 보지 못하고 가는 것은 정말 억울하오. 내 죽어서 원혼이 되어서라도 저놈들을 용서치 않을 것이오. 그래서 그대와 우리 아들에게 해방을 꼭 선물할 것이오."

날이 밝아오고 있다. 석정이 든 사진도 밝아졌다.

"이제 당신의 얼굴이 완전히 보이는구려. 이토록 아름다운 당신을 두고 떠나가서 미안하오. 용문이는 내 어릴 때와 똑같구려. 태선 조카가 이런 선물을 주어 당신과 용문이를 마지막 순간에도 볼 수 있어 고맙구려. 당신이 대신 인사를 전해주구려.

이제는 가야 할 것 같소. 당신도 용문이도 보았으니 내 생의 끈을 놓아도 될 것 같소. 아프지 말고 건강히 살다 나를 찾아오시오. 기쁘게 기다리고 있겠소."

석정은 아내와 아들이 찍힌 사진도 고이 접어 수첩에 끼우고, 수첩을 주머니에 넣었다. 아들에게 하고픈 말도 많다. 그러나 미안해서 할 수 없다. 이런 아비의 마음을 아들은 알 것이다.

"용문아! 아니 남선아! 너의 아버지였음을 기억하마! 너에게 어머니를 부탁한다는 말은 차마 할 수가 없구나. 그러나 나라를 되찾기 위해서는 너도 투사가 되어야 한다."

석정은 흐르는 눈물을 막을 수가 없다. 몸은 갈증으로 뒤틀릴 듯한데 눈물은 쉼이 없다.

"형님! 원봉 형님! 형님과는 한날한시에 갈 수 있게 해 달라고 빌었습니다. 적과 싸우다 죽는 순간에는 형님과 길동무가 되리라 맘먹었습니다. 형님이 외롭지 않게 지켜주려고 말입니다. 그런데 제가 먼저 가게 되었습니다. 못난 동생이지요. 형님께 걱정만 끼치고 갑니다. 화북으로 이동할 때도 다시 만날 기약이 있었기에 제 뒷모습을 형님께 보여도 이만큼 힘들지 않았습니다. 이제는 기약이 없습니다. 조국에 들어가 조선총독부를 폭파하고 총독을 제 손으로 처단하려던 꿈도 이제 날아가 버렸습니다.

형님만 중경에 계시게 해서 늘 죄송했습니다. 아무리 우리 대원의 안위를 위하고 가족들을 지켜야 하지만, 국민당과 임시정부의 공격을 한 몸에 받을 수밖에 없는 상황! 그러나 잘 극복하시리라 믿습니다. 돌아보면 언제나 올바른 선택, 최선의 선택만 있었던 것은 아니었습니다. 때로는 최악을 피하는 선택도 했습니다. 언제나 그 선택의 기준이 우리 민족의 행복이면 되는 것이었습니다. 어떠한 순간에도 형님은 같은 선택을 하실 것을 믿기에 이 아우는 목숨마저도 형님께 맡겼습니다. 그리고 이제 먼저 가려고 합니다.

형님! 해자에서 형님과 물장난치던 것이 엊그제 같습니다. 공립보통학교에서 일장기를 변소에 빠뜨리던 날! 그날은 제게 가장 즐거운 날이었습니다. 화가 난 교장이 교실마다 돌면서 고함칠 때 저는 꼬마 독립투사가 된 듯했습니다. 형님이 계셨기에 가능한 일이었음을 제가 왜 모르겠습니까? 그때부터 형님은 제 운명이었습니다. 늘 제 머릿속에 자리 잡고 앉아, '세주야! 니 어딨노? 니 뭐하노?' 하시는 것 같았습니다.

형님! 제가 형님 곁을 떠나 이곳에 와 있지만, 형님 곁에 있는 한지성 동지를 믿으십시오. 떠나오면서 부탁을 해두었습니다. 저를 본 듯 그 동지와 의논하시고, 훗날 큰일을 함께 도모하십시오. 그도 화북으로 오려 했으나, 제가 말렸습니다. 형님을 지켜달라고 말입니다.

형님! 적은 언제나 내부에 있었습니다. 우리의 첫 번 거사도 내부의 밀고자가 일을 망쳤고, 여러 단체를 합치려는 노력도 일본의 공작이 아니라, 우리 민족 내부에 분열의 원인이 있었습니다. 군대도 마찬가집니다. 조선의용대와 견줄 한국광복군이 창설되면서 우리는 설 곳이 없어졌습니다. 그래서 화북으로 옮기지 않으면 안 되는 상황이 만들어졌습니다. 아마 임시정부 산하에 우리 의용대만 존재했다면 달랐겠지요. 중국의 지원을 받고 연합군의 지원을 받아 자신의 목숨을 초개처럼 던질 각오가 된 대원들이 앞장서 일본군과 싸운다면 역사는 달라지겠지요. 그러나 중국도 필요한 군대만 지원합니다. 필요치 않으면 언제든 버릴 수 있습니다. 모르는 바 아니나 나라가 없으니 어찌합니까? 내 나라 땅이 없어 남의 땅에 와 투쟁하지만, 중국은 무기를 든 우리 군대를 좋게 보지 않습니다. 입장을 바꾸면 이해 못 할 바도 아니지만, 그 칼날 위에 서 계신 형님이 걱정입니다.

역사는 승자 편입니다. 아니 승자 마음대로 판단할 것입니다. 제 죽음에 대해서도 누가 어떤 평가를 할지 아무도 모릅니다. 중국

공산당이 있는 이곳으로 왔기 때문에 어떤 이는 저를 공산주의자로 낙인찍을 수도 있습니다. 그러나 형님이나 저에게는 어떤 주의가 없었습니다. 다만 민족이 있었을 뿐입니다. 민족의 적, 일본군만 몰아내면 된다는 하나의 신념만이 있었습니다. 그런데 형님은 늘 비난의 표적이었습니다. 어떤 때는 공산주의자로, 어떤 때는 비겁한 기회주의자로, 또 어떤 때는 중국 국민당의 졸개로 말입니다. 그러나 역사는 형님의 노력과 희생을 알아줄 것입니다. 언젠가는 우리를 위해 변명을 해주는 사람이 나타날 것입니다.

누가 변명해 주지 않아도 어떻습니까? 하늘을 우러러 한 점 부끄럼 없이 조국을 위해 마지막 혈점까지 바치는 마음으로 살았습니다. 그 마음을 알아달라고 한 적 없습니다. 아니 알아줄 것이라는 생각조차 하지 않았습니다. 그런데 지금 그런 것들이 무슨 소용이겠습니까? 떠나는 저는 괜찮으나 형님이 걱정입니다. 만약 조국이 미국의 도움으로 해방된다면 어떤 현실이 눈앞에 닥칠지 알 수 없습니다. 왜냐면 미국도 제국주의 국가이기 때문입니다. 제국주의 속성이 무엇인지 잘 알지 않습니까? 피식민지 백성의 희생 없이는 식민지 모국이 살아남을 수 없다는 사실을 말입니다. 일본 제국주의가 물러나고 미국이라는 새로운 제국주의가 조국에 들어온다면, 이는 생각조차 하기 싫은 상황입니다. 우리는 때로 인정에 얽매여 정세를 제대로 읽지 못합니다. 통일된 신라 이후 우리와 중국간의 관계로 인해 판단의 눈이 흐려진 적이 한두 번이 아니었습니다. 부디 우리의 손으로 일본을 항복시키기만 바랄 뿐입니다. 중국이든 미국이든 그 어느 누구의 도움 없이 순수한 우리 군대가 항복을 받아야 합니다.

형님! 일본은 결코 쉽게 물러나지 않을 것입니다. 어쩔 수 없이 항복을 강요당해도 그들은 우리 땅에 무슨 짓을 할지 모릅니다. 그것마저도 형님께 부탁하고 가는 이 아우를 용서하십시오. 형님 밖에 이 일을 하실 분이 없습니다. 그 어느 누구도 믿지 마십시오. 특히 해방되면 너도나도 자신의 공을 내세워 한자리 차지하기 위해 싸울 것입니다. 그럴 때 형님은 아무 욕심 없이 모든 걸 내려놓으십시오. 돌아서는 뒷모습이 아름다운 사람으로 남으십시오. 우리의 목표는 조국의 해방이지 정치적 욕망이 아닙니다. 해방 이후 또 다른 침략 세력이 이 땅을 욕심내면 그땐 과감히 지금처럼 싸워주십시오. 형님의 결단을 믿습니다. 곁에서 도와드릴 수 없음이 죄송할 따름입니다.

다시 말씀드리지만, 내부에 적이 있습니다. 늘 주변을 잘 살피시길 바랍니다. 그리고 제국주의는 제국주의입니다. 결코 그들은 인도주의자가 될 수 없습니다.

형님의 현명한 판단과 처신을 믿고 이 아우는 편히 가렵니다. 형님이 오시는 날! 저와 영남루 아래 응천강에 달이 차오르면 한잔하십시다. 이 아우가 가장 아끼는 술로 대접하겠습니다. 형님!

형님! 꼭 조국의 해방을 보십시오. 꼭 형님의 눈으로 보십시오. 절대로 이 못난 아우처럼 일본놈에게 당하지 마십시오. 행여 있을지 모를 정치적 모략에 희생되는 일 없길 간절히 바랍니다. 그리고 저의 내자와 용문이를 지켜주십시오. 제 가족도 지키지 못한 못난 동생이 형님께 간절히 부탁드립니다."

석정은 이제 생각조차 힘들었다. 이제 정말 마지막이구나! 석정은 주머니에 손을 갖다 댔다. 아들과 아내의 숨결이 느껴졌다. 비취 인장의 시원한 느낌이 가슴과 손에 전해진다. 멀리 둘이 달려오는 모습이 보인다. 날이 밝아져 하진동과 최채가 이제야 석정을 찾은 모양이다. 석정은 그들에게 손을 들어 괜찮다고 하고 싶은데, 갑자기 그들이 눈앞에서 사라졌다. 눈을 뜨고 있는데도 말이다.

2-9

하진동과 최채는 날이 밝자 석정을 찾아 헤맸다. 움막 근처를 돌아보았으나 찾을 수 없었다. 최채가 말했다.

"동지! 저 아래로 내려가 보는 것은 어떨까요?"

"응? 설마 선생님께서 저 아래까지 가셨을까?"

"아니, 일본놈들을 피하려다 아래로 떨어졌을 수도 있을 것 같아서 그렇습니다."

"그래, 충분히 그럴 수 있을 걸세. 만약 저 아래에도 계시지 않다면 일본놈들이 선생님을 데려갔을 것이야. 빨리 가보세."

둘은 내려갈 길을 찾았다. 쉽지 않았다. 움막을 지어 농사지으러 오던 그 길을 찾아야 한다. 비교적 완만한 경사에 가서야 그 길을 발견했다. 둘은 아래로 치달렸다. 어렴풋이 사람이 보였다. 석정이길 바라며 달렸다. 석정 동지이다. 동지가 우리를 알아본 것 같다고 생각하며 뛰었다. 가까이 달려오니 동지는 얼굴에 희미한 미소를 띠고 움직이지 않았다. 둘은 너무 늦었다.

세상에 태어나 이런 슬픔이 있을까? 눈을 감지 못한 채 마지막 숨을 거둔 석정을 눈앞에 둔 두 대원은 하늘이 무너진다는 것이 무엇인지 실감했다. 마치 살아 있는 듯, 자신들을 향해 눈을 뜨고 반겨주는 것 같은 스승의 시신을 어찌 감당할 수 있으랴! 그대로 주저앉아 통곡했다. 스승의 가슴에 머리를 묻은 둘의 눈물은 멈출 기미가 없다.

굴러떨어진 자리 파란 풀잎이 석정의 피를 머금고, 시커먼 땅바닥은 석정의 피를 받치고 있다.

둘은 마냥 울고 있을 수 없다. 일본놈이 언제 나타날지 모른다. 스승의 시신을 가매장하여 보호해야 한다. 둘에게는 아무 도구가 없다. 손으로 땅을 팠다. 열 손가락에 피가 흐르는 데도 고통이 느껴지지 않았다. 묵어서 돌덩이 같은 흙을 파헤치고 석정이 피 흘리고 쓰러진 곳에 묻었다. 그들의 피와 눈물이 슴배인 흙과 돌로 석정을 덮었다.

조선의용대는 존경하는 지도자를 잃었다. 그처럼 예술을 즐기고 대원을 사랑하고 생사를 함께한 사람이 있을까? 스승이자 어버이이며, 교육자이자 심리학자인 한 인간을 잃었다.

일제의 총공격으로 조선의용대 화북지대의 진광화, 석정 외에도 신화일보 사장 하운을 비롯하여 팔로군의 부참모장 좌권 등 많은 사람이 목숨을 잃었다. 그러나 슬퍼할 여유가 없었다.

마흔두 살의 석정은 1942년 6월 3일, 태항산 장자령 계곡에서 생을 마감했다. 그리고 중경의 약산과 조선의용대 화북지대의 끈이 끊어졌다. 화북 지역의 동포와 연합해 압록강을 건너 국내에 진입하려던 약산과 석정의 소망은 박살났다.

일본군과의 싸움이 더 먼저다. 일본군의 공격이 잦아지자 조선의용대 화북지대는 새로운 군대로 재편성되었다. 약산 김원봉과 완전한 결별을 선언한 것이다. 약산의 분신이라 할 수 있는 석정의 죽음은 약산에서 벗어나려는 최창익 등에게 기회였다.

조선의용대 특공대의 활약으로 팔로군 수뇌들은 목숨을 보전했다. 조선의용대에 대한 대우를 달리해야 한다. 조선의용대원을 팔로군전총사령부 내에 주둔시켰다. 중원촌에 가족들과 대원의 근거지를 마련했다. 이후 팔로군과 연합할 군대로 만들었다.

7월 10일 중원촌에서 화북조선청년연합회는 대표회의를 열고 화북조선독립동맹으로 조직 명칭을 바꾸었다. 그리고 조선의용대 화북지대도 조선의용군으로 개칭하여 독립동맹의 행동부대로 규정지었다. 약산의 영향력이 사라진 군대가 되었다. 석정의 죽음이 가져온 결과다.

조선독립동맹의 대표는 김두봉이었으나, 실제적으로 무정과 최창익이다. 조선의용대, 조선의용군도 명칭만 달라진 것이 아니라 핵심 세력이 바뀌었다. 조선의용대는 중경에 있는 중국 국민당의 후원을 받았던 군대였으나, 조선의용군은 이제 완전히 팔로군의 지휘와 원조만 받는 군대로 전환되었다. 누구도 반대하지 않았다. 변화된 상황을 감지 못할 대원이 있을까. 이제 약산 대장과는 완전히 분리되었다. 중경의 임시정부와도 끝났다. 팔로군의 지휘하에서 목숨을 부지하고, 화북을 거쳐 압록강을 건너 조국으로 가는 날을 가슴에 그리며 입 밖으로 내지 않았다.

석정의 죽음을 애도하는 물결은 조선의용군으로 변화되어도 지속되었다. 7월 15일에 중원촌 원정사에서 열사추도대회를 열었다.

최창익과 김두봉이 애도사를 했고, 여러 단체의 대표들이 추모사를 낭독했다. 이와 함께 석정 가족에게 전보 치도록 조치했다.

7월 25일 중국 공산당 중앙북방국 및 제18집단군 야전정치부에서 '조선의용대 석정, 진광화 등 일곱 열사 기념에 관한 결정'을 공포했다.

그 내용을 보면 첫째, 9월 18일 태항구 모처에서 합동장례식을 거행한다. 기타 각 지역에서는 9.18기념회에서 열사들의 사적을 보고하고 3분간 묵도하라.

둘째, 중국항전에 참전하여 활약한 수많은 조선지사의 견정불발(굳게 정하여 움직이지 않는) 의지와 불요불굴(흔들리지 않고 굽히지도 않는)의 정신을 전체 군민들이 따라 배우도록 하라.

셋째, 조선열사들의 생전 경력과 공적을 재료 삼아 학교 교재와 전사 교본을 만들라.

이는 조선의용대의 희생을 널리 숭상하고 그 정신을 잊지 않고 계승하겠다는 의지의 표현이다.

9월 20일에는 독립동맹 섬강녕구분회가 연안의 청년구락부에서 석정을 비롯한 11명의 조선열사 추도회를 거행하였다. 만가가 울려 퍼지고 주덕 팔로군 총사령관이 추도사를 했다. 조선의용대의 희생은 '영광과 불멸의 죽음'이었다고 칭송하는 추도사를 들으며 조선의용대원들은 모두 울었다.

9월 20일과 21일에는 중국의 해방일보에 석정의 약력이 소개되었다. 9월 17일에는 애청의 추도사인 조선독립동맹을 위하여 순국한 조선열사들을 위한 헌시를 실었고, 9월 20일에는 팔로군 주덕 총사령관의 '자유를 위해 순국했으니 영생불멸하리라'와 엽검영

참모장이 '순국한 조선의용군 동지들을 추모하며'라는 추도시를 실었다. 신화일보의 추도문에는 '중조 민족의 영령들은 생전에 손을 맞잡고 전투하였고, 순국 후 함께 릉원에 잠들었다'고 보도했다.

최채와 하진동이 앞장서 순국한 대원의 시신을 수습하여 장례를 준비하였다. 10월 10일. 진기로예 항일변방지역 정부의 주관으로 항일순국열사 묘소가 섭현 석문촌 연화산에 세워졌다. 좌권 부참모장을 비롯한 희생자의 장례식이 거행되었다. 좌권 집 앞 마당에서 팔로군과 조선의용군이 함께 진행한 장례는 대원의 거주 지역을 돌아 석문촌에 안장하는 성대한 예식으로 진행되었다.

중국공산당 중앙북방국 대표 이대장, 팔로군부참모장 등대원, 팔로군야전정치국 주임 나서경, 129사단장 유백승, 정의위원 등소평, 진기로예 변구정부 주석 양수봉, 조선의용군 최창익 대표를 포함 오천여 명이 참석했다. 열사들의 릉원이 완성되었다. 이들은 '중한 양국민은 긴밀히 연합하여 공동의 원수를 타도하자'라며 선서하였다. 변구정부 주석인 양수봉은 태항산에서 가장 아름다운 공원을 조성하자고 호소했다.

석정과 진광화는 연화산 자락의 가장 높은 곳에 안장되었다. 산 입구에 좌권 참모장이 안장되었다. 좌권의 묘를 기점으로 좌측 높은 곳에 석정과 진광화, 우측에는 하운을 비롯한 팔로군의 희생자 묘역이 만들어졌다. 조선의용대의 두 전사에 대한 예우가 돋보이는 배치다.

진광화와 석정의 묘를 실제 조성한 사람은 장진광이다. 그는 의열단 단원으로 활동하다 1935년 조선민족혁명당에 가입하였다.

중앙육군군관학교 성자분교에서 공부하였고, 최창익의 조선청년전시복무단에 가담하였다. 조선의용대에 입대한 후 미술가 한락연의 소개로 중국 연안으로 건너가 항일군정대학에서 미술을 전공하였다. 한락연은 길림의 용정촌에서 태어나 러시아 연해주에 유학하였다가 상해로 건너가 미술을 전공했다. 중국 공산당에 가입한 뒤 프랑스의 파리미술학원에 입학, 미술을 전공한 뒤 유럽을 돌아보며 각국의 화풍을 익힌 인재다. 1937년 중국에 돌아와 무한과 중경에서 활동하였는데, 그가 장진광의 재능을 알아보고 미술을 전공하도록 했다.

장진광은 존경의 마음을 담아 석정과 진광화의 묘역을 설계하고 비석에 별 모양을 조각하고 글을 새겼다.

비의 앞면에 '조선혁명열사 석정동지묘(朝鮮革命烈士 石鼎同志墓)'라 새겼다. 뒷면에는 석정의 약력을 기재했다.

석정 열사는 조선 경상남도 밀양읍 사람으로, 1900년 태어났다. 윤세주가 그의 본명이다. 1919년 3.1독립운동 때 벌써 혁명에 참가하였고, 나라 안팎에서 조선혁명 사업을 위하여 분투하기를 20여 년이었다. 일찍이 중국 동북과 관내에서 조선의열단, 조선민족혁명당을 창립하고 영도하였으며, 남경의 조선혁명간부학교도 그와 같았다. 1920년 적의 경찰에 체포되어 8년을 옥에 갇혀 있었는데, 1937년 중국항전이 폭발함에 처음 조선의용대를 조직하여 중국항전에 적극 참가하였다.

1941년 7월, 조선의용대를 이끌고 화북 태항산의 항일근거지로 와서 화북조선청년연합회를 영도함과 아울러, 중국과 어깨를 겯고 일본제국주의를 향한 싸움을 벌였다. 1942년 5월 28일, 태항산에서 반소탕전 전투 수행 중 산서성 편성현 화옥산에서 적탄을 맞고 순국하였으니, 이때 나이 마흔둘이었다. 진기로예변구 각계에서는 열사의 공훈과 업적을 오래도록 기리기 위하여 진광화 열사와 꼭 같이 이곳에 비석과 묘를 건립하노니 이에 기념코자 하는 바이다. 중화민국 31년 10월 10일 세움.

석정의 장례는 화북지역의 당과 정계, 군사기구 등에서 공동으로 치렀다. 그의 장렬한 죽음을 기리기 위해 학교 교과서에 수록하여 가르쳤으며, 진기로예 변구정부는 '조선인 우대 조례'를 제정하였다.

석정의 죽음이 신화일보, 해방일보를 통해 알려졌다. 전보가 도착하기 전, 약산은 석정의 소식을 신문을 통해 알았다. 신문을 본 약산은 그 자리에 주저앉았다. 중국 국민당과 임시정부의 압력에 의해 조선의용대를 한국광복군에 편입시켰으나, 화북 지역으로 간 주력 부대가 일본군과 싸워 조국으로 나아갈 것을 믿었다. 그런데 그 중임을 맡은 세주가 죽었다. 청천벽력 같은 소식이다. 석정의 죽음을 전해줄 대원 하나 없다. 다른 대원이 죽었다면 석정은 그 사실을 알리기 위해 대원을 보냈을 것이다. 더불어 그곳 소식도 전했을 것이다. 그러나 석정이 간 것이다. 어느 누가 석정을 대신하랴.

석정의 장례가 정식으로 진행되었다는 소식을 신문을 통해 알게 될 즈음, 약산은 민족전선연맹도 좌우합작이었다는 명분으로 한국독립당과 합당했다. 평소 약산과 석정이 희망하던 바이다. 그러나 화북과의 통합은 석정의 죽음으로 그 기회가 영원히 사라졌다.

약산은 석정의 죽음을 그의 아내와 아들에게 어떻게 알려야 할지 고민이다. 그러던 중 하진동이 중경에 왔다. 본대에 보고하러 온 그에게서 약산은 석정의 죽음을 상세히 들었다. 그의 시신을 묻기 위해 열 손가락이 피투성이가 되어도 그 아픔을 느끼지 못했다는 하진동의 이야기가 약산의 가슴을 치게 했다. 대원들의 석정에 대한 애정을 그 누가 모르랴. 그러나 그 애정이 약산만 하겠는가! 약산은 자신의 심장 일부가 떨어져 나간 것 같았다. 형제가 죽으면 신체 일부가 떨어지는 느낌이라고 누가 말했던가? 약산이 그랬다. 자기 심장이, 폐가, 팔다리가 잘린 느낌이다.

"석정 동지 가족을 묘소로 안내할 수 있겠는가?"

"당연합니다. 제가 모시고 가겠습니다."

"모시고 가서 참배하고 나면 가족들 뜻대로 할 수 있도록 해 드리게. 굳이 이 중경까지 오지 않아도 된다네."

약산은 중경에서 자신의 입지가 점점 작아지고 있음과 팔로군과 함께 싸웠다는 것만으로도 석정 가족이 공격받을 수 있다고 여겼다. 그 비난을 받을 필요가 없는 곳에 가는 것이 좋겠다. 석정에게 함께 있으면서 지켜주겠노라 하였으나, 그것마저도 쉽지 않다. 약산의 가슴은 마구 무너졌다. 아픈 아내와 나머지 대원과 가족을 지키는 것도 벅차다. 조선의용대 화북지대가 아닌 조선의용군이 되어 버린 지금, 그들 가족은 국민당의 공격 대상이다. 심지어 대한민국임시정부의 공격 대상이기도 하다. 아! 어쩌다 이런 일이 벌어진 것인가?

약산은 몸소 소악과 용문을 찾았다. 평소 없는 방문이라 소악은 긴장했다. 용문도 어떤 낌새를 챈 듯하다.

"제수씨! 좀 앉으시죠!"

자리를 권했다. 쓰러질지 모를 일이다. 약산은 모든 게 걱정이다.

"혹, 무슨 일이…, 그이에게…."

약산이 직접 온 것만으로도 남편에게 무슨 일이 생긴 것이다. 박차정의 병세를 살피기 위해 거의 매일 약산의 집에 드나드는 소악이다. 그런데 이렇게 직접 찾아온다는 것은 심상치 않은 일이 생긴 것이다.

"말씀하셔도 됩니다. 말씀해 주십시오."

소악은 체념한 듯 말한다. 도리어 약산이 긴장된다.

"제수씨! 태항산에 좀 다녀오셔야겠습니다. 석정 아우에게 무슨 일이 있는 듯합니다."

"무슨 일인지 알려주시면 안 되시는지…."

"여기 있는 하진동 동지가 모셔갈 것입니다. 가시면서 들으시는 것이 좋을 듯합니다."

"아닙니다. 이미 벌어진 일이라면 듣고 가겠습니다. 하 동지에게도 그것이 덜 고통스러울 것 같습니다."

역시 혁명가의 아내답다. 석정 못지않다. 약산은 체념했다. 그리고 덤덤하게 석정의 죽음을 전했다. 간간이 하진동이 옆에서 직접 보았던 사실을 설명했다.

"많이 고통스러워하셨습니까?"

소악이 하진동에게 물었다.

"선생님은 신음조차 내시지 않았습니다. 언제나처럼 우리의 모범이 되셨습니다. 우리를 살리기 위해 자신을 희생하시면서도, 고통 속에서도 그 어떤 불평도 없었습니다. 혹 선생님의 신음 소리로 인해 일본군이 들이닥칠까 염려하셨습니다. 언제나처럼요."

옆에 있던 용문은 울음을 참을 수 없는지 소리가 점점 커졌다.

"용문아! 울지 마라! 아버지 들으시면 슬퍼하실 것이다."

소악의 음성이 냉담하다. 용문은 울음을 거쳤다. 약산도 놀랐다. 석정보다 더한 혁명투사의 모습이 느껴졌다. 석정과 결혼한 지 벌써 24년이다. 혁명가의 아내가 아니라 하소악이 혁명가다.

"언제 떠나시겠습니까?"

"용문이의 사정을 봐서 떠나겠습니다. 학기를 끝내고 방학이 되면 떠나겠습니다. 그이도 그것을 원할 것입니다."

"그렇게 하십시오. 그런데 날씨가 매우 추우니 준비를 단단히 하고 떠나셔야 합니다. 그곳에서 어떻게 하실지 결정하십시오. 이곳에 오시지 않아도 됩니다."

소악은 약산의 얼굴을 쳐다보았다. 소악은 자신과 용문을 걱정하는 약산의 마음을 알았다는 듯 고개를 살짝 끄덕였다.

12월 30일 소악은 떠날 채비를 하고 박차정을 찾았다. 그녀와 마지막 인사를 해야 한다. 소악보다는 아홉 살이나 어린 사람이다. 대장의 부인, 부녀복무단 단장이라는 무거운 짐을 지고 있는 사람. 아파도 티를 낼 수 없는 지위, 한없이 감성적인 사람! 소악은 박차정에 대한 여러 연민이 한꺼번에 밀려드는 것을 느끼며 그녀의 손을 잡았다. 이미 약산에게서 떠난다는 것을 들었던 터라 박차정도 말없이 그녀의 손을 잡았다. 울음을 참지 못한 차정은 마침내 소악의 품에 안겼다. 언니인데 언니처럼 대하지 않았다. 대장 부인 노릇 하느라 응석 한번 부리지 못했다. 그런데 이제 그녀가 떠난다고 한다. 늘 자신을 지켜주던 그녀가 이제 떠나면 오지 않을지도 모른다. 차정은 그냥 소악의 품에서 넋 놓고 울었다. 언제 시원하게 울어보았나.

소악은 떠나는 자신보다 남겨진 차정이 더 슬퍼하는 것이 안쓰럽다. 남편의 죽음을 확인하러 가는 소악은 차정의 얼마 남지 않은 생의 끈을 보았다. 그래서 그녀를 힘껏 껴안았다. 우리 모두 인연의 끈을 놓는 날을 맞이하는 것이 아닌가! 다만 그 순간이 조금 빠를 뿐이다. 소악은 차정에게 건강을 잘 돌보라는 인사치레를 하지 않았다. 둘은 이제 다시 만나지 못할 것을 확인한 뒤 조용히 서로의 손을 놓았다.

소악은 용문과 길을 나섰다. 하진동이 앞서고 그의 발자국을 세듯이 밟으며 따랐다. 남편이 몹시 아낀 제자였다. 그는 앞서 걷다 그녀가 걱정이 되는지 자주 돌아봤다. 그리고 또 말없이 걸었다. 이제 어른티가 제법 나는 용문도 어머니로부터 짐을 받아 들고 두 사람을 따랐다.

기차를 타고 서안에 들렀다가 연안에 도착했다. 연안에서 태항산 전구까지는 그리 멀지 않다. 연안은 조선의용대원들이 거쳐간 곳이기도 하다. 음악 천재였던 정율성이 이곳 노신학교에서 음악을 공부했고, 연안송을 작곡해 중국인들이 우리의 아리랑처럼 부르게 했다. 석정의 묘소를 설계한 장진광도 이곳 군정학교에서 공부하였다.

남편의 묘소가 가까워지고 있다는 하진동의 이야기를 들었다. 가는 길에 석정이 마지막으로 살았던 운두저 마을에 들어섰다. 성문 삼면에 쓰인 한글 표어를 보았다. 용문도 그 글의 의미를 새기며 아버지의 생각일 것이라 추측했다. 아버지라면 이런 생각을 하셨을 것이고, 일본군에 있던 조선인의 마음을 움직이려고 노력하셨을 거다.

겨울이라 그런지 청장하 물이 많지 않았다. 하진동이 말했다.

"선생님께서 지난 여름 이곳에서 대원들과 물놀이를 하셨지요. 어린 시절이 기억난다고 하시면서 그렇게 좋아하셨습니다. 덕분에 대원들도 즐거운 시간을 보냈습니다. 선생님은 어느 순간 무엇이 필요한지 귀신처럼 아셨습니다. 조선의용대 화북지대가 만들어지자, 대원들이 낙담했지요. 그 마음을 알기라도 하듯 이곳으로 대원들을 데리고 오셔서 맘껏 물장난을 치셨습니다. 어릴 적 기억을 되살리도록 말입니다. 조국에서 이런 기억 없는 대원이 어디 있겠습니까? 해방된 조국에서 가족들과 이런 행복한 순간을 가지려면 지금의 불만은 접어두라는 선생님의 뜻을 대원들이 눈치챘습니다. 이후 불평이 사라졌습니다. 선생님은 그런 분이셨습니다."

상무촌, 운두저 마을에서 석정이 어떤 일을 했는지 하진동은 소악에게 이야기했다. 말하는 하진동도 그 기억으로 인해 힘들지만, 있었던 그대로 소악에게 이야기해야 한다고 생각했다.

석문촌 석정 묘를 찾은 하소악은 실신하듯 묘소 앞에 쓰러졌다. 약산 앞에서 그토록 강한 여성처럼 보였던 모습과는 사뭇 달랐다. 사랑하는 지아비 앞에서 소악은 모래성처럼 무너져 내렸다. 꿈속에서조차 잊지 못할 그리운 임이 차디찬 땅 속에 있다. 어쩌다가 머나먼 이국땅에 있는가!

아들 용문을 불러 앉혔다. 그리고 가져온 포와 술을 꺼냈다. 술잔을 올리는 아들 용문의 손이 떨렸다. 조국에서 만나기로 약속한 아버지였다. 늘 바쁜 아버지여서 함께한 시간이 많지 않았다. 그러나 언제나 다정한 아버지였다. 큰소리 한번 지르신 적 없었다. 그래도 용문은 아버지가 어려웠다. 어리광을 부리지도 못했다. 이제 용문도 열다섯 살이다. 아버지는 이 나이에 벌써 일장기를 변소에 빠뜨리고 개천가를 부르는 꼬마 투쟁가였다.

쓰러질 듯한 어머니를 이제는 용문이 지켜야 한다. 용문은 어머니와 함께 아버지 앞에서 두 번 절하면서도 울지 않았다. 아버지의 뒤를 이은 투사가 되어야 한다.

정성스레 아버지의 묘를 어루만졌다. 어머니의 손길은 마치 살아 있는 아버지를 대하는 듯하다. 용문은 하진동에게 부탁하여 아버지의 묘를 촬영했다. 고향 식구들에게 전해야 한다. 이를 미리 준비해 준 하진동에게 감사할 따름이다. 하나 하진동은 이 또한 약산 대장이 준비한 것이라고 전했다.

하진동에게 말했다. 중경에 가지 않겠다고. 소악도 용문도 중경이 아닌 연안을 택했다. 중경은 석정이 살아 있던 시기의 중경이 아니다. 돌아가면 약산 대장에게도 그들이 짐이 될 것이다. 그래서 연안으로 데려달라 부탁했다. 하진동 또한 이를 모르랴. 나라를 되찾겠다는 일념으로 머나먼 중국에 왔으나, 이념이 무엇인지 죽은 자의 이념까지 산자가 책임져야 하는 시간이 다가오고 있었다.

국민당과 공산당의 분열은 한국의 독립운동 단체에도 그대로 전달되었다. 약산에게 줘야할 돈이 임시정부를 거쳐서 지불되었고, 그 과정에서 돈이 사라지는 경우도 생겼다. 약산과 백범의 거리도 결코 가깝지 않았다. 그렇다고 서로 멀리할 수도 없다.

석정이 죽은 지 일 년이 되었다. 팔로군과 함께 있는 조선의용군은 드러내 놓고 기념식을 하자는 이야기를 꺼내지 못했다. 박효삼 지대장은 무정과 최창익의 결정만 기다렸다.

남장촌으로 이동한 조선의용군은 생계를 위해 오지산에 감자를 심었다. 팔로군은 조선의용군을 연안으로 이동시키기로 결정했다. 일본군과의 전투도 중요하지만, 국민당군과의 전투도 염두에 두는 듯하다. 조선의용군의 불투명한 미래가 안개처럼 느껴졌다. 박효삼은 팔로군의 지시대로 움직일 수밖에 없는 조선의용군의 자존심을 되찾고 싶었다. 그리고 석정을 추모하고 싶었다. 태항산 자락의 석정은 대원들의 마음에 뿌리내리고 있었다.

중경에 있는 약산은 석정을 추모하는 행사를 진행했다. 추모행사는 조선의용대 총대부 대원들이 주도했다. 특히 약산의 마음을 헤아린 한지성이 앞장섰다. 먼저 석정을 추모하는 대원들의 마음을 담아 추도문을 발표했다.

"위대한 우리 조선 민족해방전사 석정 동지는 지난 5월 말에 북중국 태항산상에서 적과 전투하다가 불행히 총에 맞아 6월 3일에 순국하였다. 그가 순국한 후 1년이 지난 이때에 후방에 있는 우리는 비로소 그의 순국한 경과를 자세히 알고 함께 추도회를 거행하게 된다.

석정 동지는 우리 조선혁명의 가장 우수한 영도 인물의 하나이며, 더욱 그는 조선민족혁명당의 창조자의 하나인 동시에 본당 중앙 총서기 김약산 동지의 힘들고 어려운 시기의 가장 친밀한 전우이다. 그는 어릴 때부터 조선혁명에 종사하였으며, 그가 19세의 소년시대에 있어서 유명한 조선의열단 제1차 사건으로 인하여 피포되어 최후 심판하는 날 법정에서 발표한 그의 열변은 영원히 조선 사람의 애국열혈을 약동케 하고 있다.

민족혁명당이 창립된 후에 그는 당의 건전한 발전을 위하여 정확한 이론과 견결한 실천을 통하여, 한편으로는 당내와 당외의 각종 부정확한 경향과 철저하고 무자비한 투쟁을 진행하면서도, 또 한편으로는 당의 단결을 확보하고 나아가 우리의 신성한 임무인 전민족 총단결을 위하여 최대의 노력을 다하였다.

1940년 겨울 조선의용대 제3구대가 화북으로 진출한 후, 그의 정확한 영도의 엄밀한 계획을 통하여 화북 적후공작은 거대한 발전을 획득하였고, 또 이로 인하여 관내 조선혁명의 생동한 역량은 점차 나타나고 있다.

석정 동지는 불행히 희생되었다. 조선혁명과 인류의 해방을 위하여 일생 분투하던 그는 그의 최후의 열혈을 위대한 중국 전우와 함께 신성한 중국의 항일전쟁 위에 뿌리고 말았다. 1942년 6월 3일, 태항산은 영원히 우리 가슴 속에 잊지 못할 원한의 기억으로 남을 것이다. 조선혁명자와 중국 항일장사의 피가 응결되는 태항산 초원에서 해마다 피는 꽃은 장차 중한 양 민족의 영원한 합작과 승리와 자유와 행복을 상징할 것이다. 함께 적 일본 파시스트 강도를 박멸하기 위하여 이역의 땅에서 그가 전사한 것은 다만, 그의 개인 광영일 뿐 아니라 실로 우리 조선 민족의 광영이요 또 중국 항전의 광영이다.

그러나 그의 죽음으로 인하여 화북에 있는 우리 동지는 그들이 가장 신임하며 받들던 영도자를 상실하였다. 우리 전 조선혁명운동은 보상할 수 없는 손실을 받게 된 것이요, 또 중국의 항일투쟁은 그들의 충실한 국제전우를 잃게 된 것이다. 그러므로 전체 화북 동지들은 그의 피 뿌린 곳에 그들의 뜨거운 눈물을 흘리고 있으며, 중국 전우들도 그를 추도하면서 그의 평생 삶을 자기들의 역사에 표창하고 있다. 후방에 체류하고 있는 우리는 그가 생사에 우리와 같이 공작하며 같이 고생하며 같이 거처하던 대불단 대본부에서 북으로 태항산을 바라보고 멀리 화북 동지들을 묵념하면서 그의 영혼을 추모할 때 우리는 무한한 슬픔과 내심으로부터 분출하는 뜨거운 눈물을 억제할 수 없다.

사람은 감정적 동물이다. 우리가 그의 죽음을 위하여 우는 것도 당연한 일이요, 슬퍼하는 것도 당연한 일이다. 그러나 우리는 혁명자이다. 우리가 우는 것은 감정을 위하여 우는 것보다 혁명을 위하여 우는 것이요, 우리가 슬퍼하는 것도 감정을 위하여 슬퍼하는 것보다 혁명을 위하여 슬퍼하는 것이다. 우리의 눈물 속에는 뜨거운 피가 교류하고, 우리의 슬픔 속에 이성과 지혜, 용기가 포함되어 있다. 그러므로 우리는 죽은 자를 위하여 비상하면서 그의 유업을 완성할 뒷사람으로써의 책임이 중대한 것을 깊이 각오하여야 한다.

석정 동지가 순국한 후 1년이 지난 이때에 동맹국의 반파시스트 전쟁은 이미 대결전의 관문에 진입하였고, 전 세계는 큰 폭풍우의 전야에 처해 있다. 그러나 우리 조선혁명운동은 아직 어려운 지경에서 힘든 여정을 걷고 있다. 물론 이것은 우리의 객관적 환경의 관계보다도 오히려 우리의 주관 노력이 부족한 데 원인이 있는 것이다. 그러므로 우리는 오직 끊임없이 자신에 대한 반성으로 석정 동지를 향하여 학습하며 그의 핏자국을 밟으면서 용감히 전진하여, 그의 남긴 뜻을 완성하는 동시에 그의 원수를 갚아야 할 것이다.

석정 동지는 어릴 때부터 죽을 때까지 조선혁명을 위하여 지닌 힘을 다 바쳤다. 그의 일생은 환란과 고통의 시간이었으며, 동시에 열심히 투쟁한 삶이었다. 절대 굽히지 않음은 그의 용기이며, 강건한 뜻은 그의 의지이며 절대로 변하지 않는 것은 그의 지조이며, 명석 정확한 것은 그의 이론이며, 주도면밀한 것은 그의 사업 계획이다. 겸손과 부드러움은 그가 사람을 대하는 방식이며, 폭포수와 같은 것은 그의 웅변이고, 불꽃 같은 것은 그의 열정이다. 누구든지 혁명에 대하여 불충실하며 활동에 게으르며 민족을 위하여 희생하는 데 주저하는 자는, 석정 동지를 한번 생각할 때 자연 부끄러워지며 후회할 것이다.

석정 동지는 이미 죽었다. 그러나 그는 영원히 우리 삼천만 민중의 마음속에 살아 있다. 그는 과연 죽지 않았다. 그가 이 세상에 머물기는 42년에 지나지 않았으나, 그의 영예로운 이름은 영원할 것이다."

석정을 기억하는 대원들은 흐르는 눈물을 멈추지 못했다. 그가 누구인가? 스승이면서 동지였고, 의용대를 지키는 엄마였다. 대원들에게 역정 한번 내지 않았다. 누가 찾아와도 내치지 않았고, 그의 이야기를 경청했다. 그리고 위로했다. 어찌 잊을 수 있을 것인가? 석정만이 조국해방의 선봉에 설 자격이 있다고 믿었기에 화북행을 막지 않았다. 그는 약속을 지킬 사람이다. 화북에서 압록강으로 다시 조국으로 가 일본을 끝장낼 사람이다. 그런 그가 동지를 살리기 위해 죽었다. 자신의 말이 씨가 된 듯 그는 동지를 위하여 혁명을 위하여 죽었다고 말해짐을 두려워하지 않고 우리 곁을 떠났다.

다음은 약산이 추도사를 할 차례다. 모두 눈물을 거두고 약산의 입만 주시했다. 대장은 과연 어떤 말을 할 것인가? 대원들 앞에 선 약산은 주머니에서 종이를 꺼냈다. 여러 장인 듯 펴서 책상 위에 놓았다. 한숨을 쉬는 소리가 모두에게 들리는 듯하다.

"석정 동지 약사! 오늘 저는 여러분께 석정 동지의 삶을 간단히 소개하고자 합니다. 며칠 동안 이것을 준비하는 동안 얼마나 많은 종이를 구겨 버렸는지 모릅니다. 이 귀한 종이를 말입니다. 쓰는 도중 눈물에 번진 글씨로 인해 다시 쓸 수밖에 없었고, 때로는 그가 너무 보고 싶어 도저히 쓰지 못했습니다. 그러나 이제는 그를 보내야 합니다. 그의 뜻을 이어가야 할 때입니다. 그래서 이 자리에 섰습니다."

약산은 종이를 펼쳤다. 그리고 감정을 억누르며 천천히 읽었다.

"석정 동지의 원 이름은 윤세주이다. 그의 고향 즉 나의 고향은 조선 경상남도 밀양군 성내이며, 그의 집과 나의 집은 서로 거리가 불과 지척 간이다. 우리는 어려서부터 한곳에서 놀고 한곳에서 자랐다. 그는 나보다 두 살 아래이며, 우리는 8~9세부터 한 학교에서 독서하였다. 그때 우리는 서로 좋게 지내던 7~8명의 어린이 중 그는 나와 특별히 친밀한 사람이다. 망국 당시 그는 열한 살, 나는 열세 살이었는데, 그때 일한병합의 소식을 들은 후 우리 어린이는 한곳에 모여 목놓아 울었다. 이때부터 우리 어린 동무는 애국사상에 완전히 도취되어 처음부터 끝까지 일본어를 공부하지 않았다.

나라를 잃은 후 제1차 적의 소위 천장절을 당하여 우리 어린 동무는 일본기를 변소 똥구덩 속에 꽂아서 소위 '천장절 경축'의 반대를 표시하였더니, 학교 당국 일인 교장은 위협하고 협박하고 심지어 우리를 구타하고 고문하였으나 우리는 시종 부인하였다. 그리하여 이 사정의 진상은 영원히 드러나지 않았다. 경남도청은 이 일로 인하여 조선어를 아는 일본인을 학교에 파견하여 엄중한 훈화를 한 일이 있다. 그 후 우리는 일인이 경영하는 보통학교에서 노예로 만드는 교육을 받기 싫어서, 석정 동지와 나는 일인학교를 벗어나 사립 동화중학에 입학하였다.

우리는 그때 비록 중학에 입학하기는 정도가 부족하였지만, 우리는 애국학생이었으므로 특별히 입학을 허락해 준 것이다. 동화중학교 시절 그와 나는 여러 친구를 향해 애국사상을 적극 고취하는 한편, 학교 내에 애국단체인 연무단을 비밀리 조직하였다. 당시 우리는 조선이 무예를 중시하지 않아 멸망하였다고 생각하고, 동삼성에 가서 군대를 훈련하여 나라를 다시 찾자고 주장하였다. 이것이 당시 석정 동지와 몇 동무들의 같은 목표였다. 이 목적을 달성하는 준비로서 신체를 건강히 하기 위하여 우리는 여름 염천 하에 강변 사장 위에서 풋볼을 찼고, 겨울 아침 학교 가기 전에 등산과 냉수욕을 하였다.

동화중학 2개년 동안에 있어서 그와 나는 위인전기, 조선역사, 지리 내지 육도삼략 등 서적을 제일 많이 애독하였는데, 그 당시 일본인은 조선역사를 읽는 것을 금지하였으므로 우리는 비밀리에 베껴서 서로 돌아가며 읽었다.

단군 개천일에는 학교에서는 공개로 기념하기는 불가능하므로,

그와 나는 서로 의논한 이후 연무단 동지와 함께 단군 개천가를 크게 부르며 거리에서 경축하며 걸었다. 그 후에 우리 학교는 반일 혐의로써 일본인의 주시를 받게 되고 또 경제적 곤란으로 인해 계속 유지할 수 없게 되므로, 석정 동지와 우리 몇 동무는 통분한 마음으로 학교를 유지하기 위해 자금을 모집한 결과 겨우 80원을 모아서 교장에게 전하면서 '이것으로 학교를 다시 유지할 수 있으냐' 고 물었더니, 교장은 눈물을 흘리면서 우리에게 하는 말이 '우리 학교가 문을 닫게 된 것은, 비단 경제적 곤란만이 원인이 아니라 더 중요한 것은 일본을 반대하는 문제 때문' 이라고 하였다.

동화중학이 폐지된 이후 우리 두 사람은 학교에 가지 못하고 가정에서 약간의 시기를 보냈다. 석정 동지는 상경하여 오성중학교에 입학하였고, 나는 중앙학교에 다녔다. 학교에 있는 동안에 있어 학교교육이 우리의 반일과 나라를 되찾으려는 요구에 만족을 주지 못하는 것을 느끼고 있었으므로 국외로 나오기를 계획하였다. 그 후 나는 먼저 중국에 나왔으나, 석정 동지는 국내에서 각지의 동지와 연락하여 애국운동을 끊임없이 진행하였다.

1919년 3.1운동이 폭발되자, 그는 우리 고향의 여러 동지와 함께 지방 민중을 동원하여 대 시위운동을 거행하였다. 그는 또 독립신문 경남지국을 조직하고 자기가 국장이 되어 선전공작을 진행하였다. 그러나 일제의 압박 아래에 그는 더 공작을 계속할 수 없어, 그 후 그는 중국 요녕성 유하현 고산자에 와서 신흥학교에 입학하여 숙원이던 군사학을 배우기 시작하였다.

이 학교는 혁명학교이므로, 그 당시 전국의 열혈청년들이 운집한 학교였다. 당시에 나도 그곳을 가서 석정 동지를 다시 만났다.

그와 나뿐만 아니라 다른 동지들도 모두 생각하기를, 현재 혁명은 이미 폭발되었으므로 응당히 학교로부터 나와서 일제에 반대하고 나라를 되찾는 투쟁을 적극 진행할 때라고 인정하고, 그와 나 또 기타 동지 등 도합 13명이 길림성으로 와서 의열단을 조직하고, 제1차 실행 계획으로서 조선총독부, 매일신문사, 동양척식회사를 파괴할 것과 또 적의 관리, 밀정, 친일부호 등 7가살을 암살할 것을 결정하였다.

석정 동지는 당시 불과 19세로 우리 단에서 제일 나이 어린 동생이었으나, 그는 총과 폭탄을 휴대하고 국내에 가서 파괴공작을 진행할 것을 자원하였다. 우리는 그의 연령이 너무 어리므로 가지 말라고 권하였다. 그러나 그는 우리를 향해 열렬히 말하기를, '나는 다른 사람보다 더 묘한 방법으로 적의 탐색을 능히 피할 수 있고, 만일 불행히 피포된다 하더라도 나는 의지가 견결하므로 우리의 비밀을 누설하지 아니하겠다'고 하였다. 그의 열정에 감동된 우리는 다시 더 만류하지 못하였다. 그가 입국한 이후 유명한 의열단 제1차 사건은 불행히도 실패되어, 작탄·권총·선언문 등이 적탐에게 압수되고 동지 백여 명은 앞서거니 뒤서거니 체포되었다.

그는 체포된 사람 중 나이가 가장 어린 사람이었지만, 처음부터 끝까지 함구하여 말하지 않았으므로, 받은 고문은 누구보다도 심하였다. 최종적으로 8년 형을 언도하던 날, 그는 법정에서 그의 유명한 웅변을 열렬히 발표하여 전국을 진동시켰다. 그는 법관을 향하여 경고하는 말이, '우리의 제1차 계획은 불행히도 파괴되고 무수한 동지들이 피포되어 재판을 받았지만, 체포되지 않은 우리 동지가 도처에 있으니, 반드시 강도 왜적을 섬멸하고 우리의 최후 목적을 달성할 날이 있을 것이다'고 고함쳤다.

그는 개성이 강하여 감옥에서도 감옥 규칙에 반항하였다. 그러므로 감옥 내에서 상을 받는 일이 없었고, 일본의 감형을 입은 일이 없다. 원래 감옥 규칙은 죄수로 하여금 매일 기상 후 간수를 향하여 경례를 하게하는 법이지만, 그는 이 규칙에 항거하여 적에게 경례를 하지 아니하니, 파렴치한 간수들은 석정 동지의 두 손을 붙잡고 머리를 내리누르면서 강제적으로 경례를 시켰다. 그러나 그는 차라리 매일 강압에 이기지 못하여 절을 할지언정 자동 경례를 하지는 아니하였다. 그렇게 1개월을 서로 다투다가 간수들도 하는 수 없이 다시는 석정 동지의 경례를 받지 못하였다 한다.

그는 옥중에 있으면서도 강도·살인·스리범 등에까지 부단히 교육하며 독립사상을 널리 전하는 한편 자기 자신도 각종 어학과 과학을 열심히 학습하였다. 그가 출옥 후, 옥중에서 그에게 훈련된 죄수들이 먼 지방에서 그를 찾아와, 그의 지도를 받아 혁명공작에 참가한 사람이 적지 않았다.

출옥 후 그는 민족문화사업에 참가하여 그가 중외일보 기자와 경남주식회사 사장이 되어 표현활동을 하면서 또 비밀히 학생과 노동운동을 진행하다가, 일제의 감시가 심해져 국내에서 계속 활동이 불가능하므로, 그는 하는 수 없이 조선을 떠나 중국으로 나오게 되었다.

1932년 여름, 그는 남경에 와서 나와 상봉하였다. 10년 만에 다시 만리이방에서 상봉할 그때 그가 나에게 하던 말은 영원히 나의 기억에 남아 있다. '나의 과거의 일생은 다만 나의 열정과 용기로써만 조선독립을 하려고 분투하여 왔었다. 그러나 현재는 나의 경험과 교훈에 근거하여, 단지 열정과 용기만으로는 목적을 도달하지 못한다는 것을 다시 각오하였다. 그러므로 지금 나는 나의 혁명적 인생관, 세계관 등 과학적 혁명이론으로 나의 두뇌를 재무장하여야 나아가 정확한 혁명운동을 추진할 수 있다'고 하였다.

그 후 그는 군중과 함께 생활하고 함께 학습하며, 다시 그의 이론을 정리하기 위하여, 조선민족혁명간부학교 제1기 개학 시에 교관이 되라는 우리의 권고도 듣지 않고 자원으로 학생이 되었지만, 학생 시기에 그는 사실상으로 기타 학생을 영도하고 교육하는 공작을 하였다. 제1기 졸업 후 그는 제2기 제3기 정치와 철학 교관으로 있으면서 전체 학생의 사랑과 존경을 한 몸에 받았다.

1935년 5당 통일 회의 시, 그는 의열단 대표의 자격으로 여러 방면으로 분주하면서 각종 문제에 대하여 대화와 타협을 통한 소통의 노력을 다하였고, 또 정확한 주장을 많이 발표하여 통일 성공에 대한 공헌이 많았다. 그러므로 조선혁명 인사들에게 대단히 중시되었고, 민족혁명당 창립 시 그는 중앙위원으로 선출되었다. 그 후 열린 대표대회 시 그는 중앙집행위원과 중앙상무위원으로 선출되어, 우리 당 조직과 선전 및 교육공작에 있어 그의 탁월한 천재적 재능을 발휘하였다.

8.13항전 폭발 후 당 중앙 명령에 의하여 상해에 가서 비밀공작을 진행하였으며, 1938년 조선의용대 성립 후 요직을 역임하였고, 조선글로 된 간행물 '전고'를 편집 발행하였다. 1940년 겨울 조선의용대 제3지대가 명을 받아 북상 시에, 석정 동지는 지대의 정치지도원과 민족혁명당 중앙 대표의 자격으로 일체 공작을 책임지고 지도하였다.

그가 중경을 떠날 때 우리를 향하여 '금년에는 화북에 근거지를 건립하고, 명년에는 동북 근거지를 건립하겠다. 내명년에는 조국에 진입하겠다'고 선서하였다.

조선의용대 제3지대가 화북에 진출한 후, 전체 대원의 공작을 무장선전과 적후공작으로 나누었고, 석정 동지는 적후공작을 책임졌다. 그의 세밀한 공작 계획하에서 이 년 간의 화북 적후공작은 이미 거대한 수확이 있었다. 공작상, 학습상, 심지어 사람과 사물을 대함에 있어 그는 여러 사람의 모범이 아니 되는 점이 없으므로, 화북의 우리 전체 동지는 모두 그를 제일 신임하는 영도자로 옹립하여 대우하였다. 모두 그의 주위에 단결되어 일제를 향하여 어려운 상황에서도 투쟁을 전개하고 있는 것이다.

1942년 5월 말, 태항산의 마전 반격전에서 석정 동지는 불행히도 총탄에 부상을 입어 섭현 장자령 초원에 누워서 기동하지 못하게 되었다. 3일을 경과한 후 우리 동지는 그를 비로소 발견하였다. 그는 피을 너무 많이 흘려, 그를 산록 흑룡동 의원으로 옮겼을 때는 이미 치료의 희망이 없을 때였다. 이틀 후, 석정 동지는 동굴 속에서 죽고 말았다. 그는 죽음을 앞두고 동지들에게 단결하여 적을 죽이라고 유언하였다. 그가 죽은 후 중국 군정당국과 제3지대 여러 동지는 석정 동지와 그와 동시에 순국한 김창화 동지를 태항산에 안장하였다.

석정 동지는 조선독립과 인류의 해방을 위하여 소유의 정력을 공헌하였고, 일체적 행복과 심지어 최후 한점 피까지 바쳤다. '나의 청춘은 감옥에서 다 보냈다'고 그는 동지들을 대하여 때때로 말하나, 이 말은 비통한 말이 아니라 그의 뜻을 굽히지 않겠다는 것을 표현한 것이다.

그는 자신의 사생활에 있어서 극히 근엄하고 청렴하였다. 처자가 있으나, 가정의 사정으로 인하여 사업에 얽매이지 않았다. 그는 나와 매우 친하나, 언제나 혁명 문제 외에 개인적 사정을 말한 일이 없었다. 그는 성품이 강직하여 굽히지 않는 의지를 가진 사람으로, 어떤 곤란한 환경 중에서도 의기소침한 일이 없다. 즉 감옥 내에서의 일체 행동으로서도 그는 영원히 굴복되지 않는 사람인 것을 알 수 있는 것이다.

그는 특별히 사물의 분석과 공작 계획에 능한 사람으로, 화북 적후공작은 즉 그가 실천한 것이다. 그는 열정이 풍부하고 웅변에 능하므로, 그가 등단하여 연설할 때에는 능히 사람을 웃기고 울린다. 평상 시 동지들과 같이 좌담할 때에도, 사람들은 자연히 그를 특별히 주의하고 그의 이야기를 재미있게 듣게 된다. 그는 부단히 이론을 학습하고 또 이론을 환경에 능히 적응하여 활용할 줄 아는 사람이다. 그러므로 그는 과거 제1기 간부학교 때에 교원이 되기를 원치 않고 학생을 자원하였으며, 또 매번 당내 혹 당외에 이론 투쟁이 있을 때마다, 그는 구체적 환경에 근거하여 정확한 주장을 천명하였지, 종래 공작이 실제 이루어진 방법에 구속된 일이 없다. 그의 사람을 대하는 태도는 겸손하고 따뜻하다. 특별히 교양과 설득하는 능력이 강하므로, 당 내외 사람이거나 남녀노소를 물론하고 누구나 그를 좋아하고, 쉽게 친하지 않은 사람이 없었다. 사람마다 곤란한 문제가 있을 때는, 모두 그를 찾아 해결의 방법을 구하였다. 그럼으로 그가 당내 단결과 단결 공작상에 있어서 특별한 천재를 표현하였다.

석정 동지는 이미 희생되었다. 그는 신성한 항일전장상에서 죽었고, 그의 피는 중국 항일전쟁 희생자의 피와 함께 태항산에 흘렀다. 그가 죽음으로 인하여 나는 일생 함께 죽기로 하고 고난을 함께한 가장 친밀한 전우를 잃게 됨으로 인하여, 무한한 슬픔과 원한에 휩싸여 때때로 내심으로부터 나오는 눈물을 금할 수 없고, 또 뿐만 아니라 어려운 환경 중에 분투하고 있는 화북 동지들은 가장 우수한 영도 인물을 상실하였고, 전 조선혁명 진영은 막대한 손실을 입게 된 것이다.

그가 죽은 후 이미 만 1주년이 되는 오늘, 전 세계 반파시스트의 첩보가 분분히 전하여 오지만, 우리 조선독립운동은 아직도 응당한 발전을 하지 못하고 있다. 이러한 때에 그를 추모하며 화북의 동지를 영원히 기억할 때에, 사람으로 하여금 무한한 감개를 금치 못하게 한다. 그러나 동시에 우리는 또 뒤에 남은 자로써 중대한 책임을 느끼게 된다. 즉 우리는 오직 석정 동지의 혁명정신을 학습하고 그의 피 묻은 족적을 밟아 전진하여, 그의 미완성한 뜻을 완성할 뿐이다."

약산의 추모사는 가슴을 뜯는 듯했다. 두 사람의 관계를 모르는 이가 있단 말인가? 중간중간 숨을 멈춘 약산이, 추모사를 다하지 못하면 어쩌나 지켜보는 한지성의 마음도 찢어질 것 같다.

영국군의 요청으로 인도 전선에 가야 하는 한지성이 앞장서 석정의 추모행사를 준비했다. 약산의 뜻도 있었으나, 자신이 먼저 석정을 추모하는 기념식을 준비했다. 동지들의 추모사와 약산의 추모사는 전 조선의용대원에게 알리기 위해 그들의 통신에 실을 것이다. 한지성은 이 글을 다시 옮겨 실을 때, 끝까지 펜을 들 수 있을까? 그것이 걱정이다.

한지성은 석정의 부탁만이 아니라 조국 광복을 위해서는 모두의 힘을 모아야 하며, 그 중심 인물로 약산이 적격자임을 인정했다. 정치적 야심이 있는 것이 아니라 노동자와 농민, 즉 우리 민족의 진정한 독립만이 그의 목표다. 그래서 그는 어떤 주의도 받아들이고 누구든 품었다. 그의 의식 가장 밑바탕에는 사람에 대한 믿음과 사랑이 자리 잡고 있다. 가까이에 있으면서 더욱 잘 알게 되었다. 약산과 석정 두 사람이 갖고 있는 닮은 점이다. 아니 둘은 닮은 것이 아니라 한 사람인 듯하다.

약산의 이야기에 숙연하던 한국광복군 제1지대로 재편성된 조선의용대원들은 다시금 싸울 투지를 다졌다. 한지성이 말했다.

"우리 모두 석정 동지를 기억하기 위해 그가 우리를 위해 개사했던 최후의 결전을 함께 불러봅시다. 석정 동지에게 들리도록 크게 불러봅시다. 화북에 있는 동지들이 듣도록 온 힘을 다해 불러봅시다."

대원들이 모두 큰 목소리로 대답했다.

"예!"

"석정 동지는 이 노래를 처음에는 최후의 혈전이라고 했습니다. 마지막 피 한 방울까지 아끼지 않고 적과 싸울 것을 바라는 것입니다. 그를 잊지 않고 기억하며 그의 뜻을 잇겠다는 뜻으로 함께 불렀으면 합니다. 동지들! 함께 노래합시다."

모두 두 주먹을 불끈 쥐었다. 그리고 오른팔을 흔들면서 노래를 시작했다. 약산은 일어나 무대 앞으로 나왔다. 한지성도 약산의 옆에 섰다.

“최후의 결전을 맞으러 가자
생사적 운명의 판가리로
나가자 나가자 굳게 뭉치어
원수를 소탕하러 나가자
총칼을 메고 혈전의 길로 다 앞으로 동지들아
혁명의 깃발이 우리 앞에 날린다 다 앞으로 동지들아”

한국광복군 1지대의 노래에 다른 대원들도 함께했다. 비록 화북 지역으로 이동하여 팔로군 휘하에 들어갔지만, 일본과 직접 싸우다 죽은 우리의 동지다. 누가 이를 부정할 것인가. 더구나 1지대 대원의 대부분은 석정의 제자다. 그의 가르침을 직접 받은 그들은 슬픔을 이기기 힘들다.

약산이 2절의 노래를 시작한다. 모두 한마음으로 눈물을 삼키며 노래한다. 이 소리가 화북에 누운 석정에게 들리기를 간절히 바라면서 모두가 노래한다.

“무거운 쇠줄을 풀어 헤치고
뼛속에 사무친 분을 풀자
삼천만 동포여 모두 뭉치자
승리는 우리를 재촉한다
총칼을 메고 혈전의 길로 다 앞으로 동지들아
독립의 깃발이 우리 앞에 날린다. 다 앞으로 동지들아”

◇◇◇◇◇◇◇◇◇◇◇◇◇◇◇◇◇

2-10

이육사는 최근 더욱 심해진 통증을 견디기 어려웠다. 한 번 시작된 기침은 멈출 줄 몰랐다. 몸이 앞으로 거꾸러지고 피를 토해도 멈추지 않은 이 기침이라는 놈은 일본 놈만큼이나 질기다. 그럼에도 친구들과 가지는 시회(詩會)를 거부할 수 없었다. 아니 이것마저 없으면 그는 삶의 의미를 느끼지 못했을 것이다.

열 번이 넘는 체포와 재판, 그나마 그에게 희망을 안겨준 석정과의 약속이 있어 겨우 버티고 있다. 석정이 그리울 때면 그는 벗을 찾았다. 국내에 있는 이 벗들은 육사가 어떤 뜻을 품고 어떤 일을 하는지 모른다. 짐작만 할 뿐이다. 그렇다고 해서 서로 묻지도 답하지도 않는다. 묻지 않는 것은 답이 없음을 알기 때문이고, 답하지 않는 것은 답할 수 없기 때문이다. 적의 치하에서는 모르는 것이 목숨을 지키는 일이다. 육사는 그들에게 그 고통을 주기 싫었다. 특히, 석초는 육사를 근심스런 눈빛으로 바라보았으나, 육사는 애써 외면한다.

한강에 배 띄우고 운도 띄워 시(詩)를 읊었다. 흥이 오른 친구들이 한강이 내려다보이는 곳에서 별과 함께 시 모임을 연장하자고 했다. 거나하게 취한 육사도 응했다.

나라 없는 백성이 앉은뱅이 용쓰듯 한글 사용을 막으니 한시(漢詩)라도 짓겠다고 모인 것이 우습다. 투사가 되겠다던 내가 '내 몸 하나도 지키는 못하는 인간이 되었는지' 부끄럽고 안타깝다. 석정 형님은 지금 어디에서 무엇을 할까? 내가 드린 비취 인장은 갖고 계실까? 석정 형님이 너무 그리운 나머지 '연인기(戀印記)'을 써서 조광에 발표하였다. 육사는 그가 비취 인장을 구한 것과 이를 석정에게 선물한 내용을 은유적으로 발표하였다. 중국에 계셔도 석정 형님은 이것을 읽었으리라 믿었다. 그리고 이 아우가 형님을 얼마나 그리워하는지 아셨을 것이다. 말하지 않아도 우리는 알 수 있는 사이가 아닌가!

육사는 친구들 속에 있어도 외로웠다. 석정이 그리웠다. 요즘 들어 이러한 기분이 더 잦아 내심 걱정이다. 혹 형님에게 무슨 일이 있는 것은 아닐까?

"…그때 봄비 잘 오기로 유명한 남경의 여관살이란 쓸쓸하기 짝이 없는 것이라 나는 도서관을 가지 않으면 고책사나 고동점에 드나드는 것으로 일을 삼았다. 그래서 그곳서 얻은 것이 비취 인장 한 개였다. 그다지 크지도 않았건만 거기다가 모시칠월장 한 편을 새겼으니, 당당히 섬세하면서도 자획이 매우 아담스럽고 해서 일견 명장의 수법임을 알 수 있었다. 나는 얼마나 그것이 사랑스럽든지 밤에 잘 때도 그것을 손에 들고 자기도 했고 그 뒤 어느 지방을 여행할 때도 그것만은 몸에 지니고 다녔다. 대개는 여행을 다니면 그때는 간 곳마다 말썽을 지기는 게 세관리들인데 모든 서적과 하다못해 그림엽서 한 장도 그냥 보지 않는 연석들이건만 이 나의 귀여운 인장만은 말썽을 부리지 않았다. 그랬기에 나는 내 고향이 그리울 때나 부모형제를 보고저울 때는 이 인장을 들고 보고 칠월장을 한 번 외워도 보면 속이 시원하였다. 아마도 그 비취인에는 내 향수와 혈맥이 통해 있으리라. 그 뒤 나는 상해를 떠나서 조선으로 돌아오게 되었고, 언제 다시 만날런지도 모르는 길이라 그곳의 몇몇 문우들과 특별히 친한 관계 있는 몇 사람이 모여 그야말로 최후의 만향을 같이하게 되었는데, 그중 S에게는 나로부터 무엇이나 기념품을 주고 와야 할 처지였다. 금품을 준다 해도 받지도 않으려니와 진정을 고백하면 그때 나에겐 금품의 여유란 별로 없었고 꼭 목숨 이외에 사랑하는 물품이래야만 예의에 어그러지지 않을 경우이라. 나는 하는 수 없이 그 귀여운 비취인 한 면에다 '증 S·1933·9·10·육사' 라고 새겨서 내 평생에 잊지 못할 하루를 기념하고 이 따(땅)를 돌아왔다. …나는 상해에서 S에게 주고 온 비취인을 S가 생각날 때마다 생각해 보는 것이다.

지금 S가 어디 있는지 십 년이 가깝도록 소식조차 없건마는 그래도 S는 그 나의 귀여운 인을 제 몸에 간직하고 천태산 한모퉁이를 돌아 많은 사람들 틈에 끼어서 강으로 강으로 흘러가고만 있는 것같이 생각된다. 나는 오늘밤도 이불 속에서 모시칠월장이나 한 편 외워보리라. 나의 비취인과 S의 무양을 빌면서."

빈풍은 빈나라의 민요이다. 칠 월편은 매달 농사일을 읊은 월령가이다. 어머니 회갑연 선물로 준비한 것을 석정에게 주고온 육사는 석정이 보고파 그에게 고향에 돌아갈 비용을 술값으로 탕진했다고, 돈이 필요하다고 떼를 썼다. 그런데 석정은 아무 비난 없이 돈을 가지고 상해로 왔다. 그리고 최후의 만향을 함께했다.

최근 육사는 석정이 안위가 염려되었다. 그러다 보니 음식보다 술로 보낸 날들이 더 많다. 그래서 이 폐란 놈이 말썽을 부린다. 의사는 절대 술을 금하라 하지만, 이도 없으면 어찌 살까? 맨정신으로는 살 수 없는 현실이 문제지 술이 무슨 죄인가? 육사는 술잔을 기울이다 행여 눈물이 떨어질까 고개를 들었다. 멀리 두우성이 보였다. 평소 관심조차 가지지 않았던 남육두성이 갑자기 육사의 눈에 들어왔다. 남육두성이 견우성과 짝지어 은하수와 연결되는 것을 보았다.

'아 석정 형님에게 무슨 일이 있나 보다.'

술맛이 달아났다. 얼른 중국으로 가야 한다. 형님의 생사를 확인해야 한다. 육사는 맘이 바빠졌다. 하필이면 오늘 저녁 석정 형님을 생각하며 '주난흥여'를 읊었다.

주난흥여酒暖興餘

주기시정양양란酒氣詩情兩樣闌　술기운과 시정이 모두 파할 때
두우초전월성란斗牛初轉月盛欄　견우성 처음 돌고 달은 난간에 걸렸네
천애만리지음재天涯萬里知音在　하늘 끝 만리 나를 알아주는 이 있으니
노석청하사아한老石晴霞使我寒　석정 생각에 내 마음이 시리구나

분명 석정 형님에게 일이 생긴 것이야.

육사에게 시는 말이 아닌 행동이다. 그런데 국내에서는 한글 시를 발표할 수 없다. 발표할 수 없는 시, 그것은 행동이 될 수 없다. 갑갑한 심사에 친구들과 한시를 지었는데, 하늘의 별을 보며 천애 만리 밖에서 온몸으로 싸우는 지음, 석정 형님이 생각났다. 그런데 남두우성이 보였다. 태항산 자락에서 일본군과 싸우는 석정에게 무슨 일이 생긴 것이다. 육사는 석정의 생사가 궁금했다. 석초에게 중국에 가야 한다고 이야기했다. 석초는 이런 몸으로는 절대 갈 수 없다며 요양과 병원 입원을 권했다. 경주에서의 요양도 소용없었다. 석정의 생사를 확인하지 못한 육사는 어느 곳에 있어도 맘이 편하지 않았다. 맘이 편하지 않으니 이놈의 폐도 편하지 않은가 보

다. 육사의 폐에 달라붙어 떨어지지 않는 이 병균을 다 떼어낼 때까지 기다리는 것은 못할 일이다.

폐병이 다 낫지 않았음에도 육사는 무리하게 중국행을 감행했다. 그리고 북경에서 석정의 죽음 소식을 접했다. 절망했다. 아니 삶의 의지가 훅 빠져나갔다. 육사는 몸만 남은 허수아비가 되었다. 절대 마시지 말아야 하는 술을 찾았다. 술만이 위안이 될 것이라 여겼으나, 위안은커녕 석정을 더욱 그립게 했다. 이놈의 술도 소용없다니!

육사는 휘청거리며 어머니와 형의 소상을 보기 위해 귀국했다. 이제는 숨을 이유도 없다.

'잡아갈 테면 잡아가라 이놈들아!'

육사는 체포되었다. 스스로 체포를 불러들였다. 그런데 이놈들은 육사를 다시 북경으로 데리고 간단다.

'사랑하는 딸과 아내가 있는 이곳에서 나를 데려가 외롭게 하려는구나, 내가 얼마나 외로움을 잘 타는지 아는 놈들이다. 나는 또 혼자구나.'

북경의 지하감옥에 갇힌 육사는 몸도 옴짝하기 어려운 좁은 공간에 그나마 천정만 비추는 햇살이 들어오면 '또 하루가 시작되는구나' 라며 눈을 떴다. 차가운 바닥의 냉기보다 더 무서운 것이 그리움이었다. 육사는 호랑이나 마마보다 더 무서운 것이 추위가 아니라 그리움, 절망이라고 중얼거렸다. 육사는 마지막 고국 방문이 되었던 지난해에 딸과 함께 시간을 보냈다. 옥비라는 이름을 지어준 딸은 너무나 귀엽고 예쁘다. 비옥할 옥(沃) 아닐 비(非), 옥비라 이름 지었다. 나라를 잃은 백성이 무슨 욕심이 있으랴마는, 그래도 육사는 딸에게 옥비라는 이름을 지어 주었다. 살찌지 말라! 제국주의 일본이 우리 땅을 침략하는 것도 아픈 데, 우리 민족이 남보다 더 잘 살겠다고 아옹거리는 것이 싫었다. 내 딸은 남에게 베풀고, 남보다 더 가난한 삶을 살기를 바랐다. 조부께서 육사 형제들에게 주신 가르침이다. 언제 해방이 될지 모르나 옥비는 해방된 나라에서 오순도순 서로에게 힘이 되어주는 삶을 살았으면 했다. 그래서 욕심이 없는 삶, 옥비였다.

아버지와 함께 있는 시간이 많지 않았던 딸을 데리고 화신백화점에 가서 분홍빛 투피스를 사주었다. 치마와 앙증맞은 윗옷이 어우러져 예뻤다. 그에 꼭 맞은 분홍 구두도 샀다. 하얀 피부에 어미를 닮은 단아한 얼굴이 고운 빛깔의 옷에 받쳐 있다. 눈에 넣어도 아프지 않을 아이다!

'이토록 예쁘게 자라길 바라면서 나는 왜 옥비라 이름했나?'

아비의 맘으로 딸에게 주는 마지막 선물일지도 모른다. 분홍 꽃신이 신기한지 요리조리 살펴보는 모습도 앙증맞다. 아는지 모르는지 마냥 좋아하는 옥비의 몸짓 하나하나를 머릿속에 새겼다. 몸이 아픈 육사는 아이와 함께 보내는 시간도 힘들다. 그러나 옥비는 아버지가 곧 떠날 것을 알기라도 한 듯 잠시도 떨어지려 하지 않았다. 눈만 뜨면 아버지의 무릎에 앉아 가슴에 기댔다. 마치 육사의 심장이 잘 뛰고 있는지 확인하는 듯했다. 옥비는 눈감고 아버지의 가슴에 안겨 있는 것을 좋아했다. 육사는 삶을 포기했다. 곧 일본 경찰이 자신을 잡으러 올 줄 알고 있었다. 숨지 않았기에 그의 행적은 누구나 알 수 있었다. 곧 닥쳐올 그 순간에 딸아이가 없길 바랄 뿐이다. 그러나 그마저도 힘들었다. 용케 잡히는 순간에 옥비가 없었으나 압송될 때, 제 어미가 태워준 목마 위에서 옥비는 아비의 마지막 모습을 보고야 말았다. 육사와 옥비의 눈이 마주쳤다. 옥비의 눈은 휘둥그레졌다. 엄마가 보라고 올려준 그곳에서 본 아버지의 모습은 자신을 안아주던 아버지가 아니었다. 두 팔은 포승줄에 묶여 있고 얼굴은 용수에 가려져 눈만 보였다. 그 눈은 눈물에 젖어 있어 옥비의 눈도 금방 젖었다. 그러나 소리낼 수 없었다. 옥비도 아비처럼 울 수 없음을 너무 일찍 알아 버린 것일까? 그것이 마지막이었다. 육사는 북경으로 이송되었다.

이육사는 북경 지하 감옥에 갇혔다. 나빠지는 건강이 문제가 아니다. 삶에 대한 욕망이 사라졌다. 함께 갇혀 있는 질녀 병희만이라도 이곳을 빠져나가길 바랄 뿐이다. 병희가 결혼을 핑계로 감옥을 나갔다. 육사는 모든 걸 내려놓았다. 그러나 그는 시만은 그만 둘 수 없었다. 석정과 약속하지 않았는가! 자신은 시를 통해 혁명을 하겠노라고 말이다. 총보다 더 큰 힘을 가진 것이 시라고 스스로 말하지 않았던가! 만주로 가라는 약산 교장의 말을 거역하면서까지 시를 쓰겠노라 하지 않았나! 그런데 지금 무엇하고 있나.

육사는 겨우 몸을 추슬러 간수에게 다가갔다.

"이보게 내게 종이와 펜을 줄 수 없겠나?"

"무슨 소리야? 내일모레면 죽을 놈이 무엇을 쓰려고 그래? 왜, 유서라도 쓸 거야?"

"시를 써야 한다네, 시를!"

"이런 미친놈! 그 몸을 하고 무슨 시를 쓴다는 말이냐?"

"그래, 나는 미쳤다. 그러니 종이하고 펜을 좀 주게."

"지하 감옥에 갇혀 있어 돌아버렸나! 무슨 이런 놈이 다 있어?"

옆에 있던 동료 간수가 말했다.

"그래도 내일모레면 죽을 놈인데 그까짓 종이 몇 장 주는 것이 뭐 그리 어렵나?"

"혹 이놈이 엉뚱한 것을 쓰면 어쩌려구 그래. 이놈이 우리가 고문했다고 하면 니가 책임질 거야?"

이 말을 들은 육사가 말했다.

"그러지 않을 걸세. 아까도 말하지 않았나. 시를 쓸 것이네. 꼭 써야 할 것이 있어서 그래. 걱정하지 말고 좀 주게나."

눈치를 보던 간수가 잠시 나가 마분지 몇 장과 만년필을 가져왔다.

"자! 여 어. 그런데 이 펜은 빨리 돌려줘야 해. 만약 내가 이 펜을 준 것을 위에서 알게 되면 나는 죽어. 알았어?"

"고맙수! 빨리 주리다."

육사는 마분지를 앞에 두고 엎드렸다. 고문으로 온몸이 으스러질 듯하다. 그래도 그는 시를 써야 했다. 석정에게 한 약속을 지켜야 한다. 그래야 석정을 만났을 때 부끄럽지 않을 것이다.

1944년 1월 16일! 육사는 일본놈에 의해 목숨을 잃었다. 어쩌면 스스로 죽음을 맞았는지도 모른다. 그의 죽음 소식을 접한 병희는 시신을 넘겨받기 위해 북경 형무소 지하감옥으로 달려갔다. 눈도 감지 못한 육사는 두 손을 가슴에 모은 채 누워 있었다. 눈을 감겨도 감기지 않았다. 무슨 일인지 병희는 무서웠다. 다시 눈을 감겼다. 그래도 감기지 않았다. 병희의 눈물이 육사의 얼굴에 떨어졌다. 이제야 육사의 눈이 감겼다.

병희는 그의 두 손을 잡고 울부짖다 이상한 느낌에 육사의 손 아래를 살폈다. 그곳에는 두 장의 마분지가 있었다. 마분지마다 시가 쓰여 있었다.

하나는 '광야'였다.

광야(曠野)

까마득한 날에
하늘이 처음 열리고
어데 닭우는 소리 들렸으랴
모든 산맥들이
바다를 연모해 휘달릴 때도
차마 이곳을 범하든 못하였으리라
끊임없는 광음을
부지런한 계절이 피어선 지고
큰 강물이 비로소 길을 열었다
지금 눈 내리고
매화향기 홀로 아득하니
내 여기 가난한 노래의 씨를 뿌려라
다시 천고의 뒤에
백마 타고 오는 초인이 있어
이 광야에서 목 놓아 부르게 하리라

육사의 광야는 넓은 평야가 아니다. 황무지이다. 고향 땅 원촌의 녹야가 아니라 일제가 짓밟아버린 거친 평야, 광야(曠野)다. 다시 녹야를 찾아줄 희망이었던 석정 형님이 세상을 떠났다. 누가 광야를 녹야로 만들어줄 것인가? 육사는 자신을 믿기로 했다. 아무도 믿을 수 없는 세상이다. 그래서 육사 자신이 청포를 입고 백마를 타고, 혁명가가 되어 조국의 광복을 되찾아야겠다.

죽음의 장소인 지하감옥에서 육사는 가난한 노래의 씨를 뿌리고, 죽어서도 초인이 되어 스스로 노래를 부르게 하겠다고 다짐하면서 자신을 위한 노래, 즉 만가를 지었다. 이는 고향과 조국의 본모습을 노래한 망향가이다.

육사에게 시(詩)는 투쟁의 방법이다. 차디찬 지하감옥에서 죽음의 직전에 희망의 씨앗, 가난한 노래의 씨앗을 뿌리는 심정으로 육사가 노래한 것은 일본에 대한 섬뜩한 경고다.

대한의 미래를 지켜보아라. 육사와 같은 사람들이 끝없이 태어날 것이고, 이들은 끊임없이 대적하여 너희를 물어뜯을 것이다. 천하의 정의를 열렬하게 행하는 사람이 되어 너희에게 달려들 것이다. 기다려라!

병희는 이 결연한 시를 읽으며 온몸에 돋는 소름에 몸을 부르르 떨었다. 육사는 죽어가면서도 온몸으로 싸웠다. 시도 의열투쟁이라는 것을 이 광야를 통해 보여주었다.

또 하나의 마분지를 조심스레 열었다. 이곳에는 꽃이라는 제목이 붙어 있었다.

병희는 이 시가 누구에게 바쳐진 것인지 바로 알아보았다. 육사가 그토록 사랑하고 존경했던 석정 윤세주를 위한 초혼가였다. 죽음 직전 석정의 혼을 불러 자신도 곧 그곳에 가겠다는 의지를 담은 시!

한바다 복판 용솟음치는 곳, 그곳은 극락왕생한 영혼들이 모여 있는 곳이다. 이곳은 석정 윤세주를 비롯한 육사의 동지들이 가 있는 곳이다. 수미산에 있는 회상의 무리들, 생사를 함께하자고 맹세했던 동지들의 넋이다. 육사는 죽음을 앞둔 전날 밤! 석정의 혼을 청하고 곧 만날 것임을 고했다. 그곳에서 다시 조국의 광복을 위한 그들의 임무를 논의할 것이다. 청포백마의 용사가 되기 위한 육사의 소망이었다. 이 소망을 석정 없이는 이룰 자신이 없었던 육사가 또 투정을 하고 있다. 남경에서 상해까지 석정을 부른 것처럼, 그의 넋을 북경 감옥으로 불렀다.

밀양의 영남루 누각, 용금루 현판 앞에서 둘이서 하던 이야기가 현실이 되어 버렸다.

꽃은 육사가 석정을 위해 부른 마지막 노래다.

꽃

동방은 하늘도 다 끝나고
비 한방울 내리잖는 그 땅에도
오히려 꽃은 발갛게 되지 않는가
내 목숨을 꾸며 쉬임 없는 날이여
북쪽 툰드라에도 찬 새벽은
눈 속 깊히 꽃맹아리가 옴작거려
제비떼 까맣게 날아오길 기다리나니
마침내 저버리지 못할 약속이여

한바다 복판 용소슴치는 곳
바람결 따라 타오르는 꽃성에는
나비처럼 취하는 회상의 무리들아
오늘 내 여기 너를 불러보노라

작가의 말

석정 윤세주의 아내 하소악과 아들 남선은 1946년에야 밀양에 왔다. 소악은 연안공작대원으로 활동하다 귀국하였다. 9년 만에 시댁에 돌아온 소악은 품속에서 석정 묘소 사진을 꺼냈다. 살아서 만날 것을 고대하던 가족들이 석정의 죽음을 확인한 순간이다. 함께 활동하던 약산 김원봉이 귀국하였으나, 석정은 돌아오지 않았다. 이미 이 세상 사람이 아님을 들었으나 믿을 수 없었다. 약산도 석정의 죽음을 직접 본 것이 아니기 때문에 가족들은 희망을 품었다. 그런데 소악이 내민 사진 한장에 모두 오열했다.

밀양을 떠날 때 아홉 살의 남선은 열여덟이 되어 돌아왔다. 그가 말했다.

"집에서 내어준 놋그릇이 무기가 되어 독립투사의 가슴을 겨누었다."

이 말을 기억하며 남선 아재가 죽도록 그립다고 하던 '명화'는 지난 달 14일에 세상을 떠났다. 한평생 석정 할아버지를 선양하던 분이다. 행여 할아버지의 이름에 누가 될까 늘 삼가며 살았던 삶이었다. 그 삶의 끈을 놓아 이제는 그토록 그리던 아재를 만났을까? 명화의 그리움은 삶의 희망이자 아픔이었다.

내가 아는 한 청년이 말했다.

"어머니께서 돌아가시기 전, 밀양독립운동기념관 근처에 데려다 달라고 했습니다. 영문도 모른채 어머니를 기념관 앞에 모셔 드렸습니다. 그런데 어머니께서 '저곳에 우리 외할아버지 흉상이 있는데…'라고 하셨습니다. 그런데 저는 그 말이 무슨 뜻인지 몰랐습니다. 몸이 편찮으시니 정신도 온전하지 못한가 하고 생각했습니다. 그런데 그분이 황상규 할아버지였습니다. 그 사실을 이제야 알았습니다."

2022년의 일이다. 그 청년은 백민 황상규의 외증손이다. 그런데 그는 그 사실을 알지 못했다. 청년은 백민 황상규는 알아도 그 분이 자신의 외증조할아버지임을 알지 못했다. 그는 지금도 밀양에 산다. 심지어 그는 나의 제자다!

이념이 무엇이길래? 1931년에 생을 마감한 황상규를 그 손녀조차 할아버지라 부르지 못했을까? 외손녀는 아들에게도 자랑스럽게 말하지 못했다. 백민은 건국훈장 독립장을 추서 받았는데도 말이다. 이런 비극이 또 어디 있으랴.

일제강점기에는 이념이 없었다. 오직 일제와 싸워 그들을 몰아내겠다는 신념과 희생만 있었다. 일본과 싸우기 위해 이념을 받아들였다. 그들의 최고 이념은 '민족의 해방!' 민족주의다. 그들이 찾아준 나라에 살면서 그들의 이념을 지적한다는 것 자체가 모순이다. 그들이 없었더라면 우리는 지금 어떻게 살고 있을까?

작가의 말이 길면 그것은 작품의 부족함이다. 그럼에도 길어지는 걸 막을 수 없다. 나는 역사 교사였다. 역사를 연구하는 연구자와는 다르다. 그리고 나는 작가 수업을 받은 적이 없다. 연구자도 작가도 아닌 내가 역사소설에 도전했다. 오래도록 맘에 담아 두었던 석정 윤세주를 소중히 꺼내 세상에 내놓았다. 염인호 교수가 쓴 『김원봉 연구』(1993)에서 만난 석정 윤세주는 김원봉이라는 거대한 나무 옆에 서 있는 작은 나무인 줄 알았다. 시각을 달리한 순간 그는 약산과는 다른 또다른 거목이었다.

20년 전부터 그를 찾는 탐방을 통해 석정과의 거리가 점점 가까워졌다. 어느덧 나는 석정을 할아버지라 부르고, 그는 내 신앙이 되었다.

할아버지를 위한 변명, 이것이 숙명으로 다가왔다. 그래서 나는 '소설'이라는 방식을 빌렸다. 한 번도 배운 적 없는 소설 쓰기. 다른 사람의 글 읽기가 취미인 나는 겁도 없이 도전했다. 누군가 말했다.

'불가능의 반대말은 도전이다'

일단 도전하고 보자. 자판을 앞에 두고 할아버지께 기도했다.

"당신과 의열단원들! 할아버지와 인연이 깊은 사람에 대한 이야기를 쓸 수 있도록 힘을 주십시오. 창립 단원 10명의 이야기를 다 아는 사람이 몇이나 될까요? 가장 어렸던 강세우를 기억하는 사람이 있을까요? 밀양을 찾아와 마지막 생의 끈을 놓았던 이성우는 왜 그런 선택을 했을까요? 이런 이야기를 아주 쉽게 쓰고 싶습니다. 도와주십시오"

그냥 자판을 두들겼다. 때론 손가락이 절로 움직이는 경험도 했다. 흐르는 눈물 때문에 글을 멈추기도 수 차례! 도전은 끝났다. 성공인지 실패인지가 중요치 않다. 나는 숙제를 한 것이다. 내게 주어진 숙제가 많다. 그중 하나를 겨우 끝냈다. 또 다른 숙제에 도전할 용기가 필요할 뿐이다.

이 도전에 큰 도움을 준 글들이 있다. 김영범 교수의 『의열단, 민족혁명당, 조선의용대의 영혼 윤세주』(2013)이 길라잡이가 되었다. 그 외 김 교수의 여러 저서와 논문이 큰 도움이었다. 또 하나의 책은 (사)석정윤세주열사기념사업회에서 기획하여 발간한 『윤세주 최후의 결전』(2023)이다. 여기 실린 자료들이 큰 도움이었다.

『강철로 된 무지개』(2017)의 초판과 재판이 석정과 육사의 관계의 핵심이 되었고, 『이육사-시인이기 전에 독립투사-』(2024)도 이 책의 마지막 부족함을 채워주었다. 그 외 많은 저서와 논문이 이 글의 구석을 메워주었다.

곽재기 관련 당시 신문기사가 사실일까? 동명이인일까?

의열투쟁에서 무장투쟁으로 달려간 그분들의 삶의 궤적을 누군가 변명이라도 해주어야 한다. 마흔둘에 생을 마감한 황상규의 비통한 심정을, 어린 나이에 의백의 직함을 무겁게 받았던 약산의 고뇌를, 독립운동가들의 분열을 뼈아프게 지켜보면서 이를 통합하려 애쓴 석정의 노력을! 그리고 이름도 없이 어디서 어떻게 돌아가셨는지조차 모르는 선열의 희생을 잊지 않고 기억하기 위한 일에 밀양 사람인 내가 숙명처럼 도전했다.

소설이라는 형식이 필요했다. 그들의 발자취에 가장 쉽게 접근하는 것! 무거운 역사서보다 소설이 나을 듯해서다. 그리고 역사적 빈 공간은 나의 상상력으로 채웠다. 사건의 연도와 이름, 그리고 지역은 대부분 사실이다. 비어 있는, 혹은 내가 미처 알지 못한 것에 그들을 위한 나의 변명이 자리했다.

나를 독립군 며느리라 부르는 사람이 있다. 혹자가 물었다.

"딸이 좋지 왜 며느리야?"

“딸은 하기 싫으면 관둬도 되지만 며느리는 그러지 못합니다”
나는 이렇게 내 운명 속에 산다.

원고를 마감하는 날, 독립기념관장 임명이 강행되었다.

‘역사를 기억하지 못한 자, 그 역사를 다시 살 것이다’

그래서 석정의 노래는 끝날 수 없다!

광복 79년
대한민국 건국 105년
의열단 창단 105년 8월에

저자 최필숙

끝나지 않은 석정의 노래

2024년 12월 23일 초판 1쇄 발행

지은이	최필숙
펴낸이	권진회
부장	김경민
팀장	김성중
편집	이가람
디자인	이희은

펴낸곳	경상국립대학교출판부 | 출판등록 1989년 1월 7일 제16호
주소	경남 진주시 진주대로 501
전화번호	055) 772-0801(편집), 0802(디자인), 0803(도서 주문)
팩스	055) 772-0809
전자우편	gspress@gnu.ac.kr
홈페이지	http://gspress.gnu.ac.kr
페이스북	https://www.facebook.com/gnupub
블로그	https://blog.naver.com/gnupress12
인스타그램	@gnupress

책값은 뒤표지에 있습니다.